WANG

LES AIGLES D'ORIENT

Du même auteur
aux Éditions J'ai lu

Atlantis – Les fils du Rayon d'or, *J'ai lu* 4829
Les guerriers du silence :
1. Les guerriers du silence, *J'ai lu* 4754
2. Terra Mater, *J'ai lu* 4963
3. La citadelle Hyponéros, *J'ai lu* 5088
Wang :
1. Les portes d'Occident, *J'ai lu* 5285
2. Les aigles d'Orient, *J'ai lu* 5405
Les fables de l'Humpur, *J'ai lu Millénaires*
Les derniers hommes :
1. Le peuple de l'eau, *Librio* 332
2. Le cinquième ange, *Librio* 333
3. Les légions de l'apocalypse, *Librio* 334
4. Les chemins du secret, *Librio* 335
5. Les douze Tribus, *Librio* 336
6. Le dernier jugement, *Librio* 337

Chez d'autres éditeurs

Abzalon
Graine d'immortels
Rohel le Conquérant

PIERRE BORDAGE

WANG

Livre II

LES AIGLES D'ORIENT

Copyright © Librairie l'Atalante,1997

CHAPITRE PREMIER

MÖNKH

Le temps est venu des vérités suprêmes, ô toi qui aspires à la perfection du Tao de la Survie. Apprends donc à ne pas agir. La volonté est souvent le pire de tes ennemis, comme ces fers rigides qui se retournent contre leur détenteur. Le cœur et l'esprit vides, tu deviens le guerrier unique, magnifique, sans peur ni colère. Car, comme le dit Lao Tseu, les vases sont faits d'argile mais c'est grâce à leur vide que l'on peut s'en servir. De même abstiens-toi de parler : parler beaucoup épuise sans cesse.

Le Tao de la Survie de grand-maman Li

Mönkh marchait d'un pas décidé dans la fraîcheur de l'aube. Il sentait contre son flanc la crosse de son P.-M. dont le canon, glissé dans la ceinture de son pantalon, lui battait le haut de la cuisse. Il avait passé son ample manteau de cuir directement sur son torse nu. Comme tous les Mongols du clan d'Assöl, il aurait préféré mourir de froid – ou de chaud en été – plutôt que de renoncer à cette habitude vestimentaire.

La brise colportait de vagues odeurs de bois ou de caoutchouc brûlés. Des parfums fleuris flânaient dans l'air encore frisquet, annonciateurs du printemps. Les clochettes blanches des premières perce-neige frissonnaient entre les herbes des allées transversales, recouvertes d'un manteau neigeux de plus en plus ajouré.

Mönkh enjamba un corps allongé en travers de la rue, emmitouflé dans une couverture déchirée. Une femme assez jeune, au visage tuméfié. La fixité de ses yeux grands ouverts et l'entrebâillement de sa bouche indiquaient qu'elle était morte. Il vit également qu'elle serrait quelque chose dans ses bras... un nourrisson peut-être. Il ne prit pas le temps de vérifier : l'hiver, particulièrement rude, avait couvert de cadavres les places et les rues de Grand-Wroclaw et, comme les familles devaient payer une dîme exorbitante aux néo-triades pour accéder aux fosses communes, la plupart d'entre elles avaient renoncé à enterrer leurs morts. Cette femme avait probablement été battue et flanquée à la porte par un mari ou un amant abruti d'opka. Un pauvre type en tout cas, qui n'aurait pas à craindre les représailles des clans, indifférents aux violences conjugales, mais qui pourrait faire l'objet d'un contrat privé passé entre un exécuteur et le père ou le frère aîné de sa victime.

Mönkh avait été sollicité à maintes reprises afin d'éliminer un gêneur, de venger un mort, d'apaiser par le sang versé les âmes des ancêtres. Il honorait la plupart des contrats qu'on lui proposait, n'oubliant pas de reverser au parrain du clan la moitié des cinq ou six mille yuans que lui rapportait chaque exécution. Il ne comptait plus les hommes, les vieillards, les femmes, les enfants qu'il avait mitraillés. Il n'en concevait aucun remords. Qu'elle prît une forme ou une autre, la mort était sa compagne quotidienne, sa maîtresse attitrée.

Les ouvertures des baraques environnantes avaient été calfeutrées avec des bouts de carton, des plaques métalliques, des planches, des couvertures ou des vêtements. Bon nombre d'entre elles gardaient les séquelles des terribles tempêtes de neige qui s'étaient abattues sur la Silésie au mois de janvier. Les toits à demi effondrés avaient été rafistolés à la hâte, et les cheminées, posées de guingois sur les tôles cabossées, crachaient des panaches de fumée noire qui montaient dans le ciel dégagé et se croisaient dans un ballet désordonné et silencieux. Le charbon, le bois, le carton, le tissu, tous les matériaux qui avaient servi à alimenter les poêles ou les fourneaux de Grand-Wroclaw commençaient à manquer et les Silésiens attendaient avec impatience le retour du temps chaud.

Bien qu'il fît partie des privilégiés, comme tous les membres du clan d'Assöl, Mönkh aspirait de toute son âme au changement. Il habitait en compagnie de trois autres Mongols dans le Wzwzych, le quartier nord de l'agglomération. Ils avaient chassé les anciens occupants d'un immeuble de pierre, des Chinois aussi tenaces et grouillants que des cafards, pour y installer leurs propres familles. Ils étaient mieux logés que l'immense majorité des habitants de Grand-Wroclaw, d'autant qu'ils disposaient d'un chauffage central au pétrole (fourni gracieusement par un Thaï en contrepartie de leur protection), et pourtant l'hiver pesait sur Mönkh comme un joug. Il buvait une bouteille de vodka chaque soir pour supporter l'ennui qui l'engourdissait plus sûrement que le froid. Il se montrait ensuite incapable d'honorer sa femme, Sündh, qui le griffait de ses ongles et l'agonisait d'injures jusqu'à ce qu'il s'écroule sur le matelas et s'endorme comme une masse. Il projetait de se débarrasser de cette femelle grasse et criarde qui lui vrillait les tympans et ne parvenait pas à réveiller son désir. Elle recevrait bientôt la seule preuve d'amour qu'il était encore capable de lui donner : quelques balles dans le ventre.

Il guettait avec impatience le moment où il pourrait enfin exposer son torse aux caresses brûlantes du soleil. Il mourait d'envie de réchauffer son sang gelé, de faire sa mue comme un serpent, d'acheter une jeune fille à peine pubère à une famille nécessiteuse – son fournisseur en pétrole saurait bien lui dégoter une jolie Thaï – et de retrouver le plaisir dans ses bras.

Une langue d'air glacial s'engouffra par l'échancrure de son manteau. Il aperçut d'autres corps recroquevillés dans les ruelles perpendiculaires qui donnaient sur le quai de bois de la Nysa. Une deuxième vague de grippe kazakhe avait déferlé sur la Pologne au début du mois de mars et achevé les moins résistants fragilisés par les privations. Les néo-triades obligeraient bientôt les riverains à brûler les cadavres pour éviter le choléra et les autres épidémies qui se réveillaient, comme les insectes, au début du printemps.

Pour y être venu à trois reprises, il reconnut sans hésitation l'étroit passage qui partait de la rue principale et menait à la maison de la vieille Li. Avant de s'y engager, il plongea la main à l'intérieur de son manteau et effleura la crosse de son Tokaru. Toucher son arme lui donnait l'impression d'être invincible. Cette précaution s'avérerait probablement inutile devant une ancienne qui n'avait pas d'autre défense que de vagues connaissances en acupuncture et en massage énergétique, mais c'était devenu un réflexe, un tic. Assöl l'avait convoqué au milieu de la nuit pour lui ordonner d'en finir avec cette « sorcière qui défie depuis trop longtemps l'autorité des clans »...

« Si on la flingue, ce fils de pute de Wang n'aura plus aucune raison de remettre les pieds à Grand-Wroclaw, avait objecté Mönkh.

— Wang ne reviendra pas. Un de mes amis de Most m'a assuré qu'il est passé en Occident.

— Comment aurait-il pu le reconnaître puisqu'il ne l'a jamais vu ?

— Il y a un peu plus de deux ans, en octobre, un jeune Chinois a assassiné un Bulgare pour lui piquer son fric, puis il a réussi à forcer le barrage de camions dressé devant la porte du R.E.M.

— Les Chinetoques se ressemblent tous.

— La description correspond. Assez discuté : tu iras à l'aube régler le compte de Li. Cette vipère devient dangereuse.

— Dangereuse, une bonne femme haute comme trois pommes ? »

La bouche lippue d'Assöl s'était figée en un rictus inquiétant qui avait rentré dans sa gorge le rire de Mönkh. La lumière vacillante des ampoules avait donné au visage rond et lisse du parrain l'aspect d'une gargouille.

« Tu n'es qu'un crétin, comme tous ceux de ton espèce », avait murmuré Assöl d'une voix étrangement douce.

Il avait glissé la main sous sa robe de chambre en soie indienne et s'était longuement gratté l'entrejambe.

« Grand-maman Li est dangereuse pour ce qu'elle représente, avait-il repris en réprimant un bâillement. Trop compliqué à t'expliquer. Si tu ne la trouves pas chez elle, elle sera sur la rive occidentale du fleuve. File et reviens me faire ton rapport quand tu l'auras liquidée... »

Les bottes de Mönkh soulevèrent des gerbes de neige à demi fondue. La lumière maladive accentuait l'impression ou insalubrité qui se dégageait de ces baraques de planches et de tôle. Le grondement de la Nysa sous-tendait le silence du petit jour, ponctué de cris perçants, animaux ou humains, qui résonnaient dans le lointain.

La maison de grand-maman Li était à la fois semblable à celles qui l'entouraient et reconnaissable au premier coup d'œil. Ses matériaux n'étaient pas de meilleure qualité que les autres, sans doute, mais elle paraissait épargnée par la lèpre environnante, par la rouille, par l'humidité, comme entourée d'une bulle protectrice.

Cette différence n'avait pas frappé Mönkh lors de son dernier passage, peut-être parce que, chargé d'un simple travail de surveillance, il était resté imperméable à l'atmosphère ambiante. Mais il venait pour tuer aujourd'hui, et l'excitation, conjuguée à la généreuse rasade de vodka qu'il s'était octroyée avant de partir, affinait ses sens ou, plus exactement, lui donnait l'impression – trompeuse sans doute – d'aiguiser ses perceptions, ses sensations. Il songea avec amertume que seule l'odeur de la poudre et du sang était encore capable d'éveiller un peu de vie en lui.

Il s'approcha de la vétuste construction, resta immobile pendant quelques secondes devant la porte d'entrée, tous sens aux aguets. Il n'avait pas vu la vieille Li lors de ses missions de surveillance, mais on lui en avait parlé comme d'un petit bout de femme dont l'autorité et l'intelligence étaient inversement proportionnelles à la taille. Il s'était jusqu'alors gaussé de la crainte irrationnelle qu'elle inspirait chez certains membres du clan, mais l'inquiétude commençait à le ronger devant cette maison silencieuse. On décrivait Li comme une sorcière, comme la servante des démons, comme la prêtresse des nuits sans lune. Elle aurait peut-être le temps de lui jeter un sort avant de mourir, d'attirer sur lui le mauvais œil et la colère du Ciel.

Il dégagea le Tokaru, désamorça le cran de sécurité, raffermit sa détermination, prit une profonde inspiration afin de calmer les battements précipités de son cœur. Il lui faudrait se montrer encore plus rapide et précis que d'habitude, la supprimer avant qu'elle n'ait eu le temps d'apercevoir son visage. Par chance, le loquet n'était pas enclenché, soit que son mécanisme fût grippé, soit que la vieille femme eût oublié de tourner la clef. Il n'aurait pas besoin de fracasser la porte qui battait doucement contre le chambranle. Il bloqua le canon du P.-M. contre sa joue, s'assura d'un regard machinal que la ruelle était déserte et, après avoir compté mentalement jusqu'à cinq, se faufila à l'intérieur de la maison.

Il franchit le vestibule, écarta la couverture qui servait de rideau de séparation, pénétra dans la pièce principale qu'éclairaient parcimonieusement les lueurs rougeoyantes d'un poêle.

Il distingua un mouvement sur sa gauche, une silhouette qui émergeait d'un amoncellement de couvertures. Nerveux, oppressé, il baissa le canon de son arme et son index se crispa sur la détente. Au moment où il allait ouvrir le feu, les éclats du poêle révélèrent un visage lisse, juvénile, des yeux écarquillés, une longue chevelure brune, des seins menus et fermes.

Ce n'était pas une vieille femme qu'il avait tirée de son sommeil, mais une Chinoise âgée de quinze ou seize ans. A la fois déçu et soulagé, il laissa retomber le P.-M. le long de sa jambe et s'approcha d'elle à pas lents. Ses bottes firent craquer les lattes du parquet. La fille remonta un pan de couverture sur sa poitrine et le fixa avec une expression de terreur. Il la trouva jolie, bien plus attirante que sa femme ou les putains des bordels coréens. Il ne commit pas l'erreur de relâcher sa vigilance car les mains de la Chinoise, toujours enfouies sous les couvertures, pouvaient fort bien dissimuler une arme, un pistolet balkanique, un poignard ou même un simple tournevis.

Il redressa le Tokaru et lâcha une rafale à quelques centimètres du matelas. Les balles creusèrent une série de trous sur le bois vermoulu dont les fibres volèrent comme des brindilles soulevées par le vent. Les douilles éjectées retombèrent sur le parquet en égrenant leurs notes métalliques. La fille poussa un cri, bascula instinctivement vers l'arrière. Les couvertures lui échappèrent dans le mouvement et elle se retrouva découverte jusqu'aux genoux. Mönkh se demanda quelle idée l'avait piquée de dormir entièrement nue alors que l'hiver n'avait pas fini de donner ses coups de griffes, puis il aperçut ses vêtements étalés sur plusieurs chaises de l'autre côté du poêle et devina qu'elle avait essuyé l'averse de neige de la veille. Le fourneau et le tuyau coudé qui traversait la pièce sur toute sa largeur diffusaient une agréable tiédeur. L'âcre odeur de bois brûlé informa Mönkh que la vieille Li s'était débrouillée pour ne pas manquer de bûches, une denrée pourtant de plus en plus rare dans Grand-Wroclaw.

Le Mongol s'avança jusqu'au pied du matelas et, de la pointe de la botte, empêcha la Chinoise de tirer les couvertures sur elle. Il percevait les petits gémissements de peur qui s'exhalaient de ses lèvres entrouvertes. Le manteau de cuir et la moustache tombante avaient suffi à la renseigner sur l'identité et les intentions du visiteur. Il plongea le canon du P.-M. entre ses cuisses resserrées. Elle résista dans un premier temps, mais le fer la blessa et la contraignit à écarter les jambes. Des larmes roulèrent sur ses joues. Il arrivait à Mönkh de prolonger ce jeu cruel jusqu'à ce que l'homme ou la femme qu'il était chargé de liquider ne fût plus qu'une loque tremblante à ses pieds.

Des hoquets secouaient la fille et faisaient tressauter ses seins. L'extrémité renflée et rugueuse de la mitraillette lui raclait la vulve et déclenchait des ondes d'une douleur insoutenable. Les yeux exorbités et le sourire cruel du Mongol l'informaient qu'elle n'avait aucune clémence à espérer de sa part.

« Il ne t'arrivera rien si tu te montres coopérative, dit Mönkh sans interrompre son petit manège. Je suis venu pour la vieille Li. Tu sais où je peux la trouver ? »

Elle secoua la tête d'un air désespéré. Il releva le canon et le lui enfonça sous le nombril.

« T'aurais tort de me prendre pour un idiot ! Elle est passée sur la rive occidentale de la Nysa, c'est ça ? »

Elle resta figée sur le matelas, incapable d'articuler le moindre son. Le contact avec le métal froid avait suspendu sa respiration, creusé son ventre, ciselé ses côtes. Des traînées rouges zébraient l'intérieur de ses cuisses.

« C'est ça ? insista-t-il. Un simple signe me suffira... »

Même si Assöl lui avait fourni la réponse quelques heures plus tôt, il lui fallait à tout prix arracher des aveux à cette fille, ne serait-ce que pour se prouver que l'appartenance au clan du Mongol signifiait encore quelque chose.

Elle acquiesça d'un hochement de tête qui rabattit quelques-unes de ses mèches sur son front et ses joues.

« Qu'est-ce que tu fous chez elle ? demanda Mönkh. Tu l'as virée de sa maison ? »

Il relâcha la pression de son arme pour lui permettre de respirer plus à son aise. Sa peau, d'une blancheur insolite pour une Chinoise, était aussi hérissée que celle d'une poule fraîchement plumée.

« Je... je lui apporte sa nourriture, répondit-elle d'une voix entrecoupée de sanglots. Et... et les plantes qu'elle me demande de ramasser...
– Comment tu t'appelles ?
– Tzing...
– Eh bien, Tzing, tu seras dispensée de boulot aujourd'hui. C'est moi qui apporterai son repas à cette chère Li. Un repas riche en fer. »

Content de lui, il éclata d'un rire tonitruant qui fit vibrer le tuyau d'aluminium anodisé. Puis il recouvra son sérieux et hésita pendant quelques secondes sur la conduite à suivre : la sagesse aurait voulu qu'il liquide cette Chinetoque comme on tue ses lieutenants lorsqu'on élimine un parrain, mais elle l'attirait, ravivait sa virilité anesthésiée par l'alcool et la grosse Sündh.

« Tu es vierge ? »

Elle opina d'un battement de cils. Il ne serait peut-être pas obligé de recourir aux services de son fournis-

seur en pétrole, ce fils de pute de Thaï qui avait fait de l'escroquerie son activité principale.
« Tes parents vivent où ?
– Ils sont morts il y a deux ans... La grippe... Grand-maman Li m'a recueillie... »
Il hocha la tête d'un air satisfait. L'affaire ne se présentait pas trop mal : il n'aurait rien à débourser pour la récupérer et ne craindrait pas les représailles familiales.
« Attends-moi ici, reprit-il. J'ai une petite affaire à régler. Et n'essaie pas de filer en douce : je te retrouverai où que tu te caches, et tu regretteras de m'avoir désobéi... Compris ? »
Elle ne réagit pas dans un premier temps, comme indifférente à ses paroles.
« Compris ? »
La bouche du canon lui effleura l'arête du nez et la bouche avant de se poser brutalement entre ses seins et de lui heurter sèchement le sternum. Elle émit un vague grognement qui pouvait passer pour un consentement. Elle entrevit le scorpion tatoué sur le ventre du tueur lorsqu'il glissa le P.-M. dans la ceinture de son pantalon.

Mönkh s'engagea sur la passerelle souple jetée par-dessus le cours d'eau gonflé par les premières fontes des neiges. Cet assemblage rudimentaire de planches et de cordes était à sa connaissance le seul ouvrage qui reliât les deux berges du fleuve. Les habitants de Grand-Wroclaw ne s'aventuraient pas souvent – pour ne pas dire jamais – sur la rive occidentale de la Nysa. Non seulement ils craignaient d'y recevoir une onde mortelle expédiée depuis le R.E.M., mais ils soupçonnaient les lieux d'abriter tous les maléfices.
Le Mongol progressait avec prudence, alarmé par l'aspect sommaire et délabré de la passerelle. Le vent soufflait avec violence au milieu du fleuve et l'obligeait à s'agripper à la corde épaisse qui faisait office de para-

pet. Ses pieds glissaient sur les planches inégales, humides, fuyantes. Il ne se voyait pas prendre un bain en cette période de l'année, d'autant que la vue des bidons rouillés et des déchets de toutes sortes qui s'entrechoquaient à la surface ne laissait planer aucune équivoque sur la qualité de l'eau. Il maudit le parrain de l'avoir choisi parmi les cinquante exécuteurs permanents du clan pour cette corvée.

A l'horizon, le R.E.M. se démarquait du ciel encore blême par une couleur bleue soutenue et par les éclats scintillants qui le traversaient comme des météores. Le grondement de la rivière et les sifflements du vent empêchaient Mönkh de percevoir son grésillement.

Parvenu sur l'autre rive, il se retourna et embrassa du regard la ville qui s'étendait comme une lèpre hideuse sur les reliefs moutonnants. Il avait l'impression d'avoir posé le pied sur une terre lointaine, inconnue, et il ressentait le besoin impérieux de se raccrocher au spectacle familier des taudis de Grand-Wroclaw avant de s'aventurer plus avant sur les traces de la vieille Li. Les terreurs qui avaient jalonné sa petite enfance remontaient à la surface et fissuraient sa carapace rationnelle. Démons, sorcières, fantômes venaient le harceler comme dans ces temps très anciens où ils le réveillaient au milieu de la nuit et le contraignaient à se réfugier dans le lit de sa mère.

Il lui suffisait à présent de suivre les traces de pas dans la neige, plus épaisse de ce côté-ci que dans les rues de l'agglomération, pour remonter jusqu'à Li. Fébrile, il déverrouilla le cran de sûreté de son P.-M. et se tint prêt à ouvrir le feu. La piste l'entraîna vers un ensemble de collines enneigées qui ressemblaient à des nuages échoués sur le sol. Au fur et à mesure qu'il s'enfonçait dans le terrain vague, l'inquiétude grandissait en lui et il en appelait à toute sa volonté pour ne pas rebrousser chemin. Il savait, bien qu'il refusât de l'admettre, que le froid n'était pas la cause principale des frissons qui lui parcouraient le dos. La neige lapait tous les bruits et déposait un silence ouaté sur les environs.

Il n'avait jamais vu le R.E.M. avec une telle netteté : le vent empêchait la pollution de Grand-Wroclaw de franchir la Nysa, lavait le ciel de sa grisaille et révélait le rideau occidental dans toute sa grandeur, dans toute sa beauté. Le désir n'avait jamais effleuré Mönkh de tenter l'aventure occidentale. Personne ne savait ce qu'il advenait des émigrés de l'autre côté de la porte de Most et il préférait rester l'exécuteur d'un parrain dans la province de Pologne plutôt que d'être métamorphosé en esclave, en gladiateur, en serviteur ou en monstre de laboratoire dans un Occident refermé sur lui-même depuis plus de cent ans. Seuls les cas désespérés avaient intérêt à franchir le R.E.M. : on n'avait guère d'autre choix, lorsqu'on avait transgressé la loi d'un clan ou qu'on n'avait plus les moyens de nourrir sa famille, que de se livrer aux Occidentaux.

Mönkh aperçut une cabane au sommet d'une colline proche. L'abri de la vieille Li, sans doute. Il fallait être cinglé pour vivre dans ce trou désolé. Ou bien s'adonner à des pratiques magiques, s'inviter aux sabbats qui se tenaient là les nuits de pleine lune. De nouveau, ses terreurs enfantines assaillirent le Mongol. Il les refoula énergiquement : il ne tenait pas à finir émasculé et cloué sur une porte comme tous ceux qui contrevenaient aux ordres d'Assöl.

Il gravit la pente verglacée de la colline, s'accrochant aux branches basses des buissons épineux. Les empreintes de pas décrivaient une trajectoire beaucoup moins rectiligne que la sienne. Elles avaient été tracées par des pieds de femme ou d'enfant. La neige, tassée en congères contre les reliefs, craquait en sourdine sous les semelles de ses bottes. Les tiges des plantes grillées par le gel et brisées par le vent se dressaient çà et là, souvenirs jaunis et pétrifiés de l'été.

Il cala la crosse de sa mitraillette entre son bras replié et son flanc et, comme s'il craignait de recevoir une balle (ou une onde meurtrière surgie du R.E.M.), rentra la tête dans les épaules pour franchir les derniers mètres qui le séparaient du sommet. La bise mordante se faufilait par le col et les manches de son manteau. Des particules de givre tombèrent de ses moustaches clairsemées. Il déboucha sur l'arrière de la construction rudimentaire. Il fut tenté pendant une seconde de mitrailler la vieille Li au travers des planches mais il y renonça en estimant que cette méthode serait indigne d'un exécuteur du clan d'Assöl. Il contourna la cabane, aperçut des bougies et des bâtonnets d'encens plantés dans la neige, des assiettes de nourriture posées à même le sol. Les trois cloisons de la bicoque, entièrement ouverte sur le devant, supportaient un toit de tôle rouillée, calfeutré par endroits avec des bouchons de paille ou de tissu (une précaution superflue dans la mesure où l'air, la neige et la pluie pouvaient s'engouffrer à loisir par le vide de la façade).

Un fauteuil à bascule au dossier et aux accoudoirs arrondis se dressait à l'intérieur de la construction. C'était un siège ordinaire, semblable à ceux qu'on trouvait dans les taudis de Grand-Wroclaw, mais il paraissait immense en comparaison de la silhouette qu'il supportait. Mönkh crut un instant qu'il s'était trompé de cible, que les empreintes de pas l'avaient conduit devant une fillette ou une naine, puis il distingua des cheveux blancs sous l'ample châle de laine qui lui recouvrait le crâne. Il entrevit également les rides profondes qui lui hachaient la face et sentit le poids de son regard sur son front. Ses yeux brillaient avec un éclat insolite sous les rideaux flétris et à demi baissés de ses paupières, semblaient le scruter jusqu'aux tréfonds de l'âme. Le Mongol voulut presser la détente du Tokaru mais ses muscles ne lui obéirent pas. Il se douta qu'elle était en train de l'ensorceler, de l'emberlificoter dans les mailles d'un invisible filet. Il leva son P.-M., dirigea le canon sur la vieille femme en s'efforçant de maîtriser les tremblements de ses bras. Elle n'esquissait aucun geste de peur ou de révolte, et c'était peut-être cet étrange détachement qui le paralysait au moment de lui donner le coup de grâce. Il avait l'impression déroutante d'être du mauvais côté du canon, d'être sa propre cible. Elle était vêtue d'une veste rouge traditionnelle matelassée, fermée par des attaches de bois, et d'un pantalon noir en partie dissimulé par la couverture à carreaux déployée sur ses jambes.

Pendant plus de trois minutes, le tueur et la vieille femme restèrent ainsi face à face, elle parfaitement sereine en dépit de la menace qui pesait sur elle, lui de moins en moins maître de ses gestes. Il tenta de se sortir de son apathie en imaginant l'accueil que lui réserverait Assöl s'il revenait bredouille de son expédition, mais ni la perspective d'affronter la colère du parrain ni même celle d'être châtré et crucifié sur une porte ne parvinrent à provoquer le déclic nécessaire. Ses pieds se recroquevillaient dans ses bottes, ses doigts, son cerveau s'engourdissaient, ses yeux, incapables de soutenir le regard de la vieille femme, se posaient tels des insectes affolés sur les bouquets de fleurs en papier ou en tissu qui égayaient les murs de la cabane. Le vent sifflait dans les interstices des cloisons et du toit mais n'éteignait pas les bougies, comme s'il perdait de sa virulence au niveau du sol.

Les bras crispés du Mongol se détendirent tout à coup et le canon du P.-M. vint heurter le haut de sa botte. Envahi par la sensation d'être observé par un tiers, il se retourna et ne put retenir une exclamation de surprise : du sommet de la colline, on avait une vue d'ensemble de la Nysa et de Grand-Wroclaw, cette végétation noire et grise qui s'étendait à perte de vue sur la rive orientale et d'où montaient des panaches obliques de fumée. Il distinguait le quai de bois qui longeait la rivière et s'interrompait par endroits, brisé par les tempêtes de l'hiver, les maisons qui se serraient les unes contre les autres comme un troupeau apeuré, les immeubles en pierre du quartier de la Wzwych, géants aux toits badigeonnés de goudron noir et aux façades aveugles, l'entrelacs des ruelles où circulaient les camions de ravitaillement protégés par les vigiles des clans ou les milices des communautés agricoles polonaises. Grand-Wroclaw s'étalait sur plus de deux cents kilomètres, englobant les villes de Legnica, de Walbrzych, de Swidnica et le centre historique de Wroclaw.

« Tu m'as ensorcelé ? demanda Mönkh.

– Je ne suis pas une sorcière », répondit la vieille femme.

Surpris par la clarté et la fermeté de sa voix, il lui jeta un regard de biais. Elle rabattit le châle de laine sur ses épaules et dévoila une chevelure d'une blancheur immaculée qui offrait un contraste saisissant avec le cuivre de sa peau. Elle avait probablement dépassé les soixante ans – un âge tout à fait respectable dans une République sino-russe où l'espérance de vie moyenne était de cinquante ans pour les femmes et de quarante-cinq pour les hommes – mais d'elle émanait une énergie qu'auraient pu lui envier bon nombre de néo-triadins dans la force de l'âge.

« Je t'aurais tuée si tu ne m'avais pas jeté un sort, affirma le Mongol. Toi et ce fils de pute de Wang, vous incitez les autres à se rebeller contre l'autorité des clans.

– Wang n'est pas un fils de pute mais le fils de ma fille, rétorqua-t-elle d'un ton enjoué. Il ne défie pas l'autorité des clans, puisqu'il est passé en Occident. Et je ne t'ai pas jeté un sort, je t'ai simplement invité à sauter dans ton propre vide. »

Mönkh baissa les yeux et fixa d'un air désolé sa mitraillette, ce prolongement désormais inutile, dérisoire, de son bras. Il aurait donné n'importe quoi pour sortir de ce mauvais rêve et se réveiller dans la quiétude de son appartement du Wzwzych – une quiétude souvent malmenée par les éclats de voix de la grosse Sündh.

« Seule une sorcière est capable de vivre dans ce genre de bicoque, insista-t-il.

– Cet endroit symbolise pour toi la désolation et la mort, il représente pour moi l'espoir, il me permet d'entretenir le feu de la vie.

– L'espoir ?

– On ne voit pas bien le R.E.M. de l'autre côté de la Nysa...

– Quel rapport ? grogna Mönkh.
– Je ne voudrais pas rater le moment où le rideau disparaîtra. Tu ne m'as pas tuée parce que l'heure n'est pas venue pour moi de mourir, Mongol.
– On ne choisit pas l'heure de sa mort ! »
Un petit sourire éclaira le visage de la vieille femme. Elle paraissait à la fois indestructible et aussi légère et fragile qu'un papillon.
« Elle attendra pour me prendre que cette barrière se soit effacée, affirma lentement grand-maman Li.
– L'Occident n'ouvrira jamais le R.E.M. !
– Qui te parle de l'Occident, Mongol ? Les nantis se contentent de protéger leurs acquis. Ce sont ceux qui ont faim, froid et peur qui font évoluer les choses. »
Mönkh désigna les bougies et les assiettes d'un mouvement de menton.
« Tu... vous ne devriez pas encourager tous ces crétins de Chinetoques à vous rendre un culte...
– Ce ne sont pas des crétins ni des Chinetoques mais des hommes et des femmes déracinés, sans foi ni espoir. Ils ont permis à des gens comme toi de boucher leur horizon, ils se servent de moi pour espérer à nouveau.
– Ils ne m'ont rien permis du tout ! Je fais partie des forts et ils font partie des faibles, c'est tout. »
Grand-maman Li repoussa la couverture, fit basculer le fauteuil vers l'avant, se leva et esquissa quelques pas devant la cabane. Bien qu'il s'y fût attendu, Mönkh fut surpris de la découvrir si petite, si menue. Elle était chaussée de bottillons de tissu qui n'offraient probablement qu'une protection dérisoire contre le froid.
« Tu pourrais me tuer d'un simple coup de poing, fit-elle en se penchant sur une assiette. Et pourtant, tu n'oses pas lever la main sur moi. A ton avis, qui est le plus faible et qui est le plus fort ?
– Ne me provoque pas, vieille folle ! gronda Mönkh en brandissant son Tokaru. J'ai là-dedans un chargeur de trente balles !
– Que peuvent quelques misérables projectiles contre un esprit vide de désirs et de peurs ? Va dire à ton

parrain que je ne m'intéresse pas à ses affaires, que la seule œuvre de ma vie est la dissolution du R.E.M... »

Elle saisit un gâteau sec dans l'assiette et le porta à sa bouche. Le ciel se parait de traînées rosâtres annonciatrices du lever du soleil.

« Je ne crois pas qu'il ait envie d'entendre ce genre de propos, murmura Mönkh d'un air sombre.

– Débarrasse-toi de tes peurs. Ton parrain ne peut pas attraper le non-être. »

Elle ramassa l'assiette et la lui tendit.

« Je n'ai pas faim, maugréa-t-il.

– Tu devrais commencer par faire le vide dans ton ventre... »

Il s'écarta pour contempler à nouveau le panorama de Grand-Wroclaw. Il s'aperçut alors que des hommes, des Chinois mais aussi des Coréens, des Vietnamiens, des Thaïs, des Birmans, des Laotiens, s'étaient déployés tout autour de la cabane et braquaient sur lui des fusils de fabrication artisanale.

« Lâche ton arme, Mongol ! » cria l'un d'eux.

Il recouvra instantanément ses réflexes de combattant, chercha du regard une issue de secours, mais le cordon humain qui continuait de se resserrer sur lui n'offrait aucune possibilité de fuite. Une flambée de colère l'embrasa, une envie brutale le traversa de mitrailler cette vipère de Li qui grignotait son gâteau avec des lueurs de moquerie dans les yeux, mais son instinct de survie lui commanda de rester immobile. Il percevait l'extrême nervosité des nouveaux arrivants et il savait qu'une grêle de balles s'abattrait sur lui au moindre de ses mouvements. Il jugea plus sage de lâcher son Tokaru qui tomba sur le sol dans un bruit sourd.

« Salope de sorcière ! marmonna-t-il. Tu t'es bien foutue de ma gueule...

– On dirait que toutes tes peurs se sont matérialisées devant toi, Mongol.

– Quand Assöl apprendra que tes hommes sont armés, il leur fera une guerre sans pitié. Ils finiront cloués sur la porte de leur bicoque !

– D'une part, ils ne sont pas mes hommes. D'autre

part, les parrains ne seraient pas certains de gagner la guerre : les gens s'arment par milliers. Ils en ont assez de la loi des néo-triades. »

Un Viet, à peine plus grand que Li et aussi maigre qu'un chat errant, s'approcha de Mönkh et se saisit du Tokaru qu'il examina d'un air méfiant. Pour le Mongol, la perte de son P.-M. équivalait à une condamnation à mort : le parrain ne faisait preuve d'aucune mansuétude envers ses hommes qui se laissaient dépouiller de leur arme. Les autres se tenaient à présent à trois mètres de lui, vêtus de manteaux rapiécés, coiffés de bonnets ou d'échardes nouées autour de leur tête. Leurs fusils avaient été copiés sur des modèles très anciens, des Mauser ou des Winchester de la fin du XXe siècle, mais l'apparence rugueuse des canons et des crosses trahissait une facture artisanale. Probablement avaient-ils été fabriqués dans l'une de ces fonderies clandestines qui proliféraient dans les quartiers sud de Grand-Wroclaw.

« Tout va bien, grand-maman Li ? demanda le Viet.
— Vous vous êtes inquiétés pour rien, répondit la vieille femme. Qui vous a prévenus ?
— C'est moi... », fit une voix féminine.

Une fille surgit de l'arrière de la cabane et s'avança vers grand-maman Li. Elle grimaçait à chacun de ses pas. Mönkh la reconnut immédiatement en dépit du fichu qui lui recouvrait une partie de la tête. Il aurait dû regretter de l'avoir épargnée quelques instants plus tôt, mais elle avait brillé comme un timide rayon de soleil sur son hiver intérieur, et il s'en voulait de lui avoir charcuté le bas-ventre avec le canon de son Tokaru.

« J'ai eu tellement mal que je... que je lui ai dit où tu étais, grand-mère », reprit Tzing avec des larmes dans les yeux.

Grand-maman Li lui posa la main sur l'avant-bras.

« Il savait déjà où me trouver, mais il t'aurait tuée si tu avais refusé de parler. Le Tao de la Survie te recommandait d'être l'eau qui épouse les reliefs du sol. Si tu avais résisté, tu aurais été déracinée comme un arbre au milieu de la tempête.

– Qu'est-ce qu'on fait de ce porc ? intervint le Viet.
– Laissez-le partir...
– Il venait pour te tuer !
– Sans son arme, il est aussi inoffensif qu'un nourrisson... Quelque chose me dit qu'il ne tuera plus personne dans les rues de Grand-Wroclaw. »

Lorsque la silhouette de l'exécuteur mongol ne fut plus qu'un point minuscule sur la neige, ils baissèrent leurs fusils et restèrent regroupés autour de grand-maman Li.

« Nous aurons bientôt des millions d'armes, dit Vo Van Anh le Vietnamien.

– Nous serons prêts pour le retour de Wang, renchérit San Win le Birman.

– Il abattra le R.E.M., prendra la tête de l'armée de Pologne et nous ramènera dans notre pays », ajouta Nouhak Souphamane le Laotien.

Grand-maman Li les écoutait sans proférer un mot, se contentant de les encourager d'un regard ou d'un sourire. Ils n'avaient que la peau sur les os, ils étaient vêtus de hardes, ils brandissaient des armes fabriquées avec du métal de récupération et fignolées avec de simples limes, mais ils regardaient de nouveau vers l'Orient, vers ce soleil qui se levait sur deux siècles de misère et d'obscurantisme, et plus ils seraient nombreux à croire au retour de Wang, plus ses chances augmenteraient de survivre et de parvenir au but qu'elle lui avait fixé.

De l'autre côté de la Nysa, Mönkh se dirigea d'un pas rapide vers la place d'où partaient les camions pour les provinces du Sud. Sa vie ne valant plus un yuan, rien ne le retenait à Grand-Wroclaw – surtout pas la grosse Sündh. Il n'avait pas d'autre choix, s'il voulait rester en vie, que de se rendre en Bohême et de franchir la porte de Most.

CHAPITRE II

LA GUERRE DES BOERS

La perfection pour celui qui commande, c'est d'être pacifique ; pour celui qui combat, c'est d'être sans colère ; pour celui qui veut vaincre, c'est de ne pas lutter. Ainsi l'enseigne le grand Tao qui mène à la vertu. Le Tao qui t'enseigne la survie te recommande d'être sans colère avec ceux qui te sont supérieurs, de lutter avec ceux qui te sont inférieurs, d'être pacifique avec ceux que tu auras au préalable tués. Lorsque tu seras tiré d'affaire, alors tu pourras chercher le chemin de la vertu et trouver l'asile mystérieux qui abrite les dix mille êtres.

                Le Tao de la Survie de grand-maman Li

Les combats avaient débuté cinq jours plus tôt et l'odeur de charogne, de plus en plus lourde, dominait les effluves de terre brûlée et les relents de poudre colportés par les souffles d'air. Les finalistes des cent septièmes Jeux uchroniques avaient opté tous les deux pour une guerre d'attente, d'usure, et les premiers affrontements n'avaient permis ni à Frédric Alexandre ni à son adversaire de prendre l'avantage.

Répartis en *kommandos* de cent cinquante hommes, les Boers ne cherchaient pas à engager le combat mais à scinder en plusieurs tronçons l'armée adverse, forte de sept mille fantassins et de trois mille cavaliers. Ils n'avaient reçu qu'une seule consigne pour l'instant : harceler l'ennemi et se replier le plus rapidement possible avant qu'il n'ait eu le temps de riposter. Les *kommandos* se dissimulaient derrière les rares reliefs du terrain, surgissaient devant les premiers rangs ou sur les flancs des troupes anglaises, tiraient quelques salves et refluaient au pas de course vers des positions préparées à l'avance. Frankij Mœlder, le challengeur néerlandais, n'avait pas encore commis l'erreur de répondre aux provocations de son rival, de lancer ses hommes à la poursuite de ces groupes isolés, de briser la cohésion de ses troupes. Comme Hal Garbett deux ans plus tôt, il privilégiait l'ordre, la discipline, l'habileté manœuvrière. Son armée, qui progressait avec lenteur dans le veld, se repliait sur elle-même à la moindre escarmouche, s'entourait d'une muraille formée de trois ou quatre rangs de fantassins et crachait un feu nourri. Les cavaliers ne participaient pas aux affrontements : pied à terre, regroupés au centre de la formation, ils épargnaient leurs balles et leurs forces en attendant que leurs collègues aient mis les assaillants en fuite. Leur stratège les réservait visiblement à d'autres tâches.

Un grésillement caractéristique jaillit des écouteurs de Wang, suivi du souffle précipité de Frédric Alexandre.

« Cinq jours que les Jeux ont commencé et ce maudit Batave ne réagit pas comme je l'escomptais, murmura le défendeur. A ce rythme, nous croupirons sur cette île pendant plus de trois mois... »

Wang perçut nettement de la lassitude dans la voix de son correspondant. Il leva machinalement les yeux mais ne distingua pas la bulle scintillante du P.C. volant. Le soleil habillait le ciel d'un cuivre étincelant et enflammait les épis translucides des herbes hautes. La brise soulevait des tourbillons de poussière qui s'infiltraient dans les narines et irritaient la gorge.

Wang extirpa le micro du col de sa chemise et le plaça devant sa bouche.

« Nous ne cherchons pas à le faire réagir, mais à endormir sa méfiance... commença-t-il.

– Ne parle pas si fort, tu me crèves les tympans ! Le moment me tarde de passer à l'attaque. »

Wang comprenait l'impatience de Frédric qui, comme tout stratège, comme tout homme portant les espoirs d'une nation, éprouvait le besoin permanent de brusquer le cours des choses, de justifier son rang, de contenter les millions d'admirateurs qui l'avaient submergé de marques d'enthousiasme et d'affection au cours des deux années qui avaient suivi son triomphe sur Hal Garbett.

« Trop tôt, objecta Wang. Sa garde est encore serrée...

– Qui est le stratège ? glapit Frédric Alexandre (Wang eut l'impression que deux clous lui avaient perforé le crâne). On ne gagnera pas cette guerre en restant passifs !

– On ne la gagnera pas non plus en jouant sur son terrain, répliqua calmement le Chinois.

– Il attend que vous ayez épuisé vos balles pour vous achever à la baïonnette... »

L'attribution des baïonnettes au seul challengeur avait provoqué une polémique virulente entre le défi français, soutenu par son gouvernement, et le C.O.J.U., le Comité d'organisation des Jeux uchroniques, appuyé par les pays anglophones. Le C.O.J.U. avait déclaré que les armes attribuées au défendeur, les fusils copiés sur le Mauser 1898 et les pistolets Mauser 1896, étaient à la fois plus puissants et plus précis que les fusils Lee-Enfield Mark II (1898) et les revolvers Enfield Mark II (1881) alloués aux soldats et officiers du challengeur, et que, par conséquent, il convenait de rééquilibrer le rapport des forces par l'octroi unilatéral des baïonnettes. Les Français avaient élevé une protestation officielle et demandé l'arbitrage du C.S.S., le Conseil supérieur des sages, un organisme indépendant – prétendu tel – chargé de résoudre les litiges engendrés par les décisions du C.O.J.U. Le défi français n'avait pas contesté le choix des modèles Mauser, des armes de fabrication allemande qui équipaient la plupart des Boers à la fin du XIXe siècle – même si certains Afrikaners avaient utilisé le Lee-Metford Mark II, le Krag-Jorgensen norvégien ou la célèbre Winchester américaine, la logique historique globale se devait d'être respectée –, mais il avait récusé l'argument du déséquilibre des forces : le magasin du Lee-Enfield contenait dix balles contre cinq au Mauser, offrait donc un appréciable gain de temps aux soldats du challengeur et annulait l'avantage représenté par la puissance du modèle allemand. Le Conseil supérieur des sages avait jugé ce raisonnement spécieux et entériné les modalités décidées par le C.O.J.U. En revanche, il avait accédé à la requête du Channel A anglais et de la Holysens américaine de repousser d'un mois le début des Jeux : les deux grands sensoramas anglophones – ils avaient obtenu en 2120 l'autorisation de diffuser quelques émissions en langue anglaise –

avaient réclamé un délai de trente jours pour mettre au point une technologie sensorielle inédite. Le défi français, conscient que ce report était destiné à prolonger le temps de préparation du challengeur néerlandais, ne s'y était pas opposé, faisant preuve d'un esprit chevaleresque tout à fait conforme avec l'idée que le monde se faisait de la France (l'opposition, devenue squelettique depuis le triomphe d'Alexandre sur Hal Garbett, considérait cette magnanimité comme le comble de la stupidité). Le coup d'envoi des cent septièmes J.U. avait donc été donné le 1er avril, une date que les esprits chagrins (l'opposition...) avaient jugée peu compatible avec une manifestation aussi importante que les Jeux uchroniques.

Abrités derrière un talus, allongés sur le sol, les hommes de son *kommando* épiaient Wang avec des lueurs interrogatives dans les yeux. Leurs voyants frontaux jetaient des éclats rougeoyants sur leurs arcades sourcilières et leurs pommettes. Ce groupe, en apparence semblable aux autres, était en réalité formé des meilleurs éléments de l'armée d'Alexandre, Sino-Russes ou Islamiques. Sélectionnés par la cellule morphopsycho du défi, ils avaient suivi un entraînement intensif sous la férule d'un spécialiste de la protection rapprochée. Chargés de veiller sur le capitaine de champ, ils ne devaient commettre aucun geste ni prononcer un seul mot qui eût risqué de trahir sa présence parmi eux. Vêtus de vestes brunes ou grises, coiffés de chapeaux de toile, chaussés de hautes bottes, le torse barré de deux ou trois cartouchières, ils s'étaient laissé pousser la barbe, à la fois pour accentuer leur aspect guerrier et ressembler aux Boers historiques dont Frédric Alexandre leur avait vanté le courage et l'audace. Si les poils qui ornaient les joues et le menton des Asiatiques restaient clairsemés, les Arabes, les Noirs africains, les Balkaniques et les Nordiques arboraient de somptueuses barbes qui leur tombaient parfois jusqu'au milieu de la poitrine.

« Je ne sais pas si nous avons fait le bon choix », reprit Frédric Alexandre.

L'indécision était l'un des traits marquants de son caractère, particularité que Wang n'estimait pas nécessairement négative. Excessive, l'indécision pouvait se révéler paralysante, mais elle indiquait une certaine ouverture, une faculté d'adaptation, un goût pour l'ordre secret et changeant des choses. Elle était une porte ouverte à la volonté des ancêtres, des dieux, des éléments, de tous ces médiateurs occultes reniés par les Occidentaux.

« Le hasard n'a pas encore trouvé la faille, dit Wang. Mais l'occasion se présentera tôt ou tard. Pour l'autre ou pour vous... »

Il ne s'était jamais résolu à tutoyer Alexandre, comme celui-ci l'y avait invité à plusieurs reprises, non parce qu'il s'estimait inférieur au Français mais parce que toute marque de familiarité entre eux se serait avérée illusoire et, à la longue, dangereuse. De même, il avait exprimé le désir de quitter l'appartement de Frédric et de Delphane, car l'intimité avec le couple le plus célèbre de Paris présentait plus d'inconvénients que d'avantages. Non seulement il lui fallait endurer la curiosité, les questions, la perfidie ou le mépris des innombrables visiteurs qui se pressaient dans l'immense triplex du Marais, mais il devait également se défendre des avances de plus en plus pressantes de Delphane. Il avait fini par obtenir un deux-pièces indépendant dans un immeuble de pierre situé deux rues plus loin. Dès lors, jusqu'au jour où le défi français leur avait enjoint de regagner le camp d'entraînement des Landes, il avait passé la plus grande partie de son temps libre à explorer Paris en compagnie de ses trois lieutenants, Belkacem L. Abdallah, Tûmer Bansadri et Kamtay Phoumapang.

Quelques jours avant le départ, Delphane était venue lui rendre visite et lui avait annoncé le thème choisi par Frédric pour les cent septièmes J.U., la guerre des Boers, un conflit qui avait opposé l'Angleterre et les colons néerlandais d'Afrique du Sud entre 1899 et 1902.

« C'est moi qui lui ai... suggéré ce thème, avait ajouté la jeune femme d'un air mystérieux. Ou, plus exactement, on m'a chargée de le lui suggérer...
— On ?
— Il est encore trop tôt pour te révéler l'identité de mes correspondants. Sache seulement que ces Jeux sont destinés à vous familiariser, tes hommes et toi, avec les armes à feu. Le prochain défi proposera un enjeu bien plus important qu'une simple suprématie stratégique.
— Et si Frédric perd ?
— Il doit vaincre à tout prix.
— Qu'aurais-je à y gagner personnellement ?
— La liberté, peut-être...
— La liberté à l'intérieur d'un infranchissable rideau n'est pas la liberté... »
Elle s'était approchée de lui jusqu'à ce que leurs lèvres se frôlent. L'espace de quelques secondes, il s'était laissé bercer par son souffle tiède et régulier. Il avait entrevu ses seins par l'échancrure de sa tunique gauloise mais il avait étouffé le désir violent qui l'avait embrasé, car les nombreux ennemis de Frédric pouvaient fort bien se servir d'elle pour amener son capitaine de champ à commettre une faute – les rapports sexuels entre les immigrés et les Occidentaux étaient strictement prohibés – et entraîner l'extinction de son voyant frontal. Il s'était relevé avec vivacité et posté devant la baie vitrée qui donnait sur le balcon écrasé de soleil. Il avait tenté de reconstituer les traits de Lhassa, la Tibétaine dont les Occidentaux l'avaient séparé à la porte de Most, mais elle s'estompait peu à peu de sa mémoire, elle sortait inexorablement de sa vie. Sur une suggestion de Frédric, le président Freux était intervenu en personne auprès du Bureau de l'immigration de New York pour réclamer une enquête sur une jeune femme du nom de Lhassa passée en Occident au mois d'octobre 2211, mais les permanents administratifs lui avaient fait sèchement remarquer que le Bureau dépendait de l'O.N.O., qu'à ce titre il n'était pas tenu de répondre aux

requêtes gouvernementales non validées par le conseil des nations.

« Tu te méfies de moi, avait soupiré Delphane.
– Je ne sais pas qui vous envoie...
– Tu les verras quand l'heure sera venue. Quand tu auras écrasé Frankij Mœlder.
– Quand Frédric l'aura écrasé... »

Elle l'avait rejoint devant la baie vitrée et, de l'index, lui avait effleuré l'arête du nez et les lèvres.

« Nous savons pertinemment, toi et moi, quel est le véritable artisan de la victoire de Frédric sur Hal Garbett.
– Je fais seulement partie des causes occultes, avait protesté Wang. Je suis un soldat du hasard.
– Le hasard... certains le subissent et d'autres le dominent.
– Comme ceux qui ont modifié mon âge ? Comme ceux qui ont communiqué avec moi sur l'île des Jeux ? »

Elle l'avait fixé pendant un temps qui s'était étiré comme une éternité, puis, visiblement à regret, elle s'était reculée vers la porte. Il l'avait trouvée jolie avec ses yeux clairs, ses cheveux noirs rassemblés en un chignon strict, sa courte tunique resserrée à la taille par une ceinture à spirales holographiques qui n'avait rien d'antique, mais il n'avait plus ressenti pour elle que de l'indifférence. Elle était sortie de l'appartement sans dire un mot et n'avait plus cherché à le revoir avant son départ pour le camp des Landes.

Des coups de feu retentirent dans le lointain. Une nouvelle escarmouche avait éclaté entre un *kommando* et l'armée anglaise. Wang coupa la communication, discerna les salves irrégulières des Boers et les ripostes synchronisées des fantassins de Frankij Mœlder. Le C.O.J.U. avait doté les deux camps d'une réserve de plusieurs millions de balles en prévision d'une guerre longue – la brièveté des Jeux précédents, où le célèbre Hal Garbett avait été écrasé en moins de trente heures, avait soulevé de vives protestations de la part des sensoramas officiels et de la puissante F.A.S.I. (Fédération des associations de sensoreurs indépendantes).

Lors de sa déclaration préliminaire, Frédric avait déclaré qu'il avait choisi de représenter la rébellion boer pour contraindre son rival, Frankij Mœlder, un Hollandais natif de Haarlem, à incarner la tyrannie anglaise dans une guerre autrefois perdue par ses compatriotes. Cette décision lui permettait également de contrarier à sa manière les manœuvres des anglophones qui cherchaient à restaurer l'hégémonie anglo-américaine au sein de l'O.N.O. Il se donnait enfin la possibilité de réussir une deuxième uchronie consécutive, exploit que personne n'avait encore réalisé dans l'histoire des J.U.

Sa tâche s'était trouvée compliquée par ce choix dans la mesure où le C.O.J.U. avait tendance à favoriser le stratège qui allait dans le sens de l'histoire, qui se proposait de conforter la civilisation occidentale dans ses fondements. Certes, la guerre des Boers n'avait été qu'un affrontement entre Européens pour le contrôle d'une colonie lointaine riche en or et en diamants, mais elle illustrait à merveille l'opposition entre l'ordre et le chaos, entre l'arrogance et la nécessité, entre une armée professionnelle et une poignée de paysans prêts à mourir pour défendre leurs terres. En outre, les Afrikaners avaient reçu l'appui des huguenots chassés par la révocation de l'édit de Nantes, et cet apport français, bien que minoritaire, ajoutait une touche de patriotisme au choix de Frédric et lui assurait le soutien inconditionnel de la nation.

Les Blancs d'Afrique du Sud avaient disparu à la fin du XXIe siècle, massacrés par les troupes fanatiques de la Grande Nation de l'Islam, mais, même si ce génocide prouvait qu'ils n'avaient jamais trouvé leur véritable place sur la terre africaine, ils continuaient de symboliser l'esprit pionnier, l'audace, l'insoumission, la détermination. Leur système de séparation des races, le fameux *apartheid* – mot qui provenait probablement du français « à part » –, avait de surcroît annoncé, un siècle à l'avance, le repli de l'Occident sur lui-même et l'érection du R.E.M. Mis au banc des nations entre 1945 et 1990, ils avaient servi de modèle aux gouvernements de souveraineté chrétienne qui avaient accédé au pouvoir au début du XXe siècle et remis au goût du jour le concept de l'évolution séparée des races instituée par l'Eglise réformée hollandaise. L'interdiction des relations sexuelles entre immigrés et Occidentaux – le sept cent onzième amendement de l'O.N.O., adopté à l'unanimité en 2105 – n'avait-elle pas été directement inspirée par l'*Immorality Amendment Act* voté en 1950 par le parlement afrikaner ?

Wang attendit que les tirs eussent cessé pour réactiver son récepteur radio, alimenté par une pile autorechargeable. Il s'était laissé pousser la barbe pour préserver son anonymat. Ses cheveux longs dissimulaient les fils qui partaient du boîtier central, sanglé sous sa chemise, et reliaient les écouteurs et le micro. Non seulement cet attirail lui irritait la peau mais parfois, lorsque la chaleur se faisait accablante, la transpiration provoquait des courts-circuits, et d'insupportables décharges électriques lui zébraient le torse. Il avait demandé à Frédric pourquoi les Occidentaux, si fiers de leur technologie, s'en tenaient à un système de communication aussi rudimentaire, aussi incommode, sur le champ de bataille. « Les fréquences radio sont trop grossières pour être interceptées par les satellites sensor, avait répondu le défendeur. Ce système n'est pas très pratique, mais il permet d'éviter les tricheries. »

Wang perçut de nouveau un grésillement dans les écouteurs.

« Trente-cinq... souffla Alexandre.

– Combien chez les Anglais ?

– A peine vingt. Ils ont perdu en tout sept cent cinquante-six hommes et nous huit cent vingt, dont deux cents cavaliers... »

Wang eut une pensée inquiète pour Belkacem L. Abdallah, Timûr Bansadri et Kamtay Phoumapang, dont il était sans nouvelles depuis quatre jours. Les *kom-*

mandos restaient entièrement libres de leurs mouvements et intervenaient quand bon leur semblait sur le champ de bataille. Ils transportaient leur ravitaillement et dressaient leur bivouac là où la nuit les surprenait. Frédric avait élargi la notion de chaos qu'il avait introduite à dose homéopathique lors des Jeux précédents. Il n'avait pas cherché à imposer une discipline d'ensemble à ses troupes, mais à renforcer la cohésion de chaque *kommando*, placé sous le commandement d'un officier. Il avait opté pour une tactique de harcèlement, de guérilla, destinée à désagréger le bloc compact de l'armée anglaise, mais Frankij Mœlder, averti par la mésaventure survenue à Hal Garbett, n'avait pas commis l'erreur de se couper de ses sources d'approvisionnement. Il avait transformé son armée en une véritable forteresse ambulante, au centre de laquelle des attelages traînaient les voitures de vivres et de munitions. La désorganisation apparente de son rival français avait entraîné un excès d'ordre chez lui, un désir exacerbé de réaffirmer la supériorité de la stratégie militaire classique sur les « aberrations de ce petit Frenchy servi jusqu'alors par une chance insolente », tel qu'il l'avait lui-même déclaré lors des reportages sensor consacrés aux finalistes. La douceur des nuits favorisant les bivouacs, ses hommes n'étaient pas obligés de regagner chaque soir l'enceinte fortifiée qui leur servait de base et s'épargnaient une fatigue inutile. Son armée fendait l'océan jaune du veld comme un gigantesque cuirassé sur les flancs duquel se brisaient les vagues sporadiques des Boers.

Wang supposait que le capitaine de champ du challengeur était bien à l'abri au cœur de cet impressionnant dispositif, dont le premier avantage était de raccourcir les distances et de privilégier la vitesse des communications.

Le temps n'était pas venu de prendre ce navire d'assaut, d'ouvrir des brèches dans sa coque. Il n'avait pas assez erré dans la brousse à la poursuite d'un insaisissable ennemi, il n'était pas encore fissuré par les atteintes de l'usure, de la lassitude, du découragement. Le C.O.J.U. avait voulu favoriser l'option stratégique de Frankij Mœlder en imposant un terrain plat, un temps chaud et sec, mais Frédric avait réagi en dispersant son armée et en opposant la tactique du vide à la puissance adverse. Il avait affecté vingt cavaliers au *kommando* de Wang, chargés de transmettre ses ordres à l'ensemble de l'armée. Afin de ne pas trahir la position du capitaine de champ – grâce aux voyants frontaux les stratèges étaient avertis des mouvements de leurs adversaires sur les cartes lumineuses des P.C. volants –, trois détachements de vingt cavaliers galopaient en permanence d'un *kommando* à l'autre de manière à masquer les déplacements des messagers.

« A ton avis, dans combien de temps pourrons-nous lancer une véritable offensive ? soupira Frédric Alexandre.

– La lassitude guette le fauve qui chasse depuis plusieurs jours et ne capture aucune proie, répondit Wang.

– Encore un dicton de ta grand-mère ? »

Wang regrettait amèrement d'avoir parlé de grand-maman Li à Frédric et Delphane lors d'une morne soirée d'hiver. Il avait dilapidé une partie de son trésor pour le plaisir fallacieux d'être le centre d'une conversation. L'évocation de la vieille femme avait éveillé un vif intérêt chez Delphane, qui lui avait posé une foule de questions. Il lui avait fourni des réponses évasives, se rendant compte que grand-maman Li vivait plus intensément à l'intérieur de lui lorsqu'elle y demeurait cachée.

« Un proverbe sino-russe, répliqua-t-il sèchement.

– Laissons passer une nuit et un jour, proposa Frédric. Nous aviserons demain à la même heure. Ne me rappelle pas d'ici là, sauf en cas d'urgence. Je vais réfléchir à une solution plus... expéditive. »

Lorsque la communication s'interrompit, Wang eut la subite impression d'être environné d'une bulle de silence. Il retira ses écouteurs, perçut le friselis de la brise sur les herbes, les hennissements des chevaux, les cliquetis des balles que les hommes glissaient dans la culasse ouverte de leur fusil. Ils s'étaient repliés en haut d'une colline après avoir lancé une timide offensive contre l'armée anglaise – rien ne devait différencier le groupe du capitaine de champ des autres *kommandos*. Ils n'avaient essuyé que de très faibles pertes (un mort, deux blessés légers) et n'avaient pas gaspillé leurs munitions. Ses gardes du corps avaient empêché Wang de prendre part aux hostilités. Il n'avait même pas eu l'occasion de tirer un coup de feu. Equipé comme ses hommes d'un fusil Mauser, il disposait en plus, comme tous les officiers, d'un pistolet modèle 1896, une arme dont le magasin placé devant le pontet accentuait l'aspect massif. Il l'avait dissimulé dans son dos, le canon glissé dans la ceinture de son pantalon.

Les hommes transpiraient en abondance sous leurs lourdes vestes. La chaleur et la luminosité aveuglante les contraignaient à garder leurs chapeaux de toile vissés sur leurs têtes. De temps à autre, ils buvaient une rasade d'eau tiède au goulot de leurs gourdes de peau. Leurs barbes emmêlées, leurs cartouchières superposées, leurs mains sales, leurs ongles noirs, leurs visages couverts de poussière leur donnaient l'allure de pillards. De fines volutes de vapeur s'élevaient des flancs humides des chevaux, qui broutaient quelques mètres plus loin.

Un guetteur écarta tout à coup le rideau des herbes hautes et se dirigea au pas de course vers Wang en agitant les bras et en roulant de grands yeux effarés. C'était un Noir de la G.N.I., un jeune Tchadien du nom d'Ali W. Ousfane qui avait été classé parmi les premiers sur la liste d'aptitudes établie par la cellule morpho-psycho. Bon nombre de Noirs avaient protesté lorsqu'on leur avait annoncé qu'ils représenteraient les Boers sur l'île des Jeux, mais l'extinction du voyant frontal des éléments les plus contestataires les avait rapidement ramenés à la raison. Ils avaient compris qu'il valait mieux endosser l'uniforme de ces colons blancs qui avaient chassé les nations autochtones, les

Zulus, les Ngugis, les Sothos, les Xhosas, les Ndebeles...
de leurs terres ancestrales plutôt que d'être foudroyés
sans combattre.

« L'armée anglaise... », cria Ali W. Ousfane.

Il avait retiré sa veste et ouvert sa chemise, qui flottait
derrière lui comme une aile bleutée. Il avait effectué
une longue course ainsi qu'en témoignaient son essoufflement et les épaisses gouttes de sueur qui lui perlaient
sur le visage et le torse. Le canon de son fusil et les
balles glissées dans ses cartouchières superposées
accrochaient des éclats de soleil.

« Elle vient... Elle pique tout droit sur nous ! »

Il s'immobilisa à deux pas de Wang et, plié en deux,
les mains posées sur les genoux, il s'efforça de reprendre son souffle.

« Quelle distance ? demanda Wang.
– Moins... d'un kilomètre... »

Les hommes se relevèrent un à un et déverrouillèrent
le cran de sûreté de leur fusil. La nervosité se communiqua à tout le *kommando* comme un incendie propagé
par le vent. Les chevaux commencèrent à piaffer, à
renâcler. Les autres guetteurs, aussi essoufflés et transpirants qu'Ali W. Ousfane, surgissaient à tour de rôle
des herbes du veld.

La brusque volte-face de l'armée anglaise déconcerta
Wang : le Néerlandais avait probablement une idée derrière la tête en ordonnant cette manœuvre, d'autant
plus étonnante qu'elle allait à l'encontre de sa logique
habituelle, mais ses intentions demeuraient pour l'instant indéchiffrables. Peut-être ce changement tactique
ouvrirait-il une brèche dans laquelle pourraient enfin
s'engouffrer les *kommandos* ?

Wang fut tenté pendant quelques secondes de rouvrir
le canal radio, d'échanger ses impressions avec son
stratège, mais il y renonça et, d'un ample geste du bras,
fit signe à ses hommes de battre en retraite. Les cavaliers sautèrent sur leurs montures, les responsables du
ravitaillement vérifièrent les bâts des chevaux de
somme et les fantassins, fusil en bandoulière, se dispo-

sèrent en quatre colonnes. Lorsqu'ils s'ébranlèrent, ils discernèrent le grondement lointain des Anglais de Frankij Mœlder qui avançaient au pas cadencé dans leur direction.

Depuis le début des Jeux, Delphane n'était sortie qu'à quatre reprises du sensor familial (elle avait du mal à se faire à l'idée que Frédric et elle formaient désormais une famille) : les deux premières fois pour se restaurer, les deux suivantes pour satisfaire ses besoins organiques et décontracter ses muscles tétanisés. Elle n'avait plus besoin de se couvrir la tête d'un casque et le corps de capteurs comme dans l'antique sensor de son père, il lui suffisait de s'allonger sous l'identificateur épidermique et de régler la puissance d'exposition. La S.I.N.S., l'entreprise qui avait conçu ce tout nouveau modèle, s'était conformée aux directives officielles du C.O.J.U. en installant un réducteur automatique de puissance destiné à refréner les abus sensoriels mais, parallèlement, elle commercialisait par démarchage un interrupteur manuel qu'il suffisait d'enfoncer dans un orifice prévu à cet effet pour neutraliser cette fonction restrictive et plonger sans entrave dans le vertige des sens. Lorsque le technico-commercial de la S.I.N.S. s'était présenté chez elle, Delphane, adepte des sensations fortes, s'était immédiatement procuré le précieux commutateur contre la somme exorbitante de trois mille ox (débités de manière anonyme sur sa carte-espèces). La S.I.N.S. amassait une véritable fortune en se livrant à ce double jeu. Les substances illicites – drogues, alcools (sauf les vins d'appellation contrôlée), tabac – ayant disparu de l'Occident, les trafiquants s'étaient reconvertis dans l'abus sensoriel, l'un des derniers refuges de la fraude.

Delphane avait attendu que Frédric rejoigne le camp des Landes pour installer l'interrupteur. En pressant le bouton, elle avait eu l'impression de se livrer corps et âme à la machine. Elle était revenue hébétée de ses premiers voyages, rencontrant les pires difficultés à se réadapter aux impératifs de l'espace et du temps. Elle avait sensoré quelques scènes des Jeux remportés par Frédric et gardés en mémoire dans la sensothèque de la SF 1. La ruche albigeoise lui avait permis de reconstituer toute l'épopée de Wang, y compris son inexplicable disparition entre le moment où il s'était réfugié dans la forêt en compagnie de ses deux compagnons et celui où il s'était retrouvé encerclé par une meute de Romains vociférants. Elle avait ressenti la même énergie animale que lors du direct, la même impression de violence et de vulnérabilité.

C'est avec lui qu'elle aurait désiré expérimenter les relations naturelles, et non avec son mari, qui reculait sans cesse l'échéance, comme terrorisé par cette perspective. Frédric passait l'essentiel de ses nuits à consulter les historamas sur l'art stratégique, sur les batailles célèbres, sur les grands généraux, perdait des heures à répondre aux millions de messages sensoriels laissés par ses admirateurs et occupait le reste de son temps avec les morphopsychos, les médialistes et les responsables du défi. Il n'accordait à sa femme qu'une trentaine de minutes par jour, et encore il se trouvait toujours quelqu'un – conseiller du président Freux, disciple en stratégie chaotique, animatrice vedette de la SF 1, ami d'enfance de Tours – pour venir les importuner.

Elle avait été contactée par le responsable du mouvement universaliste de l'Ile-de-France, un homme d'une soixantaine d'années du nom de Gil Auvernoy. A la différence de Jehan de La Couperie, il ignorait l'existence des ruches et croyait sincèrement à l'universalisme, seul moyen selon lui de rassembler l'humanité sous la houlette d'un Occident éclairé et fédérateur.

Elle assistait régulièrement aux réunions clandestines qui se tenaient dans les caves confortablement aménagées des vieux immeubles de la place Monceau ou dans les maisons frappées d'alignement du quatorzième arrondissement. Les célébrités – animateurs de la SF 1, chanteurs avibratoires, musiciens, sculpteurs, peintres, comédiens sensorama – y côtoyaient les anonymes, les chevilles ouvrières du mouvement, les prosélytes qui s'aventuraient chaque nuit dans les rues pour tapisser de slogans lumineux les murs de la capitale. Tous se ressemblaient, cependant, par la férocité avec laquelle ils se jetaient sur le buffet, sur les vins et sur les accélérateurs cérébraux. Elle détestait l'ambiance superficielle de ces assemblées, mais la ruche albigeoise lui avait conseillé de continuer à fréquenter les universalistes pour aiguiller les services secrets sur de fausses pistes.

« Parce qu'ils me surveillent ? » s'était-elle étonnée à voix haute tandis qu'elle entrait dans un grand magasin de la rive gauche.

Les passants lui avaient jeté des regards à la fois interloqués et compatissants.

« *Apprends à te contrôler en toutes circonstances, Delphane Miorin*, avait modulé la ruche. *Il serait également temps que tu perdes un peu de ta naïveté : les services secrets savent sur toi tout ce que nous leur permettons de savoir. Tant qu'ils se préoccupent des sympathies universalisées de la femme de Frédric Alexandre, ils ne s'intéressent pas au réseau mondial sensolibertaire.*

– Ce n'est pas dangereux pour Frédric ? »

Elle avait appris à utiliser le mode de communication de la ruche, la modulation. Elle s'appliquait à édulcorer ses pensées de tout élément parasite et correspondait au moyen de la biopuce greffée dans son cerveau. Le réseau se chargeait de démoduler ses informations, d'en extraire les concepts principaux et de reconstituer son message. Il ne se trompait qu'en de très rares occasions, principalement lorsque Delphane se montrait confuse dans son raisonnement. Elle réalisait toutefois des progrès constants dans l'apprentissage de ce langage silencieux et pouvait désormais tenir de véritables conversations avec ses lointains interlocuteurs. Elle n'échangeait pas seulement avec la ruche albigeoise, mais avec le réseau mondial tout entier, et elle avait l'impression d'errer au travers d'une banque de données infinie. Elle recevait parfois des images d'événements qui s'étaient déroulés au début du XXIᵉ siècle... Une foule en colère s'acharnait sur une famille immigrée, des policiers effectuaient une descente brutale dans une cave où se terraient des pionniers du réseau sensolibertaire, des minarets ou des temples bouddhiques s'effondraient sous les assauts des bulldozers... Elle les ressentait comme des souvenirs échappés de la mémoire centrale de l'humanité et se rendait compte que le monde occidental, ce monde qu'elle avait longtemps considéré comme l'ultime rempart contre la barbarie, était lui-même édifié sur des fondations de souffrance et de sang.

« *Ton engagement universaliste ne peut pas être dangereux pour Frédric,* avait modulé la ruche. *Les services gouvernementaux contrôlent entièrement le mouvement. Il leur sert à manipuler l'opinion, à propager les rumeurs, à ménager les intérêts électoraux d'Emilian Freux et de ses pairs. Ils opèrent une arrestation de temps à autre, quand cela les arrange, quand ils ont besoin de taper sur la table. Mais tant que Frédric gagnera, ils ne s'en prendront pas à lui...*
– *Et s'il perd...*
– *Nous avons engagé une course de vitesse avec les hyènes de l'O.N.O. Une défaite de Frédric risquerait de nous être fatale.*
– *Pourquoi Frédric ? Vous avez une préférence pour les Français ?* »

Une onde de chaleur s'était propagée dans le cerveau de la jeune Toulousaine et s'était retirée en abandonnant une écume d'euphorie. Elle avait compris, beaucoup plus tard, qu'elle avait reçu un éclat de rire de la ruche.

« *Nous nous contrefichons des querelles linguistiques opposant les francophones et les anglophones. Notre langage représente la quintessence de la sémantique, puisqu'il ignore la forme pour ne retenir que le sens. Et ce n'est pas le personnage de Frédric qui nous intéresse, mais le faisceau de conjonctures qui se rassemble sur son nom.*

— *Sur lui ou sur Wang ?*
— *Sans Frédric, Wang ne serait qu'un immigré comme les autres. Sans Wang, Frédric ne serait qu'un stratège comme les autres...* »

Elle n'était pas retournée dans la campagne de Rabastens mais chaque fois qu'elle recevait une modulation, l'image de la ruche se reformait avec une étonnante précision dans son esprit. Elle revoyait la sphère transparente et centrale, la structure géométrique et harmonieuse des toboggans, les êtres blêmes et difformes qui occupaient les nids. Elle éprouvait toujours la même répulsion physique au souvenir des caricatures d'humains qu'étaient devenus les membres du réseau sensolibertaire, mais elle prenait du plaisir à discuter avec eux, à puiser à volonté dans leur fantastique unité centrale. Elle songeait parfois que leurs données, si on les avait imprimées, auraient occupé une bibliothèque de plusieurs milliers de mètres carrés.

« *Tu devras suggérer à ton mari le prochain thème des Jeux, Delphane Miorin.*
— *Moi ? Mais je n'ai aucune idée de...*
— *Nous, nous avons une idée. Nous estimons que si tu la lui présentes d'une certaine manière, il ne pourra pas la refuser. Il est temps qu'il apprenne à se familiariser avec les guerres modernes.*
— *Frédric a déjà expérimenté les guerres du XXe siècle lors des tournois préliminaires...*
— *Nous te parlons en l'occurrence de Wang, l'homme de terrain. Les armes à feu modifient les distances, les données stratégiques. Nous commencerons par des armes simples : les fusils à chargement vertical de la fin du XIXe siècle.*
— *Et si Frédric refuse de m'écouter ?*
— *Nous te donnerons les arguments nécessaires aussitôt que le candidat néerlandais aura gagné le tournoi des challengeurs...* »

Elle ne s'était même pas étonnée que le réseau lui eût révélé le nom du vainqueur avant la fin du tournoi des challengeurs. A l'issue du triomphe de Frankij Mœlder, elle avait parlé à Frédric de ce curieux conflit qui avait opposé les Anglais et les colons néerlandais sur le sol sud-africain à la fin du XIXe siècle. Conformément à sa promesse, la ruche lui avait fourni des arguments pertinents. Le thème de la guerre des Boers plaçait d'emblée le challengeur néerlandais dans une position délicate en l'obligeant à endosser le rôle du bourreau de ses compatriotes. Le défi français et les conseillers spéciaux du gouvernement s'étaient empressés d'entériner la proposition du défendeur. Une nouvelle victoire d'Alexandre sur le champion de la cause anglophone marquerait un tournant décisif dans la lutte d'influence qui se livrait dans les couloirs de l'O.N.O.

Le début des Jeux n'avait pas été très spectaculaire. Delphane avait sélectionné le canal 02, celui du capitaine de champ, sur le clavier vocal du sensor dans l'espoir de vivre des sensations fortes, mais les options tactiques des deux finalistes, l'éparpillement et la fuite pour l'un, la rigueur et la prudence pour l'autre, accouchaient d'une guerre d'attente décevante où les seuls faits d'armes étaient les brèves escarmouches entre les Boers isolés et les Anglais regroupés. Wang lui-même semblait perdu au milieu de son *kommando*. Grisé par son succès précédent, Frédric avait commis l'erreur d'élever le chaos au rang de principe, de figer le désordre. Il avait obtenu le résultat inverse de l'effet escompté puisque ses hommes, livrés à eux-mêmes, paralysés par la peur, n'osaient pas prendre l'initiative. Delphane n'entendait pas les conversations radio entre le défendeur et son capitaine de champ, mais le visage crispé de Wang, qu'elle visionnait en sélectionnant le canal de l'un de ses hommes (le sensozap permettait de changer à volonté de véhicule sensoriel et de varier les angles de vue), trahissait une certaine tension entre les deux hommes.

Elle avait expérimenté la mort par balle de quelques soldats boers, un coup d'arrêt qui se transformait peu à peu en une effroyable douleur, un goût de sang qui envahissait le palais, une impression d'avoir été chassé de son corps par effraction, un froid intense qui se diffusait jusqu'à l'extrémité des membres, mais elle ne retrouvait pas les émotions paroxystiques, presque hystériques, que lui avaient offertes les corps à corps entre les fantassins gaulois et romains, les chocs des glaives et des lances sur les boucliers, les baisers tranchants des lames, les bras qui se touchaient, les souffles qui se confondaient, la sueur et le sang qui se mélangeaient. La mort par balle avait quelque chose d'anonyme, de clandestin et, au final, de décevant.

La brusque apparition des guetteurs l'avait tirée de sa torpeur. Elle s'était redressée, tous sens aux aguets, et avait monté de quelques degrés la puissance d'exposition. Elle avait instantanément ressenti la nervosité qui gagnait Wang et les hommes de son *kommando*. Ils recouvraient leur instinct de survie devant le danger. Battant le rappel de ses souvenirs de stratège, elle n'avait pas réussi à deviner ce que cachait la manœuvre du challengeur néerlandais.

Le visage de son père s'afficha tout à coup devant ses yeux. Il s'était débrouillé pour obtenir son numéro de code confidentiel et en profitait pour se manifester à n'importe quelle heure du jour et de la nuit. Elle avait sommé la S.I.N.S. de modifier son identifiant, mais la compagnie, submergée de demandes, n'avait pas encore fait le nécessaire.

« Tu sais peut-être ce que ton petit chéri a dans la tête, Delph... », attaqua-t-il sans préambule.

Il avait sans doute parié une grosse somme sur Frédric Alexandre, dont la victoire lors des Jeux précédents lui avait rapporté une fortune. Elle se contint pour ne pas lui cracher sa colère et son dégoût à la face.

« Tu sais sans doute que mon petit chéri est devenu mon mari, répondit-elle d'une voix sèche.
– Le héros national m'a volé ma fille...
– Je serais partie de toute façon, avec ou sans lui !
– Un brillant stratège, sans doute, mais un homme incapable de te prouver son amour...
– C'est sans doute pour me prouver ton amour que tu as failli me violer dans la salle de bains de l'appartement de Toulouse ! »

Il prit un air faussement désolé qui ne fit qu'accentuer le ressentiment de sa fille. Il ne s'était pas déplacé pour assister à son mariage, célébré le 25 décembre 2212. Elle n'avait pas regretté son absence.

« Delph, tu me prêtes des intentions...
– Qu'est-ce que tu veux ?
– Est-ce que tu as des tuyaux sur la stratégie de ton petit chéri ?
– Même si j'en avais, je ne te les donnerais pas !
– Delph, on ne va tout de même pas rester fâchés jusqu'à...
– Je t'ai déjà demandé de ne pas m'appeler. »

Elle pressa la touche de brouillage d'un geste coléreux, se releva, passa sa robe de chambre et se rendit dans la salle de bains. Comme chaque fois qu'elle sortait d'une conversation avec son père, elle éprouvait le besoin pressant de se laver. La chaleur toulousaine lui manquait par moments, mais elle ne tenait pas à revoir Martale, sa belle-mère, ni le corps inerte de sa mère maintenu en survie artificielle depuis plus de dix ans.

Son père était venu lui rendre visite à deux reprises, accompagné de deux amis, l'un de Mirande et l'autre de Montauban, qu'il avait voulu épater en les conduisant dans l'appartement parisien du héros des derniers Jeux uchroniques. Enfermée dans sa chambre, Delphane avait laissé Frédric se débrouiller seul avec les importuns, craignant de ne pas pouvoir se retenir si elle se retrouvait face à ce père qui représentait tout ce qu'elle détestait.

Elle retira sa robe de chambre, s'introduisit dans la cabine de la douche multijet, passa la main devant le mitigeur. Les portes étanches se refermèrent dans une succession de chuintements et les projections d'eau chaude, verticales et horizontales, lui enveloppèrent le corps comme un baume bienfaisant.

« *Frankij Mœlder a lâché un détachement de cavalerie sur le* kommando *de Wang.* »

Elle perçut très nettement l'inquiétude contenue dans la modulation de la ruche. Elle se souvint de l'air affolé des guetteurs et comprit que les événements ne se déroulaient pas selon les prévisions du réseau sensolibertaire.

« *Qu'est-ce que ça veut dire ?* modula-t-elle machinalement.

– *Nous ne te comprenons pas, Delphane Miorin. Reprends le contrôle de ton esprit.* »

Elle ferma les yeux et, indifférente aux gouttes qui se pulvérisaient sur sa peau, s'astreignit à remettre de l'ordre dans ses pensées.

« *Vous savez ce qui se passe ?*

– *La manœuvre de Frankij Mœlder n'est pas fortuite : il a trouvé le moyen de découvrir et de suivre le capitaine de champ de Frédric Alexandre. Wang est devenu sa cible prioritaire.* »

Malgré la tiédeur émolliente de l'eau, des frissons glacés parcoururent l'échine de Delphane. Elle se rendit compte en cet instant qu'elle éprouvait davantage de crainte pour la vie de Wang que pour celle de Frédric. Elle s'efforça cependant de dominer sa panique, de clarifier ses émissions cérébrales.

« *Rien ne permettait à Frankij Mœlder de repérer le capitaine de champ de Frédric...* modula-t-elle.

– *Les alliés du challengeur ont peut-être implanté un système de balisage dans le corps ou le cerveau de Wang. Un système que nous ne pouvons pas détecter pour l'instant.*

– *Ils ont... triché ?*

– *Ce genre d'assistance illégale porte un autre nom : la raison d'Etat. Les Jeux se gagnent le plus souvent dans la coulisse.*

– *La victoire de Frédric sur Hal Garbett ne s'est pas jouée dans la coulisse...*

– *Il suffit d'un grain de sable pour enrayer le mécanisme le plus sophistiqué.*

– *Wang...*

– *C'est précisément le grain de sable que cherche à éliminer Frankij Mœlder.* »

Delphane passa la main devant le mitigeur et interrompit les projections d'eau. La soufflerie du sécheur intégré se mit automatiquement en marche mais ses caresses brûlantes ne parvinrent pas à la réchauffer.

« *Qui sont les alliés de Mœlder ?*

— *Les adversaires de la France et de sa langue. Plus de trois Occidentaux sur quatre.*

— *Qu'est-ce qu'on peut faire ?*

— *Rien pour l'instant. L'O.N.O. a pris une longueur d'avance sur nous. Le réseau espère trouver la réponse appropriée après l'analyse intensive des données.*

— *Quel rapport entre le défi et l'O.N.O. ?*

— *La partie qui se livre en ce moment a d'autres enjeux que la suprématie d'une nation et d'une langue. Elle engage l'humanité tout entière. Si Wang est bien celui que nous attendons, il a une chance réelle de renverser la situation. Retourne au sensor maintenant. Nous avons besoin des perceptions et des intuitions de tous les membres du réseau, y compris les auxex, les auxiliaires extérieurs.* »

Delphane hocha la tête et, sans attendre d'être séchée, elle sortit de la salle de bains, s'engouffra dans le salon du sensor, se glissa sous l'identificateur cellulaire, régla la puissance d'exposition à son maximum et sélectionna oralement le canal 02.

Elle ressentit instantanément une peur qui la fit suffoquer. Gorge sèche, tambourinement de son cœur sur sa jugulaire. Tout en courant, elle jetait d'incessants coups d'œil par-dessus son épaule. La crosse de son fusil lui heurtait régulièrement les fesses ou le haut de la cuisse. Un grondement sourd et continu absorbait le sifflement des balles et le hennissement des chevaux. Les herbes roussies du veld ondulaient sous une brise indolente.

Fébrile, Delphane passa sur le canal des focales fixes pour avoir une vue d'ensemble de la scène. Elle s'aperçut que les membres du *kommando*, poursuivis par un détachement de trois ou quatre cents cavaliers anglais déployés en ligne et reconnaissables à leurs casques coloniaux, s'égaillaient comme une volée de moineaux et s'éloignaient de leur capitaine de champ.

CHAPITRE III

FAITS D'ARMES

Nouveau-né, l'homme est souple et frêle. Mort, il est rigide et dur. Solidité et rigidité sont les compagnes de la mort, souplesse et faiblesse sont les compagnes de la vie. C'est pourquoi une armée devenue forte ne vaincra pas. Arrange-toi donc, ô toi qui aspires à survivre en ces bas mondes, pour rester en toute circonstance aussi souple et faible qu'un nouveau-né. Evite de provoquer, attends le défi, laisse l'adversaire se griser de sa supériorité et se figer dans son orgueil.

Le Tao de la Survie de grand-maman Li

Le corps de Wang résonnait du martèlement des sabots sur le sol durci par la sécheresse. Il n'avait pas essayé de battre le rappel de ses hommes disséminés dans le veld : les sifflements des balles et le grondement des chevaux les auraient empêchés d'entendre ses ordres.

L'armée du challengeur néerlandais s'était ouverte comme une gigantesque corolle et avait libéré trois ou quatre cents cavaliers qui s'étaient immédiatement lancés à la poursuite du *kommando*. Les hommes de Wang s'étaient retournés dans un premier temps, avaient tiré quelques salves, mais ils n'avaient couché qu'une vingtaine d'adversaires et, ayant compris qu'ils ne pourraient pas endiguer cette vague déferlante, ils avaient commencé à refluer, s'efforçant d'abord de rester groupés autour de leur capitaine de champ, puis cédant peu à peu sous le nombre, s'écartant inexorablement sous le feu meurtrier des assaillants. Wang avait cherché des yeux un de ses cavaliers pour sauter en croupe mais, en dépit des consignes, ces derniers s'étaient également éparpillés dans la brousse. Des hommes fauchés par les balles s'étaient effondrés autour de lui. L'air s'était soudain chargé d'une violente odeur de poudre et de sang.

Wang avait gardé son fusil en bandoulière et sorti son pistolet, dont il avait dégagé le cran de sûreté. Les coups d'œil réguliers qu'il lançait par-dessus son épaule l'informaient de la progression des cavaliers anglais déployés en ligne sur une largeur de quatre ou cinq cents mètres. Il se demanda si la stratégie du challengeur néerlandais consistait à isoler et éliminer chacun des soixante-cinq *kommandos* (une tactique dangereuse dans la mesure où elle risquait de l'entraîner dans une traque interminable et aventureuse) ou bien si cette offensive recelait une intention précise, unique (la volonté d'éliminer la pièce capitale du jeu de Frédric Alexendre par exemple). Autant la première éventualité avait quelque chose de rassurant, autant la seconde était inquiétante. Dans un cas, le défendeur aurait réussi à attirer Frankij Mœlder sur son propre terrain, le terrain du désordre ; dans l'autre, le challengeur aurait trouvé le moyen, légal ou non, de repérer le capitaine de champ de son adversaire. Wang écarta la première hypothèse, car elle ne cadrait pas avec le caractère du Batave, un homme qui, comme Hal Garbett deux ans plus tôt, s'efforçait de réduire au minimum la part du hasard sur le champ de bataille.

Quelque part sur sa gauche, un Noir s'effondra et roula dans les herbes sèches, touché à la nuque. Bien qu'il n'eût pas le temps d'affiner son observation, il crut reconnaître Ali W. Ousfane, le Tchadien. Il essuya d'un revers de main les rigoles de sueur qui s'infiltraient entre ses sourcils et lui irritaient les yeux. Le soleil, encore haut dans le ciel, dispensait une chaleur lourde, oppressante. Les cavaliers anglais auraient largement le temps de massacrer tous les membres du *kommando* avant la tombée de la nuit. Il ne discerna aucun relief, aucun endroit où se dissimuler. Au pied de la colline, le veld plat et ocre s'étirait jusqu'à se fondre dans les ors du ciel. Le terrain favorisait la tâche des chasseurs qui, forts de leur supériorité numérique, n'avaient qu'à progresser en ligne pour capturer leur gibier dans les mailles de leur large filet.

La course éperdue de Wang ne servirait à rien d'autre qu'à lui ménager un sursis de quelques minutes. Malgré un entraînement intensif de quatre mois sur les plages des Landes, il commençait à manquer d'air. Ses cuisses brûlées par l'acide lactique devenaient aussi dures que du bois. Le cuir rigide de ses bottes lui blessait les mollets et les pieds. Les épis et les tiges lui fouettaient le visage et le cou. L'espace d'une seconde, il fut tenté de s'immobiliser, de dégager le micro, de rétablir la communication avec le P.C. volant, puis il se souvint que le C.O.J.U. avait supprimé les temps morts à la requête du défi néerlandais (lui-même soutenu par la majorité anglophone de l'O.N.O. et les grands sensoramas nationaux), qui estimait que ces interruptions de partie faussaient les données stratégiques et ennuyaient les sensoreurs.

Il tourna la tête sans ralentir l'allure. Les poursuivants, parvenus à moins de deux cents mètres des derniers fuyards, opéreraient la jonction dans une poignée de minutes. Les chevaux et leurs cavaliers dansaient dans les effluves de chaleur. Les fusils scintillaient, et l'infime décalage entre les traces enflammées qui fusaient des canons et les détonations accentuait la sensation de danger. Louvoyer n'aurait servi à rien, car les Anglais, dans l'incapacité de viser, tiraient au jugé. Des herbes s'enflammaient et se consumaient en une fraction de seconde sans embraser la brousse. Frédric avait expliqué à Wang qu'aucune des deux armées ne pourrait incendier la savane, car les herbes implantées par les paysagistes du C.O.J.U. avaient reçu une séquence A.D.N. d'accélération pyrogène, c'est-à-dire qu'elles se consumaient trop rapidement pour communiquer leur chaleur à leur environnement.

Wang se rendit compte qu'une deuxième vague de cavaliers surgissait sur la pente de la colline et achevait systématiquement les blessés, comme si le détachement avait reçu l'ordre de n'abandonner aucun survivant derrière lui. Cette constatation le rassura : s'ils tuaient ainsi tous les membres du *kommando*, c'était qu'ils ne connaissaient pas l'identité précise du capitaine de champ, qu'ils avaient seulement été informés de sa présence dans ce groupe.

Un grésillement s'éleva de ses écouteurs.

« Wang ?... Wang ? »

Pas le moment, Frédric...

« La carte du P.C. m'indique que quatre cents cavaliers sont à tes trousses... Qu'est-ce qui se passe ? »

Un stratège avisé n'aurait pas posé une question aussi stupide. Il aurait immédiatement saisi que son rival était sur le point de prendre un avantage décisif en neutralisant son capitaine de champ.

« Réponds-moi, merde ! Je sais que tu es en vie ! Réponds si tu veux que je fasse quelque chose ! »

Wang décela de la détresse dans la voix de son correspondant. Frédric comprenait enfin que, malgré son statut de défendeur, il avait été exclu de la partie qui s'était jouée en amont dans les coulisses du C.O.J.U. Son triomphe sur Hal Garbett n'avait pas suffi à préserver le défi français des déchirements et des intrigues de couloir. Il n'avait pas protesté contre l'interdiction des temps morts, estimant que l'autonomie des *kommandos* rendrait ses interventions superflues, que cette mesure défavoriserait plutôt le challengeur, disciple déclaré de Napoléon et adepte des mouvements de masse.

Wang percevait la respiration de son correspondant, encore plus précipitée que la sienne. Il avait la désagréable impression d'être habité et ralenti par un parasite. Un sifflement proche lui contracta les muscles du dos et de la nuque.

« Comment as-tu pu te fourrer dans ce guêpier ? vitupéra Frédric. Une règle de base de la stratégie est de ne jamais se laisser surprendre en infériorité numérique sur un terrain plat. Où est passé ton fameux instinct de survie ? »

Cette dernière phrase déclencha, au-delà d'un agacement légitime, un éclair de lucidité dans l'esprit de Wang. Il prit conscience que son attitude allait à l'encontre des préceptes de grand-maman Li, qu'en réagissant par la peur à la soudaineté de l'offensive anglaise, il avait renoncé à influer sur le cours de sa vie.

Un réflexe l'entraîna à lever la tête et il aperçut, comme deux nuages scintillants, les P.C. des stratèges qui flottaient silencieusement deux cents mètres au-dessus du sol. Le défendeur français et le challengeur néerlandais s'étaient spontanément rejoints au-dessus du veld, conscients que la guerre risquait de se jouer sur cette première charge, sur ce dévoilement subit des intentions de Frankij Mœlder.

Tout en courant, Wang s'efforça de chasser ses pensées, de faire le vide en lui. Les cavaliers comblaient rapidement la distance qui les séparait des fuyards. Leurs tirs s'intensifiaient, se mêlaient aux hurlements des mourants et aux roulements de sabots pour composer un fond sonore assourdissant.

Wang décida de se débarrasser de son fusil et de sa veste, devenus plus encombrants qu'utiles. Alors qu'il passait la bandoulière de son arme par-dessus sa tête, il ressentit un choc au niveau de l'épaule gauche. Déséquilibré, il se rétablit sur ses jambes d'extrême justesse, lâcha le fusil et continua de courir. La douleur se déploya entre sa nuque et sa hanche, lui engourdit peu à peu le bras. Il serra les dents, tenta de repousser la souffrance, mais ses yeux se tendirent d'un voile trouble. Le visage ridé et souriant de grand-maman Li lui apparut avec une netteté surprenante. Comment aurait-elle agi en de telles circonstances ? Se serait-elle laissée tomber de tout son long sur cette terre brûlée ? Aurait-elle attendu la mort en suppliant les ancêtres de lui réserver une place honorable dans les mondes de l'au-delà ?

« Wang ? »

Il entendit à peine la voix de Frédric, un cri de détresse plutôt qu'une tentative de communication. Simultanément, une solution se fraya un chemin dans son esprit embrumé : il lui fallait faire le mort, laisser passer la première vague de cavaliers en espérant qu'ils ne lui prêteraient aucune attention, dissimuler son pistolet Mauser sous lui et affronter le ou les Anglais d'arrière-garde chargés de donner le coup de grâce aux blessés. Il devait exploiter sa blessure. Il nouerait ensuite deux épaisseurs d'étoffe autour de sa tête pour atténuer le rayonnement de son voyant frontal et éviter que les capteurs des P.C. ne le détectent. Rien ne lui garantissait que ces deux bouts de tissu réussiraient à neutraliser la technologie occidentale, comme lors des Jeux précédents où il avait reçu l'appui d'alliés occultes et puissants – les êtres mystérieux dont lui avait parlé Delphane –, mais il n'entrevoyait aucune autre issue. Il parcourut encore quelques mètres avant de ralentir et de s'affaisser sur le sol. Les herbes n'étaient pas assez denses pour amortir sa chute. Il crut que son corps tout entier se disloquait lorsque son épaule blessée entra en contact avec la terre dure et que sa chemise collée par le sang s'arracha de la plaie. La douleur, intolérable, le recouvrit de sueur froide. Il résista pendant quelques secondes à la tentation de sombrer dans une inconscience apaisante et plaça son bras droit sous son torse. Le pistolet lui irrita le plexus et les côtes. Les vibrations du sol et ses propres palpitations cognaient comme des coups de marteau sur sa blessure.

« Pourquoi t'es-tu arrêté, Wang ? »

La micropuce électronique injectée par les techniciens du défi français sous l'épiderme de Wang modifiait la couleur du point lumineux qui le représentait sur la carte du P.C. et permettait à Frédric de suivre ses évolutions sur le champ de bataille. Les puristes du défi français avaient crié au scandale lorsque cette décision avait été prise (par six voix contre quatre), mais on avait apaisé leurs scrupules en affirmant que l'île des Jeux était un terrain d'expérimentation idéal pour les technologies de pointe, que les pratiques dites d'assistance illégale étaient monnaie courante chez les autres défis et que l'essentiel était de ne pas prêter le flanc à l'accusation de tricherie.

« Pourquoi ne réponds-tu pas ? »

Wang supplia intérieurement Frédric de se taire, car sa voix le dérangeait, ne lui permettait pas de se concentrer, lui transmettait ses doutes, son angoisse. Un homme roula sur le sol à quelques pas de lui. Il discerna nettement sa dernière exhalaison malgré le vacarme. Ses muscles se contractèrent, l'exhortèrent à se rétablir sur ses jambes, à reprendre la fuite devant cette horde lancée au grand galop, mais il se raccrocha à l'idée qu'il n'aurait aucune chance d'en réchapper s'il se relevait maintenant. Une telle tension intérieure s'empara de lui qu'il fut secoué par un hoquet, qu'un filet de bile s'échappa des commissures de ses lèvres, lui dégoulina sur le menton, agglutina les poils de sa barbe.

Les crachotements de l'émetteur-récepteur s'interrompirent tout à coup, comme si Frédric avait enfin admis que le silence était le meilleur service à rendre à son capitaine de champ. L'index de Wang se crispa sur la détente du pistolet. Il se félicita *a posteriori* de n'avoir gaspillé aucune des dix balles que contenait le magasin du Mauser. L'engourdissement progressif de son épaule et de son bras gauches anesthésiait la douleur de sa blessure.

Les herbes l'empêchaient de distinguer à plus de cinq pas de lui, le contraignaient à se fier exclusivement aux bruits. L'irruption des chevaux, qui débouchèrent à vive allure de chaque côté de lui, lui laissa tout juste le temps de plaquer son visage au sol. La terre trembla pendant deux ou trois secondes. Le tumulte se fit effrayant et l'odeur caractéristique des animaux en sueur l'enveloppa comme une ombre. Immobile, la nuque et le dos crispés, il s'attendit à recevoir une balle ou un coup de sabot, mais la vague se retira en abandonnant une écume chuchotante dans son sillage. Le silence se restaura peu à peu, ponctué de hurlements, de crépitements, de coups de feu épars.

L'odeur de la terre brûlée lui desséchait la gorge. Il évita de remuer jusqu'à ce qu'il ressente une présence derrière lui. Il n'avait pas entendu approcher les chevaux de l'arrière-garde, probablement parce qu'ils avançaient au trot et que le grondement d'orage de la première ligne l'avait assourdi. Il discerna des rires, les cliquetis des culasses, des claquements de sabots. Une détonation retentit sur sa droite. Il lui était difficile d'évaluer les distances, et il craignait d'agir à contretemps, de perdre le bénéfice de l'effet de surprise. Il resta immobile pendant un temps qui lui parut interminable, écartelé entre la peur qui le poussait à précipiter les choses et l'intuition qui lui soufflait de prendre patience.

Le sang s'était arrêté de couler de sa plaie et s'était coagulé, fixant sa chemise aussi solidement qu'une colle à prise rapide. Il présumait que la balle ne lui avait pas fracturé l'omoplate mais qu'elle avait glissé sur le muscle deltoïde en prélevant un lambeau de chair.

Des éclats de voix le firent tressaillir. Les cavaliers s'exprimaient dans un mélange d'anglais et d'espagnol qui trahissait leurs origines sudam et accréditait la thèse d'une collusion entre les Néerlandais et les Américains. Après le forfait de Hal Garbett, les Etats-Unis avaient spontanément proposé au challengeur d'incorporer dans son armée les meilleurs éléments arrivés par les portes de San Antonio, de Phoenix, et de mettre à sa disposition le camp d'entraînement d'Edisto Beach, en Caroline du Sud.

Wang entrouvrit une paupière et aperçut, entre la trame ajourée de ses cils, les membres antérieurs d'un cheval à l'arrêt.

« *No is muerto, this fucking Chinese... A quién es de matarle ?* »

Il dénombra trois voix, deux très proches de lui, une légèrement à l'écart.

« *Hay que check his cuerpo... Puede ser el capitán de este piggo de Fredrico Alejandro... Mátale first, Rupertino !* »

Le claquement d'une culasse produisit sur Wang le même effet qu'un électrochoc. Il poussa de toutes ses forces sur son coude droit, bascula sur le dos et leva aussitôt le bras en direction des deux cavaliers qui lui faisaient face. Il vit d'abord le poitrail et le chanfrein des montures, puis les bottes des hommes glissées dans les étriers, leurs pantalons bouffants, leurs vestes couleur de sable, leurs casques coloniaux, leurs voyants frontaux de teinte orangée, leurs traits figés par la stupeur. Un métis à la peau grêlée, aux cheveux crépus ;

un Sudamindien aux yeux bridés, à la face en lame de couteau. Ce dernier avait épaulé son fusil mais ne l'avait pas encore dirigé sur sa cible. Lorsqu'il se rendit compte que le blessé braquait un pistolet sur lui, il baissa aussitôt le canon de son arme mais une balle pénétra en miaulant dans sa cage thoracique. Il demeura figé sur sa selle, les lèvres étirées en un sourire navré, puis il partit à la renverse et s'affaissa avec une étrange douceur sur la croupe de son cheval. Son doigt raidi pressa machinalement la détente mais son tir se perdit dans les airs.

Wang ne laissa pas le temps au deuxième cavalier de reprendre ses esprits. Il pointa le Mauser dans sa direction et pressa à nouveau la détente. Il sentit sur sa paume l'onde de chaleur qui se propagea dans les pièces métalliques de la crosse. Le métis tenta d'esquiver le coup d'un retrait du buste, mais son réflexe ne réussit qu'à corriger l'impact de deux ou trois centimètres. Il sembla frappé par une onde invisible, et une corolle pourpre s'épanouit sur son ventre. Il leva son fusil en un réflexe désespéré mais n'eut pas la force d'aller au bout de son mouvement. Sa tête vint percuter le cou de sa monture, qui le désarçonna d'une brusque ruade. Vidé des étriers, il tomba lourdement sur le sol tandis que le Sudamindien, encore en selle, continuait de glisser avec lenteur sur le flanc de son cheval.

Wang reporta immédiatement son attention sur le troisième homme, qu'il pensait distant d'une dizaine de pas. Son regard buta sur un œil maléfique et noir qui le fixait avec insistance deux mètres au-dessus du sol.

La bouche d'un fusil.

Il feignit aussitôt de partir sur la gauche et se jeta sur la droite. Son mouvement déclencha le tir de son adversaire, dont la balle ricocha sur le sol dans un sifflement prolongé. Il continua de rouler sur lui-même et, le bras tendu au-dessus de la tête, pressa la détente du Mauser à quatre reprises. Les aboiements rauques de son arme ne couvraient pas les détonations puissantes du fusil Lee-Enfield. Un souffle brûlant lui lécha la joue et des éclats de terre lui criblèrent le cou. Sa chemise se déchira, sa blessure se réveilla. Il entrevit des mouvements confus devant lui. Les montures du métis et du Sudamindien, affolées, se cabrèrent et fouettèrent l'air de leurs membres antérieurs.

Le troisième Anglais suspendit le tir. Wang pensa qu'il avait vidé son fusil et décida d'exploiter immédiatement les quelques secondes nécessaires à la recharge du magasin. Il se releva avec la vivacité d'un chat, fouilla le veld des yeux, vit que son dernier adversaire tentait désespérément de dégager sa jambe coincée sous le flanc de son cheval allongé, comprit qu'une de ses balles décochées à l'aveuglette avait mortellement touché l'animal et provoqué les mouvements de panique de ses congénères. Le plus proche des autres cavaliers de la deuxième ligne se trouvait à plus de cent mètres d'eux et ne leur prêtait aucune attention.

Bien qu'il eût retourné la situation à son avantage, Wang ne relâcha pas sa vigilance. Il s'approcha du cadavre de l'animal sans quitter des yeux l'Anglais, dont le fusil gisait cinq ou six mètres plus loin sur les herbes couchées. Un drôle d'Anglais à la peau foncée, aux yeux de braise, aux sourcils épais, aux joues bleuies par la barbe. Des caractéristiques physiques propres aux Bulgares ou aux Balkaniques. Son voyant frontal teintait de rouge la visière du casque colonial profondément enfoncé sur sa tête et les perles de sueur qui étincelaient sur son front et ses tempes.

Wang tendit le bras et leva sur lui son pistolet.

« Ne me tue pas, Chinois... implora l'homme. Je viens moi aussi de la R.P.S.R... de la sous-province d'Albanie... »

Wang le contempla avec mépris.

« Tes balles m'ont frôlé de près, murmura-t-il entre ses lèvres serrées. Tu n'avais pas l'intention de m'épargner.

– Tu étais armé, plaida l'Albanais d'une voix geignarde. Le combat était loyal...

— Trois hommes valides contre un blessé ? Curieuse conception de la loyauté... »

Wang fut traversé par la tentation de la compassion, mais le Tao de la Survie ne s'accommodait pas de ce genre d'écart : « Epargner un ennemi, c'est peut-être gracier l'homme qui te plantera demain le couteau dans le cœur », disait grand-maman Li.

« Prie tes dieux si tu en as ou tes ancêtres si tu les honores... »

Le visage de l'Albanais se couvrit de cendres. Il s'arc-bouta sur l'échine de son cheval, parvint à dégager sa jambe, perdit sa botte au passage, rampa vers son fusil, mais la balle décochée par Wang l'atteignit à la base de la nuque et lui brisa l'occipital. Il s'affaissa comme un pantin aux fils brisés et se figea dans une curieuse position, la tête entre les mains et les jambes croisées.

Wang réussit à composer un uniforme anglais à peu près acceptable en prélevant des pièces sur les trois cadavres. Il recouvrit d'abord son voyant frontal de deux bandes de tissu nouées sur sa nuque, qu'il avait teintées au préalable de sang pour rendre crédible la présence d'un pansement autour de sa tête, puis il se déshabilla, roula ses vêtements en boule et les camoufla dans une anfractuosité de la terre. Son émetteur-récepteur radio, légèrement cabossé, était resté collé sur son torse en dépit des chocs successifs. Il sentait les légers picotements provoqués par l'activité électrique de la batterie, preuve que le système fonctionnait encore. Il rajusta les embouts des fils qui reliaient l'émetteur aux écouteurs et redressa le support semi-rigide du micro dont il pressa l'interrupteur.

« Frédric ? »

Cinq bonnes secondes s'écoulèrent avant que ne se déclenche le crachotement familier.

« C'est toi, Wang ?
— Qui voulez-vous que ce soit ?

– Je te croyais... mort ! Ton voyant lumineux s'est éteint...

– J'ai dû m'entourer la tête d'un pansement. Ça a peut-être suffi à tromper le capteur du P.C... »

Il n'avait jamais parlé à Frédric des communications télépathiques – ou technologiques – qu'il avait reçues lors des Jeux précédents. Il avait préféré garder le silence sur l'intervention de ses anges gardiens. La vie à Grand-Wroclaw lui avait appris que le succès d'une entreprise reposait en grande partie sur la clandestinité et il n'avait pas suffisamment confiance dans la force de caractère de Frédric pour lui révéler ce genre de secret. Cette décision lui ménageait de surcroît un espace de liberté qui lui permettait de prendre des initiatives, de peser à sa manière sur le cours du destin.

« Si les techniciens confirment que deux bouts de tissu suffisent à brouiller les capteurs, les stratèges n'auront bientôt plus aucune influence sur les Jeux, reprit Frédric. Tu es blessé à la tête ?

– A l'épaule... »

La plaie n'était pas belle à voir. Un mélange de chair broyée, de sang séché et de tissu déchiqueté emplissait le cratère d'un diamètre de trois centimètres qu'avait creusé la balle dans le deltoïde. La douleur s'estompait peu à peu mais il rencontrait encore des difficultés à maîtriser ses doigts engourdis.

« Pourquoi ce bandeau sur le front ?

– Pour éviter qu'on ne me reconnaisse... Je n'ai pas fini ma transformation. Je vous rappelle plus tard.

– Tu as l'intention de... de t'introduire dans l'armée de Frankij Mœlder ?

– Je n'ai pas le choix. Je suis coupé de mes hommes. L'armée anglaise sera sur moi dans quelques minutes.

– Risqué ! On a déjà fait le coup à Hal Garbett il y a deux ans et le Batave doit se méfier de ce genre d'artifice. »

Wang ne releva pas le « on » employé par son interlocuteur. Frédric avait toujours présenté l'initiative du jeune Sino-Russe et de ses deux compères dans le camp fortifié romain comme une incidence de la stratégie chaotique.

« Puisque mon voyant s'est éteint sur votre carte, il y a de fortes chances que son P.C. ne puisse pas me détecter.

– C'est possible, mais on ne sait pas combien de temps durera ton anonymat... »

Un grondement lointain attira l'attention de Wang. Il regarda d'abord devant lui, dans la direction qu'avaient prise les cavaliers du détachement, mais il ne distingua rien d'autre que les vagues dorées du veld et de lointaines colonnes de fumée noire. Les P.C. volants, qui suivaient probablement l'évolution des combats, avaient disparu. Il se retourna, aperçut une forme sombre dans les brumes de chaleur, étalée sur toute la largeur de la plaine.

« L'armée anglaise arrive. Je vous rappellerai dès que j'aurai un moment de répit. »

Il n'attendit pas la réponse de Frédric pour couper la communication. Le crachotement s'interrompit deux ou trois secondes après qu'il eut pressé l'interrupteur. Il évalua qu'il disposait d'une demi-heure pour achever sa transformation. Il se servit du canif qui ne le quittait jamais pour tailler grossièrement ses cheveux et sa barbe, une tâche malaisée qu'il mena à son terme en observant son reflet sur les pièces métalliques d'un fusil. Il noua ensuite un pansement de fortune autour de son épaule, passa un pantalon bouffant, un maillot de corps et une veste à sa taille, retira les écouteurs, les camoufla sous son col, chaussa les bottes du métis, un peu trop grandes pour lui, se coiffa du casque de l'Albanais, récupéra un Lee-Enfield dont il chargea le magasin, boucla un harnais bardé de cartouchières autour de sa taille, glissa le Mauser dans l'une des sacoches de cuir du ceinturon, se jucha sur la monture du Sudamindien, un rouan puissant à l'air docile, et s'engagea sur les traces du détachement. Il estimait préférable de rejoindre le groupe des cavaliers plutôt que d'attendre le gros de l'armée et d'être sommé de justifier son isolement. Il avait suivi des cours intensifs d'équitation au camp des Landes mais jamais il n'avait éprouvé de réel plaisir à monter. Il lui semblait que cette association avec un cheval n'était pas compatible avec le Tao de la Survie, car l'animal conservait en lui une part d'imprévisible qui pouvait à tout moment surprendre l'homme et le mettre en danger. Il éperonna cependant les flancs du rouan pour le lancer au grand galop dans la savane écrasée de chaleur.

Malgré l'envie qui l'en démangeait, Frédric n'osait pas rétablir la liaison avec son capitaine de champ. Il craignait de lui porter préjudice s'il prenait l'initiative de l'appeler. Il n'avait pas d'autre choix que de ronger son frein en attendant la communication de Wang.

Le soleil se couchait dans un embrasement pourpre. Il discernait en contrebas les silhouettes minuscules des cavaliers anglais qui s'étaient regroupés après avoir massacré les membres du *kommando*. Il frissonnait en dépit de la température constante de vingt-cinq degrés qui régnait à l'intérieur du P.C. et des capteurs sensoriels qui lui recouvraient le corps. Bien qu'elle eût été moulée directement sur son bassin, la lunette de la cuvette évacuatrice commençait à lui irriter les fesses et les cuisses. Divers filtres électroniques neutralisaient les mauvaises odeurs et rendaient l'atmosphère de la cabine relativement respirable. Les comprimés morphêbloquants Elfotal s'associaient aux accélérateurs cérébraux pour le maintenir dans un état de veille à la fois grisant et fébrile.

Il avait bien cru perdre définitivement la partie lorsque le point verdâtre de Wang s'était éteint sur la carte lumineuse du plafond de la cabine. Il n'était plus dans l'une de ces réunions mondaines où il cédait volontiers à la tentation de pérorer, de s'attribuer tous les mérites, mais sur l'île des Jeux, où chacune de ses décisions engageait la vie de ses soldats et, par extension, le sort d'une nation et de sa langue.

Il avait reçu une quantité invraisemblable d'encouragements et de recommandations avant de s'engouffrer dans l'ultrasonique du défi français : le président Freux, le conseiller principal Blachon, la responsable de la SF 1, le doyen de l'Académie, le secrétaire général de l'A.S.F. (l'Association des sensoreurs français), le primat de l'Eglise de France, le délégué des Arts et Lettres, la représentante de la T.I.F. (Techniques et industries françaises), les membres du syndicat de la G & C (Génétique et Chirurgie)... tout ce petit monde s'était transporté jusqu'à l'aéroport de Bordeaux-Langon et s'était bousculé autour de la passerelle pour être vu, filmé, interrogé aux côtés du héros du jour. Des reporters télésens en étaient venus aux mains pour obtenir quelques mots du défendeur ou, à défaut, lui arracher un sourire.

Le président Freux l'avait étreint longuement et lui avait rappelé, avec la grandiloquence qui le caractérisait, les enjeux de ce cent septième défi :

« Clouer le bec à ces charognards d'anglophones qui veulent rétablir l'hégémonie de la langue anglaise sur l'Occident, proclamer à la face du monde la supériorité de la stratégie française et, par extension, de l'esprit français, réduire au silence les mauvais sujets qui œuvrent à votre échec dans votre propre entourage... » Le président s'était engagé à conduire personnellement une enquête approfondie sur les dissensions qui avaient déchiré le bureau du défi pendant les quatre mois de préparation. « Nous démasquerons les imposteurs, Frédric, et vous préparerez vos troisièmes Jeux en toute quiétude... Car vous serez présent lors des prochains Jeux, n'est-ce pas ? »

Alexandre avait lancé un coup d'œil complice à Wang et à ses trois lieutenants avant d'acquiescer d'un mouvement de tête.

Il avait sous-estimé son rival néerlandais, dont il avait sensoré deux combats lors du tournoi des challengeurs, le premier en poule de six contre un concurrent italien, le second en finale contre Elie Elsenberg, un vétéran israélien. Dépourvu d'imagination, obtus même, Frankij Mœlder n'avait dû ses victoires qu'à l'incroyable légèreté de ses adversaires. L'Italien avait fait preuve d'un aveuglement coupable en lançant des vagues successives à l'assaut d'une colline tenue par un bataillon de grognards (thème : les guerres napoléoniennes), et Elie Elsenberg n'avait pas su exploiter le fourvoiement des troupes de Frankij Mœlder dans un étroit défilé (thème : les guerres médiques). L'Israélien avait omis d'utiliser les grosses pierres qui surplombaient le passage et qui auraient eu un effet autrement dévastateur que les flèches et les lances de ses Perses. Les Grecs étaient sortis de la nasse sans essuyer de pertes irrémédiables, s'étaient regroupés et avaient lancé une offensive massive. Leur C.P.V. (configuration préférentielle virtuelle) – discipline, cohérence, solidité défensive – s'était avérée très efficace dans ce type d'affrontement. Ils avaient fondu avec un bel ensemble sur les Perses qui, après avoir résisté pendant quelque temps, étaient passés en S.A.C.U. (survie automatique en cas d'urgence) et avaient échappé au contrôle de leur stratège. Dès lors, l'issue du combat ne faisait plus l'ombre d'un doute. Elie Elsenberg avait reconnu sa défaite alors qu'il lui restait encore deux mille trois cents éléments. L'aspect précipité de sa reddition avait été jugé infamant par une grande partie de l'opinion israélienne. Il s'en était défendu en affirmant qu'il n'avait pas appuyé sur le bouton d'abandon et, soutenu par le bureau du défi de Tel-Aviv, avait formulé une requête en annulation auprès du C.O.J.U.

Dans les deux circonstances et malgré ses victoires, le Néerlandais avait paru emprunté et borné à Frédric, qui aurait nettement préféré se mesurer à un adversaire un peu plus consistant. Il avait longtemps cru que Hal Garbett, désireux de prendre sa revanche après sa cuisante défaite des Jeux précédents, serait celui-là, mais l'Américain, après avoir proclamé avec force sa volonté de laver l'affront, s'était inopinément retiré de la compétition. Il n'avait pas daigné fournir d'explication à cette décision malgré la pression exercée par les médialistes des grands sensoramas. Consultés, des spécialistes en morphopsycho avaient affirmé que cet échec, le premier de son existence, avait éradiqué en lui toute agressivité, toute envie de se battre. D'autres avaient estimé qu'il avait seulement besoin de reconstituer ses réserves nerveuses après vingt années d'une domination sans partage et qu'il reviendrait occuper le devant de la scène à l'issue d'un repos bien mérité. Des politologues avançaient qu'il s'était retiré de la vie publique pour mieux préparer les prochaines élections présidentielles, partant de ce vieux principe que l'absence crée le désir, mais certains de leurs collègues avaient laissé entendre, avec des mines de conspirateurs, que le président nord-américain Samuel Rosberg avait confié une mission spéciale à l'ex-défendeur, à la fois pour circonscrire l'homme qui était devenu son rival politique le plus dangereux et pour sauver l'Occident d'un mystérieux péril. Bref, le retrait de Hal Garbett avait alimenté d'interminables polémiques qui n'avaient cessé qu'avec la présentation officielle du tournoi des challengeurs et le retour des habituelles supputations sur les chances des huit prétendants.

Frédric avait déploré le forfait de Hal Garbett. Il avait espéré qu'un deuxième affrontement avec le stratège légendaire qui avait dominé les Jeux pendant dix-huit ans (record absolu) effacerait les doutes qui venaient le harceler pendant ses insomnies. Il était incapable de déterminer sa part de mérite dans sa victoire sur l'Américain. On lui avait certes attribué la paternité de la stratégie chaotique, cette idée qui consistait à introduire l'entropie sur le champ de bataille, mais, bien qu'il endossât volontiers son costume de héros devant ses nombreux admirateurs, il persistait à penser qu'il aurait été balayé comme les neuf challengeurs précédents si Wang n'avait pas fait partie de son armée. Et d'ailleurs, les experts de l'A.O.S. (l'Académie occidentale de la stratégie) ne l'avaient pas classé parmi les vingt meilleurs stratèges de l'histoire des Jeux (première place détenue par Hal Garbett). Ils insinuaient que le véritable vainqueur du cent sixième défi avait été l'immigré sino-russe qui avait détruit le camp fortifié des Romains, qu'en invitant le chaos Frédric avait lui-même minimisé son influence sur le cours des événements. Ces commentaires tenaient davantage de la campagne de dénigrement que de l'analyse objective, mais ils n'en reflétaient pas moins une réalité que Frédric ne pouvait occulter. Il lui fallait impérativement démontrer aux sceptiques qu'il était de la race des grands, à Delphane en particulier, qui ne cherchait pas à cacher l'admiration qu'elle portait à Wang. C'était devenu une obsession chez lui, au point qu'il avait passé l'essentiel de ses nuits à sensorer les guerres du passé, à étudier l'art militaire des conquérants, des généraux, des rois et des empereurs qui avaient marqué l'histoire. Il avait mémorisé un nombre incalculable de batailles, de données tactiques, de retraites opportunes, de contre-attaques fulgurantes... De tout cela il était ressorti que, quel que fût le génie d'un stratège, la victoire allait le plus souvent à l'armée la plus riche, la plus nombreuse, la mieux armée. La conquête de l'Amérique du Sud par une poignée de conquistadors, l'épopée d'Alexandre le Grand (auquel on ne le comparait plus...) et d'autres aventures avaient été rendues possibles par un faisceau de conjonctures favorables (dissensions internes des peuples indigènes, coïncidence extraordinaire entre les récits prophétiques et l'irruption des conquérants, assistance involontaire des virus importés...) mais, la plupart du temps, les guerres s'étaient jouées dans la coulisse, dans la recherche préalable des alliances, dans la course aux armements, et force était restée à la nation ou à la coalition la plus puissante.

Frédric s'était complu à croire que les Jeux uchroniques, lointains descendants des conflits qui avaient embrasé le monde, rétablissaient l'équilibre des forces en attribuant aux belligérants le même nombre de soldats, des armements identiques, et redonnaient toute leur importance aux stratèges. Après tout, les manœuvres souterraines des anglophones n'avaient pas empêché Hal Garbett et son challengeur d'en découdre à la loyale sur l'île des Jeux (même si des doutes subsistaient sur l'élimination de Kareem J. Abdull, le capitaine de champ).

Il avait misé sur ses seules qualités pour écraser ce lourdaud de Frankij Mœlder et prouver au monde entier que l'opinion des gâteux de l'A.O.S. n'était pas fondée. Le seul compromis qu'il eût accepté était l'utilisation de la micropuce qui lui permettait de reconnaître et de suivre en toutes circonstances le point lumineux de Wang – et encore, le Bureau avait dû lui assurer que les autres compétiteurs recouraient également aux technologies d'assistance illégale.

Après avoir annoncé publiquement le thème du défi (il avait accepté sans hésitation la suggestion de Delphane, car l'idée de diriger les colons afrikaners contre des Anglais commandés par un Néerlandais l'avait séduit, de même que la perspective de réussir une deuxième uchronie consécutive), il avait opté pour une tactique de harcèlement et, s'inspirant de la réalité historique, il avait réparti ses hommes en *kommandos* de cent cinquante éléments. La liste d'aptitudes établie par la cellule morphopsycho avait permis de désigner les responsables de ces groupes, choisis autant pour leurs qualités physiques que pour leur sens de l'initiative. Pendant les quatre mois d'entraînement au camp des Landes, l'accent avait été mis sur l'autonomie et la cohésion de chaque *kommando*. Frédric avait prévu que ces unités mobiles et soudées ébranleraient l'armée anglaise comme des vagues sapant les falaises, que l'occasion se présenterait ensuite de les rassembler et de les lancer dans une offensive générale. Il ferait ainsi d'une pierre deux coups : l'action imprévisible des *kommandos* livrés à eux-mêmes ravirait ses disciples en stratégie chaotique, et le mouvement final, comme un paraphe au bas d'une œuvre, le réconcilierait avec les puristes de l'A.O.S.

C'était sans compter avec l'extrême prudence de

Frankij Mœlder, qui n'avait jamais ouvert sa garde, qui avait erré sur l'océan du veld comme un cuirassé à la dérive. L'offensive fulgurante des cavaliers anglais avait démenti de manière cinglante cette impression de léthargie. Frédric se rendait maintenant compte que son rival avait manœuvré à la perfection : il s'était contenté de repousser les attaques sporadiques des *kommandos,* n'avait jamais laissé deviner qu'il avait localisé le capitaine de champ adverse et avait tranquillement guetté l'opportunité d'éliminer la pièce maîtresse du défendeur. Frédric se doutait que Frankij Mœlder avait bénéficié d'une assistance illégale pour dépister et pourchasser Wang, mais, d'une part, il n'aurait certainement pas les moyens d'apporter les preuves d'une quelconque tricherie, et, d'autre part, grâce à l'invisibilité de ce même Wang, il avait la possibilité de retourner au Néerlandais la monnaie de sa pièce.

La nuit tombait sur le veld, recouvrait les herbes d'un voile sombre, estompait les reliefs. Un sentiment de solitude infinie étreignit Frédric. Il saisit machinalement un sachet de concentré énergétique, un mélange d'extraits d'algues et de vitamines synthétiques, déchira l'enveloppe avec ses ongles, mâcha lentement une boulette grise à la consistance molle et au goût insipide.

« Frédric... »

La voix de Wang, assez fluette pourtant, prit une résonance insolite dans le silence de la cabine. Frédric recracha immédiatement sa boulette dans la poubelle fixée sur le montant du tableau de bord et, le cœur battant, se pencha sur le micro.

« Wang ? Où es-tu ? »

S'ensuivirent trois ou quatre secondes de grésillement, qui eurent sur les nerfs de Frédric le même effet qu'une lame de scalpel.

« Excusez-moi, j'ai entendu du bruit... Je suis dans le bivouac de l'armée anglaise...

— Ils ne t'ont pas reconnu ?

— Ils ne m'auraient pas laissé vous appeler...

– Ta blessure ?

– Elle risque de s'infecter si je ne la fais pas rapidement soigner.

– Ils ne t'ont pas posé de questions sur ton bandeau ?

– Ils ont voulu me traîner à l'infirmerie mais... »

Nouvelle interruption, d'une vingtaine de secondes, pendant laquelle la respiration de Frédric se suspendit.

« ... j'ai réussi à me défiler...

– Tu comptes t'échapper à la faveur de la nuit ?

– Je n'ai pas l'intention de partir... Je suis bien placé pour liquider leur capitaine de champ...

– Si le bandeau cesse de faire son effet ou s'ils t'obligent à le retirer, ils te démasqueront et t'exécuteront sans pitié.

– La chance ne se présente pas deux fois à celui qui n'ose pas la prendre...

– Ah oui, les bons conseils de ta mère-grand !

– Ils m'ont permis de survivre.

– On ne peut pas réduire la stratégie à la survie.

– Pour vous la stratégie est un jeu, pour moi la survie est un but... C'est en haut qu'on s'amuse, c'est en bas qu'on dérouille...

– Epargne-moi ce genre de...

– Merde, on dirait que j'ai été... »

Une série de détonations couvrirent la voix de Wang, puis la communication s'interrompit, plongeant Frédric dans les affres de l'inquiétude.

CHAPITRE IV

DMITRI LIEGAZI

Es-tu prêt à tout pour survivre, ô toi qui prétends connaître le Tao de la Survie ? Es-tu prêt à tuer un être cher si les circonstances l'exigent ? Es-tu prêt à renier ta propre nature, tes propres pensées ? Es-tu prêt à accepter l'inacceptable, à tolérer l'intolérable ? Es-tu prêt à jeter aux orties tes certitudes, tes principes ? Si la réponse est non, tu erreras bientôt avec les âmes des êtres ordinaires. Car tous connaissent le bien comme étant le bien : voici le mal ; tous connaissent le beau comme étant le beau : voici le laid.

Le Tao de la Survie de grand-maman Li

« *You, fucking Chinese ! Come here !* »

Bien qu'il ne saisît pas un traître mot d'anglais, Wang comprit que l'officier, reconnaissable à son revolver et à son sabre, s'adressait à lui. Il eut tout juste le temps d'enfouir le micro de son émetteur-récepteur, les écouteurs et les fils dans l'échancrure de sa chemise.

Les premiers coups de feu avaient retenti tout près de là et déclenché un début de panique dans le campement. Les feux allumés tous les dix mètres dispensaient un éclairage diffus, révélaient des silhouettes qui s'évanouissaient dans les ténèbres en poussant des hurlements. Les fusils crachaient des éclairs qui traçaient des sillons fulgurants sur le rideau d'obscurité, les détonations retentissaient comme des coups de tonnerre. Les points orangés ou rouges des voyants frontaux bougeaient dans tous les sens comme des lucioles affolées.

L'officier, un Nordique ou un Balte, s'approcha de Wang d'un air soupçonneux. Il ne portait pas de casque et son voyant teintait de pourpre ses yeux clairs, presque entièrement blancs, et ses cheveux d'un blond cendré coupés ras.

« *You don't...* Tu ne parles que le frenchy, bridé ? »

Wang hésita avant d'acquiescer, craignant que cet aveu ne signe son imposture.

« Je suis moi-même letton et j'ai du mal à me faire à ce putain d'anglais ! reprit l'officier. J'ai comme l'impression que des bâtards de Boers se sont introduits dans le camp ! Suis-moi : on va réserver une surprise à ces salopards... »

Wang arma son fusil et emboîta le pas à son interlocuteur, un homme qui devait dépasser les deux mètres et dont l'imposante carrure incitait au respect. Chacun de ses gestes ravivait la douleur de son épaule, de plus en plus lancinante après une courte période de répit.

Nul ne lui avait prêté attention lorsqu'il avait rejoint le détachement de cavalerie quelques heures plus tôt. On ne lui avait même pas reproché d'arriver après la bataille, sans doute parce que le bandeau maculé de sang noué autour de sa tête suffisait à expliquer son retard. Ses voisins lui avaient adressé la parole avec des airs rigolards et il s'était esclaffé avec eux. De même, il s'était introduit sans aucune difficulté dans le campement dressé au milieu de la plaine. Les fantassins et les autres cavaliers avaient accueilli le détachement avec des vivats. Cette première victoire remportée sur le défendeur frenchy était d'autant plus appréciable qu'elle n'avait coûté qu'un nombre de vies dérisoire et que, selon toutes probabilités, le capitaine de champ adverse, ce fameux Wang présenté comme l'élément le plus dangereux de l'armée d'Alexandre, avait été éliminé. On aurait confirmation de l'information lorsqu'on aurait fouillé les cadavres et trouvé l'émetteur-récepteur radio.

« Si le détachement a réellement flingué ce fumier de Wang, murmura l'officier sans se retourner, nous n'aurons aucun mal à liquider ses hommes... »

Ils s'enfoncèrent dans une zone obscure et effectuèrent un large crochet pour contourner l'endroit où avait éclaté la fusillade. Wang peinait pour suivre le Letton, qui avançait devant lui à une allure soutenue. L'idée de le tuer l'effleura, mais il la repoussa : les ténèbres profondes dissimulaient d'autres Anglais qui pouvaient à tout moment le surprendre. Il lui fallait faire preuve de patience, de prudence, guetter le moment opportun, tirer le meilleur parti de son statut de clandestin. La brise nocturne colportait des odeurs entremêlées de bois brûlé, d'excréments, de poudre et de sang. Vus de loin, les feux formaient une interminable chaîne aux maillons lumineux et tremblotants qui paraissaient semer autour d'eux les étincelles rougeoyantes des voyants frontaux.

Wang marchait d'un pas aussi léger que possible. Chaque fois que ses pieds entraient en contact avec le sol, la douleur lui irradiait tout le flanc gauche. On l'avait dirigé d'autorité vers l'infirmerie de campagne avant le dîner (un brouet énergétique servi dans une gamelle en fer-blanc, un morceau de pain noir et une ration de vin...) mais il avait réussi à s'échapper de la file d'attente des blessés sans attirer l'attention. Après le repas, il s'était éloigné d'une cinquantaine de mètres des premiers feux et avait rétabli la liaison avec Frédric. C'était au cours de la conversation avec son stratège qu'il avait pris la décision de rester dans l'armée anglaise, de ne rejoindre ses propres troupes qu'après avoir découvert et éliminé le capitaine de champ de Frankij Mœlder. Ce choix était moins risqué qu'il n'y paraissait au premier abord, moins risqué en tout cas que ne le craignait Frédric. La clandestinité de Wang leur donnait un coup d'avance sur leurs adversaires et ils devaient en profiter pour anticiper, pour surprendre, pour accroître leur avantage.

D'autres silhouettes jaillirent de l'obscurité et s'avancèrent vers le Letton, qui dégaina son revolver mais le baissa dès qu'il reconnut les casques et les uniformes anglais. Des hommes avaient eu le même réflexe que lui et s'étaient dispersés dans la nuit pour prendre les assaillants à revers.

D'un geste du bras, l'officier leur ordonna de le suivre. Wang évalua leur nombre à douze ou treize. La nuit était tellement dense qu'il ne distinguait pas l'extrémité de la colonne, seulement les voyants frontaux de ceux qui fermaient la marche. Des fantassins, comme l'indiquaient leurs baïonnettes, leurs ceinturons, leurs godillots, leurs bandes molletières. La plupart d'entre eux étaient des Sudams, mais on dénombrait également des Sino-Russes et des Islamiques.

Plus loin, de l'autre côté des feux de camp, des bataillons d'Anglais disposés en ligne ripostaient par un feu nourri aux tirs plus espacés d'une centaine de Boers regroupés derrière les chariots de ravitaillement. Les sillons enflammés des balles jetaient des lueurs furtives sur les cadavres des sentinelles massacrées par le *kommando*.

Le groupe commandé par le Letton s'augmentait régulièrement d'un ou plusieurs éléments, si bien qu'il se composait d'une cinquantaine d'unités lorsqu'il prit position à moins de cent pas des Boers. De ce côté-ci, aucun relief, aucune barrière, aucun sac ne protégeait les intrus. Wang les distinguait avec netteté, éclairés par les flammes mourantes des feux, allongés derrière les roues des chariots et les caisses de vivres. Leurs chapeaux de toile dissimulaient en partie leurs voyants frontaux. Ils s'étaient disposés de manière à battre en retraite après avoir semé la confusion dans le bivouac ennemi. Il pesta intérieurement contre le responsable du *kommando* qui, en tardant à donner le signal du repli, avait perdu le bénéfice de l'effet de surprise et laissé aux Anglais le temps de se réorganiser.

Le Letton plaça rapidement ses hommes en peloton et leur enjoignit d'épauler leur fusil.

« *Two balls only*, ajouta-t-il à voix basse. *You will achieve these bastards with the baïonnette... Wait for my order !* »

Il tira son sabre et le tint levé. La crosse du Lee-Enfield calée contre la joue, Wang chercha fébrilement un moyen de prévenir les Boers pris dans la nasse mais il n'en trouva aucun qui lui permît à la fois de leur donner l'alerte et de préserver son incognito. Il se demanda si sa vie valait le sacrifice d'une centaine d'individus, si le Tao de la Survie tolérait un tel déséquilibre, puis il se dit qu'il ne réussirait pas à sauver ces imprudents dans l'état actuel des choses, qu'il risquait seulement de les accompagner dans la mort.

Le poids du fusil, soutenu par son bras gauche, mettait au supplice son épaule blessée. La crosse lui entrechoquait la clavicule au rythme de ses tremblements.

Il fixait jusqu'au vertige les Boers qui commençaient à reculer en lâchant des salves de plus en plus espacées pour couvrir leur retraite. Lorsque les premières flammèches s'élevèrent des chariots, il comprit qu'ils avaient attaqué le bivouac dans l'intention d'incendier les réserves de vivres des Anglais. Ils avaient probablement été influencés par les exploits de Wang et de ses lieutenants lors des Jeux précédents. L'idée de défier l'ennemi au cœur même de son imposant dispositif n'était pas mauvaise en soi, mais ils avaient manqué de cette capacité permanente d'adaptation, de cette fluidité qui permettaient aux éléments isolés d'ébranler une armée tout entière, aux germes de chaos de désorganiser les structures les plus solides.

Trois minutes s'écoulèrent avant que le Letton ne donne le signal du tir. Une éternité pour Wang, qui rencontrait des difficultés grandissantes à maîtriser le flageolement de ses jambes. Lorsque l'officier baissa enfin son sabre, il pressa machinalement la détente. Il garda suffisamment de lucidité pour accompagner le mouvement de recul de son arme et laisser partir le canon vers le haut. Il entrevit l'éclat fulgurant de sa balle qui se dilua dans l'encre céleste. Le fracas et les éclairs des détonations lui donnèrent l'impression d'être en plein cœur d'un orage. Une âcre fumée l'enveloppa, imprégnée d'une forte odeur de poudre. Il se rendit compte que la première salve avait fauché une trentaine de Boers et que les survivants, pris entre deux feux, couraient dans tous les sens comme des lapins aveuglés par les phares d'un camion. Quelques-uns tentèrent de s'enfuir par les côtés mais, dès qu'ils s'aventurèrent hors de l'abri des chariots, ils furent cueillis par des rafales surgies d'autres points du campement.

Le Letton abattit de nouveau son sabre. La seconde salve, meurtrière, décima les rangs du *kommando*. Wang, qui avait gardé son fusil à l'épaule, profita de la confusion pour s'abstenir de faire feu. La douleur, la fatigue et la détresse le transportaient dans un état où s'estompaient les frontières entre rêve et réalité. Elles le ramenaient plusieurs années en arrière, dans les rues de Grand-Wroclaw où, âgé de dix ans, il avait assisté à un mitraillage en règle entre les membres de néo-triades mongole et coréenne. Il était resté longtemps prostré dans sa cachette, écrasé de frayeur, respirant jusqu'à l'écœurement l'odeur de sang qui montait des cadavres criblés de balles.

« *Now, use the baïonnette !* aboya le Letton. *And try to capture them alive !* »

Après avoir vérifié que leur baïonnette était solidement fixée au canon de leur fusil, les fantassins anglais s'élancèrent au pas de charge en poussant des vociférations. L'officier s'approcha en deux bonds de Wang. Des lueurs de démence dansaient dans ses yeux exorbités.

« Qu'est-ce que tu attends pour les suivre, Chinetoque ? On va faire passer à ces merdeux le goût de la provocation.

– Je suis cavalier. Je n'ai pas de baïonnette...

– N'essaie pas de tirer au flanc. Tu peux toujours te servir de ta crosse.

– J'ai été blessé... », protesta Wang en désignant le bandeau ensanglanté sous son casque.

La pointe acérée du sabre se releva avec vivacité, se posa sur sa tête, transperça la double épaisseur d'étoffe, appuya sur l'os temporal.

« Tu auras bientôt de véritables motifs de te plaindre si tu ne bouges pas ton cul, bridé ! » gronda le Letton.

Wang hocha la tête, écarta la lame du sabre et se lança sur les traces des fantassins anglais. Chacune de ses foulées ravivait la douleur de son épaule. Il fut à plusieurs reprises tenté de renoncer, de s'allonger dans l'herbe, mais il craignait que le Letton, dont il percevait le souffle derrière lui, ne l'achève d'une balle de revolver ou d'un coup de sabre.

Ils atteignirent le champ de bataille quelques secondes plus tard. Les clameurs et les rugissements dominaient les cliquetis des armes. Des dizaines d'Anglais, franchissant l'espace libre entre les feux de camp et les chariots, refermaient l'étau sur les trente ou quarante rescapés du *kommando*.

Wang avança au hasard entre les corps à corps qui s'étaient engagés autour de lui. Les Boers avaient pratiquement tous vidé les magasins de leurs fusils et, comme ils n'avaient pas eu le temps de les recharger, ils se servaient de la crosse ou du canon de leur arme pour se défendre contre les baïonnettes. Quelques-uns gisaient sur le sol en se vidant de leur sang, la poitrine ou le ventre transpercé. Wang reconnut au passage des Noirs, des Arabes, des Sino-Russes dont il avait aperçu les visages dans le camp des Landes.

Il entendit des cris derrière lui, se retourna. Un Chinois du Sud ou un Vietnamien avait échappé à trois adversaires et se précipitait sur lui, le fusil levé. La peur le rendait presque hystérique. Avec ses cheveux longs, sa barbe clairsemée, sa veste et sa chemise déchirées, il ressemblait davantage à un pauvre hère des faubourgs de Grand-Wroclaw qu'à un soldat. C'était un adepte de la survie à sa manière, un immigré qui tentait désespérément de sortir du cauchemar occidental. Pendant une fraction de seconde Wang espéra qu'il reconnaîtrait son capitaine de champ, mais l'autre continua de foncer sur lui comme une vache sauvage de Poméranie. Son troisième œil luisait au milieu de son front, injecté de sang.

Wang se campa sur ses jambes, épaula son fusil, pressa la détente. Il fut envahi de colère et de tristesse lorsque son agresseur, frappé en plein cœur, battit l'air de ses bras et s'effondra à ses pieds après avoir franchi en titubant les quatre ou cinq mètres qui les séparaient. Même si la répartition des immigrés dans les armées des finalistes avait quelque chose d'absurde – les Jeux jetaient les uns contre les autres des hommes qui n'avaient aucune raison de s'étriper –, il ne pouvait s'empêcher de penser qu'il venait de commettre un fratricide.

« J'ai dit deux balles, Chinetoque ! rugit le Letton.
– Je n'avais pas encore tiré la deuxième... », marmonna Wang, les yeux rivés sur le cadavre.

Les Anglais cernèrent les derniers Boers et les tinrent en joue jusqu'à ce qu'ils aient jeté leurs armes et levé les bras en signe de reddition.

Le silence retomba tout à coup sur le veld, à peine troublé par les râles des blessés et les crépitements des flammes dans le bois des chariots. Une bise mordante s'était levée mais ses rafales ne parvenaient pas à chasser les odeurs de sang, de poudre, de charogne. Des lueurs livides, des lueurs de mort, effaçaient la nuit par bribes. Les voyants frontaux, désormais immobiles, luisaient comme des braises rougeoyantes.

« Suis-moi, le Jaune ! » glapit le Letton.

Il saisit Wang par le bras et, le traînant derrière lui, fendit énergiquement les rangs des fantassins anglais. Les mains croisées sur la nuque, les rescapés du *kommando*, au nombre de dix, fixaient leurs vainqueurs d'un air à la fois farouche et inquiet. Le vent soulevait leur longue barbe et dévoilait le col ouvert de leur chemise maculée de sang. Les cartouchières croisées sur leur poitrine étaient aux trois quarts vides. Ils ne portaient pas de veste, probablement pour jouir d'une plus grande liberté de mouvement. Même si cette guerre n'était qu'un jeu pour les Occidentaux, ils n'attendaient aucune clémence de la part de leurs adversaires.

Le Letton relâcha le bras de Wang lorsqu'ils furent arrivés à proximité des prisonniers.

« Regarde-les bien, Chinois ! siffla l'officier. Tu as devant toi les plus beaux spécimens de la connerie humaine ! »

Wang releva la tête et dévisagea tour à tour les dix hommes, priant pour qu'ils ne le trahissent pas par des réactions incontrôlées. Ses entrailles se nouèrent lorsqu'il reconnut, à l'extrême gauche de l'alignement, le front bas et les sourcils fournis de Timûr Bansadri, l'un des trois immigrés qui étaient devenus à la fois ses lieutenants et ses amis. Il avait taillé en pointe sa barbe noire, très dense et sillonnée de fils argentés.

Des lueurs de surprise s'allumèrent dans les yeux de

l'Iranien lorsqu'il croisa le regard de Wang, mais ses traits demeurèrent impassibles.

« Qui est le chef de ce groupe ? » demanda le Letton.

Il attendit pendant une dizaine de secondes puis, n'obtenant pas de réponse, il leva son sabre et l'enfonça jusqu'à la garde dans le ventre d'un Noir placé en face de lui. Des lèvres de ce dernier s'échappa un long soupir qui traduisait autant la surprise que la douleur. Puis, après que l'officier eut retiré la lame de son corps, il se replia sur lui-même et s'affaissa comme un sac vide. Son chapeau roula sur les herbes et son voyant frontal s'éteignit au bout de quelques secondes.

« Peut-être votre chef est-il mort ? murmura le Letton en essuyant le fer sur son pantalon. Dans ce cas, il ne me reste plus qu'à vous décapiter et à exposer vos têtes sur...

– Je suis le responsable de ce *kommando*, déclara Timûr Bansadri en s'avançant d'un pas. Tuez-moi si vous tenez à verser le sang mais épargnez ces hommes. Ils sont vos prisonniers. Ils ne pourront plus vous nuire. »

Le Letton s'avança vers l'Iranien et le toisa avec morgue.

« Toi et les tiens, vous avez pourtant voulu nous nuire, Larbhi ! siffla-t-il. C'est vous qui avez versé le premier sang !

– Je ne suis pas arabe mais iranien, protesta Timûr. Vous autres, les Baltes, vous êtes incapables de faire la différence entre les Sémites et les Perses... »

Un sourire sardonique flotta sur les lèvres aiguisées du Letton.

« Vous êtes tous des cinglés d'Islamiques, des bâtards du Prophète !

– Toi et moi nous sommes des Sino-Russes, de la viande à boucherie occidentale. Et si nous avons essayé de brûler vos vivres, c'est uniquement pour abréger ce cirque... »

Wang se rendit compte que Timûr s'adressait autant à lui qu'à son interlocuteur, qu'il tentait de justifier la décision qui avait conduit plus de cent hommes à la mort.

« Tu me prends pour un demeuré du bled ? ricana le Letton. Nous n'avons pas besoin de toi et des tiens pour écourter les Jeux : vous n'avez plus de capitaine de champ. »

L'Iranien lança un regard furtif à Wang et hocha la tête d'un air résigné. Son visage était aussi blanc que sa chemise, déchirée sur le côté droit.

« Raison de plus pour te montrer magnanime, reprit-il en désignant ses hommes d'un mouvement de menton.

— Vous avez justement brûlé les vivres réservés aux bouches inutiles... », dit le Letton d'un air faussement contrit.

Au loin résonnaient les cris des officiers et des soldats qui combattaient l'incendie des chariots. Les ténèbres absorbaient peu à peu les flammes agonisantes.

« Il vous suffira de leur donner à boire, argumenta Timûr.

— Qu'est-ce que tu proposes en échange ?

— Ma tête... »

Le Letton libéra un petit rire de gorge.

« Elle ne vaut pas grand-chose mais j'accepte ton marché, Larbhi. A la condition que... »

Il se tourna tout à coup vers Wang et lui tendit son sabre.

« Tu as tiré malgré mes ordres, Chinetoque. Je t'offre une chance de te rattraper... »

Wang contempla la poignée du sabre avec incrédulité d'abord, avec horreur ensuite. Il se demanda si le Letton avait deviné quelque chose ou bien s'il faisait preuve de cette perversité, de cette cruauté qu'on prêtait généralement aux Baltes ou aux Nordiques ravagés par le dragon nucléaire. Un borborygme prolongé s'élevait du corps inerte du Noir.

« Prends ce sabre et coupe-lui la tête, bridé, ou bien c'est la tienne qui volera ! » grogna le Letton d'un air menaçant.

Les mains de Wang se crispèrent sur la crosse et le fût de son fusil. Une incoercible pulsion lui commanda de tourner l'arme contre le Balte et de lui vider le magasin dans le ventre. Il ressentit une terrible colère à l'encontre des dieux, des ancêtres, du Tao de la Survie. L'enseignement de grand-maman Li lui avait appris à se battre contre ses ennemis, et non à décapiter ses amis.

« La mort me serait plus douce si elle m'était donnée par ta main, Chinois, intervint Timûr en fixant résolument Wang. Heureux l'homme qui part en bénissant son bourreau, dit un proverbe de chez moi. Songe qu'en me tuant tu épargneras ces hommes, des Sino-Russes comme toi, et que tu garderas la tête sur les épaules. Je ne tiens pas à ce que mes ancêtres me reprochent de t'avoir entraîné avec moi sur le chemin de l'éternité.

– Tu crois aux ancêtres, Larbhi ? s'étonna le Letton. Je croyais que ta religion interdisait ce genre de...

– Qu'est-ce que tu sais de ma religion ? coupa l'Iranien sans cesser de fixer Wang. Bon nombre de Perses se sont détournés de l'islam pour renouer avec les mythes sumériens. Je n'ai pas peur : je suis prêt à rejoindre le grand Gilgamesh dans sa quête de l'immortalité... »

Ces paroles, prononcées avec force, ressuscitèrent dans l'esprit de Wang le souvenir de conversations animées sur la terrasse de l'appartement du Marais. Allongés torse nu sur les dalles brûlantes (une pratique que les Occidentaux jugeaient rétrograde et dangereuse pour la peau), Timûr, Kamtay, Belkacem et lui avaient à tour de rôle raconté leur enfance, et les récits de l'Iranien lui revenaient en mémoire : il avait perdu ses parents à six ans, était entré la même année dans une école coranique, n'en était sorti que le jour de ses vingt ans, l'âge de la majorité légale dans la G.N.I., avait aussitôt rejeté l'islam et s'était engagé dans la résistance intérieure iranienne, où il avait découvert les poètes persans, la mystique soufie, les mythologies mésopotamiennes et l'amour avec une jeune femme du nom de

Farah. Dénoncée par son propre père, Farah avait été condamnée à la lapidation par un tribunal coranique. Le réseau clandestin avait essayé de la délivrer le jour du supplice mais s'était heurté aux hezbollahs armés de mitraillettes et n'avait pas pu empêcher la jeune femme d'être massacrée à coups de pierres. Timûr avait paru plongé dans un abîme de tristesse en évoquant cet épisode de sa vie, et les trois autres avaient dû se mordre les lèvres pour contenir leurs larmes.

« Prends ce sabre, Chinois, et frappe sans trembler, insista Timûr. Le Tao de la Vertu dit que l'œuvre doit être accomplie sous l'influence du calme pur. Il dit aussi que celui qui meurt sans cesser d'être a acquis l'immortalité.

– Fais ce qu'il te dit, bridé ! maugréa le Letton. Je commence à perdre patience... »

Wang hocha la tête à deux reprises, posa lentement son fusil sur le sol et, sans quitter Timûr des yeux, enroula les doigts autour de la poignée du sabre. L'Iranien lui adressa un sourire chaleureux puis il retira son chapeau, tomba à genoux, tendit le cou vers l'avant et entonna un chant dans la langue traditionnelle de son pays, interdite un siècle plus tôt par un décret religieux de La Mecque. Wang leva lentement le sabre, le maintint pendant quelques secondes au-dessus de Timûr, lui demanda intérieurement pardon, puis abattit la lame de toutes ses forces et lui trancha la tête. Emporté par son élan, il trébucha vers l'avant et ne put empêcher la pointe du sabre de frapper violemment la terre. Brutalement réveillée, la douleur de son épaule lui arracha un gémissement. Il entrevit, entre ses cils emperlés de larmes, le corps de Timûr qui s'affaissait dans une fontaine de sang et sa tête qui roulait sur l'herbe empourprée. C'est tout juste s'il se rendit compte que le Letton lui arrachait le sabre des mains et lui glissait quelques mots à l'oreille :

« Tu as montré que tu avais des couilles, petit Jaune. Viens me voir tout à l'heure dans le quartier des officiers... »

Quelqu'un le saisit par l'épaule et l'entraîna à l'écart. Replié sur sa douleur et sa détresse, il entendit, comme dans un cauchemar, une voix qui rassemblait un peloton d'exécution, les supplices des hommes qu'on s'apprêtait à mettre à mort, les commandements gutturaux du subalterne préposé à la fusillade, la salve tonitruante, les détonations isolées des coups de grâce.

Le Letton n'avait pas tenu sa promesse mais Wang avait la certitude que cet homme ne s'était pas dressé sur sa route par hasard, qu'il était nécessaire à l'accomplissement de son œuvre. Il traversa le bivouac d'un pas de somnambule, marcha dans les ténèbres jusqu'à ce que, à l'abri des regards indiscrets, il pût enfin s'allonger sur le sol et verser toutes les larmes de son corps.

Wang arracha la base de l'émetteur-récepteur collée à son torse et enfouit l'appareil dans un compartiment de cuir dont il ferma soigneusement le rabat. La sourde colère qu'il ressentait à l'égard des Occidentaux et de leurs jeux stupides l'avait dissuadé de rétablir la liaison avec Frédric. Il n'avait pas voulu toutefois couper tous les ponts avec le stratège français et avait gardé la possibilité de le rappeler en dissimulant son matériel dans son ceinturon. Il observa la marque rougeâtre laissée par la face autoadhésive du boîtier métallique, puis il examina la blessure de son épaule, une bouillie de chair boursouflée, violacée, d'où perlaient des gouttes d'un liquide visqueux. Il lui fallait d'urgence trouver une pommade antiseptique, ou la plaie risquait de nécroser. Il n'osait plus remettre son pansement, qu'il avait eu toutes les peines du monde à retirer, car le contact permanent avec le tissu empêchait la chair à vif de respirer, accentuait la douleur jusqu'à la nausée. Il passa directement la veste sur son torse nu et hésita sur la conduite à suivre. Il ne pouvait pas se présenter devant les aides-soignants de l'armée anglaise, qui l'obligeraient à retirer son bandeau et révéleraient sa présence sur la carte lumineuse du P.C. de Frankij Mœlder.

Les dernières paroles du Letton lui revinrent en mémoire et, malgré la haine que lui inspirait ce dernier – après tout, il n'était pas pire qu'Assöl ou les autres parrains des clans de Grand-Wroclaw –, il fut tenté de se rendre à son invitation. Il eut beau se répéter que cette proposition recelait des intentions inavouables, cette solution s'imposa à lui avec la force d'une évidence. Le Balte détenait les clefs de sa destinée et il ne servait à rien de repousser à plus tard le moment de leur rencontre. Il comprenait maintenant ce que voulait dire grand-maman Li lorsqu'elle affirmait, d'un air mystérieux, que « le bien et le mal s'accomplissent l'un par l'autre, le long et le court se délimitent, l'avant et l'après s'enchaînent »... Le Letton était son contraire dans l'ordre secret des choses, non pas son opposé en cruauté ou en perversité (il était lui-même traversé par des pulsions cruelles ou perverses), mais son révélateur, son initiateur. Il ne devait pas le juger à l'aune des sentiments humains ordinaires, mais le considérer comme un partenaire dans le jeu qui se déroulait dans les sphères insaisissables de l'esprit.

Il rajusta les deux bandes d'étoffe autour de sa tête, chaussa ses bottes, boucla son ceinturon, ramassa son fusil et se dirigea d'un pas décidé vers le bivouac, où les braises mourantes des feux couvraient les dormeurs d'un linceul écarlate. Il n'eut pas besoin de demander son chemin aux hommes assis en tailleur qui fumaient avec application de grossières cigarettes – de l'herbe hachée roulée dans des feuilles d'arbre –, il lui suffit de marcher vers la toile qui se dressait au centre de l'immense campement, éclairée par des braseros, tendue par un mât central et des cordes reliées à des piquets.

Des centaines d'hommes se pressaient sous ce chapiteau de fortune, affalés sur l'herbe ou adossés les uns aux autres. Des gourdes d'alcool volaient de main en main, semaient des rigoles ruisselantes sur les mentons hirsutes et les torses nus. Des couples s'embrassaient à pleine bouche, des corps et des voyants frontaux s'emmêlaient dans les recoins d'obscurité. Les senteurs d'alcool et de sueur masquaient ici la puanteur de charogne colportée par les rafales.

L'atmosphère qui régnait sous cette toile rappela à Wang l'ambiance des bordels coréens de Grand-Wroclaw, où grand-maman Li l'avait envoyé à l'âge de quinze ans se familiariser avec les choses de l'amour, à cette différence près que des hommes tenaient ici le rôle des femmes et que les odeurs corporelles, si fortes qu'il avait l'impression de se promener à l'intérieur d'une écurie, supplantaient les parfums capiteux dont s'aspergeaient les putains. Ce genre d'étreinte ne l'attirait pas, mais il comprenait que les immigrés, sevrés de tendresse, éprouvaient le besoin de goûter la chaleur d'une caresse, d'un murmure, d'un souffle.

« Tu t'es enfin décidé, bridé ? »

Wang se retourna et vit émerger de l'ombre la haute silhouette du Letton, dont la veste entrouverte laissait paraître sa peau d'une pâleur maladive. Il empestait l'alcool et ses yeux teintés de rouge se tendaient d'un voile trouble qui accentuait son aspect fantomatique. Il avait dégrafé la boucle de son ceinturon, et les poids conjugués de son sabre et de son revolver tiraient son pantalon vers le bas, le tire-bouchonnaient au-dessus de ses bottes, dévoilaient l'élastique froncé de son caleçon.

« Allons par là, nous serons plus tranquilles », dit-il en désignant un recoin obscur.

Ils enjambèrent des hommes ivres morts et s'assirent près d'un brasero dont les cendres encore chaudes diffusaient une tiédeur bienfaisante. Le Letton sortit une flasque métallique de la poche intérieure de sa veste et la tendit à son vis-à-vis. Autour d'eux s'élevaient des gémissements dont il était difficile de savoir s'ils exprimaient le plaisir ou la nausée.

« Un peu d'opka ? Ça réchauffe... »

Wang se demanda comment les immigrés de l'armée

de Frankij Mœlder avaient pu se procurer ce mélange d'opium et de vodka qui faisait tant de ravages dans les sous-provinces de la R.P.S.R., mais il se garda bien de poser la question au Letton, conscient que ce genre d'interrogation risquait d'éveiller des doutes dans l'esprit de son interlocuteur. Il prit la flasque mais, au lieu d'en porter le goulot à ses lèvres, il la reposa devant lui.

« Tu n'aimes pas l'opka, bridé ? s'étonna le Letton.
— Je le réserve à un autre usage... »

Joignant le geste à la parole, il dégrafa son ceinturon, déboutonna sa veste, la retira et se tourna de manière à présenter son épaule gauche au Balte, qui émit un sifflement lorsqu'il découvrit la plaie suppurante.

« Pas beau à voir ! s'exclama-t-il. Je comprends maintenant pourquoi tu avais des hésitations de fillette au moment de courir après ces foutus Boers ! Tu aurais dû être à l'infirmerie au lieu de traîner ta misère dans le bivouac...

— Je n'aime pas les infirmeries, ces antichambres de la mort, répliqua Wang. Je n'ai pas envie d'être classé comme irrécupérable, d'être éteint comme une vulgaire ampoule.

— Si tu ne te fais pas soigner dans les plus brefs délais, tu t'éteindras de toute façon...

— L'alcool suffira peut-être à désinfecter la plaie...

— Et l'opium l'anesthésiera... On peut toujours tenter le coup. Où est-ce que tu as pris cette balle ?

— Je faisais partie du détachement de cavalerie, de l'arrière-garde chargée d'achever les blessés. Un de ces fils de pute m'a aligné avant de recevoir son coup de grâce.

— Vous êtes sûrs de n'avoir laissé aucun survivant derrière vous ? »

Wang secoua la tête.

« Je t'ai mal jugé tout à l'heure, Chinetoque, reprit le Letton. A aucun moment je n'ai deviné que tu étais blessé... Je m'appelle Dmitri Liegazi. Je viens de Ventspils, une ville sur la Baltique. Une ville... je devrais dire un mouroir public : taux de radioactivité mille fois supérieur à la norme, pollution chimique irrémédiable, désert végétal, surpopulation de rats d'une espèce nouvelle, dangereuse, mutations génétiques de toutes sortes... L'enfer sur terre. Ce salopard d'Igor Vladeski nous a foutus dans un drôle de merdier en lâchant ses bombes sur les pays du Nord... Et toi, bridé, d'où est-ce que tu viens ? Et comment se fait-il que je ne t'aie jamais remarqué avant ? »

Wang marqua un temps de pause avant de répondre, appliquant ce conseil de grand-maman Li qui lui recommandait de tourner sept fois sa langue dans sa bouche avant de prendre la parole. Des chants traditionnels, entrecoupés de cris et de rires, montaient dans la nuit comme des chœurs d'ivrognes.

« Tzeu, de la province de Pologne... »

En prononçant ce nom, Wang se remémora le petit Chinois qui avait partagé ses trois ou quatre jours de captivité dans le camp de Dresde. Qu'était-il devenu, ce garçon de dix ou onze ans qui avait échappé à sa mère et triché sur son âge pour suivre ses copains de Szczecin dans les couloirs souterrains du R.E.M. ?

Dmitri Liegazi saisit la flasque, dévissa le bouchon, but une rasade, versa un peu de liquide incolore sur ses doigts et commença à l'étaler sur la blessure de Wang, qui poussa un cri lorsque l'alcool entra en contact avec ses chairs à vif. Les gestes du Letton étaient d'une douceur surprenante pour un homme de son gabarit. Il déchira un pan de sa veste avec la pointe de son sabre, l'imbiba d'opka et nettoya consciencieusement la plaie, retirant les bouts d'étoffe déchiquetée incrustés dans le cratère, crevant au passage des abcès purulents. L'obscurité ne semblait pas le gêner, pas davantage que les vociférations des pochards qui se battaient quelques mètres plus loin. Il confectionna un pansement de fortune avec une bande de tissu qu'il enroula autour de l'épaule blessée et noua au-dessus de la clavicule.

« Faudra le changer demain matin, fit-il après avoir contemplé son ouvrage d'un air satisfait. Tu as encore de la chance que la balle n'ait pas fracassé l'os. Laisse-moi regarder maintenant la blessure de ton front...

— Pas la peine ! » s'écria Wang en esquissant un mouvement de recul.

Il prit aussitôt conscience de la stupidité de sa réaction et ajouta, pour atténuer l'effet produit par sa précipitation :

« Ce n'est qu'une égratignure. Pas la peine de gâcher de l'opka pour ça... »

Le regard du Letton, rivé sur lui, le sondait jusqu'au fond de l'âme.

« Tu arrives à voir la nuit ? » demanda-t-il pour échapper à l'insupportable pression de ces yeux blafards qui flottaient sous le point rouge du voyant frontal.

Dmitri Liegazi continua de le fixer pendant quelques secondes avant d'ingurgiter une longue rasade d'opka et de s'essuyer les lèvres d'un revers de manche énergique.

« Je suis nyctalope, murmura-t-il avec une moue d'amertume. Une saloperie de mutant, comme la plupart des Baltes. Les radiations ont modifié nos gènes. Nous sommes programmés pour vivre une trentaine d'années. Si je ne meurs pas pendant cette foutue guerre, il me restera un ou deux ans à tirer... Bah, j'aurai vécu un peu plus longtemps qu'un chat.

— Pourquoi es-tu venu en Occident ?

— J'avais entendu dire que les Occidentaux étaient passés maîtres dans la thérapie génique. J'espérais qu'ils augmenteraient mon espérance de vie de soixante-dix ou quatre-vingts ans, et qu'ensuite je pourrais retourner chez moi. Je sais maintenant que je crèverai ici comme un rat... Et je plains les Occidentaux à qui on greffera mes organes ! »

Ils gardèrent le silence pendant une dizaine de minutes, assis l'un en face de l'autre, buvant à tour de rôle au goulot de la flasque, écoutant les sifflements de la bise dans la toile du chapiteau et les ronflements des dormeurs. L'opka avait un goût amer plus prononcé que la mixture en circulation dans les rues de Grand-Wroclaw.

« Pourquoi m'as-tu obligé à décapiter le chef boer ? demanda tout à coup Wang d'une voix qu'il voulait neutre mais qui tremblait d'émotion contenue.

– Je voulais savoir ce que tu avais dans le ventre, bridé...

– Quelle importance ? »

Dmitri Liegazi l'enveloppa d'un regard brûlant. « Il ne suffit pas d'être beau pour me plaire.

– Couper la tête d'un homme désarmé n'est pas une preuve de courage...

– Qui te parle de courage, Chinois ? Le sang est le prix à payer du désir... A quelle profondeur es-tu capable de descendre pour goûter les voluptés de la vie ? »

Bien que son cerveau commençât à flotter dans les vapeurs de vodka et d'opium, Wang se rendit compte que son interlocuteur le conviait à un jeu dangereux, un jeu d'où il ne reviendrait pas indemne. Les cendres du brasero s'étaient refroidies et les morsures du vent couvraient sa peau de frissons.

« Les hommes ne manquent pas dans ce bivouac, marmonna-t-il en désignant les formes confuses des corps dans l'obscurité.

– Ils sont rares ceux dont le feu est capable de m'embraser. Je veux mourir en me consumant, pas en me pourrissant de l'intérieur comme une charogne ! Le reste, leurs Jeux, leur guerre, je n'en ai rien à foutre...

– Pourquoi avoir ordonné l'exécution des survivants tout à l'heure ? Tu avais promis à leur chef de...

– Tu ne comprends rien, bridé ! »

Le Letton avait haussé le ton sans s'en rendre compte, et les dormeurs les plus proches, dérangés par son éclat, se retournèrent en poussant des grognements.

« La mort des autres me donne un sentiment de puissance inouï, ajouta-t-il d'un ton mesuré. La mort d'un soldat de l'armée ennemie, la mort d'un ivrogne dans ce bivouac... Je n'existe que par contraste.

– En quoi est-ce que je t'intéresse ?

– Tu es ce que je ne suis pas : une âme saine dans un corps sain. La mort me hèle depuis ma naissance, la vie te suit à la trace... »

Wang enfila sa veste, entoura de ses bras ses jambes repliées et se recroquevilla sur lui-même, essayant de récupérer un peu de sa propre chaleur. L'opka avait engourdi la douleur de sa blessure mais n'était pas parvenu à le réchauffer.

« Tu as franchi bien des obstacles pour venir à moi, poursuivit Dmitri Liegazi à voix basse. Jusqu'où es-tu prêt à aller pour obtenir le renseignement qui te manque ?

– Quel renseignement ? » bredouilla Wang.

Un sourire lugubre s'afficha sur la face du Letton.

« Cesse donc de me prendre pour un imbécile... Tzeu ! »

Il dégaina son sabre avec une vivacité et une précision inattendues de la part d'un homme à moitié ivre et en frappa de la pointe le ceinturon que le Chinois avait posé sur l'herbe.

« Je suis sûr que je trouverais des choses intéressantes en fouillant là-dedans, chuchota-t-il. Un pistolet Mauser peut-être, un émetteur-récepteur radio sans doute... »

Glacé d'effroi, Wang demeura incapable de réagir.

« Je t'ai reconnu tout de suite, continua Dmitri Liegazi. Ton portrait avait été affiché dans tous les blocs du camp d'entraînement d'Edisto Beach. Ton bandeau et les vestiges de ta barbe ont suffi à tromper les crétins de ce bivouac. Pas moi : non seulement je suis nyctalope, mais je suis doté d'une mémoire visuelle infaillible. Un autre cadeau génétique. Je suis incapable de lire et de compter mais je me souviens de visages à peine entrevus lors de ma petite enfance, de la couleur des murs de la chambre où je suis né... »

Les vapeurs d'alcool se dissipèrent subitement dans l'esprit de Wang. La sensation l'effleura d'émerger d'une longue nuit de beuverie, et le retour à la lucidité s'accompagnait d'une terrible gueule de bois.

« Tu parlais d'un renseignement... », bredouilla-t-il.

Dmitri Liegazi souleva le ceinturon de Wang avec la lame, le maintint trente centimètres au-dessus du sol et se pencha sur le côté pour lui répondre.

« Qu'est-ce qu'un homme comme toi peut bien venir chercher dans ce campement, Chinois ? Le capitaine de champ est l'élément le plus précieux d'un stratège. Tu as déjà fait le coup il y a deux ans...

— Tu... tu es disposé à me... donner le capitaine de champ de Frankij Mœlder ?

— Nous ne sommes qu'une poignée à le connaître dans toute cette putain d'armée anglaise ! Sans moi tu n'y arriveras pas. »

Dmitri Liegazi baissa le sabre et le ceinturon retomba dans un bruit mat.

« Quel est le prix de ta trahison ? s'enquit Wang, qui avait déjà son idée sur la question.

— Est un traître celui qui renie les siens, souffla le Balte. Ceux-là ne sont pas les miens, cette humanité n'est pas la mienne. Je n'ai donc pas le sentiment de trahir. Que nous importe que la victoire aille à ce pédant de Frédric Alexandre ou à cet imbécile de Frankij Mœlder ! Nos buts ne sont pas les leurs.

— Quel est ton but ?

— Je te l'ai dit tout à l'heure : me réchauffer au feu de ta vie...

— Ce qui signifie ?

— Tu sais très bien ce que ça signifie... »

Dmitri Liegazi reposa le sabre à ses côtés, écarta les pans de sa veste, déboutonna les boutons de sa braguette, baissa son caleçon et exhiba son membre viril, un long appendice d'une rigidité et d'une blancheur cadavériques.

« J'ai pris énormément de plaisir à te voir exécuter ton ami, Wang. Ton sang-froid, ta maîtrise m'ont réconcilié avec le genre humain. Mais il te faut descendre encore plus bas pour achever ton œuvre.

— J'ai vu tout à l'heure de quelle façon tu tenais tes promesses...

— Un soupçon d'incertitude ne peut qu'exalter le désir.
— Donne-moi d'abord le nom et la description du capitaine de champ.
— Tu ficheras le camp dès que je t'aurai fourni le renseignement !
— Il te suffira de hurler pour donner l'alerte. Tu me tiens, pour l'instant... Tu savais que Timûr... que le chef du *kommando* boer était mon ami ?
— Je l'ai deviné au premier regard que vous vous êtes échangé.
— Cette cruauté était indispensable ?
— Elle me dédommage des années que les hommes m'ont volées... »

Le Letton se rapprocha à genoux de son vis-à-vis et se pencha pour l'embrasser dans le cou. Son odeur corporelle s'associa aux effluves d'alcool et à son haleine pestilentielle pour déclencher chez Wang un début de nausée. Il ne chercha pas à se défendre pourtant, il était en cet instant l'eau qui épousait humblement les inégalités du sol pour mieux attendrir la terre durcie par la sécheresse.

CHAPITRE V

L'ARMÉE ANGLAISE

Le non-agir n'est pas l'inertie, l'abattement ou la paresse, le non-agir est le Vide parfait, c'est œuvrer dans l'inaction. Considère que le repos est le maître du mouvement, que l'Etre naît dans le non-Etre, et n'entreprends rien de grand, accomplis de grandes choses avec ce qui est ténu. Ne défie jamais tes adversaires avec orgueil et fracas, surtout lorsqu'ils sont plus forts et nombreux que toi, entre par la porte dérobée et agis dans l'ombre, dans le silence. N'oublie jamais qu'un arbre énorme est né d'une racine aussi fine qu'un cheveu.

Le Tao de la Survie de grand-maman Li

Delphane leva les bras pour repousser son agresseur. Ses mains frappèrent avec violence la vitre de l'identificateur épidermique. Le poids et l'odeur de cet homme lui étaient insupportables... La moiteur de sa paume sur sa poitrine, la tiédeur de son souffle sur ses lèvres, les frottements de sa peau sur la sienne... Son voyant frontal brillait d'un éclat maléfique qui lui blessait les yeux. D'une force herculéenne, il lui plaquait les épaules au sol tandis que sa bouche, d'une largeur effrayante, tentait de capturer la sienne. Elle avait réussi à se dérober pour l'instant, tournant sans cesse la tête d'un côté sur l'autre, s'égratignant les joues sur les mottes de terre aux arêtes coupantes. Elle s'efforçait toutefois de maîtriser son dégoût, de garder la tête froide. S'il n'avait pas menti, il détenait un renseignement d'une importance capitale. Le chemin de la survie, et peut-être de la liberté, épousait pour l'instant les méandres tortueux de cet homme qui, bien qu'il ne ressemblât pas à son père – il était grand, blond, musclé ; son père petit, brun, flasque –, provoquait en elle une répulsion identique à celle qu'elle éprouvait pour l'auteur de ses jours – ce dernier lui avait certifié qu'elle avait été conçue par voie naturelle et non par « cette horrible C.A.O. (conception assistée par ordinateur) qui vole aux hommes leur virilité et aux femmes leur maternité »...

Elle devait le laisser s'enflammer avant de se refuser et d'exiger, pour aller plus loin, le nom du capitaine de champ de Frankij Mœlder. Un jeu dangereux, car il était beaucoup plus lourd et puissant qu'elle, il pouvait lui casser un bras ou l'assommer d'un simple coup de poing. Elle sentit sa large main ramper sur son ventre et se faufiler sous la ceinture de son pantalon. Le contact de ces doigts glacés sur son bas-ventre la fit tressaillir et déclencha en elle un réflexe de défense. Elle s'arc-bouta sur ses jambes et le déséquilibra d'un brusque mouvement du bassin. Il roula sur l'herbe, se rétablit sur ses jambes un peu plus loin, l'air furibond. Son pantalon et son caleçon finirent de tomber sur ses bottes, découvrant ses longues cuisses et ses genoux cagneux. La colère se traduisait chez lui par un blanchissement des yeux qui effaçait totalement les iris. Il paraissait désormais encombré de son sexe, braqué sur elle comme une arme inutile.

Elle n'aurait jamais imaginé que les relations naturelles, ces mêmes relations dont les extrémistes du mouvement universaliste parlaient avec une ferveur quasi religieuse, pussent être à ce point douloureuses, brutales. C'était bel et bien d'une profanation qu'il s'agissait, d'un combat entre deux êtres à la densité blessante, d'un frottement rugueux qui les laissait tous les deux aussi essoufflés que des chiens. Sa blessure s'était réveillée et la douleur lui irradiait de nouveau tout le flanc gauche. Il l'avait pourtant soignée avec une douceur toute féminine quelques instants plus tôt. Elle comprenait maintenant les raisons qui avaient poussé les sensolibertaires à se débarrasser des contraintes corporelles, à rechercher l'immatérialité, à se fondre dans l'incomparable fluidité de l'esprit. Les voyants des soldats endormis alentour teintaient de rose leurs traits détendus et les herbes qui leur servaient d'oreillers. Leurs respirations bruyantes se perdaient dans les sifflements du vent sur la toile du chapiteau.

« Tu triches, bridé... », éructa le Balte.

Elle regretta sa réaction. Elle avait changé les règles du jeu, elle avait compromis ses chances d'obtenir l'indispensable renseignement, elle avait desservi les intérêts de la ruche. Elle devait se ressaisir, puiser au plus profond d'elle-même la force de transformer son dégoût en énergie, accepter de se contempler dans le miroir que lui tendait cet homme à la peau blême et au faciès de dément.

S'adapter, reprendre l'initiative.

Elle s'était à ce point identifiée à Wang qu'elle s'appropriait automatiquement les stimuli épidermiques et mentaux du capitaine de champ de Frédric, qu'elle les passait au tamis de sa mémoire pour les reconvertir en sensations, en émotions, en souvenirs.

Elle avait ressenti un grand vide, un grand froid lorsque la liaison sensor s'était interrompue quelques heures plus tôt. Après avoir vaincu les trois Anglais de l'arrière-garde – elle avait failli sombrer dans le coma sensoriel au moment où il s'était retourné et avait fait feu sur les deux cavaliers, libérant d'un seul coup l'énorme tension générée par l'attente –, il avait noué deux bandes de tissu autour de sa tête et le canal 02 s'était aussitôt désactivé. Elle avait flotté pendant d'interminables secondes entre frustration et inquiétude. Elle s'était d'abord demandé avec angoisse combien de temps elle serait privée de la vitalité de Wang, puis elle l'avait cru tué par un Anglais en maraude et elle avait ressenti les premiers symptômes du manque sensoriel, cette insupportable impression d'être une masse de chair subitement privée d'encéphale. Elle était passée frénétiquement sur d'autres canaux, y compris sur celui de Frédric, mais n'y avait rencontré que morosité, ennui, inertie.

« *La ruche albigeoise informe Delphane Miorin qu'elle peut et doit retourner sur le canal 02.* »

Elle avait obéi à la modulation, surprise d'abord d'être reconnectée si rapidement à Wang. Puis elle s'était souvenue que la ruche lui avait déjà permis de reconstituer l'intégralité de l'épopée du Sino-Russe lors des Jeux précédents, et elle avait compris que ce nouvel escamotage était le fruit d'une intervention du réseau. Comme tous les sensoreurs ayant éprouvé le vertige du manque, elle avait coupé tous les ponts qui la reliaient au réel et s'était livrée corps et âme à la machine, transgressant les messages subliminaux qui passaient en boucle et mettaient en garde les clients de la SF 1 contre l'abus sensoriel et son corollaire, le coma neuropathique.

« *Tu fais partie des rares privilégiés à être encore reliés au canal 02, Delphane*, avait ajouté la ruche. *Les hyènes de l'O.N.O. se figurent tout contrôler, mais elles sont aveugles sur bien des points, comme sont désormais aveugles l'immense majorité des sensoreurs connectés à Wang. Nous n'avons pas besoin de leurs satellites, de leurs capteurs ou de leurs conducteurs quantiques pour transmettre les masses de données nécessaires à l'échange des informations sensorielles. Nous sommes les véritables enfants de la science, les techniciens de l'O.N.O. n'en sont que les bâtards.*

– *Pourquoi ne partagez-vous pas vos connaissances avec le reste de l'humanité ?* » avait-elle modulé en s'efforçant de contenir son excitation et de conserver la cohérence de ses pensées.

La ruche avait marqué un temps de silence avant de répondre, comme si elle n'avait pas encore tout à fait confiance dans l'auxiliaire qu'elle avait pourtant recrutée depuis plus de deux ans.

« *Nous n'appartenons plus à l'humanité, mais à une nouvelle espèce constituée de chair et de technologie. Les hommes refuseraient de se reconnaître en nous : ils nous extermineraient comme ils l'ont toujours fait de ceux qui s'engagent dans un nouveau chemin d'évolution. Comme ils l'ont fait des sorciers, des mages, des hérétiques, des prophètes, des précurseurs, des utopistes, des scientifiques libres penseurs, des révoltés, des monstres, des purs... Nous reprendrons contact avec l'humanité lorsque nous aurons gagné notre nouvelle terre.*

– *Votre... nouvelle terre ?*

– *Nous t'en parlerons lorsque le temps sera venu. Nous devons pour l'instant rester dans l'ombre et préparer l'essaimage.*

– *Wang fait partie de ce voyage ?*

– *Il est le seul qui puisse donner le signal du départ.*

– *Et s'il trouve la mort au cours de ces Jeux ?*
– *Nous nous serons trompés sur lui. Et sur nous. Il se passera sans doute une ou deux décennies avant que se présente une nouvelle occasion. Les chiens de l'O.N.O. se rapprochent sans cesse de nous : ils nous auront découverts et anéantis dans moins de cinq ans. Nous aurons disparu avant même d'avoir proclamé notre existence.*
– *Quel rôle m'avez-vous réservé ?*
– *Tu es notre agent de liaison.*
– *Pourquoi ne vous adressez-vous pas directement à Wang ?*
– *Nous lui avons déjà envoyé de courts messages, mais il fait l'objet d'une surveillance incessante et nous prendrions des risques inconsidérés à prolonger les communications.*
– *Pourquoi moi ?*
– *Tu occupes une position privilégiée.*
– *Je suis certaine qu'il y a d'autres raisons...*
– *Tu les découvriras plus tard, Delphane Miorin. Si tu en exprimes le désir. Le réseau te souhaite un bon séjour sur le canal 02.* »

Elle avait chevauché le rouan à travers le veld écrasé de chaleur et rejoint le détachement anglais après la victoire sur le *kommando* boer. Bien que son épaule blessée l'élançât d'une manière atroce, elle avait repoussé la tentation de se rendre à l'infirmerie de campagne. Elle n'avait pas entendu la conversation radio entre Wang et Frédric mais, passant à plusieurs reprises sur le canal 01, elle s'était doutée que son mari n'avait pas d'autre choix que de renoncer à ses chimères stratégiques et de s'en remettre entièrement à l'instinct de son capitaine de champ.

Elle avait éprouvé des sentiments contradictoires pour l'officier letton qui l'avait abordée au début de l'escarmouche entre les intrus boers et les Anglais. Une certaine fascination sous-tendait sa méfiance, comme un feu couvant sous la glace. Traînée de force sur les lieux du combat, elle avait fusillé sans hésitation le Chinois du Sud qui, fou de terreur, avait foncé sur elle comme un taureau des anciennes corridas espagnoles. Mais, lorsque Dmitri Liegazi l'avait obligée à décapiter Timûr Bansadri, ses larmes avaient roulé sans retenue sur ses joues. Elle avait ressenti une souffrance aussi vive que si elle avait enfoncé la lame dans son propre cœur. Elle s'était pourtant rendue une heure plus tard à l'invitation du Letton, elle avait accepté son marché, enduré son odeur aigre, son haleine imprégnée d'opka, ses premières caresses.

Elle se releva, se rapprocha du Balte, se haussa sur la pointe des pieds et, le cœur battant, posa résolument ses lèvres sur les siennes. La langue râpeuse de Dmitri Liegazi s'insinua dans sa bouche et ses grandes mains se posèrent sur son dos comme des serres de rapace. Elle sentit une forme dure et palpitante contre son abdomen, résista de toutes ses forces à la tentation de prendre la fuite. De même, elle se laissa entraîner sur l'herbe sans résister, n'esquissa aucun geste de défense lorsqu'il entreprit de dégrafer sa ceinture, de déboutonner sa braguette, de faire glisser son pantalon sur ses jambes. La fraîcheur de la nuit la saisit tout à coup, et elle se mit à claquer des dents.

« Tu as peur, petit Jaune ? Ne t'inquiète pas. Ce n'est qu'un bon moment à passer. Tu as la peau aussi douce qu'une fillette... »

Un flot d'images déferla tout à coup dans son esprit. Trois femmes, nues et grasses, arrachaient ses vêtements en riant. Vaguement inquiète, elle frissonnait de la tête aux pieds, incapable de contrôler les tremblements de ses membres. Elle ne parvenait pas à détacher son regard de la toison noire habillant le bas de leur ventre comme une barbe incongrue. Une écœurante odeur de parfum imprégnait l'atmosphère confinée de la chambre aux murs tendus de velours pourpre. Des miroirs piquetés se renvoyaient les images tronquées d'armoires branlantes et de corps emmêlés.

Elle se rendit compte que ces souvenirs ne lui appartenaient pas, qu'elle était entrée par effraction dans la mémoire de Wang. Son conditionnement reprit aussitôt le dessus et un réflexe de rejet provoqua un écrasement sensoriel, un retour brutal à la réalité. Couverte de sueur, contractée, pantelante, elle demeura étourdie sur la banquette du sensor comme un naufragé échoué sur une grève déserte. Elle se sentait vaguement coupable d'avoir enfreint un interdit. Un rapport effectué par une commission technique de l'O.N.O. et les représentants de la chambre professionnelle des industries sensorielles avait conclu à la nécessité de doter les appareils de systèmes de sécurité interdisant les dérives télépathiques et garantissant le respect de la liberté individuelle. Les contrevenants, fabricants ou utilisateurs, étaient passibles d'une peine d'une année d'isolation cérébrale, d'une cure de désintoxication de six mois dans une clinique de la côte méditerranéenne ou d'une M.G.V., une modification génétique volontaire.

Elle s'était retirée de la scène qui se jouait sur l'aile des Jeux et elle regardait désormais les deux hommes enlacés comme la spectatrice d'une ancienne pièce de théâtre ou d'un film du XXe siècle. Elle était consciente que son décrochage sensoriel exprimait sa propre peur des relations naturelles, qu'elle refusait d'être visitée par cet homme qui, malgré la chaleur générée par l'opka et l'excitation, restait aussi lugubre et froid que la mort. Des relents nauséeux lui traversaient la gorge et déclenchaient des spasmes qui la secouaient de la tête aux pieds.

Elle vit que le Letton se relevait pour retirer ses bottes à Wang. Bien qu'elle continuât de s'éloigner de la scène, elle discerna très nettement la crispation des traits du Chinois. La machine, s'adaptant à sa volonté, modifiait instantanément les focales, lui proposait des plans de plus en plus larges, comme pour l'écarter progressivement d'une séquence qui risquait de provoquer un syndrome de Brecht-Jansens, un rejet irréversible de l'immersion sensorielle.

Elle ne chercha pas à renverser le processus, trop lasse pour replonger dans le vertige des sens. Elle se laissa chasser sans résistance du canal 02, des Jeux uchroniques. Les formes claires qui s'agitaient dans les ténèbres s'estompèrent peu à peu et elle sombra dans un sommeil agité où son père lui reprochait avec véhémence de ne pas lui prouver physiquement son amour.

« Tu me rappelles un Colombien du nom de Romerito, murmura Dmitri Liegazi en jetant derrière lui la deuxième botte de Wang. Même genre de peau, même air de vierge effarouchée. Un Sudamindien au visage grêlé et aux épaules deux fois plus larges que les tiennes... »

Le Letton contempla pendant quelques secondes le corps du Chinois avec des lueurs de convoitise et de regret dans les yeux. Puis il se pencha vers l'avant, saisit le pantalon de Wang et entreprit de le lui retirer. Ses gestes s'effectuaient maintenant au ralenti, comme si son désir l'avait subitement déserté. Il y avait quelque chose d'un dégrisement dans son comportement, d'une prise de conscience qui l'empêchait de se livrer au plaisir.

Wang attendit d'être entièrement dévêtu pour agir, d'une part pour bénéficier d'une entière liberté de mouvement, d'autre part pour ne pas éveiller la méfiance de son partenaire. Il combattit la sensation d'être diminué par sa nudité, attendit que Dmitri Liegazi se couche de nouveau sur lui pour lancer sa main droite à la recherche du sabre. Cela faisait un bon moment qu'il avait entrevu la lame couchée dans l'herbe, mais il avait jusqu'alors résisté à la tentation de s'en emparer. Il commettait peut-être une erreur dans l'interprétation des paroles du Letton mais il bondissait sur la première occasion de mettre fin à une épreuve qui le révulsait.

Dmitri Liegazi pesait de tout son poids sur lui, soufflait comme un bœuf, lui écartait les jambes du genou, mettait au supplice son épaule blessée. Il trouva à tâtons la poignée du sabre, glissa les doigts autour du métal torsadé, raffermit sa prise et, d'un geste aussi précis que rapide, leva la lame pour la passer au travers du corps perché sur lui. Elle s'engouffra dans le flanc droit du Balte, crissa sur sa colonne vertébrale, se fraya un passage entre les côtes flottantes opposées, ressortit sous sa cage thoracique.

Dmitri Liegazi poussa un long soupir avant d'être agité par un spasme. Ses muscles se détendirent tout à coup, comme vidés de leur substance, et sa masse augmenta brutalement, mais il suffit à Wang de lâcher la poignée du sabre et de pivoter sur lui-même pour se débarrasser de son fardeau.

Le Letton bascula sur le côté, retomba lourdement sur le dos. La lame s'enfonça jusqu'à la garde dans le mouvement. Des filets de sang s'entrecroisèrent sur sa peau blême. La bouche ouverte, il chercha de l'air. Il semblait contempler d'un œil morne son sexe qui s'affaissait lentement. Il n'avait pas poussé un cri et la scène n'avait pas duré assez longtemps pour réveiller les hommes endormis dans les parages. Les voyants frontaux restaient immobiles. La toile du chapiteau se gondolait sous les assauts du vent et les cordes grinçaient sur les piquets.

Redressé sur un coude, Wang se demanda si sa répulsion ne l'avait pas poussé à précipiter les choses. Rien ne prouvait que le nom soufflé par le Letton était celui du capitaine de champ de Frankij Mœlder – d'autant qu'il l'avait prononcé avant d'avoir obtenu ce qu'il désirait. La lune régnait comme une reine ventrue sur les étoiles et dispensait une lumière argentée sur les reliefs.

« Bridé... bridé... »

La voix de Dmitri Liegazi n'était plus qu'un souffle ténu. Wang prit la précaution de se munir de son ceinturon, enfoui sous les vêtements, avant de s'accroupir près du mourant. Il sentait sous la bande d'étoffe nouée autour de son épaule une tiédeur humide qui lui indiquait que la plaie s'était remise à saigner.

« Toujours sur... sur tes gardes, hein ? articula avec peine Dmitri Liegazi.

– Ce Romerito, c'est le capitaine de champ ? » demanda Wang.

Un pâle sourire flotta sur le visage grimaçant du Balte.

« A toi de... de vérifier, bridé... Je t'avais bien... bien jugé... Ton feu m'a brûlé... Je mourrai avant d'être pourri... J'espérais seulement... que tu goûterais le plaisir avant de me tuer... Je t'ai laissé le choix... le choix... »

Sa respiration se faisait sifflante et ses mots s'achevaient en râles prolongés.

« Si tu... si tu gagnes ces foutus Jeux, bridé, essaie de... trouver le moyen de... de... »

Il tenta de finir sa phrase dans un ultime effort de volonté mais aucun son ne sortit de sa gorge. Sa tête se renversa en arrière, une longue expiration s'échappa de sa bouche entrouverte et son voyant s'éteignit au bout de trois secondes. Craignant d'être surpris par un soldat ou un officier réveillé, Wang ne perdit pas de temps : il passa le ceinturon autour de son cou, ramassa ses vêtements, ses bottes, son casque, le fusil Lee-Enfield, la flasque d'opka, et s'éloigna rapidement du chapiteau. Il attendit d'avoir mis plusieurs centaines de mètres entre le cadavre et lui pour s'asseoir, détacher son pansement et verser quelques gouttes d'alcool sur la plaie. Après avoir renoué le pan d'étoffe, il se rhabilla, resserra le bandeau autour de sa tête, repoussa au lendemain la communication avec Frédric, but une longue rasade d'opka pour se réchauffer et s'allongea sur l'herbe, le fusil posé contre lui. Il mit du temps à trouver le sommeil, hanté par le sourire cruel et les yeux délavés de Dmitri Liegazi.

Des cris et des rires le réveillèrent alors que le soleil n'avait pas encore paru. Il se rendit compte qu'il s'était couché légèrement à l'écart du bivouac. Des soldats s'affairaient autour de réchauds à alcool sur lesquels sifflaient des bouilloires en fer-blanc, d'autres se rasaient en se servant de leur baïonnette comme de miroir, d'autres, assis sur de grosses pierres, garnissaient leurs cartouchières ou chargeaient le magasin de leur fusil. Des sentinelles réparties tous les vingt mètres formaient un immense cordon qui ceinturait tout le campement. La première se trouvait à moins de cinq pas de Wang mais elle ne l'avait pas remarqué, car les herbes l'avaient soustrait à ses regards. Il n'estima pas nécessaire de refaire son pansement, bien qu'une douleur sourde se diffusât dans son épaule et son bras. Il vérifia machinalement le magasin de son fusil, ouvrit un compartiment de son ceinturon, remplaça les balles manquantes. Ce geste ranima les souvenirs de la veille, le Chinois du Sud qui s'écroulait à ses pieds, la tête de Timûr Bansadri qui roulait sur l'herbe empourprée, et une vague de détresse l'emporta, qui emplit ses yeux de larmes. Il tenta de reconstituer les traits de Lhassa, mais c'est le visage lugubre de Dmitri Liegazi qui s'imposa à lui, comme si le Balte avait parasité sa mémoire.

Il examina l'autre compartiment de son ceinturon, le plus grand des deux, constata que le canon du Mauser s'était replié (probablement le système d'ouverture s'était-il déclenché lorsque Dmitri Liegazi avait laissé retomber le ceinturon sur le sol), le redressa, actionna le cran de sûreté, ouvrit la culasse et compta les balles restantes. Même si, séparé de ses cartouchières boers, il ne pouvait pas recharger la lame-chargeur du pistolet, il était important pour lui de savoir de combien de munitions il disposait. Les cinq projectiles tronconiques du Mauser ne suffiraient sûrement pas à défier l'armée du challengeur néerlandais, mais ils pourraient se révéler très utiles dans sa chasse au capitaine de champ.

Il remit l'arme dans la sacoche, tira sur ses vêtements pour les défroisser, glissa le bas de son pantalon dans ses bottes, enfonça le casque sur sa tête et se releva. Alertée par sa soudaine apparition, la sentinelle arma son fusil et le braqua dans sa direction. Wang leva les bras au ciel et sourit pour montrer sa méprise à son vis-à-vis, un métis à la peau foncée et aux yeux de chat siamois.

« *What are you... Qué haces por aquí ?* »

Wang mima le sommeil en posant sa joue sur ses deux

mains jointes. La sentinelle se détendit, baissa son fusil et étira ses lèvres épaisses en un sourire de connivence.

« *Drunk, yes ? Beber too much ?* »

Constatant que son interlocuteur ne comprenait pas ses paroles, le métis plaça son pouce devant sa bouche et leva le bras comme s'il vidait une gourde. Wang acquiesça d'un hochement de tête : l'ivrognerie semblait tolérée dans l'armée de Frankij Mœlder, peut-être même encouragée. A Grand-Wroclaw, l'alcool et l'opium avaient la réputation de métamorphoser les agneaux en loups, de transformer les hommes les plus timorés en guerriers indomptables. « Méfie-toi de l'opka, avait dit un jour grand-maman Li. Il te procure l'inconscience et te reprend la conscience, il t'entraîne sur des voies euphoriques et t'emmène à la mort avec le sourire aux lèvres. » Il avait entendu bon nombre d'histoires sur de paisibles pères de famille qui, après avoir ingurgité une bouteille entière du redoutable mélange, étaient allés défier les clans à l'aide d'un couteau, d'une hache, d'une fourche. Ils avaient témoigné d'une témérité insensée en s'introduisant dans l'antre d'un parrain et en massacrant plusieurs de ses gardes du corps avant d'être à leur tour abattus. En théorie, les participants des Jeux uchroniques n'avaient pas le droit d'absorber des substances excitantes ou désinhibantes, mais l'alcool était peut-être considéré comme un élément d'authentification historique au même titre que les uniformes ou les armes.

La sentinelle n'esquissa aucun geste lorsqu'il passa devant elle et pénétra dans le bivouac. Les odeurs de café ou de thé qui flânaient dans l'atmosphère douce de l'aube attisèrent sa faim. Les hommes parlaient calmement, comme imprégnés de la sérénité du jour naissant. Il n'avait aucune idée des usages en vigueur dans l'armée de Frankij Mœlder, mais il supposa que sa place était parmi les hommes de son corps et se dirigea vers les essaims de cavaliers rassemblés près de l'enclos à chevaux. De fait, personne ne lui prêta attention lorsqu'il se glissa dans un groupe, qu'il se versa comme les autres de l'eau bouillante dans une tasse en fer, qu'il y rajouta une dose de café soluble – ou de thé, ou d'une substance inconnue – et qu'il prit une boîte autochauffante dans une cantine ouverte. Il avala goulûment le contenu du récipient, une bouillie de céréales dont la chaleur et le goût sucré lui procurèrent un merveilleux bien-être. Son regard se portait fréquemment sur le sommet du chapiteau, distant d'une cinquantaine de mètres. Le corps du Letton avait été retrouvé à cette heure-ci mais, étant donné le calme qui régnait sur le bivouac, les responsables anglais avaient probablement conclu à une querelle d'ivrognes.

« *What's that ?* »

Il tourna la tête, se rendit compte que son voisin de gauche, un homme aux cheveux bouclés et à l'œil perçant, désignait la tache brun-rouge qui maculait le haut de sa manche gauche.

Wang prit le temps de l'observer avant de répondre. Un Sino-Russe sans doute, un homme des provinces de l'Ouest de la R.P.S.R., un Roumain, un Hongrois ou un Serbe, un immigré qui parlait en tout cas le frenchy et dont les sourcils broussailleux occultaient en partie le voyant frontal.

« Cette putain de langue anglaise me sort par les trous de nez ! soupira le Chinois.

– A moi aussi, le Jaune, mais si un officier nous prend à parler frenchy dans ce camp, on est mûrs pour le peloton d'exécution...

– Bah, ils ne gaspilleront pas une vingtaine de balles pour quelques mots de frenchy...

– On ne sait jamais. Tu es blessé ?

– Juste une égratignure...

– Et à la tête ?

– Rien de grave non plus.

– Je ne t'avais jamais vu avant.

– Pas facile de connaître tout le monde dans une armée de plusieurs milliers d'hommes...

– Jòzsef Szàbo, de Hongrie.

– Tzeu. Je viens de Pologne. »

Ils vidèrent leur tasse à petites gorgées bruyantes. Le ciel s'éclaircissait rapidement et les premiers rayons du soleil étiraient les ombres sur l'herbe sèche, miroitaient sur les fusils, sur la bouilloire, sur les boucles métalliques des ceinturons. Des serviteurs immun, reconnaissables à leur veste rouge et à leur voyant jaune, allaient et venaient entre les groupes, remplissaient les bouilloires, emportaient les cantines vides, en ramenaient des pleines, abaissaient la grande toile du chapiteau, arrachaient les piquets, chargeaient les chariots. Ils semblaient tenir un rôle essentiel dans l'armée de Frankij Mœlder, alors que Frédric Alexandre avait volontairement réduit leur influence au sein de ses troupes, estimant que leur inertie entraverait la liberté de manœuvre des *kommandos*. Leurs cheveux lisses et leur teint mat désignaient ceux-là comme des Pakistanais ou des Indiens.

Les vagues senteurs de sang et de charogne, qui composaient avec les odeurs corporelles un bouquet suffocant, n'empêchèrent pas Wang d'avaler le contenu de trois boîtes, ce qui lui attira une remarque mi-admirative, mi-amusée de Jòzsef Szàbo :

« T'as de l'appétit pour un Jaune ! T'as pas mangé depuis combien d'années ? »

Le petit déjeuner terminé, les hommes se relevèrent, prirent leur fusil et attendirent les ordres en faisant les cent pas. Wang resta en compagnie du Hongrois qui, de son côté, semblait heureux de pouvoir converser avec un ressortissant de la R.P.S.R. Agé d'une quarantaine d'années, plus petit que le Chinois mais plus trapu, il raconta qu'il avait quitté Pécs, sa ville natale située près de la frontière croate, parce que la femme d'un parrain était tombée amoureuse de lui et que, comme il avait refusé de céder à ses avances, elle avait expédié chez lui les exécuteurs du clan.

« Ces salopards ont mitraillé ma femme et mes enfants. Ils m'ont attaché sur un lit et m'ont laissé dix jours en compagnie des cadavres pendus à une poutre. Ils ont poussé la saloperie jusqu'à m'empêcher de mourir en me forçant à boire. Ils m'ont libéré le onzième jour et m'ont conseillé de quitter Pécs... Je n'ai jamais réussi à me débarrasser de l'odeur des corps en décomposition. »

Ils déambulaient près de l'immense enclos où les quatre mille chevaux broutaient le fourrage étalé par les immuns. Wang observa un moment de silence avant de maugréer, d'un air faussement agacé :

« Qu'est-ce qu'ils foutent, les officiers ?

— Tu devrais pourtant avoir l'habitude ! s'exclama Jòzsef Szàbo. Ça fait maintenant six jours que ça dure. Et leurs foutues réunions n'ont accouché que d'une attaque de cavalerie. Une seule en six jours ! On ne peut pas dire que notre stratège soit un adepte de l'offensive à outrance !

— Un proverbe de Silésie dit que prudence est mère de sûreté.

— On a le même en Hongrie, mais je commence à en avoir ras le casque de marcher toute la journée dans cette brousse sous un soleil de plomb ! »

La réaction du Hongrois indiquait à Wang que la tactique choisie par Frédric Alexandre, ce harcèlement et ce repli permanents qui contraignaient l'armée de Frankij Mœlder à des marches harassantes à travers le veld, minait peu à peu le moral des Anglais et fissurait leur cohésion.

« On a tué leur capitaine de champ hier, lança Wang. Les Jeux ne devraient plus durer très longtemps maintenant.

— Son corps n'a pas encore été retrouvé, objecta le Hongrois. Ce genre de type est comme les chats : il a plus de dix vies !

— Avec toutes ces photos placardées dans le camp d'entraînement, on le connaît davantage que notre propre capitaine de champ... »

Le Hongrois s'immobilisa, tendit le bras par-dessus la barrière de l'enclos et caressa le chanfrein d'un cheval proche, un gris à la crinière blanche. Le soleil entamait sa course dans le ciel encore pâle.

« Rien ne dit que le *Frog* l'a gardé comme capitaine officiel, et, même si c'était le cas, tous les Jaunes se ressemblent... »

Wang se garda de le contredire, bien qu'il trouvât cette remarque insultante pour les Asiatiques. Qu'ils fussent de la R.P.S.R. ou de l'Occident, les Blancs avaient cette détestable manie d'enfermer les Asiatiques dans le même sac, comme s'ils avaient été fabriqués dans un moule unique. Il tenta machinalement de reconnaître, parmi les animaux les plus proches, le rouan qu'il avait chevauché la veille mais il ne le repéra pas. Les cavaliers n'avaient probablement pas de monture attitrée, car ils auraient perdu un temps fou à retrouver leur cheval dans cette multitude. Un peu plus loin, des immuns préparaient les tapis, les selles, les harnais. De la façon dont elle était organisée, l'armée de Frankij Mœlder requérait une structure lourde, onéreuse. Cependant, comme le challengeur néerlandais avait reçu l'appui financier des anglophones, eux-mêmes soutenus par l'Allemagne et Israël, il n'avait pas lésiné sur les moyens et s'était doté d'une impressionnante cohorte d'auxiliaires immun. Le défi français, nettement moins riche, s'était contenté du strict minimum, rognant même sur les fournitures pour boucler le budget.

« Tu n'as jamais cherché à savoir qui était notre capitaine de champ ? » demanda Wang d'un ton désinvolte.

Jòzsef Szàbo lui jeta un regard en coin et tendit le bras vers le ciel. Effrayé par son mouvement, le cheval gris renâcla.

« Les ordres viennent de là-haut, qu'importe la bouche qui les transmet ? Tout ce qui m'intéresse, c'est de sortir intact de ce merdier !

— Les officiers doivent le connaître...

— Ceux qui ont directement affaire à lui ne sont pas nombreux. Deux ou trois. Et encore, j'ai entendu dire ce matin qu'un d'entre eux était tombé sur son propre sabre.

— Ils se donnent sans doute rendez-vous dans un endroit secret...

— Possible... », acquiesça le Hongrois en flattant l'encolure du cheval gris.

Wang n'osa pas poursuivre l'interrogatoire, de peur d'éveiller ses soupçons.

Les officiers se présentèrent une bonne heure plus tard, alors que les immuns finissaient de seller les montures. Les réchauds, les vivres, les cordes et la toile du chapiteau avaient été rangés dans les chariots tirés par des attelages de deux ou quatre chevaux. Le Hongrois se dirigea vers le petit groupe qui s'était spontanément formé autour d'un Sudam à la peau claire et aux cheveux crépus. Wang lui emboîta le pas mais ne comprit pas grand-chose aux ordres aboyés par ce dernier.

« Rien à faire aujourd'hui, traduisit Jòzsef Szàbo lorsque l'officier eut tourné les talons. Marcher au milieu de l'infanterie jusqu'à ce qu'on reçoive de nouvelles consignes... Encore et toujours marcher... Ils n'ont pas trouvé le corps du capitaine de champ de Frédric Alexandre. Je te l'ai dit : ce salopard a plus de dix vies ! »

La journée se résuma donc à une marche harassante, lancinante au milieu du veld écrasé de chaleur. Répartis en une trentaine de colonnes, les cavaliers n'eurent pas l'autorisation de monter et menèrent leur monture à la longe. Wang avait été associé avec une jument puissante à la robe pommelée, un animal nerveux qui secouait la crinière au moindre souffle de vent, au moindre friselis. Il ne pouvait pas discuter avec Jòzsef Szàbo, placé derrière lui, ni même avec les hommes qui cheminaient parallèlement à lui et dont il n'apercevait que les bottes sous les ventres des chevaux.

Les *kommandos* boers attaquèrent à deux reprises avant que le soleil n'atteignît son zénith. Des coups de feu brisèrent le crépitement monotone des sabots sur la terre. Des cris gutturaux se répondirent tout au long des colonnes, pétrifièrent les hommes et les animaux. Wang résista tant bien que mal à la tentation de s'asseoir à l'ombre de la jument. Il avait l'impression que le soleil lui avait grillé le visage en dépit de la protection offerte par le casque. Sa sueur imbibait le tissu de son pansement et jetait du sel sur sa blessure. Le manque de sommeil et l'accumulation de fatigue rendaient ses jambes lourdes. Il ne distinguait que des chevaux et leurs cavaliers autour de lui mais, se fiant aux bruits pour suivre l'évolution des combats, il discernait les détonations sèches des fusils Mauser et les ripostes plus sourdes, plus nourries également, des Lee-Enfield. Un grondement semblait se déplacer sur le flanc gauche des troupes anglaises, le galop des cavaliers boers sans doute. Ils adoptaient la tactique habituelle des petites unités confrontées à une armée massive : ils la remontaient le plus rapidement possible sur les flancs pour ne pas laisser le temps aux adversaires, empêtrés dans leur inertie, de les coucher en joue. Ainsi s'étaient comportées les nations amérindiennes contre l'armée nord-américaine, les tribus gauloises contre l'envahisseur romain... Dans les deux cas, l'organisation avait fini par l'emporter sur la mobilité, la civilisation technologique avait supplanté la civilisation de l'animal et du végétal.

Les détonations décrurent progressivement et le silence retomba sur la plaine offerte aux rayons assassins du soleil. Précédé d'un léger sifflement, un P.C. survola les lieux pendant une vingtaine de secondes, puis s'évanouit dans la lumière aveuglante du ciel. Wang se promit d'appeler Frédric à la première occasion. Sans nouvelles de son capitaine de champ, le défendeur risquait de céder au découragement et de presser le bouton de la capitulation.

Ils s'arrêtèrent à la mi-journée pour prendre un déjeuner et un gobelet d'eau tiède distribués par les immuns. Ils se restaurèrent sur place, sans rompre les rangs ni même se regrouper avec les hommes les plus proches. Irrité par le contact de ses vêtements imprégnés de sueur, Wang apprécia le simple fait de poser le fusil et de s'asseoir. Des frémissements parcouraient la robe détrempée de la jument, d'où s'exhalait une odeur âpre. Il mâcha lentement le morceau de viande au goût salé et les légumineuses qui garnissaient le récipient thermogène. Son existence lui parut tout à coup d'une telle absurdité qu'il douta de sa réalité, qu'il crut être prisonnier d'un cauchemar sans issue. Il n'avait aucune raison d'en vouloir aux hommes qui, assis comme lui à l'ombre de leur cheval, ingurgitaient cette nourriture insipide, et pourtant, il s'était introduit dans leur campement comme un loup. Les événements l'avaient entraîné à tuer ses ennemis et ses amis. La répartition opérée par l'Occident ne suffisait pas à créer un véritable antagonisme entre les immigrés. Quelle différence y avait-il entre Timûr Bansadri et Jòzsef Szàbo ? L'un avait été son proche et il lui avait tranché la tête, l'autre était son adversaire et il n'avait aucune envie de lui loger une balle dans le cœur. L'un s'était éteint sur la carte d'un P.C. volant, l'autre continuait de briller, anonyme parmi les anonymes...

Il avait ressenti la même impression de perte de temps pendant les dix-huit mois passés à Paris. Il avait visité la capitale française dans ses moindres ruelles, seul ou en compagnie de ses trois lieutenants, mais jamais il n'avait pu approcher le bunker de commande du R.E.M., situé place Michelin-Godéron, isolé de la ville par une enceinte métallique d'une hauteur de cent mètres, hérissé de miradors où veillaient en permanence des soldats de l'O.N.O. reconnaissables à leur casque et leur uniforme bleus. Aliz, la responsable de la cellule morphopsycho du défi français, lui avait rendu visite à plusieurs reprises, la première fois chez Frédric et Delphane, les suivantes dans son deux-pièces de la rue Madame-de-Sévigné. Elle s'était offerte à lui avec sa froideur habituelle, comme si les relations naturelles avec un immigré étaient une expérience supplémentaire dans le cursus morphopsycho. Il s'était efforcé de la satisfaire malgré cette apathie déroutante, espérant qu'elle se montrerait diserte après avoir obtenu ce qu'elle était venue chercher. Il avait regretté ces étreintes frustrantes, d'autant que les réponses d'Aliz à ses questions ne lui avaient apporté aucun élément nouveau. Elle lui avait volé son énergie sans rien donner en échange, pas même un semblant de tendresse, comme une cliente qui se serait servie dans une boutique et serait partie sans payer. Il avait fini par la prendre en horreur et s'était arrangé pour éluder leurs rencontres.

Un sentiment d'échec, d'inutilité, l'avait peu à peu gangrené. Grand-maman Li et Zhao lui avaient recommandé de suivre son chemin intime, mais il se sentait aussi impuissant qu'un bidon charrié par les eaux tumultueuses de la Nysa. La préparation des cent septièmes Jeux uchroniques et le séjour au camp des Landes lui avaient donné la sensation de revivre, d'exercer une emprise sur son existence, et cela même si les manœuvres souterraines des membres du bureau avaient perturbé l'entraînement des troupes de Frédric Alexandre.

Il tendit machinalement son récipient et son gobelet vides à l'immun qui déambulait entre les chevaux, chargé d'un sac de toile. Le découragement le gagnait à nouveau dans cette plaine accablée de chaleur. La froidure, la saleté et la misère de Grand-Wroclaw lui manquèrent tout à coup. Il connaissait chacune des ruelles du gigantesque baraquement qui couvrait près d'un quart de la surface de la province polonaise. Làbas, au moins, comme un félin sur son territoire, il avait été maître de ses déplacements, maître de ses rencontres, maître de ses combats, il avait appliqué le Tao de la Survie enseigné par grand-maman Li. En Occident, malgré son statut de capitaine de champ, il n'était qu'un immigré comme les autres, un pion qu'on déplaçait sur un échiquier géant.

L'armée anglaise erra tout l'après-midi dans le veld, tourna en rond comme un navire privé de gouvernail, essuya trois attaques boers auxquelles seuls ripostèrent les fantassins des premières lignes. Les cavaliers restèrent regroupés au milieu de cette forteresse ambulante avec pour unique mission de calmer les chevaux rendus nerveux par les fusillades.

Au crépuscule, alors que la dernière escarmouche avait fait deux morts et une dizaine de blessés, les officiers donnèrent l'ordre d'établir le campement. Les hommes attendirent pour rompre les rangs que les officiers eussent désigné les sentinelles et que les immuns eussent dressé les barrières amovibles autour de la cavalerie. Wang sortit de l'enclos en compagnie de Jòzsef Szàbo, qui ne cessait de vitupérer contre ce « crétin de Frankij Mœlder, incapable de prendre plus d'une décision par jour » et contre « ces soi-disant officiers qui n'ont pas plus de couilles qu'un eunuque des lupanars de Pécs ! » Il ne décoléra pas de tout le dîner, composé du même brouet énergétique que la veille. Ses récriminations finirent par attirer l'attention d'un officier qui passait par là, un Russe ou un Ukrainien au visage barré d'une épaisse moustache aux extrémités recourbées, et qui s'adressa à lui directement en frenchy :

« Les Sino-Russes des provinces du Sud ont la langue mieux pendue que leurs chiennes de femmes !
– Je suis de Hongrie, répliqua sèchement Jòzsef Szàbo en levant le nez de sa gamelle autochauffante.
– Hongrie, Bulgarie, Yougoslavie, Albanie... ils se valent tous ! »

Wang pressentit que la discussion risquait de tourner au vinaigre et, d'un coup de coude, tenta de ramener le Hongrois à la raison, mais Jòzsef Szàbo, recru de fatigue, démoralisé, ne mesurait plus les conséquences de ses paroles et de ses actes.

« On dit chez nous que les Russes et les Ukrainiens sont tellement radioactifs qu'ils chient des déchets nucléaires ! » grommela-t-il sans cesser de fixer l'officier.

La nuit tombante estompait les reliefs, et les points rouges, orange ou jaunes des voyants frontaux se déplaçaient en tous sens comme des insectes phosphorescents.

L'officier tira son revolver de son étui et s'approcha du Hongrois. Ses yeux saillaient de leurs orbites sous la visière arrondie de son casque.

« Lève-toi ! aboya-t-il d'une voix blanche. Je pourrais t'exécuter sur-le-champ et personne ne m'en ferait le reproche, mais j'aime le risque et je suis prêt à parier que tu n'oseras pas ouvrir ta grande gueule devant qui de droit ! »

La plupart des soldats qui assistaient à la scène n'avaient pas saisi un mot de l'échange entre les deux hommes, mais la vue de l'arme et le masque de colère de l'officier suffisaient amplement à leur gouverne et ils s'étaient prudemment reculés, de peur de recevoir une balle perdue ou d'être éclaboussés par le sang. Jòzsef Szàbo refusa d'abord de bouger puis, lorsque le canon du revolver se posa sur sa tempe, il se releva, plus pâle qu'un linge, tremblant de la tête aux pieds.

Une excitation insolite s'empara de Wang, qui évita cependant tout geste ou toute expression susceptibles d'attirer l'attention sur lui.

« Avance, Magyar ! siffla l'officier. Je t'emmène voir un homme qui sera ravi de faire ta connaissance. Et ne t'avise pas de me fausser compagnie ou je t'abats comme un chien... »

Jòzsef Szàbo lança un coup d'œil désespéré à Wang avant de s'éloigner, aiguillonné par le canon qui lui frottait la nuque. Le Chinois attendit que les deux hommes eussent parcouru une vingtaine de mètres avant de se lever à son tour et de les suivre à distance, une tâche facilitée par l'obscurité naissante. Il n'éprouvait pas pour le Hongrois une compassion qui le poussât à prendre des risques inconsidérés, mais quelque chose, le fil insaisissable d'une intuition, lui soufflait qu'il devait impérativement filer ces deux silhouettes, tellement proches l'une de l'autre qu'elles formaient une étrange entité à deux têtes et quatre jambes.

Les autres soldats, affairés à se restaurer ou à préparer les feux de camp, formaient entre les deux hommes et lui des écrans changeants qui le dispensaient de prendre les précautions habituelles. Ils longèrent d'abord une partie de l'enclos, puis bifurquèrent sur leur gauche et se dirigèrent vers les chariots des vivres et des munitions regroupés au centre du bivouac – moins les trois qui avaient brûlé la veille.

Le rythme cardiaque de Wang s'accéléra. Tout en marchant, il glissa les doigts à l'intérieur du compartiment de son ceinturon et les referma sur la crosse du Mauser. Une certaine inquiétude le gagnait, qui l'emplissait de la même fébrilité que lorsqu'il s'était retrouvé face aux exécuteurs des clans dans les rues de Grand-Wroclaw. La même électricité au bout des doigts, le même ressort qui se tendait, la même impatience, la même ivresse... Il descendit sa respiration dans l'abdomen et s'efforça de diminuer la fréquence de ses inspirations. Les feux sculptaient des visages alentour et répandaient une odeur âcre de bois brûlé.

L'officier et le Hongrois enjambèrent les brancards et pénétrèrent à l'intérieur du grand cercle formé par les chariots. Après avoir lancé un regard par-dessus son épaule et vérifié que personne ne s'intéressait à lui, Wang leur emboîta le pas. Il fut surpris par l'opacité des ténèbres et le silence qui régnait dans cette partie du campement. Lorsque ses yeux se furent accoutumés à l'obscurité, il distingua des roues, des bâches, des harnais, des caisses posées sur l'herbe, mais ne vit pas les formes claires et mouvantes des deux hommes.

Interdit, il resta immobile pendant une dizaine de secondes avant de déverrouiller le cran de sûreté du Mauser. Puis, l'arme en main, il longea les chariots jusqu'à ce qu'il perçoive des murmures qui semblaient surgir des profondeurs de la nuit.

CHAPITRE VI

ROMERITO

Celui qui reste attentif aux changements incessants et subtils de l'univers, celui-là peut entrer dans la bataille sans cuirasse et sans armes, car rien en lui n'est vulnérable à la lame ou à la balle. Etre attentif à toute manifestation de la vie, c'est ne plus appartenir à la terre de la mort. Ne crois jamais ta dernière heure venue : dans les situations les plus désespérées, une porte s'ouvre sur l'espoir, sur l'infini.

Le Tao de la Survie de grand-maman Li

Les chuchotements provenaient d'un chariot qui n'était pas recouvert par une bâche comme les autres, mais dont les ridelles étaient reliées par d'épais panneaux de bois. Wang s'en approcha avec lenteur, se posta contre la roue, écouta attentivement les voix qui, au nombre de trois, s'échouaient comme des clapotis dans le silence nocturne. Il reconnut celles de l'officier et du Hongrois mais ne comprit pas leur conversation car ils s'exprimaient dans le mélange d'anglais et d'espagnol en vigueur dans l'armée de Frankij Mœlder. De temps à autre cependant, Jòzsef Szàbo et son interlocuteur lâchaient quelques mots en frenchy, des apartés où transpiraient la peur de l'un, la cruauté de l'autre, et dont l'opacité de la nuit accentuait le caractère dramatique.

« ... J'étais fatigué, énervé...
— Je savais bien que tu n'étais qu'un dégonflé, Magyar...
— Ne me tuez pas, par pitié...
— A la condition que tu bouffes mes déchets nucléaires...
— Vous ne pouvez pas me demander une chose pareille...
— Notre ami trouve l'idée excellente... »

La troisième voix avait la vivacité et le tranchant d'une lame. Wang chercha des yeux une portière, ne distingua pas de linéament lumineux révélateur d'une quelconque ouverture, inspecta le chariot en commençant par l'arrière, découvrit de l'autre côté une trappe ronde d'un mètre de diamètre d'où fusaient des rais étincelants qui éclairaient les herbes proches. Elle était équipée d'une poignée et conçue de façon à pivoter vers l'extérieur. Il l'examina, ne remarqua pas les ombres caractéristiques d'un verrou ou d'un pêne glissé dans sa gâche, en conclut qu'elle n'était pas fermée mais simplement tirée, une impression confirmée par les légers battements du panneau que soulevaient par intermittence les rafales de vent. Il discernait les voix avec davantage de netteté mais n'entrevoyait aucune silhouette, aucun mouvement par les interstices du bois, seulement les éclats dansants de lampes à huile ou de bougies.

« ... Il dit qu'il n'y a pas de place pour les pleureurs dans l'armée de Frankij Mœlder, qu'on ne doit pas gaspiller de nourriture pour un couard, que tu devras te contenter de manger la merde des autres... »

Quelques phrases furent échangées entre l'officier et le troisième homme, un Sudam vraisemblablement, qui parsemait son espagnol de locutions anglaises.

« Il dit que tu n'as pas le choix, Magyar. Ou tu t'exécutes ou il te dépèce lui-même avec son couteau. Je te préviens : il peut faire durer le plaisir plusieurs jours... »

Wang fit le rapprochement entre cette déclaration et les propositions de sensoramas thématiques qui lui avaient demandé d'inclure des séances de torture pendant les Jeux, propositions auxquelles, en accord avec Frédric, il n'avait pas donné suite. Il était fort probable que ce chariot abritait un homme qui n'avait pas eu les mêmes scrupules, que des Occidentaux en mal de sensations fortes et reliés à un réseau privé attendaient avec impatience le calvaire du Hongrois placé devant un marché inacceptable. L'officier faisait vraisemblablement partie des complices chargés chaque soir de choisir et de rabattre les victimes potentielles. L'espace de quelques secondes, Wang fut tenté d'abandonner Jòzsef Szàbo à son sort, estimant que ses propres intérêts ne s'accordaient pas avec une intervention dans une histoire qui ne le concernait pas, puis une impulsion balaya ses hésitations, lui commanda de se saisir de la poignée de la trappe et de s'introduire dans le chariot. Comme il s'y était attendu, l'ouverture s'entrebâilla sans résistance en grinçant doucement sur ses gonds. La lumière s'engouffra à flots par l'ouverture, dessina un quartier doré et grandissant sur l'herbe couchée. Les trois hommes ne s'arrêtèrent pas de parler et leurs voix subitement amplifiées retentirent comme des roulements de tonnerre dans la nuit paisible.

« ... Ne bouge pas, Magyar, ou je te fracasse la tête...
– Vous n'avez pas le droit de...
– Il n'y a pas de droit sur l'île des Jeux... »

Wang glissa l'index sur la détente de son pistolet et risqua un œil à l'intérieur du chariot. Trois lampes à huile suspendues éclairaient une couchette fixée sur la cloison opposée et recouverte de draps froissés, un bureau placé sur la droite, encombré d'un véritable foutoir, boîtes autochauffantes, gobelets empilés, flasques vides, poignard à demi sorti de sa gaine de cuir, revolver Enfield Mark, douilles éparses, appareil semi-circulaire et noir qui ressemblait aux écrans occidentaux et d'où jaillissaient des éclats scintillants... Il aperçut également les semelles de bottes posées sur le coin supérieur du meuble et, dans le prolongement, le corps d'un homme renversé en arrière dont il ne voyait que le menton et les narines. Sur la gauche, dans la pénombre, l'officier tenait en joue le Hongrois agenouillé et secoué de spasmes nerveux.

« Déshabille-toi ! »

Wang continua de relever lentement la trappe et posa le genou sur le plancher du chariot. Les gémissements de Jòzsef Szàbo et le claquement des bottes de l'officier sur les lattes de bois couvraient les grincements des gonds. L'instabilité de son équilibre le contraignit à redoubler d'attention, à contrôler chacun de ses gestes. Il suffisait d'une fraction de seconde à l'officier pour tourner son revolver et le descendre avant qu'il n'ait eu le temps de réagir. Comme il n'avait pas les appuis nécessaires pour assurer son tir, qu'il ne pouvait pas pour l'instant atteindre son deuxième adversaire protégé par le bois du bureau, il résista à la tentation d'ouvrir le feu.

« Plus vite ! » rugit l'officier en tirant brutalement sur la veste du Hongrois.

Un glapissement retentit, venant de la droite, suivi d'un épouvantable fracas. Wang tourna la tête, vit le bureau se renverser, les bottes disparaître, les divers objets dégringoler en pluie, les boîtes, les gobelets, les flasques, les douilles, l'écran semi-circulaire...

Il exploita instantanément le temps de suspension généré par le tumulte, lâcha la poignée de la trappe, poussa de toutes ses forces sur sa jambe restée à l'extérieur, bondit sur le plancher, visa le thorax de l'officier, pressa la détente. Il entrevit l'expression de terreur qui figea les traits de ce dernier, le choc du projectile qui l'envoya heurter la cloison, la fleur sanguine qui s'épanouit sur le tissu de sa veste, ses bras qui s'affaissaient de chaque côté de son corps, l'éclat de lumière accroché par son revolver.

Wang se retourna vers la droite, pointa le Mauser sur le bureau renversé, fouilla fébrilement le bric-à-brac du regard, ne repéra ni l'Enfield Mark ni le poignard. Le troisième homme avait eu le réflexe de s'emparer de ses armes avant de se réfugier derrière son abri improvisé, une réaction qui traduisait un sang-froid hors du commun. Une carte aux contours lumineux apparaissait sur le verre convexe de l'écran semi-circulaire, criblée de points scintillants jaunes et bleus. Une réplique exacte des cartes des P.C. volants. Le défi néerlandais avait amélioré le concept de communication entre le stratège et son armée. Tricherie caractérisée ? Pas évident dans la mesure où les bureaux nationaux, conseillés par des experts en procédure juridique, étaient passés maîtres dans l'art d'interpréter et de détourner les règles.

Wang perçut le cliquetis et le roulement caractéristiques d'un barillet. Il chercha désespérément un abri du regard, avisa le corps allongé de l'officier, le rejoignit en deux bonds, se laissa tomber de tout son long derrière ce piètre rempart de chair. Son genou heurta quelque chose de dur. Le sabre posé en travers, coincé par un bras du cadavre. Une détonation éclata, une balle traversa en miaulant le compartiment du chariot, se ficha dans une ridelle. Si son barillet avait été entièrement chargé, l'autre disposait encore de cinq balles, contre quatre à Wang. Le bureau couché offrait de surcroît une protection nettement plus fiable que le cadavre. La séquence n'avait duré qu'une poignée de secondes, comme en attestaient les oscillations de la trappe, mais elle avait suffi à changer les données du problème, à briser l'effet de surprise, à inverser le rapport de forces.

L'officier se vidait de son sang dans un borborygme qui résonnait aux oreilles de Wang avec la force d'un torrent. Il releva légèrement la tête, jeta un coup d'œil à Jòzsef Szàbo qui n'avait pas bougé, agenouillé contre la paroi, pétrifié par la peur. Du coin de l'œil, il entrevit un mouvement sur le côté du bureau.

Un éclair, une déflagration. La balle ripa sur l'os temporal de l'officier, acheva sa course dans le bois de la cloison. Le tir, précis, maintenait le Chinois rivé au plancher, l'empêchait de riposter. L'odeur de poudre supplanta celle du sang. Le Sudam cracha quelques mots d'espagnol, puis la situation se figea pendant une dizaine de secondes et un silence tendu retomba progressivement sur les lieux, à peine troublé par le sinistre gargouillis s'élevant du cadavre et les halètements de chiot apeuré du Hongrois.

Wang se demanda si la fusillade avait alerté les immuns ou les soldats les plus proches. Les cloisons de bois du chariot, qui formaient une isolation acoustique efficace, rendaient l'hypothèse improbable. Son attention fut tout à coup attirée par des mouvements sur sa gauche. Il voulut se redresser mais un coup de feu retentit, un troisième projectile siffla à quelques centimètres de sa tête, l'obligea à rester allongé derrière son bouclier humain. Le fourreau du sabre lui meurtrissait le tibia. Des bruits de pas firent vibrer les lattes du plancher. Il pensa que Jòzsef Szàbo, enfin sorti de sa torpeur, se dirigeait vers la trappe du chariot. Ce départ signifiait peut-être que le vent était en train de tourner. Il ne risquait plus de blesser ou de tuer involontairement le Hongrois, il possédait une balle de plus que son adversaire, il pouvait maintenant reprendre l'initiative.

Une main armée d'un revolver surgit au-dessus de son visage. Il n'eut ni le réflexe ni la volonté de réagir lorsque le canon se posa sur sa tempe et que le chien se releva. Il crut d'abord que le Sudam avait parcouru à une vitesse stupéfiante les cinq ou six mètres qui les séparaient (une perspective d'autant plus surprenante que les bruits de pas avaient semblé provenir d'une autre direction que celle du bureau), puis il aperçut, dans le prolongement du bras qui le tenait en joue, les traits crispés de Jòzsef Szàbo, ses sourcils teintés de rouge par le voyant frontal, ses yeux exorbités.

« Lâche ton arme, putain de Jaune, ou je te brûle la cervelle ! »

Deux boutons manquaient à sa veste qui pendait sur le côté et dévoilait un maillot de corps déchiré, constellé de taches. Wang guetta un signe de connivence sur le visage du Hongrois mais ne discerna rien d'autre qu'une détermination farouche et une tension qui pouvait à tout moment l'entraîner à commettre le pire. Figé par la stupeur, il lâcha le Mauser et fixa jusqu'au vertige le canon du revolver, l'anneau gris du pontet, l'index crispé sur la détente, le barillet, le chien levé... Il avait oublié ce principe fondamental de la survie qui recommandait à un homme de se méfier autant, et même davantage, de ses alliés que de ses ennemis.

« Ces salauds voulaient te torturer... », murmura-t-il, la gorge sèche.

La pression du canon sur sa tempe se fit plus forte, plus douloureuse.

« Ta gueule ! » rugit Jòzsef Szàbo, qui se pencha vers l'avant et ramassa le Mauser.

Wang entendit le grincement horripilant produit par le déplacement du bureau, les claquements des bottes du Sudam qui se relevait et marchait dans leur direction. Il eut l'impression de s'incruster dans le bois rugueux du plancher. Sa respiration se précipita, ses muscles se contractèrent, ses pensées déferlèrent en vagues tumultueuses. La lumière dorée diffusée par les lampes suspendues accentuait son impression d'évoluer dans un rêve.

« Tu t'es bien foutu de ma gueule, Chinetoque ! grogna Jòzsef Szàbo en guise de justification. Je n'avais pas fait le rapprochement avec les photos du camp d'Edisto Beach...

– Le bandage autour de sa *cabeza*... de sa tête... », précisa le Sudam avec un accent rocailleux qui rappelait celui des Sino-Russes des provinces du Sud.

Il vint s'accroupir à côté du Hongrois. L'éclairage soulignait les cratères qui lui criblaient le nez et les joues. Wang se remémora les paroles de Dmitri Liegazi – « un Colombien du nom de Romerito au visage grêlé et aux épaules deux fois plus larges que les tiennes... » – et comprit qu'il se trouvait devant le capitaine de champ de Frankij Mœlder. Un homme sans âge, aux traits rudes, aux cheveux noirs et lisses. Un éclat sardonique brillait dans ses yeux noirs, à demi occultés par des paupières lourdes. Son voyant frontal teintait d'orange ses arcades saillantes. Ses lèvres brunes s'étiraient en un sourire narquois et dévoilaient de longues dents de carnassier.

« Il est *muy* facile de... de prouver qu'il est *el capitán* de champ des Boers... »

Il parlait un frenchy très correct bien que farci d'hispanismes. Ses épaules et ses bras, d'une largeur et d'une épaisseur insolites, étaient totalement disproportionnés avec la finesse de sa taille et de son cou. A chacun de ses mouvements, son maillot de corps semblait sur le point de craquer aux entournures. La pointe effilée d'un poignard se rapprocha de la tête de Wang. Son réflexe de recul fut immédiatement sanctionné par un choc brutal sur sa pommette. Il se contint pour ne pas sauter à la gorge du Hongrois, passé avec une aisance confondante du rôle de victime bêlante à celui de bourreau. Il lui fallait à tout prix se garder en vie, guetter le moment opportun, chasser la colère et les pensées parasites, refaire le vide, se fondre à nouveau dans l'ordre secret et changeant de l'univers.

Il s'astreignit à rester parfaitement immobile lorsque l'extrémité du poignard se glissa avec douceur sous le pansement. Le Sudamindien releva la lame d'un coup sec et lui dénuda la tête. Projeté dans le mouvement, le bout de tissu traversa tout le compartiment intérieur du chariot, heurta l'angle formé par la cloison et le plafond, retomba sur la tranche du bureau renversé où il resta accroché.

L'éclat rougeoyant du témoin lumineux serti dans son front déconcerta Wang. Cela faisait deux jours seulement qu'il avait dissimulé son troisième œil sous la double épaisseur de tissu, et il avait déjà oublié sa présence. La vitesse à laquelle il s'était habitué à son statut de clandestin montrait qu'il n'était pas cet être accompli qui, selon grand-maman Li, « ne s'installe ni dans les habitudes ni dans les certitudes, se nourrit de chaque seconde qui passe et résonne comme une note juste dans la symphonie de l'univers »...

« Regarde *sobre esta*... sur cette carte... »

Le Sudam avait ramassé l'écran semi-circulaire et l'avait tourné vers le Hongrois. On distinguait des grappes de points jaunes réparties tout autour d'un vague carré dessiné par des points bleus, tellement resserrés qu'ils paraissaient former une surface unie. Au centre de ce quadrilatère scintillant étincelait un point blanc insolite qui attirait le regard comme un aimant.

« *Este*... ce point *blanco*, c'est lui, *el capitán* de champ de Frédric Alexandre... Tu as retrouvé *el señor* Wang, Magyar ! Il s'était *ext*... éteint après l'attaque des *caballeros* mais on n'avait pas retrouvé son *cuerpo*. Il avait déjà disparu pendant quelques heures lors des *Juegos* précédents. *Ahora*, je crois que nous tenons l'explication : des bouts de tissu au-dessus du voyant...

– Comment avez-vous fait pour le suivre sur cet écran ? » demanda Jòzsef Szàbo.

Le Sudamindien éclata de rire.

« Les Français sont... *estúpidos* ! Ils ont injecté une... *como se llama* ?... une micropuce sous sa peau pour suivre tous ses déplacements sur *el campo sin saber*... sans savoir que cette idée avait été suggérée par les *amigos* français du défi néerlandais. Frédric Alexandre croyait prendre l'avantage avec cette astuce mais il renseigne *también el señor* Frankij Mœlder... »

Ses paroles élucidaient le mystère de l'offensive des cavaliers anglais contre le *kommando* de Wang. Il avait suffi à l'armée de Frankij Mœlder de marcher dans le veld sur les traces du capitaine de champ de Frédric Alexandre et de lancer l'attaque au moment opportun.

« Ils sont peut-être stupides mais ils nous entendent en ce moment... objecta le Hongrois. La retransmission sensor... »

Le Sudamindien reposa l'écran sur le plancher, se redressa en souriant, fit tourner son revolver autour de son index.

« Ils entendent *solo* ce que nous voulons qu'ils entendent. Le défi néerlandais et la Holysens trient en permanence les sensations, les images et les sons. Tu peux te relever, Magyar, ce petit scorpion à peau jaune ne peut plus nous *escap*... échapper... »

Jòzsef Szàbo s'exécuta, l'air visiblement soulagé. Il avait tenu pendant quelques minutes la vie de Wang au bout de son arme, et par extension le résultat des Jeux, une responsabilité un peu trop lourde pour ses maigres épaules. Il enveloppa d'un regard à la fois méprisant et contrit le Chinois allongé derrière le cadavre de l'officier.

« Tu as réagi en bon soldat, Magyar, tu mérites *una*... récompense. »

Les lèvres déformées par un rictus, le Sudam tourna son revolver vers le Hongrois et tira, l'atteignant en plein cœur. Une ombre de détresse glissa sur le visage de Jòzsef Szàbo, qui resta debout pendant trois ou dans sa hanche, percuta l'os iliaque, se logea dans le sacrum.

Wang projeta le corps de l'officier le plus fort possible en direction de Romerito, veillant à ne pas relâcher la poignée du sabre. L'inattention du Sudamindien n'avait pas duré longtemps, les trois ou quatre secondes nécessaires à l'exécution et à l'oraison funèbre de Jòzsef Szàbo, mais le Chinois s'était immédiatement engouffré dans cette faille. Il avait glissé la main sous l'aisselle du cadavre, avait saisi la poignée du sabre et commencé à le tirer hors du fourreau. Anticipant la réaction de son adversaire, il avait placé son deuxième bras sous le corps inerte de manière à pouvoir, par un mouvement de levier, l'interposer entre le revolver et lui.

Il exploita son élan pour rouler sur lui-même, essayant de ne pas perdre Romerito de vue. Heurté de plein fouet par le cadavre, le Sudamindien battait des bras pour éviter la chute. Wang avait désormais un temps d'avance sur son adversaire, le temps à la fois infime et infini d'une décision. Il se rétablit sur ses jambes et, le sabre levé, ignorant la douleur qui montait de son épaule, se rua sur le capitaine de champ de Frankij Mœlder. Le revolver de Romerito se tourna dans sa direction. Les yeux rivés sur la bouche noire, il ne chercha pas à esquiver le coup, à reprendre ses distances, il sauta vers l'avant et abattit de toutes ses forces son sabre sur la silhouette vacillante. Au bout de sa course sifflante, la lame fendit l'oreille du capitaine de champ de Frankij Mœlder, s'enfonça en vibrant dans son muscle trapèze, se ficha profondément dans sa clavicule. L'index du Sudamindien pressa machinalement la détente mais, affolé par la douleur, il ne s'aperçut pas que Wang avait lâché le sabre et s'était jeté sur le plancher, si bien que sa dernière balle passa largement au-dessus du Sino-Russe et alla se perdre dans le bois du chariot. Un réflexe l'entraîna à juguler de ses deux mains le flot qui s'écoulait de son oreille tranchée et lui donnait l'impression de se vider de son sang. Lorsqu'il songea à se préoccuper de son adversaire, c'était déjà quatre secondes avant de tomber, comme stupéfié d'avoir choisi le parti de celui qui allait devenir son bourreau. Son voyant frontal s'éteignit avant qu'il ne s'effondre sur le plancher. Le Mauser et le revolver de l'officier lui échappèrent des mains, glissèrent sur les lattes, percutèrent la base d'une cloison.

« On ne peut pas *dar...* donner sa confiance à ce genre de *borrachón* ! s'exclama le Sudamindien en fixant le cadavre. Il dirait à *la gente* que c'est grâce à lui que *fue matado...* tué *el señor* Wang. *Yo*, Romerito, *no quiero* partager le mérite avec personne ! »

Il se retourna et s'approcha de Wang.

« J'ai encore deux balles, *maldito* ! Une est pour ton ventre, je garde l'autre pour t'achever. Tu souffriras de longues heures avant de mourir et les Français (il cracha après avoir prononcé ce mot), *estos estupidos*, souffriront avec toi dans leurs sensors. Tu auras le temps de... »

Il s'interrompit tout à coup, frappé par un détail qu'il n'avait pas remarqué jusqu'alors. La main de l'officier ukrainien, ce Sino-Russe qu'il avait rencontré au camp d'Edisto Beach, en Caroline du Sud, et dont le passé d'exécuteur pour le compte des néo-triades russes lui avait valu le titre officieux de capitaine en second, s'était enroulée autour de la poignée de son sabre, comme s'il avait été animé par un ultime réflexe de guerrier avant de mourir. Les lueurs vacillantes des lampes à huile dansaient sur la lame à demi tirée hors du fourreau.

Romerito jugea le réflexe de l'Ukrainien à la fois émouvant et cocasse jusqu'à ce qu'il remarque l'angle bizarre formé par sa main et son bras. Il comprit ce qui se passait au moment où le cadavre s'anima subitement, où le bras s'écarta du tronc d'une manière mécanique, où le sabre sortit tout entier de son fourreau.

« *Maldito !* » glapit le Sudamindien.

Il pointa rageusement le revolver sur Wang, pressa la détente, mais, en même temps que résonnait le coup de feu, le cadavre se souleva et le projectile pénétra trop tard : Wang s'était relevé, avait de nouveau saisi le sabre et, arc-bouté sur ses jambes, l'avait arraché de l'entaille.

Romerito tendit le revolver d'un bras tremblant, appuya sur la détente, n'obtint rien d'autre que le cliquetis dérisoire du chien frappant la culasse. C'est alors seulement qu'il parut prendre conscience de la gravité de sa situation. Il leva sur le Chinois des yeux implorants, entrouvrit les lèvres, mais rien d'autre ne sortit de sa gorge qu'un gémissement étouffé, comme un murmure de regret.

Wang marqua un petit temps d'hésitation, comme chaque fois qu'il était placé dans l'obligation de tuer un homme de sang-froid. Le Sudamindien avait certes exprimé l'intention de le faire souffrir de longues heures avant de l'achever, mais il n'était en cet instant qu'un être blessé, désarmé, aussi nu et faible que lorsqu'il avait été chassé du ventre de sa mère. Sa force physique, qu'on devinait exceptionnelle, ne lui était plus d'aucune utilité au seuil de la mort.

« *Hijo de puta !* » cracha-t-il dans un ultime effort de volonté, comme pour inviter son bourreau à accomplir son œuvre.

Il n'esquissa aucun geste de recul lorsque la lame vola vers sa tête et lui fendit le crâne jusqu'aux sourcils. Une plaque souple jaillit hors de l'entaille béante comme un diable de sa boîte, probablement la micropuce qui reliait les immigrés à leurs invisibles gardiens. Ejecté, son voyant frontal traça une courbe orangée avant de s'éteindre et de rouler sur le plancher dans une succession de notes cristallines.

Wang souleva la trappe. Un courant d'air s'immisça dans le chariot, qui balaya l'odeur suffocante du sang. Il ne discerna aucun bruit alarmant dans le silence de la nuit, les sifflements du vent, les rires et les cris des hommes, les hennissements lointains des chevaux... Il avait récupéré le Mauser et un revolver Enfield Mark, dont il avait rechargé le barillet avec des balles gisant sur le plancher. Sa blessure saignait de nouveau et la douleur le harcelait, amplifiée par les battements désordonnés de son cœur.

Les crachotements de son émetteur radio traversaient les épaisses parois de cuir de son ceinturon. Frédric cherchait à entrer en contact avec lui, inquiet de le savoir découvert au milieu du bivouac ennemi. Un autre grésillement provenait du bureau renversé. Le point lumineux de Romerito s'était estompé sur la carte du P.C. de Frankij Mœlder (à la condition que ce dernier ait eu recours à la même assistance illégale que le défendeur français mais, étant donné les manipulations autrement graves auxquelles s'était livré le défi néerlandais avant les Jeux, le doute n'était pas permis) et le challengeur tentait lui aussi de rétablir la communication avec son capitaine de champ disparu.

A moins qu'il n'eût prévu des interlocuteurs de substitution – une violation qui aurait motivé une réclamation du bureau français et entraîné une disqualification certaine –, Frankij Mœlder n'avait plus les moyens de communiquer avec son armée.

Wang se releva et versa le réservoir d'une lampe à huile sur le plancher, sur les cloisons, sur les trois corps, se munit de l'écran semi-circulaire, prit les deux autres lampes et sortit du chariot.

Saisi par un vent sec et froid, il entendit des ronronnements familiers. Il leva la tête et aperçut, deux cents mètres au-dessus de lui, les bulles légèrement éclairées des P.C. volants. La nuit empêchait les stratèges de discerner quoi que ce fût, mais un réflexe les poussait à survoler les lieux où se déroulaient les batailles décisives, comme si leur seule présence pouvait changer le cours de combats auxquels ils ne participaient pas. La lune avait pris de la hauteur et s'était estompée derrière son halo diffus.

Wang répandit l'huile d'une deuxième lampe sur les moyeux et sur les bâches d'une dizaine de chariots, puis il lança la troisième sur une roue abondamment aspergée. Le verre se fracassa sur le bois et les flammes grimpèrent immédiatement à l'assaut des ridelles. Il attendit que le feu se propage à l'ensemble des voitures pour se diriger en courant vers l'enclos des chevaux.

Il croisa dans son trajet des immuns qui ne lui accordèrent qu'un regard distrait. Lorsqu'il atteignit la barrière, l'incendie criblait de traits fulgurants le fond de ténèbres et des cris perçants retentissaient un peu partout dans le bivouac. Apeurés par les éclats de voix et de lumière, les chevaux commençaient à s'affoler. Il trouva un mors et une bride parmi les innombrables harnais qui jonchaient l'herbe, se glissa entre les deux barres de la clôture, posa l'écran semi-circulaire sur l'herbe, s'avança vers le cheval le plus proche, le calma d'une caresse sur le chanfrein, lui enfonça le mors dans la bouche, lui passa la bride par-dessus les oreilles, ramassa l'écran et grimpa sur l'échine de sa monture. Il prit le temps de bien caler l'appareil entre ses cuisses avant de donner un coup de talon sur le flanc du cheval, qui partit au trot et sauta la barrière pratiquement sans élan. Ses fanons raclèrent la barre supérieure mais il garda suffisamment de détente pour se recevoir de l'autre côté sur ses quatre membres. Projeté sur l'encolure, Wang réussit à se maintenir sur son dos en serrant les genoux et en s'agrippant à sa crinière. Il bloqua l'écran contre son bassin, vérifia que le Mauser et le revolver Enfield Mark n'avaient pas glissé des sacoches de son ceinturon, puis, après un dernier coup d'œil sur le bivouac illuminé par l'incendie, il lança sa monture au galop dans le veld.

Bien qu'il eût subi de multiples chocs, l'émetteur radio fonctionnait encore. Assis en tailleur, éclairé par la faible lumière de l'écran, Wang brancha rapidement les fiches du micro et des écouteurs. Le cheval, un alezan au chanfrein étoilé, broutait paisiblement quelques mètres plus loin.

La voix de Frédric jaillit avec une telle force des écouteurs qu'elle lui perfora les tympans.

« Wang ? »

Il regretta instantanément d'avoir appelé le défendeur. Une pure et simple perte de temps. Il avait en sa possession une réplique de la carte lumineuse et n'avait besoin de personne pour finir la besogne. C'était lui, l'homme de terrain exposé aux balles qui, animé par un absurde sentiment de compassion, s'était senti obligé de rassurer son stratège, enfermé dans une bulle perchée deux cents mètres au-dessus du sol. Un comble.

« Wang ?

– J'ai tué le capitaine de champ de votre adversaire », répondit le Chinois d'un ton las.

Frédric marqua un temps de pause avant de reprendre la conversation, comme tétanisé par l'information.

« Tu... tu es sûr ?

– Je ne vous l'aurais pas annoncé si j'avais des doutes. Il me suivait à la trace sur un écran portable.

– Comment ça, il te suivait à la trace ? »

Wang resserra les pans de sa veste. Il ne portait rien en dessous et la bise s'infiltrait par les multiples déchirures.

« Vous m'avez injecté un truc sous la peau pour me repérer sur la carte de votre P.C., mais, d'après ce que j'ai compris, ce traceur servait également à renseigner votre rival.

– Ils auraient... triché ? »

L'indignation qui sous-tendait sa voix était la marque de son ingénuité, d'une certaine forme de pureté. Lui avait longuement hésité avant d'accepter une assistance illégale pourtant mineure en comparaison des magouilles des anglophones.

« Ils vous ont impliqué dans une assistance illégale pour mieux vous tenir. Les accuser, ce serait reconnaître votre propre tricherie.

– Le bureau du défi a besoin d'un sérieux coup de balai. Si nous gagnons ces Jeux, certains vont regretter de m'avoir trahi.

— A moins d'utiliser les traîtres à leur insu pour entraîner vos futurs adversaires sur de fausses pistes...
— C'est une possibilité, bien que je n'aime pas ce genre de procédé... Qu'est-ce que ça donne, en bas ?
— Nous devrions attaquer le campement anglais à l'aube. Ils n'ont plus les moyens de prévenir une attaque massive.
— Et toi, tu as les moyens d'avertir tous les *kommandos* avant l'aube ?
— J'ai récupéré l'écran portable. Il me renseigne non seulement sur la position des uns et des autres, mais également sur ma position par rapport à eux. Je pense être capable de les contacter en moins de quatre heures. Combien sommes-nous ?
— Environ neuf mille cinq cents. Et eux neuf mille huit cents. Une guerre au compte-gouttes ! Et ta blessure ?
— On s'en occupera demain.
— Je te donnerai mes instructions dès que tu auras rassemblé tous les hommes. A tout à l'heure. »

Il n'y avait pas besoin d'être un génie de la stratégie militaire pour orchestrer la dernière offensive contre l'armée anglaise : une approche silencieuse, une première vague de cavalerie pour semer l'effroi dans le campement mal réveillé, une deuxième vague d'infanterie pour exploiter l'effet de panique et opérer des ravages dans les rangs ennemis.

« Bien reçu... marmonna le Chinois.
— Wang ? Je voulais te dire...
— Quoi ?
— Plus tard... »

Wang resta assis cinq bonnes minutes après l'interruption de la communication, perdu dans ses pensées, avec la sensation qu'il n'avait pas encore trouvé sa véritable place dans un jeu dont il était loin d'appréhender la complexité. Il se maintenait en vie grâce à l'enseignement de grand-maman Li et à ses propres aptitudes dans le domaine de la survie, mais il était jusqu'à présent resté à la surface des choses, poussé par des courants qui l'empêchaient de plonger dans les zones profondes où se déroulaient des guerres fondamentales dont les Jeux uchroniques n'étaient que les pâles reflets. En lui s'ancra le désir de rencontrer les êtres dont lui avait parlé Delphane. Eux avaient peut-être les réponses, eux étaient peut-être des rouages essentiels, des entités savantes, agissantes, comme les ancêtres ou les démons. Il se secoua : pour leur rendre visite, il lui fallait d'abord vaincre l'armée de Frankij Mœlder, retourner à Paris, contacter Delphane. Il surmonta la douleur qui lui dévorait tout le flanc gauche et, l'écran portable sous le bras, s'approcha du cheval.

Le soleil ne s'était pas encore levé. Un silence paisible régnait sur le veld, troublé par le chuchotement des herbes sous la brise et les hennissements des chevaux, répartis en cinq lignes sur un kilomètre de largeur.

Allongée sur des couvertures, Delphane se reposait à présent, les fesses et les cuisses en sang, exténuée par la longue chevauchée qu'elle avait effectuée à travers la brousse. Une centaine de mètres devant se tenaient les fantassins, les chapeaux vissés sur la tête, les cartouchières garnies, les fusils chargés. En bras de chemise pour la plupart, afin de ne pas être gênés par les lourdes vestes de laine. Dans les yeux gonflés, rougis, se lisaient le manque de sommeil et l'excitation. Ils avaient mangé et bu une heure plus tôt, servis par les immuns qu'un messager avait réveillés dans les baraquements qui leur servaient de dortoir et d'entrepôt. On avait préparé les repas aux lueurs des lampes et des torches puis, guidé par les chefs des *kommandos*, on avait reconstitué les deux corps dans leur intégralité, la cavalerie d'une part, l'infanterie de l'autre. Le bruit que Wang s'était introduit dans le campement ennemi et avait éliminé le capitaine de champ de Frankij Mœlder s'était répandu comme une traînée de poudre et avait redonné du courage aux soldats de Frédric Alexandre, démoralisés par une autre rumeur qui, les jours précédents, affirmait que ce même Wang avait été exécuté par des cavaliers anglais.

Delphane avait éprouvé une certaine griserie à galoper sous l'œil myope de la lune. Elle avait essuyé des coups de feu lorsqu'elle s'était approchée du premier *kommando*. Les sentinelles boers l'avaient prise pour un cavalier anglais en maraude, mais elle était parvenue à se faire reconnaître sans dommage. Le chef du *kommando*, un Kazakh du nom de Tarkalyk, s'était servi de l'écran portable pour lancer des messagers en direction des autres groupes. Le rassemblement de l'armée boer s'était effectué en un peu moins de trois heures.

Belkacem L. Abdallah et Kamtay Phoumapang avaient étreint leur amie avec une chaleur proportionnelle à la frayeur et au chagrin soulevés en eux par la rumeur de sa mort.

« Timûr... Timûr Bansadri, avait-elle bredouillé, au bord de l'évanouissement. Ils m'ont obligée... à le tuer...

– Plus tard, était intervenu Belkacem, alarmé par l'extrême pâleur de son teint. Repose-toi. »

Ils avaient dénoué le bandage grossier qui lui recouvrait l'épaule puis examiné la plaie d'un air préoccupé. Ils l'avaient confiée aux soins des infirmiers, des immigrés qui avaient autrefois tenu le rôle de médecin ou de guérisseur dans leur rue, dans leur village. Ils avaient chauffé à blanc des aiguilles de fer avec lesquelles ils avaient percé la cloque qui s'était formée sur la blessure. Ils avaient ensuite laissé suppurer la plaie avant de la nettoyer et de la désinfecter avec de l'alcool à quatre-vingt-dix degrés. Delphane avait ressenti une telle souffrance qu'elle avait failli perdre connaissance sur la couchette du sensor.

Frédric avait rappelé au point du jour. Elle n'avait rien entendu car elle n'était pas reliée au canal micro mais, lorsque Wang avait transmis les consignes à ses lieutenants, elle avait compris que son mari avait opté pour un assaut en deux vagues successives, l'une constituée par la cavalerie et l'autre par l'infanterie, une tactique classique lorsqu'on défiait l'adversaire en rase campagne et qu'on escomptait sur l'effet de surprise pour démanteler ses défenses. Elle avait voulu repartir au combat, accompagner les hommes qui s'apprêtaient à donner l'assaut, mais Belkacem et Kamtay lui avaient formellement interdit de bouger.

« Tu restes en arrière avec les immuns. Nous prenons les choses en main. »

Elle n'avait pas insisté, trop fatiguée pour s'opposer à leur volonté.

Laissant Wang allongé sur son brancard de fortune, elle passa sur le canal 01 pour effectuer un court séjour dans la cabine du P.C. volant de Frédric. Le défendeur examinait la carte lumineuse du plafond, un carré presque entièrement bleu face à une double ligne de points jaunes. Elle sensora son énervement, son désarroi. Il était conscient que Wang avait accompli l'essentiel de la tâche en tuant le Sudamindien – leur affrontement dans l'espace confiné du chariot avait procuré à Delphane des sensations d'une puissance inouïe –, que cette offensive dans la lumière froide de l'aube n'ajouterait rien à son prestige de stratège. Il craignait d'être dépossédé de cette victoire au profit de son capitaine de champ.

Elle prit conscience en cet instant que rien d'autre ne l'intéressait que sa propre gloire, que seule comptait la trace qu'il laisserait dans l'histoire de la stratégie. Il resterait éternellement prisonnier de ses chimères d'enfant. Elle eut une violente réaction de rejet et quitta précipitamment le canal 01 pour vivre la bataille en compagnie d'un cavalier qui serrait avec nervosité la crosse de son fusil.

Son support sensor trouva la mort lors de la première traversée du bivouac. Il eut le temps de tirer quatre balles, de coucher deux Anglais, d'éclater de rire au spectacle de ces hommes qui se réveillaient en sursaut, repoussaient les couvertures et couraient à moitié nus en direction de leurs armes. Alors qu'il débouchait le long de l'enclos à chevaux, il se trouva nez à nez avec un Anglais vêtu d'un simple maillot de corps et qui, il s'en rendit compte un peu tard, braquait sur lui un revolver.

Delphane expérimenta la peur du cavalier avec une acuité saisissante, son tressaillement lorsque le coup de feu éclata, la force avec laquelle le projectile pénétra dans son plexus solaire, la surprise qui se transformait en une douleur effroyable, le voile trouble qui lui tombait sur les yeux, le sang qui se ruait au-dehors avec l'impétuosité d'une cascade, le froid qui se propageait dans son corps à une vitesse effarante. Une image lui traversa le crâne avant que le canal ne devînt un couloir inerte. Un couple de vieillards assis devant une chaumière. L'homme, aussi ridé qu'une pomme blette, tire de toutes ses forces sur une antique pipe à eau. Les lèvres de la femme, à moitié chauve, s'étirent en un sourire béat, dévoilent une bouche édentée... Folle. Rongée par la lèpre nucléaire... Papa... Maman...

La mort du cavalier produisit une horrible impression sur Delphane. Elle ne reconnut pas les symptômes précurseurs d'un coma neuropathique – vertige, distorsion des distances, sensation de sortir de son corps –, il s'agissait plutôt d'un début de nausée, d'un profond dégoût d'elle-même et de l'humanité en général. Elle s'efforça d'abord de combattre ce malaise, la conséquence probable d'un abus de morphêbloquants ou d'accélérateurs cérébraux, et sélectionna un nouveau canal au hasard, le 5692. Elle fut un fantassin qui courait en poussant des hurlements, le fusil brandi au-dessus de la tête, les poumons en feu, le ventre retourné par la peur. Elle apercevait les silhouettes des Anglais qui s'entrechoquaient comme des fourmis dérangées par un coup de pied ou une émanation de gaz toxique. Les chevaux échappés de leur enclos se répandaient dans le bivouac et augmentaient la confusion. Elle allongea la foulée, aiguillonnée par les cris de ses voisins, cala son fusil sur l'épaule, glissa l'index dans l'anneau resserré du pontet. Elle ne tira pas tout de suite malgré sa frayeur, elle attendit qu'une ombre ennemie se présente devant son canon. Elle baissait la tête à chaque détonation, craignant à tout moment de recevoir une balle.

Un Anglais devant elle. Un Noir aux cheveux presque blancs, aux yeux d'un rouge flamboyant. Une substance claire, du savon à barbe peut-être, lui recouvre la moitié du visage. Il n'a pas eu le temps de boutonner son pantalon, tire-bouchonné sur ses pieds nus. Il tient un fusil dont il arme la culasse. Elle le couche en joue, appuie sur la détente. Elle n'agit plus que par réflexe, vide de toute pensée. Une onde de chaleur lui traverse le bras, l'épaule, le tronc, le recul de la crosse lui endolorit la clavicule. Elle entrevoit entre ses cils empoissés de sueur le Noir qui part en arrière et s'effondre lourdement sur le sol. Elle repart en courant, soulagée d'être en vie, attentive aux innombrables silhouettes qui s'agitent en tous sens dans son champ de vision.

Dans la région de l'estomac, une tension se transforme en malaise, un spasme emplit sa gorge d'un goût de fiel.

Delphane ne put retenir le flot amer qui jaillit de sa bouche. Elle eut toutefois le temps de se pencher sur le côté et de vomir au pied du sensor. Elle se rallongea sur la couchette de l'appareil, vidée, écœurée, tremblante. Elle n'eut ni la force ni la volonté d'essuyer les filets visqueux qui s'écoulaient des commissures de ses lèvres.

C'était bien autre chose que de la nourriture ou de la bile qu'elle venait de régurgiter, c'était sa propre vie.

CHAPITRE VII

DELPHANE

Que cachent les Jeux uchroniques ? Se bat-on vraiment pour la renommée stratégique ? Une vision bien limitée en vérité, car les plus grands stratèges de l'histoire n'étaient eux-mêmes que les vecteurs de causes fondamentales dont ils ignoraient les tenants et les aboutissants. Le soldat n'est que l'expression la plus dense, la plus matérielle, des obscures batailles qui se livrent dans les esprits. Frédric Alexandre ne compte probablement pas parmi les plus grands stratèges de l'ère uchronique, mais son idée d'encourager le hasard sur le champ de bataille débouchera peut-être sur des conséquences surprenantes. Surprenantes dans la mesure où elles déborderont un jour du cadre strict des Jeux...

Editorial de Jacquin Legrand,
rédacteur en chef de *Total Sens*,
quotidien français en sensorama

En ce 15 avril 2214, tous les personnages influents – ou qui se croyaient influents – de la nation française se pressaient dans les allées du parc du palais de l'Elysée. Le soleil radieux qui brillait dans un ciel vierge de tout nuage (un excellent travail des météorologues) participait au deuxième triomphe de Frédric Alexandre en déversant ses ors et ses cuivres sur les massifs fleuris et sur les frondaisons des chênes centenaires (grâce aux accélérateurs biogéniques, les paysagistes de l'Elysée avaient réussi ce tour de force de reconstituer des chênes centenaires en moins d'une décennie).

On profitait de l'occasion pour célébrer les pâques juive et chrétienne, et les femmes ravies de jeter leurs vêtements d'inspiration gauloise s'étaient parées des robes et des chapeaux que les grands couturiers avaient conçus et réalisés dès l'annonce du thème des cent septièmes J.U. Le jour même de la victoire de Frédric Alexandre, les costumes tailleurs à jaquette très cintrée avaient fait leur apparition ainsi que les gilets, les faux cols glacés, les jupes amples, les bottines à lacets, les chapeaux ornés de plumes et de fruits. Les hommes portaient des redingotes également cintrées, des pantalons droits, des gilets, des cravates, des chaussures vernies, des guêtres et couronnaient le tout par des hauts-de-forme qui les grandissaient d'une bonne trentaine de centimètres. Les couleurs dominantes étaient le gris souris, le vert bouteille, le marron, le bleu marine, le noir, des teintes unies et sombres qui, selon les spécialistes, traduisaient la volonté d'un retour aux sources, une redécouverte des valeurs fondamentales en vigueur au début de l'ère industrielle. Les couleurs, vives jusqu'à l'extravagance, des chapeaux des femmes et des gilets des hommes étaient les seules fantaisies autorisées. On avait pris quelques libertés avec la réalité historique dans la mesure où la victoire des Boers (deuxième uchronie consécutive réussie par Frédric Alexandre, un événement unique dans l'histoire des Jeux) aurait dû valoir une tendance rustique, davantage de velours côtelé, de laine, de coton, moins de serge, de soie, de cachemire, mais la mode gauloise, également agreste, avait provoqué un tel traumatisme chez les créateurs qu'ils s'étaient empressés d'adopter l'élégance bourgeoise de l'Europe de la fin du XIXe siècle.

Le président Freux et ses conseillers avaient voulu donner un éclat particulier au triomphe du défi français et de son stratège. Cette réception au palais de l'Elysée inaugurait une semaine de réjouissances et une tournée-exhibition de Frédric Alexandre dans les principales villes françaises. Les esprits chagrins (l'opposition...) avaient souligné l'étrange coïncidence entre l'organisation de ces conférences et les élections présidentielles, prévues pour le mois de juin, mais les esprits chagrins avaient rencontré des difficultés insurmontables à faire entendre leur voix dans le tonnerre d'enthousiasme qui avait salué le succès du défendeur français.

Wang avait été invité à accompagner Frédric et Delphane dans les jardins du palais présidentiel. Emilian Freux avait décidé de faire une exception pour le valeureux capitaine de champ de l'armée française. Il avait dû pour cela demander une modification de la Constitution, dont un texte datant de 2020 interdisait aux immigrés l'accès des places fortes de la VIIe République, l'Elysée, Matignon, le Sénat, l'Assemblée nationale, les ministères, les préfectures, les mairies et les écoles. Qu'un président de la stature d'Emilian Freux eût demandé une révision de la Constitution pour ouvrir les portes du palais à un immigré sino-russe n'avait pas été du goût de tout le monde, de certains conseillers en particulier qui, avant de remettre leur démission, avaient crié à la trahison et avaient stigmatisé cet abandon des valeurs fondatrices de l'Occident. L'affaire avait été portée devant la juridiction compétente de l'O.N.O., le B.S.E.C., le Bureau supranational des expertises constitutionnelles, qui avait validé la requête de Freux. L'empressement avec lequel le B.S.E.C. avait rendu son verdict (en moins de deux jours, record absolu) avait suscité des commentaires fielleux de la part des académiciens et de bon nombre d'experts, qui attribuaient cette promptitude à la volonté des anglophones de tirer parti de cette crise intérieure française et d'avancer leurs propres pions sur l'échiquier occidental. Et d'ailleurs, deux jours plus tard, les Etats-Unis, soutenus par l'Angleterre, Israël, le Canada et l'Allemagne (une alliée historique changeait de camp...) avaient saisi le conseil pour demander – et obtenir – la traduction anglaise systématique et simultanée des travaux de l'O.N.O.

Quoi qu'il en fût, Wang avait été admis à pénétrer dans les jardins du palais, où sa présence déclenchait des réactions contradictoires chez les invités. Les hommes le couvraient d'un regard froid, méprisant, réservaient leur admiration et leurs éloges à Frédric Alexandre, se bousculaient sur l'herbe transgénique de couleur mauve pour avoir l'honneur et le plaisir d'échanger quelques mots avec le héros français des Jeux. Les femmes, en revanche, contemplaient le Chinois avec fascination, parfois même avec de la reconnaissance, car il leur avait procuré des sensations qu'elles n'avaient jamais expérimentées auparavant, ni avec leurs époux ni avec leurs amants, ni lors de leurs précédents voyages sensoriels. Elles s'extirpaient des petits groupes pépiants disséminés devant le gigantesque buffet et s'approchaient avec des mines de conspiratrices. Elles n'échangeaient avec lui que des propos affligeants de banalité, restaient parfois muettes, mais des lueurs s'allumaient dans leurs yeux, qui démentaient leur réserve et leur donnaient une allure vaguement diabolique.

Wang se tenait à l'écart, près d'un bosquet, vêtu d'une combinaison dont la blancheur et la simplicité contrastaient avec les tenues sophistiquées des autres invités. De temps à autre, un serviteur – occidental, mais encore plus dédaigneux que ses employeurs – passait à proximité et lui tendait un plateau où s'entrechoquaient des flûtes de champagne. Il refusait d'un signe de tête, car ce vin pétillant, qu'on lui avait présenté comme la plus merveilleuse des boissons, lui brûlait l'estomac et lui laissait un goût d'amertume dans la gorge. Il se contentait de grignoter de temps à autre un canapé ou un gâteau salé au goût indéfinissable.

De sa blessure à l'épaule, soignée par nanoplastie (une technologie en principe inaccessible aux immigrés), ne subsistait rien d'autre qu'une traînée blanche à peine perceptible. Il n'avait même pas eu besoin de se rendre dans un centre de soins. Le chirurgien, un ami personnel du conseiller principal Blachon, s'était déplacé jusqu'à son domicile et avait opéré sur place, sans recourir à l'anesthésie ou à la désensibilisation provisoire des tissus. La miniaturisation de ses instruments, qui tenaient dans une mallette pas plus grande que la main, avait émerveillé Wang. La cicatrisation avait duré une trentaine de minutes et, selon le praticien, la trace blanchâtre aurait complètement disparu dans une semaine.

Wang n'avait pas participé à la dernière offensive boer contre les hommes de Frankij Mœlder, mais Kamtay et Belkacem lui avaient raconté que les Anglais, totalement pris au dépourvu, avaient capitulé en moins de deux heures. Le Laotien et le Soudanais ne lui avaient adressé aucun reproche sur la mort de Timûr. Ils l'avaient plaint au contraire d'avoir été placé devant cette terrible obligation de décapiter un ami. Les pertes s'étaient élevées à cinq mille sept cent trente-quatre unités pour le challengeur néerlandais contre mille deux cent vingt-deux pour le défendeur français, soit un rapport écrasant de cinq contre un.

Les vénérables membres de l'Académie occidentale de stratégie avaient décrété que ces cent septièmes J.U. ne resteraient pas dans les annales, la bataille principale s'étant circonscrite à un duel entre les deux capitaines de champ. On parlait de changer certaines règles pour équilibrer les forces en présence et redonner aux guerres tout leur intérêt. On considérait que le capitaine de champ avait pris trop d'importance au détriment du stratège (autrement dit, que l'immigré prenait trop de place par rapport à l'Occidental) et qu'il suffisait de multiplier ces mêmes capitaines de champ (cinq était le nombre qui revenait le plus souvent) pour inverser la tendance. Avec plusieurs correspondants, les concurrents ne risqueraient pas d'être coupés trop tôt de leur armée et maîtriseraient jusqu'au bout le déroulement des opérations. L'Académie notait également que le recours systématique au hasard, au chaos, avait précipité cette évolution, qu'il fallait donc légiférer de manière à réduire la part d'incertitude sur l'île des Jeux et redonner au rôle de stratège toute sa noblesse, toute sa grandeur.

Ces conclusions avaient résonné comme un désaveu aux oreilles de Frédric, qui arborait en permanence une mine sombre malgré les nombreuses marques d'affection et d'admiration dont il faisait l'objet. Il savait que le rapport de l'A.O.S. avait été influencé par les adversaires de la France à l'O.N.O., mais il ne pouvait s'empêcher de souffrir de ce manque de reconnaissance officielle.

La tricherie du défi néerlandais – écran portable à disposition du capitaine de champ, identification du capitaine de champ adverse par un point de couleur différente – avait été évoquée devant le C.O.J.U., mais le bureau français n'avait pas déposé de plainte officielle.

« Les vainqueurs doivent se montrer magnanimes... avaient dit les uns d'un air avantageux.

– D'autant qu'ils n'ont pas été les derniers à tricher... », avaient répliqué les autres avec la perfidie qui caractérise les mauvais perdants.

On avait décidé d'oublier ces mesquineries et de célébrer avec faste l'éclatante victoire de Frédric Alexandre. Feux d'artifice, défilé triomphal sur les Champs-Elysées, concert avibratoire sur la place de l'Etoile avec plus de mille choristes et instrumentistes, une semaine de congés supplémentaires pour les six ou sept millions de travailleurs réguliers... Le gouvernement avait voulu que l'écho de ces réjouissances retentît jusque sous les fenêtres du palais new-yorkais de l'O.N.O. et proclame à la face de l'Occident l'orgueil et la vitalité de la France.

« Je ne t'ai pas encore félicité, Wang... »

Aliz s'avançait vers lui, une flûte à la main. Un chapeau aux formes tourmentées dissimulait en partie le casque métallique et arrondi plaqué sur sa nuque. Bien que le soleil enflammât les paillettes dorées de ses iris, ses yeux semblaient encore avoir pâli depuis leur dernière rencontre. Vêtue d'une ample jupe et d'une veste cintrée de couleur noire, elle avait noué un ruban rouge autour de son cou. Elle lui tendit une assiette de canapés et en profita pour lui toucher discrètement la main. Tout autour d'eux, les invités allaient et venaient en arborant les mines graves de ceux dont les décisions engagent l'avenir du monde. Des bribes de musique se répandaient dans l'air tiède et couvraient le brouhaha par intermittence.

« Je t'ai suivi avec beaucoup d'attention, reprit-elle en reposant l'assiette sur la table. Ton énergie m'a... émerveillée. Le sensorama n'a pas encore réussi à élucider le mystère de ta disparition entre le moment où tu as affronté les trois cavaliers anglais et celui où tu t'es retrouvé dans le chariot du capitaine de champ de Mœlder. Des techniciens pensent à une déficience de ton traceur cérébral. Il faudra peut-être que tu repasses sur une table d'opération. Je... »

Elle lança un regard par-dessus son épaule, se rapprocha de son oreille.

« Je viendrai te rendre visite ce soir, si tu le veux...
– J'ai prévu de passer la nuit chez Kamtay et Belkacem... », répondit-il avec un petit sourire contrit.

Elle hocha la tête à deux reprises et se recula d'un pas. Il respira son odeur corporelle et n'eut pas envie que l'entretien se prolonge.

« Un autre jour, peut-être... », chuchota-t-elle.

Il acquiesça d'un clignement de paupières. Elle s'éloigna de son allure aérienne, rejoignit un groupe de morphopsychos qui discutaient sous un orme mais, tout en prenant part aux débats, continua de lui décocher des regards fréquents et lourds de regrets.

L'image de Lhassa lui revint tout à coup avec une force et une netteté inhabituelles. Il revit son visage posé sur l'écrin de neige du sentier de l'Erzgebirge, ses cheveux rayonnants comme un soleil noir sur un fond de ciel blanc. Il se souvint de l'ambre doux de sa peau, des courbes arrogantes de ses seins, de son odeur à la fois épicée et fleurie, de la légèreté de ses mains sur son dos, et il lui sembla qu'un gouffre de détresse s'ouvrait sous ses pieds.

Frédric avait refusé de contacter le président Freux pour relancer les recherches.

« Ça ne servirait à rien, avait-il grommelé. Le bureau de l'immigration lui a déjà répondu qu'il devait saisir le conseil de l'O.N.O. pour ce genre de requête. Il ne peut tout de même mobiliser l'ensemble des nations occidentales pour évoquer le sort d'une Sino-Russe passée en Occident il y a plus de deux ans !

– Je ne demande pas la lune ! » avait objecté Wang.

Frédric lui avait lancé un regard venimeux.

« Le succès te monte à la tête, Wang ! Tu n'as aucun droit sur le sol occidental. En franchissant la porte de Most, tu as accepté les lois et les contraintes en vigueur à l'intérieur du R.E.M. A quoi te servirait de retrouver ta Tibétaine ? Les relations sexuelles sont interdites entre immigrés... »

Wang n'avait pas insisté, conscient que le stratège français avait pris ombrage des lauriers tressés à son capitaine de champ et que le fossé allait s'élargissant entre les deux hommes. Il restait toutefois persuadé que Lhassa était vivante, qu'elle ne l'avait pas oublié.

« Voici donc ce jeune Sino-Russe qui accomplit tant de merveilles sur le champ de bataille ! »

La voix grave tira Wang de ses rêveries. Il releva la tête et se rendit compte que le président Freux s'était rapproché à moins d'un mètre de lui. Haute stature, svelte, teint cireux, yeux turquoise, vifs, pénétrants, nuage de cheveux immaculés autour de la tête, redingote, pantalon et cravate bleu marine, gilet pourpre et or. L'accompagnaient une dizaine de personnes, dont le conseiller principal Blachon, petit homme brun à l'allure de vautour, et Blandène Valker, la présidente de la SF 1, une blonde aux traits durs et au regard métallique.

« Vous êtes devenu l'homme à abattre pour une grande partie de l'Occident, poursuivit Emilian Freux avec un sourire. Le défi néerlandais et ses alliés se sont juré d'avoir votre peau. Ils n'ont pas hésité pour cela à corrompre la moitié des membres de notre bureau. Qui sait jusqu'où ils seront capables d'aller la prochaine fois ? »

Wang ne savait pas comment se comporter devant son prestigieux interlocuteur et il hésitait à le fixer dans les yeux, craignant que cela ne fût interprété comme de l'insolence. Son regard papillonnait d'un visage à l'autre, décelait les tensions, les crispations, les exaspérations. Les réactions de son entourage illustraient parfaitement les propos du président : la plupart de ses accompagnateurs semblaient concernés par l'accusation de corruption et tremblaient maintenant de perdre leur poste et leurs avantages.

« Vous a-t-on informé que vous accompagneriez Frédric lors de sa tournée de conférences dans les principales villes de France ? demanda Emilian Freux.

– Euh... oui, monsieur. »

C'était Delphane qui lui avait annoncé la nouvelle

deux jours plus tôt. La perspective d'être séparé de Kamtay et Belkacem pendant plus d'un mois ne le réjouissait guère mais, lorsque la jeune femme lui avait laissé entendre qu'elle essaierait de profiter de son passage à Toulouse pour lui présenter des « gens intéressants », il avait compris que ce voyage lui ouvrirait peut-être de nouvelles portes, lui apporterait ces éléments essentiels qui lui manquaient pour accomplir le rêve de grand-maman Li.

Grand-maman Li... Comme elle était différente d'Emilian Freux ! Il était certainement plus âgé qu'elle – on disait qu'il avait dépassé les cent vingt ans –, paraissait beaucoup plus jeune, mais son élégance, sa prestance souffraient de la comparaison avec la noblesse de la vieille femme, cette sagesse qui avait creusé ses rides, blanchi ses cheveux et donné à son regard une force peu commune.

« Ce que vous ne savez peut-être pas, c'est que vous l'accompagnerez également à New York, à Londres, à Rome et à Jérusalem, où les vieux barbons de l'A.O.S. l'ont convié à s'expliquer sur ses choix stratégiques. Vous pourrez ainsi mettre une voix et un visage sur les adversaires qui œuvrent dans l'ombre. Cela renforcera votre détermination, si besoin est, lorsque vous reprendrez le chemin de l'île des Jeux...

– Il reste encore deux ans avant le prochain défi, monsieur le président... », intervint Blandène Valker.

Freux se tourna vers elle et lui adressa un regard d'où était exclue toute bienveillance.

« La politique est un perpétuel défi, madame Valker, murmura-t-il entre ses lèvres serrées. Un défi qui ne fait aucune audience sensorielle... »

Ayant prononcé ces paroles, il pivota sur lui-même et s'engagea d'un pas alerte dans une allée transversale. Il fallut trois ou quatre secondes aux membres de son escorte, surpris, pour réagir. Ils durent presque courir pour combler l'avance qu'il avait prise sur eux. Les redingotes des hommes, qui se soulevaient comme des ailes, et les chapeaux des femmes, aigrettes vives et tremblantes, accentuèrent l'impression de Wang d'être à l'intérieur d'une volière.

Par le hublot du supersonique présidentiel mis à la disposition du défi, Wang ne vit de la campagne française que les mosaïques vert et ocre des champs cultivés, les taches rouges ou bleues des villages, les rubans sombres des voies aménagées pour le passage des engins agricoles. Quant aux villes, Lille, Strasbourg, Tours, Nantes, Brest, Lyon, Clermont-Ferrand, Grenoble, Marseille, il n'en découvrit que les routes droites et larges qui menaient de l'aéroport à l'hôtel et de l'hôtel à la salle de conférences. Il n'eut pas le loisir d'en visiter les faubourgs, encore moins de flâner dans les ruelles des centres historiques. Il se contenta de les observer depuis le balcon de sa chambre, fasciné par les festons lumineux dessinés par les aérotrains autour des immeubles. Parfois, lorsque l'hôtel était bien placé, il voyait les grandes tours illuminées se réfléchir sur le miroir assombri et sinueux d'un fleuve, les fresques laser s'animer sur les façades, les fontaines étincelantes esquisser des figures géométriques changeantes.

Les villes occidentales s'ornaient de parures fastueuses à la tombée de la nuit, mais il n'y avait personne pour les admirer. Leurs habitants s'enfermaient dans les sensors individuels ou collectifs, dans les stadoramas, et les rares silhouettes qui déambulaient sur les trottoirs ou sur les passerelles piétonnes se hâtaient de sortir de ces labyrinthes magnifiques et déserts.

Les conférences, organisées par la cellule de relations publiques de l'Elysée, se déroulaient dans les salles de congrès, situées généralement à proximité de l'aéroport et des gares subterranéennes. Bien qu'elles fussent retransmises en direct par la SF 1 et les sensoramas régionaux, un public nombreux s'y pressait, avide d'approcher son héros, de lui serrer la main, de lui poser des questions. Les séances commençaient invariablement par une ode à la gloire de la France et de son actuel président. Un orateur énumérait les grandes réalisations qui avaient jalonné les six mandats consécutifs d'Emilian Freux, insistait sur son influence au sein de l'O.N.O. et sa détermination à défendre les intérêts et la grandeur de la nation. Pour conclure, il rappelait que les anglophones tentaient de saper les principes fondateurs du grand Occident, que seul un homme d'expérience était en mesure de déjouer leurs manœuvres, qu'il conviendrait, si on ne voulait pas que la langue anglaise ne devînt obligatoire sur le territoire français, de bien réfléchir avant de saisir le nom de son candidat dans l'urne du sensor.

Venait ensuite la litanie des questions adressées à Frédric Alexandre, installé au centre de l'estrade. A ses côtés se tenaient les membres du bureau du défi français, et légèrement en arrière Delphane, Wang et les édiles locaux, ravis de se retrouver en si bonne compagnie (une compagnie qui faisait grimper les cotes de popularité ; le triomphe de Frédric rejaillissait sur tous ceux et celles qui occupaient un poste de responsabilité, y compris les élus de l'opposition). Le public, composé d'hommes et de femmes de tous âges, se préoccupait surtout des relations qui unissaient le stratège à son capitaine de champ. Laissait-on toute latitude à ce dernier, comme avaient semblé le démontrer les derniers Jeux, ou bien ses initiatives s'inscrivaient-elles dans une stratégie globale, concertée ? Les Jeux se gagnaient-ils dans le choix des hommes ou dans le choix des tactiques ? Le défi français aurait-il vaincu les défis américain et néerlandais avec un autre capitaine de champ ?

A toutes ces questions, qui fusaient parfois de l'assistance comme des traits empoisonnés, Frédric s'efforçait de répondre avec calme, redonnant ses lettres de noblesse au stratège, expliquant que le hasard avait toujours une part sur le champ de bataille, qu'il fallait donc le dompter au lieu de le subir, que les hommes n'étaient pas des instruments fiables et qu'un bon général, comme un chef d'orchestre, s'efforçait de tirer le meilleur parti d'éléments parfois impondérables. Les spectateurs l'écoutaient avec déférence – il avait tout de même mis une raclée à cette brute de Hal Garbett – mais ne semblaient guère convaincus par ses arguments, peut-être parce qu'il ne répondait pas de manière directe à la véritable interrogation qui sous-tendait leurs questions : la France devait-elle ses deux victoires consécutives à un Occidental ou à un immigré ?

Wang n'était jamais convié à participer aux débats, mais il sentait sur lui le poids des regards, il percevait l'hostilité qui descendait des gradins comme une brume glacée. L'irritation de Frédric envers lui augmentait de jour en jour et se traduisait par des propos agressifs à l'encontre des immigrés en général et des Sino-Russes en particulier. Le contact avec les sensoreurs mortifiait Alexandre le Grand (le surnom lui était revenu) davantage encore que les conclusions de l'A.O.S., car, derrière l'adulation de façade, le public lui renvoyait ses propres doutes comme un miroir à faces multiples et le confortait dans l'idée que les Jeux avaient en grande partie, pour ne pas dire en totalité, échappé à son contrôle.

A Bordeaux, l'avant-dernière étape de la tournée, Delphane s'introduisit en pleine nuit dans la chambre de Wang. Accoudé au balcon, vêtu d'un peignoir, il observait le ballet des supersoniques qui atterrissaient et décollaient de l'aéroport proche de Bordeaux-Langon, fasciné par le contraste entre le gigantisme de ces masses et le ronronnement à peine perceptible de leurs moteurs. Au loin le ciel semblait s'être effondré sur la terre, mais il discernait les angles formés par les bâtiments, s'apercevait que les étoiles étaient des fenêtres éclairées, les comètes des sillons tracés par les aérotrains, et les nébuleuses des brumes lumineuses provenant des fontaines ou des sculptures laser.

Il se souvenait de sa première découverte de la ville enlaidie par la clarté livide du petit matin, de sa balade en compagnie d'Aliz et des autres analysables dans les ruelles du centre-ville, de son séjour dans la machine du laboratoire d'analyses Adéhenne, de sa peur d'être trahi par le prélèvement cellulaire et d'être exclu de l'armée d'Alexandre, de son passage chez le docteur Abitbol, du repas pris chez les amis de la morphopsycho, de la parodie de relations naturelles qui les avait unis, Aliz et lui, dans la chambre d'amis...

Plongé dans ses souvenirs, il n'entendit pas Delphane se glisser sur le balcon et fut surpris de la découvrir à ses côtés, couverte d'une nuisette qui ne dissimulait pratiquement rien de son corps. Les mains posées sur la rambarde du balcon, elle laissa errer son regard sur la ville plongée dans l'obscurité et traversée de fulgurances étincelantes.

« Demain nous serons à Toulouse... murmura-t-elle.
– Et alors ? »

Une envie furieuse le traversa de la prendre par le bras, de la secouer pour lui faire cracher ses mots comme on secoue un arbre pour faire tomber ses fruits. Depuis le départ de Paris, elle cherchait à se mettre en valeur en entretenant un climat de mystère qui le hérissait.

« Après la conférence, je t'emmènerai voir nos amis, répondit-elle d'un ton qu'elle voulait détaché mais où il décela de l'excitation.
– Et Frédric ? »

Elle haussa les épaules, mouvement qui releva sa nuisette jusqu'aux hanches.

« Il s'enfermera dans le sensor de la chambre, comme toutes les nuits...
– Et s'il décide justement de...
– Je ne l'intéresse pas, coupa-t-elle d'une voix imprégnée d'amertume. Seule compte sa carrière. Il veut être reconnu comme l'un des plus grands stratèges de l'histoire des Jeux. Une obsession. Il consacre toutes ses heures libres à l'étude des batailles du passé. Je me demande pourquoi il s'est marié avec moi.
– Les femmes lui font peut-être peur, avança Wang.

— Je crois surtout qu'il a peur de lui-même, comme tous les Occidentaux. Il n'ose plus être un homme...
— Et vous, vous osez être une femme ? »
La question de Wang était d'une telle crudité qu'elle resta pendant quelques secondes incapable de répondre, oppressée, le souffle coupé.
« Demain... articula-t-elle avec difficulté. Reste habillé après le dîner. Je viendrai te chercher... »
Il la vit traverser la pièce comme une voleuse surprise en flagrant délit et disparaître dans le couloir sans s'être au préalable assurée que la voie était libre.
La journée du lendemain lui parut particulièrement longue et ennuyeuse. Le transfert supersonique entre Bordeaux et Toulouse ne dura qu'une quinzaine de minutes mais le déjeuner chez Castagnaide, l'un des restaurants les plus célèbres de la Ville rose, leur prit plus de trois heures. Les convives regrettèrent vivement que la gastronomie française, réputée deux siècles plus tôt comme l'une des meilleures au monde (sinon la meilleure), ait été supplantée par l'école de New York, fondée par des chefs italiens et français exilés aux Etats-Unis. L'atmosphère solennelle qui régnait à l'intérieur de la salle, la gravité compassée avec laquelle les clients dégustaient les mets posés devant eux, les mines affectées qu'ils arboraient pour choisir les vins et les pains, tout ce rituel exaspérait Wang. Les banquets n'excédaient jamais les trente minutes en Silésie, où le fait de traîner à table était considéré comme une manifestation d'insatisfaction et, par conséquent, comme un manque de savoir-vivre. Les repas dans les grands restaurants occidentaux tenaient davantage de la cérémonie religieuse que du plaisir simple et indispensable de se nourrir. Les garçons de salle, des immigrés pourtant, effectuaient leur service avec une rigidité et une sévérité presque caricaturales. Qu'ils fussent sino-russes, arabes ou noirs, ils conservaient en toutes circonstances une impassibilité et un maintien qui évoquaient le fonctionnement mécanique des robots. Ils n'adressaient aucun signe de connivence, même discret, à Wang, craignant

sans doute que la moindre manifestation d'humanité dans un cadre aussi sérieux ne fût immédiatement sanctionnée par l'extinction de leur voyant frontal. L'Occident n'avait pas eu besoin de concevoir et de fabriquer des machines sophistiquées pour effectuer les tâches subalternes : il lui avait suffi de réduire les immigrés à leur fonction.

L'après-midi s'étiola mollement dans la chambre du Saint-Jacques, un hôtel sept étoiles situé dans la zone d'affaires bordant l'aéroport de Toulouse-Gers. Les bâtiments voisins, les grandes tours de verre des bureaux et les dômes des ateliers souterrains, appartenaient au grand consortium européen Aérospace, une entreprise d'origine française qui avait réalisé et lancé les trois quarts des satellites en orbite autour de la Terre. Des touristes surgissaient par groupes de la station souterraine du subtraneus régional pour venir admirer les répliques des lanceurs d'origine exposés dans la cour d'honneur. Un sensor géant, installé à proximité, leur proposait d'expérimenter les sensations d'un astronaute au moment du décollage d'une fusée. Ils en ressortaient avec des bouilles hilares ou terrorisées puis se dirigeaient en titubant vers les dômes où étaient entreposées les répliques des satellites. Aérospace fabriquait également des supersoniques moyen et long courrier, mais cette activité, jugée bruyante, avait été transférée depuis un siècle dans le Massif central. On apercevait cependant les courbes de quelques géants des airs stationnés devant d'immenses hangars où s'agitaient des immigrés aussi minuscules et affairés que des fourmis.

L'après-midi, Wang tua le temps en s'allongeant sur son lit et en dérivant sur le fil paresseux de ses pensées, les yeux rivés sur la porte du salon sensor. Malgré l'envie qui l'en démangeait, il ne pouvait plus pénétrer à l'intérieur de l'appareil et rendre visite à grand-maman Li par l'intermédiaire de la surveillance satellite des pays extérieurs. L'autorisation d'utiliser les sensors lui avait été retirée le jour même où elle lui avait été accordée. L'image de sa grand-mère, assise sur son fauteuil à bascule, entourée de bougies et d'offrandes, s'était subitement estompée, Frédric s'était engouffré dans le salon de la machine et, l'air affolé, avait déclaré que le bureau de l'immigration revenait sur sa décision, lui supprimait son passe-droit et le réintégrait dans sa condition d'immigré. Il n'avait jamais eu la possibilité de revoir la maison de son enfance, le cours tourmenté de la Nysa, les ruelles et les places de Grand-Wroclaw.

La conférence de Toulouse se déroula comme les autres. Les mêmes questions y furent posées auxquelles Frédric fournit les mêmes réponses, avec une irritation croissante toutefois. Seule l'intervention du père et de la belle-mère de Delphane vint donner une touche d'imprévu à un scénario qui paraissait immuable. Entourés d'une dizaine d'amis, ils descendirent des gradins, montèrent carrément sur la scène et étreignirent Frédric et Delphane à grand renfort de cris et de rires. Les membres du bureau du défi français et les élus toulousains restèrent figés sur leurs sièges et n'eurent pas d'autre choix que de subir la grossièreté de ces importuns. Delphane ne prononça pas un mot mais la pâleur de son teint et la crispation de ses traits traduisirent mieux que tout discours la force de son ressentiment à l'égard de son père. Elle ne desserra pas les dents de toute la soirée, ni pendant le dîner ni pendant les deux heures que Frédric consacra aux élèves d'une école de stratégie de la banlieue de Toulouse.

Wang craignit que sa colère ne la poussât à renoncer à son projet, mais elle vint le chercher comme convenu aux alentours de minuit. Elle avait passé une robe légère, pratique, qui n'avait rien à voir avec la mode du début du XXe siècle et qui laissait ses bras et ses jambes nus. Ses chaussures de toile montantes étaient visiblement prévues pour la marche. Elle posa sur son lit un petit boîtier noir muni d'un voyant pour l'instant éteint.

« Un leurre, expliqua-t-elle. Pour berner Vigil.
– Vigil ?
– Un des surnoms du sac à puces chargé de la régu-

lation de l'immigration. Un monstre informatique. Ce boîtier prendra le relais de ton traceur et lui fera croire que tu es toujours dans ta chambre.

– Il n'est pas interdit aux immigrés de se promener la nuit...

– Tu n'es pas n'importe quel immigré, Wang. Tu es le capitaine de champ qui a tenu en échec les représentants de la majorité de l'O.N.O. Tu fais probablement l'objet d'une surveillance spéciale. Nos amis m'ont recommandé de prendre toutes les précautions. Nous devons impérativement être rentrés avant huit heures. Nous n'avons pas beaucoup de temps.

– Et si Frédric se rend compte de votre absence ?

– Il croira que je suis partie me promener en ville. Je lui ai dit tout à l'heure que je mourais d'envie de revoir le vieux Toulouse.

– Où m'emmenez-vous ?

– A Rabastens, dans le Tarn...

– Comment comptez-vous passer les portes à digicode de l'hôtel ?

– Elles ont déjà mes empreintes digitales en mémoire. »

Elle pressa un interrupteur sur le côté du boîtier, dont le voyant s'emplit de lumière rouge.

Comme elle l'avait annoncé, ils ne rencontrèrent aucune difficulté à quitter le bâtiment. Il suffisait à un client désireux de sortir en pleine nuit de glisser l'index et le majeur dans le gestionnaire des codes pour franchir sans encombre les différentes portes. La brise tiède et parfumée qui les attendait dehors était nettement plus agréable que la chaleur lourde du jour.

Ils se dirigèrent à pas rapides vers la station souterraine, déserte à cette heure-ci, et sautèrent dans un subterraneus régional qui les transporta jusqu'à la gare Nouvelle-Matabiau. Ils parcoururent quatre couloirs roulants avant de prendre une nouvelle rame en direction d'Albi. Les rares voyageurs qui avaient pris place dans le wagon ne leur accordèrent aucune attention. La plupart d'entre eux étaient coiffés de plaques métalliques reliées à de petits appareils plats, des sensors portables, selon Delphane. Les sensations affichaient des expressions changeantes sur leurs visages – épouvante, intérêt, amusement, colère, souffrance...

Fonçant dans les entrailles du sol à plus de trois cents kilomètres-heure, le subterraneus atteignit la petite ville de Rabastens en moins d'un quart d'heure.

« Encore deux ou trois kilomètres à pied... », dit Delphane à la sortie de la gare.

Ils traversèrent le centre-ville, s'enfoncèrent dans une forêt de chênes et de hêtres aux allées rectilignes, parfaitement entretenues par les machines à logique interactive tapies sous les branches comme des monstres assoupis. Wang transpirait dans sa combinaison à manches longues et dans le cuir épais de ses chaussures. Delphane se souvenait parfaitement du chemin qu'elle avait pris deux ans plus tôt en compagnie de Jehan de La Couperie. Même si elle s'était laissé guider par le responsable du mouvement universaliste, l'itinéraire était resté gravé dans sa tête comme une carte. Des odeurs d'humus, de champignons et de fleurs imprégnaient l'air qu'aucun souffle n'effleurait. Ils débouchèrent sur des champs cultivés et des prés saupoudrés d'argent par la lune. Ils marchèrent encore un bon moment avant d'apercevoir les bâtiments d'une ferme au sommet d'une colline.

« C'est là... », murmura Delphane.

Mais au lieu de continuer, elle s'immobilisa et attendit que Wang, qui l'avait dépassée d'une bonne trentaine de mètres, revînt sur ses pas.

« Qu'est-ce qui vous prend ? demanda le Sino-Russe. Vous avez changé d'avis ?

– Tu m'as posé une question, hier : est-ce que j'osais être une femme ? Le moment est venu d'y apporter une réponse.

– Je ne vois ici aucun élément susceptible de...

– Ne fais pas l'idiot ! Pendant deux ans, j'ai attendu

que Frédric me révèle à moi-même, mais c'est un enfant, incapable de donner quoi que ce soit... Je veux expérimenter les relations naturelles avec toi, Wang. Maintenant. »

Ayant prononcé ces paroles, elle commença à déboutonner sa robe.

« Nous n'avons que peu de temps, c'est vous qui l'avez dit...
– Evitons de le perdre en discussions.
– Et si je refuse ?
– Je refuserai d'aller plus loin. »

Sa robe avait glissé sur ses épaules et dévoilé un soutien-gorge à l'armature très fine. Sa peau, blanchie encore par la clarté lunaire, tranchait sur l'obscurité environnante.

« Pourquoi cette urgence ?
– Je serai bientôt placée devant un choix essentiel. J'ai besoin de savoir... »

La robe tomba à ses pieds dans un froissement délicat. Sa culotte échancrée lui couvrait le bas-ventre jusqu'au nombril. Elle sortit du cercle formé par le tissu et passa les mains dans le dos pour dégrafer son soutien-gorge. Ses seins libérés s'affaissèrent de quelques millimètres. Son corps gracile éveillait chez Wang un désir moins mécanique qu'Aliz. Lorsqu'elle eut retiré sa culotte, il vit que son pubis était glabre, comme celui de la morphopsycho. Il se demanda si ce défaut de pilosité, naturel ou artificiel, ne reflétait pas la volonté des Occidentales de renier leur nature primitive.

« Je ne suis pas à vos ordres ! protesta-t-il. Je ne fais pas l'amour sur commande. »

Elle s'avança vers lui, les bras écartés, l'air implorant. Ses cheveux se répandaient en ruisseaux noirs et ondulants sur ses épaules. Elle était belle, comme ces déesses des légendes chinoises qui surgissent de la nuit pour séduire les hommes et leur prendre leur vitalité.

« Je ne te l'ordonne pas, Wang, je te le demande...
– Vous menacez de me laisser tomber si je ne vous obéis pas... »

Il la rembarrait avec une cruauté inutile car elle l'émouvait dans son désarroi, et son désir d'elle augmentait à chaque seconde.

Elle tomba à genoux.

« Je suis désolée... bredouilla-t-elle. J'ai agi comme tous ces hommes et ces femmes que je déteste... Tu es libre... libre... »

Sa voix se brisa et elle resta un long moment recroquevillée sur elle-même, secouée de sanglots. Il s'accroupit, lui saisit le menton entre le pouce et l'index, lui releva doucement la tête, essuya ses larmes du revers de la main, se pencha sur elle et l'embrassa. Elle eut un tressaillement, recula de quelques centimètres, se rapprocha de nouveau après avoir longuement contemplé ces lèvres brunes qui tentaient de l'apprivoiser. Ils restèrent un moment souffle contre souffle, comme deux animaux effarouchés. Elle ne résista pas lorsqu'il reprit l'initiative et força le passage de sa bouche. Il lui trouva un goût délicieux de miel et d'épices. Elle haletait comme si elle avait peur de manquer d'oxygène, puis elle s'abandonna à ce baiser qui réveillait des émotions enfouies au plus profond d'elle.

Elle se déploya sous les caresses de Wang. Il traçait des sillages de feu sur ses seins, ses fesses, ses cuisses, son ventre. Elle comprenait maintenant l'enthousiasme des extrémistes du mouvement universaliste quand ils évoquaient les relations naturelles. Le contact mordant de la terre dure sur son dos aiguisait son désir, comme l'aiguisaient la lumière de la lune et les attouchements de la brise sur sa peau.

Une impulsion la poussa à se redresser, à dégrafer fébrilement les boutons de la combinaison de Wang. Lorsqu'elle l'eut aidé à se défaire de son vêtement, la vue de son sexe dressé au-dessus d'elle comme une lame menaçante l'effraya, souleva un tourbillon d'images et de sensations. Elle se crispa aussitôt mais, en dépit de la répulsion qui la gagnait, elle ne se défendit pas lorsqu'il s'allongea sur elle et qu'il guida son membre vers l'entrée de son ventre. Elle se souvint de l'odeur et de l'haleine de l'officier letton perché sur elle, des yeux de son père la détaillant crûment dans la salle de bains de l'appartement de Toulouse, et elle eut la brusque impression de s'assécher, de se consumer au feu de ces regards, de ces souffles.

Wang se rendit compte qu'elle se contractait et, bien qu'il brûlât maintenant de la posséder, il garda suffisamment de maîtrise pour ne pas la brusquer. Il s'efforça de la rassurer par ses caresses, par ses baisers, mais il ne l'empêcha pas de devenir aussi raide que du bois. De longs gémissements s'exhalaient de ses lèvres entrouvertes, des larmes s'écoulaient de ses yeux révulsés, sa tête se balançait d'un côté sur l'autre. Wang essaya machinalement de s'enfoncer en elle mais son coup de boutoir ne réussit qu'à déclencher une série de tremblements nerveux annonciateurs d'une crise de nerfs. Il n'insista pas, roula sur le côté, s'allongea sur le dos, aux prises avec un désir qui se faisait maintenant encombrant. Il huma leurs odeurs corporelles entremêlées, résista tant bien que mal à la tentation de se jeter à nouveau sur elle, de la pénétrer de force. Il demeura un bon moment à lutter contre lui-même, se complaisant d'abord à penser qu'elle souhaitait ce viol, qu'elle avait besoin d'être fracturée comme une porte fermée depuis trop longtemps. Il aurait trouvé n'importe quel prétexte pour soulager la tension douloureuse de son pénis. Il observa la jeune femme du coin de l'œil, dans le secret espoir qu'elle lui offre une deuxième chance, mais il s'aperçut, à la crispation de ses traits, aux spasmes violents qui la secouaient de la tête aux pieds, que son rejet du sexe traduisait un refus de son identité fondamentale, un refus de son enveloppe corporelle, un refus des contraintes imposées par l'espace et le temps. Il se releva, fit quelques pas, mais une telle énergie montait de son bas-ventre qu'il ne parvint pas à se détendre. Il écarta le recours à la masturbation, d'une part parce qu'il ne concevait le plaisir que partagé, d'autre part parce qu'il n'aimait pas l'idée de se voler de l'énergie à lui-même. Il lui fallait seulement attendre que l'incendie allumé par Delphane s'éteignît peu à peu. Il pourrait ensuite se réjouir d'avoir observé ce précepte du Tao de la Survie qui conseillait à ses adeptes mâles de « ne répandre leur semence qu'avec une avarice digne des usuriers slovaques des taudis de Grand-Wroclaw ».

Delphane se rhabilla en silence. Des herbes parsemaient ses cheveux emmêlés. Lorsque son corps disparut sous le tissu de sa robe, Wang eut l'impression que se refermaient les portes d'un paradis à peine entrevu. Lui-même s'était rhabillé depuis un bon quart d'heure et avait attendu, avec une impatience grandissante, qu'elle reprenne empire sur elle-même et le conduise enfin chez ses mystérieux correspondants. Il ressentait envers elle une colère sourde qui lui affleurait la peau. Son caprice leur avait coûté du temps et les avait laissés tous les deux aux prises avec une terrible frustration, lui parce qu'il n'avait pas eu la possibilité de combler un désir impérieux, elle parce qu'elle n'avait pas réussi à surmonter ses phobies. Il se reprochait cette irritation cependant, conscient que Delphane rencontrait des difficultés insurmontables à se construire une identité.

« Je suis désolée... », murmura-t-elle en reboutonnant sa robe.

Il ne répondit pas, à la fois pour marquer sa désapprobation et pour éviter que sa colère ne se déverse en même temps que ses mots.

« Maintenant, je sais...
– Tu sais quoi ? » aboya-t-il.

Elle leva sur lui des yeux larmoyants.

« Je croyais que Frédric ne m'avait pas faite femme parce qu'il n'était pas lui-même un homme. J'ai compris cette nuit que ça venait aussi de moi... surtout de moi...

– Conneries ! Ce genre de chose peut demander du temps. C'est comme apprivoiser un animal sauvage.

– Et qui apprivoisera mon animal ? Frédric ? Je

n'entre pas dans ses rêves de gloire. Toi ? Je n'entre pas dans tes rêves d'amour.

– Je suis un immigré, tu es une Occidentale...

– J'ai cru que tu me révélerais à moi-même, Wang... »

Elle se leva à son tour, défroissa sa robe et contempla les collines environnantes ourlées d'argent par la lune.

« Je n'oserai jamais être une femme, reprit-elle d'une voix empreinte de tristesse. Je te demande pardon si je t'ai déçu. Je comprends ton ressentiment : tu as eu la même réaction qu'un sensoreur victime d'un écrasement sensoriel. Allons-y maintenant. Je suis prête. »

Et, sans attendre sa réponse ni même vérifier qu'il lui emboîtait le pas, elle prit la direction des formes claires des bâtiments qui se détachaient sur le fond de ténèbres.

CHAPITRE VIII

HISTOIRES OCCIDENTALES

Choisis bien tes partenaires. Etre entouré d'amis ne t'empêche pas d'être seul. C'est alors qu'il te faut renforcer ta vigilance. Ils ne s'allient pas à toi pour t'aider mais pour atteindre leur propre but à travers toi. Cherche donc à poursuivre ton but à travers eux. Garde à l'esprit que vous êtes seulement liés par l'intérêt.

Le Tao de la Survie de grand-maman Li

« La ruche souhaite la bienvenue à Wang, petit-fils de grand-maman Li. »

Wang observa les passerelles superposées, reliées entre elles par des toboggans, les compartiments de forme ronde, la sphère centrale et suspendue d'une vingtaine de mètres de diamètre, où était apparue l'image de grand-maman Li assise sur son fauteuil à bascule, mais il demeura incapable de déterminer d'où avait jailli la voix puissante, vibrante.

Depuis qu'il était entré dans ce bâtiment, il oscillait en permanence entre étonnement, curiosité et dégoût. Quelques minutes plus tôt, Delphane avait pianoté un code sur un clavier de poche et le mur de la grange s'était escamoté dans un chuintement prolongé. Ils s'étaient engagés dans un couloir abondamment éclairé mais où ne brillait aucune ampoule. L'odeur, indéfinissable, lui avait rappelé les effluves des cimetières d'épaves de Silésie, rongées par la rouille et les pluies acides en provenance des provinces de l'Est.

Une porte blindée les avait accueillis après dix minutes de marche dans le boyau de béton. Elle s'était ouverte après qu'ils eurent tous les deux décliné leur identité à voix haute. Ils étaient entrés dans une immense salle entièrement occupée par une structure qui dégageait une impression contradictoire de désordre et d'harmonie. Wang présuma que la grande sphère transparente avait été placée au centre exact de la construction. Des traits lumineux la traversaient parfois, qui éclaboussaient les passerelles et les toboggans proches. Elle semblait régner sur une toile d'araignée en plusieurs dimensions, non seulement sur les formes géométriques qui convergeaient vers elle de tous les côtés, mais également sur les êtres monstrueux qui remuaient faiblement dans les compartiments.

Wang en avait aperçu quelques spécimens en parcourant la passerelle qui partait du sol et montait en pente douce vers la sphère. Corps et membres atrophiés, yeux minuscules, crânes chauves, peau glabre, presque translucide, protubérances de chair semblables à des antennes d'insecte... Ils n'avaient plus grand-chose d'humain, mais ils avaient gardé les vestiges de leurs organes sexuels. Incapables de se tenir sur leurs jambes, ils restaient en position assise ou couchée, comme s'ils se désintéressaient des deux visiteurs. Ils ne prononçaient aucune parole intelligible, ils émettaient des murmures à peine audibles ponctués de claquements et de soupirs. Ils suscitaient en Wang un dégoût identique à celui qu'il avait ressenti devant un vieux Chinois de Grand-Wroclaw en train d'avaler des vers de terre dont les queues annelées dépassaient de sa bouche. Il lui paraissait inconcevable que ces êtres métamorphosés en larves pussent avoir une quelconque influence sur l'avenir et lui être utiles à quelque chose.

Delphane contemplait la sphère avec de l'adoration dans les yeux. Le regard confiant d'un enfant envers sa mère.

« Ton visage nous informe que tu doutes de notre efficacité, reprit la voix. Il ne faut pas se reposer sur les informations que captent les sens. Les agents des grands bouleversements œuvrent à des niveaux parfois si subtils que ni l'ouïe, ni la vue, ni l'odorat, ni le toucher, ni le goût ne peuvent les détecter. »

Des images défilaient à l'intérieur de la sphère. Qu'elles fussent concrètes ou abstraites, elles s'accordaient à la perfection aux intonations de la voix, comme chargées d'illustrer les paroles de la ruche ou, mieux encore, de les compléter. Le vol d'un papillon aux couleurs somptueuses s'acheva sur un spectacle de terres inondées, dévastées.

Interloqué par la vitesse et la justesse avec lesquelles on avait deviné ses pensées, Wang s'astreignit à présenter un visage neutre, vierge de toute expression.

« Nos analyses sont plus fines que celles des morphopsychos, ajouta la voix avec une pointe d'ironie. Elles ne se basent pas seulement sur les expressions, mais également sur les modifications chimiques de la peau. »

Wang aperçut son visage à l'intérieur de la sphère, grossi des dizaines de fois. Des ondes émanaient des pores de sa peau, composaient des figures géométriques complexes et changeantes. C'était la première fois qu'il s'observait de la sorte, et il prit conscience qu'il ne s'était jamais perçu tel que les autres le voyaient, et que, même s'il s'était contemplé souvent dans les miroirs, il s'était fabriqué une image intérieure qui ne correspondait pas à la réalité.

« Nous savons par exemple que tu as voulu expérimenter les relations naturelles avec Delphane. »

Deux corps enlacés sur l'herbe, éclairés par la lune... Elle avait gardé ses chaussures, un détail qui ne l'avait pas marqué sur le coup mais qui donnait une allure insolite à la scène.

« Ce n'est pas lui qui a voulu, mais moi », intervint Delphane.

Elle s'adressait à la sphère comme à un interlocuteur humain. Elle paraissait fascinée par les éclats de lumière qui ponctuaient chacun de ses mots.

« Le réseau ne te juge pas, Delphane. Tu es libre de tes actes comme Wang est libre des siens.

— Libre ? s'écria Wang. Qu'est-ce que vous faites de ça ? »

Il désigna son voyant frontal d'un geste furieux. Des éclairs d'un bleu électrique avaient ponctué son éclat.

« Un être humain est toujours libre quelles que soient les circonstances. L'embranchement est le principe de base de la vie. Tu étais libre d'accepter les contraintes imposées par l'Occident ou de les refuser. Libre de décapiter ton ami iranien ou de laisser quelqu'un d'autre le faire. Libre de donner suite aux propositions de l'officier letton ou d'y couper court. Libre de céder à Delphane ou de la repousser.

– Libre de vivre ou de mourir... grommela Wang.

– Tu as choisi de privilégier les embranchements qui débouchent sur la survie. D'autres préfèrent la mort. Les deux cas de figure sont respectables. »

La sphère s'emplissait de véritables fresques animées où des hommes vociférants se substituaient à des amoncellements de corps inertes, où une tête ensanglantée roulait sur l'herbe brûlée du veld, où un homme à la blancheur cadavérique s'affaissait silencieusement, un sabre planté en travers du corps.

« Quel genre de choix avaient-ils, les gens contaminés par le dragon nucléaire qu'on a enfermés dans les fours pour les brûler ? » cracha Wang, qui ne cherchait plus à masquer son exaspération.

Des files d'hommes, de femmes et d'enfants dévêtus, difformes. Des têtes énormes, disproportionnées, trois ou quatre jambes, des moignons à la place des bras, des plaques noires sur le dos, des plaies suppurantes, toute la résignation du monde dans les yeux. Encadrés par des cordons de soldats armés de mitraillettes, ils marchent la tête basse vers les gueules béantes de gigantesques fours dressés au milieu des collines silésiennes. Les cheminées crachent une fumée noire qui dérobe la lumière du jour. Ces images de désolation emplirent de cendres le cœur de Wang. Le grand-père de grand-maman Li avait peut-être été l'un de ces bourreaux qui expédiaient ces pauvres bougres dans ces horribles mouroirs.

« Ils ont eu le choix de leur mort, reprit la voix. Ils auraient pu sortir de la file et courir jusqu'à ce qu'une rafale de mitraillette les couche. Ils ont peut-être prié pour leurs bourreaux ou maudit la race humaine.

– D'où tenez-vous ces images ?

– De nos archives. Nous captons et conservons en

mémoire tout ce que nous transmettent les yeux du ciel, les satellites.

— C'est comme ça que vous connaissez grand-maman Li ?

— Nous nous intéressons à tout ce qui te concerne.

— En quoi est-ce que je vous intéresse ? Qui êtes-vous ? »

Il avait hurlé ces deux questions, incapable de contenir plus longtemps l'agressivité que déclenchait en lui l'atmosphère morbide de cette salle de cauchemar. A nouveau, des éclairs bleus zébrèrent les passerelles proches.

« Nous avons omis de nous présenter. Pardonne-nous d'être des hôtes aussi négligents, Wang. Nous appartenons à une organisation appelée le réseau sensolibertaire. Nous sommes répartis en ruches de plus ou moins grande importance, disséminées dans tout l'Occident et dans certains pays du deuxième monde, l'Inde, la Chine, l'Australie. Les gouvernements nationalistes occidentaux du début du XXIe siècle nous ont interdits et nous sommes depuis lors entrés dans la clandestinité. Nous avons été pourchassés, certains d'entre nous ont été exécutés ou sont passés dans l'autre camp, mais nous sommes parvenus à créer les arches – premier nom des ruches – et à établir un monde parallèle, souterrain, basé sur l'échange permanent des données. Tu as l'impression qu'une seule voix s'adresse à toi en cet instant précis, mais c'est l'ensemble du réseau qui te parle. Nous formons – pour illustrer nos propos par une image concrète – un seul cerveau, les ruches sont nos organes, et la matrice notre organe de communication. »

Les images défilaient à une cadence accélérée à l'intérieur de la sphère mais, bien que leur fréquence les amenât parfois à se superposer, Wang distinguait avec netteté chacune d'elles, comme si les capacités de perception de son cerveau s'étaient brusquement accrues. Il voyait des milices débouler dans des caves, briser du matériel à coups de crosse, massacrer des hommes et des femmes reliés entre eux par des plaques métalliques et des fils conducteurs qui ressemblaient aux capteurs des modèles anciens de sensors.

« Quel rapport entre vous et moi ? Vous n'êtes plus tout à fait des... des hommes.

– Les gouvernements du début du XXIe siècle nous considéraient déjà comme des monstres. Nous leur faisions peur, autant par notre aspect physique que par les conséquences de notre mutation. Nous n'étions pas contrôlables, donc dangereux.

– Les gens... normaux étaient contrôlables ?

– L'économie occidentale, surnommons-la la "Pieuvre" en référence à la mafia italienne dont elle s'inspirait sur bien des points, avait programmé une mainmise totale sur la population mondiale à la fin du XXe siècle. Grâce à ses propres services secrets et à son système de fonds monétaire international, elle avait fomenté des troubles un peu partout dans le monde et fait en sorte que les nations surendettées ne puissent plus satisfaire les exigences de leur population. Elle comptait mettre en place un gouvernement unique, centralisé, basé sur le profit économique, et contrôler l'ensemble de la population grâce aux traceurs biologiques injectés en même temps que les vaccins préconisés par l'Organisation mondiale de la santé... »

Une seringue en gros plan, une injection. Une fillette s'effondre, victime d'un collapsus.

« Des traceurs biologiques ? s'étonna Wang.

– Des micropuces fabriquées avec des protéines vivantes. Non seulement elles servaient à identifier et à suivre l'individu dans tous ses déplacements – d'où leur surnom de traceurs – mais elles permettaient également de court-circuiter la conscience individuelle, et donc, via les micro-ondes expédiées depuis les satellites, d'influencer la mémoire, les pensées et le comportement de milliards d'êtres humains. Les crises économiques, les conflits meurtriers organisés sur les cinq continents, une armée multinationale qui apparaissait comme le seul recours, la psychose entretenue par l'O.M.S. sur la santé, tous ces éléments se combinaient pour favoriser l'avènement d'un pouvoir qui n'avait rien de démocratique...

— Quel était le but de ce gouvernement ?

— La logique économique. Le concept des élites, cher aux religions monothéistes. Quelques-uns au paradis, les autres en enfer... Certains ont affirmé que la Pieuvre avait vendu son âme à des civilisations d'origine extraterrestre, mais jamais nous n'avons pu avoir la confirmation de l'information. Tout semblait réuni pour la phase terminale d'un projet ébauché au milieu du XXe siècle et bâti sur le socle très ancien de l'exploitation humaine. C'était sans compter sur le chaos, sur les réactions secondaires, imprévisibles, déclenchées par toute intention et/ou toute action, comme ces tempêtes provoquées dans l'hémisphère Sud par le vol d'un papillon dans l'hémisphère Nord. Le chaos s'est manifesté de trois manières : le refus de bon nombre de scientifiques et d'intellectuels de l'époque d'apporter leur collaboration à cet asservissement général de la population, l'émergence des gouvernements nationalistes dans les pays d'Europe occidentale et le développement spectaculaire des intégrismes religieux. Trois réactions diamétralement opposées, l'une humaniste, l'autre opportuniste, la troisième rétrograde, mais provenant d'un même réflexe collectif de défense, d'identité. Les votes des électeurs ont pris de vitesse tous les analystes économiques et politiques de l'époque, et probablement les agents des organisations inféodées à l'O.N.U., elle-même noyautée par la Pieuvre. Le chaos, c'est aussi le retard pris par les multinationales dans la mise au point des traceurs biologiques, le retard pris par l'O.M.S. dans les campagnes de vaccination sur les différentes épidémies du sida. Un atermoiement qui les a empêchées d'injecter les biopuces et d'influencer, via les ondes satellite, le vote des électeurs français, allemands, italiens, bénéluxiens... »

Wang voyait à présent des électeurs qui saisissaient le nom de leur candidat sur les claviers d'ordinateurs, des drapeaux nationaux déployés sur les balcons et les toits des bâtiments publics, des hommes qui levaient les bras pour saluer la foule de leurs partisans, des prêtres qui exhortaient les assemblées de fidèles.

« Les opposants à l'avènement d'un pouvoir de type mafieux, totalitaire, s'étaient déjà constitués en réseau indépendant et avaient jeté les bases de ce qui allait devenir le mouvement sensolibertaire. Constitué des plus brillants scientifiques de l'époque, d'artistes, d'anarchonautes, de pirates, d'opposants politiques, d'infomystiques, le réseau mit au point la communication sensorielle, le concept du "global sens", l'échange de données, l'abolition du langage au profit de l'interaction neuronale. Les résidents des premières arches utilisaient les antiques autoroutes numériques pour correspondre d'un site à l'autre et des capteurs pour relier tous les membres du groupe. Ces séances de communication étaient surnommées les "don-sens". Le réseau parvint rapidement à pirater les satellites et les puissants émetteurs de micro-ondes disséminés à travers le monde, et à contrecarrer l'influence des services secrets qui n'avaient pas renoncé à imposer une dictature basée sur la puissance économique. »

La ruche marqua un temps de pause pour laisser à Wang et à Delphane le temps de s'imprégner de ses paroles. Des formes et des couleurs sans cohérence apparente se succédèrent sur la paroi transparente de la sphère. Les deux visiteurs se sentirent immédiatement apaisés, comme enveloppés par une douce brise.

« Je ne vois toujours pas le rapport entre vous et... commença Wang.

– La patience est la vertu première de tout adepte du Tao, l'interrompit la voix.

– Ma grand-mère dit que le Tao de la Survie n'est pas le véritable Tao.

– Ta grand-mère est plus intelligente que tu ne le crois. Elle a trouvé le moyen de te transmettre un enseignement millénaire par le biais d'une pédagogie pratique. »

La tête de grand-maman Li occupa toute la sphère. Ses cheveux blancs, ses rides, les minces fentes de ses yeux, ses paupières lourdes et flétries émurent Wang aux larmes.

« Une véritable course technologique s'engagea à partir de 2020 entre le réseau d'une part, la Pieuvre et ses alliés d'autre part – la mafia, la C.I.A., le Mossad israélien, Interpol, l'Eglise romaine... Ces derniers infiltrèrent les services secrets des gouvernements nationalistes et tentèrent par tous les moyens d'anéantir le réseau. Ils repérèrent et détruisirent certaines arches, tuèrent des sensolibertaires, en convertirent quelques-uns pour créer la cyberlice, une sorte de police sensorielle chargée de noyauter les arches... »

Des personnages aux visages blêmes, aux membres grêles, atrophiés. Les premiers maillons de la chaîne de mutation, les traîtres à qui on a promis de reconstituer leur apparence humaine à l'issue de leur mission.

« Parallèlement, les gouvernements d'Europe occidentale entreprirent le nettoyage ethnique promis lors de leur campagne électorale. Des lois édictées en France, en Allemagne, en Italie, dans le Benelux... contraignirent les populations à se présenter devant des analyseurs généalogiques. On remonta jusqu'à la troisième génération pour opérer un impitoyable tri et on procéda aux premières expulsions. Les forces de police chargées des reconduites se heurtèrent à une résistance organisée et de terribles batailles éclatèrent dans les villes à forte densité immigrée. Des exécutions massives firent des centaines de milliers de morts. »

Des hommes, des femmes, des enfants, face à un peloton d'exécution. Les bras suppliants des mères se tendent vers les fusils. Les enfants ouvrent de grands yeux effarés. L'officier aboie un ordre. Une déflagration assourdissante. Les corps s'affaissent lentement sur le béton ruisselant de sang.

« Ces opérations de nettoyage durèrent plus de quinze ans. Les morts se comptèrent par dizaines de millions. Appuyés par les Eglises, les nationalistes déclarèrent ensuite illégaux tous les réseaux libres, comme l'HNW, l'HypraNetWorld, et réservèrent les canaux disponibles aux médias qui reprirent à leur compte les travaux des transfuges du réseau sensolibertaire. Hormis l'Angleterre, alliée historique de l'Amérique du Nord, les nations européennes constituèrent une nouvelle entité politique appelée S.N.E., la Société des nations européennes, réalisant l'ancien rêve des hommes politiques du XXe siècle qui avaient œuvré pour la construction d'une Europe fédérale. A cause de la politique d'expulsion, les relations s'envenimèrent entre la S.N.E. et le Maghreb, l'Afrique noire, les pays du Moyen-Orient, certains pays de l'Europe de l'Est. Les groupes islamiques, les mafias russe et africaine organisèrent des expéditions punitives, orchestrèrent des campagnes d'attentats qui conduisirent à un renforcement des frontières et à une intensification de la surveillance satellit. C'est à cette époque, vers 2035, que la S.N.E. lança le programme ultrasecret "Isola", la conception et la réalisation d'une barrière qui l'isolerait du reste du monde – comme sur une île, d'où ce nom d'Isola. Avec la bénédiction des Eglises, catholique, juive, protestante, les gouvernements européens remettaient au goût du jour le fantasme de l'apartheid sud-africain du XXe siècle, lui-même inspiré par l'Eglise réformée hollandaise : les Blancs feraient de leur espace un havre de paix et de prospérité tandis que les autres races resteraient livrées à elles-mêmes. Les transfuges du réseau sensolibertaire appuyèrent les chercheurs français et donnèrent à ces derniers une longueur d'avance sur leurs collègues allemands ou bénéluxiens. Le Japon avait été englouti en l'an 2022 par un gigantesque raz-de-marée, la Chine s'était retirée de l'O.N.U. pour de sombres raisons diplomatiques, la Russie était livrée aux mains des organisations criminelles, les Etats-Unis et l'Angleterre, soutenus par Israël et le Canada, se retrouvèrent donc affaiblis face à la montée des périls intégriste et nationaliste. »

Images terrifiantes d'un pays qui s'enfonce sous les

eaux, de bandes criminelles armées jusqu'aux dents qui mitraillent à tout va dans les rues, sur les places. Wang ne peut s'empêcher de faire la comparaison entre ces hommes et les exécuteurs des clans. Son cou se crispe à force de lever la tête, mais pour rien au monde il ne détournerait le regard des scènes tantôt tragiques, tantôt cocasses qui se jouent à l'intérieur de la sphère. Des sensations le traversent parfois... peur, douleur, fureur. Il court dans une ruelle mal éclairée, poursuivi par des tueurs, il coule à pic dans une eau sombre et glaciale.

« Ne pouvant plus s'appuyer sur la nation qui avait dominé le monde au XXe siècle, la Pieuvre décida d'épouser le cours de l'histoire, de changer de stratégie. Elle acheva de débarrasser l'Afrique de ses habitants en leur injectant des virus contrôlables grâce aux biopuces, puis elle prépara le grand exode des Noirs américains, de plus en plus revendicatifs, de plus en plus menaçants. Elle eut l'habileté de ne pas déclarer une guerre à l'issue incertaine contre les populations des ghettos, conclut des accords de partenariat économique avec les responsables de la Grande Nation de l'Islam, manipula les fanatiques pour exhorter leurs frères à quitter le sol américain, "l'antre de Satan", et à regagner la terre des origines. Au début de l'année 2049, sur tous les aéroports américains, les Noirs s'entassèrent dans les 797 à destination des principales villes du continent africain. Trois mois furent nécessaires pour le transfert des soixante-dix millions d'Afro-Américains. Certains refusèrent de partir, mais leurs frères musulmans les obligèrent à monter dans les avions et tuèrent les plus récalcitrants. Quelques-uns réussirent à échapper à l'exode, mais ceux-là furent brûlés ou pendus par les extrémistes du Ku Klux Klan. »

Un homme se tord de douleur sur un poteau enflammé. Sa maison brûle en arrière-plan et des cavaliers vêtus d'amples robes et cagoules tournent autour de lui en brandissant des torches et en poussant des jappements aigus. Un autre est agenouillé sur le sol, entièrement nu, les mains liées dans le dos. Une femme s'approche, voilée. Elle tient un revolver à la main, appuie le canon sur la tempe du prisonnier, crache quelques mots en arabe, presse la détente. La balle tirée à bout portant fracasse le crâne du malheureux qui tombe sur le côté et répand sa cervelle sur le trottoir. Des queues interminables se forment devant les aéroports débordés. Les hommes, les femmes et les enfants avancent en files séparées, s'engouffrent dans des avions qui ressemblent, en plus petits, aux supersoniques actuels.

« Les Noirs américains, de retour sur leur terre ancestrale, fondèrent la Nation de l'Islam, qui engloba les années suivantes le Maghreb, l'Egypte et la Libye. L'Afrique du Sud fut annexée en 2053 à l'issue d'un conflit sanglant où la population blanche fut exterminée. Les chefs religieux s'empressèrent d'oublier leurs accords préalables avec les représentants de la Pieuvre – dont le président américain de l'époque – et s'allièrent avec d'autres Etats, le Yémen, la Syrie, l'Iraq, la Turquie, pour déposer la famille régnante des Séoud en Arabie et fonder, en 2061, la Grande Nation de l'Islam, une nouvelle entité géopolitique qui regroupait plus de deux milliards d'individus. Dirigée par les imams de La Mecque, la G.N.I. se lança immédiatement dans le jihad armé, conquit le Portugal et une grande partie de l'Espagne avant d'être arrêtée à Saragosse par l'armée de la S.N.E. »

Des chars déferlent sur un terrain déchiqueté par les obus. Des batteries antiaériennes vomissent leurs traits lumineux en direction d'avions qui survolent le champ de bataille à basse altitude dans un rugissement assourdissant.

« A l'Est se déroulaient des événements qui allaient avoir des conséquences très importantes pour une partie de l'humanité... Pour tes ancêtres, Wang. En 2053, Igor Vladeski, un criminel notoire, est nommé chef de la Grande Russie. Jiang Guang-Mai devient le nouveau maître de la Chine en 2057, après avoir éliminé plusieurs millions d'opposants. De l'affrontement entre ces deux tyrans va naître un nouvel empire, la République populaire sino-russe, la R.P.S.R. En 2063, Igor Vladeski lance sept bombes nucléaires sur les pays nordiques qui ont eu le seul tort de ne pas accepter ses propositions d'alliance. »

Des champignons atomiques poussent sur une terre totalement ravagée. Un homme traverse un champ où l'herbe jaune crépite sous ses chaussures comme de la lave encore chaude.

« En 2068, Jiang Guang-Mai lève une gigantesque armée, envahit la Mongolie, puis la Russie. Igor Vladeski, capturé dans son palais flambant neuf du Kremlin, est exposé nu sur une potence et un dazibao invite chaque passant à lui prélever une partie du corps avec un canif à la lame ébréchée. »

Des soldats et des civils se bousculent autour d'un corps exposé sur une potence, plongent un minuscule couteau dans ses bras, dans ses jambes, dans son ventre, arrachent un petit bout de chair sanguinolente qu'ils exhibent comme le plus précieux des trésors. Les organes sexuels ont probablement fait partie des morceaux les plus recherchés, car il n'y a rien d'autre qu'une vilaine plaie à leur emplacement. Bien qu'Igor Vladeski ait commis d'épouvantables génocides, Wang ne put s'empêcher d'éprouver de la compassion pour l'ancien maître de la Russie, pauvre chose tremblante et hurlante livrée à la vindicte populaire comme une charogne aux becs et aux serres des rapaces.

« Jiang Guang-Mai n'avait pas l'intention d'envahir l'Europe, conscient que les Occidentaux avaient sur lui l'avantage de la surveillance satellite. Mais lorsqu'il mourut en 2079 – assassiné par les triades selon certains –, ses successeurs, un collège formé de "mandarins", lancèrent l'armée sino-russe à l'assaut de l'Occident. Ils avaient pensé que moins de trois mois leur seraient nécessaires pour atteindre Paris, mais ils se heurtèrent à une résistance inattendue en Pologne, en Tchéquie, en Slovaquie, en Hongrie... Le chaos, toujours lui, rend les prévisions aléatoires, voire impossibles. Ce sursis donna à l'Europe le temps d'achever les travaux de construction du R.E.M. »

Feu, métal en fusion, immeubles éventrés... Des missiles à tête nucléaire, interceptés en plein vol, explosent dans de somptueuses gerbes d'étincelles. Des cadavres à demi dénudés gisent dans des cratères aussi larges que des volcans. Des hommes vêtus de combinaisons et de casques creusent des tranchées souterraines. Les phares des grandes excavatrices soulignent les inégalités des parois que des pelles mécaniques entaillent sans relâche.

« Philippin-Claude Dursheim et son équipe avaient conçu la version définitive du R.E.M. en 2075 en se basant sur nos propres travaux dans le domaine électromagnétique, mais la S.N.E. eut besoin de temps pour l'installer sur les frontières les plus exposées, allemande, autrichienne, nord-italienne, catalane. Pour s'élever à plus de dix mille mètres et descendre à sept mille, le rideau nécessite un générateur à haute densité d'une puissance phénoménale, des câbles adaptés et un projecteur de champ magnétique à cohérence absolue, un appareil qui utilise certaines propriétés des microparticules. Des autogénérateurs furent installés tous les cinq kilomètres, reliés par des réseaux de câbles enfouis dans le sol ou dans l'eau à une profondeur de dix mètres. Les difficultés augmentèrent lorsque la Grèce demanda à être incluse dans la S.N.E. en arguant qu'elle était à l'origine de la civilisation occidentale. Sa requête fut acceptée à la majorité relative. Puis les anglophones s'en mêlèrent, l'Angleterre d'abord, inquiète de se voir coupée du reste de l'Europe, le Canada ensuite, qui n'avait plus confiance en son voisin nord-américain. Ces deux-là sollicitèrent leur adhésion à la S.N.E. et l'obtinrent en 2081, en dépit d'une opposition farouche de la France et de la Catalogne. Enfin, les Etats-Unis et Israël se mirent sur les rangs en 2082. Ils proposèrent de financer les extensions du R.E.M., de fournir des équipes supplémentaires, suggérèrent la création d'une nouvelle organisation occidentale. L'assemblée houleuse qui se tint à Paris le 23 avril 2082 accoucha de l'O.N.O. On décida de créer le couloir antique, un étroit appendice qui englobait l'Italie, la Grèce et Israël, de prolonger le R.E.M. jusqu'aux Etats-Unis par le tropique du Cancer, d'insérer les îles Caraïbes en effectuant une boucle, de piquer ensuite par le détroit du Yucatán jusqu'à San Antonio, de longer la frontière mexicaine, de remonter par le Pacifique jusqu'au Grand Nord, de couper le Canada entre les soixantième et soixante-dixième parallèles, de retraverser l'Atlantique jusqu'aux îles Shetland pour rejoindre enfin la frontière entre l'Allemagne et le Danemark. L'O.N.O. se composa de trois membres majeurs, la France, l'Angleterre et l'Allemagne – l'axe Paris-Londres-Bonn –, disposant chacun de quatre voix et du droit de veto ; de trois membres mineurs, les Etats-Unis, le Canada et Israël, possédant deux voix chacun et surnommés l'axe anglophone ; de membres tournants, l'Autriche, le Benelux, l'Italie, la Grèce, la Catalogne et les Caraïbes, dotés d'une voix chacun. »

Un globe terrestre d'un diamètre de cinq mètres. Une ligne bleutée s'était tracée au fur et à mesure que la ruche avait évoqué l'itinéraire du R.E.M. La forme de l'Occident évoquait quelque chose dans l'esprit de Wang.

« Une antique lampe à huile renversée, précisa la voix. C'est pourquoi nous appelons l'Occident le mauvais génie. En référence à Aladin et au génie de la lampe, une légende arabe que, visiblement, tu ne connais pas. Malgré la pression des anglophones, le français fut adopté comme langue officielle, une décision qui rendait caducs les travaux entrepris par la *run table* depuis la fin du XIXe siècle pour imposer l'anglais comme langue mondiale. Toujours le chaos, cet empêcheur de planifier en rond... Grâce à la résistance inattendue des pays limitrophes de l'Allemagne et de l'Autriche, le R.E.M. se dressa à temps devant les armées de l'axe Pékin-Moscou et préserva l'Occident de l'invasion. Quelques avions-suicide sino-russes réussirent à franchir le rayonnement électromagnétique et détruisirent deux villes allemandes, Berlin et Dresde, avant le lancement de satellites de surveillance armée chargés de détecter et d'abattre tout appareil volant non identifié. La vague d'invasion s'arrêta sur la ligne Oder-Neisse II et sur toutes les frontières orientales de l'Occident. »

Des chars, des fantassins, des avions foncent sur le rideau bleuté qui couvre toute la ligne d'horizon. Ils se pulvérisent sur les émulsions électromagnétiques, geysers de particules enflammées. On tire alors des missiles à tête nucléaire mais, pas davantage que les blindés, ils ne parviennent à franchir cette muraille dont le faîte se confond avec le ciel. Les soldats, désœuvrés, attendent l'ordre de repli. Ils trompent leur ennui avec les femmes qui ont suivi la vague militaire, infirmières, cantinières, prostituées. Des baraques en bois et en tôle poussent comme de mauvaises herbes sur les rives de la Nysa.

« Ainsi se découpa le monde tel que nous le connaissons encore aujourd'hui. D'un côté l'Occident, de l'autre le deuxième monde formé de la G.N.I., de la R.P.S.R. et de l'AmSud. A celles-là il convient d'ajouter l'Inde, restée indépendante grâce à son parapluie nucléaire, et les pays nordiques, aux neuf dixièmes détruits par le bombardement nucléaire d'Igor Vladeski. Le premier soin de l'O.N.O. fut de consolider le R.E.M. Les Occidentaux construisirent un deuxième rideau, distant du premier d'un kilomètre, puis lancèrent des satellites espions chargés de détecter le moindre mouvement de troupes sur l'ensemble des territoires du deuxième monde. Ils rivèrent les aviations sino-russe et islamique au sol en bombardant systématiquement les aéroports de la G.N.I. et de la R.P.S.R., montèrent l'opération "Pieu d'Ulysse", destinée à détruire les satellites ennemis, et firent pleuvoir de temps à autre un déluge nucléaire sur les régions les plus agitées du globe. Ils perfectionnèrent les techniques de communication subliminale et, par le biais des micro-ondes, ils persuadèrent les musulmans de la G.N.I. de se lancer dans un jihad contre le grand Satan occidental, les Sino-Russes de fomenter une Nouvelle Révolution culturelle et les Américains du Sud de proclamer le Retour au Paradis originel. Les peuples du deuxième monde se débarrassèrent de leurs téléphones, de leurs ordinateurs, de leurs téléviseurs, de leurs sensors, de leurs voitures, de tout leur matériel électronique, voire électrique et mécanique, et s'enfoncèrent dans un long hiver technologique. »

Des montagnes d'écrans, de téléphones, de claviers, de machines se dressent sur les places des villes. Des hommes les chargent dans des camions et les transportent vers de gigantesques fosses où on les arrose d'acide. De jeunes Chinois coiffés de casques, armés de fusils d'assaut, fouillent une maison, découvrent un antique téléviseur caché dans une cave, le fracassent à coups de crosse, rassemblent la famille devant la palissade en bambou du jardin, mitraillent d'abord les enfants, violent la mère sous les yeux de son mari, l'achèvent d'une rafale dans le ventre, pendent l'homme à la branche basse d'un arbre.

« En Occident, les lois dites consuméristes, votées en l'an 2096, interdirent la publicité, les cigarettes, les boissons gazeuses, le sucre, la restauration rapide, l'automobile individuelle, tous les produits considérés comme nocifs d'une manière ou d'une autre. Elles obligèrent les multinationales, les tentacules de la Pieuvre, à rentrer dans le rang. Œuvrant à l'avènement d'un pouvoir mondial centralisé, elles avaient énormément investi à la fin du XXe siècle en Asie, en Europe de l'Est, en Afrique. Affaiblies par les bouleversements géopolitiques et par l'engloutissement du Japon, certaines d'entre elles s'effondrèrent comme des châteaux de cartes, d'autres survécurent dans le cadre plus étroit de l'Occident en s'adaptant, en développant de nouvelles activités principalement liées à la défense, à l'agroalimentaire biologique, à la médecine moléculaire, à la recherche transgénique, aux nouveaux médias...

– Je ne vois toujours pas le rapport avec moi... », intervint Wang.

La ruche interpréta probablement sa réflexion comme une exigence de répit, car la voix se suspendit pendant quelques minutes, et la sphère s'emplit de ces couleurs douces et changeantes qui avaient sur lui un effet reposant. Même s'il bouillait d'impatience de découvrir l'étendue de son rôle dans la gigantesque fresque que le réseau sensolibertaire reconstituait devant lui, il éprouvait le besoin impérieux de souffler, de s'immerger dans le silence. Il remua la tête pour se décontracter les muscles du cou, fit quelques pas sur la passerelle métallique. Il sentit sur sa nuque le poids du regard de Delphane.

« Tu... tu t'en vas ? demanda-t-elle.

— Juste envie de me décontracter les jambes... », marmonna-t-il.

Il s'arrêta devant un compartiment situé en contrebas, observa attentivement les formes claires et immobiles dans la pénombre. Au bout d'une vingtaine de secondes d'examen, il discerna trois hommes et cinq femmes, assis tous les huit et tournés dans sa direction. Des seins des femmes ne subsistaient que des renflements de la grosseur d'une noix, des attributs des hommes une excroissance de chair desséchée qui menaçait de se détacher au moindre mouvement. Leurs yeux luisaient faiblement, comme des braises sur le point de s'éteindre. Quel âge pouvaient-ils avoir ?

« Les plus vieux d'entre nous ont atteint les deux cent vingt ans », répondit la ruche.

Avaient-ils un jour connu une vie d'homme ou de femme ordinaire ?

« Prenons quelques exemples parmi ceux que tu contemples. Ils vaudront mieux qu'un long discours. Véronique Faugeron, ancienne experte dans le domaine des supraconducteurs, prix Nobel de physique en 2003. A eu deux enfants par procréation assistée. Est entrée dans le réseau en 2023, après que ses deux enfants eurent été tués par une milice nationaliste. Arthur Leibowitz, ancien journaliste et romancier. Homosexuel militant. A fait l'objet de multiples tracasseries jusqu'en

2015, date à laquelle il rejoint l'arche de la grande banlieue parisienne, puis, avant d'être trop diminué par sa mutation génétique, l'arche albigeoise en 2026. Ingrid Van Eyk, l'une des fondatrices du mouvement infomystique en 2007, divorcée en 2008, déclarée inapte à s'occuper de sa fille en 2009, condamnée pour abus de confiance et escroquerie en 2013, purge sa peine de prison jusqu'en 2016, s'installe à Toulouse en 2018, adhère au parti universaliste en 2020, est arrêtée et torturée en 2023, s'échappe du centre d'incarcération en 2025, se réfugie dans l'arche albigeoise en 2029. Jessica Stevens, d'origine anglaise. Publie un CD-ROM en 1999 sur les nouveaux développements informatiques au service des réseaux libres. Est ruinée en 2002 par les manœuvres de PTD & S (Philips, Thomson, Daewoo & Sony Associates), une multinationale désireuse d'exploiter ses recherches à des fins commerciales. A jeté avec quelques autres les bases du "global sens". A lutté activement pour la liberté des réseaux. A été l'un des membres fondateurs du mouvement sensolibertaire. Vivait dans le sud-ouest de la France. A créé avec quatre amis l'arche albigeoise... »

Ils ont accepté de se transformer en... ça ?

« L'idée de la mutation est venue plus tard, mais elle n'était que la conséquence logique de notre démarche. Le don de leur individualité n'était pas un sacrifice pour les membres du réseau sensolibertaire, mais un désir et une urgence. Un désir parce que l'échange permanent de données est le rêve de tout être animé par la volonté d'agrandir le champ de sa conscience, une urgence parce qu'une course de vitesse s'était engagée entre le réseau et ses adversaires, les milices nationalistes, les agents des organisations secrètes de la Pieuvre. Nous comptions parmi nos membres les plus grands spécialistes en biologie et nous avons modifié nos gènes afin de faciliter l'échange des données et de nous prolonger le plus longtemps possible en vie. L'esprit ne meurt pas s'il ne dépend pas d'un organisme périssable. Nos physiologies ont subi les mutations nécessaires. Nous n'avons plus besoin de nous alimenter. Ces excroissances de chair sur nos corps sont des antennes d'une puissance et d'une précision inégalables. Nous avons pu nous passer des capteurs, des conducteurs, des autoroutes numériques. Même si les chiens de chasse de l'O.N.O. ont démantelé certaines arches, même s'ils ont débauché certains des nôtres contre des promesses fallacieuses, même si nos correspondants japonais ont disparu dans l'océan Pacifique, nous avons conservé une avance permanente sur nos adversaires. Nos échanges s'effectuent à un niveau tellement subtil qu'aucun logiciel, aucun satellite, aucun radar n'est capable de les détecter. Tout en nous combattant par tous les moyens, l'O.N.O. a choisi de nier notre existence, de faire passer le réseau sensolibertaire pour une légende, mais elle ne nous a pas empêchés de déjouer ses propres protections, de nous introduire dans les gestionnaires de satellites, dans les ordinateurs qui pilotent la météo et la surveillance automatique des traceurs...

– Je croyais que les gens de l'O.M... commença Wang.
– L'O.M.S...
– N'avaient pas eu le temps d'injecter les traceurs... »

Wang continuait de fixer les membres de la ruche. A la lumière de ce qu'il venait d'entendre, il trouvait leur apparence émouvante, conscient qu'il n'aurait jamais accepté une telle métamorphose, même pour sauver l'humanité tout entière. C'était cet individualisme forcené qui le différenciait de ses hôtes, cette volonté de rester un être unique quelles que soient les circonstances.

« Nous avons justement besoin des services de cet être unique, reprit la ruche. L'O.M.S. n'avait pas eu le temps de marquer le bétail planétaire – c'est à dessein que nous employons ce terme, l'usage des traceurs électroniques avait été depuis longtemps appliqué aux populations animales – mais l'idée continua de suivre son chemin après l'installation du R.E.M. Elle déboucha sur un usage inattendu en 2100, lorsque les Etats membres de l'O.N.O. créèrent les Jeux uchroniques pour répondre aux aspirations nationalistes et identitaires de leur électorat. Pour détourner leur agressivité, également. Ce genre de jeux existait au début des années 2000 : on les appelait les jeux de rôles, et de grands tournois rassemblaient des individus de tous les pays. Le premier d'entre eux eut lieu à Athènes en 2002 et fut suivi d'autres manifestations jusqu'en 2100. Ils supplantèrent progressivement les Jeux olympiques et les sports traditionnels. L'O.N.O. décida de récupérer le concept à son compte, de greffer les Jeux uchroniques sur les jeux de rôles, de comptabiliser les cent premiers tournois et de faire démarrer le premier défi au numéro cent un. Les Occidentaux furent conviés à participer à ces guerres fictives qui reconstitueraient les conflits du passé et seraient retransmises par les médias sensor. Comme il était hors de question, au début, de faire couler le sang, on recourut aux plus grands spécialistes des effets spéciaux : l'hémoglobine remplaçait le sang, et la mort n'était qu'un évanouissement provisoire... »

Wang se retourna, aperçut des soldats qui se relevaient et marchaient vers une zone de neutralité où ils étaient comptés par des juges-arbitres vêtus de combinaisons grises.

« Très vite, les sensoreurs réclamèrent davantage d'authenticité et, comme ils étaient aussi électeurs, on s'efforça de leur donner satisfaction. On essaya de combiner les batailles avec les logiciels les plus sophistiqués – ancêtres des tournois préliminaires virtuels et de toute l'industrie de la stratégie –, puis, en 2118, l'axe anglophone proposa d'utiliser des immigrés pour recréer de véritables combats, où la mort ne serait plus absente, où les sensoreurs plongeraient dans des émotions brutes, authentiques... »

Un orateur parle devant une assemblée houleuse. Il parsème son frenchy de locutions anglaises et malmène l'aide-mémoire électronique encastré dans le bois du pupitre. « Nous pouvons contrôler les immigrés avec les *electronic transponders*, reliés à un *computer* de surveillance à *fuzzy logic*. Il suffit de leur greffer une *micro-*

chip... une puce émettrice-réceptrice dans le cerveau et de les exécuter à distance à la moindre incartade. *We will*... nous pourrons aussi introduire un certain nombre de *migrants*... d'immigrés dans le but d'accomplir les tâches subalternes.

– Nous n'avons pas expulsé les immigrés au début du XXIe siècle pour les réinviter au début du XXIIe ! proteste un homme vêtu d'un costume écarlate. Tendons-leur la main et ils nous mangeront tout le bras ! » Une salve d'applaudissements ponctue ses propos véhéments. « Aucun risque, riposte l'orateur. Notre technologie des *microchips* est fiable à cent pour cent... D'autre part, nous avons arrêté les programmes sur les thérapies géniques à cause des génomites foudroyantes et nous aurons besoin tôt ou tard d'organes de remplacement. Or nous sommes en manque de donneurs, je vous le rappelle. Les trafics d'organes entre le deuxième monde et l'Occident ne relevaient probablement pas d'une éthique irréprochable mais ils avaient le mérite de pallier les carences... » D'autres salves d'applaudissements éclatent sur la gauche de l'assemblée. Vue d'ensemble du bâtiment, coincé au milieu d'autres gratte-ciel. Trois lettres lumineuses se détachent sur le linteau de la façade : *O.N.O.* Le siège de l'organisation occidentale a été transféré à New York. Victoire des anglophones, ont crié les uns ; simple concession des francophones, ont répliqué les autres.

« Il ne précisait pas que les Occidentaux étaient désormais totalement incapables de reprendre le programme sur les protéines vivantes, les *biochips*, abandonné un siècle plus tôt, précisa la ruche. La fuite des cerveaux avait entamé un cycle de régression technologique qui ronge l'O.N.O. encore aujourd'hui. La science s'est réfugiée dans le réseau sensolibertaire, où elle a pu s'épanouir en toute liberté, sans contrainte économique ou politique.

– Le renoncement à l'individualité est la pire des contraintes ! objecta Wang.

– Il peut être aussi considéré comme la liberté

suprême... La proposition de l'axe anglophone fut donc acceptée et l'Occident se prépara à recevoir les premiers immigrés. On ouvrit des portes à Most, à Saragosse, à San Antonio, à Phoenix. On installa les camps et les hôpitaux où on anesthésiait les immigrés, où on leur greffait les micropuces dans le cerveau, assorties d'un voyant frontal qui était la marque extérieure, visible, de leur condition. »

Des files de Sino-Russes piétinent devant la porte de Most, que Wang reconnut sans l'ombre d'une hésitation. Il vit ensuite des corps nus allongés sur des tables d'opération, des bras articulés qui ouvraient les crânes et implantaient une plaque souple, un carré de deux ou trois centimètres de côté, entre les hémisphères cérébraux. Des tapis roulants transportent les corps inertes dans une deuxième salle où d'autres bras articulés insèrent une petite sphère translucide dans l'os frontal. Les immigrés sont ensuite transférés dans une salle qui ressemble à une gare de triage où des robots mobiles séparent les rescapés de ceux qui ont succombé à l'opération. Les cadavres sont rejetés en Bohême par un passage souterrain. A la sortie, ils sont récupérés par les marchands d'organes, des sbires des néo-triades, qui les congèlent et les acheminent jusqu'à Moscou où ils se revendent à des tarifs prohibitifs.

Ces images ranimèrent des souvenirs dans l'esprit de Wang. Des odeurs suffocantes, une ambiance nauséeuse, des couloirs gris, une douche humiliante.

« L'apport des immigrés rendit les J.U. beaucoup plus réalistes, beaucoup plus riches en sensations et en émotions pour les sensoreurs occidentaux. Les règles évoluèrent au cours du XXIIe siècle jusqu'au protocole que nous connaissons aujourd'hui. Les immigrés qui ne sont pas retenus dans l'armée de l'un ou l'autre finaliste sont réquisitionnés pour les tâches domestiques ou vont grossir les banques d'organes.

– J'ignore encore ce que vous me voulez ! » cria Wang.

Sa voix vibra un long moment dans les structures

métalliques. D'un pas rageur, il revint se placer aux côtés de Delphane sous la sphère.

« D'autres combats se déroulent dans l'ombre, dit la ruche.

– Ces histoires entre les anglophones et les francophones...

– Entre autres. Si les anglophones tentent de reprendre le contrôle de l'O.N.O., ce n'est pas seulement pour imposer leur langue, mais aussi et surtout pour remettre en place le projet de gouvernement centralisé dont nous parlions précédemment. L'évolution chaotique des choses a retardé son avènement, mais les serviteurs de la Pieuvre n'ont pas renoncé à leur mission. Ils guettent avec impatience l'opportunité de saisir les rênes qu'ils ont dû laisser pour un temps aux nations européennes.

– Les anglophones sont tous des charognards ?

– Personne n'a le monopole de la volonté hégémonique. Il se trouve simplement que l'ordre économique moderne s'est ancré dans les structures de l'Empire britannique du temps de sa splendeur et s'est naturellement transporté aux Etats-Unis après 1918, et surtout après 1945. La langue étant un facteur d'intégration inégalable, la Pieuvre a chargé certains groupes de favoriser par tous les moyens la diffusion de l'anglais. Ils en ont fait la langue des affaires à la fin du XXe siècle et ils seraient probablement parvenus à leurs fins sans les réactions identitaires de certains pays. Les Français se sont empressés de reprendre l'idée à leur compte en exigeant de l'O.N.O. d'imposer au deuxième monde un enseignement subliminal de la langue française. C'est la raison pour laquelle tu parles français, bien que tu sois un Chinois vivant en Pologne.

– Pourquoi ces crétins de l'ordre mondial n'utilisent-ils pas le français, alors ?

– Ta question est pertinente, Wang. Les êtres humains ont tendance à se figer dans des idées qui finissent par se cristalliser en dogmes. Les anglophones ont confondu le but et les moyens. Ils ont créé des commissions neurolinguistiques pour prouver la supériorité de leur langue. S'ils tenaient tant à gagner les J.U., c'était pour démontrer la validité de ce raisonnement, imposer l'anglais en Occident et, partant de là, à l'ensemble du monde. Malheureusement pour eux, il a suffi d'une graine de chaos pour flanquer leur projet par terre. Une graine plantée dans la terre occidentale par une vieille jardinière sino-russe du nom de grand-maman Li. »

Les yeux de Wang se posèrent machinalement sur le sol. Il ne pourrait pas retenir ses larmes si le visage de grand-maman Li emplissait de nouveau la sphère.

« Vous parliez d'autres combats... murmura-t-il d'une voix sourde.

– D'un autre enjeu, plus exactement. Tu ne t'es pas demandé pourquoi les arches sont devenues des ruches ? »

Wang secoua lentement la tête.

« Puisque nous ne sommes plus tout à fait des êtres humains, nous n'avons plus notre place sur cette planète.

– Vous voulez dire que... vous comptez quitter la Terre ?

– Nous attendons ce moment avec grande impatience. Nous avons besoin de nouveaux horizons, de nouveaux espaces, de nouvelles connaissances pour continuer d'évoluer. Nous brûlons d'envie de nous lancer d'autres défis. La ruche, telle que tu la vois, n'est pas seulement un refuge. »

Un appareil à la forme étrange s'arrache de la terre dans un grondement prolongé et s'élève dans les airs. Son vol majestueux et rectiligne se poursuit pendant quelques secondes, puis, au moment où il va sortir de l'atmosphère, une pluie de missiles s'abat sur lui. Une gigantesque déflagration, une guirlande qui déroule ses festons lumineux dans le ciel étoilé.

« Vous en avez fait des fusées ? s'étonna Wang.

– Tu viens de voir les images du vol de la première d'entre elles. Elles utilisent l'énergie la plus fine qui soit, l'énergie combinée de l'esprit et de la matière.

– Qu'est-ce que vous attendez pour partir ?

– L'O.N.O. n'a pas l'intention de nous laisser filer. Nous avons acquis une somme de connaissances que les Occidentaux veulent récupérer à tout prix. Ils ont arrêté leur programme de recherche spatiale depuis plus de deux siècles mais ils n'ont pas renoncé à implanter des souches humaines sur les planètes telluriques du système solaire puis, plus tard, les planètes des autres systèmes. Une véritable toile de satellites lance-missiles a été tissée autour de la Terre, qui interdit le passage à tout appareil cherchant à sortir de la stratosphère. Trois ruches ont essayé de forcer le barrage mais elles ont été abattues en plein vol. Depuis, nous attendons des conditions plus favorables.

– Vous n'avez pas réussi à démolir ces satellites ?

– Ils sont protégés par des logiciels établis par d'anciens membres du réseau. Cela fait plus de cent ans que nous essayons de les neutraliser, mais ils sont inviolables. L'ordinateur à logique interactive qui les pilote est situé dans le bunker de commande du R.E.M. »

La respiration de Wang se suspendit. En prononçant ce mot, la ruche plaçait la pièce manquante du puzzle, celle qui donnait tout son sens à la fresque.

« Tu commences à établir le lien entre toi et nous, entre tes intérêts et nos intérêts. Nous attendions depuis très longtemps quelqu'un qui possédât ton potentiel énergétique, ton potentiel chaotique. Nous étions tapis dans les analyseurs et les bases de données des morphopsychos. Nous avons influencé l'analyseur cellulaire de la société Adéhenne S.A. pour te vieillir d'une année et te permettre de participer à tes premiers J.U.

– C'est vous qui m'avez conseillé de poser un bandeau à double épaisseur au-dessus de mon voyant frontal...

– Nous avons nous-mêmes éteint ton voyant, mais nous craignions que les chiens de l'O.N.O. ne remontent jusqu'à nous s'ils s'apercevaient de la tricherie. Les probabilités étaient infimes, mais nous ne voulions prendre aucun risque. Nous avons inventé cette histoire de double épaisseur de tissu pour les lancer sur de fausses pistes.

— Vous voulez dire que... vous êtes capables de libérer les immigrés de leur conditionnement ? »

Wang suffoquait d'indignation. Des larmes de colère lui montaient aux yeux, brouillaient les images qui défilaient sur la paroi convexe de la sphère.

« Le moment n'était pas encore venu, répondit la ruche. Cela n'aurait servi qu'à empirer les choses.

— Vous avez besoin d'un immigré pour bousiller l'ordinateur du bunker et prendre votre envol ! gronda Wang. Vous parliez de choix tout à l'heure, mais vous êtes comme les autres. Vous ne m'avez pas sorti de cette merde pour m'obliger à vous obéir ! »

La sphère tout entière s'emplissait d'une lumière électrique qui éclaboussait de bleu les structures métalliques.

« Un marché équitable est un marché où tous les partis trouvent leur compte, Wang. Grand-maman Li t'a expédié en Occident pour abattre le R.E.M. Elle pense que seule la disparition de cet odieux rempart peut rapprocher les hommes, et nous estimons qu'elle a raison. L'humanité est un tout, non pas de la manière dont l'envisagent les partisans de la Pieuvre, mais dans la responsabilité des uns vis-à-vis des autres, dans l'enrichissement mutuel, dans l'échange.

— Vous avez pourtant l'intention de nous quitter...

— En renonçant à notre humanité, nous avons ouvert une nouvelle voie. Où que nous soyons, nous resterons en contact avec la Terre, nous partagerons avec les hommes les fruits de nos découvertes, de nos progrès. Coincés ici, condamnés à la clandestinité, nous ne servons à rien. »

Wang jeta un regard de biais à Delphane. Elle semblait déconnectée, absente. La peau de ses jambes et de ses bras se hérissait bien que la température fût agréable et constante à l'intérieur du bâtiment.

« Admettons que nous soyons d'accord, dit Wang en

relevant la tête. Quel moyen me donnerez-vous de pénétrer dans le bunker et de neutraliser le R.E.M. ?

— Nous t'exposerons nos projets dans les mois qui viennent.

— Et si je meurs d'ici là ?

— Nous nous serons trompés sur toi, Wang. Trompés sur ton potentiel vital. Trompés sur nous.

— Vous ne pouvez pas contrôler une graine de chaos, c'est vous qui l'avez dit...

— Nous ne cherchons pas à te contrôler, mais à t'aider.

— J'ai besoin d'une preuve de votre bonne foi...

— Nous nous doutons de ce que tu vas nous demander... »

Wang fixa jusqu'au vertige la sphère traversée de taches de lumière vive.

« Savez-vous où se trouve une immigrée tibétaine du nom de Lhassa ? »

A peine avait-il prononcé son nom qu'une frêle silhouette apparut sur la paroi de verre.

CHAPITRE IX

WEST WEST-END

L'amour sincère sera ta faiblesse et ta force. Ta faiblesse parce que l'être aimé sera la brèche par laquelle s'engouffreront tes ennemis, ta force parce que tu puiseras la volonté de vivre dans le souvenir ou la pensée de l'être aimé. Le Tao de la Survie te recommande donc d'aimer en secret. Moins ils seront à connaître l'objet de ta flamme, plus tes chances augmenteront de faire de la vie ton éternelle maîtresse.

Le Tao de la Survie de grand-maman Li

Au sortir de la gare souterraine, Wang se retrouva sur une place circulaire d'où partaient une dizaine d'allées pavées de pierres plates. Le calme et l'harmonie de l'endroit l'étonnèrent : la ruche albigeoise lui en avait proposé une vision moins idyllique quinze jours plus tôt. Puis il se souvint du tumulte produit par une nuée d'engins d'entretien et comprit que les travaux d'aménagement s'étaient achevés entre-temps. Son excitation se conjuguait mal avec la douceur paisible de la nuit. Il apercevait, entre les feuillages, les façades éclairées des somptueuses demeures de West West-End, un quartier résidentiel de l'ouest londonien.

Il s'engagea sans hésitation dans la troisième allée sur sa droite. Les images diffusées par la sphère étaient restées gravées dans sa mémoire : la voûte formée par les branches des chênes, les haies de troènes, les massifs fleuris à chaque intersection, les constructions posées sur leur écrin de verdure, les gazons tondus avec une telle régularité qu'ils en paraissaient artificiels... L'architecture était dominée par le style néovictorien, reconnaissable à son classicisme symétrique que déséquilibraient quelques touches baroques.

Son séjour à New York, qui n'avait duré que trois jours, lui avait paru interminable, plus encore que les dix jours passés à Paris en compagnie de Belkacem et de Kamtay. Il n'avait pas parlé à ses deux compagnons des révélations de la ruche. Il avait suivi les recommandations du réseau mais également obéi à sa propre intuition. Il gagnerait en efficacité en gardant le secret, en ne s'encombrant d'aucune contrainte inutile, en restant libre de ses mouvements.

Delphane et lui n'avaient pas échangé un mot sur le chemin du retour. Ils avaient parcouru à marche forcée la campagne rosie par la lumière de l'aube et pris le premier subterraneus à destination de Toulouse. Elle était restée murée dans son silence, les yeux traversés de lueurs farouches, indifférente à Wang et aux autres voyageurs.

Frédric ne s'était même pas aperçu de l'absence de son épouse. Il s'était engouffré dans la chambre alors qu'elle prenait une douche multijet et s'était excusé d'avoir oublié l'heure dans le salon sensor. Mais, avait-il ajouté, content de lui, il avait découvert des choses très intéressantes dans de vieux programmes consacrés aux sciences historico-physiques. Il n'avait pas remarqué non plus qu'il s'adressait au fantôme de Delphane, qu'il contemplait le corps nu et ruisselant d'une femme qui était déjà sortie de son monde.

Le nouvel embranchement au bout de l'allée rappela à Wang les paroles de la ruche sur la liberté individuelle. Elles l'avaient choqué sur le moment – et elles continuaient de le choquer – mais elles se frayaient un chemin dans son esprit, parce qu'elles le renvoyaient à l'enseignement de grand-maman Li, à ces propos parfois terribles qu'elle tenait sur la responsabilité de chacun, sur la démission des rois dans leur royaume, sur la quête ultime de l'être humain. Le discours de la vieille femme était alors entré par une oreille et ressorti par l'autre, mais il avait semé des graines qui, aujourd'hui, commençaient à germer.

Il trouvait la ville de Londres nettement plus agréable que New York. Les immeubles de la mégalopole américaine lui avaient donné l'impression d'avoir proliféré comme des herbes folles, de s'être disputé une compétition farouche pour capter seuls les rayons du soleil. Il avait traversé les quartiers fantômes de Queens et du Bronx, désertés par la plupart de leurs habitants au XXIe siècle et laissés depuis à l'abandon. Bâtiments éventrés, escaliers effondrés, rues défoncées, végétation anarchique... Des pancartes lumineuses précisaient que ces quartiers seraient bientôt rénovés mais la politique de réhabilitation, votée en 2150 par le Congrès, n'avait jamais été réellement mise en œuvre et New York continuait de sombrer dans la décrépitude.

Wang n'avait assisté qu'à l'une des deux conférences données par Frédric dans une immense salle de l'Empire State Building – la deuxième étant strictement réservée aux membres de l'Académie occidentale de stratégie – mais ces trois heures lui avaient permis de se rendre compte que les Américains étaient aussi différents des Européens que les Asiatiques des Polonais. Expansifs, bavards, bruyants, arrogants, ils n'avaient pas ménagé Frédric, d'autant qu'il avait mis fin à l'hégémonie uchronique de l'un d'entre eux, le grand Hal Garbett qui, depuis, s'était retiré de la vie publique. Les femmes surtout s'étaient montrées agressives, lui demandant son avis sur la domination masculine au plus haut niveau de la stratégie, contestant ensuite ses réponses avec une véhémence qui l'avait souvent laissé sans réplique. De même, les immigrés que Wang avait croisés dans les rues et à l'aéroport n'avaient pas la même réserve que les immigrés d'Europe. Sudams pour la plupart, ils parlaient et riaient fort, n'hésitaient pas à rabrouer vertement l'Occidental, américain ou européen, qui les apostrophait, traînaient en bandes dans les rues où les semelles ferrées de leurs chaussures claquaient sur les dalles de béton. Il en avait conclu qu'ils n'étaient pas contrôlés par le même ordinateur, ce qui expliquait peut-être la teinte orange de leur voyant frontal.

La ville de Londres, à la fois basse et aérée, s'était au fil du temps étirée jusqu'à la côte orientale de la Manche, comme si elle avait voulu se rapprocher de Paris, la capitale française dont elle était à la fois la sœur et la rivale. Reliée au continent par cinq tunnels, l'Angleterre avait toutefois gardé ses distances avec ses voisins européens, comme en témoignaient les nombreux rappels à l'insularité et au particularisme britanniques affichés sur d'immenses panneaux lumineux : la Grande-Bretagne, le seul pays d'Europe qui n'avait jamais connu d'invasion, le seul pays d'Europe qui avait élevé la vie en société au rang d'un art, le seul pays d'Europe qui avait gagné les J.U. à dix-neuf reprises (elle avait exercé une domination sans partage entre 2110 et 2150), le seul pays d'Europe qui avait conservé sa famille royale en dépit des incessants bouleversements géopolitiques, le seul pays d'Europe où les aérotrains et les subterraneus étaient de couleur rouge...

La délégation française avait prévu de rester deux jours et deux nuits à Londres avant de s'envoler pour Rome, la capitale italienne que d'aucuns surnommaient la Ville éternelle. La première nuit, Wang n'avait pas osé quitter l'hôtel car le dîner s'était terminé fort tard, aux alentours de deux heures du matin, et il avait eu peur de manquer de temps. Il avait donc rongé son frein en maudissant les Occidentaux et leur manie de s'attarder à table. Par chance, la seconde prestation publique de Frédric avait été programmée le matin du deuxième jour, et l'après-midi Wang avait eu quartier libre. Il en avait profité pour explorer le centre-ville historique, s'était joint aux groupes de touristes pour visiter la Tour de Londres, le palais de Buckingham et l'abbaye de Westminster, avait flâné dans les rues de Piccadilly et sur les quais de la Tamise. Contenant tant bien que mal son impatience, il avait attendu la tombée de la nuit pour se rendre dans le West West-End. Delphane lui avait remis le petit boîtier qui prenait le relais de son traceur et laissait croire à Vigil, l'ordinateur affecté à la surveillance des immigrés, qu'il n'avait pas quitté sa chambre. Il avait posé l'appareil sur son lit, pressé l'interrupteur et parcouru les couloirs de l'hôtel. Comme les immigrés n'étaient pas autorisés à saisir leurs empreintes digitales dans la mémoire des identificateurs, il s'était glissé par l'entrebâillement de la porte d'entrée au moment où un groupe de clients s'introduisaient dans le bâtiment. Grâce au leurre conçu par la ruche, il était désormais indétectable, et cela lui procurait un sentiment grisant de liberté.

Une borne parlante de la gare Victoria lui avait expliqué l'itinéraire jusqu'au West West-End. Trois changements et vingt minutes plus tard, il était descendu à James-John Sterling Square (surnommé J.J.S., vainqueur des J.U. en 2118) et, dès qu'il était sorti de la station, il avait reconnu les lieux que lui avait montrés la ruche.

Il croisa un couple qui promenait en laisse une minuscule boule de poils qu'il identifia comme un chien. L'homme, vêtu d'une redingote grise, lui décocha un regard suspicieux, étonné sans doute de voir un immigré se promener en pleine nuit dans ce quartier huppé de la City. La femme – veste cintrée, robe ample, chapeau à fleurs – lui adressa un sourire de connivence. La boule de poils montra les dents, qu'elle avait étrangement longues en regard de sa taille, et poussa un grognement menaçant. On se toisa de part et d'autre pendant quelques secondes qui parurent interminables à Wang, puis on s'ignora avec superbe et on passa son chemin. Il se retourna une vingtaine de mètres plus loin, s'aperçut que la femme lui lançait des regards furtifs par-dessus son épaule, eut alors la certitude qu'elle avait reconnu en lui le capitaine de champ de ce *bloody Froggy* de Frédric Alexandre mais que, par l'un de ces méandres parfois déroutants de l'âme féminine, elle avait choisi de garder le silence, d'être sa complice de destin.

La grande demeure se dressait au bout de l'allée. Seules trois fenêtres de sa façade plongée dans l'ombre étaient éclairées. Entourée de chênes aux frondaisons torturées – ceux-là étaient certainement d'authentiques centenaires –, elle datait de la fin du XIXe siècle. Son toit biscornu, ses tourelles, ses colonnes, ses ouvertures en avancée en faisaient un bel exemple d'architecture baroque, pour ne pas dire excentrique.

Wang franchit d'un pas prudent l'allée de cailloux blancs qui incisait le gazon ras. Il longea un auvent où étaient sagement alignés les robots interactifs d'entretien. Il marcha sur l'herbe lorsqu'il se rapprocha de la maison, craignant que les crissements de ses semelles sur les cailloux n'attirent l'attention du propriétaire des lieux.

Le ululement d'une chouette brisa le silence nocturne. Oppressé, le souffle court, Wang se dirigea vers la fenêtre éclairée du rez-de-chaussée. Avant de coller son œil aux carreaux, il scruta les ténèbres afin d'y détecter l'éventuelle silhouette d'un homme ou d'un chien de garde, mais les seuls mouvements qui agitaient la nuit étaient le frissonnement des feuilles et des herbes sous la brise.

Il se pencha sur la fenêtre, découvrit une vaste pièce éclairée par un énorme lustre. Des flammes dansaient dans une cheminée monumentale et leurs éclats tremblants s'insinuaient dans la lumière figée des ampoules. Tableaux, armes, bibelots s'exposaient en grand nombre sur les murs, témoignages ostentatoires d'un passé glorieux. Le quartier était récent – une extension du West-End du XXe siècle – et la bâtisse avait probablement régné autrefois sur un domaine de plusieurs centaines d'hectares.

Wang aperçut, assise dans l'un des deux fauteuils de faux cuir qui se faisaient face devant la cheminée, une silhouette chenue vêtue d'une robe de chambre, penchée sur un antique écran dont la lumière bleutée soulignait son visage anguleux. Wang distingua des rides et des taches de vieillesse sur son front et ses joues, des signes de dégénérescence rarissimes en Occident. Ce vieillard était probablement Lord Bayfield, le dernier rejeton d'une famille anglaise dont les aïeux avaient été anoblis au XIIIe siècle. La ruche avait ajouté que les Bayfield avaient servi fidèlement la Couronne britannique jusqu'en 2010, époque à laquelle William Bayfield, pair du royaume, avait contesté avec virulence la politique d'immigration mise en place par le gouvernement travailliste de Mark White-Taylor et avait donné sa démission de la Chambre des lords. La famille s'était ensuite consacrée aux affaires mais avait connu d'importants revers de fortune en 2040, année où la Chine avait nationalisé les compagnies étrangères installées sur son territoire. Pour apurer ses dettes, elle avait dû vendre une grande partie de son patrimoine immobilier dont cette résidence dans le West West-End était l'ultime reliquat.

Wang observa le vieil homme pendant quelques instants. Visiblement, il ne recourait pas à la technologie des greffes et de la biogénétique pour conserver une apparence de jeunesse et, paradoxalement, l'acceptation de sa vieillesse le rendait à la fois plus authentique et attirant que des personnages comme Emilian Freux, qui paraissaient s'être pétrifiés à un stade de leur évolution. Plus les hommes se préoccupaient de leur enveloppe extérieure et moins ils s'intéressaient à leur âme.

Comme il ne se passait rien au rez-de-chaussée, Wang se recula de trois pas et leva ses yeux sur les deux fenêtres éclairées du premier étage. Il discerna une ombre furtive de l'autre côté des voilages. Il résista à la tentation d'appeler, de peur de signaler sa présence à Lord Bayfield. Un examen de la façade l'avisa qu'il pouvait atteindre le premier étage en se servant des volets de bois. Il vérifia une dernière fois que le propriétaire des lieux n'avait pas bougé de son fauteuil avant d'entreprendre l'escalade.

Sa fébrilité transforma cet exercice, pourtant simple, en une épreuve pénible. Ses mains moites glissaient sur le bois recouvert d'une peinture lisse, ses pieds ripaient sur les étroites traverses, le battant pivotait sur ses gonds et l'éloignait du mur. A trois reprises, le grincement des charnières le contraignit à suspendre ses gestes. Il réussit cependant à agripper le rebord de pierre de la fenêtre supérieure, à se hisser à la force des bras et à s'accroupir tant bien que mal sur l'étroite saillie. Il eut besoin de cinq bonnes minutes pour reprendre son souffle. Ce n'était pas la violence de l'effort qui l'avait mis hors d'haleine, mais la nervosité, qui lui donnait une respiration de chien assoiffé.

Les voilages l'empêchaient de distinguer avec netteté l'intérieur de la chambre. Un coup d'épaule involontaire sur une vitre lui fit prendre conscience que la fenêtre n'était pas fermée. Il la poussa doucement jusqu'à ce que les deux vantaux s'écartent dans un gémissement horripilant, puis il se glissa entre les rideaux translucides et s'introduisit avec précaution dans la pièce, meublée d'un grand lit à baldaquin, d'un bureau et d'un canapé recouvert d'un faux cuir brun-rouge identique à celui des deux fauteuils du rez-de-chaussée. Des diffuseurs répandaient leurs essences dans l'air immobile.

Des vêtements épars sur le sol, une robe chiffonnée, des sous-vêtements semés en direction de la porte ouverte de la salle de bains... Le lit donnait l'impression de ne pas avoir été fait depuis plusieurs jours. Un cendrier sur la table de nuit, empli à ras bord de mégots de cigarettes. Il n'était donc pas interdit de fumer en Grande-Bretagne ? Une originalité de plus à mettre au compte de l'insularité ?

Divers objets sur l'autre table de nuit, coincée entre le mur et le lit. Des bijoux, des accessoires de maquillage, des broches...

Au milieu de ce fatras, une statuette que Wang identifia immédiatement : un petit éléphant en métal doré, cabossé, écaillé. Au bord des larmes, il demeura figé au milieu de la pièce, incapable d'esquisser le moindre geste. Il entendait comme dans un rêve le crépitement de la douche multijet provenant de la salle de bains. Une voix de femme fredonnait un air qui le transportait plusieurs années en arrière, dans les échoppes tibétaines de Grand-Wroclaw. Les émotions remontaient en lui avec la force d'un torrent, l'empêchaient de mettre de l'ordre dans ses pensées.

C'est tout juste s'il eut la force de se retourner lorsqu'il perçut un mouvement sur sa gauche. Lhassa se tenait devant lui, le corps enroulé dans une serviette-éponge, les yeux écarquillés par la surprise, la bouche grande ouverte. Des gouttes d'eau s'échappaient de sa chevelure et s'écoulaient sur ses épaules. Elle n'était plus la jeune Tibétaine efflanquée et perdue sur un sentier de l'Erzgebirge mais son visage avait gardé ses lignes pures, comme ciselées par l'air et la lumière du Xizang, et son regard brûlait du même feu que lors de leur séparation dans les couloirs souterrains de la porte de Most. Son voyant frontal, d'un rouge éclatant, lui donnait l'allure d'une déesse vengeresse de la mythologie indienne.

Ils se contemplèrent en silence pendant un long moment, puis elle s'avança vers lui d'un pas hésitant, comme si elle craignait de le voir s'évanouir à chaque instant. Sa serviette-éponge se dénoua dans le mouvement et glissa sur le parquet. Ses hanches s'étaient élargies, arrondies, ses seins alourdis, sa toison pubienne épaissie. D'elle émanait un mystère profond, troublant. Elle avait cessé d'être une jeune fille pour devenir une femme, une femme que ne seraient jamais Delphane ou Aliz.

Elle lui entoura le cou de ses bras et posa le front sur son torse. Il sentit ses larmes imbiber le coton de sa combinaison. Il n'avait mis que deux ans et demi à la retrouver mais il avait l'impression de l'avoir quittée depuis des siècles. Elle releva la tête et le fixa avec une telle intensité qu'il faillit chanceler.

« Si tu savais combien j'ai attendu ce moment… », murmura-t-elle.

Ils firent l'amour une grande partie de la nuit. Contrairement à ce qui s'était passé dans la chambre de l'hôtel de Most, elle s'abandonna à lui sans réticence. Ils goûtèrent chacune de leurs caresses, chacun de leurs baisers avec une volupté décuplée par leur séparation. Ils retardèrent jusqu'à l'inéluctable la montée de leur plaisir et, lorsqu'ils acceptèrent enfin de rompre, ils se fondirent tout entiers l'un dans l'autre.

Enveloppés dans un bain de sueur et d'odeurs, ils reprirent peu à peu leurs esprits.

« Lord Bayfield ne nous a pas entendus ? » chuchota Wang.

Elle se colla contre lui et lui effleura le cou dans un geste de tendre reconnaissance. Puis elle ouvrit la porte d'une table de nuit, saisit une des cigarettes qui traînaient sur une étagère et l'alluma avec un antique briquet à gaz.

« Il est un peu sourd, répondit-elle en rejetant un volumineux nuage de fumée.

— La médecine occidentale ne l'a pas guéri ?

— Il est membre du mouvement naturaliste. Il refuse la nanoplastie et les transplantations. Ça ne l'a pas empêché d'atteindre l'âge respectable de cent treize ans.

— Et les cigarettes ? C'est lui qui te les procure ?

— Sa famille a toujours été contestataire, bien qu'elle ait fourni de nombreux membres à la Chambre des lords. L'année où les lois consuméristes ont été votées, elle a fait mettre de côté plusieurs milliers de paquets de cigarettes dans une chambre de conservation. Je n'en fume pas beaucoup, deux ou trois par jour, mais elles me sont devenues indispensables... »

Comme pour illustrer ses propos, elle tira avec gourmandise sur sa cigarette dont l'extrémité incandescente brilla comme un deuxième voyant en bas de son visage. Elle s'était assise en tailleur et le regard de Wang venait sans cesse échouer sur les plis adorables de son ventre encore luisant de transpiration.

« Tu as toujours été à son service ?

— Sauf les huit premiers mois, où j'ai été envoyée au service d'une famille catalane de Sabadell.

— Pourquoi ne t'ont-ils pas gardée ? »

Il sentit, à l'infime crispation de ses muscles, qu'elle n'aimait pas évoquer cet épisode.

« Le fils aîné de la famille, Serguillio, n'arrêtait pas de me tourner autour et ça ne plaisait pas à sa femme...

— Est-ce qu'il t'a... ?

— Les relations naturelles sont interdites entre Occidentaux et immigrés.

– Elles sont également interdites entre immigrés, mais ça ne nous a pas arrêtés... Tu ne m'as pas répondu... »

Elle s'allongea de nouveau à ses côtés et l'embrassa, comme pour le rassurer.

« Il a essayé mais j'ai hurlé jusqu'à ce que sa femme intervienne.

– Il aurait pu demander ton extinction.

– Sa femme m'a aussitôt ramenée à l'office d'immigration de Catalogne, qui m'a expédiée le jour même chez Lord Bayfield. J'ai pris le premier supersonique à destination de Londres.

– Et le vieux ? Il n'est pas amateur de relations naturelles ?

– Il l'a été...

– Il n'a jamais exigé que tu...

– Il... il m'a suppliée une fois d'essayer... Mais il n'a pas réussi à... Il n'a plus toutes ses facultés d'homme. De temps en temps, il me demande de me caresser devant lui. »

Wang se redressa, comme mordu par un serpent, et frappa du plat de la main le montant torsadé du baldaquin. Une violente secousse ébranla le lit tout entier.

« Tu ne peux pas refuser ? » cracha-t-il, les yeux hors de la tête.

Elle le fixa avec un mélange d'incrédulité et d'effroi. Des volutes de fumée s'échappèrent de ses narines et de ses lèvres entrouvertes.

« Je suppose qu'il ne me le reprocherait pas, murmura-t-elle d'une voix sourde. C'est la seule façon que j'ai trouvée de le remercier de sa bonté. Ça va sans doute te paraître bizarre, Wang, mais son regard m'a aidée à me réconcilier avec moi-même. Je fermais les yeux et j'imaginais que c'était ton regard. J'étais sans nouvelles de toi et tu vivais à travers lui... Et toi, tu n'as pas connu d'autres femmes ? »

Cette question lui fit prendre conscience de la stupidité de son attitude.

« Une morphopsycho de... euh... du bureau français des défis.
– Une Occidentale ? »

Il perçut de l'inquiétude dans la voix de Lhassa, qui tritura nerveusement sa cigarette. Des cendres tombèrent sur le drap, qu'elle époussetta d'un revers de main maladroit. Elle se considérait probablement comme inférieure aux femmes occidentales, elle qui leur était supérieure sur tous les plans.

« Une... étape sur le chemin de la survie.
– Tu l'as aimée ? »

Il se coucha contre elle et l'étreignit avec force.

« Je n'ai pensé qu'à toi durant ces deux années. Les Occidentales ne sont pas dignes d'être aimées. Ce que j'ai fait avec elle, je l'ai fait seulement pour augmenter nos chances d'être un jour réunis. Et maintenant que je sais où te trouver, je n'ai plus besoin de la voir. »

Il estima inutile de lui parler du désir aussi bref que violent que lui avait inspiré Delphane dans la campagne tarnaise.

« Où étais-tu pendant tout ce temps ? demanda-t-elle.
– Tu n'as jamais entendu parler des Jeux uchroniques ?
– Lord Bayfield dit que c'est un spectacle aussi dégradant que les jeux du cirque à Rome. Il n'a jamais voulu s'équiper d'un sensor. Il en est resté aux vieux écrans interactifs du début du XXIe siècle.
– J'ai participé aux deux derniers J.U. La première fois en tant que soldat, la deuxième en tant que capitaine de champ. J'appartiens à l'armée de Frédric Alexandre, un stratège français qui a remporté deux victoires consécutives. Avant les Jeux, nous nous préparons pendant quatre mois au camp des Landes, dans le sud-ouest de la France, le reste du temps je vis à Paris en compagnie de deux amis immigrés, un Laotien et un Soudanais. »

Elle se redressa sur un coude, inquiète soudain. La courbe de son sein à demi occulté par son bras raviva le désir de Wang.

« Les cerbères vont s'apercevoir que tu es dans ma chambre, souffla-t-elle. Ils nous éteindront tous les deux.
– Les cerbères ?
– C'est le surnom que Lord Bayfield donne aux administratifs du bureau de l'immigration.
– Ils ne savent pas que je suis ici. On m'a donné un appareil qui les entraîne sur de fausses pistes.
– Ça veut dire que... tu peux venir me voir aussi souvent que tu veux ?
– Je n'ai pas l'intention de te lâcher !
– Nous ne pourrons pas avoir une vie normale, nous ne pourrons pas continuer la lignée... »
Elle allongea le bras et saisit le petit éléphant sur la table de nuit.
« Nous n'aurons pas d'enfant à qui transmettre le présent de tes ancêtres », ajouta-t-elle en lui tendant la statuette.
Il la saisit entre le pouce et l'index et la contempla pendant un petit moment. Il revit en un éclair l'autel familial de la maison de grand-maman Li, la photo de sa mère, les bâtonnets d'encens, les fleurs, les fruits...
« Comment as-tu réussi à le passer ?
– Je l'ai mis là-dedans, répondit-elle en se tournant sur le côté et en désignant son bas-ventre. Il a provoqué une hémorragie. J'ai perdu tellement de sang que je me suis évanouie sous la douche. Il n'y était plus lorsque je me suis réveillée mais une femme occidentale, une doctoresse, est venue me voir dans le camp de Most et me l'a redonné en disant qu'il avait failli me tuer et que j'avais bien mérité de le garder. Depuis, je n'ai jamais eu mes règles. Je ne suis pas morte, Wang, mais je ne perpétuerai pas la lignée. Je serai celle par laquelle la chaîne se sera rompue. »
D'un geste de dépit, elle écrasa sa cigarette dans le cendrier. Il l'attira contre lui et lui déroba un baiser au goût prononcé de tabac.
« Nous sortirons bientôt de l'Occident, Lhassa, je t'en

fais le serment, et notre lignée se prolongera jusqu'à la fin des temps. »

Elle ne dit rien mais sa main, messagère de ses pensées, vint enserrer avec délicatesse le sexe de son amant.

Une sensation de brûlure réveilla Wang. Il s'aperçut avec effroi qu'il s'était endormi dans les bras de Lhassa. La lumière du jour entrait à flots par la fenêtre et vêtait d'or pâle un mur et le parquet de la chambre. Il jeta un regard ému à la jeune femme, qui se parait de la grâce de l'enfance dans l'abandon du sommeil.

« Elle est belle quand elle dort, n'est-ce pas ? »

La voix éraillée le fit tressaillir. Il se retourna avec vivacité, aperçut une silhouette dans l'entrebâillement de la porte d'entrée. Il pensa d'abord qu'il avait été suivi par un membre de l'escorte de Frédric Alexandre, puis il reconnut le nuage de cheveux blancs et la robe de chambre de Lord Bayfield. Il n'en fut pas pour autant rassuré, car il s'était introduit dans la demeure du vieil Anglais sans y être invité et, même si Lhassa le décrivait comme un marginal contestataire, cet acte illégal – doublement illégal, puisqu'il y avait violation de domicile et infraction aux lois sur l'immigration – pouvait très bien amener le maître des lieux à prévenir les autorités.

« Je viens la contempler presque tous les matins, poursuivit le vieillard. Elle me réconcilie avec la vie... »

Wang discerna la légère pointe d'accent qui donnait à son frenchy une gravité affectée. L'espace d'un moment, il se demanda s'il ne devait pas se précipiter sur le vieillard et l'étrangler avant qu'il ne donnât l'alerte, mais il y renonça aussitôt, conscient que ce meurtre retomberait d'une manière ou d'une autre sur Lhassa.

« Décontractez-vous, jeune homme, reprit Lord Bayfield. Votre présence sous mon toit ne m'offusque nullement. Je crois deviner que vous êtes ce garçon dont elle me parle souvent avec des flammes dans les yeux. Je comprends très bien que vous ayez violé une demi-douzaine de lois occidentales pour venir la rejoindre. A votre âge, j'aurais été prêt à mourir pour passer quelques heures dans ses bras. »

Il s'avança de quelques pas et sortit de la zone de clair-obscur dans laquelle il était resté confiné. Les premiers rayons du soleil enflammèrent sa chevelure. Wang distingua son visage à demi effacé par les rides et les taches de vieillesse, son nez d'une longueur insolite, ses yeux d'un bleu délavé.

« Vous êtes comme l'assassin étourdi qui s'est endormi sur les lieux de son crime, ajouta-t-il. Mais on vous pardonne cette imprudence, car le crime était délicieux. Heureux les hommes qui sont encore capables de s'oublier dans l'amour... »

Wang sentit Lhassa bouger contre lui. Elle se redressa à son tour, prit conscience de la présence de Lord Bayfield mais ne parut ni embarrassée ni effrayée. Elle ne chercha même pas à tirer le drap sur sa poitrine. Elle semblait unie au vieil homme par une complicité filiale.

« C'est lui, Wang, le Chinois dont je vous ai parlé », dit-elle d'une voix encore imprégnée de sommeil.

Lord Bayfield hocha la tête en souriant.

« Nous avons déjà fait connaissance. Je présume qu'il ne nous aurait pas rendu cette visite sans avoir le moyen de détourner l'attention des cerbères... »

C'était davantage une affirmation qu'une question, mais Wang, jugeant urgent de rassurer son interlocuteur, s'empressa de répondre.

« Un leurre électronique. Ils croient que je n'ai pas bougé de ma chambre d'hôtel.

— Très rares sont les immigrés qui bénéficient de complicités en haut lieu, mon jeune ami !

— Le haut lieu n'est pas forcément celui qu'on croit...

— Je parlais bien sûr de l'antre la plus secrète de la technologie. Peut-être devrais-je lui donner le nom de ruches... »

Le sourire entendu qui éclaira le visage du vieillard en disait davantage qu'un long discours.

« Ne prenez donc pas cet air ahuri ! ajouta-t-il d'une voix malicieuse. Mon frère aîné est entré dans la résistance sensolibertaire en l'an 2101. Je venais d'avoir mes treize ans et j'ai moi-même sollicité mon admission à l'arche de Cambridge, mais il m'a demandé de continuer à représenter le nom des Bayfield auprès des autorités du Royaume-Uni. A ma majorité, l'arche m'a greffé un traceur dans le cerveau et j'accomplis pour elle diverses tâches que sa clandestinité l'empêche de remplir. Si je suis resté dans cet Occident qui a cessé de m'intéresser depuis bien longtemps, c'est seulement pour concourir à son effondrement.

— Vous saviez que je la recherchais, n'est-ce pas ? » lança Wang.

Les paupières flétries du vieil homme s'abaissèrent sur ses yeux en signe d'acquiescement.

« Nous l'avons su après les Jeux uchroniques de 2212, lorsque le président Emilian Freux s'est adressé au bureau central de l'immigration de New York. Le réseau n'a mis que deux heures à localiser Lhassa...

— Comment pouvait-il savoir que c'était elle ?

— Il a suffi de consulter les archives satellite... » Lord Bayfield alla s'asseoir sur le canapé sans cesser de parler. « Les images de la Terre expédiées par l'ensemble des satellites occidentaux sont systématiquement mémorisées par le réseau. Votre épopée entre Grand-Wroclaw et Most a pu ainsi être reconstituée, ainsi que votre rencontre avec Lhassa sur les pentes de l'Erzgebirge. Ensuite, les ruches ont consulté le fichier central de l'immigration, remonté la piste jusqu'à cette famille catalane de Sabadell, implanté, via les micro-ondes, des désirs violents de relations naturelles dans le cerveau du fils aîné, déclenché la fureur de sa femme et motivé sa décision de se séparer de leur jeune bonne tibétaine. Je n'avais plus qu'à formuler une D.A.I. — demande d'assistance immigrée — auprès du bureau local de l'immigration et de leur soumettre un profil qui correspondît exactement à celui de Lhassa pour que le fichier central me l'attribuât.

– Et s'il l'avait... attribuée à quelqu'un d'autre ?
– Le risque était minime. Mais si tel avait été le cas, nous aurions recommencé jusqu'à ce que ça réussisse. Peux-tu me lancer une cigarette, Lhassa ? »

Elle se pencha pour se saisir d'une cigarette et du briquet sur l'étagère de la table de chevet. Ce faisant, elle se découvrit entièrement et Wang se hâta de rabattre un pan de drap sur ses hanches, un réflexe qui déclencha le rire enroué de Lord Bayfield.

« Rassurez-vous, mon jeune ami, je n'ai plus l'âge d'être votre rival. La vue de son corps ne déclenche en moi qu'une émotion purement esthétique. »

Elle lui lança la cigarette et le briquet avec une telle brusquerie qu'il laissa tomber l'une sur le canapé et l'autre sur le parquet. Ses articulations craquèrent de manière sinistre lorsqu'il se pencha pour les récupérer.

« Tu es fâchée contre moi, Lhassa, murmura-t-il après avoir allumé la cigarette et recraché une invraisemblable quantité de fumée.
– Pourquoi ne m'avez-vous pas mise dans la confidence ? demanda-t-elle d'un ton où l'agressivité se teintait de dépit. Vous n'aviez pas confiance en moi ?
– La ruche me l'avait conseillé et je partageais son point de vue. »

De son visage occulté par un écran de fumée, seuls se découpaient les yeux et la bouche.

« Ton impatience aurait pu te trahir, poursuivit-il. Il y a trois semaines de cela, le réseau m'a annoncé que Wang allait bientôt te rendre visite, probablement lors du passage du défi français à Londres. Malgré ma surdité, je l'ai entendu hier soir escalader le volet, mais je ne suis pas intervenu plus tôt pour ne pas ternir la joie de vos retrouvailles. De même je vous ai laissés dormir pour que vous récupériez un peu de votre nuit.
– Vous auriez dû me réveiller plus tôt, dit Wang. Ils risquent de s'apercevoir de mon absence à l'hôtel...
– Il n'est que six heures du matin. Nous avons encore deux bonnes heures avant que Frédric Alexandre et les autres membres du bureau français des défis n'émer-

gent. Le réseau m'a informé qu'ils ont passé toute la nuit dans le sensor collectif de l'hôtel. Nous avons... (il tira sur la manche de sa robe de chambre et consulta son antique montre-bracelet) une vingtaine de minutes pour nous habiller et prendre le petit déjeuner. Je vous emmène ensuite dans un endroit très instructif, à deux pas d'ici... »

Lord Bayfield marchait bon train dans les allées gravillonnées. Il n'avait pas sacrifié à la mode du début du XXe siècle, comme l'immense majorité de ses compatriotes. Il portait des vêtements qui, bien qu'ils eussent appartenu à son grand-père, relevaient de la « ligne intemporelle » créée en 2080 par un jeune couturier irlandais : veste et pantalon de soie jaune, chemise orangée ultralégère fabriquée dans du kevlon, une matière abandonnée au début du XXIIe siècle, chaussures montantes de cuir verni, chapeau de feutre noir. La coupe et la couleur de son costume obtenaient ce curieux paradoxe de rajeunir sa silhouette et d'accentuer son âge. Il n'avait pas hésité, toutefois, à procurer un ensemble dernier cri à Lhassa, ravissante dans sa veste cintrée et sa robe couleur de terre brûlée. Aucune loi n'interdisait aux immigrés de se vêtir comme les Occidentaux, hormis certaines catégories comme les travailleurs du bâtiment ou les soldats uchroniques. Elle avait posé sur ses cheveux rassemblés en chignon un chapeau orné de deux perruches unies par le bec. Elle marchait avec légèreté en dépit de la lassitude d'une nuit agitée, profitait des moindres recoins d'ombre pour déposer un baiser furtif sur la joue ou les lèvres de Wang. L'adolescente pâle et famélique étendue dans la neige de l'Erzgebirge semblait n'avoir existé que dans un cauchemar.

Des colonnes de lumière tombaient des frondaisons et dessinaient des cercles dorés sur le sol. Ils ne rencontraient que de rares passants qui les croisaient sans leur adresser la parole ni même les regarder. Quelques immigrés parmi eux, des Sino-Russes ou des Islamiques qui se rendaient sur leur lieu de travail, les yeux encore gonflés de sommeil.

Ils sortirent du parc arboré de West West-End, traversèrent une place pavée de dalles de marbre rose, s'engagèrent dans un étroit sentier bordé de troènes dont les thyrses blancs répandaient un parfum capiteux.

Lhassa saisit la main de Wang et se serra contre lui jusqu'à ce que l'étroit passage débouchât sur une immense cour cimentée au centre de laquelle se dressait le dôme d'un bâtiment souterrain. Lord Bayfield se dirigea sans hésitation vers un escalier métallique qui s'enfonçait en tournant dans les entrailles du sol. Les marches raides soumirent les rhumatismes du vieil homme à rude épreuve, et c'est en grimaçant qu'il arriva sur le palier inférieur éclairé par une rampe au krypton. Après avoir repris son souffle, il s'avança vers une porte blindée munie d'un code à reconnaissance digitale et introduisit l'index dans le tube d'identification.

« Suivez-moi », dit-il lorsque la porte se fut escamotée dans un chuintement à peine perceptible.

Ils parcoururent d'abord un interminable couloir aux murs, au sol et au plafond habillés d'un carrelage blanc. Des appliques, encastrées tous les trois mètres, diffusaient une lumière crue, blessante. L'odeur piquante ranima dans l'esprit de Wang les souvenirs de l'hôpital de Grand-Wroclaw où grand-maman Li avait été admise pour une péritonite aiguë. Au bout du couloir, ils tombèrent sur un sas de plus d'un mètre d'épaisseur qui exigea, pour s'ouvrir, une nouvelle reconnaissance digitale de Lord Bayfield.

De l'autre côté, une immense pièce capitonnée d'une matière à la fois épaisse et souple. Sur trois des quatre murs, des rangées de portes parfaitement identiques, munies chacune d'un hublot rond éclairé et d'un mini-clavier dont les touches lumineuses luisaient dans la pénombre comme des yeux de rapaces. La température avait fléchi à un point tel que des nuages de condensation se formaient devant leur bouche entrouverte.

Ils s'approchèrent de la porte la plus proche. D'un geste de la main, Lord Bayfield invita Wang et Lhassa à regarder par le hublot. Le temps que leurs yeux s'accoutument à l'épaisseur du verre, ils aperçurent une petite pièce aux murs couverts de rayonnages transparents où étaient exposées des formes immobiles. Il leur fallut un peu de temps pour se rendre compte que ces formes étaient des corps d'adultes, des hommes uniquement, Jaunes, Blancs ou Noirs, qu'on avait entièrement rasés. Certains d'entre eux présentaient un orifice au-dessus des sourcils, vestige de leur voyant frontal, d'autres avaient gardé un front intact. A certains manquaient le nez, un œil, une oreille, un bras, une jambe, le pénis, les testicules, d'autres semblaient entiers à première vue, mais de fines entailles au niveau de l'abdomen, de la poitrine ou du bassin montraient qu'on les avait ouverts pour leur retirer des organes.

La vue de ces cadavres mutilés souleva en Wang un dégoût mêlé de colère.

« Nous sommes dans l'un des cent cinquante dépôts de l'Organs Emergency City Bank, la filiale d'une très ancienne et prestigieuse compagnie d'assurances, déclara Lord Bayfield, dont la voix éraillée s'envola comme un oiseau fatigué dans le silence sépulcral de la pièce. La plus importante réserve d'organes de toute la Grande-Bretagne. Cette seule pièce renferme environ six mille cadavres. Des hommes, mais aussi des femmes, des enfants... »

Il entraîna Wang et Lhassa devant un autre hublot, par lequel ils discernèrent des corps de femmes asiatiques, africaines, arabes, nordiques, qu'on avait également rasées et dont on avait prélevé les seins, les bras, les jambes, les yeux, les lèvres, la peau.

« Les cheveux et les poils ont été récupérés en premier, précisa Lord Bayfield. Deux hommes sur trois et une femme sur deux ont reçu des implants capillaires provenant des immigrés. La médecine occidentale a abandonné le clonage et la thérapie génique vers la fin du XXIᵉ siècle – sans doute parce qu'elle a perdu bon nombre de ses spécialistes à ce moment-là et que les résultats se sont révélés catastrophiques – et en est revenue à cette bonne vieille transplantation. L'immigration a résolu le problème des dons d'organes : dans ce genre d'endroit, il y en a pour tous les âges et pour tous les goûts. On laisse les organes sur leur corps d'origine, pour une meilleure conservation. Dès les premiers signes de dégénérescence – et ils surviennent de plus en plus tôt, car nous sommes une race de dégénérés –, les Occidentaux subissent une vérification générale et se font réparer dans les cliniques spécialisées. Comme chez les garagistes automobiles du XXᵉ siècle, on change les pièces usées ou défectueuses. Tout est récupérable sur un cadavre conservé, ou presque, des ongles jusqu'à la moelle épinière... »

Tout en parlant, Lord Bayfield longeait l'enfilade de portes, s'arrêtant de temps à autre pour jeter un coup d'œil à l'intérieur d'une pièce. Wang entrevit au passage les corps minuscules de nourrissons de toutes races entreposés dans des sarcophages transparents. Il prit soudain conscience qu'il n'avait jamais vu d'enfants immigrés dans les rues des villes occidentales.

« Des enfants de quelques semaines, reprit le vieil Anglais. Ceux-là ont été congelés au passage d'une porte et servent à pallier les nombreuses anomalies qu'engendre la C.A.O., la conception assistée par ordinateur. Mais il existe dans chaque pays des embryonneries, des sortes d'usines où des femmes immigrées sont inséminées avec du sperme sélectionné et avortées entre six et huit mois. Les fœtus entrent pour une bonne part dans la composition des élixirs de jouvence que fabriquent nos apprentis sorciers. L'Occident tout entier est devenu un vampire qui se nourrit du sang et de la chair de ses voisins... »

Le froid n'était pas le seul responsable des frissons qui parcouraient le corps de Wang. Révulsé, le cœur au bord des lèvres, il se détourna, croisa le regard de

Lhassa, vit des larmes rouler sur ses joues. Elle se haussa sur la pointe des pieds et posa le front sur son épaule.

« Aime-moi fort, Wang... » chuchota-t-elle.

Il lui caressa tendrement les cheveux.

« Ces... banques n'ont pas l'air très bien gardées, murmura-t-il, les mâchoires serrées. Nous n'avons eu aucune difficulté à entrer... »

La lumière d'un hublot soulignait les traits anguleux de Lord Bayfield, accentuait son profil aquilin.

« Les identificateurs digitaux suffisent à trier les très rares visiteurs qui fréquentent ce genre d'endroit. Les Occidentaux consentent à recevoir des pièces de rechange mais ils n'aiment pas contempler l'atelier où elles sont entreposées. Il se trouve que j'ai travaillé quelque temps à l'Organs Emergency City Bank et que les identificateurs digitaux ont gardé mes empreintes en mémoire. Je viens faire un tour dans ce dépôt chaque fois que ma motivation faiblit.

– Pourquoi nous avez-vous amenés ici ? demanda Lhassa d'une voix hésitante.

– Une suggestion du réseau. L'abaissement du R.E.M. n'a pas pour but d'anéantir l'Occident mais de mettre fin à ce genre de pratique. La volonté unitariste – et non universaliste – qui a provoqué les bouleversements du début du XXIe siècle a débouché sur un appauvrissement de tout le genre humain : des langues et des cultures très anciennes ont pratiquement disparu de la surface du globe terrestre, des peuples entiers ont été déportés, l'esclavage a été réintroduit en Occident, en G.N.I., en R.P.S.R., en AmSud... Le R.E.M. n'a pas seulement dressé une barrière entre le deuxième monde et nous, il a également bouché l'horizon de l'humanité.

– Personne ne peut l'abattre ! » s'écria Lhassa.

Lord Bayfield fixa Wang avec intensité.

« Le réseau a déjà choisi son soldat pour accomplir cette mission... »

CHAPITRE X

JÉRUSALEM

Il arrive souvent que le véritable adversaire n'est pas celui que tu crois. Il t'attaque au moment où tu ne l'attends pas, au moment où tu t'estimes à l'abri, au moment où ta vigilance se relâche. Cet ennemi-là n'a parfois ni nom ni visage, mais de tous il est le plus dangereux, car il est celui qui vient te dire que tu n'as pas su mettre de l'ordre avant que n'éclate le désordre.

Le Tao de la Survie de grand-maman Li

Un soleil de plomb écrasait Jérusalem, la ville occidentale qui occupait la pointe orientale du couloir antique.

Occidentale n'était pas le mot approprié pour décrire cette cité dont les couleurs, les formes et l'agencement rappelaient à Wang la ville arabe qu'il avait entrevue, via la surveillance satellite, lors de son bref passage dans le sensor familial de Frédric.

Le supersonique avait donné l'impression de foncer à toute allure dans le R.E.M. avant de piquer du nez et de plonger vers le ruban bleu de la piste de l'aéroport. Israël était un pays si étroit (à peine cent kilomètres dans sa partie la plus large) qu'on voyait en permanence la muraille électromagnétique qui l'enclavait et le rattachait à l'Occident. Un petit documentaire filmé et sonorisé en deux langues (hébreu et frenchy) avait précisé aux passagers du vol d'Air-France Occident qu'Israël était, avec la Grèce et l'Italie, l'un des trois pays fondateurs historiques de la civilisation moderne. Situé à l'extrémité du couloir antique qui les englobait tous les trois, on l'appelait également le « creuset biblique », le sol sacré d'où étaient issus le judaïsme et le christianisme, les deux grandes religions occidentales.

Jérusalem faisait à Wang l'effet d'une ville fantôme ou d'un musée. Aucune pierre, aucune porte, aucune vitre, aucune arcade ne manquait aux constructions ocre et blanc, mais ni les silhouettes qui déambulaient dans les ruelles ombragées ni les grondements du métropolitain, dont certaines rames surgissaient parfois du sol comme des baleines à la surface des flots, ne parvenaient à donner de la vie à l'ensemble.

En comparaison, Rome avait paru à Wang nettement plus animée, bruyante, extravertie. Il n'avait pas eu le temps d'explorer la capitale italienne mais il avait visité quelques monuments antiques en compagnie de Frédric et des autres membres de la délégation. Il avait assisté, parmi les milliers de visiteurs et d'autochtones rassemblés sur la place Saint-Pierre, à la bénédiction papale *urbi et orbi* à l'occasion des fêtes de la Nouvelle Ascension. Il avait aperçu la minuscule silhouette de Paul VIII, le souverain pontife, à la fenêtre du palais du Vatican. Il l'avait entendu prononcer quelques mots en frenchy d'abord, en italien ensuite, en anglais et en hébreu enfin. Il avait eu du mal à faire le rapprochement entre l'Eglise romaine occidentale, dont l'opulence apparente était incompatible avec ce qu'il connaissait des Evangiles, et l'Eglise clandestine sino-russe, essentiellement constituée de Polonais et qui avait à Warszawa son propre pape, Jean-Paul V. Qu'ils fussent à l'extérieur ou à l'intérieur du R.E.M., les catholiques se basaient sur le même livre, dont grand-maman Li lui avait parfois lu des passages (Jésus-Christ était d'ailleurs un piètre disciple du Tao de la Survie : ne s'était-il pas laissé condamner et crucifier comme un vulgaire larron alors qu'il détenait des pouvoirs surnaturels ?), mais ils ne semblaient pas en avoir tiré les mêmes enseignements, les uns se reposant sur un rituel immuable, théâtral et vide de sens, les autres œuvrant dans la clandestinité avec tout ce que cela signifie de violence, de ferveur, de solidarité et de souffrance.

Au sortir de la première conférence de Frédric à Jérusalem (public composé en majeure partie de juifs orthodoxes, hostiles au défendeur et à la France en général ; ils n'avaient pas oublié que le gouvernement français de la fin du XXIe siècle s'était farouchement opposé à l'admission d'Israël à l'O.N.O.), la délégation avait visité la Ville sainte, ancien lieu de pèlerinage pour les chrétiens, les juifs et les musulmans. Ces derniers avaient été chassés de leurs quartiers en l'année 2055, date à laquelle les partis religieux et ultranationalistes avaient pris le contrôle de la Knesset. Cette expulsion massive avait déclenché une guerre brève mais meurtrière entre Israël et les pays arabes voisins, la Syrie, l'Iraq, la Jordanie, l'Egypte. Les Hébreux avaient eu de la chance que ce conflit se fût déclaré avant la constitution de la G.N.I. Appuyée par les Etats-Unis et l'Angleterre, l'armée israélienne avait profité de la désorganisation arabe pour porter le feu sur le territoire ennemi et préserver ses propres frontières. Les choses étaient restées figées pendant une vingtaine d'années, chacun campant sur ses positions. Cependant, l'axe américano-israélien n'était pas resté inactif : la Grande Nation de l'Islam, occupée à conquérir l'Espagne, se retournerait tôt ou tard contre l'ennemi ancestral, tenterait de récupérer l'ancienne Palestine afin de prendre le contrôle total de la rive orientale de la Méditerranée et de réoccuper la ville sacrée de Jérusalem. Sous l'impulsion de la présidente américaine Jessica San Marco et du Premier ministre hébreu Ben Porad, Israël et les Etats-Unis avaient sollicité leur admission dans la nouvelle entité politique qui regroupait les nations de l'Europe occidentale, la Grèce et le Canada, plus prompt que son voisin nord-américain à épouser le cours de l'histoire. Grâce au travail acharné des ingénieurs et des ouvriers, le R.E.M. s'était dressé à temps devant la menace islamique. Le rideau suivait au sud la ligne formée par les villes de Gaza, Beersheba et Sodome, excluant les déserts d'Haluza et du Zin, remontait à l'est par l'Oued Araba, la mer Morte, le Jourdain et le lac de Tibériade, traversait la Galilée au nord, abandonnant l'étroit appendice de Qiryat Shemona aux troupes de la G.N.I. Il repartait ensuite vers la Grèce en longeant la côte turque et en incluant les îles Karpathos et Cyclades. Il était visible aussi bien de la plaine de Sharon que du mont Carmel. Le pays donnait l'étrange impression d'être prisonnier de cette muraille bleutée et brillante dont le vent chaud colportait le grésillement musical.

En 2106, les autorités israéliennes avaient décidé de raser tous les monuments rappelant la présence musulmane. Jérusalem s'était ainsi vue amputée de deux de ses plus prestigieuses constructions, la Coupole du Rocher et la mosquée al-Aqsa, sur les emplacements desquels s'élevaient des temples et les cèdres de jardins publics.

La délégation française s'était rendue au mur des Lamentations. Wang avait été fasciné par le spectacle étrange de ces hommes qui, face aux pierres grises, marmonnaient des incantations en secouant la tête dans un mouvement de métronome. Le nom de Jésus-Christ établissait un lien entre le judaïsme et le christianisme, mais il ne voyait pas d'autre point commun entre les deux religions, entre ces hommes en prière et le pape qui bénissait le monde depuis son somptueux palais du Vatican. Jésus-Christ avait été jugé, condamné et crucifié dans cette ville – c'est du moins ce qu'indiquaient certains écriteaux lumineux – mais c'était à Rome que son Eglise s'était établie, comme si les chrétiens des premiers temps s'étaient hâtés de mettre la plus grande distance possible entre eux et les bourreaux de leur dieu. La civilisation occidentale s'était édifiée sur ces fondations d'incompréhension et de haine qui avaient abouti, vingt siècles plus tard, à creuser d'infranchissables abîmes entre les hommes. De ce lieu saint, revendiqué par les trois grandes religions monothéistes, s'était écoulé un fleuve de fureur et de sang qui avait grossi à Rome, à La Mecque, dans tous ces endroits où on s'était entretué au nom d'un dieu jaloux et vindicatif. C'était cette notion d'exclusivité, de vérité, d'élection, qui avait amené les Occidentaux à se séparer du reste du monde et à vivre repliés sur eux-mêmes, comme retirés dans un éden factice.

Devant ces vieilles pierres imprégnées de toute la détresse humaine, sous le soleil qui lui tombait sur la nuque et les épaules comme une chape incandescente, Wang s'enracina dans sa détermination d'abattre le R.E.M., de rendre justice à ces milliards d'êtres humains que les Occidentaux avaient exclus de leur rêve. Un paradis ne pouvait s'établir sur la souffrance des trois quarts de l'humanité, sur l'esclavage ou le dépeçage des immigrés attirés par le mirage occidental comme des insectes par la lumière meurtrière des ampoules. Grand-maman Li avait eu tout cela en tête lorsqu'elle lui avait enseigné les bases du Tao de la Survie. Elle l'avait elle-même dénoncé – il en était désormais persuadé – aux hommes du clan d'Assöl pour le placer devant un choix impossible et le contraindre à émigrer. Elle avait prévu depuis le début d'expédier de l'autre côté du R.E.M. son petit-fils unique, la chair de sa chair, le dernier maillon de la chaîne familiale, au risque d'interrompre à jamais la lignée.

La délégation consacra encore quelques heures à découvrir la ville, superbe derrière ses remparts, se rendit en métro au sommet du mont des Oliviers, un important site d'anciennes nécropoles dont plus d'une dizaine avaient été authentifiées comme étant la véritable tombe du Christ (elles portaient toutes l'inscription *Jésus, fils de Joseph*, mais, avait expliqué un guide, ces deux noms masculins étaient parmi les plus répandus de l'époque), puis regagna l'hôtel en fin d'après-midi.

Après s'être reposé, Wang eut envie d'aller flâner dans la vieille ville arabe avant le dîner. Il n'eut pas besoin de recourir à son faux traceur car cette promenade, tout à fait légale, n'attirerait pas l'attention de Vigil ni d'un quelconque cerbère informatique. Il laissa donc le petit appareil dans son sac de voyage, camouflé sous ses vêtements de rechange, sortit de sa chambre et marcha d'un pas alerte jusqu'à la première station de métro.

Le petit reportage diffusé dans le supersonique lui avait appris que l'aérotrain était pratiquement absent des villes israéliennes, hormis les régions où la roche avait rendu impossible le forage de tunnels. La Knesset avait opté pour le métropolitain, la version citadine du subterraneus, afin de préserver au maximum l'harmonie architecturale des villes (les députés n'avaient pas été étouffés par les mêmes scrupules lorsqu'ils avaient voté la destruction des mosquées et de tous les monuments musulmans).

Il fut en moins de quinze minutes dans les quartiers est, occupés en majorité par les Palestiniens jusqu'à leur expulsion en 2055. Très propres, bien entretenues, les ruelles sinueuses étaient silencieuses et désertes. Le rez-de-chaussée des immeubles blancs était le plus souvent occupé par des boutiques ou des échoppes dont on avait tiré les rideaux métalliques. Wang présuma que ces quartiers avaient été aussi grouillants et bruyants que les faubourgs de Grand-Wroclaw. Les volets clos donnaient l'impression qu'ils s'étaient endormis cent cinquante ans plus tôt et ne s'étaient pas réveillés depuis, comme si la population juive de Jérusalem avait refusé d'investir cette partie de la ville autrefois occupée par l'ennemi ancestral.

Il parcourut plusieurs ruelles pentues, dont certaines étaient si étroites que les balcons des maisons formaient des arches au-dessus de lui. Les rayons du soleil ne parvenaient pas jusqu'au sol. Il appréciait la fraîcheur des zones d'ombre qu'il traversait et que zébraient par endroits d'étincelantes griffes. Les panneaux indicateurs étaient rédigés en hébreu et en frenchy, mais il voyait parfois, à demi effacées sur les devantures des boutiques, des enseignes en arabe. Il traversa des venelles, des terrasses, des cours intérieures, déambula dans le dédale jusqu'à ce que le ciel se voile du pourpre crépusculaire. Bien que complètement perdu, il ne cherchait pas à s'orienter : il lui suffirait de tomber sur une station de métro et de demander à une borne parlante l'itinéraire jusqu'au centre d'affaires David-Naüm, situé à mi-chemin entre l'aéroport et les remparts de la ville.

Il déboucha sur une place inondée de soleil, s'arrêta pour reprendre son souffle et laisser à ses yeux le temps de s'accoutumer à la luminosité qui l'éblouissait au sortir de l'entrelacs des ruelles ombragées. Le babil d'une fontaine qui s'écoulait d'une bouche murale une vingtaine de mètres plus loin attira son attention. La soif le poussa à s'en rapprocher, mais il perçut alors des bruits de pas qui provenaient de plusieurs endroits à la fois. Il crut d'abord qu'il s'agissait d'un phénomène d'écho, puis il prêta l'oreille et se rendit compte que ces bruits convergeaient dans sa direction. Il se redressa, tous sens aux aguets, tracassé par une brusque inquiétude.

Deux hommes débouchèrent d'une ruelle proche, marqués du voyant frontal, vêtus de combinaisons grises. Des Asiatiques comme lui, Birmans ou Thaïs. Agés d'une vingtaine d'années. Ils se dirigèrent vers le centre de la place où ils s'immobilisèrent et lui jetèrent des regards dérobés. Deux autres surgirent dans son dos. Egalement asiatiques et jeunes. La lumière crépusculaire donnait un éclat flamboyant à leur troisième œil. Ils s'avancèrent vers lui à pas lents, mesurés, dans une attitude qui ne laissait planer aucune équivoque sur leurs intentions. Il se demanda quelle mouche les avait piqués, les comportements belliqueux des immigrés étant immédiatement sanctionnés par l'extinction de leur voyant frontal... A moins que les Occidentaux – ou une faction occidentale – n'eussent eux-mêmes commandité l'agression et, dans ce but, neutralisé le ou les cerbères chargés de la surveillance.

Il se recula de quelques pas, lança un regard par-dessus son épaule, s'aperçut que deux autres hommes, un Noir et un Balkanique, avaient fait leur apparition dans la ruelle qu'il venait d'emprunter et lui interdisaient tout retour en arrière. Les battements de son cœur se précipitèrent, son souffle s'accéléra. Ils gardaient une main enfouie dans une poche de leur combinaison. Le cercle se refermait inexorablement, comme la meute de chiens de chasseurs poméraniens autour d'une vache sauvage coincée par un buisson ou par un étang.

Il se demanda qui avait bien pu lancer ces hommes sur sa piste mais chassa énergiquement ce genre d'interrogation de son esprit. Il n'avait pas d'arme sur lui, pas même un couteau de cuisine, non seulement parce que la loi prohibait le port d'armes mais parce qu'il n'avait jamais envisagé d'être agressé en dehors de l'île des Jeux. Il prenait soudain conscience de sa négligence. Il avait bien mal appliqué l'enseignement de grand-maman Li.

Un éclat de lumière brilla sur sa gauche, qui attira son regard : les rayons rasants du soleil miroitaient sur la lame courbe du poignard qu'un Asiatique avait extirpé de la poche de sa combinaison. Ils n'étaient pas venus l'intimider ou le corriger, mais le tuer. Ils arboraient le même masque de détermination et d'inflexibilité que les exécuteurs des clans de Grand-Wroclaw. Un point positif, toutefois : équipés d'armes blanches, ils étaient obligés de l'approcher pour le frapper. La chance était mince mais c'était la seule qui se proposât à lui. Il patienta encore quelques secondes, observa les assaillants avec une attention décuplée par la tension nerveuse. Ils ne se pressaient pas, tranquillisés par leur supériorité numérique. Quatre d'entre eux brandissaient un poignard ou un poinçon, les deux autres n'avaient pas encore sorti la main de leur poche. Il refoula tant bien que mal la tentation de prendre la fuite et les laissa se griser de leur sentiment d'invincibilité. Les semelles ferrées de leurs bottes ou de leurs brodequins claquaient sur les pavés de la place.

Il ne bougea pas jusqu'à ce que les deux premiers de ses adversaires soient à moins de deux mètres de lui. Ils commirent une erreur commune à tous les groupes qui s'en prennent à un individu isolé : chacun attendit que l'autre prît la responsabilité de l'offensive et donnât le signal de la curée. Il exploita le court moment d'indécision des deux hommes, lança sa jambe vers l'avant, frappa le premier dans le bas-ventre avec une telle force qu'il eut l'impression de lui briser l'os du pubis. L'homme fut projeté sur une distance de deux mètres avant de basculer vers l'arrière et de retomber lourdement sur le sol, aux prises avec une souffrance effroyable qui l'empêchait de proférer le moindre son. Le deuxième, surpris par l'attaque de Wang, eut le réflexe de se reculer mais il ne put parer le coup de poing qui passa par-dessus son épaule et lui percuta la mâchoire. Il tenta, malgré la douleur, d'enfoncer son poignard dans la poitrine du Chinois, mais le mouvement de balancier de son bras se perdit dans le vide. Un coup de talon dans les côtes flottantes lui coupa le souffle, un deuxième sur le défaut du genou le déséquilibra et l'envoya rouler sur les pavés.

Wang ne perdit pas de temps à observer les réactions des quatre autres agresseurs. Il traversa la place en courant et s'engagea dans une ruelle tortueuse qui descendait vers la partie basse de la vieille ville. Il entendit des cris derrière lui, des bruits de cavalcade. Il n'eut pas besoin de se retourner pour se rendre compte que deux seulement de ses adversaires s'étaient lancés à ses trousses tandis que les deux derniers avaient emprunté des passages détournés pour essayer de le prendre à revers. Il parcourut la ruelle sur toute sa longueur, gardant ses vingt ou trente mètres d'avance sur ses poursuivants. Elle donnait en bas sur une large artère. Il fila sur sa gauche, longea un trottoir qui datait de l'ère automobile, se jeta dans la première venelle sur sa droite, franchit quatre à quatre un escalier tournant qui montait vers une succession de toits étagés et plats. Aiguillonné par les glapissements des deux hommes, il sauta de terrasse en terrasse, se retrouva dans une rue pavée qui s'enfonçait entre deux rangées de bâtiments rougis par le soleil couchant. Couvert de sueur, les poumons en feu, il continua de courir, enfila une série de passages, traversa une cour intérieure, dévala un escalier tournant. Il s'arrêta lorsqu'il cessa de percevoir les cris et les claquements des pas de ses poursuivants. Plié en deux, les mains sur les genoux, il eut besoin de longues minutes pour reprendre sa respiration et apaiser son rythme cardiaque. La violence et la soudaineté de l'effort l'avaient amené au point de rupture, au bord de la nausée. Des pointes de douleur lacéraient ses muscles tétanisés. Il se redressa, encore essoufflé, et examina les lieux. Une courette, fermée par trois murs. Il lança un regard inquiet dans son dos : il s'était fourvoyé dans un cul-de-sac et, si ses agresseurs surgissaient derrière lui, il n'aurait aucune chance de leur échapper. Il chercha fébrilement une issue des yeux, une trappe, une fenêtre, distingua sur le mur du fond des volets dont la peinture écaillée se confondait avec la chaux grise qui habillait la bâtisse.

Il s'en approcha, essuya d'un revers de manche son front perlé de sueur, glissa les doigts dans l'interstice entre les deux battants, tira vers lui. Les volets résistèrent pendant quelque temps mais les vis des crochets s'arrachèrent du bois vermoulu et ils finirent par s'ouvrir dans un craquement sinistre. La serrure rongée de la porte céda au premier coup d'épaule. Il se faufila à l'intérieur de la maison, referma soigneusement les volets et la porte derrière lui, colla son oreille contre le bois, essaya de retenir sa respiration pour détecter tout bruit en provenance de la courette. Au bout de dix minutes, il décida d'explorer la bâtisse à la recherche d'une autre sortie. Des rais lumineux et rougeâtres tombaient du plafond ajouré, criblaient le sol de cercles mordorés et dispensaient un éclairage diffus.

Ne fût-ce l'épaisse couche de poussière qui recouvrait les meubles et la terrible odeur de renfermé, la maison donnait l'impression d'avoir été abandonnée quelques jours plus tôt. Les occupants n'avaient visiblement pas eu le temps de préparer leur départ : des couverts disposés sur la table basse de la salle à manger et les coussins parfaitement alignés attendaient les convives, des vêtements gisaient dans les chambres autour de nattes et de coffres ouverts, les contenus de sachets renversés s'étaient répandus et durcis sur le carrelage, les moisissures avaient verdi les mosaïques de faïence de la salle de bains. Il découvrit un album de photos en cuir épais posé sur la table de la cuisine. Il l'ouvrit, le plaça dans le cercle de lumière dessiné par un rayon de soleil. Même si les couleurs s'étaient enfuies avec le temps, les photos s'étaient conservées par la grâce des fixateurs chimiques (tout l'intérieur de la maison avait sans doute été aspergé de produits de conservation afin d'éviter les épidémies liées à la décomposition). Il distingua quatre enfants en maillot de bain assis sur une plage, deux filles âgées de sept ou huit ans, des jumelles sans doute, et deux garçons, plus petits, âgés l'un de cinq ans et l'autre de deux ou trois ans. Bruns tous les quatre, yeux noirs, cheveux épais et bouclés. Un air de parenté indéniable avec la mère, une jolie femme aux traits ronds et au sourire lumineux. Le père quant à lui avait des traits émaciés, une barbe noire, un regard fiévreux, tourmenté. Sur l'une des photos, il posait avec un livre dans une main et un fusil d'assaut dans l'autre. La femme et les deux filles se voilaient quelques pages plus loin, et la mère semblait avoir concentré toute sa détresse dans ses yeux, ces deux éclats tragiques qui brillaient par la mince fente du tissu. D'autres photos montraient le père au milieu de soldats en turban, les garçons assis devant un vieillard vêtu de blanc et fixant d'un air inquiet le bistouri que brandissait ce dernier devant des hommes barbus et rigolards. Les dernières pages de l'album étaient vides, comme si cette mise en images d'une vie s'était brutalement interrompue. Les voiles des femmes et les inscriptions en arabe sur le livre tenu par l'homme indiquaient que cette famille avait été de confession musulmane. Or grand-maman Li affirmait que la religion islamique interdisait toute représentation de Dieu et que le gouvernement de La Mecque avait étendu cette mesure à toute peinture, toute photo, tout film qui représentaient un être humain. Cet album était donc un acte de résistance secret de la part d'un membre de la famille, de la mère ou des filles vraisemblablement, car le fanatisme apparent du père ne s'accommodait certainement pas de ce genre de compromission.

L'espace de quelques secondes, Wang eut l'impression d'entendre les cris et les rires des enfants, une comptine fredonnée par la mère, la voix sévère du père, le tintement des assiettes entrechoquées, le gargouillement du thé se déversant dans les verres. Cette maison vide avait autrefois abrité une vie intense de tendresse, de disputes, d'embrassades... Entre ces murs, à l'abri des prêtres et des dogmes, le père s'était peut-être dépouillé de ses oripeaux fanatiques pour aimer sa femme et ses enfants, comme dans ces grottes merveilleuses à l'entrée desquelles on abandonnait ses certitudes pour retrouver le plaisir à la fois simple et magnifique de redevenir un enfant. Wang devinait que cet homme surgi d'un lointain passé avait maintes fois regretté d'avoir renoncé à ses aspirations profondes pour se transformer en soldat de Dieu, mais que, prisonnier de son image – un paradoxe pour quelqu'un qui considérait l'image comme une offense –, il n'avait pas eu le courage de renier son engagement pour se consacrer au bonheur des siens.

Il referma l'album et le reposa sur la table de la cuisine, empli d'une tristesse ineffable. Le silence qui régnait dans cette demeure était la plus probante des réponses à tous les fanatismes, à tous les dogmes qui jetaient les hommes les uns contre les autres. Encore quelques siècles de ce programme, et ce serait la terre tout entière qui sombrerait dans le silence.

Il se secoua et se rendit dans le jardin intérieur entouré d'arcades où se dressaient trois orangers aux branches si basses que leurs extrémités, se recroquevillant sur le sol, formaient un tapis de brindilles et de feuilles. Une mousse jaune, rêche, recouvrait les dalles de pierre des anciennes allées. Des étoiles s'étaient allumées dans le ciel assombri et une douce brise jouait dans les herbes sèches. La fontaine centrale, enfouie sous les ronces, s'était tue depuis bien longtemps.

La porte d'entrée avait été condamnée mais il ne lui fallut que quelques minutes pour briser la chaîne rouillée. Elle s'ouvrit dans un grincement prolongé qui retentit comme un fracas d'apocalypse dans la paix crépusculaire.

La nuit s'était déjà déployée dans la vieille ville lorsqu'il s'aventura dans la rue. Aucun lampadaire, aucune enseigne, aucune borne n'éclairait les bâtiments plongés dans la pénombre. Il s'astreignit à marcher lentement malgré la sensation oppressante de danger, conscient que l'écho de sa course risquait de remettre ses poursuivants sur sa piste. Il avait l'impression de s'être transporté sur l'île des Jeux, ou encore que les Jeux s'étaient déplacés à Jérusalem. Le péril pouvait désormais surgir de chaque maison, de chaque ouverture, de chaque intersection. Un stratège avait décidé d'éliminer la pièce principale de l'armée du défendeur, d'avancer de deux ans le début des cent huitièmes Jeux uchroniques. Quel stratège ? Qui donc avait suffisamment d'influence auprès de l'O.N.O. et du bureau de l'immigration pour neutraliser les cerbères informatiques ? Hal Garbett ? Possible, l'Américain avait peut-être décidé de prendre sa revanche de manière officieuse, en dehors du formalisme uchronique. Peut-être l'O.N.O. était-elle informée des intentions de la ruche et avait-elle décidé de tuer l'immigré choisi par le réseau sensolibertaire ? De quelle guerre souterraine relevait cette chasse à l'homme dans le dédale de la vieille ville de Jérusalem ?

Il perçut un crissement derrière lui. De nouveau, la tension l'électrisa, précipita son rythme cardiaque, sa respiration. Il regarda derrière lui sans cesser de marcher, repéra deux points rouges et mouvants à quelques mètres de lui. Deux de ses poursuivants, le Noir et le Balkanique, avaient retrouvé sa trace. Se sachant découverts, ils abandonnèrent toute précaution et fondirent sur lui comme des fauves.

Il accéléra l'allure mais ils avaient sur lui l'avantage d'être lancés à pleine vitesse et opérèrent la jonction en moins de dix mètres. Le Noir le dépassa et le tassa contre le mur tandis que le Balkanique ralentit pour lui couper toute possibilité de retraite. Ils avaient visiblement retenu les leçons de l'affrontement précédent, où la vitesse d'exécution de Wang les avait pris au dépourvu. Le Noir brandissait un poinçon d'une longueur de trente centimètres, le Balkanique un poignard à la lame fine et droite.

Wang s'adossa au mur et tenta de gagner du temps.

« Qui vous envoie ? demanda-t-il sans quitter des yeux les deux hommes.

— Qu'est-ce que ça peut te foutre ? cracha le Balkanique.

— J'aime savoir le nom de celui qui m'envoie le baiser de la mort...

— Quelle importance ? La mort est une putain anonyme.

— Pauvre idiot ! Tu crois vraiment que celui ou ceux qui t'ont ordonné de me tuer te laisseront en vie ? Ta mort au moins ne sera pas anonyme !

— Ne l'écoute pas ! intervint le Noir. Ce gars-là est aussi sournois qu'un serpent. »

Il lança sa première attaque, du bas vers le haut, avant même d'avoir achevé sa phrase. Wang esquiva le poinçon d'un retrait du buste. La pointe métallique heurta le mur de plein fouet, racla la chaux, crissa sur la pierre. La violence du choc arracha un cri au Noir qui se recula de deux pas, cinglé par une décharge électrique. Wang profita de ce moment de répit pour faire face au Balkanique dont la lame se ruait déjà vers sa poitrine. Il l'évita en se jetant vers l'arrière. Sa nuque et son épaule percutèrent violemment le mur et le précipitèrent dans un trou noir pendant une fraction de seconde. Le poignard lui érafla la combinaison mais ne lui entailla pas la peau.

Le juron de dépit du Balkanique agit sur lui comme un électrochoc. Il se colla contre son adversaire, lui bloqua le coude pour l'empêcher d'armer son bras et lui donna un coup de genou sur le flanc. L'autre tenta de se dégager mais Wang lui balaya la jambe d'appui d'un fauchage du pied, le projeta au sol, lui écrasa la gorge du talon. Les cartilages de son pharynx craquèrent comme du bois mort, sa respiration devint sifflante, ses os claquèrent sur les pavés.

« Par là ! » cria le Noir.

Refroidi par la vue du corps agonisant de son compagnon, il maintenait une distance respectable avec le Chinois et agitait son poinçon sans conviction. Wang se rendit compte qu'il s'adressait aux deux Asiatiques qui avaient surgi d'une venelle proche et qui accouraient dans leur direction. Leurs voyants frontaux leur donnaient l'allure de spectres rougeoyants et maléfiques. Il rejeta d'abord la perspective d'une nouvelle course puis estima qu'il augmenterait ses chances de survie en exploitant les particularités du labyrinthe. Il feignit de partir droit devant lui, attira le Noir au centre de la ruelle, s'élança dans l'étroit passage libéré par son adversaire, longea le mur et détala de toutes ses jambes vers le bas de la vieille ville.

« Bordel de merde ! » hurla le Noir.

Les foulées de Wang s'allongeaient dans la pente descendante. Il évita de regarder derrière lui, de peur de heurter un obstacle imprévu ou de poser le pied dans un nid-de-poule. L'obscurité estompait les reliefs, exigeait une attention de tous les instants. Il se fiait aux bruits pour évaluer la position de ses adversaires. Ses poumons réclamaient déjà de l'air, ses muscles tremblaient, carbonisés par l'afflux d'acide lactique, un voile de fatigue lui tombait sur les yeux.

Il aperçut dans le lointain la borne éclairée d'une station de métro. Galvanisé, il oublia sa fatigue pour parcourir les deux ou trois cents mètres qui le séparaient de l'enseigne lumineuse jaune et vert. Il ne se retourna pas au moment de s'engouffrer dans la bouche d'entrée. Il dévala quatre à quatre l'escalier roulant qui descendait dans les sous-sols, franchit une première salle éclairée et déserte. Les pas de ses agresseurs résonnèrent sur le revêtement lisse de la station. Cette intrusion dans un lieu public ne les avait pas dissuadés de continuer la poursuite. Ils avaient probablement reçu des garanties d'impunité qui leur permettaient de transgresser toutes les lois sur la sécurité publique.

Wang entendit le ronronnement sourd d'une rame électrique et plongea dans l'escalator qui donnait sur le quai. Des grappes éparses de voyageurs se pressaient devant les portes entrouvertes des wagons. Les yeux ronds et jaunes de la motrice automatique révélaient les aspérités des parois et de la voûte de pierre du tunnel.

Le quai n'était pas large, trois ou quatre mètres tout au plus. Wang longea la rame en jetant des coups d'œil à l'intérieur des compartiments. Les voyageurs n'étaient pas assez nombreux pour inciter les trois hommes à renoncer. Ils avaient à leur tour débouché sur le quai, s'étaient immobilisés pour tenter de le repérer parmi les silhouettes des touristes ou des autochtones qui se croisaient sur la longue esplanade de béton. Hors d'haleine, Wang s'immobilisa derrière un groupe d'Occidentaux constitué de trois hommes et trois femmes qui conversaient dans une langue gutturale qu'il ne connaissait pas. Blonds comme les Nordiques, vêtus de robes ou de costumes qui n'avaient rien à voir avec la mode européenne en vigueur à l'issue des Jeux. Difficile de leur donner un âge, comme à tous les Occidentaux. Les hommes parlaient fort et les femmes libéraient de petits rires de gorge qui évoquaient les gloussements des poules. Il se demanda pourquoi ils n'entraient pas dans le wagon, leva les yeux sur l'un des panneaux lumineux encastrés dans la voûte, comprit que cette rame ne correspondait pas à leur destination. Ils ne lui prêtaient aucune attention, comme si sa combinaison déchirée, détrempée, maculée de taches, son essoufflement et ses traits tirés n'éveillaient en eux aucun intérêt.

Un sifflement prolongé annonça que le train allait bientôt s'ébranler. Wang se haussa sur la pointe des pieds et lança un coup d'œil entre les têtes des touristes. Un seul des trois hommes, un Asiatique, était resté sur le quai – les deux autres se chargeant probablement de fouiller les wagons – et avait remisé son poignard dans la poche de sa combinaison. Les portes commencèrent à coulisser dans un chuintement et les touristes se reculèrent machinalement comme s'ils craignaient d'être happés par cette bouche qui se refermait.

Isolé, Wang surveilla l'Asiatique et attendit le dernier moment pour prendre sa décision. Si les deux autres descendaient avant le départ de la rame, il essaierait de sauter dans le train et de les planter sur le quai ; s'ils ne réapparaissaient pas, il resterait sur place pour affronter son dernier adversaire.

Les portes finirent de coulisser dans un claquement de mandibules. Le train démarra et disparut dans le tunnel.

Les touristes blonds se turent, comme s'ils prenaient soudain conscience de la menace représentée par les deux immigrés qui étaient restés sur le quai et qui s'observaient d'un air farouche au-dessus de leurs têtes. D'autant que l'un d'eux avait sorti un poignard de sa combinaison maculée de sueur. Les trois couples se regroupèrent contre la paroi, se serrèrent instinctivement les uns contre les autres, laissèrent le quai à l'entière disposition des deux hommes. Ils ne craignaient pas pour leur vie, certains que les ordinateurs de l'immigration éteindraient les voyants frontaux de ces deux-là s'il leur venait l'absurde fantaisie de s'en prendre à des Occidentaux, mais le spectacle de la violence, qu'ils recherchaient pourtant avec tant de frénésie pendant les Jeux uchroniques, avait quelque chose d'inquiétant hors du cadre rassurant de leurs sensors.

Wang examina l'homme qui s'avançait vers lui, le sourire aux lèvres. Très jeune, imberbe. Sa peau foncée dénotait des origines birmanes ou thaïlandaises, ses paupières lourdes tombaient sur ses yeux.

« Tu ne peux plus détaler comme un lièvre, Chinois ! lâcha-t-il d'une voix aigrelette.

– En me tuant, tu signes ton propre arrêt de mort, crétin ! répliqua Wang. Tu crois peut-être que celui ou ceux qui t'ont lancé à mes trousses laisseront en vie l'assassin du capitaine de champ de Frédric Alexandre ? »

Ses paroles ne déclenchèrent chez son vis-à-vis qu'un petit rire de gorge.

« Sauf si l'ordre vient du bureau français des défis... »

Wang n'avait jamais envisagé cette éventualité, mais

il lui fallait admettre que les opposants de Frédric étaient plus nombreux que ses alliés au sein du bureau.

« Qu'est-ce que ça changerait ? lança-t-il d'un ton rageur. Quel que soit ton commanditaire, il n'a pas intérêt à laisser de témoin derrière lui. Il te fera éteindre aussitôt ta mission terminée.

– Il peut aussi me renvoyer chez moi.

– Jamais un immigré n'est ressorti d'Occident en plus d'un siècle. C'est où, chez toi ?

– Le quartier birman de Bucarest...

– Comment m'avez-vous trouvé dans le labyrinthe de la vieille ville ?

– Le... Nous étions guidés...

– Par un de ces sacs à puces qui nous tiennent en laisse et nous abattent comme des chiens quand ils n'ont plus besoin de nous ? Tu ne reverras jamais Bucarest ni les tiens, Birman...

– J'ai des garanties... »

Sa voix et son allure se faisaient hésitantes, preuve que l'argumentation de Wang l'avait ébranlé.

« Quelles garanties ? Tu as été trompé, Birman. Comme tous les immigrés ont été trompés depuis plus de cent ans. Les Occidentaux se sont servis de toi pour régler leurs comptes et ils t'en récompenseront par la mort. Ils te dépèceront comme un animal de boucherie et récupéreront tes organes... »

Les paroles de Wang se fichaient dans le cœur des touristes terrorisés comme autant de flèches empoisonnées. Elles leur rappelaient qu'ils devaient leur bien-être, leurs cheveux, quelques-uns de leurs organes et leurs sensations les plus fortes à ces hommes qui venaient de pays acculés à la barbarie par leurs propres gouvernants.

« Crève, sale porc ! » éructa le Birman.

La vitesse de son attaque faillit surprendre Wang. La lame du poignard lui frôla la joue et la tempe. Il se crut revenu plusieurs années en arrière, dans les rues de Grand-Wroclaw. Seul le voyant frontal les distinguait des Sino-Russes de l'immense agglomération polonaise.

Ils ne luttaient pas pour un paquet de cigarettes, une poignée de yuans ou un sac de riz, mais pour des enjeux qu'ils ne comprenaient pas. Ils n'étaient que des marionnettes dans les mains des Occidentaux, adversaires de Frédric Alexandre, partisans du président Freux, mutants du réseau sensolibertaire...

Redoutable manieur de couteau, le Birman frappait à petits gestes brefs et saccadés. Il n'effectuait aucun mouvement de grande amplitude pour rester en équilibre et ne pas offrir de faille à son adversaire. Averti par la mésaventure survenue à ses collègues sur la place ensoleillée de l'ancienne ville arabe, il ne cherchait pas à porter le coup fatal, il obligeait Wang à reculer contre la paroi du quai. Il avait sans doute été élevé à la dure dans les faubourgs de Bucarest et choisi par l'ordinateur d'une quelconque cellule morphopsycho pour son énergie, ses aptitudes au corps à corps, son instinct de survie.

Wang évita de suivre du regard le ballet hypnotique de la lame. Il savait que l'autre, véritable machine à tuer, mettrait à profit la moindre faute d'inattention pour lui perforer le ventre, la poitrine ou la gorge. Il le fixait juste au-dessus des yeux, au niveau du voyant frontal, discernait ainsi chacun de ses mouvements. La sueur, de nouveau, coulait sur son front, lui dégringolait dans les yeux. Il entendit le sifflement d'une rame dans le lointain, les cris de peur des touristes, le souffle précipité du Birman, le tambourinement assourdissant de son propre cœur... Il heurta la paroi, prit conscience que son cercle vital s'était rétréci, qu'il avait abandonné l'initiative du combat à son adversaire.

« Crève ! » répéta le Birman.

Il feignit de le frapper au plexus, modifia brusquement sa trajectoire, dirigea son poignard vers le bas-ventre de Wang. Le Chinois plongea sur le côté mais ne réussit pas à esquiver la lame, qui se ficha dans le muscle tenseur du haut de sa cuisse. Le fer crissa sur la tête du fémur, déclencha une onde de douleur qui se propagea jusqu'à son pied. Il tomba de tout son long sur le sol de béton, vit que le Birman avait déjà relevé son poignard, se redressa, se projeta de tout son poids contre le tibia de son adversaire.

Le Birman battit des bras pour conserver son équilibre, mais Wang s'enroula autour de sa jambe et lui mordit les tendons du jarret. Ses dents transpercèrent l'étoffe et le goût du sang se répandit dans sa bouche. Il sentit très nettement le tremblement de la jambe de son rival, qui fléchit tout à coup et s'affaissa à son tour sur le sol. Les deux hommes enchevêtrés roulèrent l'un sur l'autre. Wang agrippa le poignet du Birman et lui bloqua le bras. Pendant une vingtaine de secondes, ils disputèrent une épreuve de force pure, visage contre visage, souffle contre souffle, muscles tendus, veines saillantes.

Ce fut l'arrivée de la rame suivante qui précipita la fin du combat. Le grincement de ses freins et le sifflement des portes détournèrent l'attention du Birman, pas longtemps, une fraction de seconde, mais Wang se rua immédiatement dans cette faille. Il transféra le poids de son corps sur un côté, replia la jambe opposée, se détendit brusquement et projeta son adversaire d'un mouvement de bassin tout en lui maintenant le poignet plaqué au sol, la lame à la verticale. Le Birman retomba sur le côté et s'empala sur le poignard au niveau de la taille. Il voulut le retirer de sa chair mais ses gestes de panique ne réussirent qu'à l'enferrer davantage.

Wang le repoussa, se releva et se dirigea en boitant vers la porte ouverte d'un wagon. Le sang coulait le long de sa cuisse et imbibait le tissu de sa combinaison. L'un des deux voyageurs assis sur les banquettes du compartiment lui lança un regard à la fois intrigué et apeuré, l'autre, équipé d'un sensor portable, ne s'aperçut même pas de sa présence. Exténué, le Chinois se laissa tomber sur un siège et observa le quai. Les touristes blonds n'avaient pas bougé, pétrifiés par la sauvagerie du combat qui s'était déroulé sous leurs yeux. Le Birman remuait faiblement sur le béton lisse et gris que chacune de ses reptations maladroites enduisait de sang.

Wang regagna sans encombre l'hôtel du centre d'affaires David-Naüm. Personne ne lui posa de questions sur ses vêtements déchirés et la tache de sang qui maculait sa combinaison, ni dans le métro ni à la réception.

Frédric l'attendait dans sa chambre.

« Où étais-tu passé ? J'étais mort d'inquiétude... »

En dehors des Jeux, c'était la première fois que le défenseur français se souciait de la santé de son capitaine de champ. Son visage et son regard tourmentés traduisaient une inquiétude sincère. Wang espéra qu'il n'avait pas fouillé dans son sac de voyage et découvert le petit appareil que lui avait fourni la ruche.

« J'ai failli mourir tout court... », répondit-il en désignant sa blessure.

Il relata brièvement l'attaque des six hommes dans la vieille ville de Jérusalem.

« Nous essaierons de tirer cette histoire au clair, mais plus tard, dit Frédric en se dirigeant vers le salon sensor. Il y a plus urgent pour l'instant. J'appelle un médecin... »

Il paraissait à la fois soulagé et contrarié. Lorsqu'il eut refermé la porte du sensor derrière lui, Wang se laissa tomber de tout son long sur son lit, ferma les yeux et songea qu'il devrait maintenant se méfier de tout et de tous jusqu'aux prochains Jeux.

CHAPITRE XI

LARRIE BIG-BANG

Parlons maintenant de ta lignée, ô toi qui penses que le Tao de la Survie cesse de s'appliquer après ta mort. Car ton rôle est d'enseigner à tes descendants ce que tes ancêtres t'ont enseigné. Laisserais-tu donc tes enfants se battre sans arme dans un monde où tous les coups sont permis ? Mais que leur apprendras-tu ? A se défendre ? A frapper ? Ai-je donc été un si piètre maître ?

Le Tao de la Survie de grand-maman Li

Lorsque l'agression dont Wang avait été victime lui fut rapportée, Emilian Freux – le président français, réélu à une écrasante majorité le 10 juin 2214, entamait son septième mandat, record absolu – saisit immédiatement le conseil de l'O.N.O. et exigea que la police et la cyberlice s'associent pour tirer cette affaire au clair.

« Des complicités ont été nécessaires pour la neutralisation des ordinateurs interactifs de surveillance des immigrés, les O.I.S.I. Nous passerons sur cette tentative d'élimination d'un élément essentiel du défi français, laquelle ébranle les fondations de cette institution centenaire que sont les Jeux uchroniques, nous préférons attirer votre attention, mesdames et messieurs, sur le danger que fait courir à l'Occident ce genre de procédé : les six immigrés qu'on a lâchés dans la vieille ville de Jérusalem auraient pu profiter de leur anonymat pour perpétrer un attentat, pour massacrer des Occidentaux. Pendant une heure, peut-être plus, nous avons perdu le contrôle sur six tueurs. Je n'ose croire qu'on en soit arrivé à de telles extrémités pour truquer des Jeux qui se dérouleront dans quinze ou seize mois. C'est pourquoi, mesdames et messieurs du conseil, je vous adjure de tout mettre en œuvre pour faire la lumière sur cet épisode qui n'ajoutera rien à la gloire de l'Occident... »

Bien qu'il ne les eût pas cités nommément, les médialistes estimèrent qu'il accusait les défis anglais et américain, et cette incrimination déclencha de vives réactions dans les populations anglophones et francophones, les uns criant à la calomnie, à l'injustice, les autres au scandale. Quelques-uns s'étonnèrent qu'on accordât une telle importance à la vie d'un immigré et doutèrent que des nations aussi prestigieuses que l'Angleterre et les Etats-Unis se fussent abaissées à monter une opération aussi grotesque. On ironisa également sur la promptitude de la France à défendre le capitaine de champ de Frédric Alexandre : qui donc commandait l'armée française des Jeux, le stratège ou le petit Sino-Russe ? Est-ce que le grand Napoléon s'était reposé sur l'un de ses grognards pour prendre ses décisions ?

L'O.N.O. accéda toutefois à la requête de la France et nomma une commission d'investigation constituée de dix inspecteurs de la P.O.S., la Police onosienne supranationale, de dix cyberliciens et de cinq observateurs neutres. L'enquête s'annonçait d'autant plus difficile que les six immigrés avaient été retrouvés morts par la police israélienne, qu'il ne fallait donc pas compter sur leur témoignage pour faire progresser les choses (de toute façon, le droit occidental n'estimait pas recevable le témoignage d'un immigré). Les cyberliciens mirent deux jours à s'apercevoir que la piste informatique ne débouchait nulle part : les complices des organisateurs de l'agression avaient effacé toute trace de leur intervention sur les O.I.S.I. On consulta les fichiers du bureau de l'immigration, on reconstitua l'emploi du temps des six hommes, quatre Sino-Russes de type asiatique, un Sino-Russe de type balkanique et un Noir africain de la G.N.I., depuis leur passage aux portes de Most et de Saragosse. Des immigrés de fraîche date qu'on avait affectés tous les six aux tâches agricoles en Alsace et qu'on avait pu contacter en toute discrétion sur leur lieu de travail. On ne trouva rien de répréhensible dans l'analyse morphopsycho qui les avait classés comme ouvriers agricoles, hormis peut-être la non-exploitation d'une agressivité qui aurait pu – dû ? – leur valoir une affectation dans une armée uchronique. Même mécanisés, les travaux agricoles exigeaient une certaine force physique, et il fallait bien, si les Occidentaux voulaient recevoir leur nourriture quotidienne, qu'on destinât quelques immigrés de robuste constitution aux corvées agroalimentaires. Les voisins de la ferme où officiaient les six hommes n'avaient rien remarqué de suspect les jours précédant le passage de la délégation française en Israël, ni visite intempestive ni départ précipité... Bref, l'enquête s'enlisa rapidement et le président Freux eut beau réclamer à cor et à cri des résultats tangibles, les rapports de la commission restèrent désespérément vides.

Le bureau du défi français souhaitait accorder une protection spéciale à Wang, mais aucun Occidental n'était en mesure de tenir le rôle de garde du corps (même si des Occidentaux avaient eu le profil de l'emploi, et c'était loin d'être le cas, ils auraient refusé d'être affectés à la protection d'un immigré) et, à la lueur de ce qui s'était passé à Jérusalem, il était hors de question de recourir aux services de l'immigration. Le bureau s'était contenté de recommander à Wang de ne pas s'aventurer dans des quartiers déserts, de ne quitter Paris qu'à l'occasion des voyages officiels et de n'ouvrir sa porte qu'à des visiteurs dûment identifiés.

Wang restait donc sur ses gardes, mais il était convaincu qu'il n'avait pas à craindre d'autre agression, que l'ouragan médiatique et politique soulevé par cette affaire avait refroidi les ardeurs de ceux qui avaient organisé cette traque dans la vieille ville de Jérusalem. Kamtay Phoumapang et Belkacem L. Abdallah ne le laissaient pas sortir seul et ne le quittaient pas d'un pouce lorsqu'ils allaient se promener dans les rues de Paris. Il les entraînait souvent vers la place Michelin-Godéron, où il restait des heures à observer le rempart métallique dressé autour du bunker et les miradors disposés tous les dix mètres.

« Pourquoi est-ce que tu nous emmènes toujours sur cette foutue place ? grommela un jour Kamtay. Certains quartiers de Paris sont nettement plus agréables !

– Un jour peut-être, nous viendrons ici avec d'autres intentions, répondit Wang avec un sourire énigmatique. Et nous serons bien contents d'avoir repéré les lieux...

— Tu veux dire que nous ferons comme les Parisiens en 1789 ? » intervint Belkacem, qui poursuivit, devant l'air interrogatif de ses deux compagnons : « Cette place était autrefois appelée la place de la Bastille. Une prison, symbole du pouvoir royal, se dressait à la place de ce mur métallique. La prise de la Bastille, en juillet 1789, a donné le coup d'envoi de la Révolution française. Les gouvernements nationalistes du début du XXIe siècle se sont empressés de la débaptiser pour lui donner le nom d'un président qui n'a gouverné que deux ans. J'ai lu dans un vieux bouquin que ce Michelin Godéron est mort en 2021 d'une génomite foudroyante, une maladie causée par les manipulations génétiques. Ils ont troqué les idéaux révolutionnaires du XVIIIe siècle pour honorer un homme qui ne laissera aucune trace dans l'histoire...

— Ils ne sont pas les seuls à avoir bradé leur mémoire, grogna Kamtay. L'humanité ne retient jamais les leçons du passé. Qu'en avons-nous retenu, nous ? Nous savions que nous n'avions rien de bon à attendre de l'Occident, mais ça ne nous a pas empêchés de nous précipiter à sa porte...

— En ce qui me concerne, je n'avais pas le choix, protesta le Soudanais. C'était l'Occident ou le sabre.

— Je ne te parle pas des individus, mais des gouvernements. Que ce soient les salopards de l'axe Pékin-Moscou ou les fanatiques de La Mecque, ils vendent leurs populations pour s'attirer les bonnes grâces des Occidentaux. Si personne ne passait ces portes de malheur, l'Occident ne pourrait pas organiser ces foutus Jeux !

— Ce sont les individus qui font les gouvernements... », avança Wang.

Les rides de Kamtay se creusèrent un peu plus et Belkacem fronça les sourcils. Ils s'étaient assis sur un banc public, sous un érable dont les feuilles d'un rouge éclatant formaient une voûte sanguine au-dessus de leurs têtes. La muraille métallique de la place Michelin-Godéron occultait une grande partie du ciel et voilait le soleil.

« Qu'est-ce que tu veux dire ? » demanda le Laotien.

Ce fut le Soudanais qui répondit :

« Il parle sans doute de la responsabilité individuelle...

— Ce sont les décisions individuelles qui font la responsabilité collective, approuva Wang. Un être humain a toujours le choix... »

Il admettait en cet instant le bien-fondé de la théorie de la ruche sur les embranchements et, en même temps, il prenait conscience de la qualité de l'enseignement de grand-maman Li, qu'il avait jusqu'alors assimilé à un moyen simple et pratique d'affronter les dangers de l'existence. Par le biais du Tao de la Survie, sa grand-mère lui avait appris à choisir les embranchements qui conduisaient vers l'élargissement de sa conscience, vers le grand fleuve de l'humanité.

« Tu affirmes que j'ai choisi de quitter ma douce Aïcha et mes six enfants ? murmura Belkacem d'un ton empreint de tristesse.

— Tu as choisi d'enseigner d'une façon qui déplaisait aux autorités de ton pays, dit Wang. Tu savais que ton attitude avait toutes les chances de t'attirer des ennuis, mais en choisissant d'être honnête, fidèle à toi-même, tu plaçais ton intégrité au-dessus de l'amour de ta femme et de tes enfants.

— C'était de l'orgueil ! s'écria Belkacem, les yeux larmoyants. Je me figurais que je pouvais changer quelque chose en tenant à mes élèves un autre discours que celui des religieux. Depuis le moment où le tribunal coranique m'a condamné à l'exil, il ne se passe pas un jour sans que je regrette ma stupidité.

— Tu as changé quelque chose, déclara Wang avec force. Tu as semé des graines qui germeront et donneront plus tard des épis. Tu as renvoyé tes élèves à eux-mêmes, tu as ouvert un nouvel embranchement dans leur esprit, une possibilité de choix. Qu'ils soient dix, cent, mille à faire la même chose dans ton pays et dans les autres pays de la G.N.I., et le gouvernement religieux s'effondrera comme un château de cartes. Qu'ils soient dix, cent, mille à refuser la loi des néo-triades dans les provinces de la R.P.S.R., et les parrains seront balayés comme de la paille de riz. Aucun pouvoir ne peut arrêter l'esprit.

— C'est sans doute pour ça qu'on exécute les fortes têtes ! ironisa Kamtay.

— La mort fait partie des choix.

— J'espère en tout cas que celui-là se présentera le plus tard possible !

— Cette vie est chienne, mais on y tient... », renchérit Belkacem.

Le voile de tristesse ne s'était pas estompé sur les traits du Soudanais, mais son large sourire dévoilait des dents blanches parfaitement assorties à la neige de sa chevelure.

Que le bureau du défi français eût renoncé à lui adjoindre des gardes du corps permanents arrangeait bien les affaires de Wang. Il gardait ainsi son entière liberté de mouvement et se servait de son faux traceur pour rendre de fréquentes visites à Lhassa. Il procédait toujours de la même manière : il attendait que Belkacem et Kamtay, qui insistaient pour l'accompagner jusqu'à sa porte, se fussent retirés dans leur propre appartement de la place des Vosges pour presser le bouton du petit appareil, enjamber la fenêtre qui donnait sur le toit de l'immeuble voisin, ouvrir la trappe et descendre par un étroit escalier de service. Il débouchait sur une rue adjacente, marchait jusqu'à la première station, prenait une rame de métro qui le conduisait à la gare souterraine France Europe Nord-Est, et sautait dans le premier subterraneus en partance pour Londres. Une heure plus tard, il se retrouvait à Victoria Station, à vingt minutes de West West-End. La gratuité des transports de l'O.N.O. – cette gratuité, valable pour les immigrés, qui n'avaient pas accès aux services financiers de l'Occident, ne s'appliquait pas aux Occidentaux, qui payaient une redevance forfaitaire mensuelle prélevée directement sur leur code sécurité-santé-banque – était un gage de tranquillité pour Wang. Personne ne lui demandait de justifier sa présence dans ces compartiments habillés de velours gris ou rouge. Les autres usagers, immigrés ou autochtones, le présumaient contrôlé par les cerbères de l'immigration et ne lui accordaient aucune attention. Il remontait le col de sa combinaison sur ses joues pour éviter que les sensoreurs des derniers Jeux ne le reconnaissent, mais cette précaution s'avérait probablement inutile car, pour les Occidentaux comme pour les Blancs de la R.P.S.R., tous les Jaunes se ressemblaient.

Il descendait à James-John Sterling Square et gagnait en quelques minutes la demeure baroque de Lord Bayfield. Le vieil homme l'accueillait chaleureusement, lui offrait le thé, qu'il préparait lui-même – « apprendre les subtilités du thé anglais à Lhassa est réellement une entreprise désespérée... » – et le retenait une bonne demi-heure avant de le laisser monter dans la chambre de la jeune femme.

Leurs retrouvailles étaient autant d'occasions de s'étourdir dans de fastueuses fêtes des sens. Ils s'exploraient, s'appréciaient davantage à chaque visite, se déchiraient lorsque la lumière sale du petit jour s'immisçait par la fenêtre et les exhortait à se séparer.

« Quand reviendras-tu ? lui demandait-elle d'un air suppliant lorsqu'il se dirigeait vers la porte.

– Le plus tôt possible... », répondait-il en l'enveloppant d'un regard nostalgique.

Il ne parvenait pas à s'arracher à la contemplation de ce corps encore brûlant qu'il venait tout juste de quitter et qu'il lui tardait déjà d'étreindre. Il mourait d'envie de poser la tête sur son ventre, d'être bercé par les contractions de sa chair lorsqu'elle parlait, lorsqu'elle riait, de respirer son odeur que n'égalerait jamais le plus précieux des parfums, de savourer l'ensorcelante douceur de ses paumes sur ses épaules, sur son dos, sur son torse. Il avait l'impression que le temps se suspendait auprès d'elle mais qu'il s'étiolait loin d'elle, comme si les chemins pour accéder à cette parenthèse d'éternité s'allongeaient entre chacune de leurs rencontres. Il finissait par se détourner et sortait de la chambre sans plus lui accorder un regard, craignant de faiblir et de courir se jeter dans ses bras s'il contemplait encore une fois son visage creusé par la fatigue et magnifié par l'amour. Il croisait souvent Lord Bayfield dans les couloirs et devinait, aux lueurs égrillardes qui enflammaient les yeux du vieillard, qu'il se débrouillait pour épier leurs ébats, sans doute par un miroir sans tain ou par une ouverture pratiquée dans le mur. Il n'éprouvait aucune colère à l'encontre de son hôte, comprenant qu'il avait besoin de leur dérober du regard un peu de vitalité pour continuer de s'accrocher à la vie. Il le saluait avant de sortir, traversait le parc de la maison et regagnait la station J. J. S. Square, aussi malheureux qu'un premier homme chassé de l'Eden.

Il mettait un peu moins de deux heures pour effectuer le trajet du retour. Il regagnait donc son appartement avant huit heures du matin où, après avoir éteint le faux traceur, il prenait un petit déjeuner reconstituant. Imprégné de la sueur, de l'odeur et de la salive de Lhassa, il retardait jusqu'à l'inéluctable le moment de prendre sa douche. Souvent, Kamtay et Belkacem s'introduisaient chez lui alors qu'il était encore dans la salle de bains. Ils le brocardaient pour sa paresse, lui criaient en riant que, s'il continuait de la sorte, il finirait par s'endormir sur le champ de bataille lors des prochains Jeux. Il s'habillait avant de paraître devant eux, ne voulant pas dévoiler les innombrables griffures, zébrures et morsures qui lui parsemaient le torse.

Ils n'avaient aucun souci à se faire pour la nourriture et les vêtements. Leur incorporation dans une armée uchronique et les quatre mois de préparation au camp des Landes les dispensaient des dix heures de travail quotidien obligatoires pour les autres immigrés. Le bureau du défi leur distribuait toutes les semaines des cartes d'achat valables dans la plupart des magasins et dans les restaurants réservés – doux euphémisme – aux non-Occidentaux. L'été, ils n'avaient rien d'autre à faire que flâner sur les boulevards écrasés de chaleur, goûter la fraîcheur sur les berges de la Seine aménagées en espaces verts, se baigner dans les lacs artificiels qu'ils étaient seuls à fréquenter. Les trois mois d'hiver, ils restaient au chaud dans l'un des deux appartements, parlaient pendant de longues heures de leurs familles, de leurs amours, de leurs espoirs. Ils faisaient la cuisine à tour de rôle en essayant de reconstituer les saveurs des cuisines traditionnelles de leur pays, la laotienne, la soudanaise, la chinoise. Ils ne trouvaient pas souvent les ingrédients nécessaires, les légumes, les céréales, les épices, les condiments en vigueur dans les rues de Khartoum, dans les villages du Laos, dans les faubourgs de Grand-Wroclaw, mais ils se débrouillaient avec les moyens du bord et remplaçaient l'igname, la purée de piment ou les galettes de riz par des produits locaux similaires et de grands éclats de rire.

Aliz rendit visite à Wang un soir de décembre de l'année 2214, mais la présence du Laotien et du Soudanais la dissuada de s'attarder. Elle se contenta de lui annoncer, de cette voix neutre et sèche qui lui donnait parfois une allure d'androïde, que l'enquête sur son agression avait abouti à un classement sans suite.

« A mon avis, ceux qui ont organisé cet attentat se tiendront désormais à carreau. Mais le bureau te conseille de rester prudent... »

Il aurait mis la main au feu qu'elle mentait, qu'elle s'était rendue chez lui de son propre chef, qu'elle était venue lui voler son énergie comme les fois précédentes. Vêtue d'une robe noire qui contrastait durement avec la pâleur de son teint et la flamboyance de sa chevelure, elle le fixait d'un air à la fois arrogant et implorant. Elle lui faisait penser à Dmitri Liegazi, ce cadavre en sursis animé par le besoin impérieux de se réchauffer au feu des autres hommes.

« Je reviendrai te voir, Wang. Un jour où nous aurons un peu plus de temps devant nous... »

Elle mentait de nouveau : ses yeux clairs et pailletés d'or disaient qu'elle avait pris la décision de rompre définitivement avec lui, qu'elle avait à nouveau creusé le fossé qui séparait l'Occidentale de l'immigré. Il se demanda si elle ne lui avait pas joué la comédie depuis le début, si elle ne faisait pas partie de ceux qui avaient tenté de saborder par tous les moyens le défi français.

« Bonne chance, Wang... »

Après avoir prononcé ces mots comme une sentence, elle se retourna et sortit. La plaque ronde et métallique sur sa nuque, encadrée de longues mèches rousses, accrocha la lumière des appliques de l'entrée.

Il ne revoyait Frédric et Delphane qu'à l'occasion des journées uchroniques organisées dans les différentes villes de France. Après les élections présidentielles se profilaient les élections municipales, et les élus tentaient de se draper dans un pan de la gloire de Frédric Alexandre. Wang détestait cette sensation d'être exhibé comme un bœuf ou un porc des marchés aux bestiaux de Grand-Wroclaw. Il se rendait également compte que sa présence indisposait le héros français des Jeux, mais les promoteurs de ces festivités insistaient pour que le capitaine de champ, ce jeune Sino-Russe dont le courage et l'esprit d'initiative avaient accompli des miracles dans le cadre de la stratégie chaotique, accompagnât Frédric Alexandre et son épouse.

Delphane ne lui adressait la parole qu'en de très rares occasions, et toujours pour lui donner des nouvelles de la ruche : « Elle prépare activement les cent huitièmes Jeux... Nous irons à Rabastens dès que nous serons invités dans le Sud-Ouest... Le réseau mène sa propre enquête sur l'agression de Jérusalem... Il a écarté l'hypothèse d'une machination des anglophones... Il aura bientôt des révélations à te faire... Il te recommande la prudence... »

Elle semblait ne plus avoir de goût pour la vie. Elle ne souriait plus, parlait d'une voix neutre, monocorde, suivait son mari comme une ombre dans ses déplacements, écoutait avec une déférence ennuyée les discours ampoulés des édiles ou des directeurs des écoles locales de stratégie, prétextait une migraine ou une fatigue soudaines pour se retirer dans sa chambre avant la fin du dîner. Ce comportement n'inquiétait pas Frédric, qui, effrayé par les moments d'intimité avec son épouse, avait lui-même élevé la fuite et le mutisme au rang d'un art.

Une nuit de mars 2215, alors que les météorologues avaient changé l'hiver en été depuis une dizaine de jours et que Wang ouvrait, le cœur joyeux, la porte de la demeure de Lord Bayfield, celui-ci, vêtu comme toujours de sa robe de chambre bleue et assis dans l'un des deux fauteuils de l'immense salon, lui fit signe de monter directement dans la chambre de Lhassa. Il grimpa l'escalier quatre à quatre, alarmé par l'air lugubre du vieil homme.

Lorsqu'il entra dans la chambre, la Tibétaine se jeta dans ses bras en pleurant. Ses sanglots l'empêchèrent d'abord de parler puis elle se calma et alla chercher l'éléphant familial sur la table de nuit.

« Si nous sortons un jour de l'Occident, tu devras remettre cette statuette à une autre femme que moi...

– Pourquoi ? » balbutia Wang.

Elle écarta les mèches rebelles de sa chevelure, resserra les pans de son peignoir et renifla bruyamment.

« Je sais maintenant pourquoi je n'avais plus mes règles. Lord Bayfield m'a dit que toutes les femmes immigrées, sauf celles qu'on destine aux embryonneries, sont stérilisées lorsqu'elles passent la porte du R.E.M. »

Wang resta pétrifié au milieu de la pièce, incapable de réagir.

« Ça veut dire que je suis une terre sèche, Wang,

reprit Lhassa d'un ton presque provocant. Je ne pourrai pas te donner d'enfant. Ils m'ont... »

Elle s'assit sur le lit et fondit à nouveau en larmes.

« Ils lui ont retiré les ovaires, précisa Lord Bayfield qui entra à son tour dans la chambre. Elle ne peut plus fabriquer les ovules nécessaires à la conception. L'O.N.O. a interdit les relations sexuelles entre immigrés mais a estimé que la stérilisation pallierait avantageusement certaines faiblesses de la chair.

– On ne voit pas de cicatrice, bredouilla Wang.

– La nanochirurgie occidentale ne laisse aucune trace.

– Vous le saviez depuis le début ? »

Le vieillard hocha la tête d'un air las.

« Je n'avais pas jugé utile de le lui dire jusqu'à ce qu'elle me confie son désir de te donner des enfants.

– Ils ne stérilisent pas les hommes ?

– On aurait trop peur de diminuer leur instinct guerrier. Les hommes incapables de produire les hormones mâles font de piètres combattants.

– Il n'y a pas moyen de...

– Lui greffer des ovaires ? Je crains que cela ne soit impossible... »

Wang se rendit près de la fenêtre et laissa errer son regard sur le parc qu'éclairait parcimonieusement la lumière du rez-de-chaussée. Il fut révolté par l'idée qu'aucun descendant ne serait en mesure de penser à lui lorsqu'il serait passé dans le monde des esprits, qu'il errerait comme une âme en peine sur les chemins de l'éternité. Il ne s'était jamais recueilli sur l'autel de ses parents durant son enfance et son adolescence à Grand-Wroclaw, mais il prenait conscience, en cet instant, que le laraire avait établi un lien entre ses parents et lui, que la tradition, entretenue par grand-maman Li en dépit de l'éloignement de la terre ancestrale (en dépit, également, de l'indifférence goguenarde affichée par son petit-fils), lui avait permis de structurer une véritable relation filiale avec les absents.

Il se retourna et contempla Lhassa, prostrée sur le

lit. L'Occident avait commis le plus grand des crimes en l'obligeant à renoncer à ses aspirations de mère. Un nouvel embranchement se proposait à lui : ou il entretenait le feu sacré de la tradition et privilégiait la perpétuation de la lignée, ou il plaçait son amour pour la jeune femme au-dessus de toute autre considération. Cela revenait à choisir entre le cœur et l'esprit, entre le sentiment et la raison. Il avait déjà arrêté sa décision depuis bien longtemps, depuis en fait qu'il avait sacrifié quarante yuans pour sauver du froid une jeune Tibétaine en perdition sur les pentes glacées de l'Erzgebirge, mais il voulait être bien sûr de ne pas regretter sa résolution. Il s'avança vers le lit, prit Lhassa par les épaules, la releva avec délicatesse et l'étreignit tendrement.

« Tu me suffiras, chuchota-t-il.

— Tu dis ça parce que nous sommes jeunes, lui murmura-t-elle à l'oreille. Mais nous vieillirons, nous nous dessécherons, et tu finiras par me haïr, comme un paysan hait une terre stérile.

— Nous aurons une vie féconde, même sans enfant.

— Comment ? »

Les ongles de Lhassa se plantèrent dans sa nuque. Elle attendait une réponse qui la rassurât, qui la réconciliât avec la vie, qui lui permît d'espérer.

« Nous apporterons notre pierre à la construction du nouveau monde, nous déposerons nos offrandes sur l'autel de l'humanité.

— Quelles offrandes ?

— Notre expérience, nos idées, notre amour... nos richesses. »

Il prit le petit éléphant qui gisait sur le lit et le lui glissa dans la main.

« Nous offrirons notre éléphant à tous les hommes, et l'humanité tout entière sera notre lignée... »

Elle se redressa et le fixa avec intensité, les yeux brillants.

« Tu ne me reprocheras jamais d'être un arbre sans fruit ? »

Il lui saisit le menton et maintint son visage à quelques centimètres du sien.

« Si un jour je tiens ce genre de propos, Lhassa, considère que Wang est mort et empresse-toi de l'oublier... »

Ils s'embrassèrent avec une telle fougue que leurs dents s'entrechoquèrent. Lord Bayfield se retira sur la pointe des pieds, referma la porte derrière lui mais, au lieu d'entrer dans la chambre adjacente pour les regarder s'aimer par le miroir sans tain, il descendit à la cuisine où il se prépara un thé. Ce soir, il ne s'estimait pas le droit de partager leur intimité.

Le 29 octobre 2215, aux alentours de vingt-deux heures, Delphane se présenta à l'appartement de Wang. Il fut surpris de la découvrir sur l'écran du système d'info-surveillance qu'on lui avait installé quelques mois plus tôt (ce genre de système avait été abandonné depuis plus de cent ans, mais le défi français avait exhumé cette technologie obsolète pour lui permettre de visualiser les visiteurs avant de leur ouvrir). Il la croyait à New York avec Frédric, où le défendeur devait annoncer le thème des prochains Jeux uchroniques. Le défi français, appuyé par le gouvernement, avait jugé pertinent de faire sa déclaration dans le pays même du challengeur, un Américain du nom de Lawrence Mike Laettner, surnommé « Larrie Big-Bang » en raison d'une stratégie explosive, basée sur l'attaque à outrance et la vitesse d'exécution. Certains médialistes américains l'appelaient également le « Big-Wang » pour signifier qu'il ne ferait qu'une bouchée du capitaine de champ de Frédric Alexandre, présenté comme un cadeau empoisonné de la R.P.S.R. à la France. Larrie Big-Bang avait écrasé les autres finalistes du tournoi des challengeurs avec une aisance confondante et redonné l'espoir à toute une nation, désespérée par la défection de Hal Garbett, qui semblait cette fois définitive. L'ancien défendeur n'avait même pas daigné paraître devant les médialistes lors de la présentation publique de la présélection américaine. Il avait bel et bien disparu de la scène publique, probablement lassé par la pression exercée sur les stratèges. Agé de cinquante ans, Larrie Mike Laettner n'avait pas encore la carrure et le charisme de son illustre prédécesseur, mais les spécialistes voyaient en lui le tombeur probable de Frédric Alexandre et l'artisan possible du renouveau américain. La sauvagerie avec laquelle ses soldats virtuels avaient massacré l'armée de son adversaire catalan lors de la finale du tournoi des challengeurs – thème : les guerres de Yougoslavie du XXe siècle – augurait d'une énergie et d'une cruauté tout à fait compatibles avec les exigences du haut niveau stratégique. Il n'avait pas laissé à son rival le temps de s'organiser. Ses miliciens serbes, armés de fusils d'assaut, avaient traqué sans répit les opposants croates dans les ruines d'une ville dévastée. Il avait exploité avec opportunisme les particularités de ce type de terrain, propice aux embuscades, aux corps à corps. Contrairement au Catalan, il n'avait pas cherché à économiser ses grenades offensives, prenant un avantage que les soldats ennemis, passés en survie automatique, avaient été incapables de contester.

« A nous deux, Alexandre ! » Tels avaient été ses premiers mots au sortir de la finale, alors que les médialistes américains tournaient autour de lui comme des mouches surexcitées.

Il n'avait pas eu une parole de consolation pour son adversaire malheureux, se forgeant dès son apparition au plus haut niveau une réputation d'inflexibilité qui choquait une minorité d'âmes sensibles et rassurait l'immense majorité des esprits patriotes et revanchards. Lorsqu'il avait appris que le défi français se déplaçait à New York, sur son propre territoire, pour annoncer le thème des cent huitièmes Jeux uchroniques, il avait déclaré que « cette provocation des *Frogs* [était] déjà un aveu d'impuissance, une reddition avant l'heure », des paroles fortes qui avaient beaucoup plu aux populations des nations anglophones. En France, quelques voix (l'opposition, de plus en plus squelettique...) s'étaient élevées contre cette décision stupide, arguant qu'on avait perdu une belle occasion d'offrir des images et des sensations de Paris, Ville lumière et capitale onosienne de la culture, à l'ensemble du monde occidental. Mais le bureau du défi, déterminé, tenait à montrer aux Américains qu'il ne craignait pas de jeter le gant sur le sol ennemi et, en filigrane, que les manœuvres des anglophones ne parviendraient pas à déstabiliser les fondations de l'O.N.O.

Tout l'Occident attendait donc le 30 octobre avec une grande impatience. Le début de la communication avait été prévu à quatorze heures locales afin que, par le biais du décalage horaire, elle fût reçue à vingt heures à Paris, un horaire que la SF 1 jugeait idéal pour rassembler le plus grand nombre de sensoreurs français.

Delphane s'assit sur le canapé du minuscule salon de l'appartement de Wang. Elle avait passé une robe légère qui n'avait rien à voir avec la mode européenne de la fin du XIXe. Ses cheveux flottaient en toute liberté sur ses épaules et ses yeux avaient en partie recouvré leur vivacité, leur éclat. Belkacem et Kamtay étaient partis une demi-heure plus tôt après avoir bu un « dernier thé pour la route » – Wang avait pris goût au thé à la mode anglaise de Lord Bayfield.

« Je pensais que vous aviez accompagné Frédric à New York... commença Wang en s'asseyant à son tour sur un tabouret.

– Il n'a pas besoin de moi, répondit-elle avec un sourire crispé. Il n'a jamais eu besoin de moi. Mon père est le seul homme qui ait eu l'envie de me prouver son amour...

– Il me semble pourtant que, dans ce pré, près de la ruche... »

Elle l'interrompit d'un geste du bras.

« Ce qui s'est passé entre nous ne compte pas. Ton désir était purement physique. Un désir d'homme frustré de femme depuis trop longtemps. N'importe laquelle aurait fait l'affaire ce soir-là. Aliz ou une autre...

– Vous savez pour Aliz ?

– La ruche m'a montré des images transmatérielles prises par un satellite dans une chambre de Bordeaux et dans ton propre appartement... Heureusement pour vous deux, le réseau a effacé ces séquences dans les banques de données de l'O.N.O. Aliz, au moins, a été au bout de ses intentions.

– Elle n'a éveillé aucune émotion en moi. Je n'ai pris avec elle qu'un plaisir mécanique. »

Delphane hocha la tête à trois reprises.

« La différence est flagrante lorsque tu es dans les bras de Lhassa... »

Il se crispa sur le tabouret et la fixa d'un air mauvais.

« Le réseau m'espionne aussi dans la chambre de...

– Le réseau s'intéresse à tout ce qui te concerne. Il t'a élu comme capitaine de champ, ne l'oublie pas.

– Il n'a pas prévu l'aventure qui m'est arrivée à Jérusalem !

– Aucune prévision n'est fiable à cent pour cent. Le désordre se glisse dans les moindres failles. Tu as précisément été choisi pour ta capacité à surmonter les coups durs, les événements imprévisibles. Les faits ont donné raison au réseau : tu t'es sorti sans dommage du piège de Jérusalem. »

Wang se leva et se rendit dans la cuisine, saisit la télécommande centrale domotique et déclencha la mise en route de la bouilloire autochauffante. Dix secondes plus tard, un voyant lui indiqua que l'eau était parvenue à ébullition. Il ouvrit la boîte à hygrométrie constante qui contenait le thé, en jeta une pincée dans la bouilloire et attendit que l'eau teintée se déversât automatiquement dans les deux tasses placées sous les becs recourbés. Il disposa les deux récipients sur un plateau et saisit deux sachets autodissolvants de lait sucré dans la porte du réfrigérateur.

« Le réseau sait qui a ordonné cette agression ? » demanda-t-il en posant le tout sur la table.

Elle glissa un sachet de sucre et de lait dans une des deux tasses, le regarda se dissoudre et donner au liquide une teinte caramel.

« Frédric, dit-elle en levant les yeux sur lui.
– Quoi, Frédric ? »

Elle porta la tasse à ses lèvres et but à petites gorgées.

« Il voulait se prouver qu'il était capable de gagner les Jeux sans toi... », répondit-elle.

Des nuages de vapeur sortaient de sa bouche en même temps que les mots. Elle ne se rendait même pas compte qu'elle était en train de se brûler le palais, comme si elle n'accordait plus aucune importance à son corps.

« Il ne supporte pas que tu lui fasses de l'ombre, poursuivit-elle d'un ton placide. Il pense qu'on t'attribue les mérites de ses victoires, que c'est à cause de toi que les membres de l'Académie occidentale de stratégie ne l'ont pas classé parmi les vingt premiers stratèges de l'histoire. Comme il n'avait aucune chance de convaincre le bureau de te mettre sur la touche, il n'avait pas d'autre choix que t'éliminer. Il a donc cherché un allié parmi les membres de la cellule morphopsycho du défi...

– Aliz !

– Laquelle lui a donné satisfaction avec d'autant plus d'empressement qu'elle travaille pour les anglophones. Après avoir consulté les fichiers morphopsycho de l'immigration, elle a contacté six hommes qui travaillaient dans une ferme alsacienne et qui correspondaient au profil requis pour ce genre de besogne. Le marché était le suivant : ils accomplissaient pour elle ce travail et elle se faisait fort d'obtenir leur libération et leur renvoi dans leurs pays d'origine.

– Ils auraient pourtant dû se douter qu'elle ne laisserait pas de témoin derrière elle.

– Ils étaient condamnés à partir du moment où elle les avait sélectionnés. Elle a ensuite soudoyé deux employés du bureau de l'immigration pour organiser leur transfert à Jérusalem sept jours avant le passage de la délégation française en Israël.

– Elle ne pouvait pas savoir que j'irais me promener dans la vieille ville arabe ! » objecta Wang.

Delphane reposa la tasse sur le plateau.

« Tu oublies que c'est l'une des morphopsychos les plus brillantes de sa génération. Elle a deviné que tu rôderais tôt ou tard dans les quartiers est de Jérusalem parce que tes désirs sont inscrits sur tes traits, sur ta peau, dans ton comportement. Elle peut prédire à coup sûr un certain nombre de tes réactions. Elle n'avait sans doute pas prévu, en revanche, que tu trouverais en toi suffisamment de ressources pour échapper à tes agresseurs. Lorsque Frédric t'a vu revenir à l'hôtel, il a été pris de panique et l'a aussitôt appelée. Cet échec ne changeait pas grand-chose pour elle : elle avait programmé l'extinction des six hommes et l'effacement de son passage dans les ordinateurs interactifs de surveillance. Elle a conseillé à Frédric de jouer son rôle de stratège outragé et de porter l'affaire devant le président Freux, certaine que l'enquête aboutirait à un classement sans suite : les anglophones savaient que le défendeur était le responsable de cet attentat sur son capitaine de champ mais ils craignaient en le dénonçant d'attirer l'attention des Français sur le double rôle d'Aliz... »

Elle s'interrompit pour finir sa tasse de thé, comme épuisée par cette tirade. La vie tout entière semblait être pour elle un fardeau trop lourd à porter.

« Quel genre de promesse a pu pousser Aliz à travailler pour les anglophones ? demanda-t-il.

– Un poste à la hauteur de ses ambitions, je suppose. Quelque chose comme directrice du bureau de l'immigration ou membre permanent de l'O.N.O... Le plus étrange, c'est qu'elle éprouve quelque chose pour toi. Peut-être pas un sentiment, car les Occidentaux ont oublié depuis longtemps le sens de ce mot, mais une attirance. En te faisant tuer, elle espérait que cette inclination, qui lui inspirait autant de désir que de peur, disparaîtrait.

— Pourquoi ne pas l'éloigner du défi français ?
— Le réseau l'estime plus utile dans un rôle de vase communicant. Mais pourquoi me parles-tu seulement d'Aliz ? Le comportement de Frédric ne te choque pas ? »

Il avala une gorgée de thé, dont le lait sucré ne masquait pas tout à fait l'amertume.

« Je savais que j'étais devenu une gêne pour lui, dit-il. Mais je ne pensais pas qu'il irait jusque-là.
— Il tuerait ses parents s'il le fallait pour obtenir la reconnaissance de ses pairs. L'obsession de la stratégie l'a métamorphosé en monstre.
— Vous comptez continuer à vivre avec ce monstre ?
— Je le quitterai à la fin de ces Jeux... »

Elle se leva, se dirigea vers la porte d'une démarche somnambulique, se retourna, la main posée sur la poignée.

« J'ai accompli ma dernière tâche auprès de mon cher mari. Demain, lorsqu'il annoncera le thème des Jeux, le réseau sensolibertaire parlera par sa bouche. La ruche albigeoise t'expliquera bientôt les raisons de son choix. Frédric n'avait pas réussi à se décider pour un thème malgré ses incessantes recherches dans les historamas. Il a accepté mes suggestions avec beaucoup d'empressement. Il m'a remerciée d'une tape sur la joue avant de filer comme un voleur dans son sensor... Maintenant, il ne me reste plus qu'à faire le dernier pas. Le saut dans le vide. »

Elle sortit sur le palier où elle appela l'ascenseur. Il l'observa pendant quelques secondes, craignant de la voir s'effondrer à chaque instant. Il attendit qu'elle s'engage dans la cabine pour refermer la porte de son appartement.

CHAPITRE XII

VIÊT-NAM

Tous les thèmes sont-ils envisageables dans le cadre des Jeux uchroniques ? La mémoire collective n'est-elle pas offensée lorsque le défenseur choisit une guerre qui a marqué les esprits d'une terrible empreinte ? On peut admettre que le peuple juif n'ait pas envie de revivre, même par le biais des sensors, le terrible cauchemar de la Deuxième Guerre mondiale. De même, les nations amérindiennes des Etats-Unis d'Amérique, les Navajos, les Apaches, les Lakotas pour ne citer que les plus puissantes, n'aiment sûrement pas évoquer le douloureux épisode de leurs luttes contre les envahisseurs européens – certains stratèges ne se sont pas privés, cependant, d'exploiter les guerres indiennes pour illustrer ce fantastique contraste entre la civilisation moderne et la civilisation néolithique, entre les armes à feu et les armes venues du fond des âges. La question mérite d'être posée : le temps n'est-il pas venu de mettre un terme aux dérives uchroniques ?

Jacquin Legrand, rédacteur en chef de *Total Sens*

« Le thème des Jeux est... »

Debout derrière le pupitre recouvert d'un drapeau tricolore, Frédric marqua un temps de pause et laissa errer son regard sur l'assistance. Un silence irrespirable plombait le grand hall de l'Empire State Building, loué par le bureau du défi français. Les centaines de médialistes et d'invités, tous vêtus à la mode européenne de la fin du XIXe siècle, retenaient leur souffle dans l'attente de la déclaration, impatients de savoir à quelle guerre l'Occident allait être convié, à quelle mode il devrait se soumettre. De chaque côté de l'estrade, les membres du C.O.J.U. restaient de marbre, même si le visage de Georgine Parenteau, la seule francophone du Comité, une vieille amie du président Freux, s'éclairait d'un sourire qui traduisait la fierté d'une France triomphante. Les anglophones, les Kévin Stoudamire, Michaël E. Sturm, Jessica Ford-Traub, Werner von Bistel... n'avaient pour l'instant pas d'autre choix que d'endurer l'arrogance de ces *Frogs* qui, gonflés par les deux victoires – heureuses – de leur stratège, se faisaient aussi gros qu'une *stupid cow* du Kansas. Dans leurs yeux se lisait un terrible désir de revanche qui démentait l'impassibilité de leurs traits. En retrait, assis sur des fauteuils XXIe (pieds arqués en métal torsadé, dossier de forme triangulaire, accoudoirs concaves), les deux présidents, Emilian Freux le Français et Samuel Rosberg l'Américain, conversaient à voix basse.

Freux avait bondi sur l'occasion de se pavaner dans cette salle qui, par l'entremise de Hal Garbett, était devenue l'une des places emblématiques des Etats-Unis. Il avait eu l'habileté de convier son homologue Rosberg à la cérémonie, sachant que ce dernier ne pourrait pas refuser l'invitation. Le président américain avait donc fait contre mauvaise fortune bon cœur, conscient qu'il valait mieux être l'otage provisoire des Français que d'opter pour la politique du siège vide et de prêter le flanc à l'accusation de lâcheté. Visiblement content de lui, Freux prêtait une oreille inattentive aux propos de Rosberg et daignait de temps à autre esquisser un sourire aux plaisanteries de son interlocuteur.

Les baromètres électroniques annonçaient une température extérieure de trente-huit degrés centigrades (après leur admission au sein de l'O.N.O., les Américains avaient rechigné à adopter les mesures européennes, les degrés centigrades au lieu des degrés Celsius, les mètres au lieu des yards, les kilomètres au lieu des milles, les centimètres au lieu des pieds et des pouces, les kilogrammes au lieu des livres, les litres au lieu des gallons, les ox au lieu des dollars...) et les régulateurs domotiques peinaient à maintenir une température constante de vingt degrés à l'intérieur de la salle.

Frédric eut un sourire d'enfant en train de faire une farce à ses parents.

« Le thème est... »

Murmure amusé puis agacé dans l'assistance. Hal Garbett avait également pris cette habitude de jouer avec les nerfs des invités serrés comme des cafards dans le grand hall de l'Empire State Building, mais on ne pardonnait pas à ses imitateurs ce qu'on acceptait volontiers de l'ancien défendeur.

« ... la guerre du Viêt-nam. »

Frédric a lâché ces quatre mots avec une désinvolture étudiée. Les annonces sont traditionnellement suivies d'un déluge sonore où se mêlent applaudissements, hurlements, sifflements, mais aujourd'hui, un silence tendu ponctue la déclaration du défendeur français. Les visages se crispent dans l'assistance, mais également sur les côtés de l'estrade, où les membres anglophones du défi masquent difficilement leur stupeur. Sur l'un des deux fauteuils présidentiels, le président Rosberg s'est raidi.

Viêt-nam. Ce mot a le même effet qu'un coup de massue sur les Américains. Il évoque une défaite humiliante, une gifle retentissante assenée au géant du XXe siècle, au gendarme du monde. Une poignée de Jaunes déterminés ont bouté hors de leur sol l'armée la plus puissante de l'Occident. Deux cent cinquante ans plus tard, la plaie ne s'est toujours pas refermée, même si, à l'orée du XXIe siècle, les Etats-Unis ont continué d'imposer leur volonté un peu partout sur le globe, en Iraq, en Israël, et même sur le continent austral où, en 2016, ils volèrent au secours de l'Australie (pendant la guerre dite des Kangourous, une tentative d'invasion des îles du Pacifique par les troupes chinoises). Le Viêt-nam est une illustration de la victoire du chaos sur l'ordre, du faible sur le fort, de David sur Goliath. Les Français s'y sont d'abord cassé les dents avant de transmettre sagement le témoin aux sauveurs du monde libre, aux grands vainqueurs de la guerre 1939-1945.

« Comme vous pouvez vous en douter, je choisis d'incarner la cause vietnamienne, reprend Frédric dont la voix pourtant fluette résonne avec une puissance inouïe dans un silence de cathédrale.

– Quelles raisons vous ont poussé à choisir ce thème ? lance un médialiste, plus prompt que ses confrères à reprendre ses esprits.

– Des raisons purement stratégiques, déclare Frédric. Cette guerre offre d'intéressantes possibilités, aussi bien par le terrain sur lequel elle se déroule, jungle, rizières, herbes à éléphant... que par la généralisation des héliportages.

– Est-ce que le *french* défi ne cherche pas à humilier la nation américaine par ce rappel des heures les plus noires de son passé ? » crie une femme blonde qui s'est levée de son siège.

Frédric prend le temps de bien l'observer avant de répondre. Il applique les conseils de la cellule morpho-psycho, qui lui a recommandé de se ménager des instants de silence afin de donner davantage de poids à ses paroles et de désamorcer l'agressivité de ses vis-à-vis.

« A l'issue de chaque guerre, il y a un vainqueur et un vaincu, dit-il d'un ton presque enjoué. Un peuple qui se gonfle d'orgueil et qui écrit l'histoire, un autre qui s'enfonce dans l'humiliation et qui subit l'histoire. En outre, vous l'avez vous-même souligné, ce passé est lointain...

— Les Etats-Unis ont perdu au Viêt-nam mais n'ont pas subi l'histoire, glapit une voix. Ils se sont seulement retirés d'un conflit où ils n'avaient plus rien à gagner, minés par l'opposition d'une partie de l'opinion américaine et lâchés par leurs alliés occidentaux.

— Pourquoi pousser des hauts cris en ce cas ? feint de s'étonner Frédric. Vous devriez, me semble-t-il, vous réjouir de l'opportunité offerte à votre challengeur de modifier rétroactivement le cours de l'histoire. J'ai sensoré quelque part que vous placiez de grands espoirs en ce Lawrence M. Laettner...

— C'était une sale guerre ! gronde un vieux médialiste assis au premier rang.

— Citez-moi une guerre propre, ironise Frédric.

— Une guerre où les enjeux sont définis, rétorque son interlocuteur. Où les cartes sont correctement distribuées. La donne était faussée au Viêt-nam. Nos *boys* ont été attirés dans un piège.

— Le gouvernement américain de l'époque n'avait pas lui-même montré toutes ses cartes...

— Il se battait contre l'idéologie communiste ! lâche le médialiste, péremptoire. Contre l'U.R.S.S., la Chine populaire... »

Frédric, qui se rend compte qu'il commence à réagir de manière épidermique, prend une longue inspiration avant de poursuivre la conversation. La salle s'anime peu à peu, sort de la léthargie dans laquelle l'a plongée sa déclaration. Les mains se lèvent et le maître de cérémonie, un permanent de l'Empire State Building, a fort à faire pour contenir les médialistes pressés maintenant de poser leurs questions.

« Il se battait aussi et surtout pour satisfaire les besoins d'expansion de l'industrie américaine de la défense, dit posément le défendeur. Le Viêt-nam était un formidable terrain d'expérimentation pour les armes nouvelles, pour les hélicoptères, pour les avions de combat, pour les bombes au napalm, pour les mines... Le Viêt-nam a jeté les bases des guerres de la fin du XXe et du début du XXIe siècles. Que les Etats-Unis remportent ou non ce conflit n'avait qu'un intérêt secondaire. La bataille contre le communisme a été gagnée plus tard, par le pourrissement économique.

– Vous parliez de l'héliportage, intervient une petite brune vêtue d'un ensemble crème, une Italienne probablement. Qu'est-ce que les hélicoptères apporteront aux Jeux uchroniques ?

– Heureux de vous voir revenir à des considérations purement stratégiques ! s'exclame Frédric, qui se tourne vers les membres du C.O.J.U., statufiés sur le côté de l'estrade. Si le Comité accepte l'idée des hélicoptères, ils apporteront de nouvelles données tactiques : vitesse de déplacement, découverte d'une dimension jusqu'alors inexploitée, la dimension verticale...

– N'y a-t-il pas un risque de collision avec les P.C. volants ? »

Rires dans la salle. Chacun sait que les P.C. sont munis de champs magnétiques anticollision qui les empêchent de se télescoper. Il n'y a aucune raison que cette protection ne s'applique pas à d'autres engins volants.

« Ma question avait un autre sens, reprend la brune, piquée par les réactions de ses confrères. Je parle d'une collision stratégique et sensorielle. Le stratège sera comme une abeille au milieu d'un essaim : il n'aura aucun recul, aucune vision d'ensemble. Ce défaut de visibilité interdira les manœuvres militaires classiques.

– La maîtrise des airs est justement le défi de ces Jeux, affirme Frédric. Aux finalistes de garder la tête froide lorsqu'ils seront environnés ou survolés par les hélicoptères. Nous devrons tirer le meilleur parti des possibilités aériennes. Réfléchir en trois dimensions.

— Seuls les Américains disposaient d'hélicoptères pendant la guerre du Viêt-nam, fait remarquer quelqu'un. Comment comptez-vous rééquilibrer le rapport de forces ?

— Je vous rappelle que, malgré un rapport de forces écrasant, les Etats-Unis ne sont pas sortis vainqueurs du conflit... »

De nouveau, Frédric prend quelques secondes pour observer l'assistance. La guerre du Viêt-nam est l'une des rares qui aient été remportées par l'armée la moins riche, la moins équipée. Elle symbolise le triomphe de l'esprit sur les moyens, de l'invisible sur le prévisible. Elle entre parfaitement dans le cadre de la stratégie chaotique, lui donne d'emblée un avantage mental sur Larrie Big-Bang, adepte de la destruction massive et systématique, comme les campagnes de bombardement effectuées par les avions B-52 sur les rizières et la jungle vietnamiennes. Frédric prévient son adversaire que la force brute ne suffira pas, qu'il faudra compter avec les ressources de l'esprit. Les réactions agressives des médialistes américains montrent qu'il a touché juste.

« Sans vouloir influencer le C.O.J.U., je pense néanmoins que les deux armées doivent partir sur la même ligne, bien que nous soyons placés dans l'obligation de faire une petite entorse à la réalité historique, reprend-il. A de rares exceptions près, les guerres se sont gagnées en amont dans le passé. Les Jeux ne sont pas de véritables conflits, mais des expressions stratégiques. Nous nous inspirons du passé parce que nous avons besoin de nous raccrocher au connu, aux racines, mais il n'est pas souhaitable de le reproduire avec exactitude.

— Vous ne tenterez donc pas votre troisième uchronie consécutive ?

— Je voulais savoir ce que cela changeait de débuter dans la peau d'un vainqueur.

— Qu'est-ce que ça change ?

— Je me sens déjà vainqueur !

– Foutaises ! Ce ne sont pas les véritables raisons de votre choix ! »

L'homme, un géant aux cheveux blancs, s'est levé et a brandi un doigt vindicatif en direction d'Emilian Freux. Frédric le reconnaît comme l'un des membres influents de l'A.O.S., un de ceux qui refusent obstinément d'admettre ses mérites stratégiques. Il se remémore les conseils de la cellule morphopsycho, s'efforce de respirer avec lenteur pour apaiser la brusque excitation qui s'est emparée de lui.

« Pouvez-vous préciser votre pensée, monsieur ? »

Obliger l'autre à reformuler sa question pour neutraliser son agressivité. La technique n'a aucun effet sur le géant aux cheveux blancs, qui n'a rien perdu de sa pugnacité.

« Qui a réellement décidé de ce thème ? Vous ou votre gouvernement ? Cette guerre n'est-elle pas une illustration supplémentaire de la volonté de la France de s'opposer au cours naturel et démocratique de l'histoire, d'empêcher la majorité anglophone de prendre les rênes de l'O.N.O. ?

– Je ne fais pas de la politique mais de la stratégie, monsieur, repartit calmement Frédric. Et si l'O.N.O. compte sur les Jeux uchroniques pour résoudre ses problèmes, c'est que l'Occident a jeté aux orties ses principes démocratiques.

– Votre naïveté est touchante mais pas convaincante ! »

Frédric enfonce ses ongles dans le bois du pupitre.

« Ce n'est pas la France qui a créé les commissions neurolinguistiques, rétorque-t-il, hargneux.

– Mais c'est la France qui a imposé son joug linguistique et culturel...

– Qui êtes-vous, monsieur ? Un membre de l'A.O.S. ou un délégué de l'O.N.O. ? »

Oubliées, les consignes de la cellule morphopsycho. Aliz, sa complice, son âme damnée, n'est plus qu'une image qui s'agite dans le vide. Le souvenir de Wang, blessé à la cuisse mais vivant, terriblement vivant, revient le hanter.

« Mon appartenance à l'A.O.S. ne m'empêche pas d'être un observateur attentif des affaires occidentales, dit le géant, prenant ses voisins à témoin.

– Vous n'êtes pas davantage qualifié pour juger des affaires occidentales que pour classer les stratèges ! »

A peine Frédric a-t-il prononcé ces mots qu'il prend conscience de son erreur. Il vient de cracher sur une académie qui s'est élevée au rang d'une institution, dont les statistiques, les études, les émissions sensor font office de référence. Dorénavant, il lui est interdit d'espérer figurer dans le palmarès de l'A.O.S., et cette perspective le rend malheureux.

L'autre voit que le défendeur perd son sang-froid et en profite pour enfoncer le clou.

« Vous dites ça parce que vous n'apparaissez pas dans le classement des vingt meilleurs stratèges de l'histoire ? »

Des mouvements de tête, des rires, des applaudissements ponctuent ses paroles. Quelqu'un a enfin trouvé le moyen de clouer le bec à cet impertinent de coquelet frenchy.

« Les classements sont aussi subjectifs que les gens qui les établissent, avance le défendeur d'une voix sourde. Et je ne suis pas entré en stratégie pour voir apparaître mon nom en haut ou en bas d'une quelconque liste.

– Le génie stratégique ne laisse pas de place au hasard, tonne le géant aux cheveux blancs. Ou il abandonne ses prérogatives à ses soldats, à son capitaine de champ. L'Académie n'applique aucun ostracisme à votre encontre. Elle est tout à fait prête à vous élever au rang de stratège lorsque vous aurez appris à maîtriser votre sujet.

– La meilleure stratégie est celle qui gagne... »

Frédric n'a pas mis toute la conviction souhaitable dans son assertion. Il comprend que cet homme est venu dans l'intention délibérée de le déstabiliser, de l'humilier. Une fois sa tâche accomplie, le géant se rassoit et lance de brefs regards à droite à gauche comme autant de signes de connivence.

D'autres questions fusent de l'assistance, auxquelles le défendeur répond d'une voix éteinte. Il songe alors à Delphane, qu'un autre manque de reconnaissance a éteinte elle aussi, et se dit que chaque être humain est un stratège bien plus complexe, bien plus riche, bien plus retors que n'importe quel conquérant de l'histoire.

« Retour à la case départ ! » s'exclama Belkacem en descendant du véhicule à propulsion solaire qui faisait la liaison entre l'aérotrain et le camp des Landes.

Il désignait les blocs disséminés dans la forêt de pins, le croissant ocre de la plage, le moutonnement bleu de l'océan parsemé de traînées blanches. Deux jours après la déclaration de Frédric Alexandre, un ordre de mobilisation avait été placardé sur la porte de leur appartement. On leur ordonnait de se rendre au camp des Landes avant le 5 novembre à vingt heures, délai au-delà duquel leur voyant frontal serait purement et simplement éteint.

Ils avaient donc programmé leur départ pour le matin du 5. Ils avaient pris un subterraneus régulier qui les avait déposés à Bordeaux, puis un aérotrain jusqu'aux Landes et enfin l'autocar solaire jusqu'à l'entrée du camp. Durant le voyage, des reportages diffusés sur les écrans sertis dans les dossiers des sièges leur avaient appris le thème des cent huitièmes Jeux.

« Le Viêt-nam ! s'était écrié Kamtay. Juste à côté de chez moi.
– Tu as entendu parler de cette guerre ? avait demandé Wang.
– C'est devenu une légende dans toute l'Asie du Sud-Est. La victoire du petit dragon sur le tigre occidental... Frédric Alexandre a choisi un beau thème ! »

Le réseau sensolibertaire a choisi, avait mentalement corrigé Wang.

Vingt mille hommes avaient été rassemblés et répartis dans les baraquements montés par des immigrés espagnols et nord-africains. Cela faisait presque deux mois que la cellule morphopsycho sélectionnait les soldats du défi français et la liste des dix mille élus ne tarderait plus à être annoncée. On garderait mille remplaçants et on enverrait les autres grossir les réserves des banques d'organes, hormis quelques chanceux qu'on affecterait aux travaux dangereux comme l'entretien des centrales nucléaires ou la destruction des déchets dans les fours à très haute densité dressés le long du soixantième parallèle, dans le Nord canadien.

L'odeur d'iode et les couleurs pastel ravivaient chez Wang les souvenirs de son arrivée dans les Landes. Tout alors lui avait paru étrange, cette chaleur estivale à quelques centaines de kilomètres de la Silésie où l'on commençait à mourir de froid, ce paysage paradisiaque à côté duquel les faubourgs crasseux de Grand-Wroclaw semblaient tout droit sortis de l'enfer, ce vent venu du large qui colportait des senteurs de sel et de résine aussi agréables qu'étaient nauséabonds les effluves charriés par les vents de Pologne... Le regard brûlant de Zhao, rongé par la maladie, le brûlait de nouveau. Il lui semblait que le Chinois de Bratislava allait surgir d'une allée entre les blocs et se diriger vers lui de sa démarche chancelante. Il revoyait la haute silhouette de Kareem J. Abdull, le Gabonais, dont l'imposante stature et les qualités morphopsycho lui avaient valu le grade de capitaine de champ de la première armée d'Alexandre. Des pages de son passé étaient à jamais imprimées sur cette plage, sur ces pins, sur ces vagues.

« Ce sable... », commença Kamtay.

Wang l'invita à poursuivre d'un geste de la main.

« Mauvais pour apprendre à piloter les hélicoptères...
– Tu as déjà vu des appareils de ce genre ? demanda Belkacem.
– Le parrain de mon clan en possédait un qui datait de 2025. Un Huey ZW-2 C, un modèle américain. Un peu déglingué mais il volait encore, même s'il avait du

mal à décoller d'un sol instable. Le baptême de l'air était la récompense suprême pour les hommes du clan. Quand il trouvait du carburant, le parrain en entassait plus de quinze dans le compartiment et il les emmenait faire un tour au-dessus du Mékong.

– Tu y as eu droit ? »

Une grimace déforma le visage du Laotien.

« Si j'avais été dans ses petits papiers, je n'aurais pas été obligé de passer en Occident.

– Rien ne t'obligeait à franchir le R.E.M. : tu aurais pu t'établir dans un pays voisin, au Cambodge, en Birmanie, ou même dans une province de l'ouest de la R.P.S.R...

– On a tellement dit que je ressemblais à un singe que j'ai fini par devenir curieux...

– Quel rapport entre le sable et les hélicoptères ? insista Wang.

– Les pales provoquent un tel déplacement d'air que tout se met à voler alentour. Des grains de sable vont sans arrêt gripper les mécanismes et immobiliser les appareils. Sans compter les risques d'enlisement et d'explosion en vol.

– J'en parlerai à Frédric.

– Il ne t'écoutera pas. Ce gars-là est tellement imbu de lui-même qu'il préférerait crever plutôt que de devoir quelque chose à quelqu'un... »

Kamtay était plus près de la vérité qu'il ne le croyait.

« De toute façon, le C.O.J.U. n'a pas encore arrêté les modalités du défi, intervint Belkacem. Peut-être qu'on ne sera pas obligés de monter dans ces foutus engins... »

Le sac sur l'épaule, ils se dirigèrent vers les bâtiments administratifs, situés à l'extrémité des baraquements. Ils avaient limité leurs effets personnels à leur trousse de toilette, une serviette-éponge et quelques sous-vêtements. Etant donné que le bureau du défi distribuait sur place les uniformes d'été et d'hiver, ils n'avaient pas jugé nécessaire de s'encombrer de vêtements de rechange.

Des groupes s'exerçaient sur la plage sous le commandement des préparateurs physiques, sanglés dans des redingotes et coiffés de hauts-de-forme peu adaptés à leur fonction. Des Jaunes, des Noirs, des Blancs vêtus de maillots de corps et de caleçons exécutaient les mouvements avec zèle, de peur sans doute que toute manifestation de mauvaise volonté ne fût sanctionnée par l'extinction de leur voyant frontal. Leurs regards et la tension de leurs traits traduisaient à la fois la fatigue et l'inquiétude. Ils étaient passés de l'autre côté du R.E.M. poussés par l'espérance d'une vie meilleure – n'importe quelle existence aurait paru meilleure que la vie dans les provinces de la R.P.S.R. ou de la G.N.I. – et ils se demandaient s'ils avaient suivi le bon embranchement, s'ils n'avaient pas vendu leur âme à cet Occident qui les avait marqués d'un sceau terrifiant. Ils prenaient conscience, sur le sable de cette plage, qu'ils ne seraient plus jamais des hommes libres, que cette servitude était pire que la pauvreté, pire que la faim, pire que la loi des néo-triades ou des religieux de La Mecque.

Même s'il n'avait pas encore pris connaissance des projets du réseau – un silence qui l'étonnait et le tracassait : la ruche albigeoise ne lui avait-elle pas affirmé qu'elle le tiendrait régulièrement informé de l'évolution de la situation ? –, Wang songea qu'ils se préparaient à combattre pour une cause qu'ils ne soupçonnaient pas. Les aboiements des préparateurs physiques dominaient les grondements des vagues et les piaillements des mouettes.

« Ils regrettent leurs taudis, leurs cases, leurs maisons, soupira Belkacem en désignant les groupes d'un ample geste du bras. Ils se rendent compte un peu tard que rien ne vaut l'amour de leur femme et de leurs enfants. L'Occident a imposé son modèle à la terre entière : la possession, l'identification aux valeurs matérielles. Démocratique à l'intérieur de ses frontières, totalitaire à l'extérieur... Il a séparé l'âme du corps comme il s'est séparé du reste de l'humanité. Il s'est nié lui-même : il n'y a pas plus d'esprit dans son paradis que d'amour dans le cœur d'un hezbollah. Sa puissance économique et sa maîtrise de la technologie ont fasciné les peuples du deuxième monde, qui ont été assez fous pour jeter leurs traditions aux orties.

– La colonisation, renchérit Kamtay. Les forts ont toujours raison. Les néo-triades et les religieux ne valent guère mieux que les Occidentaux.

– Ce sont des poussières d'empire, des vestiges abandonnés par les anciens maîtres, des valets qui se sont installés dans le lit encore chaud. Ils maintiennent leurs propres peuples dans l'ignorance et la peur, ils exploitent cette tendance de l'être humain à identifier sa puissance à ses possessions, ils perpétuent à leur manière le mirage occidental.

– L'Occident cessera bientôt d'être un mirage », murmura Wang.

Le Laotien et le Soudanais le dévisagèrent d'un air soupçonneux.

« Tu ne serais pas du genre à cacher des choses aux amis ? lança Kamtay. Déjà que tu t'es bien gardé de nous parler de ta petite escapade en Angleterre...

– Nous n'avons pas cherché à t'espionner ! intervint précipitamment Belkacem. J'avais oublié un vieux bouquin chez toi le soir du 4... »

Wang se souvint de ce livre à la couverture jaunie que le Soudanais avait trouvé dans la cave d'un immeuble. Un traité philosophique d'un certain Romual Libor, un écrivain du XXIe siècle qui démontrait que l'espèce humaine devrait accepter de muter si elle voulait accéder à une connaissance supérieure, qu'elle devrait se modifier génétiquement afin de se débarrasser de ses réflexes reptiliens.

« Nous sommes revenus sur nos pas et nous t'avons aperçu dans la rue Madame-de-Sévigné, poursuivit Belkacem. Nous t'avons suivi jusqu'à la gare de la F.E.N.E. Nous t'avons vu prendre un subterraneus à destination de Londres.

– Comme nous avions peur d'être repérés par notre ange gardien, ajouta Kamtay en montrant son voyant frontal, nous sommes restés sur le quai... »

Wang avait tenu à rendre une visite à Lhassa avant les quatre mois d'isolement imposés par les Jeux uchroniques (et même davantage, si on incluait la durée des combats sur l'île des Jeux). Elle se remettait progressivement du choc causé par la révélation de sa stérilité. Elle était certes passée à dix cigarettes par jour, ce qui faisait dire à Lord Bayfield qu'elle expulsait pour l'instant autant de détresse que de fumée, mais qu'elle retrouverait un rythme normal dès qu'elle aurait fini le deuil de sa maternité. Ils s'étaient aimés avec une ferveur décuplée par la perspective de leur séparation.

« Je reviendrai bientôt te chercher », lui avait-il déclaré avant de partir.

Elle lui avait enfoncé ses ongles dans le poignet, alarmée par le masque de gravité qui était tombé sur ses traits et que sculptait la lumière pâle du petit matin.

« Fais attention à toi, Wang. Je ne veux pas te perdre...

— Ces Jeux changeront peut-être la face du monde. Quoi qu'il arrive, garde l'espoir. »

Elle lui avait tendu l'éléphant familial.

« Prends-le : il m'a protégée pendant ces quatre années. Il te portera chance. Tu en as davantage besoin que moi. »

Il avait refermé les doigts sur la petite statuette.

« Je te le rapporterai dès que possible... », avait-il murmuré d'une voix brisée par l'émotion.

Il avait eu l'impression, en glissant l'éléphant dans sa poche, d'être investi de l'énergie de ses ancêtres, de l'énergie de grand-maman Li, de l'énergie de toutes les générations qui s'étaient succédé sur les rives de la Nysa. Il n'avait pas croisé Lord Bayfield dans le couloir du premier étage, ni dans l'escalier, ni dans le salon du rez-de-chaussée. Il avait regretté l'absence du vieil homme, certain qu'il ne reverrait plus ce grand-père de hasard qui, comme grand-maman Li, soufflait sur les braises d'une tradition sur le point de s'éteindre.

Machinalement, ses doigts vinrent caresser le petit éléphant enfoui dans sa poche.

« Vous avez bien fait de ne pas me suivre jusqu'en Angleterre, dit-il avec un sourire. Ne vous faites pas de souci pour moi : je n'ai pris aucun risque.

— Content de l'apprendre ! fit Kamtay d'un ton acrimonieux. Nous, nous n'avons pas fermé l'œil de la nuit ! Nous n'avons pas oublié qu'ils ont voulu te tuer à Jérusalem. »

Du pied il frappa rageusement le sable et souleva une gerbe ocre qui retomba en pluie devant lui.

« Tu as trouvé le moyen d'éteindre ton voyant frontal ? demanda Belkacem. Comme sur l'île des Jeux ?

— Je vous demande encore un peu de patience, répondit Wang. Je vous donnerai bientôt toutes les explications. Je peux seulement vous dire que ces Jeux seront les derniers, que nous accomplirons bientôt le grand rêve de Zhao... »

Bien que frustrés par ses paroles sibyllines, le Laotien et le Soudanais n'osèrent plus lui poser de questions. Ils savaient eux aussi, pour avoir affronté les pouvoirs religieux et néo-triadin de leur pays natal, que le secret était le meilleur garant du succès.

Ils s'installèrent dans le bloc A 2 réservé au capitaine de champ, à ses lieutenants et à leurs remplaçants. Ces derniers n'avaient pas encore été sélectionnés. Le permanent du bureau à qui ils remirent leur ordre de mobilisation leur précisa que la liste définitive d'aptitude serait établie et proclamée deux jours plus tard. Frédric Alexandre, les responsables du bureau et la cellule morphopsycho au grand complet s'affairaient pour l'instant à effectuer les tests de première impression.

« Deux jours seulement pour passer vingt mille hommes en revue ? s'était étonné Wang.

— Les morphopsychos et les membres du bureau ont commencé il y a dix jours, avait répondu le permanent. Frédric est venu les rejoindre avant-hier. »

Il avait ajouté d'un air important qu'on espérait la visite du président Freux et de ses conseillers.

« Et les hélicos ? avait demandé Kamtay. Ils seront prêts dans combien de temps ?

— Le C.O.J.U. n'a pas encore arrêté les modalités du défi... On attend sa communication pour le 20 de ce mois.

— Ça ne se fabrique pas comme des bouts de ferraille ! maugréa le Laotien. Il faut des heures et des heures pour apprendre à piloter ce genre d'engin ! Riche idée que notre stratège a eue là ! Le bureau aurait déjà dû mettre en route les chaînes de fabrication... »

Les yeux sévères du permanent l'avaient dissuadé de poursuivre dans cette voie. Il n'était qu'un immigré après tout, une ampoule qu'on pouvait éteindre à tout moment.

Le soir, après le dîner servi par deux Afghans, ils déambulèrent entre les blocs et firent connaissance avec des ressortissants de la G.N.I. qui, apprenant qu'ils avaient participé à deux guerres uchroniques, les abreuvèrent de questions auxquelles ils répondirent de façon évasive, évitant d'entrer dans le détail pour ne pas saper le moral de leurs interlocuteurs, omettant leur propre rôle dans le déroulement des combats. Lorsqu'il sut qu'il risquait la mort au cours de ces Jeux si mal nommés, un jeune Tunisien éclata en sanglots et cria qu'il refuserait de prendre les armes.

« Je ne te le conseille pas, dit Belkacem. Tes chances de survie seront supérieures si tu es retenu dans l'armée de Frédric Alexandre...

— Pourquoi ? Qu'est-ce que deviennent les autres ?

— Des donneurs d'organes... »

Le Tunisien cracha quelques mots d'arabe d'où Wang réussit à extraire le mot « Occident ». D'autres Nord-Africains se mêlèrent à la conversation, et bientôt plus de trente hommes se rassemblèrent dans l'allée qui séparait deux rangées de blocs. La discussion dégénéra rapidement, des injures fusèrent dans la nuit, des horions furent échangés, une rixe éclata. Comme certains d'entre eux s'exprimaient en frenchy, Wang comprit qu'ils se battaient parce qu'une vieille querelle opposait les deux provinces d'Afrique du Nord dont ils étaient originaires, la Libye et la Tunisie, et qu'ils sautaient sur les moindres occasions pour régler leurs comptes. Il tenta de les raisonner, de les séparer, mais, emportés par la haine, ils refusèrent de l'entendre. L'irréparable se produisit au bout de quelques minutes : les voyants frontaux des plus vindicatifs cessèrent tout à coup de briller et ils s'effondrèrent sur le sable de l'allée. Il fallut que six d'entre eux s'éteignent pour que les autres daignent enfin prendre conscience de la stupidité de leur attitude.

« Bande de crétins ! siffla Belkacem, les yeux hors de la tête. Vous n'êtes ni en Libye ni en Tunisie mais en Occident, où tout le monde se fout de vos disputes ! »

Ils baissèrent les yeux puis s'éparpillèrent après avoir jeté un ultime regard aux cadavres.

Wang contemplait la surface noire et grondante de l'océan. Un rêve hideux l'avait jeté hors du lit en plein milieu de la nuit. Il s'était levé sans réveiller ses deux compagnons qui dormaient à poings fermés dans les deux lits voisins du sien, avait ramassé ses vêtements, était sorti du bloc et s'était rhabillé dans l'allée. Ses pas l'avaient spontanément porté vers la plage. Il avait retiré ses chaussures et remonté les jambes de sa combinaison pour marcher dans les vagues. Les nuages occultaient les étoiles et libéraient d'épaisses gouttes de pluie. Les météorologues programmaient pendant la nuit les précipitations nécessaires à l'irrigation des cultures et au renouvellement des nappes phréatiques. Il avait fini par s'habituer à cette étonnante maîtrise d'éléments qui semblaient incontrôlables pour les trois quarts de l'humanité. Grand-maman Li disait que les Occidentaux finiraient par se brûler les ailes à force de se prendre pour des dieux.

Il appréciait la fraîcheur de l'eau qui lui cinglait le visage et transperçait le coton de sa combinaison. Le vent soufflait en rafales et arrachait des langues d'écume aux vagues. Cette promenade au milieu des éléments déchaînés lui donnait une sensation enivrante de liberté, une impression formidable d'avoir les pieds sur la terre et la tête dans le ciel, d'être un pont jeté sur l'espace.

Il marcha environ deux kilomètres avant de faire demi-tour. C'est alors qu'il la vit, frêle silhouette dont la blancheur écartait les ténèbres. Il crut d'abord qu'un spectre s'était échappé du monde des esprits pour venir le tourmenter, puis il s'aperçut que c'était une femme. Elle avançait vers lui, parallèlement à l'océan, évitant par des pas de côté les langues froides et mousseuses des vagues.

Il la reconnut lorsqu'elle fut parvenue à moins de dix mètres de lui. Elle avait passé une robe droite et blanche qui lui rappelait les vêtements funèbres des femmes asiatiques de Grand-Wroclaw. La pluie de plus en plus dense plaquait l'étoffe sur son corps. Ses cheveux soulevés par le vent volaient autour de sa tête. Elle s'immobilisa face à lui et le dévisagea. La nuit effaçait le bleu pâle de ses yeux.

« Je te cherchais, Wang. »

Elle avait été obligée de crier pour dominer le tumulte de l'océan, le crépitement de la pluie, les sifflements du vent.

« Comment m'avez-vous trouvé ? demanda Wang.

— Je surveillais la porte de ton bloc. Je savais que tu aurais des insomnies et que tu viendrais chercher le calme sur la plage.

— On peut vraiment deviner ce genre de choses ? »

Aliz essuya son visage d'un revers de manche, écarta les mèches collées sur ses joues.

« Je suis morphopsycho. J'ai perfectionné les mécanismes de l'étude comportementale enseignée par mes maîtres. J'ai découvert des applications qu'ils n'auraient même pas imaginées. Je sais dans quelles circonstances un individu souffrira de troubles du sommeil.

– Ça fait pourtant un bon moment que nous ne nous sommes pas vus...

– Presque un an. Mais il m'a suffi d'une seule observation pour établir des prévisions sur quarante-huit mois... Un autre de mes apports à la morphopsycho. Je sais également que tu as eu des rapports sexuels fréquents ces douze derniers mois. Et que tu te prépares à une mission qui dépasse le cadre des Jeux uchroniques. »

L'air ahuri de Wang lui arracha un sourire. Elle s'avança d'un pas, leva le bras, lui caressa la joue. Ce geste d'affection le surprit autant que ses paroles.

« Rassure-toi : j'ignore le nom de la femme à qui tu réserves tes faveurs. Tes amis contrôlent les satellites transmatériels, détournent les images, détruisent les fichiers.

– Qu'est-ce que vous me voulez exactement ? »

L'acrimonie de sa question parut la déconcerter. Elle baissa le bras et resta un long moment immobile, comme pétrifiée par sa robe de plus en plus détrempée, de plus en plus empesée.

« Je veux seulement te prévenir...

– Me prévenir ? Vous qui avez essayé de me tuer ? »

Elle leva sur lui ses yeux blanchis par l'obscurité.

« Ils le savent donc ? » murmura-t-elle dans un souffle.

Sa voix à peine audible fut emportée par une bourrasque. Il se mordit les lèvres, conscient qu'il avait commis une erreur en dévoilant les secrets de la ruche.

« Ne te fais pas de souci pour eux, dit-elle. Je ne cherche pas à les connaître, encore moins à les détruire. Je gage d'ailleurs qu'ils écoutent notre conversation s'ils t'ont choisi comme allié. Je me doute qu'ils sont issus de ces réseaux sensolibertaires dont l'O.N.O. persiste à nier l'existence mais qu'elle combat en secret. »

Les gouttes tintaient sur la plaque métallique rivée à sa nuque.

« Tu sais également pour Frédric, n'est-ce pas ? C'est lui qui m'a demandé de mettre en scène ton assassinat dans la ville arabe de Jérusalem. Il te hait parce que tu es ce qu'il n'est pas, un véritable guerrier, un homme qui joue sa vie sur chacun de ses actes. J'ai sélectionné les six immigrés qui réunissaient les qualités nécessaires à l'exécution de cette besogne mais, avant même qu'ils ne partent en Israël, je savais qu'ils échoueraient, je savais ton potentiel énergétique supérieur au leur.

— Pourquoi les avoir expédiés à Jérusalem, en ce cas ?

— Parce que l'axe anglophone de l'O.N.O. m'a encouragée à le faire. C'était pour lui une excellente opportunité de se débarrasser de l'élément qui avait précipité la défaite de ses deux représentants, de prendre un avantage décisif pour les prochains Jeux.

— Ces gens-là n'ont pas besoin de vous pour me tuer...

— La France a toujours gardé le contrôle de la police supranationale. Si les anglophones t'avaient éliminé, l'enquête aurait réussi à démontrer leur responsabilité, et ils auraient perdu leur nouvelle alliée, l'Allemagne, qui s'apprête à voter la proposition américaine de réforme de la constitution de l'O.N.O. »

Elle fixa les vagues qui se fracassaient sur la grève et réprima un frisson. Ses cheveux alourdis restaient maintenant collés sur son front, ses joues et son cou.

« L'enquête n'a pas réussi à démontrer la responsabilité de Frédric, objecta Wang.

— Bien sûr que si ! répondit-elle. La commission a remis son rapport au président Freux, qui lui a ordonné d'étouffer l'affaire.

— Et votre propre participation à...

— Freux se doutait depuis toujours que je roulais pour les anglophones. Il m'a demandé de continuer à leur fournir des informations triées par les cellules élyséennes chargées des relations avec l'O.N.O. Cependant, rien ne m'oblige à lui transmettre les renseignements que me confient les anglophones...

— Qu'est-ce qui vous a poussée à travailler pour eux ? »

Elle haussa les épaules.

« Je croyais être intéressée par le pouvoir, mais la promesse d'un poste de permanente à l'O.N.O. me laisse froide. Et je me contrefous de l'argent... Peut-être une jouissance mentale de morphopsycho, la perversité d'un jeu qui me permettait d'étudier les complexités du comportement... L'être humain est si compliqué.

– Vous prétendiez tout à l'heure le deviner facilement...

– Ses réactions primaires, sa psychologie sociale, ses dérèglements organiques... Mais à force de me pencher sur les enveloppes, à force d'étudier les apparences, j'ai oublié d'explorer cette partie qui reste mystérieuse et qu'on appelle l'âme. Je croyais posséder le monde, je n'ai embrassé que le vide. J'étais emplie d'orgueil, j'avais l'intention de laisser une trace dans l'histoire, de créer une école de morphopsycho qui porterait mon nom, et puis je t'ai connu, Wang, et tu as bouleversé mes certitudes... »

Il crut discerner des larmes parmi les gouttes de pluie qui lui sillonnaient le visage.

« Je me suis rendu compte que j'avais passé toute ma vie à occulter cette partie de moi-même qui m'effrayait... qui m'effraie encore, comme la plupart des Occidentaux. Je me suis enfermée dans des faux-semblants comme ils s'enferment dans leurs sensors. Coupés d'eux-mêmes, ils ne peuvent envisager qu'un monde coupé de lui-même. Tu m'as remise sur le chemin de mon être mais j'ai lutté, j'ai résisté, et maintenant que je me plie enfin à l'évidence, il est trop tard... Trop tard ! »

Elle avait hurlé ces deux mots avec une force telle que la symphonie des éléments parut perdre de sa puissance. Elle releva sa robe et la fit passer par-dessus sa tête, dévoilant ce corps aux formes droites qui avait refusé de s'épanouir.

Elle ne portait ni sous-vêtements ni chaussures. La fraîcheur blessante de la pluie hérissait sa peau et rétractait la pointe de ses seins. Elle jeta sa robe sur le sable puis, sans cesser de le fixer, elle plaça les mains derrière la tête dans l'attitude d'une femme qui dénoue son chignon.

« Je voulais te prévenir avant de partir. Les anglophones mijotent un sale truc. Je ne sais pas quoi exactement, un coup d'Etat militaire, une reprise en main de l'O.N.O.... »

Il vit quelque chose tomber derrière elle, un objet lourd, concave, d'où saillaient une multitude de fils aux extrémités luisantes... La plaque métallique de son occiput.

« Leur complot a un rapport avec les Jeux. Ils se servent de toi, Wang... Bonne chance. »

Elle leva de nouveau la main vers son visage, suspendit son geste avec une expression de regret, se détourna avec brusquerie, s'avança d'une allure résolue dans les vagues. En dépit de l'obscurité et du rideau ajouré de ses cheveux, il distingua nettement l'ouverture béante en bas de son crâne, les reliefs blanchâtres de son cerveau, la puce bioélectronique sertie entre les deux hémisphères de son cervelet.

Elle marcha dans l'océan jusqu'à ce qu'une vague la recouvrît. Enfoncé jusqu'aux chevilles dans le sable humide, fouetté par la pluie et les embruns, il n'essaya pas de la secourir. La mort faisait partie des embranchements possibles. Il attendit encore une dizaine de minutes avant de prendre le chemin du retour. Trempé jusqu'aux os, il abandonna derrière lui la robe, la plaque métallique, et regagna d'un pas rapide le bloc A 2.

L'océan recracha le cadavre d'Aliz le lendemain. Ce fut un groupe de recrues qui le découvrit enfoui dans le sable, le cerveau à demi sorti du crâne. On retrouva sa robe et son casque morphopsycho cinq cents mètres plus loin. Les membres du bureau et ses collègues présumèrent qu'elle avait été prise d'une soudaine – et stupide – envie de se baigner en pleine nuit et qu'elle avait été happée par les courants du large.

« Elle n'aurait pas retiré son casque pour aller se baigner ? fit observer quelqu'un.
– Elle n'était pas dans son état normal ces derniers temps... », dit un autre.
Personne ne la pleura, mais Wang pria ses ancêtres d'accueillir avec compassion son âme enfin libérée de sa prison charnelle.

CHAPITRE XIII

LE SAUT DANS LE VIDE

Le réseau sensolibertaire a fait l'objet de bien des fantasmes depuis le début du XXIe siècle, au point même que les légendaires dissidents ont remplacé les grands méchants loups de certains contes enfantins. Peut-on vraiment imaginer que des êtres intelligents se soient réfugiés dans d'obscures caves pour signifier leur désaccord avec les gouvernements nationalistes de l'époque ? Peut-on croire que des hommes aient renoncé aux aspects les plus plaisants de l'existence au nom d'un idéalisme d'une ingénuité désarmante ? Les moyens ne manquent pas, dans une démocratie, d'exprimer une opinion divergente de celle du pouvoir en place. Ils n'auraient donc éprouvé que du mépris pour des électeurs qu'ils se proposaient de sauver... Mais, me direz-vous, quel rapport entre le réseau sensolibertaire et les Jeux uchroniques ? Le seul aspect fantasmatique ?

Jacquin Legrand, *Total Sens*

Delphane s'immobilisa à l'entrée du parc et contempla la façade rouille et gris de la maison.

« *1885, manoir de style victorien*, modula la ruche. *L'expression de la puissance britannique au moment de son apogée.* »

Le soleil tombait en pluie des frondaisons des chênes et s'écrasait en flaques dorées sur le gazon. Un robot interactif d'entretien s'affairait autour des massifs, gros insecte rouge et bourdonnant qui arrachait les mauvaises herbes et remuait la terre au pied des rosiers. Plus loin, le système d'irrigation pulvérisait des gouttelettes sur un carré de fleurs mauves.

Delphane hésita sur la conduite à suivre. Elle avait demandé à la ruche albigeoise ce délai supplémentaire de vingt-quatre heures pour effectuer ce court voyage en Angleterre. Les raisons pour lesquelles elle avait tenu à rencontrer Lhassa restaient obscures. Elle avait seulement obéi à une intuition. Peut-être voulait-elle s'assurer, face à cette femme qui avait su inspirer de l'amour à Wang, qu'elle ne soutenait pas la comparaison, qu'elle ne parviendrait jamais à l'égaler, qu'elle n'avait pas à regretter son choix... Peut-être désirait-elle, au contraire, s'imprégner de valeurs perdues avant d'abandonner son individualité, laisser un peu de place aux regrets, donner de la valeur à son sacrifice. Bien qu'elle ne sût pas exactement ce qu'elle était venue chercher dans cette banlieue résidentielle de Londres, le réseau avait respecté ses dernières volontés et l'avait guidée depuis la gare Victoria jusqu'au quartier du West West-End.

Malgré la paix qui régnait sur le parc, un malaise sournois la tenaillait, engendré, pensait-elle, par plusieurs nuits consécutives d'insomnie. Jamais elle n'avait exploré la solitude avec une telle intensité. Frédric s'était envolé pour New York et avait rejoint, sans repasser par Paris, le camp des Landes. La ruche elle-même avait suspendu les modulations, comme pour respecter son isolement, cette retraite que lui imposaient les événements et qui la préparait au saut dans le vide. Elle avait passé des heures entières à pleurer, à s'apitoyer sur elle-même, à maudire les êtres humains, son père et sa mère en particulier, qui l'avaient entraînée sur la voie de la renonciation. Elle avait fini par admettre sa part de responsabilité dans ses malheurs, n'ayant eu ni la volonté ni la force d'entreprendre la quête qui l'aurait menée à elle-même. Frédric et elle ne s'étaient pas choisis par hasard : elle savait en l'épousant qu'il ne risquait pas de la déranger dans son confort mental. Elle avait refusé les voyages dangereux auxquels l'avaient conviée Perico Suarez Axcotal sur l'île des Pins et Wang devant la ruche albigeoise, se rétractant dans les deux occasions, incapable de vaincre les terreurs semées en elle par son conditionnement d'Occidentale.

La ruche avait eu la délicatesse – l'habileté ? – de ne pas interférer dans son cheminement, au nom des deux principes fondateurs du mouvement sensolibertaire, le respect du libre arbitre et l'authenticité de l'engagement.

Sans même s'en rendre compte, Delphane s'était rapprochée de la porte d'entrée du manoir. Elle marqua un nouveau temps de flottement au moment d'appuyer sur la sonnette antique, qui datait sans doute de la même époque que la bâtisse, puis elle balaya ses dernières hésitations et pressa le bouton.

Elle reconnut immédiatement la jeune femme asiatique qui vint lui ouvrir à la cinquième sonnerie. Très belle dans son ensemble blanc que la visiteuse identifia comme un costume traditionnel chinois, veste épaisse fermée par des attaches de bois, pantalon étroit, chaussures de tissu. Ses yeux étaient brouillés de larmes, ses joues creusées par la fatigue et le chagrin. Des mèches éparses de ses cheveux occultaient en partie son voyant frontal.

« Tu es Lhassa ? » demanda Delphane.

Les traits de la Tibétaine se figèrent, comme si elle prenait peur tout à coup. Elle se recula instinctivement dans le hall d'entrée, referma à moitié la porte.

« Vous êtes de l'immigration ? murmura-t-elle d'une voix mal assurée.

— Je suis une amie de Wang », répondit Delphane.

Après avoir prononcé ces mots, elle prit conscience qu'elle n'avait été l'amie de personne. Son père, le seul homme qui lui eût témoigné de l'intérêt, s'était servi d'elle, enfant, pour satisfaire ses propres ambitions stratégiques, adolescente ensuite, pour tenter d'assouvir d'inavouables fantasmes.

« Vous êtes Aliz ? »

Elle sentit sur son front et ses joues la brûlure soudaine du regard de la Tibétaine.

« Je m'appelle Delphane Miorin. Je suis l'épouse de Frédric Alexandre, le stratège du défi français, le chef de l'armée dont Wang est le capitaine.

— Qu'est-ce que vous me voulez ? »

Aucune agressivité dans sa question, juste un peu de lassitude. Du soulagement, également.

« Je souhaitais... »

Delphane se sentait sèche de mots comme elle avait été sèche de sentiments pendant les vingt-quatre années de sa vie.

« Faire ta connaissance...

— En quoi est-ce que je vous intéresse ? »

Lhassa semblait sincèrement surprise qu'une Occidentale ait parcouru autant de kilomètres pour frapper à sa porte et prendre de ses nouvelles.

« Wang m'a souvent parlé de toi. Et j'avais envie de mettre un visage sur ton nom. »

Elle mentait doublement : Wang ne lui avait jamais parlé de la Tibétaine, et elle avait déjà aperçu son visage dans la sphère de la ruche. La porte s'ouvrit de nouveau en grand et Lhassa s'avança d'un pas. Une flamme nouvelle brillait dans ses yeux rougis par le chagrin.

« Comment va-t-il ?

– Il a rejoint le camp des Landes pour préparer les Jeux. Il est en forme, je suppose... »

Lhassa ramena en arrière ses cheveux, qu'elle avait épais et brillants.

« Je vous prie de bien vouloir m'excuser pour cet accueil, dit-elle. Je pensais que vous étiez une administrative du bureau de l'immigration...

– Tu as des raisons de redouter une visite de l'immigration ?

– Suivez-moi. »

La Tibétaine s'effaça pour inviter la visiteuse à entrer. Elles traversèrent le grand salon du rez-de-chaussée, s'engagèrent dans l'escalier tournant qui se dressait au bout du couloir et pénétrèrent dans une chambre du premier étage. Delphane reconnaissait les lieux, que la ruche lui avait montrés par bribes. Les craquements du parquet et les trilles des oiseaux ne parvenaient pas à troubler le silence oppressant.

Quelqu'un reposait sur le lit. Un vieillard aux traits détendus et aux yeux clos. Vêtu d'une robe de chambre bleue dont l'échancrure révélait par endroits sa peau nue et blême. Ses pieds avaient la rigidité et la couleur de la craie.

« Je l'ai trouvé comme ça ce matin, dit Lhassa. J'ai d'abord cru qu'il avait oublié de se réveiller. Mais quand je l'ai secoué... »

Elle se mordit les lèvres pour s'empêcher d'éclater en sanglots. Delphane ne regardait pas le cadavre avec le même détachement teinté de dégoût qu'elle contemplait le corps de sa mère exposé dans un box vitré d'un hôpital de Toulouse. L'un était mort avec tout ce que cela comportait de simplicité, de dépouillement, l'autre était maintenue en survie artificielle avec tout ce que cela signifiait de tubes, de sondes, de matériel bioélectronique, d'agitation scientifique. La mort exaltait la noblesse de l'un, le coma soulignait la misère de l'autre.

« Il a été si bon avec moi, bredouilla Lhassa. Il m'a acheté des vêtements de style chinois pour m'aider à supporter les quatre ou cinq mois de séparation avec Wang. Je sais maintenant qu'il ne les a pas choisis blancs par hasard... C'est la couleur du deuil dans notre tradition. Il m'a prévenue de sa mort.

– Les services funèbres ne sont pas encore passés ?
– Je ne les ai pas avertis...
– Pas besoin de les avertir. On implante à chaque Occidental un code vital à sa naissance. Un émetteur biologique relié aux ordinateurs interactifs de l'Organisation occidentale de la santé et qui déclenche des messages d'alarme en cas d'urgence. Son décès a déjà dû être signalé au service le plus proche... »

Lhassa ouvrit une boîte en argent posée sur la table de chevet, en retira une cigarette qu'elle alluma avec un briquet. Elle recracha un épais nuage qui l'environna d'une brume bleutée. Delphane la regarda fumer pendant une bonne minute, fascinée par l'extrémité rougeoyante de la cigarette et par les volutes qui sortaient des narines et de la bouche de la Tibétaine. Elle avait entendu parler des cigarettes et des autres manières d'utiliser le tabac, interdit par les lois consuméristes de 2096, mais c'était la première fois de sa vie qu'elle voyait quelqu'un s'adonner à cette manie, classée comme délit et passible d'une cure de désintoxication de trois mois. Elle se demanda où une immigrée avait bien pu se procurer une denrée interdite sur le sol occidental depuis plus d'un siècle.

« La famille Bayfield n'est pas... n'était pas une famille occidentale comme les autres, dit la Tibétaine en s'asseyant sur le lit à côté du cadavre. Ses parents ont sûrement refusé qu'on lui injecte ce code dont vous parlez.

– Est-ce qu'il recevait beaucoup de visites ?
– Jamais. Il faisait partie de... »

Elle se rendit compte qu'elle allait commettre une erreur et s'interrompit.

« Tu veux parler du réseau sensolibertaire, n'est-ce pas ?... »

Lhassa tira nerveusement sur sa cigarette dont les cendres s'éparpillèrent sur le bas de sa veste.

« Je suis une auxex, une auxiliaire extérieure du réseau, déclara Delphane. Je sais que le frère aîné de Lord Bayfield est entré dans l'arche de Cambridge en 2101 et que lui-même était répertorié comme auxex... »

Lhassa lança un regard de biais à l'Occidentale qui se tenait toujours debout dans l'embrasure de la porte et qu'elle trouvait très belle avec ses cheveux noirs relevés en chignon, ses yeux clairs, sa peau de porcelaine, son ensemble XIXe siècle de couleur beige. Elle ne comprenait pas pourquoi Wang la préférait aux femmes occidentales, elle qui avait été salie par un groupe de Hongrois dans une rue de Budapest, elle qui avait attiré sur elle la malédiction de la stérilité. Elle s'était crue en partie libérée de ce fardeau que ses parents appelaient le karma mais elle se rendait compte qu'après cette merveilleuse éclaircie de quelques mois, elle n'en avait pas fini avec les jours difficiles.

« Qu'est-ce que je vais devenir, maintenant ? murmura-t-elle, s'adressant autant à elle-même qu'à son interlocutrice.

— Ne change rien à tes habitudes, dit Delphane. Si les services funèbres n'ont pas été alertés par sa mort, fais comme s'il était toujours vivant.

— Son cadavre va se décomposer...

— Il te suffira de l'embaumer. Je t'établirai une liste de produits de conservation que tu commanderas à la pharmacie la plus proche. Avec ça, il devrait tenir quelques mois.

— Je ne pourrai pas payer. Je n'ai pas accès aux codes bancaires... »

Delphane fouilla dans une poche de sa robe, en sortit une carte bioélectronique noire et carrée de deux centimètres de côté qu'elle tendit à la Tibétaine.

« Certains Occidentaux confient leur I.B.M., leur identificateur bancaire manuel, à des immigrés pour effectuer les courses à leur place. C'est interdit en principe, mais toléré en pratique. Il te suffira de changer régulièrement de magasins pour éviter d'éveiller les soupçons. Si on te pose des questions, dis que tu travailles pour le compte d'une Française installée dans le West West-End. »

Lhassa écrasa sa cigarette dans un cendrier.

« Vous... vous ne risquez pas d'en avoir besoin ? »

Delphane lâcha un petit rire de gorge.

« Là où je vais, ce genre de chose est tout à fait inutile. »

Lhassa se releva, prit l'identificateur, l'examina dans le creux de sa main. Elle distingua un poudroiement lumineux sous la surface lisse et noire du microcircuit. De ce minuscule objet, fabriqué d'une matière qu'elle ne connaissait pas, se dégageait une onde de chaleur qui lui irradiait tout l'avant-bras.

« Pourquoi faites-vous ça ?
— Parce que j'ai beaucoup d'estime pour Wang et que... je souhaite vous voir un jour réunis... »

Lhassa devina que l'Occidentale lui cachait les véritables raisons de sa visite mais elle n'insista pas, respectueuse de ses secrets.

« Le réseau s'assurera que tu ne manques de rien. Au moindre problème, il t'enverra un auxex pour te venir en aide. »

Delphane prit conscience qu'elle ne parlait pas en son nom mais au nom du réseau, et que ce dernier l'approuvait puisqu'il n'intervenait pas dans la discussion. Elle était déjà entrée dans la collectivité, dans la globalité.

« Comment vous remercier ? balbutia Lhassa.
— En restant toi-même, en continuant d'aimer Wang... Trouve-moi de quoi écrire... »

Delphane saisit le crayon antique que dénicha la Tibétaine dans un tiroir et griffonna quelques mots sur un bout de papier qu'elle reposa ensuite sur la table de nuit.

« La liste des produits de conservation... Je dois partir maintenant. Un long voyage m'attend. »

Après avoir adressé un dernier sourire à Lhassa, elle remonta sa robe de quelques centimètres et se dirigea vers l'escalier.

« *Demande-lui un de ses cheveux* », modula la ruche.

Surprise, elle s'immobilisa dans le couloir et se demanda si elle n'avait pas été le jouet d'une illusion sensorielle.

« *Tu as bien entendu, Delphane : demande-lui un de ses cheveux.* »

Elle s'appliqua à chasser ses pensées parasites.

« *Pour quoi faire ?* modula-t-elle.
– *Nous avons besoin d'une de ses cellules.* »

Elle renonça à poser d'autres questions, trop fatiguée, trop fébrile pour rétablir le calme en elle. Elle revint sur ses pas et s'introduisit dans la chambre où Lhassa, toujours assise sur le lit, avait allumé une nouvelle cigarette.

« Vous avez oublié quelque chose ?
– Un cheveu... »

La Tibétaine fixa son interlocutrice d'un air ahuri.

« J'ai besoin d'un de tes cheveux... répéta Delphane.
– Vous voulez me jeter un sort ? »

La visiteuse émit un rire musical.

« Je ne suis pas une sorcière. Je ne sais pas ce que le réseau veut en faire, mais je te demande d'avoir confiance en lui... »

Elle avait failli dire « nous ». Lhassa acquiesça d'un hochement de tête tout en recrachant un double panache de fumée par les narines. Elle saisit une mèche entre le pouce et l'index, tira d'un coup sec, tendit à Delphane les cheveux arrachés.

« Un seul aurait suffi, mais je prends le tout... au cas où... »

Lhassa n'entendit pas sortir la visiteuse. Elle resta prostrée sur le lit une bonne partie de l'après-midi, fumant cigarette sur cigarette. Ce n'est qu'au moment du crépuscule qu'elle décida de se rendre à la pharmacie la plus proche, munie du petit bout de papier et de l'I.B.M. de l'Occidentale.

Delphane parcourut avec une lenteur solennelle la passerelle qui montait vers la sphère. Elle avait l'impression que les regards de tous les membres de la ruche albigeoise étaient braqués sur elle. Elle savait que l'ensemble du réseau la contemplait par leurs yeux, par la matrice qui amplifiait leurs perceptions et leurs pensées. Elle tenait dans une main le petit sac étanche qui contenait les cheveux de Lhassa.

Elle avait sans cesse imaginé cette scène dans le subterraneus qui l'avait ramenée d'Angleterre, puis qui l'avait transportée de Paris à Toulouse. Elle avait oscillé entre fascination et dégoût jusqu'à son arrivée à Rabastens, allant vomir aux toilettes à plusieurs reprises. Tantôt la ruche lui était apparue comme une nouvelle famille, une structure rassurante au sein de laquelle elle n'aurait plus à subir la tyrannie d'une enveloppe corporelle qu'elle exécrait, tantôt elle lui avait fait l'effet d'une entité monstrueuse, d'une négation totale de l'humanité, d'une abomination. Elle n'éprouvait aucun attrait pour cette culture occidentale dont elle était un produit aseptisé, mais elle ressentait une peur immense à confier son esprit au réseau sensolibertaire, à cette nouvelle civilisation issue de la mutation technologique. Jusqu'au dernier moment, les doutes avaient miné sa détermination. Elle s'était arrêtée sur le chemin pour se dévêtir, s'allonger sur l'herbe et goûter les caresses suaves de la brise sur sa peau. Elle s'était attachée, soudain, à ce corps qu'elle s'apprêtait à renier, à ces cheveux qui lui frôlaient délicieusement les joues, à ce visage qu'elle contemplait dans les flaques d'eau, à ces seins qui tremblaient à chacun de ses gestes, à ce ventre qui ne porterait jamais d'enfant, à cette faille qui n'accueillerait jamais d'homme. Elle avait aimé la chaleur brutale du soleil, la dureté de la terre, le bruissement des feuilles, le craquement des branches, la surface ridée et chantante des ruisseaux... Elle avait attendu que la nuit tombât sur la campagne pour franchir le dernier kilomètre qui la séparait de la ferme. Elle était restée immobile pendant plus de deux heures devant la porte, terrorisée, tremblante. Elle avait amorcé un début de retraite mais, après avoir parcouru une centaine de mètres, elle avait songé au vide qui l'attendait dans l'appartement du Marais, elle s'était souvenue des heures de solitude qu'elle tentait d'oublier dans la recherche forcenée des stimuli sensoriels, elle avait revu le visage odieux de son père, le corps inerte de sa mère, les yeux éteints de Frédric, et, accablée de détresse, elle était revenue sur ses pas. Elle avait compris qu'elle ne tenait pas à son existence parce qu'elle y trouvait un quelconque intérêt mais uniquement parce qu'elle était sur le point de la perdre, comme un miséreux craignant de se dévêtir de ses hardes pour se baigner dans l'eau d'un torrent.

Elle avait accompli les derniers gestes dans un état second : composer le premier code d'entrée sur le clavier portable, marcher le long du couloir métallique, décliner son nom devant l'identificateur vocal du sas, s'introduire enfin dans le cœur de la ruche.

« *Le réseau sensolibertaire souhaite la bienvenue à Delphane Miorin.* »

La ruche continuait d'employer la modulation, comme si le recours à la voix n'était pas indiqué dans ce genre de circonstances.

« *La voix nous sert à communiquer avec les visiteurs étrangers au réseau. Elle ne permet pas de transmettre les concepts, les idées avec autant de nuances que la modulation, qui est une communication de cerveau à cerveau, d'émetteur à récepteur, de matrice à entité séparée. Comment s'est passé ton voyage en Angleterre, Delphane ?* »

Elle ouvrit la bouche pour répondre, un réflexe d'être humain conditionné par ses modes habituels d'expression, mais elle se ravisa aussitôt et, recouvrant une sérénité qu'elle n'avait pas expérimentée depuis des mois, elle s'appliqua à répondre par la modulation. Elle se rendit alors compte qu'elle n'avait pas besoin de formuler les pensées comme elle s'était évertuée jusqu'alors à le faire – les pensées étaient beaucoup plus fluides et riches en informations que les mots – mais qu'il lui suffisait de se concentrer sur une scène, un souvenir ou une idée pour que l'information se transmît à la ruche.

« *Je voulais comprendre pourquoi Lhassa inspirait de l'amour à Wang.*

– Qu'est-ce que tu as compris ?

– L'amour tel que les hommes le conçoivent exige une perception très forte de son identité, de son individualité. »

Elle venait tout juste de trouver cette réponse, et pourtant elle l'avait modulée comme une évidence. Elle vit alors que la sphère s'emplissait de séquences très nettes, comme si la matrice avait enfin trouvé le moyen de capter les images sous-jacentes à ses pensées. Une fillette occupait le centre de l'immense boule de verre et vagissait à fendre l'âme.

« *Qu'est-ce qui t'empêche de construire ton identité ? d'aimer comme Lhassa ?*

– La civilisation occidentale s'est tellement penchée sur ses apparences qu'elle a oublié d'aimer ses enfants. Les femmes ont refusé leur maternité, les hommes leur paternité. L'ordinateur qui conçoit les enfants n'a pas le cœur d'une mère.

– Ton père avait à moitié raison lorsqu'il t'affirmait que tu as été conçue par des voies naturelles. Il a seulement oublié de préciser que ta mère ne t'a portée que trois mois pour pouvoir se replonger plus rapidement dans les stimulations sensorielles. On t'a extraite de son utérus et placée en couveuse. »

Elle aperçut un brouillon d'être humain à l'intérieur d'un caisson transparent relié à des tubes. Elle eut envie de pleurer devant le spectacle de cette créature qui ressemblait étrangement aux membres du réseau et qui paraissait abandonnée de tous dans son île de verre.

« *C'est toi à l'âge de cinq mois après la fécondation, Delphane. Tu mesurais une vingtaine de centimètres. La principale chose qui te différencie de Lhassa, c'est qu'au même âge que toi, elle vivait dans le ventre de sa mère. Songe maintenant qu'avec la* C.A.O., *de nombreux Occidentaux n'ont jamais connu la chaleur rassurante de la matrice. C'est l'une des raisons pour lesquelles ils se confrontent avec tant de frénésie aux sensations fortes. Ils cherchent inconsciemment le ventre de leur mère en s'enfermant dans les sensors. Ils ont remplacé la stabilité émotionnelle que procure l'abri matriciel par une excitation permanente, par une volonté acharnée de possession et de domination. Ils ont peu à peu renié les valeurs humaines.* »

La paroi de la sphère se couvrait de motifs sombres d'où se détachaient par instants des masques tragiques.

« *Vous les avez reniées vous aussi,* modula Delphane.
– *L'Occident arrivait au bout de sa logique. Si nous l'avions laissé faire, l'humanité tout entière aurait sombré dans la négation d'elle-même. Nous n'avions pas d'autre choix que d'aller jusqu'au bout de notre propre embranchement pour combattre sa volonté hégémonique et suicidaire. De franchir la passerelle jetée par les pionniers des réseaux informatiques. De devenir encore plus inhumains que notre adversaire. Nous avons dû sacrifier l'individu pour privilégier la globalité, l'échange des données. C'était une réponse appropriée à une situation d'urgence.*
– *Vous ne le regrettez pas aujourd'hui ?*
– *Si nous le regrettions, nous ne t'accepterions pas parmi nous. Nous n'avons pas vocation d'entraîner quiconque sur les pentes du malheur, comme l'ont fait pendant des siècles les Eglises, les conquérants, les tyrans, les tentacules de la Pieuvre. Nous avons compris que nous souffririons toujours du manque engendré par le principe même de la création, la séparation, la fission, et nous avons accepté l'idée de fusion. Le bonheur per-*

manent de l'échange compense la perte du "je". Nous ne savons pas où nous allons, mais nous estimons que l'expérience vaut le coup d'être tentée. L'individu Delphane Miorin n'a pas trouvé sa place sur cette terre, peut-être la trouvera-t-elle dans l'aventure du réseau... »

Delphane garda un moment les yeux rivés sur la sphère. Malgré les couleurs et les figures d'apaisement qui se succédaient sur la paroi convexe, la peur, à nouveau, lui comprimait la poitrine, lui tordait le ventre, réveillait la nausée.

« *Ne sois pas surprise par tes réactions physiologiques. Nous avons tous éprouvé ce genre de terreur au moment crucial. Nos gènes nous prédisposent à l'unicité. Seuls les mystiques, les chercheurs de l'âme, réussissent à se dépouiller volontairement de l'ego. Ils s'engagent sur une voie intérieure qui les entraîne à explorer les mécanismes profonds de l'être. Nous avons choisi la voie extérieure, collective, scientifique. Nous avons appliqué à la lettre ce précepte zen qui recommande d'observer l'infiniment petit pour appréhender l'infiniment grand. Nous serons bientôt prêts à nous lancer dans cet espace qui nous effraie et nous attire à la fois. Veux-tu nous accompagner, Delphane ?* »

Une brusque vague de chaleur la recouvrit et la déposa sur un rivage d'euphorie. Elle se rendit compte que c'était sa nouvelle manière de signifier son accord.

« *Es-tu prête à te dépouiller de ton individualité, à te fondre dans la matrice, à devenir une partie du tout ?*
– *Je suis prête.* »

La ruche marqua un temps de pause pendant lequel un double virtuel de Delphane apparut en pied à l'intérieur de la sphère. Elle eut l'impression de se fragmenter, d'exister en deux exemplaires. Une atmosphère solennelle régnait à présent sur la salle. Les formes claires s'étaient figées dans les compartiments plongés dans la pénombre.

« *Débarrasse-toi de tes vêtements.*
– *Qu'est-ce que je fais des cheveux de Lhassa ? Je les*

ai ramenés d'Angleterre conformément à la demande du réseau...

– *Sors-les de leur sac et garde-les avec toi.* »

Elle se déshabilla avec une maladresse inhabituelle, accentuée par la fébrilité de ses gestes. Lorsque ses sous-vêtements eurent rejoint le petit tas formé par sa veste, sa jupe et ses chaussures, elle sentit sur sa peau des centaines de vibrations qui agissaient à la fois comme des caresses et des encouragements. Elle fut traversée par un ultime regret, vite estompé par l'ivresse qui s'emparait d'elle et lui donnait l'illusion d'être en apesanteur. Elle contempla avec détachement la jeune femme nue qui lui faisait face de l'autre côté de la paroi de verre. Elle éprouvait un peu de nostalgie à quitter ce corps avec lequel elle avait vécu vingt-quatre ans, mais elle s'était attendue à un déchirement beaucoup plus douloureux.

« *Tu ne l'abandonneras pas tout à fait, Delphane*, modula la ruche. *Nous avons encore besoin d'un support organique. Mais en devenant membre à part entière du réseau, tu acceptes sa mutation, sa dégradation. De même, tu garderas dans les premiers temps la perception de ton ego jusqu'à ce que toutes tes défenses se soient abaissées.* »

La gorge sèche, elle enroula les cheveux de Lhassa autour de ses doigts.

« *Le réseau t'a implanté une biopuce dans le cerveau lorsque tu t'es engagée à son service...* »

Un rayon laser jaillissait d'une pince articulée et ouvrait le crâne du double virtuel de Delphane. Elle comprit qu'elle n'avait pas subi d'anesthésie, générale ou locale, mais que la ruche avait seulement neutralisé les centres de la douleur au moyen d'une onde. Sans s'en rendre compte, elle était restée en position debout pendant l'opération qui avait duré un peu moins de dix secondes. Piloté par la matrice, le robot articulé glissait la biopuce entre les hémisphères cérébraux avec une précision et une délicatesse stupéfiantes, refermait les os de son crâne et son cuir chevelu, prélevait des cheveux sur sa nuque et les réimplantait pour dissimuler les fines traces blanches abandonnées par l'opération.

« *Cette biopuce n'est pas seulement un instrument de communication entre le réseau et toi, c'est également et surtout une porte secrète. Nous n'attendions que ton accord pour l'ouvrir et permettre à la matrice d'investir ton esprit.*

– Je n'ai pas été prévenue de ce double usage. Le réseau aurait pu me recruter sans que je m'en aperçoive.

– *Encore une fois, Delphane, la liberté est inscrite dans le mot sensolibertaire. Tu as encore la possibilité de t'opposer à l'utilisation de ce code.*

– Est-ce que c'est déjà arrivé ? qu'un homme ou une femme refuse au dernier moment d'intégrer la ruche ?

– *Tu pourrais être la première.* »

Delphane était consciente que cet échange traduisait les dernières réticences de son individualité à s'effacer. Elle avait pris sa décision depuis longtemps, depuis en fait qu'elle était entrée dans ce bâtiment en compagnie de Jehan de La Couperie, le responsable du mouvement universaliste du Sud-Ouest.

« *Jehan n'a jamais franchi le pas*, modula le réseau. *Il était présent sur le parvis de la Défense lorsque ses parents se sont suicidés le 31 décembre 2199 en compagnie de trois mille adeptes de l'Eglise de la Rédemption. Le souvenir de leurs corps ensanglantés lui interdit de trouver la paix de l'esprit et de se fondre dans une communauté de données.* »

Delphane ferma les yeux et se campa sur ses jambes. Elle frissonna malgré les régulateurs thermiques qui maintenaient une température agréable et constante à l'intérieur de la pièce.

« *C'est le moment...* », modula-t-elle.

Elle perçut la tension soudaine, presque palpable, qui figea l'atmosphère autour d'elle. Elle sentit une démangeaison sous son crâne, qui lui donna l'impression que des insectes se promenaient à l'intérieur de son cerveau. Ce chatouillement devint rapidement désagréable, irritant, et elle dut en appeler à toute sa volonté pour contenir le hurlement qui montait du plus profond d'elle-même.

Un flot de sensations, d'émotions, de pensées, de souvenirs se déversa tout à coup dans son esprit. Elle eut l'impression d'être habitée par une armée de lutins, de perdre ses limites corporelles, de se confondre avec les structures qui l'environnaient. Elle était un champ infini sur lequel se jouaient une multitude d'existences imbriquées les unes dans les autres, une portion d'espace où des centaines de planètes tournaient en orbite autour d'un gigantesque Soleil. D'innombrables informations lui parvenaient, qu'elle assimilait en une fraction de seconde. Une vue satellitaire d'un pays du deuxième monde... L'Inde, New Delhi, des milliers d'êtres humains marchent vers un palais gouvernemental en briques rouges protégé par un cordon de chars... Un ordinateur à logique interactive trie inlassablement les données des immigrants qui franchissent la porte de Saragosse, en Espagne... Dans un bâtiment du camp des Landes, Frédric Alexandre et les responsables du défi français observent les hommes qui défilent devant eux, nus, humiliés par les regards de maquignons que leur jettent ces Occidentaux retranchés dans leur élégance et leur mépris.

Frédric... Elle le voyait à présent comme un petit homme empêtré dans ses rêves de gloire. Elle comprenait que sa soif de reconnaissance masquait un désir pathologique de tendresse, cette même tendresse qu'elle n'avait pas su lui donner. Il était devenu stratège pour conquérir le cœur humain, cet improbable bastion protégé par des murailles bien plus hautes et épaisses que le Rideau électromagnétique...

Edisto Beach, Caroline du Sud... L'océan roule sur le sable d'une plage bordée de constructions sur pilotis qui abritent les quarante mille immigrés présélectionnés par le défi américain. Le vent du large hérisse les feuilles des palmiers. Cet homme au visage carré qui discute avec une médialiste de la Holysens n'est autre que Lawrence M. Laettner, Larrie Big-Bang, une sorte de machine humaine programmée depuis l'âge de dix ans pour gravir les échelons de la gloire stratégique...

Elle savait maintenant ce que signifiait le concept du global sens, cette libre circulation des données sans le besoin de recourir à une technologie encombrante. Bien qu'épaulées par les transfuges du mouvement sensolibertaire, les industries sensorielles n'avaient pas su exploiter les travaux des arches dans le domaine de la transmission bioénergétique. Elles avaient dû fabriquer un matériel lourd, coûteux, pour obtenir des résultats nettement inférieurs à ceux du réseau. Satellites, antennes, conducteurs, capteurs, sensors avaient pallié les carences scientifiques des techniciens occidentaux. Même chose pour les applications de l'énergie électromagnétique : le réseau ne l'avait pas destinée à l'érection de ce rempart qui avait isolé l'Occident du reste du monde, mais au remplacement de l'énergie nucléaire, dangereuse et polluante.

Chaque information qui éveillait l'intérêt de Delphane la renvoyait vers d'autres informations où elle puisait à loisir des explications, des illustrations, des compléments historiques, des images d'archives ou des prospectives. Les données expédiées en permanence par les satellites et les ordinateurs onosiens passaient au crible de son intelligence et de sa mémoire avant d'être traitées par la matrice et recyclées pour choisir des embranchements, pour trouver des solutions.

« *Le réseau mondial sensolibertaire te souhaite la bienvenue, Delphane Miorin.* »

La modulation n'était plus ce chuchotement qu'elle percevait à l'intérieur de sa tête, mais une information qui reléguait les autres au second plan. Elle rouvrit les yeux, contempla les passerelles, les toboggans, les compartiments, la sphère suspendue. La ruche lui apparaissait à présent dans toute sa cohérence, dans toute son harmonie. Sa complexité avait un sens : elle illustrait la molécule constituée par les atomes humains qu'elle abritait et se modifiait avec l'arrivée d'un nouveau membre.

« *Non seulement elle se modifie, mais nous sommes parvenus à un stade d'évolution où toute nouvelle adhésion multiplie les capacités du réseau par deux. Tu représentais pour nous un enjeu d'une importance capitale. Ta place t'attend dans un compartiment.* »

Elle distingua cinq formes blanches à l'intérieur de la sphère. C'était avec ces nouveaux compagnons qu'elle partagerait dorénavant son espace. Une passerelle se détacha de son support et s'abaissa dans un chuintement à peine audible.

« *Vous avez toujours su que je viendrais vous rejoindre...* »

Elle resta incapable de déterminer si c'était d'elle qu'était venue cette pensée.

« *Tu remplissais les conditions.*
– Je n'ai aucune connaissance scientifique, aucun talent particulier.
– *Le réseau trouve du talent à chacun de ses membres. Quant aux connaissances, tu les as acquises au moment précis où tu t'ouvrais à la matrice. Tu es encore gouvernée par tes anciens réflexes de pensée.* »

Delphane s'aperçut que d'autres passerelles s'étaient abaissées de manière à former un passage qui montait sur la gauche de la structure.

« *Et les toboggans ? A quoi servent-ils ?* »

Cette question, qu'elle avait posée pour elle-même, reçut instantanément sa réponse.

« *Etant donné que les membres du réseau ne peuvent plus marcher, ils leur permettent de se déplacer d'un compartiment à l'autre lorsque la nécessité s'en fait ressentir. Lorsque la matrice estime nécessaire le rééquilibrage des flux d'énergie de la ruche, par exemple. Notre conscience collective se nourrit de l'activité cérébrale.*
– La bioénergie...
– *Tu es devenue aussi performante que l'ensemble du réseau. Tu es devenue... le réseau.* »

Delphane s'engagea sur la première passerelle et s'enfonça dans le cœur de la structure. Des lampes s'allumaient devant elle, s'éteignaient sur son passage, l'environnaient en permanence d'une lumière rassurante. Même si les passerelles montaient en pente douce et s'aboutaient les unes aux autres de manière à former un chemin continu, elle avait l'impression d'escalader le flanc abrupt d'une montagne. Le souffle court, les jambes tétanisées, elle s'arrêta au bout de quelques minutes et regarda sous elle. Les dimensions de la ruche l'étonnèrent. La matrice centrale paraissait désormais toute petite au milieu de l'enchevêtrement métallique. Elle s'y voyait à l'intérieur, minuscule silhouette environnée d'un halo lumineux. Les cheveux de Lhassa s'étaient entortillés entre ses doigts crispés.

Lhassa... Il lui suffit de penser à la Tibétaine pour la contempler grâce aux objectifs transmatériels des satellites. Elle plantait une seringue dans le cou décharné de Lord Bayfield. Elle ne pleurait plus. Un paquet de cigarettes vide gisait sur le parquet.

« *Pourquoi ces cheveux ?*
– *Une possibilité de reconstruire ce qui a été détruit...* »

Elle reprit sa marche en suivant l'itinéraire proposé par les passerelles inclinées. Ses jambes peinaient de plus en plus à soutenir son corps.

« *Tu pourrais utiliser les toboggans mais l'usage veut que chaque membre du réseau rejoigne son compartiment en marchant.* »

Gagnée par la lassitude, couverte de sueur, elle repoussa à plusieurs reprises la tentation de se laisser choir sur le plancher métallique. Ces sursauts de volonté étaient les dernières manifestations de son individualité, son dernier acte de femme libre.

Elle déboucha enfin sur une passerelle horizontale, qui donnait sur une poche de ténèbres où apparaissaient les formes claires et immobiles des cinq occupants. Elle s'avança à pas lents vers le compartiment et s'efforça de reprendre son souffle. Son cœur battait si fort qu'il blessait le silence. La sphère de la matrice n'était plus qu'un œil parsemé de fulgurances. Elle s'immobilisa au bord du nid, un abri de forme ronde, et contempla les créatures qui lui faisaient face : trois d'entre elles avaient jadis été des hommes, et deux des femmes. Leurs bras et leurs jambes n'étaient plus que des excroissances informes, semblables aux antennes qui leur parsemaient le corps. Leur tête paraissait disproportionnée par rapport à leur corps, un déséquilibre qui, conjugué à leur absence de cheveux et à leurs yeux globuleux, leur donnait une vague allure fœtale.

Des sons, des images, des émotions, des sentiments affluèrent en elle. C'était la manière de ses compagnons de se présenter à elle et de lui souhaiter la bienvenue. Ils avaient été cet homme qui vouait son existence aux recherches biomoléculaires et que l'Eglise de la Nouvelle Réforme avait traduit en justice pour travaux hérétiques, cette enseignante en philosophie qu'un groupe de miliciens nationalistes violaient sous les yeux de ses élèves, cet ethnologue qui découvrait les corps mutilés de la dernière tribu amazonienne et qui s'engageait dans la lutte armée contre les troupes paramilitaires des compagnies forestières, cette fille qui se prostituait pour payer ses études, cet agriculteur qui s'opposait avec fermeté aux représentants d'une entreprise agro-alimentaire venus lui imposer de nouvelles semences transgéniques à haute rentabilité... Ils étaient entrés dans le réseau entre 2015 pour le plus ancien et 2153 pour la plus jeune.

Delphane descendit les trois marches qui menaient à l'intérieur du compartiment. Elle aperçut, se découpant sur la cloison du fond, la bouche d'entrée d'un toboggan. La souplesse du plancher lui donna l'impression de fouler un matelas moelleux. Elle eut soudain envie d'uriner et chercha des yeux un quelconque orifice d'évacuation.

« *Le matériau du nid absorbe, filtre et transforme les déchets organiques. Même si nous ne mangeons pas, l'activité cérébrale intensive génère des résidus chimiques qui s'écoulent par les pores de la peau...* »

Elle resta un moment debout au milieu du nid et laissa à ses yeux le temps de s'accoutumer à l'obscurité. Puis, ivre de fatigue, elle s'assit en tailleur au milieu de ses cinq compagnons. L'une après l'autre, les passerelles retrouvèrent leur position initiale dans une succession de chuintements qui résonnèrent dans le silence comme autant de soupirs. Elle ne pouvait plus revenir en arrière désormais, elle coupait tous les ponts avec son ancienne existence, et ce saut dans le vide l'enthousiasmait autant qu'il l'effrayait.

Il lui fallut un peu de temps pour apprendre à se fondre dans la communauté de données. Les premiers jours, l'exploration du réseau lui donnait le vertige, et elle se réfugiait dans son corps comme un naufragé à l'intérieur de son canot de survie. Son individualité exploitait ses moindres doutes, ses moindres peurs pour se rappeler à son bon souvenir et tenter de reprendre le contrôle. La ruche albigeoise ne lui imposait aucune contrainte, aucune consigne. Libre d'aller où bon lui semblait, elle errait dans les fichiers comme un insecte volant de fleur en fleur, picorant des informations ici et là, plongeant avec délectation dans l'histoire de l'humanité, se glissant dans les objectifs des satellites transmatériels, se faufilant dans les ordinateurs de l'immigration...

Elle survolait la foule énorme qui se bousculait devant le R.E.M. en attendant l'ouverture de la porte de San Antonio... Elle pénétrait dans une masure d'une province chinoise où une femme accouchait de son septième enfant au milieu des mouches... Elle suivait cet homme blond aux yeux exorbités qui marchait à pas de loup dans un couloir délabré, ouvrait une porte d'un coup de pied, mitraillait les hommes et les femmes rassemblés dans une petite pièce... Elle rendait une visite à Lhassa qui continuait de veiller le corps embaumé de Lord Bayfield et s'asseyait devant la porte d'entrée de la maison pour surveiller l'allée du parc... Elle se transportait en une fraction de seconde jusqu'au camp des Landes... A peine émettait-elle un désir, une pensée, que le réseau mettait à sa disposition ses fantastiques capacités et lui proposait l'ensemble des embranchements qui se rattachaient au sujet, historiques, actuels, prévisionnistes.

Cette fluidité, cette absence de contrainte physiologique lui procuraient une ivresse telle qu'elle prenait peur, qu'elle se hâtait de réinvestir son enveloppe corporelle, sagement assise dans le compartiment, qu'elle reprenait conscience de son environnement, des formes blanches et immobiles de ses compagnons, des passerelles et des toboggans proches. La matrice avait modifié ses gènes afin de la dispenser des habituels apports énergétiques, nourriture, boisson, oxygène, et son corps, qu'elle contemplait dans la sphère – la sphère n'était plus seulement une grande boule transparente au centre géographique de la ruche, mais une partie intégrante d'elle-même –, subissait ses premières métamorphoses. Elle perdait ses cheveux par plaques entières, ses muscles s'atrophiaient, ses seins diminuaient de volume, des excroissances se formaient sur son visage, sur son torse, sur son bassin. Elle n'expulsait plus d'urine ni d'excréments, mais un liquide visqueux perlait régulièrement des pores de sa peau. C'était cette sécrétion organique, un liquide matriciel, qu'utilisait le réseau pour recueillir et transmettre les informations. Elle ne regrettait pas cette transformation mais elle éprouvait de temps à autre le besoin de se raccrocher à ses limites pour combattre l'angoisse qui subsistait en elle.

Elle oublia peu à peu son corps en tant qu'entité pour le considérer comme un simple support organique, une batterie dont le réseau avait besoin pour produire son énergie. Elle gardait la mèche de Lhassa enroulée autour de ce qui restait de sa main. Elle savait maintenant à quoi était destinée l'étude de l'A.D.N. de la Tibétaine.

Elle était contenue dans le réseau et le réseau était contenu en elle. Elle était la ruche albigeoise, la ruche anglaise de Cambridge, la ruche allemande de Darmstadt, la ruche italienne de Pise, la ruche catalane de Manresa, la ruche américaine du Vermont... Elle garda encore un moment – plusieurs minutes, plusieurs heures, plusieurs jours ? – la conscience d'être un fleuve qui se jetait dans un océan, puis elle fut l'océan.

Encore une fois, le réseau recensa l'ensemble de ses données pour évaluer les chances de Wang de vaincre les anciens frères qui préparaient la guerre finale dans le ventre de Paris.

CHAPITRE XIV

IROQUOIS & COBRAS

Il ne faut pas désirer être surestimé comme le jade ni foulé aux pieds comme un caillou, dit Lao Tseu. Ne cherche donc pas les compliments ni le mépris sur le chemin de la survie. Méfie-toi de ceux qui te flattent ou te dédaignent : ceux-là cherchent à se nourrir de toi.

Le Tao de la Survie de grand-maman Li

Les cent premiers hélicoptères furent livrés au camp des Landes le 28 novembre 2215, soit trois jours avant le début de l'hiver. Comme on ne trouva aucun immigré qualifié pour les piloter depuis l'usine Aérospace de Clermont-Ferrand, on dut les transporter par supersonique cargo jusqu'à Bordeaux-Langon, puis les acheminer jusqu'aux Landes à l'aide de tracteurs solaires réquisitionnés dans les fermes de la région.

Le C.O.J.U. avait attribué quatre cents hélicoptères aux deux défis, deux cents transporteurs de troupes copiés sur le modèle américain Huey UH-1 B (contenance : entre dix et douze passagers), appelés « Iroquois », deux cents engins de combat tirés du modèle UH-1 D, baptisés « Cobras » et équipés de mitrailleuses, de lance-roquettes, de cent roquettes et de cinq mille balles de calibre huit millimètres. Le Comité avait tenu compte de la suggestion du défendeur d'allouer des armements identiques aux finalistes, même s'il avait fallu pour cela tricher avec l'histoire – les héliportages avaient été une exclusivité américaine pendant la guerre du Viêt-nam. Cette décision n'avait pas soulevé de tempête dans l'opinion onosienne, tout au plus quelques remous. Des membres influents de l'A.O.S. avaient déclaré que les Jeux connaissaient une dérive inquiétante, qu'en s'écartant de la réalité historique ils perdaient leur véritable signification, mais les deux bureaux, l'américain et le français, s'étaient publiquement réjouis d'une parité qui excluait les habituelles suspicions. Et ce n'était pas le choix des armes individuelles, fusils d'assaut M 16 pour les « G.I. » de l'armée américaine, AK 47 Kalashnikov pour les « Charlies » de l'armée vietnamienne, qui était de nature à modifier ce jugement. Les deux modèles utilisaient des chargeurs de trente balles à une cadence de tir de cinq cents coups par minute. Le C.O.J.U. autorisait également les défis à équiper chaque soldat de cinq grenades offensives de type M 48 et d'un poignard. Quant aux uniformes, ils se réduisirent dans les deux camps à des vestes et des pantalons de treillis vert kaki, des casques ronds et de lourds godillots de cuir.

Le Comité avait opté pour un climat tropical – chaud, humide – et pour un paysage de jungle, de marécages, de rizières. Il avait en outre décidé de réintroduire sur l'île des Jeux un insecte disparu de l'Occident, le moustique, afin de plonger les combattants dans les mêmes conditions qu'en 1960. La cellule scientifique uchronique avait assuré que les moustiques avaient été modifiés génétiquement afin de s'autodétruire au bout d'un mois (de l'avis général, les Jeux ne se prolongeraient pas au-delà de dix jours), qu'ils ne risquaient donc pas de déferler sur l'Europe et l'Amérique du Nord et de réactiver d'anciennes maladies endémiques comme la malaria ou les sida-mutatis.

Enfin, fort de l'expérience des derniers Jeux, le C.O.J.U. avait autorisé les stratèges à utiliser trois capitaines de champ afin d'infléchir une évolution tactique qui risquait de se circonscrire à une simple chasse à l'homme.

Le lendemain de la déclaration, le bureau du défi français avait lancé les appels d'offre pour la fourniture de quatre cents hélicoptères, de deux mille roquettes, de cinquante mille grenades, de dix mille fusils d'assaut AK 47 Kalashnikov, de dix millions de balles de calibre 5,56 mm, d'un million de balles de calibre 8 mm, de dix mille poignards et de cent mille litres de kérosène. Les candidats ne s'étaient pas bousculés : seule l'Aérospace s'était proposée pour la fabrication des hélicoptères, et encore, elle avait dû subir pour se déclarer la pression du gouvernement français. La prestigieuse entreprise siégeant à Toulouse, devenue l'un des consortiums les plus puissants d'Occident après la débâcle des multinationales au début du XXI⁰ siècle, n'avait pas montré un enthousiasme excessif à l'idée d'employer ses ingénieurs et ses techniciens à la conception de chaînes qui seraient détruites au bout de quelques semaines. La fabrication des hélicoptères du XX⁰ siècle ne ferait guère avancer la recherche aéronautique. De plus, et c'était la principale raison de ses hésitations, elle ne disposait que de très peu de temps pour renouer avec une technologie oubliée, et elle serait jugée sur des appareils qui n'offriraient pas toutes les garanties de fiabilité.

Puisqu'on la contraignait à mettre sa renommée en jeu, elle avait décidé de rentabiliser l'affaire afin de compenser sur le plan financier ce qu'elle risquait de perdre en réputation. Elle avait demandé un prix exorbitant au bureau du défi, lequel s'était tourné vers le gouvernement pour mendier les subsides nécessaires à toute œuvre d'envergure. On avait secrètement maudit le défenseur d'avoir opté pour une guerre dispendieuse. On avait compris, un peu tard, que le C.O.J.U. s'était empressé d'accepter la requête de Frédric dans le dessein sournois de concourir à la ruine d'une nation qui vivait au-dessus de ses moyens depuis de nombreuses années. On avait donc payé, très cher, le caprice d'une diva de la stratégie qui avait exigé de jouer avec quatre cents appareils dont un seul coûtait davantage que cinq mille chevaux, et on s'était promis de briser l'impudent en cas de défaite.

La compagnie Elfotal, rejeton franco-américain de deux grands groupes pétrochimiques d'avant le R.E.M., avait promis de fournir dans les plus brefs délais un kérosène végétal qui reproduisît avec le plus d'exactitude possible le pétrole lampant odorant et polluant du XX⁰ siècle. Une vingtaine d'entreprises de moyenne importance se partagèrent la production des AK 47, des balles, des grenades, des roquettes, des poignards, des chaussures, des casques et des treillis.

Les couturiers planchaient déjà sur la mode des années 1960, avec une prédilection très marquée pour les vêtements de l'Amérique de l'ère de la consommation industrielle, du fast-food, du Coca-Cola, de la cigarette blonde, de l'automobile, de la musique rock... de tous ces produits et comportements interdits par les lois consuméristes parce qu'ils symbolisaient, aux yeux des gouvernements nationalistes et des religions, la décadence, l'individualisme, la dégradation, la porte ouverte à tous les abus. La mode vietnamienne souffrait de deux tares rédhibitoires : les chapeaux coniques, les tuniques et les pantalons droits n'étaient pas révélateurs d'une époque mais d'une tradition, immobile par définition, et leurs formes sobres, banales, n'offraient que peu de place à la fantaisie, à l'inventivité. Les couturiers onosiens espéraient avec une belle unanimité que Larrie Big-Bang écraserait le petit Frenchy et renverrait les frusques vietnamiennes dans les jungles profondes d'où elles n'auraient jamais dû sortir.

Il fallut une semaine à l'Aérospace pour démarrer les chaînes et réaliser les cent premiers UH-1 B Iroquois. Cette performance parut d'abord honorable au bureau français, mais elle soutint difficilement la comparaison avec l'efficacité de l'entreprise américaine Boeing & Bell qui, d'après les rapports des agents français à Edisto Beach, réussit à sortir trois cents modèles de ses ateliers dans un laps de temps comparable.

« Ils ressemblent comme des petits frères à celui que possédait le parrain de mon clan, fit Kamtay en observant l'un des gros scarabées à la carapace kaki déposés sur le sable par les tracteurs solaires.

– Ça ne me rassure pas ! grommela Belkacem. Ils n'ont encore jamais volé : ils puent le neuf ! »

Avec leur bipale d'une envergure de cinq à six mètres, leur museau arrondi, leurs pieds recourbés, leur ventre rebondi, leur longue queue surmontée en son extrémité d'un aileron et pourvue de deux ailes, ils semblaient *a priori* incapables de décoller du sable, encore moins de se maintenir en suspension dans les airs. Wang se demanda si le réseau sensolibertaire avait bien analysé la situation en poussant Frédric à choisir une guerre où une telle importance était accordée à des engins aussi sommaires.

« Je me suis porté volontaire pour apprendre à piloter, reprit le Laotien.

– Autant apprendre à un ayatollah à éprouver de l'amour pour son prochain ! s'exclama Belkacem. Il ne reste que trois mois avant le début des Jeux.

– J'y arriverai. De cette façon, nous pourrons rester groupés.

– Nous avons survécu à la dernière guerre en étant séparés... »

Les trois hommes contemplèrent en silence le ballet des tracteurs solaires qui surgissaient de la grande allée de la forêt de pins et progressaient en souplesse grâce à leurs chenilles à coussin d'air. Ils portaient leur encombrant fardeau sur une large plate-forme arrière qui s'abaissait au niveau du sol dès qu'ils s'immobilisaient. La plage semblait se peupler de gigantesques insectes pétrifiés, entreposés sur le sable par des prédateurs agités et stridulants.

La plupart des dix mille soldats sélectionnés étaient sortis des blocs et s'étaient répartis par petits groupes devant les appareils. Leurs murmures sous-tendaient comme un bourdon les grondements de l'océan, les piaillements des mouettes, les vrombissements des tracteurs. La proclamation de la liste définitive, révélée cinq jours plus tôt, avait entraîné les scènes habituelles de désespoir et de colère parmi les immigrés. Des bagarres avaient éclaté dans les blocs, sanctionnées immédiatement par l'extinction du voyant frontal des fauteurs de troubles. Beaucoup avaient pleuré en silence, certains avaient prié leur dieu, leurs saints ou leurs ancêtres de bien vouloir les prendre en pitié. Les bruits alarmants qui avaient circulé ces derniers temps affirmaient que les Occidentaux, privés de défenses immunitaires, étaient de gros consommateurs d'implants et que les immigrés déclarés inaptes seraient dirigés vers des laboratoires où ils seraient congelés en attendant le prélèvement de leurs organes.

Interrogé à plusieurs reprises, Wang s'était refusé à confirmer les rumeurs lancées par Belkacem le soir de leur arrivée au camp. Il ne s'estimait pas le droit d'étouffer les dernières braises d'espoir de ces hommes. L'Occident aurait peut-être besoin de quelques-uns d'entre eux pour faire les boulots sales, dangereux, et ceux-là survivraient en attendant des jours meilleurs.

Les Iroquois occupaient maintenant près de quatre cents mètres de plage. Dubitatif, Wang s'avança vers l'océan, fendant les grappes humaines agglutinées devant les hélicoptères. Ce n'était pas avec ces gros bidons coiffés de leurs pales qu'il pourrait rendre justice aux pauvres bougres qui avaient été éteints et congelés pour alimenter les réserves d'organes de l'Occident, qu'il gagnerait l'autre guerre pour laquelle grand-maman Li l'avait expédié de ce côté-ci du R.E.M. Le ciel avait recouvré son bleu uniforme et le soleil miroitait sur les vitres des hublots. Le défi français n'avait pas encore reçu les armes, les balles, les uniformes. Les fournisseurs s'arrangeraient pour livrer le matériel en retard, comme d'habitude. L'entropie se glissait aussi dans les rouages d'un bureau déchiré par les intrigues et qui, contrairement aux promesses d'Emilian Freux, n'avait subi aucune épuration.

« *Communication du réseau sensolibertaire...* »

Un réflexe entraîna Wang à se retourner et à chercher des yeux l'homme qui venait de l'interpeller. Il eut besoin d'une bonne dizaine de secondes pour se rendre compte que le murmure avait résonné sous son crâne.

« *Le réseau t'invite à prendre contact avec la ruche albigeoise pour recevoir tes instructions...* »

Pourquoi pas maintenant, puisque vous avez la capacité de me parler à distance ?

« *Clarifie tes pensées. Elles sont trop confuses pour que nous puissions les démoduler.* »

Wang lança un bref regard autour de lui, comme s'il craignait que cette conversation silencieuse ne fût interceptée par l'un des hommes qui se pressaient entre les hélicoptères.

« *Par eux, il n'y a aucun risque. Mais par nos adversaires, c'est très possible si nous prolongeons cet entretien. A l'intérieur d'une ruche, personne, pas même le plus puissant des satellites transmatériels, ne peut capter nos échanges. C'est la raison pour laquelle tu dois te rendre à Rabastens. Le plus tôt sera le mieux. Grâce à ton faux traceur, on ne s'apercevra pas de ton absence.* »

Le camp des Landes n'est pas un hôtel ! Nous n'avons pas de chambre individuelle. Quelqu'un pourrait découvrir et endommager le leurre.

« *Tu n'auras qu'à le confier à tes amis. Message terminé.* »

Mais...

« *Message terminé.* »

Les leçons de pilotage débutèrent le lendemain de la livraison des hélicoptères. Le bureau avait lancé un appel sensor afin de recruter des instructeurs occidentaux – il avait exclu d'emblée les immigrés, car après la destruction de ses aéroports, le deuxième monde avait abandonné l'aéronautique depuis plus d'un siècle et demi – mais deux candidats seulement se présentèrent au camp des Landes, un ancien pilote d'essai âgé de cent vingt-sept ans nommé Paül Marchène, et une femme de quatre-vingt-neuf ans, Voronielle Branka, présidente d'une association dont le but était l'étude et la reconstitution des aérodynes d'avant 2050. Aucun pilote de ligne en activité ne daigna proposer ses services : les supersoniques contemporains requéraient davantage de connaissances en informatique interactive que de compétences en pilotage pur, et leurs commandants de bord ne tenaient pas à se confronter à des appareils dont la simplicité, voire la rusticité, risquait de révéler leur impéritie.

Les huit cents volontaires – étaient considérés comme volontaires les soldats sélectionnés par la cellule morphopsycho, hormis les trois hommes qui s'étaient spontanément proposés et dont faisait partie Kamtay Phoumapang – se répartirent en deux groupes de quatre cents, l'un sous la responsabilité de Paül Marchène, qui gardait l'esprit vif et le corps alerte malgré ses cent vingt-sept ans (il avait subi trente-quatre greffes et affirmait sans vergogne avoir recouvré une cinquième jeunesse après qu'on lui eut implanté les testicules d'un donneur de dix-huit ans), l'autre sous l'autorité de Voronielle Branka, une grande femme à l'allure élégante et à l'autorité cassante.

A l'issue de cours théoriques réduits à leur plus simple expression, on patienta une semaine avant de passer aux essais pratiques, non qu'il s'agît d'une exigence pédagogique de la part des instructeurs, mais la compagnie Elfotal n'ayant pas respecté les délais annoncés, les hélicoptères privés de carburant ne pouvaient pas prendre leur envol. Les huit cents apprentis pilotes furent donc priés de rejoindre les groupes qui continuaient de s'entraîner sur la plage sous les ordres des préparateurs physiques et de participer aux exercices d'endurance, de résistance, de musculation, de combat rapproché.

L'hiver supplanta l'été le 1er décembre. En une nuit, la température passa de trente à zéro degré centigrade, et une fine pellicule de neige recouvrit la plage, la forêt, les allées. Les immigrés qui avaient trouvé absurde la distribution des vêtements chauds avant l'extinction des feux furent bien contents, au sortir des blocs, de s'emmitoufler dans leur épaisse combinaison et dans leur capote.

Wang se souvint de son propre étonnement la première fois qu'il avait assisté à ce changement de saison. En Pologne, l'hiver était précédé de signes avant-coureurs qui permettaient aux habitants de se préparer aux grands froids, de s'approvisionner en bois, en charbon, en pétrole, de calfeutrer leurs maisons, de prévoir des vêtements chauds et des couvertures. Les vents du nord se mettaient à souffler après les premières gelées, et les rats, qui avaient erré tout l'été dans les champs à l'abandon, revenaient occuper la ville avec une agressivité décuplée par la perspective de disette.

L'Occident régulait les cycles saisonniers avec une précision qui avait quelque chose de diabolique.

Wang décida d'exploiter le ralentissement de l'activité lié aux premiers froids et aux ajournements des fournisseurs pour se rendre à Rabastens. Un soir, après le dîner, il fit part à Belkacem et à Kamtay de son intention de passer la nuit hors du camp.

« Dans quel merdier est-ce que tu vas encore te fourrer ? gronda le Laotien. Les salopards qui ont essayé de t'éliminer à Jérusalem ne rateront pas toujours leur coup...

— Ils ne recommenceront pas, affirma Wang.

— Comment peux-tu en être sûr ? »

Kamtay ne cessait de jeter des regards alentour, comme s'il s'attendait à voir surgir des tueurs de la forêt plongée dans les ténèbres. Il avait neigé les deux nuits précédentes, et ils foulaient un tapis blanc de quinze centimètres d'épaisseur. Leurs voyants frontaux teintaient de rouge leur front, leur nez et les nuages de condensation qui se formaient devant leur bouche.

« Ils ont senti passer le vent du boulet, dit Wang. Ils risqueraient gros s'ils récidivaient.

— Un Occidental ne risque pas grand-chose à tuer un immigré, rétorqua Belkacem. Est-ce que tout ça a un rapport avec la mort de la morphopsycho ? »

Troublé par la perspicacité du Soudanais, Wang le fixa pendant quelques secondes avant de répondre :

« Possible. Elle ne supportait plus ce qu'elle était devenue...

— Tu ne peux pas quitter le camp comme ça ! s'exclama Kamtay. Les anges gardiens...

— N'ont rien remarqué lorsque je suis allé à Londres... », coupa Wang.

Il sortit le faux traceur de la poche de sa capote.

« Un leurre, expliqua-t-il. Il prend le relais de mon traceur cérébral. Il vous suffira de presser l'interrupteur et de le glisser dans mon lit. Ils me croiront toujours à l'intérieur du camp.

— Qui t'a filé ce truc ? demanda Kamtay.

— Les gens chez qui je me rends. Nos véritables stratèges. La guerre du Viêt-nam ne sera pas un jeu. »

Belkacem saisit le faux traceur et l'examina pendant quelques instants.

« J'aurais bien aimé t'accompagner, murmura-t-il d'un air songeur.

— Plus tard, dit Wang. Lorsque nous aurons parcouru le chemin que nous ont montré Zhao et Kareem.

— Et si Frédric Alexandre ou une huile du bureau te fait demander... avança Kamtay.

— L'un de vous deux prendra le leurre et sortira du bloc, l'autre leur dira que je suis allé faire un tour dans la forêt. Ne vous faites pas de souci : je serai de retour à l'aube.

— Pas de souci ! grogna le Laotien. Autant demander à un porc de ne pas s'inquiéter du crissement du couteau sur la meule à aiguiser ! »

Wang franchit en courant les trois ou quatre kilomètres qui séparaient le camp du terminus de l'aérotrain. La neige se remit à tomber au moment où il grimpait l'escalier tournant qui montait vers le quai suspendu. En sueur malgré la froidure humide, il reprit son souffle sous l'abri transparent éclairé par un lampadaire. L'aérotrain, piloté par des ordinateurs à logique interactive, continuait de fonctionner la nuit à une fréquence réduite. Pendant plus d'un quart d'heure, il attendit une rame en surveillant les ténèbres, se tenant prêt à enjamber le garde-corps et à descendre par les arches métalliques au cas, peu probable, où des Occidentaux feraient leur apparition dans la station.

Il commençait à s'engourdir lorsque le train se présenta, précédé de son sifflement musical. Il resta seul dans son wagon, et probablement dans la rame tout entière, jusqu'à Bordeaux. Il descendit à la gare centrale Gironde-Chaban-Delmas, attendit encore une demi-heure avant de prendre un subterraneus jusqu'à Toulouse, se retrouva une heure plus tard à Nouvelle-Matabiau et saisit au vol la correspondance pour Rabastens. Il ne croisa que de très rares Occidentaux sur son chemin. Ceux qui n'étaient pas dans les Pyrénées, dans les Alpes, dans le Massif central pour s'adonner aux sports d'hiver préféraient certainement rester au chaud dans leurs sensors. Les trains souterrains transportaient principalement des immigrés, des hommes et des femmes de toutes origines que la fatigue ployait sur les banquettes comme des herbes couchées par le vent. Les yeux fixes, les traits tirés, ils ne parlaient pas, et leur voyant frontal semblait être la seule trace de vie sur leur visage. Placés ou transférés par le bureau de l'immigration, ils s'en allaient vers des destinations qu'ils ne connaissaient pas, et l'anxiété se conjuguait à l'inconfort des sièges pour les maintenir dans une insomnie nauséeuse.

A Rabastens, il tenta de se remémorer l'itinéraire suivi par Delphane lors de leur précédente visite à la ruche, mais la neige avait modifié le paysage, et il se perdit rapidement dans la forêt et les champs environnants. Il marcha au hasard, pestant en son for intérieur contre ces conditions qui faisaient planer une menace grandissante sur son expédition. La neige tomba de nouveau, de plus en plus drue. Les flocons, de la grosseur d'un poing, escamotèrent les reliefs et achevèrent de le décourager. Il prit la décision de rebrousser chemin, de peur de s'égarer davantage et de rentrer trop tard au camp des Landes. Il tenta de revenir sur ses pas, mais ses empreintes s'effaçaient rapidement et il ne disposait d'aucun point de repère pour s'orienter. Il poussa un juron, épousseta d'un geste rageur les flocons qui se déposaient sans bruit sur ses cheveux et ses épaules. Il avait l'impression d'être piégé par un adversaire plus redoutable que les six tueurs de Jérusalem, un adversaire qui l'emprisonnait dans un filet silencieux. Ses bottes s'enfonçaient dans des ornières d'où il rencontrait des difficultés grandissantes à se dégager. Il lui était impossible de deviner les traîtrises que glissait le linceul immaculé sous ses pieds. De temps à autre, la branche d'un arbre cédait sous le poids des congères et s'affaissait dans un craquement qui retentissait comme un coup de tonnerre dans le silence nocturne. Il commençait à s'affoler, à oublier les préceptes du Tao de la Survie qui recommandait à ses adeptes de ne jamais céder à la panique, de respirer avec lenteur, de continuer à chercher l'ordre caché de l'univers au cœur des tourmentes les plus noires. Il glissa la main dans la poche de sa capote et toucha le petit éléphant familial, comme pour appeler Lhassa et ses ancêtres à la rescousse.

Il lui sembla apercevoir une silhouette dans le lointain. Il s'immobilisa, s'essuya les cils d'un revers de manche, tenta de percer du regard l'obscurité et les rideaux superposés tirés par les flocons.

Un homme entièrement nu s'avança vers lui, le sourire aux lèvres. Wang l'examina pendant un long moment, se demanda s'il n'était pas en train de rêver.

« Je suis perdu ! cria-t-il. Est-ce que vous pouvez... »

Avant qu'il n'ait eu le temps de finir sa phrase, son vis-à-vis lui fit signe de le suivre d'un geste de la main. Il remarqua que la neige ne se déposait ni sur les cheveux noirs ni sur la peau foncée de l'homme, et comprit qu'il avait affaire à un personnage irréel (ce qui expliquait son étonnante indifférence à la froidure ambiante). Il pensa aussitôt que ses ancêtres avaient dépêché un fantôme sur terre pour lui venir en aide, mais il écarta cette hypothèse car les fantômes revêtaient leur apparence physique d'avant leur mort pour se manifester aux vivants, et celui-là, malgré sa peau brune et ses cheveux noirs, était sans conteste un Occidental (il ne se connaissait pas d'ancêtres occidentaux, ou alors le secret avait été jalousement gardé par les générations qui s'étaient succédé sur les bords de la Nysa).

La créature ne lui laissa pas le temps de reprendre ses esprits, pivota sur elle-même, s'enfonça dans la tourmente. Comme il ne voulait pas perdre le contact avec cette apparition, il s'empressa de lui emboîter le pas. Même si elle lui était envoyée dans l'intention de lui nuire, elle était la seule à lui proposer une issue de secours dans cette nuit de cauchemar. Elle n'abandonnait aucune empreinte sur la neige fraîche, ne faisait aucun écart pour éviter les arbres. Elle les traversait comme s'ils n'avaient aucune densité, ou, plus exactement, elle s'effaçait provisoirement devant les troncs pour réapparaître un peu plus loin, marchant du même pas de métronome.

Obligé quant à lui de contourner les obstacles, Wang s'arrachait avec des difficultés grandissantes d'un sol de plus en plus instable. Cette situation le ramena quatre années en arrière, lorsque Lhassa et lui avaient rampé sur la neige pour essayer d'échapper au barrage tendu par les néo-triades de Most. Les baisers piquants des flocons se mêlaient aux gouttes de sueur qui lui perlaient sur le visage. Le poids de sa capote détrempée lui accablait les épaules et la nuque. Au bout d'une demi-heure de cette progression harassante, il fut tenté de renoncer, de laisser filer son étrange guide, de s'abriter sous la ramure d'un pin en attendant que la tempête s'apaisât.

Alors qu'il ralentissait déjà l'allure, il entrevit une masse sombre une vingtaine de mètres devant lui. Une maison. L'homme virtuel attendit qu'il arrivât près de la bâtisse pour se remettre en mouvement et traverser le mur de pierre. Exténué, hors d'haleine, Wang s'efforça de respirer profondément afin de calmer les battements de son cœur et de rassembler ses idées. Il reconnut l'ancienne ferme où Delphane l'avait amené seize mois plus tôt. Il comprit que la ruche l'avait repéré au milieu de la tempête de neige et guidé jusqu'à elle.

Les pales des hélicoptères fouettaient l'air avec frénésie, soulevaient des tourbillons de neige et de sable. Elfotal avait livré le kérosène végétal la veille, et les deux instructeurs avaient aussitôt réuni les huit cents apprentis pilotes de l'armée d'Alexandre (soit huit pour cent de l'ensemble des troupes, une proportion que d'aucuns jugeaient excessive). Les Iroquois choisis pour les exercices pratiques de pilotage avaient exigé, pour démarrer, que les techniciens d'Aérospace détachés au camp des Landes ouvrent les capots de leurs turbines et les réchauffent à l'aide d'un système de soufflerie.

Deux seulement avaient été mis en route, mais leurs grondements saccadés suffisaient à couvrir les cris, les rires et les commentaires des dix mille soldats rassemblés sur la plage. Dans l'un avait pris place Paül Marchène et dans l'autre Voronielle Branka. Les accompagnaient quatre hommes qui seraient chargés de prendre le manche à tour de rôle et de s'exercer aux premiers rudiments de pilotage. Une formidable clameur salua le décollage du premier hélicoptère qui, aux mains de Paül Marchène, gagna rapidement de la hauteur. Un murmure de déception ponctua une embardée de l'appareil, qui ressemblait à présent à une libellule perdue entre ciel et terre.

Wang observait ces essais avec attention. Ces gros scarabées, qu'il avait crus incapables de voler, tenaient une place primordiale dans le plan imaginé par la ruche. Or les huit cents hommes choisis par la cellule morphopsycho n'avaient que trois mois pour assimiler une technique qui requérait plusieurs années d'apprentissage en temps ordinaire. Et les appareils, sortis des chaînes de fabrication sans accomplir un seul vol d'essai, n'offraient probablement pas toutes les garanties de fiabilité. La ruche avait insinué que certains membres de la direction d'Aérospace étaient des agents anglophones chargés par le bureau du défi américain de retarder et de saboter la production par tous les moyens. Trois pannes générales avaient déjà immobilisé les chaînes et entraîné une suspension d'activité de plusieurs heures.

« Pourquoi avoir tout misé sur les hélicoptères dans ce cas ? s'était étonné Wang.

– Ils sont plus maniables que les supersoniques, avait répondu la ruche. Ils ne nécessitent pas de piste d'envol : ils peuvent se poser sur une rue, une place, le toit d'un immeuble. Leur simplicité nous offrait le double avantage d'imposer l'idée des combats aériens auprès du C.O.J.U. et de donner aux entreprises occidentales une chance réelle de les produire dans le temps imparti. Avec des appareils plus puissants, des avions de chasse ou des bombardiers, ni l'un ni l'autre n'auraient été possibles. »

Wang s'était tourné vers la structure métallique, comme pour prendre à témoin les occupants des compartiments.

« Votre plan comporte trop de risques...

– La prévision à risque nul n'existe pas. L'entropie se glisse dans chaque projet. Tu es toi-même un facteur de désordre avec ta perception subjective et tes réactions inconscientes. Nous essayons seulement de tirer le meilleur parti d'un faisceau de conjonctures favorables. Une porte s'entrouvre, et nous sommes persuadés qu'elle se refermera pour longtemps – voire pour toujours – si nous ne savons pas saisir cette opportunité. »

Trempé de la tête aux pieds, il avait obtempéré sans discussion à la suggestion de la ruche qui lui avait demandé de se dévêtir afin de le réchauffer et de sécher ses vêtements. Un souffle chaud, bienfaisant, était descendu sur lui, qui avait chassé l'engourdissement de ses pieds et de ses mains. Contrairement à l'habitude, le retour à la sensibilité ne s'était pas accompagné de ces épingles de douleur qui transperçaient les ongles, comme lorsqu'il posait ses mains glacées sur le tuyau brûlant du poêle de la maison de grand-maman Li au retour d'une promenade dans les rues de Grand-Wroclaw.

Le visage de Delphane était tout à coup apparu à l'intérieur de la matrice. Jamais il ne l'avait vue avec un sourire aussi radieux, aussi lumineux. Il avait deviné son renoncement à sa condition de femme et son engagement dans le réseau sensolibertaire.

« Elle ne peut plus te saluer en tant qu'individu, avait confirmé la ruche. Elle nous a transmis tout l'intérêt qu'elle te portait. Une énergie très précieuse. »

Il s'était souvenu du corps qu'il avait étreint brièvement sur l'herbe d'un champ, et il n'avait pu s'empêcher d'éprouver une tristesse horrifiée à l'idée qu'elle se métamorphosait peu à peu en une caricature d'être humain, en un monstre.

« Qui sont les monstres ? avait demandé la ruche avec douceur. Nous qui avons sacrifié l'apparence pour chercher la paix de l'esprit ou les hommes qui ont renoncé à l'esprit pour se consacrer à leur apparence ?

– L'un ne s'oppose pas nécessairement à l'autre...

– C'était le sens de la quête mystique : la réunion de l'esprit et de la matière. Notre voie est différente parce qu'elle relevait de l'urgence. Si le réseau n'avait pas été créé au début du XXIe siècle, l'espèce humaine aurait probablement été éradiquée de la surface de la terre. Comme les dinosaures quelques millions d'années plus tôt.

– Des hommes auraient échappé au désastre, se seraient adaptés, auraient recommencé...

– Possible. Mais nous ne voulions pas perdre les acquis scientifiques de ces derniers siècles. Nous avions envie d'utiliser à des fins évolutives toutes ces données qui auraient pu provoquer l'extinction du genre humain. Delphane nous a offert son individualité...

– Frédric le sait ?

– Il est trop occupé pour se soucier du sort de son épouse.

– Est-ce qu'elle est... heureuse ?

– Cette question n'a pas de sens dans le réseau. La recherche du bonheur n'est pas dissociable des lois de l'espace et du temps. Le bonheur et tous ses corollaires, le plaisir, la jouissance, le bien-être, sont inséparables de l'emprisonnement dans la matière, de la gravité, de la fission... »

Le grondement haché et rapproché de l'hélico tira Wang de ses pensées. Les pales du deuxième, resté au sol, soulevaient de tels tourbillons que les spectateurs s'étaient prudemment reculés : Voronielle Branka, adepte d'une méthode plus progressive, prenait le temps avant le décollage d'expliquer à ses quatre élèves le maniement des commandes et les différentes fonctions des instruments de bord. L'Aérospace s'était basée sur des plans fournis par le C.O.J.U. pour produire les modèles Huey, et elle ne s'était pas rendu compte que les compteurs de vitesse étaient libellés en nœuds ou milles nautiques, des mesures tombées dans l'oubli depuis plus de deux cents ans.

Wang suivit du regard la course descendante de l'hélicoptère qui se stabilisa environ cinq mètres au-dessus du sable. Il aperçut la tête du pilote par la vitre de la portière. Un Noir, dont le voyant frontal éclairait les yeux exorbités par la frayeur et l'attention. L'appareil se balança tout à coup d'un côté sur l'autre, comme incapable de conserver sa stabilité. Wang distingua l'expression de terreur sur le visage du Noir. L'hélico eut un sursaut rageur mais ne réussit pas à reprendre de l'altitude, décrocha brutalement, tomba en chute libre, s'écrasa sur le sable dans un terrible vacarme de tôle froissée.

De la carcasse on retira trois cadavres et deux blessés, dont Paül Marchène, expédié en urgence à l'hôpital de Bordeaux pour une transplantation des organes endommagés par l'accident (la rate, le rein gauche, une partie de l'intestin). Les techniciens de l'Aérospace examinèrent l'Iroquois couché sur le flanc, conclurent à une erreur de pilotage et vilipendèrent l'inconscience de l'instructeur, coupable à leurs yeux d'avoir confié l'atterrissage de l'hélice à un novice dès sa première séance d'initiation. Le bureau du défi ne réussit pas à trouver un remplaçant à l'ancien pilote d'essai, et Voronielle Branka se vit confier l'instruction des huit cents hommes (un pilote et un copilote par hélicoptère), mission qu'elle entreprit de mener à bien malgré l'immensité de la tâche.

Les jours suivants, tandis que les autres soldats peaufinaient leur condition physique sur le sable enneigé, elle consulta les fichiers morphopsycho, choisit vingt éléments triés par l'ordinateur pour leurs capacités d'assimilation et entama avec eux un cycle de formation intensive. Kamtay Phoumapang faisait partie de ce groupe, à qui on distribua des morphêbloquants et des accélérateurs cérébraux – en dépit de l'interdiction formelle de fournir ce genre de produits aux immigrés – pour supporter une charge de quinze à seize heures de travail par jour. En accord avec Frédric et le bureau du défi, Voronielle Branka avait décidé de répartir le travail et, dans ce but, de former des instructeurs. Ils furent capables d'effectuer les manœuvres de base – décollage, atterrissage – au bout de quarante-huit heures, puis se lancèrent dans des figures plus complexes les jours suivants. Deux, cinq, dix appareils survolèrent bientôt le camp des Landes et, reliés les uns aux autres par un système radio aussi antique que celui qui permettait au stratège de communiquer avec son capitaine de champ, ils effectuèrent des mouvements coordonnés – changements de cap, plongées brutales, stabilisation à trois mètres du sol – qui déclenchèrent des clameurs d'enthousiasme dans les groupes répartis sur la plage.

Au cours d'une réunion préparatoire, Frédric confirma Wang dans son rôle de capitaine de champ :

« Tu seras mon seul interlocuteur mais, puisque le C.O.J.U. nous autorise à employer trois capitaines de champ, deux de tes remplaçants seront munis d'un émetteur-récepteur. N'y vois pas une marque de défiance, mais une précaution supplémentaire. S'il t'arrivait le pire... »

La mort d'Aliz, sa complice dans l'organisation de l'attentat de Jérusalem, avait probablement soulagé le défendeur français. Il se croyait désormais à l'abri d'une trahison sans savoir que la commission d'enquête de l'O.N.O. avait déjà établi sa culpabilité et que seule l'entremise du président Freux l'avait sauvé de l'exclusion des Jeux et de l'interruption prématurée de sa carrière. Cependant, son regard insaisissable et sa façon de couper court aux discussions trahissaient une agitation perpétuelle, une appréhension qui ne le laissait pas en paix. Vêtu d'une redingote et d'un chapeau haut de forme comme tous les Occidentaux, des vêtements qui avaient tendance à vieillir ceux qui les portaient, il semblait avoir grandi sans avoir eu le temps ou la volonté de quitter son enfance. Il affirmait à ceux qui le pressaient de questions qu'il ne disposait pas d'éléments en quantité suffisante pour arrêter une stratégie précise. Il attendait par exemple de savoir si les pilotes seraient suffisamment performants pour transporter les troupes là où il le jugerait nécessaire. Il donnait parfois l'impression d'être écrasé par un fardeau de plus en plus lourd, d'avoir outrepassé ses capacités intellectuelles et physiques, et Wang lisait le doute dans les yeux des hommes et des femmes de l'encadrement occidental.

Conformément à sa promesse, le président Freux rendit une visite de courtoisie au camp des Landes. En son honneur, et pour lui montrer les progrès réalisés par les vingt futurs instructeurs, les dix Iroquois se livrèrent à une démonstration de vol groupé au-dessus de l'Océan. Rassemblés sur une estrade montée à la hâte, les officiels – le président, les conseillers, les délégués des différents corps de métiers, le directoire de l'Aérospace, les représentants des médias et les ambassadeurs des pays de l'O.N.O. – suivirent pendant dix minutes les évolutions des grosses libellules lâchées dans le ciel puis, lassés par le bruit, irrités par la fraîcheur mordante du vent du large, ils applaudirent poliment et refluèrent au pas de charge vers le baraquement où les attendait un repas commandé chez Bardel, l'un des restaurants cinq étoiles de la région landaise. Après le dessert, Freux complimenta Voronielle Branka pour les magnifiques résultats qu'elle avait obtenus en un peu plus d'une semaine. Un conseiller précisa avec perfidie que, selon les derniers rapports de ses correspondants à Edisto Beach, les quatre cents hélicoptères américains volaient déjà, ce qui signifiait qu'ils avaient, d'une part, fabriqué la totalité de leurs appareils alors que cent seulement avaient été livrés au camp des Landes, et qu'ils avaient, d'autre part, formé leurs quatre cents pilotes alors que le défi français n'en recensait qu'une petite vingtaine, soit un rapport accablant de un à vingt.

Les membres du directoire de l'Aérospace se défendirent en rappelant les trois pannes qui avaient interrompu les chaînes de fabrication. Le bureau du défi français invoqua la difficulté à trouver des instructeurs formés aux techniques oubliées de pilotage manuel et la malchance – on occulta à cette occasion la notion de faute professionnelle – qui avait frappé Paül Marchène, victime d'un accident le premier jour des essais.

« Eh bien, il ne vous reste plus qu'à mettre les bouchées doubles, messieurs, conclut Freux avec un sourire engageant. Et puis notre cher Frédric saura bien trouver les parades qui pallieront les insuffisances de la préparation. Une loi veut que les préambules les plus désordonnés donnent les résultats les plus féconds... »

Wang, qui avait été convié au repas, eut la très nette impression que le président français s'adressait aux ambassadeurs de l'O.N.O., qui, même s'ils s'efforçaient de conserver une neutralité de façade, se réjouissaient visiblement des embarras du défi français. La cellule élyséenne de communication avait suggéré au président de les inviter afin de leur montrer les forces en action du défi français, mais, en fait de spectacle, ils avaient eu un petit aperçu du désordre qui régnait au camp des Landes et que la seule fantaisie latine ne suffisait pas à expliquer.

Cent autres hélicoptères, des Cobras, furent livrés deux jours après le passage présidentiel. Les vingt instructeurs prirent leurs fonctions une semaine après leur formation et s'occupèrent chacun de quarante pilotes. Peu à peu, le ciel des Landes se couvrit d'essaims vrombissants qui ne laissaient plus aucune chance aux préparateurs physiques de se faire entendre.

CHAPITRE XV

L'AIGLE D'ORIENT

Tôt ou tard, les événements te commanderont de pactiser avec l'ennemi. T'es-tu bien demandé, avant de te rendre dans la demeure de l'homme qui te poursuit de sa haine, si tu as bien nettoyé ton esprit et ton cœur de tous tes ressentiments ? Sais-tu que le véritable ennemi se terre au fond de toi-même, monstre féroce qui se nourrit de tes jugements, de tes insuffisances, de tes misères ? Sais-tu qu'accuser l'autre de tes malheurs ne réussit qu'à dénoncer ta pauvreté morale ? Le non-agir, le calme pur, voilà la solution. L'esprit en repos ne connaît pas d'ennemi, ni à l'intérieur ni à l'extérieur de lui-même.

Le Tao de la Survie de grand-maman Li

Les quatre cents hélicoptères s'étaient posés sur l'aire de stationnement, une immense esplanade qui s'étendait entre les hangars et les casernements. Transportés sur l'île des Jeux dans des avions cargos, ils avaient été amenés au camp de base vietnamien par les pilotes de l'armée de Frédric Alexandre. Les huit cents soldats sélectionnés par la cellule morphopsycho avaient intégré en moins de trois mois les notions fondamentales de pilotage. Voronielle Branka les avait répartis en tandems tout en réfutant l'idée de leur distribuer les rôles habituels de pilote et de copilote : chacun des deux devait être à tout moment capable de se débrouiller seul en cas de blessure ou d'incapacité provisoire de son équipier.

Kamtay avait été associé à un jeune Syrien de la G.N.I. du nom d'Hissan Barba, un garçon de vingt ans au teint mat, aux yeux charbonneux et au sourire facile. Le Laotien affirmait à Belkacem et à Wang qu'il prenait davantage de plaisir aux commandes de son appareil que dans les bras d'une femme. Il ressentait là-haut une sensation de liberté inouïe, comparable, sans doute, à celle que connaissent les oiseaux. Chaque fois qu'il descendait de son hélico, qu'il avait baptisé *L'Aigle d'Orient* en accord avec son équipier, il ne songeait qu'à y remonter le plus tôt possible pour éprouver de nouveau l'ivresse du vol.

Ayant quitté quelques heures plus tôt l'hiver froid et sec qui régnait sur l'Europe occidentale, les hommes rencontrèrent des difficultés à s'habituer au climat tropical de l'île des Jeux. La chaleur avoisinait les quarante degrés centigrades et se conjuguait avec une hygrométrie élevée pour transformer l'air en une vapeur brûlante. Le simple fait de se lever pour se rendre dans les cabines de bois faisant office de toilettes leur coûtait une énergie folle. Couverts de sueur à toute heure du jour et de la nuit, ils avaient pour la plupart renoncé à porter d'autre vêtement que leur caleçon. Ils étaient regroupés par mille dans les dix bâtiments du camp de base qui leur servaient à la fois de dortoirs, de réfectoires, de salles de douches, et dont les matériaux déjà rongés par les moisissures répandaient une suffocante odeur de pourriture. Les AK 47, les chargeurs, les grenades, les couteaux, les casques, les treillis, les harnais et les chaussures formaient de petits monticules au pied des lits superposés. L'agressivité des moustiques – charmante attention de la part des membres du C.O.J.U... – les empêchait de trouver le sommeil, d'autant que le défi français n'avait pas prévu de moustiquaires ou toute autre forme de protection contre ces terribles insectes. Même s'ils avaient connu ce genre de désagréments dans les provinces de la R.P.S.R. ou de la G.N.I. dont ils étaient originaires, les hommes souffraient des piqûres incessantes que les conditions climatiques transformaient en cloques purulentes.

Les Jeux débutaient le 1er mars, soit cinq jours après le débarquement des troupes vietnamiennes sur l'île. Frédric n'avait toujours pas défini de stratégie précise, comme si le paramètre représenté par la dimension verticale lui posait d'insolubles problèmes. Les réunions préparatoires, qui se tenaient sous un chapiteau de toile et qui rassemblaient les membres du bureau, le responsable de la cellule morphopsycho, Voronielle Branka, le capitaine de champ et ses deux remplaçants, accouchaient de considérations tactiques dépourvues d'intérêt. Les membres du bureau et le responsable de la cellule morphopsycho se disputaient la parole pour proférer des banalités qui trahissaient une méconnaissance totale des réalités de la guerre. Ils sollicitaient souvent Wang du regard pour obtenir son approbation. Ce manège horripilait Frédric, qui s'énervait et renvoyait tout ce petit monde dans ses quartiers pour retrouver calme et concentration. La chaleur était telle sous ce chapiteau que les uns et les autres s'empressaient d'obtempérer. Wang et ses deux remplaçants, un Arabe et un Moldave, couraient se réfugier sous la douche du baraquement qu'ils occupaient en compagnie de dix officiers (Frédric n'avait pas estimé nécessaire d'en nommer davantage, les guerres héliportées ne requérant pas selon lui la même lourdeur hiérarchique que les conflits au sol), de Belkacem et de Kamtay. La sensation de fraîcheur apportée par l'eau ne durait pas longtemps, une dizaine de minutes tout au plus, et les moustiques, virulents, les empêchaient de récupérer les heures de sommeil qu'ils leur volaient pendant la nuit.

Wang avait sympathisé avec un de ses remplaçants, Ibn El Feïr, un homme originaire du Yémen, mais l'autre, Anton Sovokar le Moldave, lui inspirait de la méfiance en dépit d'une attitude en apparence cordiale. Son sourire semblait faux sous son épaisse moustache et ses yeux clairs avaient tendance à se dérober. En outre, la sensualité affectée avec laquelle il caressait la lame de son poignard trahissait un désordre psychologique qui cadrait mal avec la responsabilité dont l'avait investi la cellule morphopsycho. La Moldavie avait subi les séquelles des catastrophes nucléaires qui s'étaient abattues sur l'Ukraine, et ses habitants souffraient selon toute probabilité des mêmes maladies, des mêmes déséquilibres que leurs voisins ukrainiens.

Les vents du crépuscule déposaient une fraîcheur relative sur l'île mais il n'était pas question pour autant de s'aventurer dans la jungle et les marécages qui bordaient le camp de base. Les rares inconscients qui s'y étaient essayés s'étaient perdus, avaient passé toute la nuit au milieu d'une végétation étouffante ou bien s'étaient embourbés dans l'herbe à éléphant, une savane épaisse qui recelait d'innombrables chausse-trappes boueuses. Kamtay et neuf pilotes confirmés avaient effectué un vol de reconnaissance au-dessus de l'île. Ils avaient survolé le camp américain, pratiquement identique au vietnamien, croisé des hélicoptères ennemis – seul le petit drapeau U.S. enchâssé dans la portière de la cabine les différenciait les uns des autres –, poussé jusqu'à la barrière électromagnétique qui entourait l'île et dont la hauteur leur interdisait le passage, puis ils étaient rentrés à la base après avoir repéré les endroits relativement dégagés et secs où ils pourraient éventuellement se poser.

Le kérosène avait été entreposé sous un immense hangar dans des cuves métalliques que les techniciens d'Elfotal avaient conçues pour résister aux roquettes et autres explosifs. Le ravitaillement était effectué par une dizaine de transbordeurs solaires équipés de pompes et de conteneurs étanches d'une capacité de mille litres.

Lors de son dernier voyage à Rabastens, Wang avait demandé à la ruche si elle connaissait le rayon d'action des hélicoptères.

« En 1960, les Huey étaient prévus pour une autonomie de cinq à six cents kilomètres.
– Etaient ?
– Nous avons légèrement modifié les plans que le C.O.J.U. a remis à l'Aérospace et à sa rivale américaine, B & B. Ils sont désormais capables de couvrir une distance de deux mille kilomètres avec un seul plein.
– Vous avez donné le même avantage aux Américains ? Je croyais que vous cherchiez à favoriser ma victoire...
– Les immigrés du défi américain sont-ils vraiment tes adversaires, Wang ? »

L'après-midi du 28 février 2216, les dix mille hommes de l'armée du défendeur furent rassemblés sur l'aire de stationnement des hélicoptères, remisés pour la circonstance dans les hangars. Ils transpiraient à grosses gouttes sous les treillis qu'ils avaient passés directement sur leur peau nue. Ils tenaient d'une main leur fusil d'assaut et de l'autre leur casque. Ils avaient glissé les grenades et les chargeurs dans les étuis de leur harnais et dans les poches de leur veste. Ils mijotaient dans leurs lourds brodequins de cuir, d'autant qu'ils n'avaient pas jugé nécessaire d'enfiler leurs chaussettes. De temps à autre, ils chassaient à grand renfort de gestes les moustiques qui tournoyaient autour d'eux en émettant leur bourdonnement agaçant. L'aréopage du défi français se tenait au grand complet sous le chapiteau. Morphopsychos et officiels du bureau avaient gardé leurs vêtements XIXe siècle, pourtant peu adaptés à la température ambiante. Ils se tamponnaient régulièrement le front et la bouche avec des mouchoirs qu'ils brandissaient comme autant de drapeaux blancs de capitulation.

Juché sur une estrade, Frédric Alexandre avait posé son haut-de-forme sur le bord du pupitre que les techniciens avaient sonorisé quelques heures plus tôt. Ses cheveux plaqués par la transpiration avaient conservé la marque circulaire imprimée par le chapeau. Il n'avait pas répondu aux questions des membres du bureau lors de la dernière réunion. Il s'était contenté d'arborer un air mystérieux qui, d'une part, leur montrait qu'il n'avait pas confiance en eux – ce en quoi il n'avait pas tout à fait tort –, qui, d'autre part, laissait la porte ouverte à toutes les interprétations. Wang le soupçonnait d'attendre le début des Jeux pour commencer à réfléchir, pour s'adapter aux circonstances. Incapable d'organiser et de prévoir les événements, il avait besoin de désordre pour rebondir, pour s'infiltrer dans les failles adverses. Il n'était pas un véritable stratège, un général capable d'appréhender les données d'une situation et d'anticiper les mouvements de l'ennemi, mais un homme de réaction, un canal par lequel se déversait l'entropie. La stratégie du chaos n'était pas le fruit d'un raisonnement maîtrisé, encore moins un trait de génie, mais seulement le caprice inconscient d'un enfant malheureux qui se vengeait de l'humanité. Le réseau sensolibertaire avait misé sur lui parce qu'il était l'agent idéal pour semer la perturbation dans l'organisation occidentale et que, associé à un spécialiste de la survie comme Wang, il récolterait en quelques années davantage de résultats que les auxex en avaient obtenu en deux siècles.

Frédric déboutonna sa redingote, desserra son nœud de cravate, le col de sa chemise.

« Demain commencent les cent huitièmes Jeux uchroniques », déclara-t-il.

Bien qu'amplifiée par les haut-parleurs, sa voix parut se liquéfier dans la moiteur ambiante.

« Demain, vous ne combattrez pas seulement pour le défi français, mais surtout pour votre propre vie. Elle sera votre récompense si vous savez vous dépasser, si vous savez surmonter votre souffrance, si vous savez garder l'espoir en toute circonstance. Vous ne vous battrez pas pour asseoir la réputation de votre stratège, mais pour revenir indemnes de cette île et couler des jours paisibles dans l'attente des prochains Jeux... »

Il prononçait toujours le même type de discours à la veille du défi. Il insistait sur cette notion de survie qui semait des germes de chaos dans la tête et le ventre de chacun de ses hommes.

« Le C.O.J.U. n'a pas souhaité rétablir les temps morts, mais sachez que je veillerai sur vous du P.C. volant, que je peux trouver à tout moment la solution qui vous sortira d'une impasse. Le capitaine de champ ou, à défaut, ses deux remplaçants seront en contact permanent avec moi et vous transmettront les ordres par l'intermédiaire des officiers ou des pilotes. »

Il s'interrompit et observa ses soldats qui s'éventaient de la main ou à l'aide de leur casque. Il se rendit soudain compte qu'il n'avait pas pris de nouvelles de Delphane depuis presque deux mois. Elle ne lui avait donné de son côté aucun signe de vie sur son sensor portable ou sur le sensor collectif du bureau. Il songea avec amertume qu'ils étaient devenus des étrangers l'un pour l'autre et que, si on ne pouvait pas lui imputer entièrement cet état de fait, il portait une grande part de responsabilité dans l'échec de leur couple. Il s'épongea le front d'un geste brusque qui déclencha une nouvelle et détestable diaphorèse sous sa lourde redingote et sa chemise de coton. Il avait raté une partie de sa vie, mais il avait encore la possibilité de réussir dans le domaine qui lui tenait le plus à cœur, d'imprimer une trace dans l'histoire de la stratégie. Il évita de croiser le regard de Wang, placé au premier rang face à l'estrade. Les tueurs choisis par Aliz avaient échoué dans les ruelles de Jérusalem est – ils avaient commis l'erreur d'organiser son assassinat dans un cadre qui ne s'y prêtait pas –, mais il avait fait en sorte que le Sino-Russe ne pût pas sortir vivant de l'île des Jeux. La mort y moissonnait en abondance, et nul ne s'étonnerait de sa disparition.

Pendant que le porte-parole du C.O.J.U. leur rappelait les règles des Jeux d'une voix aigrelette, Larrie Big-Bang et Alexandre le Grand se dévisageaient avec insistance, comme deux boxeurs du XXe siècle avant un combat. Plus petit que son challengeur, le défendeur soutenait avec fermeté le regard ardent de son vis-à-vis, dont le corps massif disparaissait sous les capteurs posés par les techniciens. Les officiels du Comité s'étaient figés de chaque côté des deux hommes. Engoncés dans leurs vêtements, ils regrettaient en cet instant d'avoir imposé un climat aussi éprouvant pour illustrer ce cent huitième défi et attendaient avec impatience la fin de la cérémonie. Ils avaient été déposés sur cette clairière nue et plate par deux hélicoptères du défi américain. Ils n'étaient pas sortis très dignes de ce court séjour dans ces appareils aussi bruyants qu'inquiétants. Ils avaient ordonné aux deux finalistes de se dévêtir et aux techniciens d'installer les capteurs télésens avant même que le porte-parole n'eût fini d'égrener les articles du règlement, une décision contraire aux usages. Les moteurs des P.C. tapis dans l'herbe haute un peu plus loin ronronnaient en sourdine. La chaleur humide et les moustiques retiraient sa solennité à la scène, retransmise par grands télésens occidentaux.

Les techniciens entourèrent Frédric pour lui fixer les capteurs auto-adhésifs sur le torse, sur le dos, sur le bassin, sur les cuisses. Les arbres de la jungle qui cernait la clairière tremblaient dans les effluves de chaleur. Le soleil lui-même ne parvenait pas à percer les brumes qui s'enroulaient en écharpes autour des reliefs.

Le porte-parole prononça les paroles rituelles.

« A vos postes, messieurs. Serrez-vous la main. »

Larrie Big-Bang broya les phalanges de son adversaire avec une brutalité qui en disait long sur ses intentions. Les deux stratèges se glissèrent à l'intérieur des P.C. qui, pilotés par l'ordinateur du bureau de l'île, décollèrent quelques secondes plus tard et se stabilisèrent à une hauteur de deux cents mètres.

« *Maintenant* », modula la ruche.

L'aube commençait tout juste à poindre au-dessus de la jungle. Les officiers et les deux remplaçants de Wang dormaient à poings fermés, terrassés par la fatigue au cœur de la nuit. Les moustiques avaient semé des cloques rougeâtres sur les corps sans défense. Les ventilateurs, tournant au ralenti, ne parvenaient pas à chasser les odeurs de moisissures et de rouille qui imprégnaient l'atmosphère du baraquement. Des fissures couraient déjà sur le plafond, qui ne tarderait pas à se disloquer sous l'action délétère de l'humidité.

Poisseux, Wang repoussa le drap et se frotta les yeux. Le jour s'immisçait en traits obliques par les stores et hachurait la pénombre. La lumière encore maladive révélait les étranges figures géométriques composées par les membres et les troncs sur les matelas. Les voyants frontaux teintaient de rose les traversins chiffonnés.

Ce n'est pas un peu tôt ?

« *Au contraire, le matin est propice aux négociations. Les hommes n'ont pas envie de se battre au réveil. Et les stratèges n'ont pas encore donné leurs ordres.* »

Ils vont nous canarder...

« *C'est toi l'homme de terrain, Wang.* »
Et nos voyants frontaux ?
« *Même procédé que d'habitude.* »
Nous n'avons peut-être plus besoin de...
« *Tant que tu n'auras pas négocié le pacte, évitons toute précipitation. Ce genre de détail, même infime, est susceptible d'éveiller l'attention de Vigil et des autres O.I.S.I. Communication terminée.* »

Wang se releva, saisit la serviette-éponge étalée au pied de son lit, réveilla d'une bourrade Kamtay et Belkacem qui dormaient dans les lits voisins du sien, leur fit signe de se taire et, d'un geste de la main, les invita à passer dans la salle des douches. Ils l'y rejoignirent quelques secondes plus tard. Le Laotien avait ceint ses hanches d'une serviette. Le Soudanais ne quittait ses sous-vêtements qu'en de très rares occasions, pour ne pas exposer un épiderme allergique aux rayons du soleil, disait-il, mais ses deux compagnons avaient compris depuis longtemps qu'un sentiment de pudeur lui interdisait de se montrer nu devant ses semblables. Leurs mines froissées traduisaient le manque de sommeil et le désagrément d'un réveil en sursaut.

« Qu'est-ce qui te prend ? marmonna Kamtay. Cette putain de chaleur et ces salopards de moustiques ne te paraissent pas suffisants ?

– Pas si fort ! murmura Wang. Personne ne doit nous entendre. »

Il défit sa serviette, l'accrocha à l'une des patères scellées dans la cloison et tira sur la chaîne d'une douche. L'eau jaillit de la pomme, froide au début, puis légèrement tiède. Kamtay l'imita, comprenant que le bruit des écoulements empêcherait les autres occupants du baraquement de surprendre leur conversation. Belkacem se décida à son tour, mais ne retira pas pour autant ses sous-vêtements.

« J'ai besoin de ton hélico, dit Wang à l'adresse de Kamtay.

– Maintenant ? »

Le Chinois acquiesça d'un hochement de tête. Il avait

l'impression que l'eau emportait les ultimes vestiges de la nuit. Le revêtement synthétique de la pièce partait en lambeaux et révélait par endroits le sol de terre battue. Pour de sombres raisons de restriction budgétaire, l'administration de l'île des Jeux n'avait pas jugé utile de construire les bâtiments sur des fondations en dur.

« Les Jeux ne sont pas commencés ! grommela le Laotien. Et les vols de reconnaissance sont interdits jusqu'au début des hostilités.

– Nous menons une autre guerre...

– Arrête un peu tes mystères, par le Buddha ! s'emporta Kamtay qui, se rendant compte que son éclat risquait de donner l'alerte, se mordit les lèvres.

– Je vous expliquerai tout dans l'hélico.

– Est-ce que ma présence est vraiment nécessaire ? demanda Belkacem.

– Tu me remplaceras au cas où ça tournerait mal.

– Nous prenons nos armes ?

– C'est préférable, mais j'espère que nous n'aurons pas à nous en servir... »

Ils finirent de se doucher, récupérèrent leurs vêtements, leurs chaussures, leur casque, leur harnais, leurs armes, Wang son émetteur-récepteur, et se rhabillèrent à l'extérieur du bâtiment. La température était à peu près supportable en cette heure matinale.

Wang déchira le drap qu'il avait ramassé sur son lit, préleva deux bandes de tissu qu'il noua autour de sa tête, tendit le tissu restant à Kamtay. Le Laotien ouvrit la bouche pour poser une question, la referma aussitôt, conscient qu'ils n'avaient pas de temps à perdre en vaines palabres, découpa à son tour deux pans d'étoffe qu'il remit à Belkacem, confectionna son propre bandeau.

Après avoir posé leurs casques par-dessus les bouts de tissu et resserré les lanières, ils se dirigèrent au pas de course vers les hélicos qu'on avait sortis de leurs hangars après le discours de Frédric et alignés sur l'aire de stationnement pour les tenir prêts à décoller à la première alerte. Les treillis sans manches leur offraient une grande liberté de mouvement, même si les grenades et les chargeurs glissés dans les multiples poches et les étuis de leur harnais les alourdissaient de cinq ou six kilos.

Ils ne croisèrent pas âme qui vive sur l'aire de stationnement. Les Jeux ne débuteraient qu'à midi et Frédric, qui n'était pas autorisé à communiquer avec son capitaine de champ avant le coup d'envoi officiel, n'avait laissé à ses hommes aucune consigne sur l'heure du réveil. Une erreur : en tant que stratège, Wang aurait exigé de ses soldats qu'ils se lèvent aux aurores et se préparent à l'affrontement comme des lutteurs échauffant leurs muscles et leurs articulations avant un combat. Si Larrie Big-Bang ordonnait à ses G.I. de lancer une attaque massive sur le camp de base du défenseur dès la fin de la sonnerie qui annonçait le début des hostilités, il gagnerait les Jeux en moins de deux heures. Mais le challengeur n'était certainement pas porté par cette audace qui renversait les montagnes, qui bouleversait les pronostics les mieux établis (Wang avait entendu dire que les parieurs occidentaux avaient misé en masse sur Frédric, devenu une valeur sûre après avoir réussi deux uchronies consécutives), il avait besoin de certitudes avant d'abattre ses cartes, comme ces joueurs qu'une prudence excessive conduit à leur perte ou à des gains dérisoires.

L'Aigle d'Orient se trouvait au milieu d'une rangée de trente appareils distants les uns des autres d'une quinzaine de mètres. L'équipier de Kamtay avait tracé, à l'aide d'un morceau de bois brûlé, le nom de l'hélicoptère sur le bas de la carlingue, en français mais également en arabe.

Le Laotien ouvrit la porte de la cabine de pilotage et s'installa avec agilité sur le siège. Wang et Belkacem s'introduisirent dans le ventre de l'appareil par l'ouverture béante du compartiment. L'Aérospace n'avait pas installé de portes coulissantes sur les flancs des modèles UH-1 B. Les Iroquois étaient des cargos, des bêtes de somme chargées de transporter les troupes, et on les avait conçus pour faciliter le débarquement des hommes qu'une porte capricieuse aurait risqué d'entraver au moment de sauter à terre.

Une âpre odeur métallique flottait dans le compartiment. Tandis que Kamtay s'activait devant le tableau de bord, Belkacem s'efforçait de surmonter la peur qui s'était emparée de lui. La perspective de quitter le plancher des vaches à l'intérieur de cet amas de tôle le couvrait de sueur froide, lui retournait le ventre. Il ne parvenait pas à reprendre son souffle, et les grondements inquiétants qui provenaient de ses entrailles préludaient à la montée imminente d'une nausée. Il regretta de ne pas avoir eu le temps de manger quelque chose avant de partir, car, au moins, il aurait eu quelque chose à régurgiter.

« Tu auras assez de kérosène ? cria Wang à l'intention de Kamtay.

– Nous avons fait le plein hier au moment de les sortir des hangars... »

Le grondement des moteurs de l'Iroquois déchira le silence de l'aube. La turbine prit peu à peu de la vitesse, et l'air haché par les pales souleva les feuilles et les brindilles éparpillées sur le béton de l'aire de stationnement. L'hélico s'arracha du sol dans un rugissement et gagna rapidement de l'altitude. Belkacem se rencogna sur la banquette et ferma les yeux pour ne pas voir la terre s'éloigner.

Kamtay stabilisa l'appareil à cent mètres de hauteur et se retourna vers Wang, assis sur le strapontin fixé sur la cloison qui séparait le compartiment de la cabine. Là encore, l'Aérospace avait fait l'économie d'une porte entre les deux parties de l'appareil, considérant que les pilotes, reliés au capitaine de champ par un système radio, n'auraient pas besoin de se déplacer pour transmettre les ordres aux hommes de troupe – à la condition de crier très fort pour dominer le vacarme.

Wang se rendit compte que le Laotien s'adressait à lui mais il ne comprit pas un mot de son discours et, par gestes, lui fit signe d'utiliser son système radio. Il installa lui-même son émetteur-récepteur, équipé d'un interrupteur qui permettait d'utiliser deux fréquences, l'une pour communiquer avec le stratège et ses remplaçants, l'autre avec les pilotes. Il retira son casque pour enfoncer les écouteurs dans ses conduits auditifs. Le grondement du moteur se transforma en un ronronnement étouffé. Il commuta ensuite sur la fréquence B et perçut les crachotements caractéristiques d'une liaison radio.

« Tu me reçois, Wang ? »

Il vit par l'étroite embrasure que Kamtay, tout en tenant le manche et en surveillant les différents instruments de bord, s'était lui-même coiffé d'un casque radio beaucoup plus volumineux que le sien.

« Parfaitement, répondit-il.
– On a vraiment de bonnes raisons de faire les cons ?
– Cap sur le camp de base américain... »

Kamtay marqua un temps de pause puis se retourna pour chercher des traces de plaisanterie sur le visage de son interlocuteur.

« Tu as perdu la tête ! s'exclama-t-il après avoir constaté que les traits de Wang restaient imperturbables. On va les attaquer à trois ? Avant même le début des Jeux ? »

Les baraquements n'étaient plus que des cubes blanchâtres cernés par une végétation luxuriante, et l'aire de stationnement ressemblait à un lac gris où flottaient des libellules vert sale.

« Mets le cap sur ce putain de camp ! répéta Wang d'un ton sec.
– Je ne suis pas ton chien ! rétorqua le Laotien. Je suis un homme et j'ai besoin de comprendre...
– Je te donnerai toutes les explications pendant le vol.
– Je l'espère. Sinon je te promets de faire demi-tour... »

Kamtay aperçut des formes scintillantes dans le lointain. Le soleil n'avait pas encore paru dans un ciel qui hésitait entre le bleu, le gris et le vert. *L'Aigle d'Orient* survolait depuis quelques minutes un paysage de marécages et de rizières (il n'y avait pas de riz dans ces champs inondés censés imiter les plantations vietnamiennes).

« P.C. volants droit devant ! » annonça le Laotien.

La voix nasillarde du Laotien agressait les tympans de Wang.

« Ils ne peuvent pas nous entendre, ils sont isolés du bruit. Ils ne peuvent pas non plus nous repérer sur leur carte lumineuse. Grimpe à trois ou quatre cents mètres d'altitude et contourne-les. Ça devrait suffire.

– Et si des crétins ont donné l'alerte en bas ?

– Frédric n'a pas le droit d'intervenir avant le début des Jeux.

– Nous ne nous gênons pas pour le faire...

– Le système occidental repose entièrement sur la laisse bioélectronique qui nous relie aux cerbères.

– Les bandeaux n'ont rien à voir avec la neutralisation provisoire des voyants frontaux, n'est-ce pas ?

– Ils entraînent les techniciens occidentaux sur de fausses pistes. Bon nombre d'entre eux sont persuadés que certains types de tissus se conjuguent avec certains types de peaux pour entraîner une diminution du rayonnement du voyant. D'autres penchent pour un dysfonctionnement de la micropuce greffée dans le cerveau des immigrés. Le principal est que personne n'y ait vu l'intervention d'un réseau clandestin... »

L'hélico gagna de l'altitude et effectua une large boucle pour éviter les deux œufs suspendus dans les airs à l'intérieur desquels se devinaient les silhouettes immobiles des finalistes des Jeux.

Prostré sur la banquette, Belkacem n'avait toujours pas rouvert les yeux. Un voile légèrement gris était tombé sur son visage. Les rides verticales de son front et la crispation de ses traits montraient qu'il luttait contre la terreur qui le submergeait et réduisait à néant ses facultés de raisonnement. Les vibrations et les changements de cap de l'hélicoptère commençaient à disperser le barda posé à ses pieds.

« Ce réseau... reprit Kamtay après s'être assuré que les P.C. volants ne s'étaient pas lancés à leur poursuite. Qu'est-ce qui pousse des Occidentaux à se battre entre eux ?

– Ce ne sont plus des Occidentaux, répondit Wang. Ni tout à fait des hommes...

– On est humain ou on ne l'est pas ! objecta le Laotien. Les moitiés d'hommes n'existent que dans les légendes.

– L'évolution peut entraîner des mutations. Ma grand-mère m'a raconté que son propre grand-père a participé aux purges génétiques qui ont condamné des millions de mutants à brûler dans des fours crématoires.

– Le dragon nucléaire a frappé également au Laos et dans les pays voisins, renchérit Kamtay. Au début du XXIIe siècle, les clans ont pratiqué la même politique de purification génétique. Ils craignaient que le mélange des gènes n'infecte l'ensemble de la population. La seule différence est qu'ils ne brûlaient pas les abominables – c'est comme ça qu'on surnommait les irradiés – mais qu'ils les jetaient vivants dans de grandes fosses comblées ensuite avec des pierres et de la terre. Les gens de ton réseau ont été contaminés par le fléau nucléaire ?

– Ils ont programmé eux-mêmes leur mutation, répondit Wang. Ils sont devenus des hybrides de chair et de technologie.

– Et c'est pour ces monstres que nous allons nous battre ?

– Ils ont autant besoin de nous que nous avons besoin d'eux. Ils poursuivent leur but et nous poursuivons le nôtre... »

L'Aigle d'Orient arriva en vue du camp américain au moment où le soleil encore pâle faisait son apparition au-dessus de la jungle. Ils distinguaient nettement la barrière électromagnétique qui encercle l'île et dont la teinte bleue contrastait avec le gris fer du ciel. La base du challengeur se différenciait de celle du défendeur par la disposition des bâtiments et par le paysage environnant, plus ocre et clairsemé. La chaleur augmentait rapidement avec l'avènement de l'astre du jour, et l'intérieur de l'hélico se transformait peu à peu en fournaise. Wang se leva, s'approcha de l'ouverture du compartiment, s'agrippa à l'arête de tôle, aperçut les silhouettes des soldats américains qui s'agitaient entre les appareils rangés sur leur aire de stationnement comme des mouches autour de charognes.

« Quels sont les ordres, maintenant ? demanda Kamtay.

— Atterris au milieu du camp.

— Ces dingues vont nous mitrailler dès que nous pointerons le nez dehors !

— L'heure des combats n'a pas encore sonné.

— Les Sudams ne sont pas des moitiés de soldats : ils sont tellement remontés qu'ils ouvriront le feu sans se soucier de savoir si les Jeux ont commencé. Ces types-là sont des fauves enragés.

— Il ne te reste plus qu'à prier tes ancêtres.

— Ils ne m'entendront pas : ils sont restés là-bas, au Laos. Demande plutôt à Belkacem d'intercéder pour moi auprès d'Allah.

— Le mal de l'air l'empêche de penser à son dieu. »

Tout en soutenant la conversation radio, Kamtay avait amorcé la descente. L'intrusion d'un hélico ennemi au-dessus de leurs têtes alors que le jour venait à peine de se lever avait déclenché un début de panique dans la base américaine. Les portes des baraquements vomissaient des soldats par centaines, dont la plupart n'avaient pas eu le temps de revêtir leur tenue de combat. Les pilotes couraient vers leurs appareils, se préparant à décoller en catastrophe pour contenir une attaque massive de la flotte aérienne viet. Les fantassins pointaient leur fusil d'assaut sur le scarabée kaki qui s'approchait du sol en découpant l'air de ses pales sifflantes.

« Je remonte ! hurla Kamtay. Ils vont nous réduire en charpie.

— Pose-toi ! glapit Wang.

— Tu passeras le bonjour à ton réseau ! » grogna le Laotien.

Il choisit d'atterrir sur l'étroite bande bétonnée qui séparait les casernements de l'aire de stationnement. *L'Aigle d'Orient* se rapprocha. Les tourbillons engendrés par le mouvement de ses pales happèrent un sac-poubelle qui roula sur lui-même et heurta de plein fouet les marches métalliques de la porte d'entrée du baraquement le plus proche. Il éclata dans le choc et les turbulences dispersèrent son contenu sur le ciment écaillé.

Bien qu'il s'attendît à recevoir une balle ou une grenade à tout moment, Kamtay posa l'appareil en douceur. Dès que les pieds de l'hélico eurent touché le sol, il coupa le moteur et les pales cessèrent progressivement de tourner. Un silence de cathédrale retomba sur la base peuplée de statues. Les G.I. de Larrie Big-Bang craignaient d'être éteints s'ils ouvraient le feu avant la sonnerie de l'ouverture officielle des Jeux, et c'était sur cette peur que le réseau sensolibertaire avait compté pour faciliter la démarche de Wang. Contrairement à ce qu'avait affirmé Kamtay quelques minutes plus tôt, leur conditionnement d'immigré, symbolisé par ce sceau qui dispensait une lumière rougeoyante et perpétuelle au-dessus de leurs yeux, restait plus fort que leurs réflexes de combattants.

Wang secoua l'épaule de Belkacem pour le tirer de sa léthargie. Le Soudanais leva sur lui des yeux agrandis par la frayeur et jaunis par un dérèglement hépatique. Des filets de salive et de bile mélangées s'écoulaient des commissures de ses lèvres.

« Nous sommes arrivés, murmura Wang.

— Où ? lâcha Belkacem entre ses lèvres serrées.

— En enfer ! cracha Kamtay qui s'engouffrait dans le compartiment.

— Dans le camp de base américain, corrigea Wang.

— Ça revient au même... », soupira Belkacem en s'essuyant la bouche d'un revers de manche.

Wang dénoua l'un des deux pans de drap qui lui ceignaient le front et l'attacha sur le canon de sa Kalashnikov. De nouveau, la chaleur moite recouvrait l'île des Jeux et leur donnait l'impression de se mouvoir à l'intérieur d'un bain de vapeur.

« Tu comptes les amadouer avec ce bout de tissu ? siffla Kamtay.

— Le drapeau blanc des parlementaires, dit Belkacem en se relevant. Est-ce qu'ils connaissent au moins ce symbole ? »

Ses jambes flageolantes peinaient encore à le porter. Tant qu'il ne serait pas sorti de cette maudite boîte en fer, il ne recouvrerait pas l'intégralité de ses facultés.

Wang s'approcha de l'ouverture latérale, tendit le bras et agita dehors le canon de son fusil d'assaut. Des éclats de voix et des cliquetis ponctuèrent son geste. Il apercevait les hommes qui, accroupis derrière les hélicos, serraient leurs armes avec nervosité. Le soleil miroitait sur les pièces métalliques et des rayons fugaces de lumière venaient de temps à autre lui frapper le visage.

Il rentra son drapeau improvisé, attendit une bonne minute avant de le ressortir, l'agita de nouveau, n'obtint pas davantage de réaction que lors de la tentative précédente. Il se débarrassa alors de son ceinturon, de son treillis, et reposa l'AK 47 contre la cloison du compartiment.

« Je sens que tu vas faire une belle connerie ! » maugréa Kamtay.

Wang ne tint pas compte de l'intervention du Laotien. Torse nu, il descendit lentement du compartiment et leva les bras pour montrer aux G.I. qu'il n'était pas animé d'intentions belliqueuses. Deux silhouettes surgirent de l'abri offert par un Iroquois et braquèrent sur lui leurs fusils d'assaut M 16. Des Sudams, un Noir au crâne rasé, un Blanc aux cheveux noirs et lisses. Le premier avait une musculature saillante, imposante.

Le deuxième, plus mince, semblait aussi dangereux et sournois qu'un serpent. La tension de leur visage, déformé par la haine et la peur, lui fit craindre le pire. L'espace d'une seconde, il crut qu'ils allaient presser la détente de leur arme, le cribler de balles, et un spasme lui contracta le bas-ventre et le scrotum. Il évita tout geste ou tout comportement qui aurait déclenché un réflexe de tir. D'autres silhouettes se présentaient dans son champ de vision et convergeaient dans sa direction. Il resta immobile, s'évertuant à ralentir sa respiration, à restaurer le calme en lui. Grand-maman Li prétendait qu'un mental fort était plus efficace qu'une cuirasse fabriquée dans le métal le plus solide. Le moment était venu de vérifier que les préceptes de sa grand-mère n'étaient pas les vestiges chimériques d'une tradition oubliée.

Il fut bientôt cerné par une vingtaine d'hommes qui le fixaient avec méchanceté.

« Est-ce que l'un d'entre vous parle le frenchy ? » demanda-t-il d'un ton neutre.

Ils affluaient à présent de toutes parts, se bousculaient dans les allées de l'aire de stationnement. Leurs casques et leurs armes cliquetaient et craquaient en se frottant les uns contre les autres.

« Est-ce que l'un d'entre vous parle le frenchy ? répéta-t-il.

– Qu'est-ce que tu veux, bridé ? » cria une voix.

Wang repéra sur sa gauche l'homme qui venait de l'apostropher. Un petit basané aux yeux bleus.

« Rencontrer votre capitaine de champ... Ou vos capitaines, s'ils sont plusieurs.

– Tu veux les connaître pour mieux les liquider, Chinois ? »

Le petit homme basané traduisit leur conversation aux autres dans un mélange d'espagnol et d'anglais. Un éclat de rire général salua son intervention. Puis un hurlement provenant de la droite domina le tumulte et restaura le silence. Des centaines d'yeux se posèrent soudain sur lui et le détaillèrent avec un mélange de curiosité et de stupeur. Il perçut avec netteté l'excitation et la colère qui s'emparaient d'eux et les amenaient au bord de l'hystérie collective. Ils brandissaient de nouveau leurs fusils d'assaut et bourdonnaient comme des moustiques surexcités par l'odeur du sang.

« Tu es ce fils de pute de Wang ! s'exclama le petit homme basané. Tu as déjà tué les capitaines de champ des *señores* Hal Garbett et Frankij Mœlder ! Tu es venu ici dans l'intention de tuer *los*... les capitaines de Larrie Big-Bang !

– Les Jeux ne sont pas commencés... avança Wang.

– Tu es capable de tout pour gagner ces *fucking Juegos* !

– Vous croyez vraiment que je me serais présenté dans votre camp si j'avais voulu éliminer vos capitaines de champ ? »

Des voix s'élevèrent tout autour d'eux, qui réclamèrent sans doute une traduction au petit homme basané, car il prononça quelques phrases dans le sabir anglo-espagnol qui semblait être la langue la plus répandue sur le continent sudam.

« Ils disent qu'il faut t'écraser comme un scorpion ! reprit-il en se tournant vers Wang.

– Vous risquez d'être éteints avant de combattre...

– Pourquoi es-tu venu nous provoquer dans notre camp ?

– Je te l'ai déjà dit : je souhaite rencontrer vos capitaines de champ. Je n'ai pas d'arme. »

Il leva à nouveau les bras et pivota sur lui-même pour leur montrer qu'il n'avait pas glissé de fusil ou de pistolet dans la ceinture de son pantalon.

« Tu peux dissimuler un couteau dans tes poches...

– Fouillez-moi...

– Déshabille-toi ! »

Il hocha la tête, dégrafa le bouton de son pantalon, le retira et le lança dans le compartiment de *L'Aigle d'Orient*. Son caleçon, collé par la sueur sur ses fesses et ses cuisses, ne dissimulait à l'évidence rien d'autre que ses attributs virils.

« Qu'est-ce que tu leur veux, aux capitaines ? demanda le petit homme basané.

– Leur proposer un pacte.

– Un pacte ? *Loco !* Ce sont les Occidentaux qui décident de ces choses, pas les immigrés !

– Je viens vous offrir l'opportunité de retourner chez vous, dit Wang en détachant chacune de ses syllabes.

– Chez nous ? Qui aurait envie de retourner dans un monde aussi pourri que le nôtre ? »

Des cris impatients poussèrent le petit homme basané à interpréter leurs propos. Sa traduction déclencha des réactions contradictoires dans les rangs des G.I.

« Beaucoup regrettent d'être passés en Occident... concéda-t-il.

– Quel homme véritable pourrait se satisfaire de cette existence ? reprit Wang. Si vous n'avez pas envie de retourner chez vous, vous pourrez au moins vivre sans la crainte permanente d'être éteints comme la flamme d'une bougie au moindre souffle de vent.

– Impossible ! protesta le petit homme basané. La technologie occidentale...

– Nous effraie, coupa Wang. Mais il existe un moyen de la neutraliser.

– Quel moyen ?

– C'est précisément pour vous en parler que je me suis déplacé jusqu'ici. »

Des lueurs perplexes traversèrent les yeux clairs de son interlocuteur. Le soleil entamait sa course dans le ciel, parsemait les tôles des bâtiments d'éclats argentins. Belkacem et Kamtay se rendirent compte qu'aucun coup de feu n'avait été tiré depuis que Wang était descendu du compartiment et risquèrent un œil par l'ouverture. Ils découvrirent le curieux spectacle de leur ami qui, vêtu de son seul caleçon, semblait contenir une multitude de soldats ennemis par la force de sa pensée. Personne ne leur prêta attention, comme s'ils ne tenaient aucun rôle dans la scène qui se jouait devant *L'Aigle d'Orient*.

Le petit homme basané fut une nouvelle fois prié de

traduire les paroles du visiteur. Le Noir au crâne rasé observait Wang avec une attention soutenue. Il avait baissé le canon de son M 16, preuve que les paroles du capitaine de champ de l'armée ennemie commençaient à se frayer un chemin dans son esprit. Il ne songeait pas à chasser les moustiques qui se posaient sur ses épaules et son cou. La sueur parait de perles scintillantes sa peau d'ébène.

« Ils veulent savoir comment tu les débarrasseras de leur troisième œil, comment ils franchiront le R.E.M. dans l'autre sens...

— Je ne vous le dirai pas avant d'avoir obtenu l'accord formel de vos responsables. Le temps presse : plus nous tarderons, plus nous donnerons aux Occidentaux la possibilité de s'organiser. Nous gagnerons notre guerre si nous exploitons nos deux principaux atouts, la vitesse et l'effet de surprise.

— Les capitaines de champ ne sont pas habilités à prendre des décisions de ce genre... Ils ne sont que les haut-parleurs de Larrie Big-Bang, des valets encore plus cruels que le maître, des *malditos* à qui le pouvoir est monté à la tête.

— A qui dois-je m'adresser ?

— A nous tous. Aux dix mille hommes de ce camp. Il ne nous faudra qu'une dizaine de minutes pour les rassembler. Je leur traduirai tes propositions. *Me llamo*... je m'appelle Migual Passarell et je viens de l'*Argentina*... l'Argentine.

— Tu ne vois plus d'inconvénient à retourner dans ton pays, Migual ?

— Disons que j'ai envie d'explorer le vaste monde, *amigo*. Et je me suis aperçu un peu tard que l'Occident n'était pas si vaste que ça... »

L'aire de stationnement fut dégagée de ses quatre cents hélicoptères en moins d'un quart d'heure. Les dix mille soldats du défi américain se regroupèrent avec d'autant plus de facilité que d'étranges rumeurs affirmaient que le fameux Wang, l'homme qui leur avait été présenté comme l'ennemi public numéro un, s'était posé à l'aube dans le camp pour leur proposer une alliance contre l'Occident, cet éden mythique qui s'était transformé en enfer au franchissement des portes de San Antonio et de Most. Ils avaient adhéré au projet de Larrie Big-Bang parce que le challengeur leur avait promis la survie en cas de victoire, mais la perspective d'être délivré du troisième œil, de renverser le R.E.M., de se retourner contre ces maîtres qu'ils avaient crus infaillibles les emplissait d'une exaltation nouvelle, balayait l'antagonisme superficiel créé de toutes pièces par leurs instructeurs nord-américains.

Migual Passarell se munit de l'amplificateur dont s'était servi Larrie Big-Bang pour prononcer sa dernière allocution avant de prendre place dans son P.C. volant.

« Jamais je n'aurais cru ça possible ! » s'exclama Kamtay.

Belkacem et le Laotien étaient descendus de l'hélico et avaient rejoint Wang et l'Argentin sur les tables qu'on avait retirées d'un réfectoire et rassemblées à la hâte pour dresser une estrade.

« Les capitaines de champ ne risquent pas de donner l'alerte ? » demanda Wang.

Un sourire énigmatique s'esquissa sur les lèvres brunes de Migual Passarell. Il fit signe à un groupe d'hommes qui se tenaient légèrement à l'écart d'apporter les trois sacs-poubelles posés contre le pied d'une table. Lorsqu'ils se furent approchés de l'estrade et eurent ouvert les grandes poches, Wang réprima un haut-le-cœur.

« Par le Buddha ! » déglutit Kamtay.

Chacun des sacs renfermait une tête ensanglantée aux yeux exorbités.

« Les capitaines de champ de Larrie Big-Bang, dit Migual Passarell. Personne ne les regrettera : ils sont à leur place avec les ordures...

– C'est toi qui as ordonné leur exécution ?

– Moi ou un autre, quelle importance ? Tout le monde voulait leur peau dans ce camp.
– Les cerbères auraient pu vous éteindre... »
L'Argentin le fixa d'un air insolent.
« C'était un test, *amigo* : si tu es vraiment celui que tu prétends être, nous ne risquions rien à leur couper la tête. Si tu nous avais menti, nous serions morts. Et la mort aurait été mille fois préférable à un espoir déçu... »

CHAPITRE XVI

LE PACTE

Tu peux combattre un ennemi supérieur en nombre. Sache cependant que seule ta faiblesse t'a conduit dans une situation aussi peu favorable. Le danger, ce n'est pas ces adversaires qui t'entourent, ce sont les failles qui t'ont poussé à les rencontrer. Mais tu attendras, pour tirer des leçons de cela, d'avoir livré ton combat. Car considère à présent les faiblesses de tes adversaires, plus flagrantes encore que les tiennes : s'ils se sentent obligés d'être trois ou quatre fois plus nombreux que toi pour te vaincre, quelle doit être leur médiocrité ! Le moment est venu de pratiquer le non-agir. Un tranchant trop aiguisé ne peut rester longtemps affilé. Laisse-les te dévoiler les failles dans lesquelles ils t'inviteront à t'engouffrer.

Le Tao de la Survie de grand-maman Li

« *Problème...* », modula la ruche.

Le sang de Wang se figea. Un silence tendu retomba sur l'aire de stationnement. Les clameurs enthousiastes avaient interrompu Migual Passarell à plusieurs reprises lorsqu'il leur avait traduit les paroles du capitaine de champ de Frédric Alexandre.

Wang, qui s'était rhabillé, caressait machinalement le petit éléphant dans la poche de sa veste de treillis. Il avait conclu son discours en annonçant aux dix mille soldats du défi américain l'extinction imminente de leurs voyants frontaux, puis il s'était tu en espérant qu'il ne s'était pas illusionné sur les capacités du réseau. Aucune houle n'agitait la mer de têtes figée devant l'estrade. Le soleil enflammait les éclats orangés sur les fronts en sueur. La moiteur exaltait les odeurs corporelles et les effluves putrides qui montaient des marécages proches.

« *Ils ont installé de nouveaux logiciels de protection sur les cerbères de l'immigration...* »

Ils ?

« *Les serviteurs de la Pieuvre... Ils savaient depuis les derniers Jeux que tes deux jours de clandestinité sur le champ de bataille n'avaient aucun rapport avec ton bandeau ou avec ta puce bioélectronique. Ils ont peaufiné leur riposte.* »

Qu'est-ce que je fais maintenant ? Si ces putains de voyants ne sont pas éteints dans les dix secondes, ils vont nous massacrer !

« *Garde le contrôle de tes pensées. La modulation n'est pas claire. Nous explorons le nouvel embranchement.* »

Je ne suis pas planqué dans une ruche, je fais face à dix mille hommes que la déception rendra fous furieux.

« *Tu es l'homme de terrain, et le réseau ton stratège. A chacun ses problèmes.* »

Les soldats de Larrie Big-Bang recommençaient à bruisser, agités par une houle de plus en plus violente. La chaleur et les moustiques leur vrillaient les nerfs, et le fol espoir qui les avait embrasés quelques secondes plus tôt se transformait à présent en un feu de colère. La lueur rougeâtre qui brillait entre leurs sourcils ne s'éteignait pas, et ce Chinois descendu du ciel comme un ange messager avait subitement perdu ses ailes. Il les avait trompés comme les avait trompés le mirage occidental, et cette nouvelle désillusion leur faisait prendre conscience qu'ils seraient jusqu'à leur mort des vaincus, de pauvres hères qui n'auraient jamais d'emprise sur leur existence.

« Qu'est-ce qui se passe ? souffla Belkacem.
– Le réseau a un problème, répondit Wang.
– Le moment est mal choisi ! marmonna Kamtay. Ils vont nous découper en petits morceaux ! »

Des cris montèrent de la multitude. Les uns brandirent leur M 16, les autres des grenades. La fureur déformait les traits, noircissait les yeux, tendait les muscles. Sous la pression de la masse, les premiers rangs se rapprochèrent dangereusement de l'estrade.

Migual Passarell fixa Wang d'un air désolé.

« Je ne crois pas que tu aies voulu te moquer de nous, Chinois, mais tes *amigos*... tes alliés occultes nous ont plongés dans une sacrée *mierda* ! *Ahora*, c'est sûr, les cerbères vont se débarrasser de nous. De tous ceux, au moins, qui ont décapité les capitaines de champ de Larrie Big-Bang... »

A peine avait-il prononcé ces paroles que les voyants frontaux des exécuteurs des capitaines de champ s'éteignirent et qu'ils s'affaissèrent sur le béton fendillé de l'aire de stationnement. Les sacs leur échappèrent des mains et libérèrent les trois têtes, qui roulèrent sur le sol en semant des gouttes de sang et des lambeaux de chair.

« Salopard de Chinois ! cria Migual Passarell, la bouche déformée par un rictus. Tu as obtenu ce que tu étais venu chercher ! »

Il s'empara de son M 16, désamorça le cran de sûreté, le braqua sur la poitrine de Wang, qui n'esquissa pas un geste de défense. Kamtay chercha des yeux une arme mais il se souvint qu'ils avaient laissé leur équipement à l'intérieur de *L'Aigle d'Orient* et maudit le Chinois de les avoir attirés dans ce guêpier.

« Nous aurons rétabli l'égalité lorsque je t'aurai tué ! cracha l'Argentin.

— Tu mourras quelques secondes après moi...

— La mort, c'est ce qui peut nous arriver de mieux !

— Je te demande seulement un peu de patience. Après, tu feras ce que tu voudras de moi.

— Je n'ai plus de goût à la patience. »

D'autres Sudams grimpaient sur l'estrade et se resserraient autour des trois hommes. Noirs, blancs, métis, indios, ils étaient en cet instant frères de colère, ivres d'une rage que le lynchage des intrus ne suffirait sûrement pas à calmer. Ils se bousculaient sur les tables pour leur frapper les côtes et le ventre du canon de leurs armes.

« Et maintenant ? hurla Kamtay dont l'arcade, ouverte par un coup de crosse, saignait en abondance. Comment est-ce que tes monstres comptent nous sortir de là ? »

Wang se retourna et tenta de repérer ses deux amis engloutis par la marée humaine. Il regretta de les avoir entraînés dans cette expédition. Ils méritaient de survivre tous les deux, comme méritaient de survivre tous ces immigrés que le désespoir métamorphosait en bourreaux. Les tables du premier rang fléchirent sous le poids et renversèrent dans leur chute les hommes qu'elles portaient.

Les G.I. de Larrie Big-Bang submergèrent Wang, qui

reçut un choc violent sur la mâchoire. Une douleur vive lui transperça le crâne et le laissa au bord de l'évanouissement. Ses jambes se dérobèrent sous lui et il s'effondra sur le bois de la table. Ses agresseurs lui décochèrent des coups de pied sur la tête, sur les épaules, sur le dos. Un réflexe le poussa à se recroqueviller sur lui-même, à se protéger de ses bras. Un goût de sang lui envahit le palais. Il entendit une détonation, ferma les yeux, se crispa dans l'attente du coup fatal. Il songea que Lhassa attendrait en vain son retour dans la demeure du West West-End. C'était surtout pour elle qu'il regrettait de mourir. Il aurait donné n'importe quoi pour goûter à nouveau le plaisir simple et merveilleux de poser la tête sur son ventre. D'autres coups de feu... Des glapissements... Des mouvements... Il sombra dans l'inconscience en pensant qu'il ne se réveillerait plus jamais, qu'il avait trahi grand-maman Li et le Tao de la Survie.

Il entrouvrit les paupières, aperçut des visages penchés au-dessus de lui, reconnut Belkacem, se demanda où il avait déjà vu le petit homme brun aux yeux bleus qui le fixait avec une attention toute médicale. Il y avait quelque chose d'étrange dans leur attitude, dans leur apparence. Peut-être étaient-ils morts, comme lui, et l'accueillaient-ils dans le monde des esprits ? La douleur cuisante qui se logeait dans la partie gauche de sa tête le ramena à la réalité – les fantômes ne souffraient pas de ces désagréments physiologiques qui étaient le lot des vivants.

« Heureux de te voir revenir parmi nous, Wang ! s'exclama Belkacem.

– Nous te devons des millions d'excuses, *amigo*... », ajouta le petit homme aux yeux bleus.

Le timbre éraillé de sa voix lui restitua sa mémoire. Des images d'hommes surexcités et braillards, une grêle de coups qui lui martelait la cage thoracique et le crâne. Le réseau...

« *Nous avons franchi les barrières dressées par les serviteurs de la Pieuvre...* »

Il prit conscience que les voyants frontaux de Belkacem, qui avait retiré son bandeau, et de Migual Passarell ne brillaient plus. Il se redressa sur un coude, un mouvement qui réveilla des douleurs un peu partout dans son corps, s'aperçut qu'il était allongé sur une table et que deux métis s'affairaient à bander le front ensanglanté de Kamtay couché sur une table voisine. Un réflexe le poussa à vérifier que l'éléphant n'était pas tombé de la poche de sa veste.

« Ces saloperies de voyants se sont éteints comme tu nous l'avais promis, *amigo* ! fit Migual Passarell avec un sourire. Et puisque nous ne sommes pas morts, nous sommes prêts à te suivre *adonde*... partout où tu iras, en enfer s'il le faut ! »

Les dix mille soldats du défi américain s'étaient de nouveau répartis sur l'aire de stationnement. Ils ne parlaient pas, ou à voix basse, et leur allure, la façon dont ils tenaient leur fusil d'assaut ne révélaient plus de la colère mais de la détermination.

Le soleil n'avait pas encore atteint son zénith lorsque l'hélico plongea vers la base du défi français – Kamtay, encore étourdi, avait préféré confier les commandes de *L'Aigle d'Orient* à un Sudam. La chaleur torride qui s'était abattue sur l'île des Jeux soulevait des tourbillons de brume qui occultaient des pans entiers de la jungle et des marécages proches. Migual Passarell et deux autres représentants de l'armée du challengeur avaient pris place aux côtés de Wang, de Belkacem et du Laotien dans le compartiment de l'Iroquois.

Le camp était en effervescence depuis l'aube. Angoissés par l'imminence de la guerre, perturbés par le décollage matinal d'un hélicoptère, les Vietnamiens du défendeur avaient cherché en vain leur capitaine de champ pour savoir s'ils devaient considérer la disparition de cet appareil comme un acte de piratage ou bien comme une péripétie voulue par leur stratège. Ne le trouvant pas, ils avaient conclu que Wang avait été investi d'une mission spéciale avant le début des Jeux. L'extinction soudaine de leurs voyants les avait d'abord pétrifiés : ils avaient cru qu'ils allaient être effacés de la surface de cette terre avant même d'avoir tiré le premier coup de feu, puis ils avaient constaté qu'ils restaient en vie et s'étaient demandé si ce phénomène ne relevait pas d'une panne ou d'une décision des Occidentaux. Pressés de questions, les deux remplaçants de Wang s'étaient montrés incapables de fournir une explication.

Tous se précipitèrent hors des bâtiments lorsque s'amplifia le grondement de l'hélico. Les yeux levés sur le ciel, le casque sur la tête, ils suivirent la descente de l'appareil avec perplexité. Comme les G.I. du camp américain quelques heures plus tôt, ils se demandaient si les Occidentaux n'avaient pas modifié les règles du jeu et donné le coup d'envoi des hostilités avant la sonnerie officielle.

L'Aigle d'Orient se posa sur son emplacement. Le pilote coupa le moteur et les pales cessèrent peu à peu de tourner dans un sifflement décroissant. Lorsqu'ils virent se découper la silhouette de Wang dans la pénombre du compartiment, les hommes, soulagés, se dépouillèrent de leur méfiance, sortirent de leurs abris, se répandirent dans les allées. Ils présumèrent que les trois Sudams qui accompagnaient leur capitaine de champ étaient des prisonniers ou des déserteurs.

Les deux remplaçants de Wang et une poignée d'officiers s'approchèrent de *L'Aigle d'Orient* et s'étonnèrent des contusions qui parsemaient le visage et le torse du Chinois. Belkacem les pria de rassembler le plus rapidement possible les hommes dans un hangar – on n'avait plus le temps de dégager l'aire de stationnement – pour y recevoir une communication de la plus haute importance. Anton Sovokar le Moldave s'opposa à cette initiative :

« Les Jeux commenceront dans moins d'une heure.

Nous n'avons pas le droit de bouger avant la sonnerie et...

— C'était valable avant l'extinction des voyants, lui rétorqua sèchement Wang. Tu peux participer aux Jeux uchroniques si tu en as envie, mais tu risques de te sentir bien seul.

— Tu n'es qu'un immigré, comme moi, comme eux ! glapit le Moldave. De quel droit est-ce que tu donnes des ordres ?

— Laisse aux hommes le soin de décider ! intervint Belkacem. Nous ne sommes pas des Occidentaux : rien ni personne ne les obligera à nous suivre. »

Le hangar s'avéra trop petit pour contenir les dix mille hommes, mais tous entendirent le discours de Wang, répercuté par les haut-parleurs de la base. Il leur dévoila les grandes lignes de son projet, à savoir déplacer la guerre sur le terrain de leur véritable adversaire, l'Occident. Au Bohémien qui lui demanda ce qu'il comptait faire de la barrière électromagnétique qui entourait l'île, il répondit qu'il organiserait une expédition dans les bâtiments administratifs afin de neutraliser l'ordinateur qui la contrôlait. Au Thaïlandais qui doutait de la loyauté des Sudams de Larrie Big-Bang, Migual Passarell assura que les intérêts des deux armées étaient liés, que l'antagonisme voulu par les Occidentaux ne signifiait plus rien. Il ajouta qu'ils acceptaient de se ranger sous la bannière de Wang, promu capitaine de la nouvelle armée du pacte immigré, forte désormais de vingt mille hommes. Un torrent d'enthousiasme salua l'intervention de l'Argentin et emporta les derniers doutes. Wang expliqua que les huit cents hélicoptères des deux défis, disposant d'un rayon d'action de mille cinq cents milles, transporteraient chacun douze ou treize hommes jusqu'aux premières côtes françaises, distantes d'environ mille kilomètres. Dix mille hommes seraient déposés en un premier voyage sur la pointe ouest de la Bretagne. Les hélicos auraient en théorie assez de carburant pour effectuer le trajet retour, refaire le plein sur l'île et ramener en France le reste des troupes.

« Contre qui nous battrons-nous ? hurla une voix.

— L'armée onosienne, répondit Wang. Basée à Paris. Forte de trente ou quarante mille unités.

— Quel type d'armes ? »

Wang haussa les épaules.

« Des versions améliorées de nos fusils d'assaut, je suppose. Et probablement quelques gadgets que je ne connais pas... N'oubliez jamais que l'arme la plus puissante, c'est l'esprit. Ne combattez pas avec la haine au cœur mais simplement parce que cela doit être accompli, que c'est votre désir de redevenir des êtres libres, souverains. Soyez comme l'eau dont la nature est de couler. »

Kamtay et Belkacem contemplaient leur ami avec la même admiration émue qu'un père devant la bravoure de son fils. Il n'avait pas atteint ses vingt-trois ans mais il avait l'âme d'un meneur d'hommes, d'un conquérant, ce que ne seraient jamais Frédric Alexandre ni les autres stratèges des Jeux uchroniques. Il savait employer les phrases et le ton justes. Il ne cherchait pas à cacher la difficulté de la tâche à ses hommes, il y puisait au contraire des arguments qui les galvanisaient, qui les exaltaient, comme un fer trempé dans le creuset de la forge. Une grande noblesse se dégageait de lui en dépit de son visage tuméfié, de ses cheveux en bataille, de son treillis déchiré, de la sueur qui dégoulinait de son front et diluait le sang séché de ses blessures. Il leur donnait envie de se battre pour lui, et le désir de ses deux compagnons s'accentuait de rencontrer grand-maman Li, cette grand-mère fabuleuse dont il leur avait parlé avec ferveur lors des mornes soirées dans l'appartement du Marais.

« Quand partons-nous ? demanda un Cambodgien.

— Aujourd'hui. Pendant que nous irons neutraliser l'ordinateur de l'administration de l'île, les hommes embarqueront dans les hélicoptères et les pilotes se tiendront prêts à décoller. »

Outre Kamtay, Migual Passarell et un autre Sudam, cinq officiers accompagnèrent Wang dans le raid sur les bâtiments administratifs. Belkacem préféra rester au sol pour superviser les opérations d'embarquement – pour éviter, surtout, un séjour supplémentaire dans le ventre d'un de ces maudits bidons volants.

Vingt minutes plus tard, *L'Aigle d'Orient* survolait les constructions basses enfouies dans la verdure et entourées d'une muraille métallique d'une hauteur de vingt mètres. Le pilote sudam n'avait pas résisté à la tentation de frôler les deux P.C. volants bloqués dans une position stationnaire en attendant l'ouverture officielle des Jeux. Leur croisement n'avait pas duré très longtemps, deux ou trois secondes, mais Wang avait cru discerner une expression de stupeur sur le visage de Larrie Big-Bang qu'il avait entrevu par l'ouverture du compartiment. L'étonnement du challengeur montrait que les stratèges ignoraient tout des événements qui se déroulaient dans leurs bases respectives. L'extinction des voyants frontaux des vingt mille immigrés déportés sur l'île des Jeux avait plongé l'Occident dans un épais brouillard. Les O.I.S.I. n'avaient plus la possibilité de remplir leur rôle de cerbères, et les satellites, aveuglés par le réseau, avaient cessé de diffuser leurs images.

L'hélico piqua résolument sur la cour intérieure des bâtiments administratifs. Les passagers du compartiment distinguèrent des silhouettes qui, alertées par le rugissement de l'appareil, se répandaient dans les allées gravillonnées du jardin. Des femmes et des hommes occidentaux dont les robes ou les redingotes flottaient autour d'eux comme des ailes atrophiées. Ils tenaient leur chapeau d'une main et maintenaient l'autre au-dessus de leurs yeux pour se protéger des rayons aveuglants du soleil. Wang décela une inquiétude inhabituelle sur leurs visages. Ils se demandaient pourquoi les O.I.S.I. n'avaient pas déjà éliminé les immigrés coupables de cette violation flagrante des lois occidentales.

Malgré leur anxiété grandissante, ils n'eurent pas le réflexe de se réfugier dans les bâtiments lorsque l'appareil se fut posé sur la pelouse du jardin. Figés par la peur, un sentiment qu'ils n'avaient jamais éprouvé de leur existence, ils ne réagirent pas davantage au spectacle de ce groupe de soldats armés jusqu'aux dents qui, après avoir sauté à terre, se dirigeaient vers eux d'une allure menaçante. Ils se rendaient compte que les immigrés étaient encore en vie bien que leurs voyants frontaux eussent cessé de briller.

Une femme, sortant de son saisissement, s'avança vers les intrus pour les apostropher.

« Que faites-vous ici ? »

Une rafale de fusil d'assaut répondit à sa question. Elle n'eut pas le temps de pousser un cri. Frappée à la poitrine et à la gorge, elle bascula vers l'arrière et s'abattit de tout son poids sur les gravillons de l'allée.

Wang fut tenté de réprimander l'officier qui venait de tirer, un Nordique, un Finlandais peut-être, au visage déformé par la rage, mais il y renonça. Les guerres n'étaient pas dissociables de la barbarie, et il perdrait une énergie considérable à essayer de convaincre ses hommes d'éviter toute cruauté inutile. Les cinq Occidentaux statufiés dans le parc contemplaient avec horreur le cadavre ensanglanté de leur consœur.

« Conduisez-nous à l'ordinateur qui commande la barrière électromagnétique de l'île », ordonna Wang.

Il recevait des images du réseau sensolibertaire qui lui indiquaient le trajet jusqu'à la salle de contrôle, mais il voulait offrir à ces hommes et à ces femmes une petite chance d'échapper au massacre.

« Vous avez entendu ? » glapit Migual Passarell.

Il baissa le canon de son M 16 pour lâcher à son tour une rafale. Les balles crépitèrent aux pieds d'un homme qui recula d'un pas. Les douilles éjectées retombèrent sur l'herbe en une succession de cliquetis assourdis. Les odeurs de sang et de poudre se répandaient dans l'air brûlant, masquaient les parfums qui s'exhalaient des massifs fleuris. Alertés par le bruit, des serviteurs immun, des Afghans, s'étaient massés de part et d'autre des portes ou s'étaient collés aux vitres des fenêtres.

Wang comprit qu'ils n'obtiendraient aucun renseignement des administrateurs de l'île, non qu'ils missent de la mauvaise volonté à collaborer, mais ils n'avaient jamais envisagé de se retrouver dans une situation de ce genre et, même s'ils se doutaient qu'ils risquaient le pire, ils ne savaient quel comportement adopter. Jamais en un peu plus d'un siècle un Occidental n'avait été menacé impunément par un immigré.

Wang se dirigea d'un pas résolu vers la porte d'une construction située sur sa gauche.

« Tu n'as pas besoin d'eux ? » demanda Kamtay.

Il agita le bras en signe de dénégation. Il ne se retourna pas lorsque retentirent les crépitements des fusils d'assaut. Guidé par les images du réseau, il traversa une pièce sombre, surpris par la fraîcheur qui régnait à l'intérieur du bâtiment. Une porte blindée à code vocal se dressait devant lui au bout d'un couloir.

« Identification, ordonna une voix de synthèse.

– Wang Zangkun, fils de Ho, petit-fils de grand-maman Li », déclama-t-il avec force.

« *Une seule syllabe aurait suffi*, modula la ruche. *Nous avons saisi un échantillon de ta voix dans la matrice de l'ordinateur interactif.* »

Il ne l'ignorait pas, mais la déclinaison de son nom l'avait délivré d'une partie de sa colère. Combien d'individus seraient-ils obligés de tuer avant de parvenir à leurs fins ? L'humanité était-elle condamnée pour l'éternité à semer des fleuves de larmes et de sang derrière elle ?

« *Seuls survivent ceux qui acquièrent la connaissance de soi.* »

Le meurtre n'est pas la connaissance de soi.

« *Tu l'as toi-même affirmé à tes soldats tout à l'heure : cela doit être accompli. L'heure est à l'acte, et non au jugement de l'acte.* »

Facile pour vous de parler : vous n'avez pas à verser le sang.

« *Nous ressentons chacun de tes sentiments. Nous ressentons chacun des sentiments de milliards d'êtres humains. Nous ressentons aussi l'amour de Lhassa. Le Tao dit : Ce qui est précieux a pour origine ce qui a peu de valeur, et ce qui est élevé est fondé sur ce qui est bas. Nous n'avons de valeur que l'un par l'autre.* »

La porte coulissa dans un murmure. Sa conversation silencieuse avec la ruche l'avait absorbé à un point tel qu'il n'avait pas entendu approcher ses hommes. Des volutes de fumée s'échappaient encore de leurs fusils d'assaut, Kalashnikov ou M 16. Ils s'étaient hâtés d'entrer dans la guerre comme des enfants pressés de participer à un jeu... Humains, trop humains... Wang pénétra dans la salle de contrôle, repéra la petite sphère traversée d'éclats de lumière et suspendue au-dessus d'une fosse. La matrice de l'ordinateur, une reproduction miniature de la sphère centrale de la ruche albigeoise. Elle fonctionnait de manière autonome, comme tous les ordinateurs interactifs, reliée par les satellites à la matrice centrale de l'O.N.O.. Elle n'était pas seulement chargée de dresser la barrière électromagnétique autour de l'île pendant les Jeux uchroniques, elle élaborait le microclimat décidé par le C.O.J.U., pilotait les P.C. volants et assistait les ingénieurs paysagistes pour la création et l'installation des décors. Toutes les données étaient contenues dans cette boule transparente maintenue en suspension par l'énergie magnétique.

« *Por Dios !* s'exclama Migual Passarell. *Es una...* une machine du diable ! »

Les hommes avaient perdu de leur superbe en entrant dans cette pièce. Autant il leur avait paru facile de mitrailler une poignée d'administratifs sans défense, autant ils se sentaient intimidés devant la technologie occidentale, qu'ils assimilaient à de la sorcellerie. Ils épiaient la sphère avec des lueurs d'effroi dans les yeux, prêts à la cribler de balles au moindre éclat suspect.

« Retrait de la barrière électromagnétique », déclara Wang, répétant mot pour mot la modulation de la ruche.

La sphère tourna sur elle-même et s'emplit de lumière vive. Les index des hommes, en sueur malgré la fraîcheur diffusée par les climatiseurs de la salle de contrôle, se crispèrent sur la détente de leurs armes.

L'image de l'île apparut soudain sur la paroi de verre convexe. Ils distinguèrent avec netteté la ceinture bleutée qui l'entourait et dont la hauteur diminuait progressivement. Wang prit conscience que les technologies du réseau sensolibertaire et de l'O.N.O. étaient issues du même creuset scientifique.

« *L'O.N.O. s'est inspirée de nos travaux*, modula la ruche. *Sans les transfuges du réseau, la civilisation occidentale ignorerait encore les propriétés de certaines microparticules.* »

Une fois la ceinture bleutée disparue, la sphère recouvra sa neutralité parsemée d'éclairs fulgurants.

« Cette boule t'a obéi ! murmura Kamtay.

— Elle aurait obéi à n'importe quel homme dont elle aurait gardé la voix en mémoire... »

Ils rebroussèrent chemin, traversèrent le parc sans un regard pour les cadavres des Occidentaux qui continuaient de se vider de leur sang sur les cailloux des allées et remontèrent dans *L'Aigle d'Orient*.

Un serviteur afghan s'approcha à pas hésitants pendant que le pilote s'affairait devant les instruments de bord. Un homme dont les années avaient creusé les rides et blanchi les cheveux. Son voyant brillait d'un éclat jaune insolite au-dessus de la barre de ses sourcils.

« Ils ne peuvent plus vous tuer à distance ? demanda-t-il en fixant tour à tour les neuf hommes qui avaient pris place dans le compartiment.

— Nous avons coupé le cordon avec l'Occident », répondit Kamtay.

L'Afghan se gratta la tête d'un air pensif.

« Vous serez capables de faire la même chose avec le R.E.M. qu'avec la barrière de l'île ?

— Ça sera beaucoup moins facile, dit Wang.

— Qu'est-ce qu'on va devenir, nous autres, avec ces cadavres sur les bras ?

— Rejoignez le camp de base le plus proche. Vous

monterez à bord des hélicoptères lors du deuxième passage.

– Nos anges gardiens continuent de veiller sur nous... », soupira l'Afghan en désignant son voyant frontal.

La rotation subite et violente des pales de *L'Aigle d'Orient* l'entraîna à rentrer la tête dans les épaules et à reculer d'une dizaine de pas.

« Ils se seront éteints d'ici là... »

Wang avait été obligé de hurler pour dominer le rugissement des turbines.

L'essaim bourdonnant des huit cents hélicoptères volait en formation serrée au-dessus de l'Atlantique. La tempête soudaine qui s'était abattue sur l'île des Jeux avait retardé le décollage. Il avait fallu attendre que le vent et la pluie s'apaisent pour donner le signal du départ. La matrice interactive de l'île ne semblait plus en mesure de contrôler le climat, et la nature avait repris ses droits. Les éléments s'étaient déchaînés avec une puissance décuplée par la compression que leur avait fait subir la technologie occidentale. Les toits des bâtiments s'étaient envolés, les murs effondrés, les arbres arrachés, l'eau avait ruisselé sur le béton des aires et les hommes avaient dû amarrer les hélicoptères et les conteneurs de kérosène avec des cordes pour les empêcher d'être emportés par les glissements de terrain et les courants. La noirceur du ciel leur avait donné à croire que la nuit était tombée prématurément, d'autant que la température était descendue d'une vingtaine de degrés. Quelques-uns avaient cru que l'Occident se vengeait d'eux par ce biais maintenant qu'il ne pouvait plus les éteindre à distance, mais Wang leur avait expliqué que l'affaissement de la barrière avait perturbé l'équilibre fragile du microclimat et que la tourmente allait bientôt se calmer.

Deux heures plus tard, les vents étaient tombés, les nuages s'étaient dispersés et les rayons du soleil, s'engouffrant par les trouées, étaient tombés en colonnes oniriques sur la jungle ravagée.

Relié par radio à la base américaine, Wang avait ordonné aux escadres des deux camps de décoller et d'opérer la jonction en plein ciel. Les hommes avaient récupéré leur barda et chargé les rations alimentaires préparées par les immuns. L'embarquement avait été bouclé en moins de dix minutes. Les troupes qui restaient sur place en attendant le deuxième passage des hélicoptères avaient commencé à réparer les toits et les cloisons des baraquements pour y passer la nuit.

Kamtay avait tenu à piloter lui-même *L'Aigle d'Orient* en dépit de ses blessures à la tête et aux côtes. Hissan Barba s'était installé sur le siège de copilote et se tenait prêt à prendre les commandes au moindre signe de défaillance de son équipier. Wang, Belkacem, Migual Passarell, Ibn El Feïr, Anton Sovokar et sept officiers sudams, sino-russes ou islamiques avaient pris place dans le compartiment.

Ils volaient à basse altitude, une vingtaine de mètres au-dessus de l'océan, pour éviter d'être repérés par les radars au sol de l'armée onosienne. Une fraîcheur piquante s'engouffrait par l'ouverture de la carlingue. L'Occident était passé en été le matin du 1er mars, ce jour même donc, mais le soleil n'avait pas encore eu le temps de réchauffer l'énorme masse de l'Atlantique et les vents du large semblaient traverser des couloirs de glace avant de souffler sur les flots ondulants.

L'Aigle d'Orient, en tête de l'escadre, progressait à une vitesse de cent trente nœuds – *soit 240,76 kilomètres à l'heure*, avait précisé la ruche albigeoise. A cette allure, ils mettraient un peu moins de cinq heures pour atteindre les côtes françaises, en espérant que le réseau ne s'était pas fourvoyé sur le rayon d'action des hélicoptères modifiés par ses soins.

Belkacem s'était recroquevillé sur sa portion de banquette, dans une attitude qui tenait à la fois de la position fœtale et de la recherche du sommeil. Mais il ne dormait pas, incapable de surmonter la phobie que lui procurait ce voyage entre ciel et terre, luttant contre les relents nauséeux qui lui submergeaient la gorge. Ils traversaient parfois des zones de turbulences, des tourbillons d'air qui se formaient aux rencontres des vents du large et des dépressions engendrées par les vagues, et si les secousses qui saisissaient l'appareil déclenchaient une certaine crispation chez les passagers, elles provoquaient de véritables crises de panique chez le Soudanais, qui s'agrippait de toutes ses forces au rebord de la banquette et poussait des gémissements de chiot abandonné.

« Ça remue ! hurla Kamtay dans son casque radio.
– Où en est le kérosène ? demanda Wang.
– Nous avons parcouru trois cents milles et nous avons consommé plus d'un quart du réservoir.
– C'est trop...
– Nous en aurons assez pour atteindre la France.
– Et pour effectuer le trajet retour ? Nous avons besoin de tous les hommes. Ils seront au moins quarante mille à nous attendre à Paris.
– Peut-être qu'ils ne nous attendent pas et qu'avec l'effet de surprise...
– N'y compte pas. Les satellites de l'O.N.O. sont pour l'instant aveugles, mais ça n'empêchera pas les Occidentaux de nous réserver un accueil chaleureux.
– Chaleureux ! Tu sais choisir les mots qui réconfortent, Wang... »

Ils arrivèrent en vue de la terre au crépuscule. Le soleil couchant ensanglantait l'Atlantique et les reliefs accidentés des côtes bretonnes. Ils survolèrent une série de petites îles, des éperons qui se dressaient hors de l'eau comme des sabres, puis un village perché au sommet d'une falaise et dont les maisons grises semblaient avoir été taillées directement dans la roche. Alarmés par le grondement terrifiant des huit cents hélicoptères, les habitants se précipitaient dans leurs courettes ceintes de murets.

« Où est-ce qu'on se pose ? demanda Kamtay.

– Sur une zone plate et inhabitée », répondit Wang.

Il cherchait à éviter tout contact entre les autochtones et les soldats. Il voulait épargner à ces derniers la tentation de se venger de leurs malheurs sur des civils, de se repaître trop tôt de sang et de carnage, et – détail pratique incongru dans ce genre de circonstances – de gaspiller leurs munitions.

Quelques minutes plus tard, ils passèrent au-dessus d'une lande parsemée de genêts et de bruyères que Kamtay jugea suffisamment étendue et plate pour accueillir les huit cents hélicos. Il amorça donc une large boucle, suivi de tout l'essaim, et établit une communication radio générale pour demander aux autres pilotes d'atterrir.

« Les buissons et les bruyères peuvent cacher des arêtes rocheuses. Choisissez les zones bien dégagées et gardez un espace minimum de dix mètres avec les appareils voisins. »

Ils ne rencontrèrent pas de problèmes pour se poser, sauf un Cobra qui, déséquilibré par un brusque affaissement du sol, se renversa sur le flanc. Ses passagers, projetés dans le choc par l'ouverture latérale, roulèrent dans les bruyères proches. Deux d'entre eux eurent les vertèbres cervicales brisées, les autres souffrirent de fractures aux bras, aux jambes, ou, pour les plus chanceux, de simples contusions. On découvrit au milieu d'un buisson le cadavre du pilote, un Sudam, qui était passé au travers du pare-brise du cockpit et que les pales avaient décapité avant de se planter dans la terre et de se briser comme du bois mort. Bien que coincé dans les tôles froissées, le copilote, un Brésilien à la peau foncée et aux cheveux roux, se sortit de l'accident sans une égratignure.

Les hommes des deux camps qui se prévalaient d'une compétence dans le domaine médical s'occupèrent des blessés. Comme ils ne disposaient ni d'anesthésiant ni d'analgésique, ils opérèrent à vif et les hurlements de ceux dont ils tentaient de remettre en place les tibias, les péronés, les fémurs ou les radius fracturés retentirent comme des complaintes funèbres sur la lande silencieuse. Ils confectionnèrent ensuite des attelles de fortune avec des branches de genêts reliées par des cordes.

Les dix mille soldats se restaurèrent au pied des hélicoptères. Les immuns avaient préparé des rations correspondant au dîner et au déjeuner du lendemain. Les jours suivants, ils devraient se débrouiller par leurs propres moyens pour se ravitailler dans les magasins occidentaux. La douceur de la température les dispensait de chercher un toit. Il leur suffirait de s'étendre sur l'herbe et de s'emmitoufler dans leur treillis au cas où la fraîcheur se déposerait au cœur de la nuit, ou encore de s'allonger dans les compartiments des appareils.

Les Iroquois avaient consommé près des trois quarts de leur réservoir et les Cobras, plus légers, environ la moitié.

Une autonomie de deux mille kilomètres, hein ?...

« *Le chaos, Wang. La tempête qui a soufflé sur l'île des Jeux a provoqué des perturbations au-dessus de l'Atlantique et modifié nos calculs aérodynamiques. Vous avez lutté contre un vent contraire pendant plus de cinq cents kilomètres.* »

Ils ne peuvent plus retourner sur l'île pour ramener le reste de l'armée...

« *Ils ont assez de carburant pour vous transporter jusqu'à Paris.* »

Dix mille contre quarante mille. Le combat n'est pas équitable.

« *Le combat n'était pas très équitable entre les Romains de Hal Garbett et les Gaulois de Frédric Alexandre, et pourtant tu l'as gagné...* »

Il a commis une erreur grossière en laissant son camp sans surveillance.

« *Les êtres humains ont des faiblesses qui les entraînent à répéter leurs erreurs. Comme des logiciels programmés qu'une anomalie pousse à choisir les mauvais embranchements. Ils savent que le pouvoir et les possessions n'apportent que des satisfactions illusoires mais, depuis la nuit des temps, ils préfèrent l'avoir à l'être, le leurre à la réalité.* »

Est-ce que vous tentez de me dire que... ?

Une intervention de Kamtay interrompit sa conversation silencieuse avec le réseau.

« Qu'est-ce que tu décides, Wang ?

— A quel sujet ? »

Les membres du petit groupe qui l'entourait lui jetèrent un regard perplexe. Ils s'étaient assis autour d'une arête rocheuse sur laquelle ils avaient posé les gamelles vidées de leur contenu. La nourriture, des boulettes de viande mélangées avec du riz et des légumes froids, leur pesait sur l'estomac. L'eau saumâtre de leurs gourdes métalliques n'avait pas réussi à étancher leur soif.

« Au sujet des hélicos, répondit le Laotien d'un ton agacé. Nous retournons sur l'île ?

— Vous risqueriez de manquer de carburant. Nous foncerons sur Paris dès le lever du soleil. »

Il se vit tout à coup encerclé de masques inquiets, tendus. Le croissant de la lune ourlait d'une clarté céruse les pales, les échines et les flancs rebondis des hélicoptères.

« Tu disais hier que nous aurions quarante mille adversaires à combattre... lança Belkacem, rompant un silence qui commençait à devenir oppressant.

— Demain matin, chacun de nous vaudra quatre hommes, répondit Wang avec un sourire.

— Les Jeux avaient au moins ça de bon que nous partions à égalité ! grogna Kamtay.

— Nous ne nous battions que pour sauver notre peau.

— La survie... C'est ce que t'a enseigné ta grand-mère, non ? »

Wang marqua un temps de pause pour donner le plus de poids possible à ses paroles. Il ne se ressentait pratiquement plus des coups que lui avaient infligés les Sudams dans le camp de base américain. Seules subsistaient une légère douleur aux côtes et une gêne à la mâchoire lorsqu'il mastiquait.

« Nous porterons les espoirs des milliards d'êtres

humains qui croupissent dans la misère et le désespoir, dit-il d'une voix forte.

– Ce ne sont pas les Occidentaux qui les affament mais leurs propres compatriotes, intervint Belkacem. Les fanatiques dans mon pays, les néo-triades dans la République sino-russe...

– Les milices du Paradis originel en AmSud... renchérit Migual Passarell.

– L'Occident a fait en sorte de créer les conditions qui poussent des milliers d'Islamiques, de Sino-Russes et de Sudams à émigrer chaque année afin de réapprovisionner ses banques d'organes, d'enrôler les soldats de ses Jeux, de recruter ses serviteurs. Le R.E.M. est le symbole de l'ordre imposé à l'humanité par l'O.N.O. Si nous parvenons à l'abattre, le deuxième monde prendra conscience que rien n'est écrit, que rien n'est figé.

– Les révolutions s'avèrent souvent pires que les régimes qu'elles ont renversés, déclara Belkacem d'un ton sentencieux. La révolution française de 1789, la révolution bolchevique du début du XXe siècle, la révolution de Jiang Guang-Mai, pour ne citer que celles-là, ont fait des millions et des millions de morts.

– En un siècle et demi, l'Occident a eu le temps de congeler des millions et des millions d'hommes, de femmes et d'enfants pour prolonger la vie de ses vieillards. Si nous ne changeons pas le cours des choses, il en congèlera des millions et des millions d'autres, il enverra des millions d'hommes se battre sur l'île des Jeux pour le seul plaisir des sensoreurs et des esthètes de la stratégie, il ensemencera des millions de femmes dans les embryonneries pour fabriquer des élixirs de jouvence avec les bébés arrachés de leur ventre, il condamnera des millions d'hommes à brûler ses déchets, à entretenir ses centrales nucléaires, à cultiver ses terres... Est-ce que cela te paraît juste ? »

Le Soudanais secoua la tête.

« Bien sûr que non...

– L'Occident nous a imposé son rêve, son modèle, depuis trop longtemps, reprit Wang. Depuis qu'il a débordé de ses frontières et que, fort de sa puissance militaire, il a conquis ses colonies. Il a détruit nos traditions, notre médecine, notre architecture, notre équilibre écologique, il nous a infligé son dieu, ses médicaments, sa nourriture, son mode de pensée, sa pollution. Il a voulu créer le monde à son image, comme son dieu a créé l'homme à son image. Nous sommes devenus ses clones, y compris dans nos modes de gouvernement.

— Ni les néo-triades ni les imams de La Mecque n'ont quelque chose à voir avec la démocratie, argumenta Belkacem.

— Les démocraties occidentales se sont établies sur l'exploitation du deuxième monde, sur le pillage de ses ressources, sur l'assistance militaire aux tyrans qu'elles maintenaient au pouvoir. Riches et libérales à l'intérieur, féroces à l'extérieur. Elles ont donné au monde une image tronquée d'elles-mêmes. Elles ont pressé le deuxième monde comme un citron puis, quand elles en ont eu extrait tout le jus, elles se sont retirées derrière leur muraille. Nous nous battons pour montrer aux peuples de la G.N.I., de la R.P.S.R. et du continent sudam que le modèle occidental n'est qu'un leurre, qu'ils doivent retrouver leurs traditions, leur culture, leur langue, élaborer leur propre système de gouvernement, trouver leur propre équilibre... Voilà pourquoi chacun d'entre nous vaudra quatre hommes demain. »

Il se tut et observa les effets de sa tirade sur ses interlocuteurs. Les yeux écarquillés, la bouche entrouverte, ils le fixaient avec une expression admirative qui l'inquiéta : c'était en eux-mêmes qu'ils devaient puiser leur propre motivation, leur propre force. Il n'était pas un modèle lui non plus.

Frédric Alexandre et Larrie Big-Bang errèrent toute la nuit dans la jungle dévastée par la tempête. Quelques heures plus tôt, les P.C. avaient subitement perdu de l'altitude et avaient amorcé une descente qui s'était achevée par un atterrissage brutal dans un marécage.

Légèrement commotionnés, les deux finalistes des cent huitièmes J.U. avaient essayé dans un premier temps d'établir une communication sensor avec les permanents administratifs de l'île, mais ils s'étaient rendu compte que les liaisons satellite étaient interrompues. Ils s'étaient extirpés des appareils à demi immergés, avaient arraché les capteurs et, entièrement nus, avaient tenté de regagner les bâtiments du C.O.J.U. à travers la jungle.

La tempête les avait surpris alors qu'ils débouchaient sur la piste de l'aéroport. Pas un supersonique ne stationnait le long du ruban gris de béton, pas même l'un des cargos qui avaient transporté les troupes et le matériel sur l'île. Les membres du Comité et des bureaux nationaux étaient repartis pour New York dès la fin de la cérémonie, pressés de quitter l'atmosphère torride qu'ils avaient eux-mêmes instaurée.

Le Français et l'Américain s'étaient réfugiés dans un vieux bus solaire dont ils avaient fracassé le pare-brise. Ils avaient assisté en observateurs privilégiés au spectacle apocalyptique qui s'était joué devant eux. Le vent s'était acharné sur le bus mais n'avait pas réussi à le renverser. Des branches s'étaient précipitées sur les vitres, qu'elles avaient réduites en miettes, la pluie s'était engouffrée par les ouvertures, des cailloux avaient cinglé la carrosserie, des sièges s'étaient arrachés de leur support dans un grincement terrifiant, mais ils étaient sortis sans dommage de leur abri lorsque les vents avaient cessé de souffler et que les nuages avaient déserté le ciel.

Une demi-heure plus tard, ils avaient vu passer au-dessus de leurs têtes un gigantesque essaim d'hélicoptères.

« Les Jeux ont commencé sans nous ? s'était inquiété Larrie Big-Bang.

– Je crois que rien ne sera plus comme avant, avait répondu Frédric. Le chaos nous a débordés... »

Frigorifiés, affamés, couverts de boue, ils arrivèrent en vue d'un baraquement au petit jour. D'innombrables égratignures leur zébraient le torse, le dos et les jambes. L'obscurité et les arbres abattus avaient rendu leur progression difficile. Harcelés sans répit par les moustiques, ils s'étaient fourvoyés à plusieurs reprises dans des marécages dont ils n'étaient sortis qu'au prix de contorsions épuisantes.

Ils contournèrent le bâtiment et débouchèrent sur l'aire de stationnement. Frédric héla un groupe d'hommes en treillis qui discutaient sur les marches de la porte d'entrée. Il les identifia comme des soldats de son armée. Il en fut soulagé malgré le sombre pressentiment qui le tracassait depuis l'aube et dont il ne parvenait pas à se débarrasser.

Les Viets se retournèrent et examinèrent, sans essayer de masquer leur stupeur, les deux individus nus, ensanglantés, boueux, qui s'avançaient vers eux. Puis ils poussèrent des glapissements pour réveiller les hommes qui dormaient encore dans le baraquement et se saisirent de leur Kalashnikov.

« Regarde... murmura Larrie Big-Bang. Leur front... »

C'est alors seulement que Frédric se rendit compte que les voyants des immigrés avaient cessé de briller.

CHAPITRE XVII

LA BATAILLE DE PARIS

C'est pourquoi l'homme sage, oubliant sa personne, la conserve. Parce qu'il ne poursuit pas des buts égoïstes, il réalise à la perfection ce qu'il entreprend. Tu as consacré toute ton existence à la Survie et tu n'as pas encore compris que, si le ciel et la terre durent toujours, c'est parce qu'ils ne vivent pas pour eux-mêmes. Lorsque l'œuvre utile est accomplie et que point la renommée, l'heure est venue de s'effacer : c'est la voie du Ciel.

Le Tao de la Survie de grand-maman Li

« Nous sommes parvenus à un tournant décisif de notre histoire, déclara Samuel Rosberg. Cela fait maintenant près d'un siècle et demi que l'Occident n'a pas fait l'objet d'une menace directe. Or, en ce 2 mars 2216, nous avons perdu la trace de vingt mille immigrés armés jusqu'aux dents. Je me vois contraint de poser la question suivante au président Freux : qu'avez-vous prévu pour la défense de la base de l'O.N.O. à Paris ? »

Assis autour de la table ovale, les chefs d'Etat onosiens se tournèrent vers Emilian Freux, sommé de se défendre. Il faisait face à l'axe anglophone, représenté par William McHale, le Premier ministre anglais, Moshe Fromowitz, le chef du gouvernement israélien, John-Paul Thibaudeau, le président canadien. Sur sa gauche se tenaient le chancelier allemand, Petral von Winsdorf ; sur sa droite, les deux représentants des membres tournants de l'O.N.O., l'Italien Massimo Pietri – son seul allié – et le Bénéluxien Jan Kluivert. Le Premier ministre anglais avait convoqué le conseil de l'O.N.O. en session extraordinaire au cours de la nuit. Comme les événements de la veille avaient tenu en alerte l'ensemble des gouvernements occidentaux, ils s'étaient retrouvés en moins de deux heures dans la petite salle de la base souterraine de Paris. Les supersoniques militaires avaient directement atterri sur la piste de la place Michelin-Godéron, une immense esplanade de trois kilomètres de longueur sur deux de largeur, aménagée en 2090 après la démolition des quartiers compris entre les anciennes places de la Bastille et de la République.

Le droit de veto ne s'appliquait qu'aux trois membres majeurs de l'O.N.O., l'Allemagne, l'Angleterre et la France, mais, par son attitude offensive, le président Rosberg, qui s'était assis en bout de table à l'écart des autres, se posait en maître du jeu. Hormis l'Italie et peut-être la Grèce, alliées traditionnelles de la France, il contrôlait l'ensemble des nations occidentales. Les jours précédents, une requête en révision des statuts de l'Organisation avait été officiellement déposée au siège administratif de New York, visant à réduire le rôle de la France et de sa langue au sein de l'Occident, et à rétablir les trois membres mineurs, le Canada, Israël et les Etats-Unis, dans leurs prérogatives de membres majeurs.

Freux et ses conseillers s'étaient préparés à contenir l'offensive en utilisant tout un arsenal de manœuvres juridiques dilatoires. Il suffisait à la France, pour mettre en échec l'axe anglophone, de renouer les vieux liens de complicité avec l'Allemagne et, pour cela, de gagner du temps, de dépêcher des ambassades, de jouer de la séduction que les Français avaient toujours exercée sur leurs voisins d'outre-Rhin. Freux avait compté exploiter le prestige de Frédric Alexandre pour influencer l'opinion publique allemande, couper l'actuel chancelier de son électorat et obtenir, lors des élections de novembre 2216, l'accession au pouvoir d'un chancelier francophile. Les événements de la veille, la brusque interruption de la plupart des émissions satellite et des liaisons sensor, la perte de contrôle des O.I.S.I. sur les vingt mille immigrés des deux armées uchroniques, les mouvements aériens au-dessus de l'Atlantique détectés par les radars au sol avaient bouleversé tous ces projets.

Freux s'efforça toutefois de plaider sa cause avec toute la conviction dont il était capable.

« Ce n'est pas à la France de s'occuper de la protection militaire de la base de Paris, mais au conseil de sécurité de l'O.N.O. », dit-il en fixant un à un ses interlocuteurs.

Les conseillers, les ministres ou les secrétaires des chefs d'Etat patientaient dans le vestibule de la petite pièce mais aucun bruit ne traversait l'épais capiton de couleur rouge qui recouvrait les murs et la porte. Les régulateurs thermiques et hygrométriques émettaient un bourdonnement discret. Les appliques diffusaient une lumière blanche qui durcissait les visages et miroitait sur le matériau de la table, un composite de verre et de fibre de carbone. Comme s'ils s'étaient préparés pour une cérémonie funèbre, les responsables onosiens étaient tous vêtus de redingotes noires, de chemises blanches, de gilets unis et de cravates sombres.

« Gouverner c'est prévoir, dit le vieil adage, reprit Samuel Rosberg. La France a toujours manifesté la volonté de tenir le rang de leader dans l'Organisation occidentale – une volonté légitimée, nous le reconnaissons, par son rôle dans la conception et la réalisation du rideau électromagnétique. Mais ni les intentions ni les paroles ne permettent à une nation de s'attribuer la direction du monde. Seuls comptent les actes.

– Quels actes aurait pu décider la France sans l'approbation du conseil de sécurité ? répliqua Emilian Freux avec force. C'est justement pour partager nos ressources et nos responsabilités que nous avons créé l'Organisation des nations occidentales.

– Une nation souveraine ne se repose pas sur la collectivité, elle sait se prendre en charge. La sécurité sur le court et long terme n'est pas l'affaire de l'O.N.O. mais de chacun de ses membres. Or, le bunker qui commande le R.E.M. et les satellites de surveillance aérienne est situé sur le territoire français... »

Freux repoussa sa chaise, se leva, agrippa des deux mains le rebord de la table et, le buste penché vers l'avant, dévisagea son homologue américain.

« Vous savez pourtant que la défense du bunker relève exclusivement de la compétence de l'O.N.O. ! dit-il en martelant chacune de ses syllabes. La France n'était pas habilitée à prendre des initiatives dans ce domaine.

– Mais elle est habilitée à défendre son territoire, rétorqua Rosberg, qui soutint sans ciller le regard de son interlocuteur.

– Le territoire français n'est pas menacé, que je sache ! »

L'Américain marqua un temps de pause avant de poursuivre la conversation. Les rayons d'une applique enflammaient ses cheveux blancs et estompaient son visage.

« A votre avis, monsieur, où sont passés les vingt mille immigrés des armées uchroniques ?

– Toujours sur l'île des Jeux, je suppose...

– Une supposition n'est pas un renseignement... » intervint William McHale.

Freux se retourna avec vivacité vers le Premier ministre anglais, un homme à la peau laiteuse et aux cheveux roux dont la maigreur accentuait l'aspect cadavérique (âgé de plus de cent trente ans, il avait subi une greffe de moelle épinière une semaine à peine avant la tenue de cette assemblée).

« Je ne suis pas devin, monsieur, lâcha-t-il. Sans le concours des satellites, je ne puis savoir ce qui se passe sur l'ensemble du territoire occidental.

– Vous n'avez pas fait le rapprochement entre les mouvements aériens détectés par les radars au sol et les soldats des J.U. ? demanda l'Anglais avec une pointe de perfidie.

– Comment auraient-ils quitté l'île ? Avec les hélicoptères ? Ils auraient dû, dans ce but, abaisser la barrière électromagnétique. Et puis ces engins sont trop rudimentaires pour traverser l'Atlantique...

– Qu'auraient détecté les radars, selon vous ? lança Moshe Fromowitz.

– Un simple phénomène météorologique peut-être. D'après nos régulateurs atmosphériques, une tempête s'est déclarée sur l'île et... »

Le président français se tut soudain, comme si une

évidence venait de le frapper. Ses yeux errèrent d'un point à l'autre de la pièce, puis il se rassit, l'air abattu, les épaules affaissées.

« La dérégulation du climat est liée à l'abaissement de la barrière électromagnétique, affirma Fromowitz avec un sourire satisfait. Et les hélicoptères ont un rayon d'action beaucoup plus important que prévu. Nous ne sommes pas devant une série de dysfonctionnements aléatoires mais devant une attaque concertée.

– Concertée ? s'étonna Massimo Pietri, un petit homme blond qu'un tic nerveux poussait à remonter sans cesse une mèche rebelle. Par qui ? »

D'un mouvement de tête, le président israélien invita Samuel Rosberg à répondre.

« Nous connaissons tous la réponse à cette question, dit l'Américain. Le réseau sensolibertaire. Il se sert des immigrés pour parvenir à ses fins. Il s'est créé une armée de vingt mille hommes – peut-être moins, nous ne savons pas si les hélicoptères ont réussi à transporter l'ensemble des troupes – pour prendre d'assaut le bunker.

– Le conseil de sécurité a toujours affirmé que les sensolibertaires ne représentaient aucun danger, objecta l'Italien.

– Le réseau ne nous menaçait pas tant qu'il n'était qu'un cerveau, une abstraction, mais il s'est équipé de milliers de bras.

– Cela fait deux siècles qu'il s'est constitué. Pourquoi aurait-il attendu 2216 pour agir ?

– Il n'avait pas encore trouvé son capitaine de champ, l'homme qui réussirait à faire l'unanimité parmi les immigrés.

– Si vous aviez tous ces éléments en votre possession, pourquoi n'avez-vous pas convoqué le conseil ? insista Massimo Pietri. Le président Freux a raison sur un point : la sécurité relève de la compétence de l'O.N.O. »

Samuel Rosberg se leva à son tour et fit quelques pas le long de la table. Multipliée par les lumières des appliques, son ombre s'étira dans tous les sens sur les capitons rebondis.

« Nos services de renseignements nous ont effectivement avertis des intentions du réseau sensolibertaire, mais nous estimions que la lourdeur administrative de l'O.N.O. et... les obstructions systématiques de la France aux motions anglophones nuiraient à l'efficacité d'une action préventive. Nous avons donc pris l'initiative...

– Quel genre d'initiative ? » coupa l'Italien qui, après un bref regard panoramique, se rendit compte qu'ils n'étaient que deux à cette table à avoir été exclus de la confidence.

Le dernier allié de Freux était en train de changer de camp : il ne pouvait plus accorder sa confiance à l'homme qui avait réussi à maintenir l'hégémonie latine sur l'Occident pendant plus de trente ans mais qui avait manqué de clairvoyance face aux manœuvres du réseau sensolibertaire et des anglophones.

« Nous avons levé notre propre armée, répondit Samuel Rosberg. Trente mille hommes qui se sont entraînés sans relâche depuis trois ans dans un camp souterrain imperméable aux objectifs transmatériels des satellites.

– Vous avez rassemblé trente mille volontaires occidentaux ? s'étonna Massimo Pietri.

– Trente mille *natives*... des Amérindiens. Des guerriers venant des tribus les plus puissantes, navajos, apaches, lakotas...

– Les Amérindiens n'ont que du mépris pour les Occidentaux. Comment avez-vous obtenu leur accord ?

– Nous leur avons promis de réparer les torts que leur ont causés nos ancêtres.

– Comment ?

– Par l'octroi de nouvelles terres vierges, aussi vastes que celles dont ils disposaient aux XVIIIe et XIXe siècles.

– Où diable dénicherez-vous de nouvelles terres sur cette planète ? Elles sont toutes occupées, à moins que vous n'ayez l'intention de vider l'AmSud ou l'Asie de tous ses habitants.

— L'Australie est quasiment déserte depuis la guerre des Kangourous...

— L'Australie ? ricana l'Italien. Si les Chinois ne l'ont pas envahie, c'est qu'ils ont lancé des missiles nucléaires sur toutes les villes de la moitié sud. La guerre des Kangourous l'a transformée en une zone irradiée, et le reste n'est qu'un désert invivable. Vos Amérindiens se sont fait berner une fois de plus !

— Le principal est qu'ils aient accepté le marché. Nos généticiens sont d'ores et déjà en train de sélectionner de nouvelles races de bisons et de chevaux capables de s'adapter aux conditions climatiques du désert austral.

— Et pourront-ils modifier les gènes humains pour résister aux radiations nucléaires ? »

Rosberg haussa les épaules.

« Les hommes font preuve d'une étonnante capacité d'adaptation... »

Il consulta le terminal magnétique inséré dans la chevalière qui ornait l'annulaire de sa main droite.

« Trois heures du matin, heure de Greenwich. Les immigrés mutins déferleront certainement sur Paris dans la journée de demain. Il ne nous reste que très peu de temps pour arrêter une décision. »

Il regarda Freux, défait sur sa chaise, comme pour l'inviter à réagir, mais le président français gardait les yeux obstinément rivés sur la table.

« Il me semble que vous l'avez déjà arrêtée, murmura Massimo Pietri.

— Nous souhaitons obtenir l'accord de tous les membres de l'O.N.O.

— Vous voici tout à coup bien soucieux de protocole ! »

Emilian Freux mesurait toutes les conséquences de son imprévoyance. En négligeant le réseau sensolibertaire – la cellule secrète chargée de combattre les dissidents n'avait pas fait son travail ou, pire, l'avait trahi –, il avait offert aux Américains, les chefs de file de l'axe anglophone, l'opportunité de reprendre les rênes de l'O.N.O. Par le biais des émissions subliminales, la terre entière s'exprimerait en anglais, bientôt promulgué langue officielle. On abolirait les lois consuméristes, et les multinationales renaîtraient de leurs cendres, encore plus féroces et avides qu'à la fin du XXIe siècle. Il avait perdu la lutte entre le pouvoir économique et le pouvoir national, dilapidant l'héritage légué par ses prédécesseurs. Cependant, ce n'était pas cet échec qui l'attristait le plus, mais le sentiment d'avoir consacré son existence à un Occident insensible, inhumain, d'avoir été un rouage dans cette gigantesque machine à broyer les hommes. Il s'était promis de rapprocher les deux mondes lorsqu'il s'était lancé dans la politique, mais ses aspirations universalistes n'avaient pas résisté aux exigences de l'électorat, qui vouait un culte aux gouvernements nationalistes du début du XXe siècle. Il avait réagi comme tous les hommes politiques qui, une fois au pouvoir, se prêtent à toutes les compromissions pour conserver leur place. Il prenait conscience que, s'il avait favorisé le rapprochement entre l'Occident et le deuxième monde, il aurait peut-être évité le bain de sang dans lequel les mutins associés au réseau sensolibertaire s'apprêtaient à plonger la capitale de son pays.

« Le capitaine des immigrés est ce fameux Wang ? demanda Massimo Pietri.

— Et qui d'autre ? répondit William McHale avec une moue qui creusa encore ses joues. Ce n'est pas Frédric Alexandre qui a gagné les deux défis précédents, mais bel et bien ce petit Sino-Russe, quoi qu'en disent les Français. Le réseau l'a bien choisi : intelligent, vif et cruel comme un chat, impitoyable... Une bête enragée.

— Puisque nous en sommes à l'heure de vérité, messieurs, est-ce vous qui avez organisé l'attentat dont il a été victime à Jérusalem ? »

Un sourire lugubre s'afficha sur le visage du Premier ministre anglais.

« Demandez donc à Freux. Il a empêché la commission d'enquête mandatée par l'O.N.O. de publier son rapport. »

Le président français ne réagit pas, comme si cette assemblée ne le concernait plus.

« Puisqu'il refuse de répondre, reprit McHale, je me vois contraint de le faire à sa place : c'est son petit protégé, Frédric Alexandre lui-même, qui a voulu éliminer son capitaine de champ. Cela précisé, je ne vous cache pas que sa réussite nous aurait arrangés !

– Pourquoi n'avez-vous pas tué vous-mêmes cette... bête enragée ?

– Pour amener le réseau sensolibertaire à se découvrir, à prendre des risques. Il se serait rétracté si nous étions intervenus trop tôt. »

Massimo Pietri se lissa les cheveux, desserra le col de sa chemise, s'étira sur sa chaise.

« Des milliers d'hommes risquent de perdre la vie, murmura-t-il d'un ton las. Cette perspective ne vous a pas...

– Des immigrés d'un côté, des Amérindiens de l'autre », l'interrompit Moshe Fromowitz, laconique.

L'Italien lui lança un regard où la surprise le disputait au mépris.

« C'est vous qui prononcez ces paroles ! s'indigna-t-il. Vous dont le peuple a été exterminé par les nazis au XXe siècle ?

– Pas d'hypocrisie, *signor* Pietri ! riposta l'Israélien. Jamais je ne vous ai entendu protester contre les Jeux uchroniques.

– C'étaient des jeux...

– La mort n'était pas un jeu pour les soldats des défis. La seule différence est que nous devons impérativement les écraser, ou nous serons balayés par le deuxième monde. Nous défendons notre peau.

– Trente mille Amérindiens défendront notre peau, corrigea Massimo Pietri.

– Nous avons conclu un marché équitable avec eux : s'ils nous aident à sortir sans dommage de cette situation, ils recevront un nouveau pays, que nous entourerons d'un R.E.M. et dont nous régulerons le climat.

– Nous ne pouvions pas compter sur les quarante

mille volontaires onosiens, ajouta Samuel Rosberg. Ce ne sont pas de véritables soldats. Les immigrés les auraient balayés en quelques heures... Vous avez désormais tous les éléments en main.

— Assez perdu de temps, fit Peträl von Winsdorf. Passons au vote ! »

Le chancelier allemand, un petit homme brun aux tempes argentées et au regard noir – des origines turques, peut-être... – ne s'exprimait pas souvent mais chacune de ses paroles tombait comme une sentence.

« Dans combien de temps cette armée sera-t-elle opérationnelle ? demanda Massimo Pietri.

— Dans moins d'une heure, répondit William McHale. Trente supersoniques, contenant chacun mille hommes et le matériel, n'attendent que notre signal pour décoller de l'aéroport Elisabeth II de Londres. »

Le président italien hocha la tête.

« Dernière question : qui avez-vous nommé comme chef d'état-major ?

— Quelqu'un qui est animé par un très grand désir de revanche, dit Samuel Rosberg. Quelqu'un qui a toutes les compétences requises, puisqu'il a remporté neuf défis... Hal Garbett. »

Emilian Freux releva la tête et examina le président américain, dont le visage lisse s'éclairait d'un large sourire. Rosberg n'avait pas hésité à jouer avec toutes les incertitudes d'une guerre pour se présenter comme le nouveau sauveur de l'Occident, pour redonner à son pays le prestige qui avait été le sien au XXe siècle, pour laisser une trace dans l'histoire.

Freux se surprit à espérer le triomphe de Wang et de ses soldats immigrés : les conséquences de sa victoire seraient sans doute terribles pour l'Occident, mais ce monde gelé avait besoin d'un grand bouleversement pour réapprendre à vivre, à redevenir fécond. D'un geste machinal, il leva la main lorsque William McHale demanda aux membres de ce conseil extraordinaire de voter la sept mille deux cent neuvième résolution de l'O.N.O.

Le grondement des huit cents hélicoptères figeait la population dans les rues. Le gigantesque essaim couvrait tout le ciel et cachait la lumière du soleil. La nuit avait déjà été troublée par les sifflements incessants des supersoniques qui avaient atterri au cœur même de la capitale. Alarmés par les perturbations qui avaient marqué le début des cent huitièmes J.U., avertis à l'aube par des messages radiophoniques de ne pas sortir de chez eux – meilleur moyen de les attirer dehors –, les Parisiens se doutaient que leur ville allait être secouée par l'un de ces ouragans dont elle avait jadis été coutumière. Son centralisme excessif restreignait bien souvent la France à Paris, et il suffisait à des insurgés ou à des conquérants de tenir la capitale pour contrôler l'ensemble du pays.

La voix nasillarde de Kamtay résonna dans les écouteurs de Wang.

« On fonce place Michelin-Godéron ?

– On fait d'abord un premier passage pour repérer les lieux. Demande aux pilotes de rester prudents... »

Ils n'avaient survolé que des villes de moyenne importance depuis la Bretagne. L'agglomération parisienne, dominée par la flèche métallique de la tour Eiffel et les tours de verre du XXe siècle, défilait par l'ouverture du compartiment. Le réseau avait indiqué à Wang le cap à suivre pour effectuer le trajet entre la lande bretonne et la capitale française. Les blessés étaient restés sur place, veillés par trois sentinelles et pourvus de rations alimentaires qui leur assuraient sept ou huit jours d'autonomie.

Ils abandonnèrent Notre-Dame sur leur gauche, longèrent la Seine et bifurquèrent en direction de la place Michelin-Godéron, facilement reconnaissable à sa muraille métallique hérissée de miradors. Contrairement à l'habitude, Belkacem gardait les yeux grands ouverts pour tenter de reconnaître les rues dans lesquelles il avait flâné en compagnie de Kamtay, de Timûr et de Wang. Envahi d'un sombre pressentiment, il serrait contre lui sa Kalashnikov. L'ouverture du rideau lui permettrait de retourner au Soudan et de revoir les siens, mais il doutait de survivre à cette bataille, surtout que les bidons volants, qu'il fallait poser au milieu du camp ennemi, étaient des cibles toutes désignées pour des tireurs embusqués. Il jugeait toutefois préférable de mourir dans le ciel de Paris plutôt que sur l'île des Jeux. Peut-être ses descendants apprendraient-ils un jour qu'il s'était battu en homme libre pour abaisser une barrière monstrueuse qui avait coupé l'humanité en deux ?

L'Aigle d'Orient survola le rempart métallique, large de cinq ou six mètres. Par l'ouverture du compartiment, on distinguait les groupes de soldats disséminés sur le chemin de ronde et qui pointaient vers le ciel les canons de batteries aériennes. Leurs casques et leurs uniformes n'étaient pas de la couleur traditionnelle de l'O.N.O., le bleu, mais d'une teinte gris-vert qui se confondait avec le matériau du rempart.

Une détonation domina le grondement des turbines. Une corolle lumineuse s'épanouit à quelques mètres de l'hélicoptère, qui effectua une brutale embardée, projeta ses passagers contre la cloison, hormis l'un d'eux, un Sudam, qui bascula par l'ouverture et tomba en chute libre en poussant un hurlement déchirant. Kamtay réussit à stabiliser l'appareil et, tout en ordonnant aux pilotes de s'éloigner de la zone dangereuse, amorça lui-même une large boucle.

Wang essuya d'un revers de main le sang qui dégoulinait de sa lèvre inférieure fendue dans le choc. Le souffle de la déflagration s'était répandu comme une haleine incendiaire à l'intérieur du compartiment.

Ce n'était pas prévu...

« *Ils s'attendaient à cette offensive. Ils ont pallié les carences des satellites par les radars au sol et les batteries D.C.A.* »

Le chaos, hein...

« *L'élément positif, c'est que les hommes n'ont pas la même précision que les satellites.* »

Nous sommes en train de nous faire canarder comme

des oies sauvages, peu importe que ce soit par des hommes ou des satellites !

« *Heureusement pour elles, les chasseurs ne tuent pas toutes les oies qui passent au-dessus de leurs têtes. Sortez de là et posez-vous sur les Champs-Elysées.* »

Migual Passarell se rassit sur la banquette en se tenant le front. Il n'avait dû qu'à un réflexe désespéré de ne pas être éjecté par l'ouverture. Ses jambes avaient pendu dans le vide mais il s'était agrippé à un pied de la banquette, avait enrayé sa glissade et profité de la correction de l'assiette de *L'Aigle d'Orient* pour opérer son rétablissement. Belkacem, accroché à une saillie métallique, n'avait pratiquement pas bougé. Les autres, des soldats sino-russes et sudams – les deux remplaçants du capitaine de champ et les officiers avaient été répartis dans d'autres hélicoptères afin d'encadrer les troupes –, avaient roulé sur le plancher sans autre dommage que des contusions et des plaies bénignes.

« Donne l'ordre de repli sur les Champs-Elysées ! hurla Wang.

– Ils ne savent pas où c'est... répliqua Kamtay.

– Explique-leur, bordel ! En direction de l'ouest. La plus grande avenue de Paris, l'Arc de triomphe en haut, l'obélisque de la Concorde en bas... Et pousse les manettes à fond !

– Le badin indique déjà cent quarante nœuds ! »

De nouvelles détonations retentirent autour d'eux, des corolles lumineuses illuminèrent le ciel et leur donnèrent l'impression d'évoluer au milieu d'un feu d'artifice. Un Cobra touché par une roquette explosa dans une formidable gerbe enflammée. Les éclats, projetés sur une distance de cinquante mètres, frappèrent les appareils voisins, entraînèrent un autre Cobra et trois Iroquois dans sa chute. Des fragments métalliques crissèrent sur la carlingue de *L'Aigle d'Orient* sans réussir à le déséquilibrer.

Wang entrevit d'autres explosions, sans réussir à déterminer s'il s'agissait de roquettes qui avaient manqué leur cible ou d'appareils qui se désintégraient en plein vol. Une odeur de poudre et de métal surchauffé saturait le compartiment, la cabine de pilotage, agressait les yeux, les gorges, les poumons. Les défenseurs ne tiraient pas seulement du haut du chemin de ronde du rempart, mais également de dizaines de postes disséminés sur le sol de la base.

Belkacem sortit soudain de sa léthargie, se leva, se rapprocha de l'ouverture, pointa son AK 47 vers le bas et lâcha une série de rafales. Ses yeux exorbités et les gémissements presque plaintifs qui s'échappaient de ses lèvres entrouvertes indiquaient qu'il était la proie d'une crise de démence, sans doute engendrée par les séjours prolongés dans le ventre de l'hélico. Les douilles tombèrent en pluie à ses pieds ou dans le vide. Au bout d'une dizaine de secondes, Migual Passarell le saisit par le bras.

« Calme-toi, Soudanais. Nous sommes sortis de l'enfer... »

Belkacem lui décocha un regard venimeux avant de hocher la tête et de se rasseoir sur la banquette, les yeux dans le vague.

Kamtay reconnut la rue du Faubourg-Saint-Antoine, le quartier du Marais, l'ancien Hôtel de Ville, la rue de Rivoli, le palais du Louvre. Les Parisiens n'étaient toujours pas rentrés chez eux malgré l'orage qui s'était abattu sur leur ville. Ils avaient la même réaction que les administratifs de l'île des Jeux, ou plutôt la même absence de réaction, comme incapables de gérer une situation qu'ils rencontraient pour la première fois de leur existence. Wang songea qu'ils n'auraient même pas tenu cinq minutes dans les rues de Grand-Wroclaw, où le défaut de l'instinct de survie le plus élémentaire se traduisait par une rapide élimination du jeu.

L'Aigle d'Orient remonta le bas des Champs-Elysées.

Des centaines d'hélicoptères se posèrent les uns sur l'avenue d'une largeur de cent mètres, une ancienne route qu'on avait ornée de fontaines et de massifs fleuris, les autres sur la place qui entourait l'Arc de triomphe, un monument qui datait du début du XIXe siècle, les derniers enfin sur la place de la Concorde, au milieu de laquelle se dressait l'imitation de l'obélisque que la France avait restituée à l'Egypte en 2001.

« On a eu chaud ! » s'exclama Kamtay après avoir coupé les moteurs.

Il avait atterri approximativement au milieu de l'avenue, en face de bâtiments très élégants dont l'un était un restaurant du nom de Fouquet's-Marty. Des Occidentaux, massés par grappes autour des fontaines, les regardèrent descendre d'un air hébété. Wang entendit les staccatos de fusils automatiques. Quelques-uns de ses soldats passaient sans doute leur colère et leur peur sur les hommes et les femmes dont le seul tort était de se trouver au bout de leurs armes.

Suivi de Kamtay, de Belkacem et de Migual Passarell, il se dirigea vers le restaurant, qui n'était pas encore ouvert à cette heure-ci et dont il fracassa la porte vitrée d'un coup de pied. Son intrusion provoqua un moment de stupeur parmi le personnel, immigré ou occidental, qui s'affairait dans la salle et derrière le comptoir. D'immenses photographies en trois dimensions d'animateurs et d'acteurs sensor s'affichaient sur les murs surchargés de dorures.

Un Occidental vêtu d'une veste rouge s'approcha des intrus d'une allure décidée et tendit les bras vers l'avant comme pour les repousser.

« Veuillez sortir, messieurs ! Le restaurant n'est pas ouvert. Et de toute façon, il n'est pas autorisé aux immi... »

Une salve de fusil d'assaut l'empêcha de finir sa phrase. Son front se couvrit d'étoiles pourpres, et il s'affaissa sur une table dont il renversa les cartes, les carafes et les flacons d'épices. Belkacem releva le canon de sa Kalashnikov et contempla d'un air mauvais le corps allongé sur le carrelage, agité par un ultime sursaut de vie.

« Tu n'étais pas obligé de le tuer ! dit Wang.

— Il était mort à plusieurs reprises à l'intérieur de

son sensor, gronda le Soudanais. Il fallait bien qu'il apprenne la différence entre la réalité et l'illusion.

– Tu disais hier que les révolutionnaires se montraient encore plus féroces que les anciens maîtres...

– Je ne suis pas meilleur que les autres lorsque je suis du bon côté du fusil... »

Ils s'assirent à une table, imités par des dizaines d'autres soldats qui s'étaient engouffrés à leur suite dans la salle. Wang ordonna au personnel d'enlever le cadavre et de leur servir un repas. Les Occidentaux restèrent pétrifiés mais les immigrés s'exécutèrent avec d'autant plus de zèle que, même si leur propre voyant continuait de briller, qu'ils restaient donc sous la menace des invisibles cerbères de l'immigration, ils pressentaient que les choses étaient en train de changer, qu'ils ne finiraient peut-être pas leurs jours dans cet Occident qui s'était refermé sur eux comme un piège. Une complicité immédiate s'établissait entre les soldats uchroniques échappés de leur île et les garçons de salle, qui allaient eux-mêmes préparer les repas dans les cuisines désertes et s'en revenaient avec des assiettes fumantes qu'ils déposaient sur les tables avec de grands éclats de rire.

Des scènes identiques se jouaient dans les autres restaurants des Champs-Elysées et des alentours. Les Sino-Russes ou les Islamiques affectés à la restauration par le bureau de l'immigration nourrissaient avec plaisir et orgueil cette armée tombée du ciel qui allait défier en leur nom la puissance occidentale.

Rassasié, Wang repoussa son assiette, vida son verre de bordeaux – il avait pensé à Zhao lorsque le garçon nord-africain lui avait servi un verre du « meilleur bordeaux de la cave » –, se rencogna sur la banquette et s'astreignit à rétablir le calme en lui pour communiquer avec le réseau.

Il n'y a pas d'autre moyen de franchir ce rempart ?

« *Aucun. Les égouts qui débouchaient sur la base ont été comblés. Seule la voie des airs reste ouverte.* »

Ouverte ? Pour nos adversaires, la guerre se résume à un simple exercice de tir...

« *Grand-maman Li t'a-t-elle appris à capituler au premier obstacle, Wang ? Tu renoncerais alors que tu touches presque au but ?* »

Qu'est-ce que vous me conseillez ?

« *De réfléchir aux meilleurs embranchements.* »

Vous avez certainement une idée sur la question...

« *Tu es mieux placé que nous. Nous sommes dans l'abstraction, et toi sur le terrain. Nous t'avons choisi pour ton aptitude à tirer le meilleur parti de ton environnement.* »

Ce n'est pas l'armée onosienne qui nous attend sous la place Michelin-Godéron, n'est-ce pas ?

« *La Pieuvre nous a entraînés sur de fausses pistes. Et ses troupes sont certainement plus aguerries que l'armée de l'O.N.O.* »

Comment pénétrer à l'intérieur de la base ?

« *C'est là que nous pouvons intervenir. Nous te guiderons une fois que tu seras sur place.* »

Wang releva la tête et prit conscience que les hommes des tables voisines avaient les yeux fixés sur lui. Le vin avait enflammé les regards et rosi les pommettes des Blancs. Les garçons enlevaient les assiettes, les verres, les couverts, pour les déposer dans les bacs des machines à laver. Des tâches qu'ils remplissaient de façon machinale, sans se rendre compte que le restaurant n'accueillerait plus de clients pendant quelque temps, qu'ils n'auraient peut-être plus jamais l'occasion de prendre leur service.

Des images venues de son enfance traversèrent l'esprit de Wang. L'assaut mené par des néo-triadins contre une maison transformée en forteresse par un clan ennemi... Le succès des assaillants lui avait d'abord paru impossible, mais ils avaient employé un stratagème qui, même s'ils avaient subi de lourdes pertes, avait fini par venir à bout de la résistance des assiégés.

« Rassemblement immédiat de tous les pilotes devant ce restaurant, ordonna Wang. Ils transmettront ensuite les consignes à leurs équipes. »

La nuit était tombée depuis maintenant deux heures. Un silence insolite ensevelissait la capitale française. Les lampadaires dispensaient un éclairage régulier dans les rues et sur les places. Les Parisiens avaient fini par comprendre qu'ils risquaient le pire à rester dehors et s'étaient calfeutrés dans leurs appartements. La guerre avait débordé du cadre confortable de leurs sensors pour se déclarer sous leurs fenêtres, et ils s'apercevaient qu'ils pouvaient y trouver une mort définitive et non cette succession de morts fictives qui leur procuraient des sensations fortes, paroxystiques – et inoffensives pourvu qu'on sache éviter les abus sensoriels. Ces immigrés incontrôlés, avec leurs fusils d'assaut et leurs voyants éteints, ne participaient pas à un jeu mais tentaient de prendre le pouvoir sur l'Occident. Le bruit s'était répandu qu'ils étaient guidés par Wang, le capitaine de champ de Frédric Alexandre, le jeune Sino-Russe qui leur avait offert des émotions inégalables lors des deux derniers Jeux mais qui leur apparaissait comme un tyran sanguinaire hors de l'environnement uchronique. En fin de journée, les manœuvres incessantes des hélicoptères avaient fait peser une menace grandissante au-dessus de leurs têtes. On maudissait Frédric Alexandre d'avoir imposé les combats aériens auprès du C.O.J.U. (une idée qu'on avait pourtant trouvée originale, piquante lors de la proclamation du défendeur) et d'avoir offert aux mutins le moyen de traverser l'océan Atlantique.

Bon nombre de Parisiens, recouvrant des réflexes ancestraux, s'étaient réfugiés dans les caves de leur immeuble. Ils espéraient désormais que les soldats de l'O.N.O., ces minuscules fantômes bleus qu'ils apercevaient parfois sur les miradors de la place Michelin-Godéron, repousseraient les mutins et les massacreraient sans pitié. Les techniciens n'auraient plus qu'à réparer les ordinateurs de surveillance déficients, et la vie reprendrait son cours ordinaire, rythmé tous les deux ans par les Jeux uchroniques – les associations de sensoreurs et les sensoramas réclamaient avec insistance une périodicité annuelle.

Un premier rugissement lacéra le silence, suivi d'un autre à quelques secondes d'intervalle, puis d'une succession de grondements qui retentirent et se répondirent d'un quartier à l'autre de la cité.

Tous feux éteints, un Cobra se présenta dans les faisceaux croisés des projecteurs qui balayaient l'espace aérien de la place Michelin-Godéron. Sitôt le rempart franchi, le pilote plongea vers le centre de l'esplanade. Il appliquait la consigne de Wang, qui avait recommandé à ses hommes de « raccourcir les distances, et non les augmenter, comme la peur nous entraîne habituellement à le faire ». Il ne transportait aucun homme, d'une part pour ne pas perdre de sa vitesse au moment du passage, d'autre part parce qu'il n'était qu'un leurre, un appât. Deux traces enflammées surgirent de ses lance-roquettes et l'éclat des explosions illumina la surface métallique de la base. Les batteries D.C.A. entrèrent en action et criblèrent le ciel de Paris de festons lumineux. Le Cobra parut hésiter, se balança d'un côté sur l'autre, reprit un peu de hauteur, lâcha deux nouvelles roquettes, fut atteint à l'extrémité de la queue, perdit son assiette, retomba en chute libre, s'écrasa une centaine de mètres plus bas, s'enflamma quelques secondes après avoir pris contact avec le sol.

Un deuxième hélicoptère-canon surgit en provenance de l'est, traversa la place dans le sens de la largeur, expédia une série de projectiles qui semèrent des gerbes incandescentes sur une distance de deux cents mètres, se lança dans un brusque virage sur sa gauche, piqua résolument comme un bourdon furieux vers un poste de tir, esquiva en un vrombissement rageur les traits lumineux qui le prenaient pour cible. D'autres appareils débouchèrent des quatre points cardinaux, les uns tirèrent des rafales de mitrailleuses, les autres larguèrent des roquettes ou des grenades qui explosèrent sur le chemin de ronde et projetèrent les artilleurs par-dessus le parapet.

Les cent Cobras de la première vague avaient pour mission de défier les défenses aériennes de l'O.N.O., de préparer le terrain aux Iroquois, qui profiteraient de la confusion pour déposer chacun leurs douze passagers et repartir chercher les hommes qui s'étaient postés sur les toits en terrasse des immeubles proches.

Pendant plus d'une heure, les hélicoptères-canons exécutèrent un ballet dont le désordre n'était qu'apparent, chacun accomplissant la mission précise qui lui avait été confiée, un passage au ras pour attirer l'attention des canonniers, le largage de deux bombes sur les batteries de défense, le mitraillage systématique d'une partie du chemin de ronde ou des miradors... La D.C.A. en abattit une trentaine mais ils atteignirent peu à peu les objectifs qui leur avaient été fixés, puisqu'il ne restait plus un soldat ennemi sur le rempart et que de nombreux postes de tir au sol avaient été détruits ou désertés par leurs occupants.

« Ça va être à nous ! » s'exclama Kamtay.

Il avait démarré le moteur de *L'Aigle d'Orient* quelques minutes plus tôt, à l'heure convenue. Les pales de l'hélico, posé au milieu d'une large artère, émettaient un sifflement cadencé. Equipés de leur casque, de leurs grenades, de leur fusil d'assaut, assis sur la banquette, les hommes gardaient le silence. Une gravité inhabituelle s'affichait sur leurs traits. Aucune peur, mais le besoin de se recueillir avant d'affronter la mort. Ils priaient Dieu, ou la Vierge Marie, ou leurs dieux, ou leurs ancêtres de protéger leur famille au cas où ils seraient emportés dans la bataille. Ils avaient vu les fleurs étincelantes se déployer dans le ciel étoilé pendant plus d'une heure, et ce déluge sonore et lumineux les conduisait à remettre leur existence entre les mains d'entités bienveillantes.

Wang eut une pensée pour Lhassa, perdue dans la grande maison du West West-End, pour grand-maman Li, assise sur une colline enneigée de la rive occidentale de la Nysa, pour Zhao et Kareem, qui l'avaient précédé dans le monde des esprits.

« C'est parti ! » hurla Kamtay.

Le Laotien regrettait de devoir abandonner Wang et Belkacem pour remonter chercher les hommes qui n'avaient pas pu prendre place dans les Cobras, mais il se promettait, après le deuxième voyage, de se poser sur la base et de se battre avec ses deux compagnons. L'Iroquois s'éleva entre les rangées d'immeubles aux fenêtres noires qui ressemblaient à des orbites vides. Les cinq appareils qui se trouvaient derrière lui décollèrent à leur tour et se glissèrent dans son sillage. Ils s'approchèrent de la place Michelin-Godéron en rase-mottes, frôlant les toits des constructions. Le rythme lancinant des pales donnait l'impression aux hommes que l'univers n'était en cet instant qu'une gigantesque pulsion. La gorge serrée, ils virent approcher le rempart au-dessus duquel les Cobras continuaient de déferler en vagues incessantes. Ils distinguèrent, aux lueurs des projecteurs et des explosions, les centaines d'Iroquois qui convergeaient tous feux éteints vers la place, renfermant une douzaine d'hommes dans leur compartiment. Ils volaient, pour éviter les collisions, à des hauteurs différentes selon leur provenance. Ils franchirent sans encombre le rempart, surgirent au-dessus de l'esplanade, n'essuyèrent que de timides salves de la D.C.A. affolée par le ballet des Cobras.

L'Aigle d'Orient entama sa descente une vingtaine de mètres à l'intérieur du rempart. Une roquette éclata quelque part sur sa gauche, se pulvérisa en filaments dorés, répandit un souffle brûlant autour d'elle, abandonna un épais nuage de fumée blanche. Debout près de l'ouverture, Wang entrevit la nuée d'hélicoptères qui, après avoir franchi le barrage, s'apprêtaient à se poser en divers points de la base. La nuit était de plus en plus épaisse au fur et à mesure qu'ils se rapprochaient du sol. Il se demanda de combien d'hommes il disposerait pour affronter les troupes réfugiées dans le sous-sol de Paris.

« *Environ sept mille neuf cents* », modula le réseau.

Comment le savez-vous ?

« *Les O.I.S.I. comptabilisaient les immigrés sur l'île des Jeux.* »

Je croyais que vous aviez coupé la laisse qui nous reliait aux cerbères...

« *Nous avons sauvegardé certaines de leurs fonctions.* »

Sept mille neuf cents ? Nous avons déjà perdu tant d'hommes ?

Kamtay maintint *L'Aigle d'Orient* deux mètres au-dessus du sol. Une bourrade de Belkacem tira Wang de ses pensées et le poussa à sauter. Il se reçut en souplesse sur la surface métallique, se rétablit sur ses jambes, leva sa Kalashnikov, perça les ténèbres du regard, ne repéra aucune silhouette dans les parages. Le rugissement de l'hélico se répercutait sur le rempart proche. Lorsque les douze hommes eurent débarqué et se furent éloignés des turbulences générées par les pales, Wang fit signe à Kamtay de repartir. Le Laotien lui répondit d'un mouvement de la main, puis *L'Aigle d'Orient* remonta à la verticale, exactement comme s'il évoluait à l'intérieur d'un cylindre.

Et maintenant ?

« *A deux cents mètres, sur ta droite. Une porte blindée.* »

Wang et son équipe franchirent la distance au pas de course, tout en surveillant les environs. Les Cobras, qui avaient cessé leurs manœuvres de diversion, atterrissaient maintenant sur la base tandis que les Iroquois reprenaient de l'altitude. Les explosions avaient cessé et la nuit, qui s'était de nouveau déployée, s'associait aux écharpes de fumée pour accentuer la confusion engendrée par ce double mouvement.

Le grondement des hélicoptères s'éloigna peu à peu. Un silence relatif retomba sur la place, entrecoupé par les salves des fusils d'assaut – les probables exécutions des rescapés des postes de D.C.A.

Wang enjamba un cadavre carbonisé, impossible à identifier. L'odeur de la chair brûlée supplanta un instant l'odeur de la poudre. Des canons de batteries aériennes gisaient sur le sol, arrachés de leur support.

La surface métallique de la base ne semblait pas avoir souffert des bombardements. Conçue dans un matériau d'une solidité à toute épreuve, elle ne présentait pas un cratère, ni même une simple fissure.

« *Une autre application de nos travaux. Cet alliage métallique est prévu pour supporter les pressions extrêmes.* »

C'est avec ça que vous comptez traverser l'espace ?

« *Avec une version améliorée.* »

Il distingua le linéament de la porte dans la surface lisse et grise du rempart.

« La porte d'entrée ? demanda Belkacem d'une voix essoufflée.

– Il n'y a pas de poignée, pas de clavier de code », fit observer Migual Passarell.

Des groupes convergeaient dans leur direction sans qu'ils aient eu besoin de lancer le signal convenu – les explosions de deux grenades entrecoupées d'une rafale de fusil d'assaut. Les ronronnements des hélicos cargos n'étaient plus que des bourdonnements à peine audibles.

« Ils nous ont laissés un peu trop facilement atterrir à mon goût, grommela Belkacem.

– Ils nous font une guerre par élimination, murmura Wang. Ils se sont disposés en plusieurs niveaux de défense... »

« *La base de Paris comprend trois autres niveaux* », modula le réseau.

« Comme moi lorsque je faisais partie des brigades du Paradis originel, intervint Migual Passarell. Nous n'affrontions jamais les chefs de guerre de l'opposition, nous massacrions les membres de leurs familles l'un après l'autre. En commençant, si possible, par les enfants... *Trabajo de hijo de puta*...

– Une façon d'empêcher le désordre de s'installer, ajouta Wang. De contrôler la progression du chaos... »

A peine avait-il prononcé ces paroles que la porte coulissa et disparut à l'intérieur du mur sans un grincement. Les hommes braquèrent leurs fusils d'assaut sur l'ouverture béante, prêts à faire feu au moindre mouvement suspect.

« *Bienvenue dans la base souterraine de l'O.N.O.* », modula le réseau.

CHAPITRE XVIII

LES FRÈRES DE L'OUEST

Celui qui recèle en lui la grandeur de la vertu ressemble au nouveau-né que les bêtes venimeuses ne piquent pas, que les fauves ne déchirent pas, que les oiseaux de proie n'enlèvent pas. Eh quoi ? Tu persistes à te battre alors que la Survie t'invite à aller au-devant de tes semblables ? Connaître l'harmonie, c'est connaître l'Eternel.

Le Tao de la Survie de grand-maman Li

Wang se plaqua contre la cloison métallique, s'immobilisa, tendit l'oreille pour détecter d'éventuels bruits. L'obscurité était telle qu'il ne distinguait pas à plus de deux mètres devant lui. La veilleuse d'un identificateur digital encastré dans un mur n'éclairait qu'un pan de métal lisse. Il avait envoyé des messagers pour prévenir les quatre ou cinq mille hommes déposés par les cargos sur la base, et il avait attendu qu'ils soient regroupés avant de se glisser par l'embrasure en compagnie de Belkacem et des deux Lettons.

« Ça ressemble diablement à une nasse, chuchota le Soudanais. J'ai l'impression qu'ils vont nous noyer ou quelque chose d'approchant si nous entrons là-dedans. »

Sa voix, à peine audible pourtant, prit subitement de l'ampleur avant de se perdre dans un gouffre insondable.

« Rester sur le toit de la base serait encore pire, répliqua Wang à voix basse. Ils n'auraient qu'à nous bombarder avec des supersoniques. Nous devons à tout prix nous rapprocher du cœur de leur dispositif.

– De la gueule du loup, tu veux dire...

– De la gorge du loup. »

Wang se tourna vers les deux Lettons.

« Vous distinguez quelque chose ? »

Son armée étant démunie de tout système d'éclairage, il avait eu l'idée d'exploiter les qualités des Baltes en repensant à Dmitri Liegazi et à sa faculté de voir dans l'obscurité. Les messagers en avaient trouvé deux qui présentaient les mêmes symptômes que l'ancien officier de l'armée de Frankij Mœlder : nyctalopes, ils jouissaient d'une mémoire visuelle infaillible et avaient une espérance de vie d'une trentaine d'années. Comme Dmitri Liegazi, ils étaient passés en Occident dans l'espoir de corriger les mutations génétiques engendrées par la pollution radioactive qui avait transformé leur pays en une gigantesque décharge nucléaire.

« Un large couloir... répondit le plus petit des deux, un garçon d'une vingtaine d'années aux cheveux blonds et aux yeux si clairs qu'ils paraissaient étinceler sur le velours nocturne. Vide... Une porte à trente mètres... »

Cette absence d'opposition, qui ressemblait fort à une invitation, semblait donner raison à Belkacem. Les défenseurs de la base n'auraient qu'à concentrer leur tir sur cet étroit goulet pour enrayer la progression des assaillants. A moins de prendre l'initiative, de les surprendre, de les empêcher de faire feu.

Wang ressortit et désigna dix hommes qu'il chargea de couvrir les groupes de trente unités qui s'introduiraient successivement à l'intérieur de la base. Puis il ordonna à Ibn El Feïr de rester sur la place en compagnie d'une centaine de soldats, de surveiller les arrières, de diriger les hommes déposés par le deuxième passage des cargos et de tenir coûte que coûte l'entrée de la base au cas où des adversaires tenteraient de les prendre à revers. Le Yéménite brandit aussitôt sa Kalashnikov et hurla quelques mots en arabe, estimant que son groupe serait plus cohérent, plus efficace, s'il se composait exclusivement d'Islamiques.

« Il y a sûrement un escalier derrière la deuxième porte, lança Migual Passarell.

– Nous le dégagerons... »

L'Argentin avait vu juste : lorsqu'ils eurent ouvert la porte, qui n'était fermée ni par un code ni même par un simple verrou, les Lettons discernèrent un large escalier qui s'enfonçait en tournant dans le ventre de la base. Wang fit signe à l'un des dix hommes préposés à la protection de lancer une grenade dans la cage en apparence déserte. Le projectile rebondit sur les marches et explosa plus bas, zébrant les ténèbres d'éclairs aveuglants. La déflagration, assourdissante, se prolongea pendant une bonne dizaine de secondes.

L'équipe de couverture dévala l'escalier métallique jusqu'au premier quart tournant, s'immobilisa dans l'attente d'une riposte qui ne vint pas. La grenade n'avait pas provoqué une seule brèche sur les cloisons et sur les marches, où ne gisaient que ses propres éclats. La fumée et l'odeur de poudre piquaient les yeux, comprimaient les poumons.

« Une autre porte... dit un Letton. Très large... Pas de sentinelle... Un code sur le côté... »

« *Un code à clavier manuel*, modula le réseau. *2 Z 23 0 ww 47.* »

Wang descendit à son tour l'escalier, se dirigea vers la niche du code qu'éclairait une veilleuse, fit signe au groupe de couverture de se répartir de part et d'autre de la porte et de se tenir prêt à intervenir. Les hommes s'agglutinaient dans l'escalier, poussés par ceux qui venaient derrière eux, et les crissements des fusils d'assaut qui s'entrechoquaient ou se frottaient sur les casques évoquaient le bruissement d'une nuée d'insectes.

« *2 Z 23 0 ww 47.* »

Wang dut s'y reprendre par trois fois pour saisir correctement le code sur le clavier dont les touches étaient si étroites qu'il dut les presser avec l'ongle de son auriculaire. Les deux battants de la porte s'écartèrent dans un sifflement.

Le plus petit des deux Lettons s'approcha de l'ouverture.

« C'est immense, là-dedans... Je vois des dizaines de piliers... Aucun mouvement... »

Il pénétra dans la salle sans que Wang, saisi d'un brusque pressentiment, n'ait eu le temps de le retenir. Des projecteurs s'allumèrent tout à coup et balayèrent les environs. Un rayon scintillant, silencieux, surgit d'un pilier et transperça la poitrine du Balte, qui lâcha son AK 47, battit des bras et s'effondra sur le dos sans proférer un cri.

« Planquez-vous ! » rugit Wang qui se jeta sur le côté et s'adossa au mur.

Les hommes coincés dans l'escalier n'eurent pas le temps de refluer. Une pluie de rayons s'abattit sur eux et sema la panique dans leurs rangs. Les traits étincelants les traversaient comme de vulgaires feuilles de papier et s'écrasaient sur le mur métallique, où ils rebondissaient et repartaient dans une autre direction, s'engouffrant de nouveau dans les chairs, décimant les rescapés, achevant les blessés. L'un d'eux se dirigea vers Wang, qui l'esquiva d'un pas sur le côté. Il perdit de sa puissance après avoir heurté le mur, se transforma en une ligne de plus en plus terne et s'estompa, comme vaincu par l'obscurité.

« Qu'est-ce que c'est que cette putain de saloperie ? cracha Belkacem.

— Il faut battre en retraite ! » hurla Migual Passarell.

Wang refoula la panique qui montait en lui et emmêlait ses pensées. Des dizaines de corps jonchaient les marches, s'enroulaient autour de la rampe, gisaient au pied de l'escalier. Certains remuaient encore en exhalant des lamentations à peine audibles, comme si la douleur les empêchait de gémir. Le tir avait cessé et, leur forfait accompli, les derniers rayons s'étaient évanouis. Les deux petits groupes répartis de chaque côté de la porte étaient désormais coupés du gros des troupes, bloquées dans le couloir de l'entrée.

« *Rayonnement monochromatique cohérent*, modula le réseau. *Vos adversaires disposent d'amplificateurs d'ondes électromagnétiques. Beaucoup plus performants que vos fusils d'assaut. Une autre application de nos travaux...* »

Plus tard, bon Dieu !

« *Garde ton calme, ou nous ne pouvons plus démoduler tes pensées. La Pieuvre a bien préparé son affaire. Elle a favorisé nos projets pour mieux nous attirer dans un piège.* »

Ce n'est pas vous qu'elle tient dans ses tentacules...

« *Détrompe-toi : nous avons dû nous exposer pour investir les ordinateurs interactifs de surveillance de l'immigration, les cerbères si tu préfères. Si tu ne parviens pas à prendre le bunker, ils s'infiltreront dans les brèches de notre système de protection. Ils récupéreront nos données et les exploiteront pour transformer les hommes en exécutants dénués de tout libre arbitre. Nous aurons perdu sur les deux tableaux : nous parce que nous n'aurons pas pu mener notre aventure jusqu'à son terme, l'humanité parce qu'elle aura perdu la maîtrise de son évolution...* »

Vous nous avez engagés, mes hommes et moi, dans une guerre perdue d'avance...

« *Rien n'est perdu d'avance. Tu es persuadé, par exemple, que Lhassa ne te donnera pas d'enfant parce que les Occidentaux lui ont prélevé ses ovaires...* »

C'est une bonne raison, il me semble !

« *Nous avons la capacité de reconstituer ses glandes génitales à partir d'une de ses cellules, puis de les lui réimplanter.* »

Le cœur de Wang s'emballa. Les faisceaux des projecteurs balayaient l'entrée de la salle souterraine et vêtaient d'or clair les cadavres disséminés sur le sol.

Qu'est-ce qui me prouve que ce n'est pas une promesse en l'air ?

« *Notre sens de l'éthique. Notre maîtrise de la génétique ne nous sert qu'à réparer les injustices commises par les hommes.* »

Quand procéderez-vous à l'opération ?

« *Lorsque tu auras détruit le bunker...* »

Le chantage fait aussi partie de votre éthique ?

« *Nous mobilisons toutes nos forces pour t'assister. Tu appelles chantage ce qui pour nous n'est qu'un ordre de priorités.* »

Jurez-moi de lui restituer son intégrité même si je ne sors pas vivant de ce merdier.

« *Si tu meurs, nous ne serons pas en mesure de tenir notre serment.* »

Une stratégie digne de ce nom ne repose pas sur les épaules d'un seul homme.

« *Tu n'es pas un seul homme, Wang, mais le maillon d'une chaîne qui te relie à une tradition vieille de plusieurs millénaires.* »

Jurez-le-moi...

« *Nous te jurons de tout mettre en œuvre pour exaucer ton vœu.* »

« Eh, Wang, c'est pas le moment de rêver ! hurla Belkacem. Faut trouver un moyen de foutre le camp avant qu'ils nous balancent une nouvelle grêle de cette saloperie !

– Personne ne bat en retraite ! déclara Wang d'une voix calme mais déterminée. Nous sommes venus prendre le bunker de commande du R.E.M., et nous le prendrons ! »

La conversation silencieuse avec le réseau l'avait galvanisé – il était conscient que cette information, délivrée par ses correspondants à un moment crucial, s'apparentait à une manipulation mentale, mais à la perspective que Lhassa puisse redevenir féconde, il était inondé d'une joie, d'un enthousiasme qu'aucun argument ne réussissait à ternir.

Joignant le geste à la parole, il dégagea le cran de sûreté de son AK 47 et se rua dans la salle souterraine. Il traversa la zone éclairée, courut vers le pilier le plus proche, lâcha de brèves rafales en imprimant un mouvement tournant à son arme. Les balles ricochèrent sur le sol et leur miaulement se perdit dans l'obscurité. Un rayon décoché de la gauche crucifia les ténèbres, manqua largement sa cible, rebondit sur la base d'une colonne, repartit dans l'autre sens. Son sillage lumineux débusqua les silhouettes qui se tenaient le long d'un mur et braquaient vers la porte des armes aux formes étranges. Sans cesser de courir, Wang fit feu dans leur direction, imité aussitôt par les soldats qui, exaltés par son exemple, lui avaient emboîté le pas et s'étaient à leur tour introduits dans le premier sous-sol. Il eut le temps d'entrevoir, avant de se plaquer contre le pilier, les corps qui s'affaissaient, fauchés par les balles. Des rayons fusèrent de chaque côté de lui, mais les défenseurs, maintenus derrière leur abri par la pluie de balles, n'avaient plus la même précision, et la plupart de leurs traits étincelants ne touchèrent que les murs, le plafond ou les piliers. Wang lança un regard par-dessus son épaule, se rendit compte que les hommes restés à l'étage supérieur avaient profité du flottement engendré par son initiative pour dévaler l'escalier et se lancer dans son sillage. C'était maintenant un flot ininterrompu qui se déversait sur les marches, débordait de la porte et se répandait dans la base. Le tir de l'ennemi en abattit quelques-uns mais n'enraya pas la progression des autres.

Wang décida de mettre à profit l'élan dynamique qui poussait les immigrés vers l'avant. Il fallait que l'eau continue de couler, qu'elle prenne de plus en plus de vitesse, de plus en plus de puissance. Aucun barrage ne devait la retenir, lui ravir cette énergie qui, se nourrissant d'elle-même, lui donnerait la force de renverser tous les obstacles. Il quitta l'abri du pilier et s'enfonça vers le cœur du sous-sol. Il décela un mouvement quelques mètres devant lui, discerna deux ombres grises qui s'affairaient autour d'un objet posé sur le sol, pressa la détente de sa Kalashnikov.

Un rayon, sur sa gauche. Il plongea vers l'avant, roula sur lui-même, se rétablit sur ses jambes, continua de courir. Il perçut l'éclat du faisceau laser qui jetait des lueurs fulgurantes sur les environs et révélait d'autres adversaires disséminés derrière les piliers. Il se colla contre une colonne pour reprendre son souffle et recharger son fusil d'assaut. Il détecta des bruits à quelques pas de lui, saisit une grenade dans la poche de son treillis, la dégoupilla, se pencha sur le côté pour la lancer le plus loin possible. Il l'entendit rouler sur la surface métallique. Elle explosa trois secondes plus tard et projeta sa grenaille sur un rayon de dix mètres. L'oxygène reflua, aspiré par la déflagration. Wang éprouva un début d'asphyxie, qui se traduisit par une quinte de toux, une brusque rétractation de sa peau, une sensation de manque d'air. D'autres détonations retentirent plus loin. Il prit conscience que ses hommes calquaient leur attitude sur la sienne, qu'il n'était pas un stratège au sens où l'entendaient les Occidentaux, un supérieur qui donne des ordres et déplace ses pions sur un échiquier, mais un modèle, une référence, un guerrier qui leur enseignait par l'exemple les préceptes du Tao de la Survie. Cette constatation l'emplit à la fois d'orgueil et d'effroi, d'orgueil parce que l'ego se flatte volontiers d'être un centre d'intérêt, d'effroi parce qu'il tenait entre ses mains le sort de ses milliers de soldats, le sort de millions d'immigrés prisonniers de l'Occident, le sort de milliards d'êtres humains qui croupissaient dans la misère morale et matérielle du deuxième monde. Il n'avait pas le droit de reculer, ni même celui d'hésiter. Saisi de vertige, il enfonça l'embout du chargeur légèrement courbe dans la culasse et sortit de son abri. Il enjamba les deux adversaires qu'il avait abattus quelques secondes plus tôt. Les lanières de leurs casques s'étaient brisées dans leur chute. Il remarqua, aux diverses lueurs qui embrasaient la base, que l'un d'eux tenait encore un tuyau souple relié à un appareil cylindrique, que leur peau était étrangement foncée pour des Occidentaux, que leurs paupières lourdes, leurs cheveux noirs et lisses leur donnaient un air de parenté avec les Asiatiques. Ils n'étaient pas immigrés pourtant, car ils n'étaient pas marqués du voyant frontal.

« Attention ! »

La voix grave de Belkacem l'entraîna à se retourner. La bouche ronde et noire d'un revolver se promenait à moins de cinquante centimètres de sa tête. Il se laissa tomber sur le côté une fraction de seconde avant que son adversaire ne fît feu. La balle siffla à quelques millimètres de ses cheveux. Il riposta dans le mouvement, avant que l'autre ne pressât une deuxième fois la détente. Il n'eut pas le temps d'amortir sa chute et la brutalité du contact avec le sol lui meurtrit l'os iliaque.

Belkacem le saisit par la main et l'aida à se relever.

« Ça va ? »

Wang resserra la lanière de son casque et vérifia machinalement que ses grenades ne s'étaient pas échappées des poches de sa veste.

« Sans toi, j'irais certainement beaucoup plus mal...
— Je suis ton ange gardien, fit le Soudanais avec un sourire. Un ange noir pour un démon jaune, un mélange détonant ! »

Les deux hommes marquèrent un moment de pause pendant lequel ils inspectèrent les alentours. Ils avaient parcouru environ quatre cents mètres depuis la porte. Or ils se souvenaient que la place Michelin-Godéron mesurait trois kilomètres, en déduisaient qu'ils n'avaient pas encore atteint le quart de sa longueur et que, comme il leur restait trois niveaux à franchir, ils n'étaient pas près de gagner le bunker.

« A propos de Jaune, nos adversaires ne me paraissent pas très occidentaux, dit Wang.
— Les premiers Américains étaient des Jaunes, répondit Belkacem. Certains ethnologues pensent qu'ils sont arrivés d'Asie par le détroit de Béring...
— Allons-y. Nous ne devons à aucun prix briser notre élan. »

Ils progressèrent de pilier en pilier, par courses rageuses et louvoyantes, sous une pluie incessante de rayons dont il leur fallait surveiller les imprévisibles rebonds. Ils utilisaient les grenades pour déloger les nids de défenseurs plus résistants, puis reprenaient leur marche en avant. Plus ils avançaient vers le centre du sous-sol, plus le dispositif adverse était compact, comme si les premiers affrontements n'avaient servi qu'à éroder l'énergie et la détermination des assaillants. Chaque mètre de terrain fit bientôt l'objet d'une bataille farouche. Les déluges de rayons répondirent aux crépitements des fusils d'assaut, les aboiements des Colt .45 ripostèrent aux déflagrations des grenades, les morts se comptèrent par centaines dans chaque camp.

Les digues successives dressées par l'ennemi entraînaient les troupes immigrées dans une guerre de positions qui ne les favorisait pas. Adossé à une colonne, Wang essuya du dos de la main la sueur qui lui ruisselait sur le front et abouta son cinquième chargeur de trente balles. A l'allure où ils les gaspillaient, ils risquaient bientôt de manquer de munitions. Certains de ses hommes avaient récupéré les étranges armes dont se servaient les défenseurs, mais, incapables de s'en servir, ils avaient renoncé à les retourner contre leurs anciens détenteurs. La fumée était d'une telle épaisseur qu'elle ressemblait à une brume vespérale poméranienne. Depuis quelques minutes, les paroles de Belkacem, qui s'était assis à ses côtés et avait renversé la nuque contre le métal lisse de la colonne, lui trottaient dans la tête : les premiers Américains étaient venus d'Asie par le détroit de Béring... Il se souvint que grand-maman Li parlait parfois des tribus indiennes de l'Amérique du Nord, massacrées par les colons venus d'Europe. Il fut un temps, disait la vieille femme, où la race jaune occupait les continents Est et Ouest de la terre, les deux extrêmes... Un rayon fendit l'obscurité enfumée et frappa un soldat qui avait eu la malchance de se trouver sur sa trajectoire – malchance, dans la mesure où on tirait des deux côtés à l'aveuglette. Atteint au ventre, le malheureux s'affaissa sur le sol où, les intestins brûlés, il se tordit de douleur en geignant faiblement. Un de ses compagnons le prit en pitié et l'acheva d'une rafale de fusil d'assaut en pleine tête.

Wang avisa le cadavre d'un adversaire sur sa gauche. Puisque le barrage retenait le flot, une goutte seule pouvait peut-être trouver un passage. Il tendit sa Kalashnikov à Belkacem, récupéra la statuette de l'éléphant dans la poche de son treillis, se défit de son casque, de ses chaussures, de ses vêtements.

« Qu'est-ce qui te prend ? s'inquiéta le Soudanais.

– Attendez-moi ici en restant sur vos positions. Si je ne suis pas revenu dans deux heures, tu prendras le commandement de l'armée et tu agiras à ton idée...

– Je n'ai pas d'idée ! Tu en as marre de la vie ?

– Je veux simplement aller voir ce qui se passe un peu plus loin.

– Nous ne sommes pas sur l'île des Jeux... Eh ! »

Le Chinois rampait déjà vers le cadavre qu'il rejoignit en une dizaine de secondes. Il s'empara de son revolver, de sa cartouchière, lui retira ses bottes, commença à le déshabiller. Des rayons filaient au-dessus de lui mais ne semblaient pas le prendre pour cible. Il se revêtit de l'uniforme de l'homme dont une balle avait transpercé le front, enfila les chaussures, boucla la cartouchière, glissa l'éléphant dans une poche de la veste, le Colt.45 dans son étui, se coiffa du casque rond et gris, le disposa de manière à masquer le verre vitreux de son troisième œil, serra la lanière.

« C'est de la folie ! » vitupéra Belkacem.

Il se releva dans l'intention de rattraper Wang, mais une salve de rayons l'obligea à réintégrer son abri. Au fond de lui-même, il savait que seule une action isolée, imprévisible, était susceptible de débloquer la situation. Il regretta d'être à ce point enchaîné par ses propres peurs qu'il se montrait incapable de prendre ce genre d'initiative. Il aurait peut-être changé le cours des choses, à Khartoum, s'il avait eu la force d'aller défier la mort dans les yeux. Il songea, avec un brin d'amertume, qu'il n'avait pas su franchir le fossé qui séparait les gens ordinaires des héros. Les hommes, alentour, ne s'étaient pas aperçus que leur chef avait disparu. Il lui restait au moins la tâche de les prévenir et de les exhorter à la patience.

Wang se releva avant d'avoir opéré la jonction avec le front ennemi et leva les bras pour montrer aux défenseurs qu'il faisait partie des leurs, qu'ils n'avaient rien à craindre de lui. Un homme qui retrouve les siens n'a aucune raison de se cacher. Des traits lumineux l'avaient parfois survolé au cours de sa lente progression entre les piliers, mais aucun ne l'avait véritablement menacé. Les deux fronts étaient désormais séparés par un espace de cent mètres et les tirs ne servaient plus qu'à maintenir les uns et les autres dans leurs positions.

Une série de rafales surgies du camp assaillant le contraignit à rentrer la tête dans les épaules et à presser l'allure. Personne ne s'interposa lorsqu'il pénétra dans les rangs ennemis. Des voix l'apostrophèrent dans un langage qu'il ne connaissait pas mais, feignant de ne pas les entendre, il continua de fendre les rangs des soldats de l'O.N.O. et se dirigea vers le fond de la base.

Il lui fallut plus de quinze minutes pour atteindre la porte et l'escalier suivants. Il dut se frayer un chemin parmi les centaines d'hommes massés entre les colonnes et qui se tenaient près à prendre la relève de la première ligne. L'obscurité, de plus en plus dense, le contraignait à progresser pratiquement à tâtons. Il lui arriva de bousculer un ou deux soldats assis près de leur lance-rayons et de soulever une vague de protestations dans son sillage. De même, des faisceaux de lampes mobiles se posèrent sur lui à trois reprises, mais son uniforme et la couleur de sa peau suffirent à donner le change, et ils s'éteignirent quelques secondes après avoir dérangé les ténèbres.

De l'autre côté de la porte, des projecteurs dispensaient un éclairage diffus sur la cage d'escalier, beaucoup plus large que celle de l'étage supérieur. Des hommes assis sur les marches bavardaient par petits groupes de trois ou quatre, le casque posé à leur côté. Tous avaient les yeux bridés, la peau foncée, les cheveux noirs et lisses, et une certaine noblesse émanait d'eux. Wang dévala l'escalier avec l'air affairé de celui qu'on a mandaté pour une mission d'urgence. Des exclamations et des rires saluèrent son passage. Le linéament d'une trappe ronde de six ou sept mètres de diamètre se découpait sur le plafond lisse. Elle servait probablement à recevoir le matériel volumineux et permettait aux engins aériens de descendre dans les niveaux inférieurs.

Wang fila sans se retourner, ne voulant pas donner

l'occasion à ces hommes de le prendre à partie et de se rendre compte qu'il ne parlait pas leur langue.

Le deuxième sous-sol se présentait sous la forme d'un labyrinthe. Ce n'était pas une porte qui l'attendait au pied de l'escalier, mais cinq, qui se découpaient sur le mur métallique et s'ouvraient sur de larges couloirs. Il s'enfonça dans celui du milieu, où il croisa des sentinelles disposées à intervalles réguliers. Elles portaient en bandoulière des objets ressemblant aux vieux masques à gaz utilisés par certains clans qui cherchaient à déloger des opposants retranchés dans une maison et tentaient de les asphyxier avec de la fumée ou des gaz d'échappement. Il prit conscience que ses soldats n'avaient aucune chance de franchir les trois niveaux : s'ils parvenaient jusqu'au deuxième sous-sol, on les accueillerait avec des émanations mortelles ou neutralisantes, et on les transformerait en proies inertes que les défenseurs, munis de protections, achèveraient sans la moindre difficulté.

« *Gaz incapacitant*, modula le réseau. *Durée d'action : dix minutes. Une arme chimique que la Pieuvre a exhumée de ses anciens stocks.* »

Rien n'est perdu d'avance, hein ?...

« *Tu n'es pas encore mort. Ce niveau est celui des bureaux, des réserves d'armes, des logements des militaires onosiens, des postes de commande. Le bunker se trouve juste en dessous.* »

Je suppose qu'il fait l'objet d'une surveillance spéciale.

« *Il ne s'ouvre que sur l'identification* A.D.N. *des délégués de l'*O.N.O. »

Je ne suis pas un délégué de l'O.N.O...

« *Tu devras convaincre l'un de ces messieurs de t'accompagner. Ils sont enfermés dans la salle des réunions du troisième sous-sol.* »

Et s'ils n'étaient pas venus ?

« *Nous étions certains qu'ils viendraient...* »

Il distinguait, par des portes entrouvertes, des lits superposés, des amoncellements de caisses, d'antiques ordinateurs posés sur des bureaux et dont les écrans scintillants se découpaient comme des fenêtres de lumière dans le clair-obscur. Il s'aperçut que des hommes surveillaient la progression de ses troupes par l'intermédiaire d'un système de vidéosurveillance dont les objectifs, comme les Lettons, voyaient dans la nuit. D'autres pièces contenaient des centaines de soldats équipés de masques à gaz. Ils ne portaient pas d'autre arme que de longs couteaux au manche en os ou en bois sculpté. Leurs visages s'ornaient de peintures rouges, noires ou blanches qui leur donnaient un aspect à la fois noble et féroce. Ils le fixaient avec des lueurs d'étonnement dans les yeux, comme s'ils trouvaient incongrue la présence d'un combattant des premières lignes dans un couloir de ce sous-sol, mais ils ne lui adressaient pas la parole.

Il déboucha, au bout de vingt minutes de marche, sur une sorte de place hexagonale où convergeait l'ensemble des couloirs. Des appliques murales diffusaient une lumière blessante qui nécessita quelques secondes d'adaptation. Pas de porte ici, mais un sas rond, hermétique, dépourvu de poignée ou de roue.

Il reprit son souffle et s'appliqua à chasser ses pensées parasites pour établir la liaison avec le réseau. Une voix, retentissant dans son dos, le fit tressaillir. Il se retourna, vit un homme s'avancer vers lui. Uniforme gris, ceinturon de cuir où pendaient le fourreau d'un poignard et l'étui d'un revolver, tête nue, paupières lourdes, nez aquilin, quelques fils blancs dans les cheveux mi-longs. Une quarantaine d'années, l'air soupçonneux.

Wang rapprocha lentement la main de la crosse du Colt .45. L'autre s'en aperçut, fut le plus prompt à dégainer et, d'un mouvement du canon, lui ordonna de lever les mains. Le Chinois s'exécuta, guettant le premier moment de flottement pour retourner la situation, mais, à la façon dont son vis-à-vis le regardait, à sa façon de se tenir sur ses jambes, de garder sa concentration tout en restant relâché, il se rendit compte qu'il avait affaire à un maître de la survie.

L'homme releva le casque de Wang à l'aide de son revolver, examina son voyant frontal, esquissa un sourire.

« Tu m'obliges à parler en frenchy, immigré, un langage que je hais. Ton chemin s'arrête ici... »

Le chien du Colt se releva et le barillet commença à tourner sur son axe.

« Tu es le chef de cette armée ? demanda Wang.
– Quelle importance ?
– Je veux rencontrer ton chef.
– Ils ont autre chose à faire que te recevoir.
– Je suis Wang Zangkun, un Chinois de Pologne. Regarde-moi et regarde-toi : qui te ressemble le plus ? un Jaune de mon espèce ou les Occidentaux qui te commandent ? Ma présence dans ton camp n'a pas éveillé la méfiance de tes hommes... »

Le canon piqua vers le sol, le chien se rabaissa.

« Je suis Standing Bear... Ours Debout, chef spirituel de la nation des Miniconjous, du grand peuple des Lakotas. Les Occidentaux ne nous commandent pas. Nous avons accepté le marché qu'ils nous ont proposé.
– Comment appelles-tu quelqu'un qui tue son frère, Ours Debout ?
– Je ne suis pas ton frère, Chinois. Des millénaires et un océan nous séparent.
– Nous sommes frères de condition. Tes ancêtres ont été massacrés par les colons occidentaux, et les Sino-Russes continuent d'être exploités par ces mêmes Occidentaux. Que vous ont-ils offert, à toi et aux tiens ?
– Une terre en compensation de celle qu'ils nous ont volée. »

Ours Debout baissa le bras mais ne relâcha pas pour autant sa vigilance.

« *On leur a injecté une micropuce biologique à leur naissance,* modula le réseau. *Il suffira à l'Organisation occidentale de la santé d'activer une onde satellite pour déclencher un bombardement neurologique et les éliminer.* »

« Je ne crois pas qu'ils aient l'intention de tenir leurs promesses, lança Wang.

— Nous sommes en position de force. Ils ont armé et entraîné trente mille de nos guerriers.

— Ils vous contrôlent à distance grâce aux satellites. N'avez-vous pas reçu des piqûres des médecins de l'O.O.S. à votre naissance ?

— Un vaccin général contre les maladies...

— Une bombe à retardement, qu'ils feront exploser lorsque vous aurez éliminé l'armée des immigrés.

— D'où tiens-tu ces informations ?

— De mes alliés, de ceux qui luttent en ma compagnie pour abaisser le R.E.M. et rendre sa dignité à l'humanité. Si tu m'écoutes, tu ne seras pas obligé de t'exiler, Ours Debout, tu pourras reconquérir la terre de tes ancêtres... Es-tu le chef de cette armée ? »

L'Amérindien fixa son interlocuteur avec une telle intensité que Wang sentit une brûlure s'étendre sur ses pommettes et son front. Il apercevait au second plan des silhouettes qui s'approchaient d'eux.

« Je fais partie du conseil des sages, dit Ours Debout sans que se desserrât l'extraordinaire pression de son regard. Nous prenons nos décisions en collaboration avec un Blanc. Je t'emmène au poste de commande. Si tu as menti...

— Aujourd'hui est un beau jour pour mourir... », coupa Wang avec un sourire.

Ours Debout éloigna d'un coup de gueule les membres de sa tribu qui, intrigués par la discussion entre les deux hommes, avaient dégainé leur Colt, puis, suivi de Wang, il s'engagea dans le couloir situé à l'extrême gauche de la place.

« Ainsi, voici donc le petit scorpion qui m'a empêché de remporter mes dix défis consécutifs ! » s'exclama l'Occidental qui se tenait devant un tableau lumineux représentant un plan de la base.

Ses mâchoires carrées, son cou épais, ses épaules d'une largeur insolite lui donnaient une allure de brute, accentuée par la coupe à ras de ses cheveux blonds. Trois étoiles dorées brillaient au revers du col de sa veste bleu marine.

Une dizaine d'écrans encastrés dans les murs montraient des scènes des combats qui se déroulaient au premier sous-sol. Les hommes des deux camps, accroupis derrière les piliers, ne tiraient plus que de manière sporadique.

Des Amérindiens de tous âges se tenaient assis de chaque côté d'une table rectangulaire. Ils portaient des vêtements que Wang trouvait somptueux, des tuniques et des pantalons de peau brodés de motifs colorés, des parures de plumes noires et blanches dont certaines étaient tellement longues qu'elles retombaient et s'entortillaient sur le sol.

« Tu as déjà entendu parler de moi, démon jaune, continua l'Occidental. Mon nom est Hal Garbett, et ta présence dans ce P.C. m'indique que je tiens ma revanche. Frédric Alexandre, cet ersatz de stratège, ne m'intéressait pas : c'est toi que je voulais combattre.

— Trente mille hommes contre dix mille, des rayons contre des fusils, des gaz contre des grenades... Je n'appelle pas ça une revanche, rétorqua Wang.

— On ne capture pas un serpent à sonnette avec ses seuls doigts, ou alors c'est ta mort qu'il sonnera, dit un proverbe texan. Je ne suis pas regardant sur les moyens : le principal était de te mettre hors d'état de nuire. Lorsque nous montrerons ta tête à tes hommes, ils deviendront aussi faibles que des agneaux. Je me doutais que tu essaierais de refaire le coup que tu as réussi contre cet idiot de Frankij Mœlder mais je ne l'attendais pas si tôt. Cela fait plus de cent ans que nos amis indiens ont choisi de renouer avec leurs anciennes coutumes, et ils seront très honorés de prendre ton scalp. »

Un Amérindien aux longs cheveux blancs et à la parure magnifique s'adressa à Ours Debout en désignant Wang. S'ensuivit un dialogue entre les deux hommes dont ni le Chinois ni l'Occidental ne saisirent un traître mot.

« Ours Debout pense que tu es un être au cœur pur, immigré, dit soudain le vieil Amérindien dans un frenchy hésitant.

— Lui ? ricana Hal Garbett. C'est un tueur de la pire espèce ! Un virus qui n'a en tête que de détruire les défenses de l'Occident.

— Relier ce qui a été séparé, corrigea Wang.

— L'Occident n'avait pas d'autre choix que de se couper du deuxième monde.

— Vous avez nettoyé votre jardin et vous avez déversé toutes vos ordures chez vos voisins. Je viens ouvrir vos portes pour montrer aux peuples du deuxième monde que votre éden n'est qu'un mirage.

— Je n'ai pas de leçons à recevoir d'un chat sauvage ! gronda Hal Garbett. Tuez-le, scalpez-le si le cœur vous en dit, mais débarrassez-moi de lui ! »

Il consulta le tableau lumineux, les écrans, prit conscience de l'immobilité de ses interlocuteurs, se retourna.

« Vous devriez tenir compte de mes ordres si vous voulez un jour voir vos nouvelles terres ! L'Australie est...

— Un continent irradié, invivable ! s'exclama Wang. Ma grand-mère m'a raconté que les Chinois l'ont bombardé de plus de cinq cents missiles nucléaires pendant la guerre des Kangourous ! Si c'est la terre que vous leur avez promise, ils...

— Est-ce que tu vas te taire, maudit scorpion ? » cracha Hal Garbett, les yeux hors de la tête.

Il plongea la main dans la poche de sa veste et sortit un pistolet automatique. Ours Debout voulut à son tour dégainer son Colt, mais l'Américain pivota sur lui-même avec une vivacité étonnante pour un homme de sa corpulence et fit feu, touchant le Miniconjou à l'épaule. Wang mit à profit le court instant de flottement qui s'ensuivit pour, d'un pas de recul, se plaquer contre la cloison et se saisir de son revolver. Il vit, comme dans un rêve, les coiffes de plumes s'agiter dans tous les sens, le bras de Hal Garbett se tendre dans sa direction. Il leva son arme, pressa la détente, mais n'obtint qu'un inoffensif cliquetis. Il avait oublié de vérifier le barillet du Colt après l'avoir récupéré sur le cadavre. Il plongea sous la table dans le même temps qu'aboyait le pistolet de l'Américain. La balle percuta le mur, sur lequel elle abandonna un impact de la grosseur d'un œil, ricocha sur le sol, se logea en bout de course dans le pied d'une chaise. Wang s'accroupit sous la table, fit basculer le barillet sur le côté, constata qu'il ne restait qu'une balle, la plaça en face du percuteur. Les jambes des Amérindiens formaient un rideau ajouré au travers duquel il distinguait les bottes de Hal Garbett. Plus loin, Ours Debout rampait entre les chaises en se tenant l'épaule et en répandant une traînée de sang derrière lui.

« Montre-toi, petit scorpion ! » glapit l'Américain.

Wang dégrafa son ceinturon et le lança devant lui. La boucle crissa sur le sol métallique. Il attendit que l'Américain se déplace vers la source du bruit pour se relever de l'autre côté de la table. Il se redressa lentement, aperçut son adversaire de profil, s'équilibra sur ses jambes, tendit le bras. Hal Garbett se retourna comme un fauve et, un rictus sur les lèvres, pointa son automatique sur le Chinois.

Il n'eut pas le temps de presser la détente. Ses yeux s'agrandirent, ses traits se crispèrent, sa respiration devint sifflante, son sourire se transforma en une grimace de douleur et d'effroi. La pointe d'une lame apparut sous sa pomme d'Adam. Il leva les mains pour essayer de déloger ce fer qui l'empêchait de reprendre son souffle, mais ses gestes se suspendirent et il s'effondra sur la table en exhalant un dernier soupir. Derrière lui se dressait le vieil Amérindien aux cheveux blancs qui brandissait son poignard et qui, même s'il avait perdu sa parure de plumes, était en cet instant un guerrier terrible et magnifique.

Le conseil des sages ne perdit pas de temps en palabres inutiles. L'attitude de Hal Garbett, ce chef brutal que leur avaient imposé les Occidentaux, avait été plus éloquente qu'un long discours. En outre, les paroles de Wang, ce Chinois qu'on leur avait dépeint comme un criminel de la pire espèce, les renvoyaient à la sagesse immémoriale de leurs ancêtres, leur redonnaient un peu de cette fierté qu'ils avaient perdue en acceptant le marché des Blancs – un marché de dupes, si on en croyait cette histoire de micropuces injectées par les médecins de l'O.O.S. Ils décidèrent donc de sceller une nouvelle alliance avec l'armée immigrée, de l'assister dans sa mission, puis de réquisitionner des supersoniques afin de regagner leurs terres. Forts de leur nouvelle puissance militaire, ils déborderaient de leurs réserves, repeupleraient ces plaines et ces montagnes dont ils avaient été autrefois chassés, les partageraient avec les Occidentaux qui accepteraient de respecter la mère Terre et ses enfants. Ils auraient ainsi accompli le grand voyage vers leurs origines qu'ils avaient entrepris cent ans plus tôt, tandis que l'Occident rejetait les trois quarts de l'humanité derrière un rempart qui défiait le ciel. Cheval Boiteux, le chef de la nation des Lakotas, l'homme le plus sage du conseil, se chargea lui-même de mettre fin aux combats qui se poursuivaient au premier sous-sol.

Les autres accompagnèrent Wang au troisième sous-sol, dont le réseau ouvrit sans difficulté le sas d'accès. Ours Debout avait noué un bandage grossier autour de son épaule et avait tenu, bien qu'il eût perdu beaucoup de sang, à faire partie de l'expédition. Une centaine de guerriers des nations navajo, apache, lakota, cheyenne les escortaient, armés de Colt et de couteaux. La plupart d'entre eux avaient retiré leur veste, comme pressés de se débarrasser de ces uniformes qu'ils avaient portés telle une marque d'humiliation.

Ils négligèrent les larges ascenseurs qui, selon toute vraisemblance, communiquaient directement avec la surface de la base, empruntèrent l'escalier droit et débouchèrent, une vingtaine de mètres plus bas, sur un couloir plongé dans un profond silence. Guidé par le réseau, Wang ne mit pas longtemps à trouver la salle où étaient enfermés les chefs d'Etat onosiens. La délégation amérindienne traversa d'abord une enfilade de vestibules où se pressaient des Occidentaux, hommes et femmes, que son passage pétrifiait. Quelques-uns dormaient sur des banquettes, recouverts d'un plaid, d'autres grignotaient des gâteaux secs étalés sur des plateaux. La plupart d'entre eux étaient vêtus à la mode européenne du XIXe siècle. Des régénérateurs d'oxygène et des diffuseurs d'essences rendaient l'atmosphère à peu près supportable. Des lumières indirectes révélaient les formes rebondies des capitons de couleur rouge.

Ils s'introduisirent dans le dernier vestibule, le plus vaste, où s'entassaient les conseillers des délégués à l'O.N.O. La stupeur figea les visages hâves lorsque les Amérindiens s'engouffrèrent dans la pièce. On ne remarqua pas qu'un Chinois marchait au premier rang, on supposa qu'ils venaient mendier quelque faveur supplémentaire pour continuer de protéger le bunker de l'O.N.O.. Les négociations avaient été très délicates avec les *natives*, qui, échaudés par les spoliations dont avaient été victimes leurs ascendants lors de la conquête de l'Ouest américain, avaient multiplié les exigences. Certes, on ne tiendrait pas les promesses, car on les contrôlait grâce aux micropuces qu'on leur avait injectées sous le crâne, mais on devrait faire semblant de composer avec eux jusqu'à l'extermination des mutins immigrés.

Le conseiller principal du président américain, qui avait mené les négociations, s'interposa devant les intrus.

« La bataille est finie, messieurs ? demanda-t-il en resserrant son nœud de cravate d'un geste machinal.

– Il ne nous reste qu'une formalité à remplir », répondit Wang.

C'est alors seulement que le conseiller remarqua le voyant frontal éteint de son interlocuteur et fit le rapprochement avec le jeune Sino-Russe qui menait la rébellion immigrée. Ses traits déjà crispés par la fatigue se tendirent un peu plus. Il se rendit compte, tout à coup, que les Amérindiens se promenaient torse nu et qu'ils le dévisageaient sans aucune aménité. Il se remémora les antiques westerns qui encombraient les vidéothèques des grands sensoramas et se sentit dans la peau du fermier que les Rouges aux trognes féroces s'apprêtaient à scalper.

« Quelle formalité ? » bredouilla-t-il.

Wang le saisit par le bras, l'écarta sans ménagement et, ne tenant aucun compte de ses protestations, se dirigea d'un pas résolu vers la porte de la salle des réunions.

Wang fixa un à un les huit délégués de l'O.N.O.. Les chefs amérindiens se tenaient légèrement en retrait, comme pour montrer aux responsables occidentaux qu'ils le reconnaissaient désormais comme leur seul interlocuteur.

« On dirait, monsieur Rosberg, que tout ne se déroule pas comme prévu... », insinua Emilian Freux, qui ne cherchait pas à dissimuler le plaisir que lui procurait cette constatation.

Le président américain se leva et fixa les chefs des nations amérindiennes.

« Ne me dites pas, messieurs, que cette crapule jaune a réussi à vous retourner contre nous ! siffla-t-il.

— Nous sommes aussi des Jaunes, monsieur, dit Ours Debout. Les Jaunes de l'Ouest. Et nous ne voulons pas devenir des Jaunes qu'une onde satellite exterminera dès que vous aurez été débarrassés de vos immigrés.

— Qui vous a fourré cette idée en tête ? Si c'est ce...

— L'Australie, hein ? l'interrompit Massimo Pietri d'un ton narquois. Des bisons et des chevaux modifiés génétiquement... Vous vous êtes bien foutu de ma gueule, *signor* Rosberg.

— Combien ? demanda William McHale, qui ressemblait à un mannequin de cire avec ses yeux fixes et sa peau d'un blanc cadavérique.

– Combien quoi ? » feignit de s'étonner Wang.

Le Premier ministre anglais se leva à son tour, sans doute pour donner plus de solennité à sa proposition.

« Vous avez une idée de ce qu'est l'argent, je présume... Quelle somme serait susceptible de...

– Des milliards d'ox ne suffisent pas à acheter la dignité.

– Et des milliards d'ox avec une garantie de retour dans votre pays d'origine ? renchérit Moshe Fromowitz, le président israélien.

– Je me passerai de vos services pour retourner chez moi.

– Que voulez-vous, alors ? vitupéra Petral von Winsdorf, le chancelier allemand.

– Que vous m'ouvriez le bunker, répondit Wang.

– Hors de question ! glapit Samuel Rosberg. Aucun d'entre nous ne vous suivra, vivant, devant l'identificateur A.D.N.

– Toujours cette tendance à parler pour les autres, Samuel », dit Emilian Freux.

Les deux hommes se dévisagèrent pendant dix secondes sans qu'aucun consente à baisser les yeux.

« Vous seriez prêt à... trahir l'Occident ? demanda Rosberg d'une voix à peine audible.

– Je suis prêt à me mettre en conformité avec ma conscience. Cela fait plus de trente ans que j'aurais dû, selon vos propres termes, trahir l'Occident. Notre monde a cessé de vivre depuis trop longtemps...

– Vous resterez dans l'histoire comme l'homme qui aura permis à la barbarie de triompher de la civilisation.

– Gardez vos grandes envolées pour vous. Nous resterons tous dans l'histoire comme les complices de la plus grande injustice et du plus grand crime de tous les temps. »

Il se tourna vers Wang.

« Suivez-moi, jeune homme. »

Et il se dirigea vers la porte sans un regard pour ses pairs effondrés sur leur chaise.

CHAPITRE XIX

UN PONT SUR LE CIEL

Tout ce qu'il a, l'homme de vertu s'en sert pour aider les autres. Ayant tout épuisé, il reçoit davantage et donne tout. Quand il a tout donné, il possède encore plus.

Le Tao Te King

Emilian Freux glissa la main dans l'identificateur cellulaire. Tandis qu'une minuscule aiguille s'enfonçait dans sa paume pour effectuer l'analyse, il lança un bref regard sur Wang et les Amérindiens qui se pressaient dans l'étroit couloir. La dernière visite du président français au bunker remontait à plus de trente ans, après l'investiture de son premier mandat, et pourtant il se souvenait avec une précision étonnante des images, des sons, des odeurs. La gestion de la matrice centrale était confiée à un groupe d'experts et de militaires de l'O.N.O., mais les transfuges du réseau sensolibertaire avaient leur propre autonomie et le travail de la cellule onosienne se limitait à l'entretien des générateurs énergétiques et la vérification des données. La lumière crue du couloir accentuait l'air farouche des guerriers amérindiens, qui, Freux s'en rendait compte pour la première fois, présentaient des caractéristiques physiques très proches de celles du capitaine de champ de l'armée de Frédric Alexandre.

Le sas pivota sur ses gonds et vers l'intérieur au bout d'une trentaine de secondes. Freux retira sa main de l'identificateur et, d'un large geste du bras, invita ses accompagnateurs à s'introduire dans le bunker.

Wang franchit le seuil du sas, suivi d'Ours Debout et du président français. Il ne put retenir une exclamation de surprise lorsqu'il découvrit l'immense salle, éclairée par d'invisibles sources de lumière. Il se crut revenu quelques semaines en arrière, à Rabastens. Le bunker de l'O.N.O. ressemblait étrangement à la ruche albigeoise : des passerelles et des toboggans formaient une structure géométrique complexe au centre de laquelle régnait une sphère d'une vingtaine de mètres de diamètre. Des formes claires et immobiles se devinaient dans les compartiments plongés dans un clair-obscur diffus.

Wang s'avança de quelques pas sur la passerelle qui montait en pente douce vers la sphère, s'arrêta devant le premier nid et s'accroupit pour en observer ses occupants. Leurs altérations physiques n'étaient pas les mêmes que celles des membres du réseau sensolibertaire. Leur cou atrophié semblait incapable de soutenir leur tête, qui penchait sur le côté. De même, ils ne possédaient pas d'antennes sur tout le corps mais des excroissances arrondies, brunes, qui ressemblaient aux bubons des malades de la peste polonaise que Wang avait entrevus lors d'un voyage à Opole. Entièrement glabres, ils avaient perdu une grande partie de leur masse musculaire et graisseuse, ce qui leur donnait l'air de squelettes habillés de peau. Certains avaient gardé les vestiges de leurs organes sexuels, masculins ou féminins, d'autres ne pouvaient pas être différenciés, mais tous étaient maintenus au plancher métallique des compartiments par des lanières qui leur entravaient le bassin et les jambes. Leurs yeux globuleux fixaient le Sino-Russe et les Amérindiens – qui s'étaient approchés à leur tour et contemplaient ces êtres difformes avec un mélange de curiosité, de dégoût et de compassion – sans aucune expression.

« *Les anciens frères*, modula la ruche. *L'O.N.O. n'a pas la même conception de l'engagement que le réseau, d'où ces entraves. Les transfuges ont créé leur molécule en partant des mêmes connaissances que les nôtres – le global sens, l'échange des données – , mais ils ont suivi leur propre voie d'évolution. Ils sont devenus notre envers, l'en-bas de notre en-haut, le yin de notre yang, le sillage chaotique de notre évolution. Nous devons les éliminer si nous voulons poursuivre notre aventure, ou c'est eux qui nous élimineront. Lorsque nous aurons émigré dans l'espace, d'autres frères se détacheront de nous, d'autres en-bas se formeront sous d'autres en-haut, notre yang entraînera d'autres yin, notre yin engendrera d'autres yang, car toute existence est bâtie sur la fission, sur la dualité, mais nous aurons sauvegardé nos acquis. Nous voulons... survivre.* »

Et eux, pensa Wang, pourquoi n'auraient-ils pas le droit de survivre ?

« *Ils en ont le droit, comme toute créature vivante ici-bas. Mais ils commandent le* R.E.M., *les ordinateurs de surveillance des immigrés, ils gèrent l'Organisation occidentale de la santé, les banques d'organes, le système monétaire, les subterraneus et les aérotrains, les sensoramas, les satellites... Les chiens de garde de l'O.N.O. sont devenus les maîtres. Ils ont réalisé le vieux rêve des élites occidentales de tenir l'humanité sous leur coupe.* »

Ils ne gouvernent ni la R.P.S.R., ni la G.N.I., ni l'AmSud...

« *S'ils maintiennent l'équilibre actuel, c'est qu'ils en tirent un bénéfice. Ils se servent des gouvernements en place pour atteindre leur but.* »

Comme vous avec moi !

« *Nous t'avons informé, Wang, nous avons respecté ta liberté. Eux métamorphosent les hommes en simples exécutants...* »

« La commande du R.E.M. se trouve au centre de la structure, déclara Freux. Elle était manuelle autrefois, pour pallier les éventuelles carences technologiques, mais les choses ont bien changé depuis les années 2100. L'O.N.O. a eu tort de confier la gestion du bunker à ces créatures du diable. La paresse nous a conduits au bord du gouffre. »

Wang se releva et emboîta le pas au président français, qui se dirigeait vers la sphère. Les Amérindiens serraient avec nervosité la crosse de leur Colt ou le manche de leur couteau. Ils se rendaient compte qu'ils avaient failli défendre un repaire secret qui représentait tout ce qu'ils détestaient : l'artifice, l'enfermement, la déformation, autant de supplices infligés à cette mère

Terre qui aimait porter des enfants libres de courir comme le vent. C'était à leurs yeux l'aboutissement du cauchemar occidental, qui avait commencé avec l'irruption des colons, s'était poursuivi par la guerre, les traités humiliants, l'extension du chemin de fer, la domestication de la terre, la croissance des villes...

Des images se succédaient sur la paroi convexe de la sphère, comme dans la ruche albigeoise. Une femme immigrée menaçait d'un couteau un Occidental qui, les pantalons sur les genoux, avait tenté d'abuser d'elle. Son voyant s'éteignit, elle lâcha le couteau et, les yeux exorbités, elle s'effondra sur une table.

« *Ordinateur interactif de surveillance de l'immigration*, modula le réseau. *C'est ce système que nous avons en partie neutralisé pour éteindre les voyants des vingt mille combattants des armées uchroniques. Nous avons failli rater notre coup, comme tu as pu t'en rendre compte dans le camp de Larrie Big-Bang : les transfuges avaient installé une nouvelle protection sur le fichier central des immigrés, et il nous a fallu plus de temps que prévu pour démanteler leur défense.* »

« Là, dit Freux. Vous voyez ? »

Wang devina une masse grise et fixe à l'intérieur de la sphère en dépit des images qui s'y succédaient à une cadence effrénée. Elle ressemblait au tableau de commande d'un supersonique posé sur un socle circulaire, même si une épaisse couche de poussière empêchait les voyants lumineux de briller.

Ours Debout s'approcha à son tour de la paroi transparente et en éprouva la consistance avec la pointe de son couteau. Il ne réussit pas à érafler le matériau, qui semblait encore plus compact que le diamant. Une odeur d'acide imprégnait une atmosphère que les régulateurs ne parvenaient pas à renouveler.

« La matrice s'est épaissie depuis la dernière fois où je suis entré dans cette salle, reprit Freux.

– Vous n'avez aucune idée du moyen d'atteindre le tableau ? » demanda Wang.

Le président français secoua la tête sans détacher son regard du tableau.

« Nos... techniciens, tous d'anciens membres du réseau sensolibertaire, ont visiblement décidé que c'était à eux, et à eux seuls, de décider de l'avenir de l'Occident.

– Ils vous ont pourtant ouvert la porte...

– L'identificateur cellulaire ne dépend pas du bunker. Une précaution de l'un de mes prédécesseurs, je suppose, un homme prévoyant... »

« *Un auxex du réseau a réussi à se glisser dans l'entourage du président Alabir en 2132 et, sur nos conseils, lui a suggéré de découpler l'identificateur et la matrice centrale* », modula la ruche.

La sphère s'emplit tout à coup d'un bleu éclatant qui éclaboussa tout le cœur du bunker.

« *Ils ne pensaient pas que tu parviendrais à retourner les Amérindiens contre l'Occident. Ils chargent la matrice en bioénergie pure pour vous désintégrer.* »

On fiche le camp ?

« *Vous devez tous les tuer. Moins ils seront nombreux et moins ils produiront d'énergie.* »

Mais... la sphère ?

« *Plus tard, la sphère. Ils vont tenter le tout pour le tout, jeter leurs dernières forces dans la bataille.* »

Les tuer... comment ?

« *Au couteau, au revolver, à mains nues, peu importe...* »

Est-ce que vous ne seriez pas en train de...

« *Il ne vous reste que très peu de temps...* »

Comme pour confirmer la modulation du réseau, le bleu de la sphère devenait de plus en plus étincelant, de plus en plus menaçant.

« Qu'est-ce que c'est que... commença Emilian Freux.

– Tuez tous les occupants des compartiments ! » hurla Wang à l'intention des Amérindiens.

Disséminés sur la passerelle centrale, ils se consultèrent du regard, pas certains d'avoir bien entendu – il n'y avait aucune raison de massacrer ces créatures en apparence inoffensives. Puis, alors que le Sino-Russe avait déjà dégainé son Colt et se ruait vers le premier compartiment, la lumière bleue déborda de la sphère et la température augmenta d'une dizaine de degrés à l'intérieur du bunker.

Wang pointa le revolver sur une forme immobile et pressa la détente. Lorsque la balle fracassa le crâne du malheureux, il prit conscience de l'horreur de son geste et des hoquets de colère lui soulevèrent la poitrine. Il avait l'impression de tirer sur des nouveau-nés attachés dans leur berceau. Les circonstances l'avaient finalement conduit à devenir l'exécuteur qu'il avait refusé d'être pour Assöl le Mongol. Il avait beau se dire que ces mutants de cauchemar maintenaient des milliards d'êtres humains dans l'ignorance et la misère, il ne réussissait pas à les considérer comme de véritables adversaires. Une langue de chaleur intense lui lécha la nuque et l'entraîna à presser la détente une seconde fois. Les yeux brouillés de larmes, il toucha une créature auréolée de lumière bleue dans la région du cœur. Une femme, autrefois. De la même manière que son compagnon quelques secondes plus tôt, elle partit en arrière et tomba sur le dos. Ses jambes et son bassin restèrent rivés au plancher par les lanières, et elle se pétrifia dans la position d'une contorsionniste qui aurait trouvé la mort au beau milieu de son numéro.

« *Plus vite*, modula le réseau. *Au rythme auquel monte la chaleur, vous serez morts dans deux minutes, et le bunker se refermera à jamais sur lui-même...* »

Wang vida son barillet et rechargea aussi rapidement que possible. Les Amérindiens comprirent à leur tour que les transfuges du réseau leur menaient la guerre à leur façon et ils se répartirent silencieusement sur les passerelles environnantes. Les uns utilisèrent leur revolver, les autres leur couteau. Ils pénétraient à l'intérieur du nid, se plaçaient derrière les transfuges, leur tranchaient la gorge d'un coup sec. Un sang épais, visqueux, presque noir, coulait des entailles béantes. La chaleur continuait de grimper, transformait le bunker en un gigantesque four. Wang avait l'impression que des épingles enflammées s'enfonçaient dans ses ongles et lui transperçaient les oreilles. Il se vidait de son eau à une vitesse effarante, et ses vêtements détrempés l'entravaient dans ses mouvements. Il tirait maintenant au jugé, sans prendre le temps de viser, rechargeait son barillet avec une précipitation qui rendait ses gestes maladroits, courait vers un autre compartiment, recommençait son odieux manège. Il accomplissait cette succession de gestes dans un état second, conscient qu'il était aussi monstrueux que ses victimes. Lorsqu'il arrivait au bout d'une passerelle, il se hissait sur une plus haute à la force des bras. Tétanisé par l'effort, il lui fallait ensuite une bonne vingtaine de secondes pour éjecter les douilles et recharger son arme. Ses mains tremblaient, la lumière aveuglante l'obligeait à baisser les paupières, le ralentissait dans l'étrange course de vitesse qu'il avait engagée avec les transfuges du réseau. Il se demanda s'ils se sortiraient indemnes de la terrible vague de chaleur qu'ils avaient eux-mêmes déclenchée.

« *Ce sont d'anciens sensolibertaires*, modula la ruche. *Comme nous, ils ont modifié leurs gènes pour tenter l'aventure de l'espace, pour supporter des conditions extrêmes.* »

Comment ont-ils pu quitter les ruches ? Ils avaient encore la possibilité de se servir de leurs jambes ?

« *Ils proviennent tous d'arches ou de ruches infiltrées par les agents de la Pieuvre.* »

L'index de Wang s'engourdissait à force de presser la détente. Les mutants regardaient arriver leur mort avec une indifférence apparente et déroutante que démentait la fournaise ambiante.

La Pieuvre n'a aucun pouvoir réel, alors ?

« *Tu es à l'intérieur de son ventre, Wang. Le bunker* EST *la Pieuvre et les hommes de l'O.N.O. ses tentacules.* »

Il lui sembla que la lumière déclinait un peu, que la chaleur se faisait moins accablante. Saisi d'un regain de courage, il se dirigea au pas de course vers un nid où se tenaient cinq occupants, soudés les uns aux autres comme des frères ou des sœurs siamois. Ils avaient fini par former une entité unique, reliée par des lambeaux de peau. Leur apparence avait quelque chose de grotesque, de pitoyable, et c'est avec un sentiment de compassion qu'il les tua tous les cinq d'une balle dans le crâne. Bien que leur sang ne l'éclaboussât pas, il s'en sentait couvert de la tête aux pieds.

La lumière faiblit nettement et la chaleur baissa d'une dizaine de degrés. L'étau se desserra autour de la poitrine et de la gorge de Wang. Il s'arrêta, regarda autour de lui, s'aperçut que les Amérindiens disséminés dans la structure avaient pratiquement nettoyé tous les nids. Il vit Ours Debout sur la passerelle voisine. Le Miniconjou avait perdu son bandage et la blessure de son épaule s'était remise à saigner. Son revolver pendait au bout de son bras, comme s'il n'avait plus la force de le relever.

« Cette boucherie me répugne, dit-il après avoir croisé le regard de Wang. Nous avons une autre conception de la guerre. J'espère sincèrement que nous avons agi dans l'intérêt de la Terre...

– Je l'espère aussi... »

Tandis que retentissaient les derniers coups de feu, Wang redescendit vers le centre du bunker. Emilian Freux n'avait pas bougé de sa place et, bien que son teint eût viré au rouge écarlate, qu'il eût retiré sa redingote, desserré son nœud de cravate et ouvert le col de sa chemise, il paraissait avoir supporté la vague de chaleur sans dommages.

« On dirait qu'elle a diminué d'épaisseur », murmura-t-il d'une voix mal assurée.

Wang remisa son Colt dans son étui puis examina la sphère. Les images qui la traversaient étaient floues, ternes. Il discerna toutefois des hommes et des femmes reliés par des capteurs, qui s'abandonnaient à un don-sens. Cette scène lui rappela les vues des arches primitives que lui avait montrées la ruche albigeoise. Au moment de leur agonie, les transfuges s'étaient reconnectés à leur ancienne base de données, comme pour exprimer un ultime regret avant de disparaître. Wang constata également que l'enveloppe de la sphère devenait de plus en plus fine, au point même qu'il douta un instant de son existence.

« *L'énergie cérébrale cristallisée en un matériau interactif*, modula le réseau. *Assemblé et maintenu en cohérence absolue par les échanges.* »

Une faible lueur traversa la sphère, s'estompa tout à coup, puis les lumières s'éteignirent et le bunker fut plongé dans une obscurité dense que ne parvenaient pas à transpercer les ternes éclats du tableau de commande.

« *Il ne te reste qu'une chose à faire : enfoncer la manette qui commande à la fois le R.E.M. et la toile d'araignée des satellites.* »

Pourquoi le rideau est-il relié aux satellites ?

« *Ils font partie du même programme de surveillance du territoire occidental. En outre les satellites permettent aux météorologues de modifier à loisir le climat. Nous pouvions lutter sur certains plans avec la matrice centrale de l'O.N.O. mais nous avions besoin d'un auxex, d'une main pour abaisser ce levier...* »

Ses yeux s'accoutumant à la pénombre, Wang distingua la masse sombre du tableau posé sur son socle, les yeux à demi éteints des voyants empoussiérés, les Amérindiens figés sur les passerelles.

« Je crois que l'honneur vous revient d'ouvrir ce rideau, déclara Freux d'un ton empreint de solennité. Donnez-moi votre revolver, je vous prie. »

Wang leva un regard perplexe sur le président français.

« Rassurez-vous, jeune homme, je ne vais pas vous tirer dans le dos, ajouta Freux avec un large sourire. J'en ai simplement besoin pour accomplir ma dernière œuvre... »

Wang hocha la tête et lui remit son Colt en le tenant par le canon.

« Faites attention, dit-il avec un demi-sourire. Il est chargé. »

Puis il s'avança à pas lents vers le tableau de bord. Il n'eut pas besoin de l'assistance du réseau pour repérer la manette. Davantage qu'une manette d'ailleurs, il s'agissait d'un champignon de couleur rouge qu'il fallait presser comme une touche d'ordinateur antique. La simplicité de ce système avait visiblement été voulue par ses concepteurs pour réduire les probabilités de panne et permettre aux dirigeants occidentaux de réagir rapidement en cas d'urgence. La carrosserie métallique contenait sans doute une multitude de fils qui s'enfonçaient sous la base et communiquaient avec les générateurs d'énergie électromagnétique.

« *Les premiers relais se trouvent effectivement sous la base*, modula le réseau. *Mais les véritables générateurs ont été disséminés un peu partout sous le R.E.M. Ils s'autodétruiront lorsque tu appuieras sur la manette principale. Les autres boutons ne servent qu'à couper des circuits partiels.* »

Wang leva la main et la maintint pendant quelques secondes au-dessus du tableau horizontal, comme s'il voulait donner de l'importance à ce geste banal, dérisoire, qui aurait dû le remplir d'un bonheur immense. Il eut le pressentiment qu'il ne reverrait plus grand-maman Li, et des frissons glacés lui parcoururent le corps.

Puis, contenant ses larmes, il appuya de toutes ses forces sur le champignon, qui s'enfonça dans sa cavité après quelques secondes de résistance.

Une détonation retentit. Il se retourna, vit s'affaisser le président Freux, le canon du pistolet coincé dans la bouche. La balle lui avait creusé un trou de six ou sept centimètres de diamètre au sommet du crâne.

« *Tu as réussi, Wang.* »

Il ressentit de la joie dans la modulation du réseau, mais il n'avait pas le cœur à se réjouir. Il n'avait plus qu'une seule envie : quitter au plus vite cet endroit de mort et de désolation.

« Regardez ! » cria Tzing.

Les chefs de la résistance de Grand-Wroclaw, Vo Van Anh le Vietnamien, San Win le Birman et Nouhak Souphamane le Laotien, s'écartèrent pour dégager la vue à grand-maman Li et se tournèrent dans la direction indiquée par la jeune Chinoise. La neige commençait à fondre sous le frêle soleil de mars et des sillons verts se creusaient sur le moutonnement blanc.

« Enfin... », murmura grand-maman Li.

Tout l'hiver, elle avait lutté contre la maladie qui la rongeait pour assister à ce spectacle : le R.E.M. pâlissait, absorbé peu à peu par le ciel, et son grésillement n'était plus désormais qu'un murmure emporté par le vent.

Les hommes poussèrent des cris de joie, levèrent leur fusil, leur pistolet ou leur P.-M., tirèrent des coups de feu en l'air. Ils s'immobilisèrent et gardèrent le silence lorsque la muraille bleutée eut totalement disparu, comme paralysés par ce vide soudain. Tzing lança un regard inquiet en direction de grand-maman Li. La vieille femme souriait, mais ses yeux clos, la fixité de son visage, le léger déséquilibre de son corps sur le fauteuil à bascule montraient qu'elle avait cessé de se battre. L'œuvre accomplie, elle était partie sans un bruit, avec la discrétion qui l'avait toujours caractérisée, sans oser déranger ces hommes qui lui vouaient une admiration proche de l'idolâtrie. Tzing se mordit les lèvres jusqu'au sang mais ne put se retenir de pleurer. Même si grand-maman Li l'avait certes préparée à son départ, elle s'était tellement attachée à la vieille femme qu'elle avait l'impression de perdre sa mère une deuxième fois. Elle tomba à genoux dans la neige et ses larmes se transformèrent en de lourds sanglots. Il lui restait encore à réaliser les dernières volontés de la grand-mère de Wang avant d'entreprendre le voyage vers cette Chine qu'elle ne connaissait pas.

Lorsque leurs voyants frontaux se furent tous éteints, les immigrés ne se livrèrent pas aux pillages et aux exactions dont sont coutumiers les anciens opprimés. Non qu'ils fussent meilleurs ou plus sages que les autres hommes, mais ils étaient pressés de quitter l'Occident, de sortir au plus vite de ce cauchemar qu'était devenu le rêve occidental, de retourner dans leur pays d'origine pour y reconstruire leur vie. Les hommes et les femmes qui se hâtent de fuir un pays honni ne s'encombrent pas d'objets ou d'argent inutiles. Ils n'avaient pas non plus envie de se venger, comme s'il leur suffisait d'emporter dans leurs souvenirs les visages tragiques de leurs anciens maîtres. Les aérotrains et les subterraneus s'étant arrêtés, ils s'en allaient à pied à travers les pays d'Europe, utilisant d'antiques bateaux pour traverser la Manche entre l'Angleterre et la France. Ils se servaient, pour se nourrir, dans les magasins désertés par leurs propriétaires ou dans les fermes laissées à l'abandon.

Les conditions météorologiques ne facilitaient pas leur longue marche vers la liberté, mais leur enthousiasme les aidait à supporter les pluies glacées ou les averses de grêle qui tombaient d'un ciel instable. L'été s'était arrêté avec la disparition du R.E.M. et la neutralisation des satellites, et, même si on était en mars, l'hiver avait opéré un retour en force.

En accord avec le gouvernement de crise, les Amérindiens réquisitionnèrent une cinquantaine de supersoniques pour rapatrier leurs trente mille hommes aux Etats-Unis. Comme ils formaient dorénavant l'armée la plus puissante de l'Occident, les chefs d'Etat de l'O.N.O. leur avaient proposé de défendre, contre forte rétribution, les frontières méridionales européenne – où l'on craignait une invasion des armées de la G.N.I. – et américaine – où les millions de miséreux entassés le long de l'ancien R.E.M. risquaient de déferler sur les Etats-Unis et le Canada – mais le conseil des tribus avait refusé la proposition.

« Nous nous contenterons de défendre nos frontières si on les attaque, avait déclaré Cheval Boiteux.

– Quelles... quelles frontières ? s'était étranglé Samuel Rosberg.
– Celles que les nations amérindiennes délimiteront... »

Kamtay trouva du kérosène en grande quantité à l'aéroport de Paris et de nombreux hélicoptères ramenèrent des Sino-Russes, des Islamiques ou des Sudams dans leur pays d'origine. A bord de *L'Aigle d'Orient* – et en compagnie de Belkacem, bien que celui-ci eût juré à plusieurs reprises de ne jamais remettre les pieds dans ce foutu bidon volant –, Wang et lui se rendirent à Londres afin d'y chercher Lhassa.

La jeune femme fut d'abord effrayée par le rugissement de l'Iroquois qui se posait dans le parc de la demeure du West West-End. Puis, lorsqu'elle aperçut Wang, elle sortit de la maison et courut se jeter dans ses bras. Ils restèrent enlacés un long moment sous les regards complices de Kamtay et de Belkacem, qui s'efforçait de composer une figure présentable devant la Tibétaine malgré les deux heures d'épouvante passées dans le ventre de l'hélico.

Elle avait maigri. Un auxex du réseau était venu la chercher quelques jours plus tôt et l'avait emmenée à la ruche de Cambridge.

« Ces... gens m'ont dit que j'allais subir une opération destinée à me réimplanter des ovaires, murmura-t-elle en baissant la voix pour exclure le Soudanais et le Laotien de la confidence. Ils les ont reconstitués grâce aux cheveux que m'a réclamés Delphane lorsqu'elle est passée ici.

– Delphane ? s'étonna Wang.

– Elle m'a dit que tu lui avais parlé de moi, qu'elle avait eu envie de faire ma connaissance. Ils m'ont opérée. Je n'ai rien senti, je n'ai même pas de cicatrice, mais hier soir, je... j'ai perdu mon sang. Je suis de nouveau féconde, Wang. »

Elle le regarda avec une telle ferveur que des larmes

lui vinrent aux yeux. Un éclat de soleil entre deux passages nuageux fit briller pendant une fraction de seconde son voyant frontal.

« Mais tu es revenu, mon amour, et je ne parle que de moi, reprit-elle en lui caressant tendrement les cheveux.

– Nous aurons tout le temps de parler, Lhassa. Quand nous serons rentrés chez nous. »

Elle le fixa avec un air de gravité qui le bouleversa.

« Nous n'avons pas encore décidé où c'était, chez nous... »

Il fouilla dans la poche de sa redingote – il avait choisi des vêtements dans une boutique des Champs-Elysées ; les vendeurs, terrorisés, n'avaient rien fait pour l'empêcher de les emporter –, tendit le bras, ouvrit les doigts sur le petit éléphant au placage doré de plus en plus écaillé.

« Il décidera pour nous... »

« *Nous partons dans deux heures* », modula le réseau.

Je vous remercie pour Lhassa...

« *Echange de services.* »

Est-ce que vous souhaitez me revoir avant votre départ ?

« *Ce ne sera pas nécessaire. Nous essaierons de rétablir la communication avec toi depuis le monde où nous aurons choisi de nous établir. Tu as été notre pont sur le ciel, Wang.* »

Bonne chance à vous.

« *Bonne chance à toi.* »

Deux heures plus tard, accoudé au balcon de son appartement du Marais, Wang eut la sensation d'entrevoir des lueurs furtives dans la voûte céleste délavée par les giboulées, de percevoir des grondements lointains, mais il ne sut jamais s'il avait réellement assisté à l'envol des ruches.

Belkacem se dandina d'une jambe sur l'autre, comme un enfant intimidé. Les pales de *L'Aigle d'Orient* sifflaient en cadence. Le Soudanais n'emportait qu'un sac où il avait entassé des vivres, un revolver, des munitions et des vêtements de rechange. Kamtay s'était détourné avec brusquerie pour écourter les adieux et s'était réfugié dans la cabine de pilotage de l'hélicoptère. Lhassa attendait dans le compartiment.

« Un pilote sudam qui a fait l'aller-retour sur l'île des Jeux m'a dit que Frédric Alexandre et Larrie Big-Bang avaient été retrouvés crucifiés sur la cloison d'un baraquement, déclara Belkacem.

— A force de jouer avec la guerre, on finit par en subir les conséquences, dit Wang d'un ton où ne perçait aucune émotion. Tu es sûr de vouloir rentrer à pied ? Tu trouverais certainement un hélicoptère pour l'Afrique. Je te croyais pressé de rejoindre ta femme et tes enfants.

— Ils ne me reconnaîtraient pas si je faisais le voyage là-dedans ! Je les ai quittés noir de peau, et ils me retrouveraient aussi jaune que toi... »

Le sourire du Soudanais ne masquait pas sa détresse.

« Attention aux armées de la G.N.I., lança Wang.

— A mon avis, elles ne bougeront pas. La disparition du R.E.M. et le retour des immigrés pousseront les soldats islamiques à l'insoumission. Le monde aspire à vivre en paix...

— Eh bien, le moment est venu de nous dire au revoir.

— Adieu, tu veux dire. Je ne crois pas que nous aurons le plaisir de nous revoir un jour.

— Quoi qu'il en soit, tu resteras gravé là, dit le Sino-Russe en posant la main sur son cœur.

— A mes enfants je parlerai de toi comme de l'ami dont rêve chaque homme sur cette terre... »

Belkacem étreignit Wang avec force, avec brutalité presque, puis, sans ajouter un mot, il pivota sur lui-même, s'éloigna d'une allure décidée et, sans se retourner, disparut à l'angle de la première rue.

L'Iroquois survola un long moment les baraquements. La multitude comprit qu'elle devait s'écarter pour lui faire de la place et il se posa sur la terre en projetant des éclats de boue. Les soldats de l'armée de résistance ne savaient pas quel mode de transport utiliserait Wang pour revenir à Grand-Wroclaw, mais cela ne les empêchait pas de se réunir tous les jours devant la maison de grand-maman Li pour attendre son retour.

Kamtay avait dû se poser en Allemagne pour refaire le plein en kérosène. Il avait pris la précaution de prévoir des réserves de carburant avant de quitter Paris – les conteneurs pourtant étanches répandaient une odeur suffocante dans le compartiment – mais il avait atterri sur l'aéroport de Nuremberg et avait exigé, revolver en main, que les techniciens au sol lui fournissent le précieux pétrole lampant. Il comptait pousser l'appareil jusqu'au Laos, où il envisageait de participer à la reconstruction de son pays natal, et il lui fallait épargner ses réserves.

Des vivats et des coups de feu saluèrent l'apparition de Wang par l'ouverture du compartiment. Il fut happé par la foule, porté jusqu'à l'entrée de la maison, déposé devant le seuil de la porte, poussé dans le vestibule. L'odeur familière le ramena instantanément plusieurs années en arrière. Les fenêtres étaient restées calfeutrées et des bougies diffusaient un éclairage tremblant. Il aurait voulu disposer d'un petit moment de solitude pour se recueillir devant l'autel, pour remercier les ancêtres de l'avoir gardé en vie, mais ces hommes et ces femmes armés de fusils le considéraient visiblement comme leur héros et ne voulaient pas le lâcher d'une semelle – il devinait l'influence de grand-maman Li dans cette adoration.

Il chercha du regard la vieille femme parmi les nombreux occupants de la maison. Il avait espéré jusqu'au dernier moment s'être trompé, n'avoir jamais eu ce pressentiment mais, lorsqu'il vit l'urne funéraire dans les mains d'une jeune Chinoise qui le dévisageait avec une expression d'admiration et de compassion, il comprit qu'il était arrivé trop tard.

Tzing s'avança vers le petit-fils de grand-maman Li. Elle ne l'avait jamais vu mais la vieille femme le lui avait décrit avec une telle précision qu'elle le reconnut sans l'ombre d'une hésitation.

« Ta grand-mère m'a demandé de te remettre ses cendres », dit-elle en lui tendant l'urne.

Un silence profond retomba sur la maison et sur les alentours. La solennité de la scène exigeait du recueillement et, malgré leur excitation, malgré leur ignorance de la plupart des traditions, les Sino-Russes de Grand-Wroclaw respectaient spontanément certaines coutumes.

Wang se saisit du récipient. Curieusement, il n'avait pas envie de pleurer en cet instant, non pour dissimuler sa peine devant ces gens, mais parce qu'il était baigné d'une sérénité qu'il n'avait jusqu'alors jamais ressentie.

« Elle m'a dit aussi que tu devras les disperser là où tu t'établiras pour continuer la lignée, reprit Tzing.

— Je te remercie d'avoir pris soin d'elle, dit Wang.

— C'est toi qui l'as maintenue en vie pendant toutes ces années. Je n'ai fait que lui servir de confidente... »

Il se rendit compte que cette jeune Chinoise avait noué avec la vieille femme un lien beaucoup plus solide qu'elle ne voulait l'avouer, mais qu'elle restait volontairement en retrait. Elle appliquait à la perfection ce principe fondamental du Tao de la Survie qui recommandait la discrétion à ses disciples.

« Elle m'a dit aussi... (la jeune fille se haussa sur la pointe des pieds, approcha la bouche de l'oreille de son vis-à-vis pour lui chuchoter la suite) qu'il te fallait maintenant chercher la voie de la Vie, le Tao du Ciel... »

Wang hocha la tête et sourit à Tzing. Trois hommes se détachèrent des rangs, s'approchèrent et se présentèrent comme les responsables de la résistance dans l'agglomération de Grand-Wroclaw.

« Cette armée n'attendait que son général en chef, dit Vo Van Anh.

– Nous sommes prêts à te suivre où tu décideras de nous conduire, renchérit San Win.

– De Moscou à Pékin si nécessaire ! » ajouta Nouhak Souphamane.

Il les fixa à tour de rôle avant de leur répondre.

« J'ai accompli l'œuvre pour laquelle ma grand-mère m'a dépêché de l'autre côté du R.E.M., c'est à vous d'accomplir la vôtre, dit-il d'une voix posée. Rassemblez tous ces hommes, ces femmes, ces enfants qui croupissent dans ces taudis et organisez le grand retour. Vous coulerez d'abord comme un ruisseau, puis vous deviendrez une rivière et enfin un fleuve qui emportera tout sur son passage, les néo-triades, le gouvernement de l'axe Pékin-Moscou, les pillards, les charognards... L'expérience occidentale a eu le mérite de nous apprendre que nous devons plonger très loin dans nos racines pour ne pas être emportés à la première tempête. Vous tenez votre destin entre vos mains.

– Grand-maman Li comptait sur toi pour nous ramener chez nous, protesta Vo Van Anh, les sourcils froncés.

– Elle s'est servie de moi pour vous aider à garder l'espoir. Mais si elle vivait encore aujourd'hui, elle vous dirait de vous prendre en charge, d'écrire vous-mêmes votre histoire. J'en ai fini avec les guerres, comme avec la survie. »

Ayant prononcé ces paroles, il sortit le Colt .45 qu'il avait glissé dans la poche intérieure de sa redingote et le tendit au Vietnamien.

« Je vous remets mon arme. Puisse-t-elle vous rappeler que l'avenir s'écrit dans les têtes et dans les cœurs. »

Lorsque l'hélicoptère ne fut plus qu'un point minuscule dans le ciel lavé de tout nuage, Wang et Lhassa se dirigèrent d'un pas alerte vers le village aux teintes rouille qui se nichait à flanc de montagne. L'éléphant était tombé des mains de Lhassa au moment où ils survolaient l'immense chaîne montagneuse couverte de neige. Ils avaient interprété cet incident comme un signe, comme l'expression de la volonté de l'âme de grand-maman Li et avaient demandé à Kamtay d'atterrir. Le Laotien s'était exécuté, de mauvaise grâce toutefois car il avait secrètement espéré qu'ils le suivraient jusqu'au Laos.

« D'après les cartes, nous sommes quelque part au Tibet, avait précisé Kamtay. Ce massif, c'est l'Himalaya.

– Tu auras assez de carburant pour arriver au Laos ? avait demandé Wang.

– J'espère... Il me reste encore trois conteneurs. Vous êtes sûrs que vous voulez vous installer dans ce patelin ? »

Wang et Lhassa s'étaient consultés du regard et avaient hoché la tête de concert. Ils avaient dormi à la belle étoile, dans des granges ou chez des villageois accueillants dans les pays qu'ils avaient traversés, l'Ukraine, la Russie, le Kazakhstan, et ils avaient hâte d'abriter leur amour dans leur propre maison.

« Si tu trouves du kérosène au Laos, tu pourras revenir nous voir, avait dit la Tibétaine. Nous ne serons pas si loin...

– Quelque chose comme deux ou trois mille kilomètres ! grogna Kamtay. Autant dire qu'on sera voisins... »

Ils étaient restés encore deux heures ensemble pour, selon Kamtay, laisser le temps à *L'Aigle d'Orient* de refroidir. Puis le Laotien s'était résigné à décoller et à poursuivre son voyage jusqu'à son pays natal. Il avait pleuré comme un enfant, à chaudes larmes, en remontant dans la cabine de pilotage. Il avait effectué une dernière boucle avant de prendre la direction de l'orient. L'ivresse du vol lui permettrait peut-être d'oublier sa solitude et son chagrin.

Parvenu au sommet de la montagne, Wang tendit les bras au-dessus de sa tête et renversa l'urne ouverte. Les rafales de vent, violentes à cette altitude, emportèrent les cendres et les dispersèrent tout autour de lui. Grand-maman Li parlait de l'Himalaya comme du Toit du Monde. C'était le seul endroit où elle méritait de passer l'éternité.

Wang aperçut la silhouette de Lhassa en contrebas. Son ventre s'était arrondi ces derniers temps. Les villageois les avaient accueillis avec chaleur, leur avaient donné une maison inhabitée, un lopin de terre à cultiver, un cheval pour la chasse, des vêtements adaptés. Le temps s'était figé dans ces montagnes épargnées par la fureur qui embrasait le monde.

Wang se recueillit quelques minutes avant d'entamer la descente. Il lui sembla percevoir la voix de grand-maman Li dans les mugissements du vent. Elle lui demandait d'étudier le Tao de la Voie dans la paix de l'Himalaya puis, lorsqu'il se sentirait prêt, de replonger dans la tourmente pour enseigner aux hommes le chemin du calme pur.

Le cœur léger, il se lança en riant sur la pente verglacée.

TABLE

Chapitre Ier	*Mönkh*	5
Chapitre II	*La guerre des Boers*	24
Chapitre III	*Faits d'armes*	48
Chapitre IV	*Dmitri Liegazi*	70
Chapitre V	*L'armée anglaise*	93
Chapitre VI	*Romerito*	117
Chapitre VII	*Delphane*	139
Chapitre VIII	*Histoires occidentales*	163
Chapitre IX	*West West-End*	192
Chapitre X	*Jérusalem*	215
Chapitre XI	*Larrie Big-Bang*	237
Chapitre XII	*Viêt-nam*	258
Chapitre XIII	*Le saut dans le vide*	282
Chapitre XIV	*Iroquois & Cobras*	306
Chapitre XV	*L'Aigle d'Orient*	328
Chapitre XVI	*Le pacte*	353
Chapitre XVII	*La bataille de Paris*	377
Chapitre XVIII	*Les frères de l'Ouest*	402
Chapitre XIX	*Un pont sur le ciel*	426

5405

PCA - 44400 Rezé
Achevé d'imprimer en Europe (France)
par Maury-Eurolivres – 45300 Manchecourt
le 6 juin 2002.
Dépôt légal juin 2002. ISBN 2-290-31129-4
1er dépôt légal dans la collection : décembre 1999

Éditions J'ai lu
84, rue de Grenelle, 75007 Paris
Diffusion France et étranger : Flammarion